John Ajvide Lindqvist, geboren 1968, ist aufgewachsen in Blackeberg, einem Vorort von Stockholm. Dort leben auch die Helden seines weltweit erfolgreichen Romandebüts SO FINSTER DIE NACHT, das für das internationale Kino verfilmt wurde. John Ajvide Lindqvist begann seine Karriere als TV-Standup-Comedian und widmet sich seit einigen Jahren ganz dem Schreiben von Thrillern mit Horrorelementen. Mit großem Erfolg. Er zählt zu den größten Talenten der schwedischen Literaturszene und wurde 2008 mit dem *Selma-Lagerlöf-Preis* ausgezeichnet.

Weitere Titel des Autors:

15 755 So finster die Nacht
15 913 So ruhet in Frieden
6006 Menschenhafen

JOHN AJVIDE LINDQVIST

IM VERBORGENEN

ERZÄHLUNGEN

AUS DEM SCHWEDISCHEN VON
PAUL BERF

BASTEI LÜBBE
TASCHENBUCH

BASTEI LÜBBE TASCHENBUCH
Band 16 452

1. Auflage: August 2010

Vollständige Taschenbuchausgabe

Bastei Lübbe Taschenbuch in der Bastei Lübbe GmbH & Co. KG

Deutsche Erstausgabe

Titel der schwedischen Originalausgabe: »Pappersväggar«
Originalverlag: Ordfront förlag, Stockholm
Published by arrangement with Leonhardt & Høier Literary Agency aps,
København

Titelillustration: © Andy & Michelle Kerry/Trevillion Images/
© Getty Images/Geoffrey Clifford
Umschlaggestaltung: HildenDesign, München
Autorenfoto: Olivier Favre
Satz: Urban SatzKonzept, Düsseldorf
Gesetzt aus der Baskerville
Druck und Verarbeitung: GGP Media GmbH, Pößneck
Printed in Germany
ISBN 978-3-404-16452-3

Widmung

Für meine Mutter, Anne-Marie Lindqvist.
In Erinnerung an meine Grossmutter
Maj Wahlqvist.
Liebe und Kraft.

Zwischen den Räumen gibt es Räume,
die größer sind als die Räume.
Sie zählen nicht für uns,
da wir uns in ihnen nicht aufhalten können.
Auf den Fußwegen zwischen den Parkplätzen
begegnen wir unserer Zukunft.
Lieben, streiten, geraten in Vergessenheit
und sterben.
Ohne zu merken, wann es passiert.
Die Membranen, die uns vom Wahnsinn, vom Absturz,
von den Monstern trennen, sind so dünn.
Nur Pappwände.

GRENZE

Schon als der Mann im Ausgang auftauchte, wusste Tina, dass er etwas zu verbergen hatte. Mit jedem Schritt, den er sich der Zollschranke näherte, wuchs ihre Gewissheit. Als er sich für den grünen Gang »Nothing to declare« entschied und direkt an ihr vorbeiging, sagte sie: »Entschuldigen Sie. Würden Sie bitte einen Augenblick warten?«, und warf Robert einen Blick zu, um sich zu vergewissern, dass er mitmachte. Robert nickte ihr kurz zu. Menschen, die Gefahr liefen, entlarvt zu werden, waren zu allem fähig, um sich dem Zugriff zu entziehen. Vor allem, wenn sie etwas schmuggelten, das sie ins Gefängnis bringen konnte. Wie dieser Mann. Da war Tina sicher.

»Würden Sie bitte Ihren Koffer hierhin legen?«

Der Mann hievte einen kleinen Koffer auf die Theke, öffnete die Schlösser und klappte den Deckel hoch. Er war das gewohnt. Kein Wunder bei seinem Aussehen: ein kantiges Gesicht, eine fliehende Stirn. Kleine, tief liegende Augen unter buschigen Brauen. Bart und halblange Haare. In einem Actionfilm hätte er einen russischen Auftragskiller gespielt.

Tina beugte sich über die Theke und drückte gleichzeitig den versteckten Alarmknopf. Ihr Gefühl sagte ihr mit hundertprozentiger Sicherheit, dass dieser Mann etwas sehr Verbotenes dabeihatte. Möglicherweise war er bewaffnet. Aus den Augenwinkeln nahm sie wahr, dass sich Leif und Andreas in den Türrahmen zum inneren Raum stellten und abwarteten.

Der Koffer enthielt nicht viel. Ein paar Kleider. Eine Autokarte und zwei Krimis von Henning Mankell, ein Fernglas und eine Lupe. Eine Digitalkamera, die Tina in die Hand nahm, um sie eingehender zu untersuchen, aber ihr Gefühl sagte ihr, dass es nicht um die Kamera ging.

Ganz unten lag ein großer Metallkasten mit Deckel. In der Mitte des Deckels befand sich ein rundes Messinstrument mit einer Nadel. Seitlich ging von dem Kasten ein Kabel aus.

»Was ist das?«, fragte sie.

»Raten Sie mal«, erwiderte der Mann und zog die Augenbrauen hoch, als würde ihn die Situation ungemein amüsieren. Tina begegnete seinem Blick. Eine erhabene Ruhe lag darin, was zwei Gründe haben konnte: Der Mann war entweder verrückt oder sich vollkommen sicher, dass sie nicht finden konnte, was er zu verbergen hatte.

Die dritte Möglichkeit – dass er gar nichts zu verbergen hatte – brauchte sie überhaupt nicht in Betracht zu ziehen. Sie wusste, dass er etwas verbarg.

Sie arbeitete nur deshalb im Fährhafen Kapellskär, weil sie in der Nähe wohnte. Sie hätte überall arbeiten können. Zollstationen im ganzen Land baten um ihre Mithilfe, wenn man annahm, dass eine größere Lieferung Rauschgift erwartet wurde. Manchmal reiste sie und blieb ein paar Tage in Malmö oder Helsingborg, bis sie den Drogenkurier identifiziert hatte. Nutzte die Gelegenheit, um nebenbei ein paar Zigarettenschmuggler oder Menschenschleuser zu entlarven, wenn sie schon einmal da war. Ihr Spürsinn war so gut wie unfehlbar. Sie irrte sich nur, wenn ein Mensch etwas dabeihatte, was zwar nicht gegen das Gesetz verstieß, die betreffende Person aber dennoch verbergen wollte.

Vor allem Sexspielzeuge unterschiedlicher Art kamen so ans Licht. Puppen, Dildos, Pornos. In Göteborg hatte sie einen

Mann angehalten, der von der Englandfähre kam und dessen Tasche jede Menge frisch erworbener Science-Fiction-Literatur enthielt: Asimov, Bradbury, Clarke. Der Mann hatte sich nervös umgeschaut, während der Koffer offen auf der Theke gelegen hatte, doch als sie auf einen Priesterkragen gestoßen war, hatte sie den Koffer geschlossen und ihm noch einen schönen Tag gewünscht.

Vor drei Jahren war sie in den USA gewesen und hatte den Grenzübergang in Tijuana überwacht. Sie hatte fünf Personen identifiziert, die Heroin bei sich trugen – zwei von ihnen transportierten das Rauschgift in Kondomen in ihrem Magen –, ehe die Lieferung kam, auf die man eigentlich gewartet hatte.

Drei Sattelschlepper mit hohlen Rädern, eintausendzweihundert Kilo. Die größte Beschlagnahme der letzten zehn Jahre. Als Belohnung für ihre Beratertätigkeit hatte sie zehntausend Dollar bekommen, und man hatte ihr eine Stelle mit einem Gehalt angeboten, das fünfmal höher lag als das, was man ihr in Schweden zahlte, aber sie hatte abgelehnt. Vor ihrer Heimreise gab sie der Zollbehörde noch den Tipp, zwei Angestellte unter die Lupe zu nehmen. Sie war sich so gut wie sicher, dass die beiden bestochen worden waren, um den Herointransport abzusichern. Es zeigte sich, dass sie Recht hatte.

Sie hätte Multimillionärin werden können, wenn sie rund um den Globus gereist wäre und da und dort Aufträge angenommen hätte, aber nach ihrer USA-Reise hatte sie jedes Angebot dieser Art abgelehnt. Die beiden korrupten Beamten hatten nicht nur große Nervosität ausgestrahlt, sondern auch eine gewisse Bedrohlichkeit. Sicherheitshalber hatte sie beim Chef der Zollstelle gewohnt und war mit ihm zusammen zur Arbeit gefahren. Es war gefährlich, zu viel zu wissen, insbesondere, wenn es um so viel Geld ging.

Also hatte sie eine Stelle in Kapellskär angenommen, die sie von ihrem Hof in Gillberga auf der Insel Rådmansö in zehn Minuten erreichen konnte. Anfangs hatte sich die Zahl der Beschlagnahmen dramatisch erhöht, um anschließend immer weiter zu sinken. Die Schmuggler wussten, dass sie dort arbeitete und Kapellskär als ein gut gesicherter Hafen betrachtet werden musste. In den letzten Jahren war es vor allem um Alkohol und Einzeltäter gegangen, die ihr Glück mit einem Kofferraum voller Steroide versucht hatten.

Ihr Dienstplan wurde jede Woche geändert, damit sich die Schmuggler nicht darauf einstellen und ihre Freischichten ausnutzen konnten.

Sie deutete auf den Kasten, ohne ihn dabei zu berühren, und sagte: »Das ist kein Ratespiel. Was ist das?«

»Ein Larvenbrutapparat.«

»Wie bitte?«

Der Mann lächelte fast unmerklich unter seinem Bart und nahm den Kasten in die Hand. Sie sah, dass das Kabel an der Seite des Kastens in einem ganz normalen Stromstecker endete. Er hob den Deckel an. Der Behälter wurde von dünnen Trennwänden in vier Fächer unterteilt.

»Zum Züchten von Insekten«, erläuterte er, hielt den Deckel hoch und zeigte auf die Messtafel. »Thermostat. Elektrizität. Wärme. Schwups! Insekten.«

Tina nickte. »Und warum hat man so was?«

Der Mann legte den Kasten in den Koffer zurück und zuckte mit den Schultern. »Ist das etwa verboten?«

»Nein. Ich bin nur neugierig.«

Der Mann beugte sich über die Theke und fragte mit leiser Stimme: »Mögen Sie Insekten?«

Daraufhin geschah etwas sehr Ungewöhnliches. Tina lief ein

kalter Schauer über den Rücken, und vermutlich begann sie dieselbe Nervosität abzusondern, die sie bei anderen so hervorragend witterte. Glücklicherweise gab es hier niemanden, der sie wahrnehmen konnte.

Sie schüttelte den Kopf und sagte: »Ich muss Sie bitten, kurz mitzukommen.« Sie führte den Mann ins Hinterzimmer. »Den Koffer können Sie solange hier liegen lassen.«

Sie untersuchten seine Kleider, sie untersuchten seine Schuhe. Sie gingen alles durch, was er in seinem Koffer hatte, und untersuchten darüber hinaus den Koffer selbst. Sie fanden nichts. Eine Leibesvisitation konnten sie nur durchführen, wenn ein berechtigter Verdacht vorlag.

Tina bat die anderen, den Raum zu verlassen. Als sie allein waren, sagte sie: »Ich weiß, dass Sie etwas zu verbergen haben. Was ist es?«

»Wie können Sie sich da so sicher sein?«

Tina fand, dass er nach allem, was sie ihm zugemutet hatten, eine ehrliche Antwort verdient hatte. »Ich merke es am Geruch.«

Der Mann lachte auf. »Natürlich.«

»Sie mögen das lächerlich finden«, sagte Tina. »Aber ...«

Der Mann unterbrach sie. »Überhaupt nicht. Es klingt völlig einleuchtend.«

»Und?«

Der Mann breitete die Arme aus und zeigte auf seinen Körper.

»Sie haben mich so gründlich durchsucht, wie es nur ging. Mehr können Sie nicht tun. Stimmt's?«

»Stimmt.«

»Na also. Dann möchte ich Sie bitten, mich gehen zu lassen.«

Wäre es nach Tina gegangen, hätten sie ihn in Gewahrsam

genommen, ihn beschattet. Aber es gab keinen Paragraphen, der dies ermöglichte. Und außerdem … Es gab ja auch noch eine dritte Möglichkeit. Die unwahrscheinliche dritte. Dass sie sich geirrt hatte.

Sie begleitete ihn bis zur Tür und sagte, was sie sagen musste: »Entschuldigen Sie bitte die Unannehmlichkeiten.«

Der Mann blieb stehen und wandte sich ihr zu.

»Vielleicht sehen wir uns ja mal wieder«, sagte er und tat anschließend etwas so Überraschendes, dass sie nicht mehr reagieren konnte. Er beugte sich vor und drückte ihr einen leichten Kuss auf die Wange. Sein Bart war strohig und pikste wie weiche Nadeln, kurz bevor seine Lippen ihre Haut erreichten.

Sie zuckte zusammen und stieß ihn zurück. »Was zum Teufel fällt Ihnen ein!«

Der Mann hielt abwehrend die Hände hoch, als wollte er anzeigen, dass er fertig war, sagte: »Entschuldigung. Tschüss«, und ging hinaus. Er nahm seinen Koffer und verschwand in der Eingangshalle.

Tina schaute ihm hinterher.

An diesem Tag machte sie früh Feierabend und fuhr nach Hause.

Die Hunde hießen sie mit dem üblichen wütenden Gebell willkommen. Sie zog ihnen, die mit gesträubtem Fell und gefletschten Zähnen hinter dem Zaun standen, eine Schnute. Sie hasste die Tiere. Sie hatte Hunde schon immer verabscheut, und der einzige Mann, der sich jemals für sie interessiert hatte, musste natürlich ein Hundezüchter sein.

Nun ja. Als sie Roland zum ersten Mal begegnet war, hatte sich sein Hundebesitz auf einen einzigen Zuchtrüden beschränkt.

Ein Pitbull namens Diablo, der eine Reihe illegaler Kämpfe gewonnen hatte und den Roland gegen ein Entgelt von fünftausend Kronen vielversprechende, reinrassige Weibchen decken ließ.

Mit Hilfe von Tinas Hof und ihrer finanziellen Unterstützung hatte er seinen Bestand auf zwei Zuchtrüden, vier Weibchen und fünf Junghunde aufstocken können, die demnächst verkauft werden sollten. Eine der Hündinnen war ein Prachtexemplar, und Roland war mit ihr oft unterwegs zu Messen und Wettkämpfen, auf denen er neue Geschäftskontakte knüpfte und sie betrog.

Das war reine Routine, es war zu einem Teil des Alltags geworden. Tina gab nichts mehr darauf. Sie spürte am Geruch, dass er mit einer anderen Frau geschlafen hatte, und machte ihm keine Vorwürfe. Er leistete ihr Gesellschaft, und sie hatte nicht das Recht, etwas Besseres zu erhoffen.

Wenn das Dasein ein Gefängnis ist, gibt es Momente im Leben eines Menschen, in denen er erkennt, wo seine persönlichen Mauern stehen, wo die Grenzen für seine Freiheit verlaufen. Ob es Türen, Fluchtmöglichkeiten gibt. Für Tina war die Abschlussfete auf dem Gymnasium ein solcher Moment gewesen.

Nachdem sie sich in dem Saal, den sie zu diesem Anlass gemietet hatten, mehr oder weniger betrunken hatten, waren sie weitergezogen in den Sozietätspark in Norrtälje und hatten sich ins Gras gelegt, um den restlichen Wein auszutrinken.

Tina hatte sich auf Feten immer unwohl gefühlt, da sie meistens damit endeten, dass die Leute sich zu Paaren zusammenfanden. An diesem Abend war dies jedoch anders. Jetzt stand die *Klasse* im Mittelpunkt, es ging um den letzten gemeinsamen Abend ihrer Klasse, und sie war ein Mitglied der Gruppe.

Als der Wein ausgetrunken war und man ein letztes Mal die Insiderwitze der Klasse erzählt hatte, lagen alle ermattet im Gras und wollten nicht nach Hause gehen, wollten sich nicht trennen. Tina war so betrunken, dass das, was sie damals in Gedanken ihren »sechsten Sinn« nannte, nicht mehr funktionierte. Sie war nur noch ein Mitglied der Gruppe, das im Gras lag und sich weigerte, erwachsen zu werden.

Das war zwar einerseits sehr angenehm, aber gleichzeitig erschreckte es sie auch, dass der Alkohol eine Art Lösung war. Wenn sie genug trank, verlor sie, was sie von den anderen trennte. Vielleicht gab es ja auch Medikamente, die es blockieren und sie daran hindern konnten, Dinge zu wissen, die sie nicht wissen wollte.

In Gedanken dieser Art versunken lag sie da, als Jerry zu ihr kroch. In ihre Abiturmütze hatte er früher am Abend geschrieben: »Ich werde dich niemals vergessen. Dein Jerry.«

Sie hatten gemeinsam für die Schülerzeitung gearbeitet, mehrere Artikel geschrieben, die in der Schule die Runde gemacht hatten und von den anderen Schülern oft zitiert worden waren. Sie hatten den gleichen schwarzen Humor, die gleiche Freude daran, boshaft über Lehrer zu schreiben, die es nicht anders verdient hatten.

»Hi.« Er legte sich neben sie und stützte den Kopf in die Hand.

»Hallo.« Ihre Augen waren kurz davor, alles doppelt zu sehen. Die Pickel in Jerrys Gesicht verschwammen, wurden ausradiert, sodass er im Zwielicht beinahe attraktiv aussah.

»Verdammt«, sagte er. »Was haben wir für einen Spaß gehabt.«

»Mhm.«

Jerry nickte langsam und lange. Seine Augen waren glasig, blickten hinter den Brillengläsern ins Leere. Er seufzte und stemmte sich mühsam in den Schneidersitz.

»Es gibt da etwas ... das ich dir noch sagen wollte.«

Tinas Hände ruhten auf ihrem Bauch, und sie schaute zu den Sternen hinauf, die mit ihren Lichtnadeln durch das Laub stachen.

»Aha?«

»Es ist nämlich so ...« Jerry strich sich mit der Hand übers Gesicht und versuchte das Lallen in seiner Stimme abzustellen, ... »dass ich dich mag. Das weißt du ja.«

Tina wartete. Was sie für Druck auf der Blase gehalten hatte, war eher ein Kribbeln. Ein warmer Nerv, der an einer bislang unbenutzten Stelle erzitterte.

Jerry schüttelte den Kopf. »Ich weiß nicht, wie ich es ... Also Folgendes. Jetzt sag ich es, denn ich will, dass du weißt, wie es ist, jetzt wo wir ... wo wir uns vielleicht nie mehr wiedersehen.«

»Ja.«

»Es ist nämlich so, dass du ein wirklich verdammt tolles Mädchen bist. Und ich würde mir wünschen, dass ... jetzt sage ich das, was ich dir sagen will ... ich würde mir echt wünschen, dass ich mal eine kennenlerne, die genauso ist wie du, aber nicht so aussieht wie du.«

Die Fäden hörten auf zu zittern. Wuchsen, wurden kalt. Sie wollte es nicht hören, fragte aber trotzdem: »Wie meinst du das?«

»Ja also, dass ...« Jerry schlug mit der Hand aufs Gras. »Scheiße, du weißt schon, wie ich das meine. Du bist doch ... du bist so ein verdammt tolles Mädchen, und es ist echt klasse, mit dir zusammen zu sein. Ich ... ach, was soll's: Ich liebe dich. Das tue ich. So. Jetzt ist es heraus. Aber ...« Er klopfte, jetzt hilfloser, aufs Gras.

Tina half ihm, den Satz zu beenden: »Aber ich bin so hässlich, dass man nicht mit mir zusammen sein kann.«

Er streckte sich nach ihrer Hand. »Du. Du darfst das jetzt nicht ...«

Sie stand auf. Ihre Beine trugen sie besser, als sie erwartet hatte. Sie schaute auf Jerry hinunter, der immer noch seine Hand nach ihr ausstreckte, und sagte: »Das tu ich auch nicht. Guck doch selbst mal in den Spiegel, verdammt noch mal.«

Sie ging mit langen Schritten davon. Erst als sie sicher war, dass man sie nicht mehr sehen konnte und Jerry ihr nicht gefolgt war, ließ sie sich in einen Strauch fallen. Die Zweige zerkratzten ihr das Gesicht, ihre bloßen Arme, fingen sie schließlich auf. Sie kauerte sich zusammen, presste die Hände aufs Gesicht.

Am meisten schmerzte sie, dass er eigentlich nur nett sein wollte. Dass er das Schönste gesagt hatte, was sich über sie sagen ließ.

Sie blieb in dem feuchten Kokon liegen und weinte, bis ihre Tränen versiegten. Keine Türen. Kein Weg hinaus. Ihr Körper war nicht einmal ein Gefängnis, eher ein Käfig, in dem man weder sitzen, stehen noch liegen konnte.

Die Sache war mit den Jahren nicht besser geworden. Sie hatte gelernt, das Leben im Käfig zu ertragen, ihre Grenzen zu akzeptieren. Aber sie weigerte sich, in den Spiegel zu schauen. Der Widerwille, den man in den Augen von Menschen sah, denen sie zum ersten Mal begegnete, reichte ihr als Spiegel vollkommen aus.

Wenn die Menschen, die sie entlarvte, alle Hoffnung fahren lassen mussten, warfen sie ihr gelegentlich Dinge an den Kopf. Kommentierten ihr Aussehen. Sagten etwas über Notschlachtung, Mongos. Sie würde sich nie daran gewöhnen. Deshalb überließ sie die Knochenarbeit anderen, sobald sie einen Schmuggler identifiziert hatte. Um sich den Augenblick zu ersparen, in dem die Fassade bröckelte und die Masken fielen. Auf der Eingangstreppe des Gartenhauses saß eine ältere Frau und las ein Buch. Ein Fahrrad war am Zaun abgestellt worden. Die Frau senkte das Buch, als Tina vorbeiging, und starrte ein bisschen zu lange, nachdem sie sich zugenickt hatten.

Es war Sommer geworden. Der Blick der Frau brannte in Tinas Rücken, als sie ins Haus ging, wo sie Roland mit seinem Notebook am Küchentisch fand. Er sah auf, als sie hereinkam. »Hallo. Der erste Übernachtungsgast ist gekommen.«

»Ja. Ich hab's gesehen.«

Er wandte seine Aufmerksamkeit wieder dem Computer zu. Tina warf einen Blick ins Gästebuch, das aufgeschlagen auf dem Küchentisch lag, und entnahm ihm, dass die Frau Lillemor hieß und aus Stockholm stammte. Der Großteil ihrer Gäste kam aus Stockholm oder Helsinki, abgesehen von ein paar Deutschen, die auf dem Weg nach Finnland waren.

Es war Rolands Idee gewesen, das Häuschen im Sommer zu vermieten, nachdem er erfahren hatte, wie gut die Jugendherberge zwei Kilometer weiter die Straße hinunter lief. Das war am Anfang ihrer Beziehung gewesen, und Tina hatte es akzeptiert, weil sie ihm das Gefühl geben wollte, über den Hof mitbestimmen zu dürfen. Der Zwinger kam ein halbes Jahr später.

»Du«, sagte Roland. »Ich denke, ich werde am Wochenende nach Skövde fahren. Ich glaube, da könnte es klappen.«

Tina nickte. Die Pitbullhündin Tara war zweimal *Best in class* geworden, aber ihr fehlte noch immer das *Best in show*, das Rolands Zwinger wirklich bekannt machen würde. Er war wie besessen davon. Außerdem war es natürlich ein guter Vorwand, um zu verreisen. Ein bisschen Spaß zu haben.

Selbst wenn Roland ansprechbar gewesen wäre, hätte sie ihm nicht erzählen können, was auf der Arbeit vorgefallen war. Stattdessen ging sie in den Wald, zu ihrem Baum.

Der Sommer kam spät in den Schären nördlich von Stockholm. Es war schon Anfang Juni, aber bisher waren nur die Birken ganz ausgeschlagen, Espen und Erlen waren noch nicht mehr als ein hellgrünes Schimmern im ewigen Dunkelgrün des Nadelwalds.

Sie nahm den schmalen Pfad zu den flachen Felsen. Im Wald fühlte sie sich geborgen, dort konnte sie denken, ohne sich vor zeigenden Fingern oder langen Blicken fürchten zu müssen. Schon als kleines Kind hatte sie sich im Wald, wo sie keiner sehen konnte, am wohlsten gefühlt. Nach dem Unfall hatte es Monate gedauert, bis sie sich wieder ins Freie traute, aber als sie es dann getan hatte, war die Anziehungskraft umso stärker gewesen. Damals wie heute war es der Unfallort, der sie magisch anzog.

Tina nannte sie die Tanzfelsen, weil man sich gut vorstellen konnte, dass dort an Sommerabenden Elfen tanzten. Man stieg einen Hang hinauf, dann öffnete sich der Wald zu einem Plateau, einer Reihe ebener Felsplatten mit einer einzigen hohen Kiefer, die aus einer tiefen Felsspalte wuchs. Als sie klein war, hatte sie sich diese Kiefer als Mittelpunkt der Welt gedacht, als die Achse, um die sich alles drehte wie ein Kettenkarussell.

Heute war die Kiefer nur noch der Geist eines Baums: ein abgeknickter Stamm mit ein paar nackten Ästen, die zur Seite abstanden. Früher waren die Felsen von herabgefallenen Nadeln übersät gewesen. Jetzt fielen keine Nadeln mehr, und der Wind hatte die alten fortgeweht.

Sie setzte sich an die Kiefer, lehnte sich mit der Schulter dagegen und tätschelte den Stamm. »Hallo, alter Freund. Wie geht es dir?«

Unzählige Gespräche hatte sie mit dem Baum geführt. Als sie in jener Nacht nach der Abiturfeier schließlich aus Norrtälje heimgekehrt war, hatte sie sich als Erstes zu der Kiefer begeben, ihr alles erzählt und gegen die Borke geweint. Sie war die Einzige, die sie verstand, weil sie das gleiche Schicksal teilten.

Sie war zehn Jahre alt gewesen. Die letzte Woche der Sommerferien. Da sie nur ungern mit anderen Kindern spielte, hatte sie den Sommer entweder im Wald verbracht oder ihrem Vater dabei geholfen, das Gartenhaus zu zimmern.

An jenem Tag hatte sie ein Fünf-Freunde-Buch dabeigehabt. Möglicherweise war es *Fünf Freunde als Retter in der Not* gewesen. Sie erinnerte sich nicht, und das Buch war zerstört worden.

Sie hatte unter der Kiefer gesessen und gelesen, als sie vom Regen überrascht wurde. Binnen weniger Sekunden war aus dem Nieselregen ein Wolkenbruch geworden. Zwei Minuten später waren die Felsplatten ein Delta aus strömenden Flüssen. Tina blieb unter der Kiefer sitzen, die sie mit ihrer dichten Krone so effektiv schützte, dass sie weiterlesen konnte. Nur manchmal fiel ein Tropfen auf ihr Buch. Ein Gewitter zog über dem Wald auf und kam näher. Als der Blitz so heftig einschlug, dass sie die Vibrationen in den Felsen unter sich spüren konnte, bekam sie Angst, schlug das Buch zu und beschloss, trotz allem zu versuchen, nach Hause zu gehen.

Danach gab es nur noch ein leuchtend weißes Licht.

Ihr Vater fand sie eine Stunde später. Wenn er nicht gewusst hätte, dass sie immer zu diesem Baum ging, wären unter Umständen Tage oder auch Wochen vergangen.

Sie lag unter der Krone. Der Blitz hatte den Wipfel des Baums abgebrochen, war den Stamm herab und in das Mädchen an dessen Fuß geschossen, worauf die Krone herabgefallen war und sich auf sie gelegt hatte. Später hatte er ihr erzählt, dass ihm das Herz stehen geblieben sei, als er auf das Plateau hinaufkam, den getroffenen Baum sah und begriff, dass genau das eingetreten war, was er bereits befürchtet hatte.

Er hatte sich zwischen die Äste gezwängt und sie dort liegen sehen. Woher er die Kraft nahm, wusste er nicht, aber es gelang ihm, die Baumkrone fortzuwälzen und Tina herauszuholen. Viel später erzählte er ihr, ihm habe sich vor allem der *Geruch* ins Gedächtnis eingebrannt.

»Du hast gerochen wie ... wie wenn man ein Auto mit einem Starterkabel anlassen will und einen Kurzschluss produziert. Dann entstehen Funken und ... haargenau derselbe Geruch.«

Ihre Nase, Ohren, Finger und Zehen waren schwarz gewesen. Die Haare ein einziger Klumpen auf ihrem Kopf, und das Fünf-Freunde-Buch, das sie in der Hand gehalten hatte, war fast vollständig verbrannt.

Im ersten Moment hatte er geglaubt, sie wäre tot, aber als er sein Ohr auf ihre Brust legte, hatte er die Herzschläge in ihrem Körper gehört, ein schwaches Ticken. Er war mit ihr im Arm losgerannt und so schnell er konnte zur Notaufnahme in Norrtälje gefahren, wo man ihr Leben gerettet hatte.

Ihr Gesicht, das bereits vor dem Unfall nicht sonderlich hübsch gewesen war, wurde jetzt regelrecht hässlich. Die Seite des Gesichts, die dem Stamm zugewandt gewesen war, erlitt so schwere Verbrennungen, dass die Haut niemals heilte, sondern eine permanente dunkelrote Färbung behielt. Es war schier unglaublich, dass sie ihr Auge behalten hatte, aber das Lid war in einer halb geschlossenen Position hängen geblieben, wodurch sie aussah, als wäre sie stets misstrauisch.

Als sie genug Geld verdiente, untersuchte sie die Möglichkeiten einer kosmetischen Operation. Oh ja, Haut ließ sich durchaus transplantieren, aber da die Nerven auch in tieferen Schichten geschädigt worden waren, erschien es wenig wahrscheinlich, dass sie anwachsen würde. An das Lid traute man sich erst gar nicht heran, eine Operation hätte das Tränenröhrchen beschädigen können.

Sie versuchte es mit der Haut. Bezahlte dafür, dass man Haut von ihrem Rücken nahm und auf ihr Gesicht übertrug. Es kam wie erwartet. Nach einer Woche bekam die Haut keinen Sauerstoff mehr, schrumpfte ein und starb ab.

Die plastische Chirurgie hatte in den Jahren, die seitdem vergangen waren, sicher Fortschritte gemacht, aber Tina hatte ihr Schicksal akzeptiert und nicht die Absicht, es noch einmal zu versuchen. Der Baum hatte sich nicht mehr erholt, warum sollte es ihr anders gehen?

»Ich verstehe das nicht«, sagte sie zum Baum. »Ich habe so oft gezögert, wenn ich gedacht habe, dass es nur um eine Flasche Schnaps zu viel ging, und habe dann ein Auge zugedrückt. Aber der Mann hier, er ...«

Sie lehnte ihre gesunde Wange – die Wange, die heute den ersten spontanen Kuss seit ihrer Kindheit empfangen hatte – an den Stamm und rieb sie auf dem rauen Untergrund auf und ab.

»Ich war mir vollkommen sicher. Deshalb habe ich geglaubt,

dieser Blechkasten wäre eine Bombe. Es musste etwas ganz Großes sein. Und sie sagen doch immer, dass Fähren zum nächsten Ziel von Terroranschlägen werden könnten. Aber warum sollte jemand eine Bombe *von* der Fähre schmuggeln, das kann man sich natürlich fragen ...«

Sie sprach weiter. Der Baum lauschte. Am Ende kam sie zu dem anderen.

»... und das verstehe ich auch nicht. Es muss eine Art gewesen sein, mir seine Überlegenheit zu demonstrieren. Ein Küsschen auf die Wange für das kleine dumme Ding, das nichts kapiert. Als Revanche. Oder? Eigentlich kaum verwunderlich angesichts der Art, mit der wir ihn behandelt haben, aber es ist schon eine seltsame Form der Genugtuung ...«

Als sie fertig war, dämmerte es bereits. Bevor sie aufstand, tätschelte sie den Baum und fragte: »Und was ist mit dir? Wie geht es dir? Immer neue Schmerzen. Das Leben ist die Hölle. Aha, soso. Okay. Dann weiß ich Bescheid. Mach das Beste draus. Tschüss.«

Als sie nach Hause kam, saß Lillemor neben einer brennenden Petroleumlampe auf der Eingangstreppe. Sie winkten sich zu. Sie würde mit Roland reden. Dieser Sommer musste der letzte sein.

Am Abend notierte sie in ihrem Tagebuch: »Ich hoffe, er kommt zurück. Beim nächsten Mal schnappe ich ihn mir.«

*

So wie ihre Arbeitszeiten von Woche zu Woche variierten, war aus dem gleichen Grund auch ihr Urlaub über den ganzen Sommer verteilt. Eine Woche hier, eine Woche da. Hätte sie verlangt, mehrere Wochen am Stück Urlaub machen zu dürfen, hätte sie ihn bekommen, da man wusste, was man an ihr hatte, aber sie hatte kein Bedürfnis danach. Die Arbeit war trotz allem der Ort, an dem sie sich am wohlsten fühlte.

Ihre erste Urlaubswoche nahm sie, um nach Malmö zu fahren und den dortigen Zollbehörden behilflich zu sein. Eine Druckerpresse für falsche Euroscheine von außergewöhnlich hoher Qualität war in Hamburg entdeckt worden, und man wusste, dass mit ihr bereits hunderte Millionen hergestellt worden waren, die nun in Europa verbreitet werden sollten.

Am dritten Tag ihres Aufenthalts kamen die Kuriere in einem Wohnmobil. Ein Mann und eine Frau. Sie hatten sogar ein Kind dabei. Tina durchschaute die Situation erst, als sie erkannte, dass die Signale nur von dem Mann ausgingen. Die Frau und das Kind wussten nichts von dem doppelten Fußboden und den gut zehn Millionen in Hunderteuroscheinen, die darunter verborgen lagen. Sie teilte dies der Polizei mit, und die Beamten erklärten, ihre Informationen seien zur Kenntnis genommen worden.

Trotzdem rief sie den zuständigen Staatsanwalt an – den sie von früheren Gelegenheiten kannte – und wiederholte, dass die Frau unschuldig war (das Kind war acht und nur im Sinne der schlimmsten Strafe von allen strafmündig: die Eltern weggenommen zu bekommen). Er versprach zu tun, was in seiner Macht stand.

Als sie Anfang Juli nach Kapellskär zurückkehrte, ließ sie ein paar Tage verstreichen, ehe sie sich erkundigte.

Sie und Robert machten eine Kaffeepause in der Cafeteria in der Eingangshalle. Es würde noch eine Stunde dauern, bis die nächste Fähre einlief, und als sie ihre Kaffeetassen geleert hatten, lehnte sie sich zurück und fragte wie beiläufig: »Dieser Typ mit den Insekten. Ist der noch mal da gewesen?«

»Wen meinst du?«

»Du weißt schon, bei dem ich gedacht habe, er hätte was dabei, und der dann doch nichts hatte.«

»Denkst du immer noch darüber nach?«

Tina zuckte mit den Schultern. »Nee, ich frag doch nur.«

Robert faltete die Hände auf dem Bauch und sah sie an. Sie schaute zum Flipperautomaten hinüber. Für einen Augenblick glaubte sie, sie hätte ihren Kopf in die Sonne gedreht, weil ihre gesunde Wange so heiß wurde.

»Nein«, antwortete Robert. »Nicht dass ich wüsste.«

»Okay.«

Sie kehrten an ihren Arbeitsplatz zurück.

Während Tinas nächster Urlaubswoche Ende Juli begleitete sie Roland zu einer Hundeschau im nordschwedischen Umeå. Er fuhr mit dem Auto, und sie nahm den Zug, weil sie nicht im selben Wagen wie die Hunde fahren wollte und die Hunde nicht im selben Wagen wie sie fahren wollten.

Sie ging auch nicht zur eigentlichen Hundeschau, aber sie und Roland hatten zwei freie Tage. Am ersten bummelten sie durch Umeå, am zweiten unternahmen sie eine längere Wanderung in der Umgebung. Wenn andere sie nicht sehen konnten, strich er ihr manchmal über den Arm oder nahm ihre Hand.

Was sie eigentlich zu einem Paar machte, wusste sie nicht zu sagen. Sie waren viel zu verschieden, um Freunde zu sein, und als sie ein einziges Mal versucht hatten, miteinander zu schlafen, hatte es so verdammt wehgetan, dass sie ihn bitten musste, aufzuhören. Wahrscheinlich war er erleichtert gewesen.

Er schlief mit anderen, und sie machte ihm deshalb keine

Vorwürfe. Er hatte die Freundlichkeit besessen, es mit ihr zu versuchen, und sie hatte »Hör auf« gesagt. Ja. Sie erinnerte sich noch, was sie am Morgen nach dem missglückten Versuch gesagt hatte: »Ich glaube nicht, dass ich jemals mit dir schlafen kann. Falls du ... es mit einer anderen tun willst, dann ... kannst du das tun.«

Sie hatte es aus Verzweiflung gesagt und gehofft, seine Antwort würde lauten ... egal. Sie hatte es jedenfalls gesagt. Und er hatte sie beim Wort genommen.

An den restlichen Tagen dieser Woche besuchte sie mehrmals ihren Vater. Schob ihn im Rollstuhl, damit er ein bisschen aus dem Altersheim in Norrtälje herauskam, in dem er seit dem Tod seiner Frau lebte.

Nach dem Tod meiner Mutter, zwang Tina sich zu denken. Sie hatten sich niemals nahegestanden. Es war immer um sie und ihren Vater gegangen.

Sie saßen vor der Eisbude im Hafen und aßen ein Eis. Tina musste ihren Vater aus einem Becher füttern. Sein Kopf war vollkommen klar, sein Körper dagegen fast vollständig gelähmt. Als sie ihr Eis gegessen und eine Weile die Boote beobachtet hatten, fragte ihr Vater: »Und wie geht es Roland?«

»Dem geht's gut. Er hat sich Hoffnungen gemacht in Umeå, aber es ist wie immer nur *Best in class* herausgekommen. Die Leute mögen eben keine Kampfhunde.«

»Stimmt. Die Viecher werden wohl erst aufhören müssen, Kinder zu fressen, bevor sich das ändert. Aber eigentlich meinte ich eher, wie es dir mit Roland geht.«

Tinas Vater und Roland waren sich einmal begegnet, als ihr Vater sie besucht hatte, und es war gegenseitige Abneigung auf den ersten Blick gewesen. Ihr Vater hatte dem Zwinger und der Vermietung des Gartenhauses skeptisch gegenübergestanden und sich erkundigt, ob Roland nicht gleich Nägel mit Köpfen machen und Tinas Erbe in einen Vergnügungspark mit Karussellen und allem Drum und Dran verwandeln wolle.

Roland hatte sich glücklicherweise diplomatisch verhalten, aber nachdem sie unter eisigem Schweigen Kaffee getrunken hatten und ihr Vater aufgebrochen war, hatte er doch noch eine Tirade über Tattergreise vom Stapel gelassen, die keine Veränderungen akzeptierten, über die Senilität, die alles Neue abblocken wollte, und war erst verstummt, als Tina ihn daran erinnerte, dass er über ihren Vater sprach.

Die übliche Bezeichnung ihres Vaters für Roland war »der Krämer«, nur in Ausnahmefällen wie heute nannte er ihn bei seinem richtigen Namen.

Tina wollte nicht weiter darüber sprechen. Ohne zu antworten, brachte sie Becher und Servietten zum nächsten Mülleimer und hoffte, dass ihr Vater das Thema fallen lassen würde.

Das tat er nicht. Als sie zurückkam und ihn zurückfahren wollte, sagte er: »Stopp. Ich habe dich was gefragt. Bin ich jetzt etwa schon so alt, dass ich keine Antwort mehr verdiene?«

Tina seufzte und setzte sich auf den Plastikstuhl neben ihm.

»Papa, ich weiß, was du von Roland hältst ...«

»Ja, das weißt du. Aber ich weiß nichts darüber, was *du* fühlst.«

Tina ließ den Blick über das Hafengelände schweifen. Die zu einem Restaurant umgebaute Vaxholmfähre rieb sich leise am Kai. In ihrer Kindheit hatte auf der anderen Seite des Kanals ein Flugzeug gestanden. In seinem Rumpf war ein Café eingerichtet gewesen; man konnte an Tischen auf dem Flügel sitzen und seinen Kaffee trinken. Oder seinen Saft. Es hatte sie traurig gemacht, als es fortgeschafft wurde.

»Na ja ...«, sagte sie. »Das lässt sich nicht so einfach beschreiben.«

»Versuch es.«

»Es ist nichts, was ... und was ist mit dir und Mama? Warum seid ihr zusammen gewesen? Ihr hattet doch kaum etwas gemeinsam.«

»Wir hatten dich. Und ehrlich gesagt war es im Bett auch nicht so übel. Wenn wir denn mal dazu kamen. Aber ihr? Was habt ihr?«

Die Sonne traf erneut Tinas Wange.

»Papa. Ich habe nicht vor, mit dir darüber zu diskutieren.«

»Also nicht. Und mit wem willst du dann darüber diskutieren? Mit dem Baum?« Er wandte den Kopf so weit, wie er dazu noch in der Lage war, in ihre Richtung. »Gehst du immer noch dorthin?«

»Ja.«

»So, so. Das ist sicher gut.« Er schnaubte Luft durch die Nase aus, schwieg ein paar Sekunden und sagte dann: »Mein Mädchen. Ich will doch nur, dass du nicht ausgenutzt wirst.«

Tina studierte ihre Füße in den Sandalen. Die Zehen waren ganz krumm. Sogar ihre Füße waren hässlich.

»Ich werde nicht ausgenutzt. Ich will jemanden bei mir haben und das ... lässt sich nicht ändern.«

»Liebes. Du hast etwas Besseres verdient.«

»Ja. Aber das bekomme ich nicht.«

Sie rollten schweigend zum Altersheim zurück. Die Abschiedsworte ihres Vaters lauteten: »Grüß den Krämer von mir!« Sie erwiderte, das werde sie tun, und ließ es bleiben.

Am Montag ging sie wieder zur Arbeit. Nachdem sie die üblichen Floskeln ausgetauscht hatten, waren Roberts erste Worte: »... und nein, er ist nicht hier gewesen.«

Sie wusste, was er meinte, fragte aber trotzdem: »Wer?«

Robert lächelte. »Der Schah von Persien natürlich, wer sonst?«

»Ach so, du meinst ... aha. Also nicht.«

»Ich habe auch bei den anderen nachgefragt. Für den Fall, dass er da war, als ich nicht gearbeitet habe.«

»So wichtig ist es nun auch wieder nicht.«

»Nee, schon klar«, sagte Robert. »Ich habe sie gebeten, mir Bescheid zu sagen, wenn er vorbeikommt, aber wenn es dich gar nicht interessiert?«

Tina wurde wütend.

»Ein einziges Mal«, sagte sie und hielt Robert einen gestreckten Zeigefinger entgegen, »habe ich mich geirrt. Und ich glaube einfach nicht, dass ich mich geirrt habe. Deshalb frage ich mich, was er macht. Ist das so seltsam?«

Robert hob abwehrend die Hände und wich einen halben Schritt zurück.

»Okay, okay. Ich dachte, wir wären uns einig, dass es um diesen – wie hieß das Ding – diesen Larvenbrutapparat ging.«

Tina schüttelte den Kopf. »Das war es nicht.«

»Was war es dann?«

»Ich weiß es nicht«, sagte sie. »Ich weiß es nicht.«

*

Der Sommer rollte seine Wärme wieder ein, und die Urlaubszeit ging zu Ende. Die Fähren verkehrten seltener, und das Gartenhaus stand angenehm leer. Als Tina die Frage der Vermietung zur Sprache brachte, reagierte Roland verletzt. Sie ließ die Sache auf sich beruhen.

Das Nachbarhaus war im Sommer an ein Stockholmer Paar mittleren Alters mit zwei Kindern verkauft worden. Die Nachbarin, die schwanger war mit einem »Nachzügler«, wie sie es ausdrückte, schaute ständig bei ihnen vorbei. Wahrscheinlich glaubte sie, dies sei auf dem Land so üblich.

Tina mochte Elisabeth, so der Name der Frau, aber sie redete dauernd über dieses Kind. Als vierundvierzigjährige Frau war sie ein wenig besessen von der Tatsache, noch einmal Mutter zu werden, und Tina fand es gelegentlich quälend, ihr zuhören zu müssen.

Sie hätte sich gewünscht, selbst Kinder bekommen zu können, aber da sie unfähig war, das zu tun, was die Voraussetzung dafür war, würde es niemals dazu kommen.

Sie beneidete Elisabeth, und ihr gefiel dieser ganz besondere Duft, der die schwangere Frau umgab. Ein geheimer Duft, voller Erwartung.

Tina war zweiundvierzig, und rein theoretisch hätte sie mit Roland über künstliche Befruchtung sprechen können, aber so standen die Dinge zwischen ihnen nicht. Ganz und gar nicht.

Also saß sie in Elisabeths Duft und sehnte sich nach etwas, das niemals passieren würde.

Das Wasser war während des Sommers ungewöhnlich warm gewesen, und der Herbst ließ auf sich warten.

Mitte September kam er wieder.

Das Gefühl war genauso stark wie beim letzten Mal. So stark, dass es ihn wie eine Aura umgab, ein blinkendes Neonschild mit den Worten »HAT ETWAS ZU VERBERGEN«.

Sie musste nichts sagen. Er kam sofort zur Theke, schwang den Koffer hinauf und verschränkte die Hände hinter dem Rücken.

»Schön, Sie zu sehen«, sagte er.

Tina gab sich alle Mühe, ihre Stimme normal klingen zu lassen, und erwiderte: »Verzeihung. Kennen wir uns?«

»Nein«, antwortete der Mann. »Aber wir sind uns begegnet.«

Er streckte den Arm aus und machte eine einladende Geste in Richtung des Koffers. Tina konnte sich ein Lächeln nicht verkneifen. Sie bedeutete ihm mit einer Geste, dass er ihn öffnen sollte.

Er sieht das Ganze als Spiel, dachte sie. *Aber diesmal gewinne ich.*

»Hatten Sie einen schönen Sommer?«, fragte er, während sie den Koffer durchsuchte. Sie schüttelte den Kopf. Er mochte die Sache als ein Spiel betrachten, und sie mochte an ihn gedacht haben, aber letzten Endes stand jeder von ihnen auf seiner Seite der Schranke. Er versuchte etwas Verbotenes einzuführen, und sie zwang sich, an Drogen zu denken ... Drogen, die an Dreizehnjährige verkauft werden sollen. Der Mann vor ihr war ein böser Mensch, und sie würde ihn fertigmachen.

Der Koffer enthielt im Großen und Ganzen die gleichen Dinge wie beim letzten Mal, die einzige Abweichung bestand darin, dass Mankell gegen Åke Edwardson ausgetauscht worden war. Sie nahm den Larvenbrutapparat heraus und blickte hinein. Leer. Sie klopfte den Boden ab, um zu kontrollieren, dass es kein Zusatzfach gab. Der Mann verfolgte ihre Bewegungen mit amüsiertem Interesse.

»Tja«, sagte sie, als sie festgestellt hatte, dass sich in dem Koffer nichts befand, was nicht auf Anhieb sichtbar war. »Leider bin ich fest davon überzeugt, dass Sie etwas zu verbergen haben, und diesmal habe ich vor, Sie gründlicher durchsuchen zu lassen. Wenn Sie bitte mitkommen würden.«

Der Mann blieb stehen. »Sie kennen mich also doch«, meinte er.

»Ich habe eine vage Erinnerung.«

Er streckte seine Hand aus und sagte: »Vore.«

»Verzeihung?«

»Vore. So heiße ich. Und wie heißen Sie?«

Tina begegnete seinem Blick. Die Augen lagen so tief im Schädel, dass von den Neonröhren an der Decke nur wenig Licht hineinfiel, weshalb sie aussahen wie schwach spiegelnde schwarze Waldseen. Den meisten Menschen jagte ein solcher Blick wahrscheinlich Angst ein. Tina jedoch nicht.

»Tina«, sagte sie trocken. »Könnten Sie jetzt bitte mitkommen?«

Da die Durchsuchung intimer Art war, beteiligte sich Tina nicht daran. In der nächsten Zeit würden keine Fähren ankommen, und während Robert die Leibesvisitation durchführte, ging sie in der Eingangshalle auf und ab und wettete mit sich selbst und stellte Quoten dafür auf, was sie finden würden.

Irgendeine Form von Drogen: zwei Mal den Einsatz. Heroin: vier Mal den Einsatz. Amphetamin: acht Mal den Einsatz. Etwas, das mit Spionage zu tun hatte: zehn Mal den Einsatz.

Doch je länger sie darüber nachdachte, desto niedriger wurde die Quote für Spionage. Er war einfach nicht der Drogenkuriertyp.

Vores Koffer lag noch auf der Theke. Sie nahm die beiden Krimis heraus: *Segel aus Stein* und *Tanz mit dem Engel* und blätterte in ihnen. Es waren keine Worte markiert oder unterstrichen. Sie hielt die Seiten gegen das Licht. Schaute sich anschließend um und holte ein Feuerzeug heraus. Bewegte die kleine Flamme unter einer Seite hin und her, um unsichtbare Schrift auftauchen zu lassen. Das Papier wurde am Rand versengt, aber es tauchte keine Schrift auf. Sie legte das Buch schnell in den Koffer zurück. Der geschwärzte Rand stach einem ins Auge.

Das ist doch lächerlich. Meisterdetektiv Kalle Blomqvist.

Aber was war es dann?

Sie ging von den Flipperautomaten zu den Panoramafenstern und wieder zurück. Ihr Job, ihre Fähigkeit war für sie zu einer Selbstverständlichkeit geworden. Das hier war etwas völlig Neues. Der Mann sprach akzentfrei Schwedisch. Aber Vore? Was war das bloß für ein Name? Es musste etwas Russisches, Slawisches sein.

Wie auch immer, wenn die oberflächliche Leibesvisitation nichts ergab, würde sie einen Gerichtsbeschluss erwirken, damit ein Arzt eine gründliche Untersuchung durchführen und in die Körperöffnungen eindringen konnte.

Robert trat heraus, sagte etwas in den Raum gewandt und schloss hinter sich die Tür. Tina eilte zu ihm. Schon auf halbem Weg ließ sie die Hoffnung fahren: Robert schüttelte den Kopf.

»Nichts?«, sagte sie.

»Nein«, antwortete Robert. »Jedenfalls nichts, was uns etwas angeht.«

»Wie meinst du das?«

Robert zog sie ein Stück von der Tür weg.

»Ich sag es mal so: Du kannst beruhigt sein. Er hat etwas zu verbergen, aber es ist nichts Strafbares. Das Problem ist nur, dass wir ihn jetzt zweimal herausgegriffen haben, ohne dass ...«

»Ja, ja. Denkst du etwa, das wüsste ich nicht? Aber was hat er denn nun zu verbergen?«

Was Robert da ansprach, war ihr zwar kurz in den Sinn gekommen, aber sie hatte nie ernsthaft darüber nachgedacht: Sie hatten sich eines Dienstvergehens schuldig gemacht. Zweimal hatten sie Vore durchsucht, ohne einen handfesten Grund dafür zu haben. Wenn Vore sich über sie beschwerte, würden sie wahrscheinlich eine Abmahnung bekommen.

»Nun«, sagte Robert, »er ist ... eine Frau.«

»Nein. Jetzt sag schon.«

Robert verschränkte die Arme vor der Brust und schien sich in seiner Haut nicht besonders wohlzufühlen. Mit übertriebener Deutlichkeit erklärte er:

»Er ... oder sie hat, um den Fachausdruck zu benutzen, keinen Penis, sondern eine Scheide. *Du* hättest diese Visitation durchführen sollen, nicht ich.«

Tina bekam sekundenlang den Mund nicht mehr zu. »Du machst keine Witze?«

»Nein. Und es war ziemlich ... peinlich.« Robert sah so jämmerlich aus, dass Tina lachen musste. Er sah sie wütend an.

»Entschuldige. Hat er auch ... Brüste?«

»Nein. Er ist bestimmt operiert worden oder so. Aber ich habe ihn ehrlich gesagt auch nicht gefragt. Er hatte eine große Narbe über dem Po, am Steißbein. Wie auch immer das eine mit dem anderen zusammenhängen mag. Jedenfalls darfst *du* jetzt mit ihm reden und ihm zu erklären versuchen, dass ...«

»Was hast du gesagt? Eine Narbe?«

»Ja. Eine Narbe. Hier.« Robert zeigte auf seine Lendenwirbel. »Wenn du der Sache weiter nachgehen willst, wirst du das alleine tun müssen.«

Robert schüttelte den Kopf und ging zur Cafeteria. Tina blieb stehen und betrachtete die geschlossene Tür. Als sie ihren Gedankengang beendet hatte, öffnete sie die Tür und betrat das Zimmer.

Vore stand an einem der Fenster und blickte hinaus. Als sie hereinkam, drehte er sich zu ihr um. Es war unvorstellbar, an ihn als »sie« zu denken. Wollte man in wenigen Worten erklären, was an seinem Aussehen abstoßend war, reichten zwei Worte: übertrieben maskulin. Er sah *viel zu sehr* aus wie ein Mann. Das grobschlächtige, breite Gesicht. Der untersetzte, muskulöse Körper. Der Bart und die buschigen Bögen der Augenbrauen.

»So«, sagte er, und jetzt fiel ihr zudem auf, wie ungewöhnlich tief seine Stimme war. Bis jetzt hatte Tina sie als natürliche Ergänzung zu seinem Körper wahrgenommen. »Sind wir jetzt fertig?«

»Ja«, antwortete Tina und setzte sich an den Tisch. »Hätten Sie vielleicht noch einen Moment Zeit?«

»Natürlich.«

Auch diesmal wirkte er nicht im Geringsten wütend oder beleidigt. Er setzte sich auf den Stuhl ihr gegenüber.

»Zunächst«, setzte Tina an, »möchte ich Sie vielmals um Entschuldigung bitten. Schon wieder. Ich muss Sie zudem darauf hinweisen, dass Sie das Recht haben, sich über uns zu beschweren, Anzeige zu erstatten. Sie können ...«

»Warum sollte ich das tun?«

»Weil wir Sie so behandelt haben, wie wir es getan haben.«

»Das können wir getrost vergessen. Und ansonsten?«

»Ansonsten ...« Tinas Finger flochten sich unter dem Tisch, wo er es nicht sehen konnte, ineinander, »... ansonsten frage ich mich ein bisschen, wer Sie sind. Das ist eine rein ... private Frage.«

Der Mann sah sie so lange an, dass sie den Blick senken musste. Sie sollte das lieber lassen. Es fing schon damit an, dass sie nach allem, was bisher vorgefallen war, sich in der eindeutig schwächeren Position befand. Einer Position, die sie hasste. Außerdem verstieß es gegen die Vorschriften, persönliche Kontakte zu Personen zu pflegen, die sie durchsuchen sollte. Sie schüttelte den Kopf.

»Sie müssen entschuldigen. Sie können jetzt gehen. Wir sind fertig.«

»Ich habe es nicht eilig«, sagte Vore. »Wer ich bin? Nun ja, das ist etwas, dessen ich mir, wie die meisten anderen Menschen auch, nicht ganz sicher bin. Ich reise herum. Ich bleibe irgendwo eine Weile. Dann reise ich weiter.«

»Und studieren Insekten?«

»Unter anderem. Obwohl Ihre Frage vielleicht in erster Linie meinen ... körperlichen Besonderheiten galt?«

Tina schüttelte den Kopf. »Nein. Darum ging es mir gar nicht.«

»Und Sie? Wohnen Sie hier in der Nähe?«

»Ja. In Gillberga.«

»Den Ort kenne ich leider nicht. Aber dann wissen Sie vielleicht, ob die Pension in ... Riddersholm, heißt es, glaube ich ... ob die zu empfehlen ist?«

»Doch, doch. Die ist gut. Schön gelegen. Wollen Sie dort wohnen?«

»Ja. Eine Weile jedenfalls. Dann sehen wir uns vielleicht mal.« Er stand auf und streckte die Hand aus. »Auf Wiedersehen, bis bald.«

Sie gab ihm die Hand. Seine Finger waren dick, kräftig. Aber das waren ihre auch. In ihrem Bauch rührte sich eine eigentümliche Erregung. Sie ging vor ihm zur Tür. Als sie die Hand auf die Klinke legte, sagte sie: »Übrigens habe ich ein kleines Gartenhaus, das ich vermiete.«

»In ... Gillberga?«

»Ja. An der Straße steht ein Schild.«

Vore nickte. »Dann komme ich bei Gelegenheit mal vorbei und ... schaue mich um. Das wäre nett.«

Sie blieb mit der Hand auf der Türklinke stehen und sah ihn an. Der Augenblick war exakt wie beim letzten Mal. Vielleicht war es der Wunsch, ihm zuvorzukommen, erneut die Kontrolle zu übernehmen. Vielleicht war es etwas völlig anderes. Es ließ sich nicht entscheiden, es war jenseits von allem, was sie steuern und wissen konnte. Sie lehnte sich rasch vor und küsste ihn auf die Wange.

Diesmal wurden ihre Lippen von seinem rauen Bart gepikst, und als sie seine Haut trafen, schlug ein Hammer aus Reue in ihre Stirn und ließ sie zurückschnellen.

Sie öffnete rasch die Tür und weigerte sich, ihm in die Augen zu sehen. Er ging hinaus, nahm seinen Koffer und verschwand.

Sobald sie sicher sein konnte, dass er fort war, eilte sie im Laufschritt zu den Toiletten, schloss sich in einer Kabine ein, setzte sich auf den Toilettenstuhl und verbarg das Gesicht in den Händen.

Warum habe ich das getan, wie konnte ich das nur tun, was ist denn los mit mir?

In ihrem Kopf war etwas kaputtgegangen. Ihr Irrtum hatte sie verwirrt. Ihr war der Boden unter den Füßen weggezogen worden, und sie war nicht mehr zurechnungsfähig.

Was ist nur los mit mir?

Sie wiegte sich vor und zurück, wimmerte schwach. Was würde er von ihr denken? Sie! Was würde *sie* von ihr denken?

Warum ... warum?

Im Grunde kannte sie die Antwort. Als sie sich beruhigt und ihre zitternden Hände unter Kontrolle gebracht hatte, stand sie auf und zog Hose und Unterhose herunter.

Es war schwierig, den Kopf so weit nach hinten zu drehen, sie lag am Rande ihres Blickfelds, war aber trotzdem deutlich zu erkennen. Es war Jahre her, dass Tina im Spiegel einen Blick auf sie geworfen hatte: die große rote Narbe über ihrem Steißbein.

Sie wusch sich das Gesicht mit Wasser, trocknete sich mit Papierhandtüchern ab.

Es gab eine bessere Erklärung dafür, dass sie Vore zu sich nach Hause eingeladen hatte.

Robert sollte ruhig glauben, was er wollte, und die Sache mit Vores Körper war wirklich eine Überraschung, aber sie war sich trotzdem sicher, dass es nicht *darum* ging. Sie konnte zwar nicht in Worte fassen, woher sie das wusste, aber sie wusste es.

Es war nicht sein Körper, den er verbarg, sondern etwas anderes, und sie *musste* wissen, was es war. Nichts konnte ihr dafür gelegener kommen, als ihn in ihrer Nähe zu wissen.

Oder?

Als Tina vom Hafen nach Hause fuhr, war der Himmel ein dunkelgrauer Deckel auf der Welt, und die Baumwipfel entlang der Autobahn schwankten. Man brauchte kein Wetterexperte zu sein, um zu erkennen, dass ein Herbststurm aufzog.

Die ersten Tropfen fielen, als sie in die Auffahrt bog. In dem kurzen Moment, den sie benötigte, um zum Haus hinaufzugehen, wurde der Regen stärker, und mit einer plötzlichen Sturmbö war der Wolkenbruch über ihr. Sie lief die letzten Schritte und zog die Tür auf.

Der Hund stürmte durch den Flur auf sie zu. Vermutlich hätte sie nicht mehr reagieren können, wenn sie nicht das Klackern der Krallen auf dem Fußboden gehört hätte, noch ehe sie wahrnahm, dass die schwarze Muskelmasse ein Hund war.

Als Roland aus der Küche »Tara!« schrie, knallte sie im gleichen Augenblick die Haustür zu und hörte den Hund mit einem dumpfen Knall dagegenschlagen, der die Klinke erzittern ließ. Der Hund bellte und scharrte an der Tür, wollte mit Macht an sie herankommen.

Benutz die Klinke, du dummes Schwein.

Sie wich von der Tür zurück und verließ den Schutz des Plastikdachs, das sich über den Treppenabsatz schob. Der Regen lief ihr in den Halsausschnitt. Die Tür wurde einen Spaltbreit geöffnet. Roland stand dahinter und hielt mit viel Mühe den rasenden, knurrenden Hund fest, während er gleichzeitig ein beschwichtigendes Lächeln zu zeigen versuchte. Über das Bellen des Hundes hinweg schrie er: »Tut mir leid! Ich musste sie eincremen, sie hat irgendwie die Krätze bekommen am ...«

Tina trat einen Schritt vor und knallte die Tür wieder zu. Sie hatte kein Bedürfnis zu erfahren, wo der Hund seine Krätze hatte. Durch die Tür hörte sie, wie der kläffende Hund durch den Flur geschleift wurde.

Die Landschaft vor der Eingangstreppe wurde ausradiert. Alles war von einer grauen Haut bedeckt, und es regnete so heftig, dass das gleiche Geräusch entstand wie im Fernsehen, wenn man den Apparat einschaltete und kein Programm lief. Weißes Rauschen. Die Fallrohre schwappten über, und das Wasser schoss fächerförmig aus dem Rohr in die Regentonnen.

Zwischen dem Hund und dem Regen stand ihr ein ungefähr zwei Meter breiter Streifen zur Verfügung, in dem sie sich bewegen konnte, und diesen Raum teilte sie sich mit einem Stapel Tageszeitungen und einer kaputten Lenzpumpe. Sie nahm eine Ausgabe von *Dagens Nyheter*, hielt sie sich über den Kopf und lief die hundert Meter zum Gartenhaus.

Ein Thermostat sorgte dafür, dass die Temperatur in dem Häuschen niemals unter zwölf Grad sank. Kam ein Gast, ließ es sich schnell auf eine angenehme Temperatur aufheizen. Als sie hereinkam, drehte sie als Erstes den Heizkörper ganz auf, nahm sich ein Handtuch aus dem Schrank, trocknete sich die Haare ab und setzte sich gerade rechtzeitig an den Schreibtisch, um Zeuge einer Szene zu werden, die sie seltsam unangenehm berührte.

Die Betttücher der Nachbarn hingen auf der Wäscheleine. Im einsetzenden Sturm flatterten sie wüst und zerrten an ihren Klammern wie gefesselte Gespenster. Als Tina sich an den Schreibtisch setzte, kamen im gleichen Moment Elisabeth und Göran aus dem Haus. Elisabeths Bauch war mittlerweile so groß, dass der Körper zu einem bloßen Anhängsel geworden zu sein schien.

Sie liefen im strömenden Regen durch den Garten. Wenn man das, was Elisabeth da machte, überhaupt laufen nennen konnte. Schnelles Watscheln. Aus irgendeinem Grund waren die beiden bestens gelaunt und lachten, als sie die peitschenden Laken zu packen versuchten. Elisabeth war langsam und hängte nur zwei ab, während Göran die restlichen vier nahm und zu einem großen Klumpen zerknüllte, den er sich unter den Sweater stopfte. Ob es eine praktische Maßnahme war, um die Betttücher zu schützen, oder von Anfang an als Scherz gedacht war, ließ sich unmöglich sagen, aber als er mit seinem künstlichen Bauch loswatschelte, lachte Elisabeth so laut, dass man es bis zu Tina hinein hören konnte.

Sie drehte sich auf dem Schreibtischstuhl und wandte sich dem Zimmer zu.

Wie albern darf man eigentlich sein?

Ihr Verhalten hätte aus *Ferien auf Saltkrokan* stammen können, aus einer der Szenen, die man herausschnitt, weil sogar der Regisseur Olle Hellbom fand, dass sie ekelerregend waren.

Obwohl das ja die Wirklichkeit war. Es gibt Menschen, die tatsächlich so leben.

Tina gab sich intensiv und bewusst alle Mühe, ihre Nachbarn nicht dafür zu hassen, dass sie glücklich waren. Für einen Moment hatte sie am Schreibtisch gesessen, hingestarrt und sich gewünscht, dass Elisabeth ein totes Kind zur Welt bringen würde, und zwar nur, damit sie ein bisschen von jenem anderen kosten musste, was das Leben auch bereithielt.

Aber Tina verdrängte den Gedanken, weil sie so nicht war.

Aber so ist Tina.

Das bin ich nicht. Habe ich vielleicht nicht versprochen, sie zum Krankenhaus zu fahren, wenn es so weit ist, und falls ich dann zu Hause bin?

Du hoffst, dass du nicht zu Hause bist. Du willst nicht.

Weil ich Krankenhäuser nicht ausstehen kann, das ist alles.

Du sahst es so deutlich: Wie sie sich an der Wäscheleine krümmte, sich den Bauch hielt. Das Laken, das losgerissen wurde und sich in ihren fuchtelnden Armen verhedderte. Wie sie schrie und –

Aufhören, aufhören, aufhören!

Tina stand vom Schreibtisch auf und presste die Hände gegen die Schläfen. Der Wind frischte weiter auf, und Myriaden von Blättern wurden von den Bäumen gerissen und wirbelten vor dem Fenster durch die Luft. Die kleine Fernsehantenne auf dem Dach zitterte in ihrer Befestigung, kam ins Schwingen wie eine Stimmgabel und sandte einen einzigen langen, klagenden Ton durch den Resonanzkörper des Hauses.

Die Hände weiter gegen den Kopf gepresst, fiel Tina auf die Knie und sank mit der Stirn auf den Fußboden.

Lieber Gott, hilf mir. Ich bin so unglücklich.

Keine Antwort. Um zu beten, musste man demütig sein, sich unterwerfen. Das hatte ihre Mutter einmal vor einem Bild in der Kirche gesagt.

Das Bild zeigte Jesus und drei alte Fischer. Sie befanden sich in einem kleinen Boot auf dem Meer. Es stürmte. Die drei Fischer, schablonenhaft ausgeführt mit Schiffermützen und Schifferkrause, waren in dem Boot auf die Knie gefallen und hatten ihre Blicke auf die Lichtgestalt im Heck gerichtet.

Die Mutter hatte ihr die Bedeutung des Bildes erklärt: Sie legten ihr Schicksal in Jesu Hände. Sie hatten ihre Ruder und die Pinne fahren lassen, alle Versuche aufgegeben, sich selbst vor der Gefahr zu schützen. Nur Jesus konnte sie jetzt noch retten. So musste sich der Mensch verhalten, damit seine Gebete Kraft hatten. Lass alles fahren, begib dich in die Obhut des Herrn.

Tina hatte der Gedanke schon damals nicht gefallen, und als Erwachsene hatte sie festgestellt, dass ihre Methode die Ruder und die Pinne waren, nicht der Kniefall.

Aber hilf mir trotzdem.

Es dauerte weitere zehn Minuten, bis es an die Tür klopfte. Roland stand mit einem Regenschirm davor.

»Hier bist du?«, sagte er.

»Ja«, antwortete Tina. »Wo soll ich sonst sein?«

Darauf wusste Roland keine Antwort. Er hielt ihr den Schirm hin und setzte sich selbst dem Regen aus.

»Komm jetzt«, sagte er. »Ich habe sie in meinem Schlafzimmer eingesperrt.«

»Nimm du den Regenschirm«, meinte Tina und hielt das Handtuch hoch, mit dem sie ihre Haare abgetrocknet hatte. »Ich hab das hier.«

»Sei nicht albern. Hier.« Er schüttelte den Schirm, damit sie ihn nahm. Der Regen hatte seine Haare bereits durchnässt, sodass sie am Schädel klebten.

»Roland, du wirst nass. Jetzt nimm den Regenschirm und geh ins Haus.«

»Ich bin schon nass. Hier.«

»Ich habe das Handtuch.«

Roland starrte sie einige Sekunden an. Dann machte er den Regenschirm zu, legte ihn ihr vor die Füße und kehrte zum Haus zurück. Tina wartete eine halbe Minute, dann folgte sie ihm mit dem Handtuch als Schutz. Als sie sich ein paar Meter von dem Häuschen entfernt hatte, blieb sie stehen.

Albern. Wer ist denn hier albern?

Trotzdem ließ sie den Regenschirm liegen. Es goss so heftig, dass es durch das Handtuch tropfte, noch bevor sie wieder im Haus war. Roland stand im Flur und zog seine nassen Klamotten aus, um sie über den Kamin zu hängen. Er zog eine Grimasse, als er sie ohne Regenschirm hereinkommen sah, blieb aber stumm.

Sie hängte ihre Bluse im Badezimmer auf einen Kleiderbügel und dachte, dass es einer von diesen Abenden werden würde. So wenig, wie sie sich eng aneinandergeschmiegt einen Regenschirm teilen konnten, so sehr mangelte es ihnen auch am Willen, ihre Konflikte zu lösen.

Sie *wollten* ihre Probleme nicht lösen, und so endete es damit, dass sie einander anschwiegen, bis der Ärger abgeebbt war. Wenn sie sich ausnahmsweise einmal richtig stritten, konnten sie sich aus einem Riesensack voller denkbarer und unausgesprochener Dinge bedienen, die sie einander an den Kopf warfen.

Tara wimmerte in Rolands Schlafzimmer, und Tina überlegte gerade, was sie tun sollte, um sich diesen Abend zu ersparen, als sich das Problem von selbst löste: Ihr Nachbar Göran klingelte und sagte, die Wehen hätten eingesetzt. Hatte Tina Zeit, sie zu fahren?

Natürlich hatte sie Zeit.

Elisabeth und Göran saßen eng umschlungen auf der Rückbank. Ihre anderen Kinder waren fünfzehn und zwölf und kamen allein zurecht. Göran erzählte, dass sie so vorausschauend gewesen seien, vor einem Monat ein neues Videospiel zu kaufen, um es aus dem Hut zaubern zu können, wenn es so weit war.

Tina brummte zustimmend und konzentrierte sich aufs Fahren. Die Scheibenwischer arbeiteten auf der höchsten Stufe, zuckten auf der Windschutzscheibe krampfhaft hin und her, ohne sie völlig frei von Wasser halten zu können. Sie hatte gesetzeswidrig abgefahrene Reifen und traute sich aus Angst vor Aquaplaning nicht, schneller zu fahren als fünfzig. Es mochte eine boshaftere Tina in ihrem Inneren geben, die sich Fehlgeburt und Verdammnis wünschte, aber die Tina, die am Steuer saß, hatte nicht die Absicht, mit einer schwangeren Frau auf der Rückbank das Auto zu Schrott zu fahren.

Hauptsache, es fängt nicht an zu gewittern.

Gewitter konnten sie auch heute noch völlig aus der Fassung bringen. Zwar war das Auto mit seiner Gummiisolierung zum Erdboden der Ort, an dem sie sich am liebsten aufhielt, wenn es blitzte, aber nicht während sie *fuhr.*

Als sie Spillersboda passierten, wurde der Regen schwächer und die Sicht besser. Sie warf einen Blick auf die Rückbank. Elisabeth saß zusammengekauert, vor Schmerz grimassierend und lehnte sich gegen ihren Mann.

»Wie geht's?«, fragte Tina.

»Gut«, antwortete Göran. »Aber ich glaube, es ist bald so weit.«

Tina beschleunigte auf siebzig Stundenkilometer. Der Gedanke, dass das Kind in ihrem Wagen geboren werden könnte, ekelte sie an. Der Geruch, den Elisabeth inzwischen verströmte, war alles andere als angenehm. Er würde noch Monate in den Bezügen der Sitze hängen.

Sie erreichten das Krankenhaus, und Göran trug Elisabeth

mehr zur Entbindungsstation, als dass er sie begleitete. Tina stand einen Augenblick unentschlossen neben dem Auto, bevor sie ihnen folgte. Es regnete nicht mehr, nur ein dünner Film aus Nieselregen hing noch in der Luft.

Als sie ins Krankenhaus kamen, kümmerten sich auf der Stelle zwei Krankenschwestern um Elisabeth, und die Gruppe entfernte sich mit Göran zwei Schritte dahinter. Er schaute nicht einmal in Tinas Richtung. Ihre Aufgabe war erledigt, mit dem Rest hatte sie nichts mehr zu tun. Sie blieb im Krankenhausflur stehen, sah die anderen um eine Ecke verschwinden.

Wie wollten sie wieder heimkommen?

Wurde von ihr erwartet, dass sie hier wartete?

Falls ja, waren sie selber schuld. Tina öffnete und schloss die Hände und schaute zu dem Punkt, an dem sie verschwunden waren.

Eine Krankenschwester kam zu ihr und fragte: »Wird Ihnen schon geholfen?«

»Nein«, antwortete Tina. »Aber ich brauche auch keine Hilfe.«

Die Krankenschwester roch stärker nach Krankenhaus als das Gebäude selbst, und Tina ging mit schnellen Schritten zum Ausgang. Erst als sie auf dem Parkplatz stand, wagte sie es, wieder zu atmen. Der Geruch nach desinfizierten Kleidern und antiseptischer Seife versetzte sie fast in Panik. Das Gefühl reichte weit zurück. Sie erinnerte sich, dass sie sich schon damals, als sie vom Blitz getroffen in der Klinik lag, die ganze Zeit gefürchtet hatte und einfach nur nach Hause wollte.

Es war Viertel vor sieben, und das Unwetter war ebenso schnell abgezogen, wie es gekommen war. Der tiefblaue Abendhimmel war wolkenlos, und der Halbmond so scharf wie eine Klinge. Sie schob die Hände in die Taschen und bummelte zum Altersheim.

Ihr Vater guckte *Jeopardy.* »Wer war Victor Sjöstrom, du Idiot!«, murmelte er angesichts eines Kandidaten, der glaubte, *Der Fuhrmann des Todes* wäre von Ingmar Bergman gedreht worden. Als der gleiche Kandidat auf die nächste Frage nach dem Regisseur von *Herr Arnes Schatz* erneut auf Bergman beharrte, meinte ihr Vater: »Schalt aus, verdammt noch mal. Ich krepiere.«

Tina lehnte sich vor und schaltete den Apparat aus.

»Dressierte Pferde würden das besser hinbekommen«, meinte ihr Vater. »Ich begreife nicht, warum ich mir das ansehe, ich rege mich jedes Mal auf. Wärst du so lieb, mir noch etwas Saft zu geben?«

Tina hielt den Becher mit dem Strohhalm an seinen Mund, und ihr Vater trank ein paar Schlucke, wobei er ihr in die Augen sah. Als sie den Strohhalm wegnahm, fragte er: »Was ist los? Gibt es ein Problem?«

»Nein, wieso?«

»Du siehst so aus. Ist es der Krämer?«

»Nein«, sagte Tina. »Es ist nur ... ich bin im Krankenhaus gewesen. Ich habe die Nachbarin hingefahren. Sie bekommt ein Kind. Ich weiß auch nicht. Krankenhäuser wühlen mich immer so auf.«

»Aha. Soso. Aber sonst ist alles in Ordnung?«

Tina ließ den Blick durchs Zimmer schweifen. Es war spärlich möbliert, damit man es leichter putzen konnte. Keine Teppiche auf dem Linoleumboden. Nur zwei Bilder von daheim und ein paar gerahmte Fotografien über dem Bett deuteten darauf hin, dass hier ein Mensch wohnte, der sein individuelles Leben geführt hatte.

Eine der Fotografien zeigte sie selbst im Alter von etwa sieben Jahren. Sie saß in einem Gartenstuhl und blickte mit ernstem Gesicht in die Kamera; ihre kleinen, tief liegenden Augen wie in den Schädel gebohrt. Sie trug ein geblümtes Kleid, das an ihrem schlaksigen Körper deplatziert wirkte. Als hätte man einem Schwein eine Hose angezogen, um es vorzeigbar zu machen.

Hässliches kleines Kind.

»Papa? Ich wollte dich was fragen.«

»So?«

»Ich habe hier eine Narbe.« Sie zeigte auf die Stelle. »Wann habe ich die bekommen?«

Es wurde für einen Moment still. Dann antwortete ihr Vater: »Das habe ich dir doch erzählt. Du bist als kleines Kind auf einen Stein gefallen.«

»Wie alt war ich da?«

»Tja, ungefähr ... vier. Es war ein scharfer Stein. Gibst du mir noch etwas Saft? Der Saft, den sie hier haben, schmeckt furchtbar. Wenn du das nächste Mal kommst, kannst du dann nicht richtigen Saft mitbringen? Einen ohne Konservierungsmittel.«

»Sicher.« Sie hielt ihm das Glas wieder hin, und ihr Vater trank, ohne ihr in die Augen zu sehen. »Aber ich frage mich ... war ich damals im Krankenhaus? Ich finde, dass ich mich daran erinnern müsste, weil ...«

Ihr Vater spuckte den Strohhalm aus. »Du warst vier, vielleicht auch erst drei. Wie sollst du dich daran erinnern können?«

»Ist das genäht worden?«

»Ja, das ist genäht worden. Mit Nadel und Faden. Warum denkst du daran?«

»Schon gut, es war nur so eine Frage.«

»So ist es jedenfalls gewesen. Damals hast du wahrscheinlich Angst vor Krankenhäusern bekommen, was weiß ich. Habt ihr Gäste im Gartenhaus?«

»Nein. Im Moment nicht.«

Sie sprachen weiter über Sommergäste, den Tourismus im Allgemeinen und billigen Wodka aus Russland, der über die Grenzen schwappte, wo Tina nicht war, um ihn zu stoppen. Gegen halb acht stand Tina auf, um zu gehen. Als sie im Türrahmen stand, sagte sie: »Mauritz Stiller, nicht wahr?«

Ihr Vater, der in Gedanken versunken zu sein schien, sagte: »Wie bitte?«

»*Der Fuhrmann des Todes.* Mauritz Stiller.«

»Ja, ja. Natürlich. Pass auf dich auf, mein Herz.« Er sah sie an und fügte hinzu: »Und denk nicht zu viel über ... Dinge nach, die einmal gewesen sind.«

Sie versprach, dies nicht zu tun.

Als sie auf den Hof zurückgekehrt war, blieb sie lange draußen stehen und schärfte ihre Sinne, ehe sie ins Haus ging. Auch wenn es kein richtiger Sturm geworden war, wehte doch immer noch eine steife Brise, und die Silhouetten der Kiefernwipfel wankten vor dem Nachthimmel. Die Luft war kühl, und sie atmete tief durch die Nase ein und roch faulende Äpfel, feuchte Erde, Hagebutten und eine Menge anderer Düfte, die sie nicht einordnen oder benennen konnte. Ganz in der Nähe war ein Tier, wahrscheinlich ein Dachs. Der Geruch seines nassen Fells kam aus dem Wald hinter dem Haus.

Blaues Licht flimmerte in einem Fenster des Nachbarhauses. Die Kinder waren mit ihrem Spiel beschäftigt. Blaues Licht flimmerte in ihrem eigenen Wohnzimmerfenster. Roland schaute Sport.

Wie so oft zuvor, wenn sie innehielt und nachdachte – wenn sie nicht gedankenlos aus dem Wagen stieg und hineinging –, hatte sie gar keine Lust, in ihr Haus zu gehen. In irgendein Haus. Sie wollte an den Lichtern und der Wärme vorbei in den

Wald laufen. Seine dunkle Wand durchdringen und sich vom Dachsduft, Tannennadelduft, Moosduft umschließen lassen. Sich von den Bäumen schützen lassen.

Sie schaute zum Nachbarhaus hinüber. Sollte sie anklopfen und sich vergewissern, dass es den Kindern gut ging? Davon war nicht die Rede gewesen, und es widerstrebte ihr. Die Kinder mieden sie wegen ihres Aussehens. Als wollte sie den beiden etwas antun. Nein, sie würde es lassen. Wenn sie etwas wollten, mussten sie schon zu ihr kommen.

Roland guckte wie erwartet eine Sportsendung. Eishockey, obwohl es erst September war. Es gab keine Jahreszeiten mehr. Ein chemischer Geruch hing im Haus, wahrscheinlich die Salbe, mit der Roland den Hund behandelt hatte. Von Rolands geschlossener Schlafzimmertür schlug ihr zudem der Geruch des Hundes entgegen.

»Du«, sagte Roland, als sie am Wohnzimmer vorbeikam. »Es war jemand hier.«

Sie blieb stehen. »Aha?«

Ohne den Blick vom Fernseher abzuwenden, sprach Roland weiter: »Jemand, der das Gartenhaus mieten wollte. Eine verdammt zwielichtige Gestalt. Er meinte, er hätte mit dir gesprochen.«

»Ja.« Tina faltete die Hände ganz fest. »Und was hast du ihm gesagt?«

»Ach, ich hab gesagt, wie es ist. Dass wir es im Herbst nicht vermieten. Das habe ich allerdings vor allem gesagt, weil ...« Er warf ihr einen flüchtigen Blick zu. »Na ja, er sah ja nicht gerade ... sympathisch aus. Und da habe ich gedacht, dass du ja nicht mehr vermieten willst, und deshalb ...« Roland zuckte mit den Schultern und wirkte sehr zufrieden mit sich. »Er sah aus wie eine Art, na ja, ich weiß auch nicht, wie ein Brandstifter oder so.«

Tina blieb noch einen Moment stehen und sah ihn an. Das Licht des Fernsehers verlieh seiner Haut einen gräulichen Ton, hob die Wülste beginnender Fettleibigkeit um den Hals hervor, flackerte in seinen Augen und ließ ihn aussehen wie ein Monster.

Sie schloss sich in ihrem Zimmer ein, las *Mumins wundersame Inselabenteuer* und hakte die Stunden ab, bis es Zeit war, schlafen zu gehen.

Ihre Schicht begann am nächsten Tag um zehn, aber sie verließ das Haus bereits um Viertel nach neun und fuhr zur Pension. Auf dem Parkplatz stand nur ein einziges Auto: ein kleiner weißer Renault, der mit blauen Buchstaben stolz erklärte, dass er bei der OKQ8-Tankstelle gemietet worden war und nur 199 Kronen pro Tag kostete.

Sie klopfte an die Eingangstür.

Als nichts geschah, öffnete sie die Tür und betrat einen kleinen Flur, in dem auf einem Ständer Touristenbroschüren lagen und ein Schild an der Rezeption erklärte, dass die Pension nur auf Nachfrage geöffnet war.

Das Haus atmete Tristesse und Schmierseife.

Idiotischerweise betätigte sie die Klingel auf der Empfangstheke, als könnte das jemanden anlocken, der ihr weiterhelfen würde; vielleicht das Herbstpersonal, ein kleiner Greis, der in einem Schrank schlief und nur aufwachte, wenn Gäste kamen.

Als die Glocke keine Wirkung zeigte, rief sie: »Hallo? Ist jemand da?«

Sie wusste ja, wie er hieß, hatte aber nicht vor, seinen Namen zu rufen. Das Ganze war auch so schon absurd genug. Eine

Polizistin, die nach einem Dieb rief, um ihn zu fragen, ob er bei ihr wohnen wollte.

Sie hatte gerade *Jetzt gehe ich* gedacht, als sich im Korridor vor ihr eine Tür öffnete.

Vore trat aus dem Zimmer, und sie keuchte auf.

In den weitläufigen Räumlichkeiten des Fährterminals hatte er groß ausgesehen, aber zwischen den engen Wänden der Pension war er ein Hüne. Obwohl er nur Hemd und Hose trug, schien er den ganzen Korridor auszufüllen. Tina verstand, dass Roland ein bisschen Angst bekommen hatte. Vore sah aus, als könnte er ihn zwischen Daumen und Zeigefinger zermalmen.

Als er Tina erblickte, hob sich sein Bart beidseits des Gesichts zu einem breiten Lächeln. Er durchquerte den Korridor in wenigen donnernden Schritten und streckte einen behaarten Arm aus.

»Guten Morgen«, sagte er. »Sie müssen entschuldigen. Ich habe geschlafen.«

Sie gab ihm die Hand. »Ich muss mich entschuldigen. Ich wollte Sie nicht wecken.«

»Keine Sorge. Ich wollte ohnehin gerade aufstehen.«

Tina nickte und schaute sich um.

»Hier bin ich ehrlich gesagt noch nie gewesen«, sagte sie.

»Und trotzdem haben Sie mir die Pension empfohlen?«

»Na ja. Wenn ich mich recht erinnere, habe ich gesagt, dass sie schön liegt.«

»Das trifft allerdings zu. Gestern Nachmittag habe ich einen langen Spaziergang gemacht. Ich mag solche Wälder, in denen der Mensch nichts zerstören durfte.«

»Ja. Es ist ein Naturschutzgebiet.«

»Wollen wir hoffen, dass es so bleibt.«

Tina war selbst ganz vernarrt in die Wälder um Riddersholm. Da das Gebiet unter Naturschutz stand, war es nicht einmal erlaubt, einen umgestürzten Baum klein zu sägen, wenn er nicht quer auf dem Weg lag, und im Grunde nicht einmal dann.

Um überhaupt etwas zu sagen, meinte sie: »Schade nur, dass gerade Elchjagd ist.«

Vore runzelte die Stirn.

»Ja, es ist ein Elend. Hoffentlich werden hier in der Gegend keine Treibjagden durchgeführt.«

»Nicht dass ich wüsste. Wieso?«

»Dann laufen immer so viele Hunde frei herum.« Er sah sie an. »Aber Sie halten Hunde, habe ich gesehen.«

»Das sind Rolands. Ja, mein ...« Sie machte eine vage Geste. »... der Mann, mit dem ich zusammenlebe.« Sie atmete tief durch. »Was mich ganz zwanglos zu dem Grund meines Besuchs führt. Sollten Sie noch interessiert sein, das Gartenhaus zu mieten, geht das natürlich in Ordnung.«

»Er ... Roland hat etwas anderes gesagt.«

»Ja. Aber das hat er nicht zu entscheiden. Es ist mein Hof.«

»Ich verstehe.«

»Und deshalb ... wenn Sie Interesse haben, brauchen Sie nur zu kommen.«

»Ich werde es mir überlegen. Wie geht es Ihnen?«

»Ach ... gut. Wieso?«

»Na ja, er hat gesagt, Sie wären im Krankenhaus.«

Tina lachte erleichtert auf. »Ach so. Nein, nein, ich habe nur die Nachbarn gefahren. Die Frau hat ein Kind bekommen.«

Jetzt wird er mich als Nächstes fragen, ob ich Kinder habe, dachte sie und wollte das Gespräch beenden. Nun war Vore zwar eine Frau, und es sollte eigentlich kein Problem sein, mit einer Frau über dieses Thema zu sprechen. Aber wenn er so vor ihr stand ... sie hätte sich in den Arm kneifen und sich grün und blau kneten müssen, um sich daran zu erinnern, dass er eine Sie war.

»Ist alles gut gegangen?«, fragte er.

»Ich weiß es nicht.« Sie sah auf die Uhr. »Ich muss jetzt zur Arbeit.«

»Dann sehen wir uns heute Nachmittag. Wann machen Sie Feierabend?«

»Um fünf.«

»Gut. Dann komme ich am frühen Abend.«

Sie verabschiedeten sich, und Tina ging zu ihrem Auto zurück. Als sie vom Parkplatz fuhr, warf sie einen Blick in den Rückspiegel, um zu sehen, ob er ihr noch einmal zuwinkte. Das tat er nicht. Sie schüttelte den Kopf.

Wie sind wir nur so vertraut geworden?

Darauf gab es keine Antwort. Hätte man ihr mit Folter gedroht, hätte sie unter Umständen gestanden, dass sie eine Art ... Zusammengehörigkeit empfand. Hätte man sie tatsächlich gefoltert, hätte sie hinzugefügt, dass dieses Gefühl bereits bei ihrer ersten Begegnung da gewesen war.

Doch glühende Zangen würden niemals mehr als das aus ihr herausbekommen. Weil es nicht mehr gab. Aber Zusammengehörigkeit, ja. Genauso wenig zu packen wie ein Barsch mit bloßen Händen, aber gleichwohl da. Unter dem Bootssteg, an einem sonnigen Tag. Die Wärme der Bretter am Bauch, das Glitzern der Sonne auf dem Wasser. Eine schimmernde Bewegung.

Ihr Arbeitstag verlief gelinde gesagt langweilig.

Ein LKW-Fahrer, den sie seit Jahren grüßte und mit dem sie gelegentlich ein paar Worte gewechselt hatte, war plötzlich auf die glorreiche Idee gekommen, zehn Kisten billigen russischen Wodka mitzunehmen. Er wurde wütend auf sie, als sie erklärte, sie müsse Anzeige erstatten und die Kisten beschlagnahmen. Als hätte sie sein Vertrauen missbraucht.

Hundert Flaschen, was konnte er daran schon verdienen? Wenn es hoch kam, fünf- oder sechstausend Kronen. Sein Junge brauchte eine neue Geige, wenn er weiterspielen wollte, hatte sie überhaupt eine Ahnung, was so eine Geige kostete? Und jetzt gab es stattdessen ein Bußgeld und jede Menge Ärger. Vermutlich würde er seinen Job verlieren, und wie sollten sie dann den Kredit für ihr Haus abbezahlen? Konnte sie nicht ein Auge zudrücken, nur dieses eine Mal, scheiße, Tina ... Ich werde es nie wieder tun, versprochen.

Nein, sie konnte kein Auge zudrücken. Schmerzliche Erfahrungen hatten sie gelehrt, dass es auf die Dauer unerträglich wurde, wenn sie anfing, in solchen Fällen ein Auge zuzudrücken. Ein verstohlenes Lächeln, unausgesprochene Mittäterschaft. Nachdem er noch eine ganze Weile weitergemacht hatte, immer wieder über die Geige jammerte, und hatte sie denn kein Herz im Leib, platzte ihr schließlich der Kragen:

»Verdammt noch mal, Heikko! Jetzt mach aber mal einen Punkt! Wie oft hast du mehr dabeigehabt, als erlaubt war?«

Er sagte, dies sei das erste Mal gewesen. Sie schüttelte den Kopf.

»Ich würde schätzen acht bis zehn Mal. Kleinere Mengen, sicher. Vielleicht ein oder zwei Kisten zu viel. Und ich habe jedes verdammte Mal ein Auge zugedrückt und keinen Mucks von mir gegeben. Hab mir gedacht, dass die Flaschen für den privaten Verbrauch sind, wie es so schön heißt, aber jetzt ist es genug, kapiert?«

Der grobschlächtige LKW-Fahrer wurde vor ihren Augen ganz klein und wirkte verängstigt. Sie zeigte auf den Lastwagen, der unter dem Fenster wartete.

»Nimmst du eine Flasche zu viel mit oder zwei oder drei, interessiert mich das einen Scheißdreck, aber so etwas kommt mir nicht noch einmal vor, verstanden?«

Heikko nickte. Tina zog ihren Notizblock heraus.

»Okay. Wir machen jetzt Folgendes: Ich zeige dich als Privatperson an. Das gibt ein Bußgeld und jede Menge Ärger, wie du ganz richtig gesagt hast, aber du kannst die Spedition heraushalten. Beim nächsten Mal gibt es dann das volle Programm, okay?«

»Ja. Danke.«

Sie zeigte auf ihre Brust. »Und ich habe ein Herz im Leib. Es sitzt hier, genau wie bei dir.«

»Schon gut. Danke.«

»Und wenn du noch einmal danke sagst, überlege ich es mir unter Umständen anders. Wenn ich es mir recht überlege, ist in diesen Kisten ja vielleicht Amphetamin.«

Heikko grinste und hielt abwehrend die Hände hoch. »Du weißt doch, dass ich niemals ...«

»Ja, das weiß ich. Fahr jetzt.«

Als Heikko gegangen war und Tina ihn in seinen Lastwagen steigen und davonfahren gesehen hatte, wurde sie von Schwermut übermannt.

Dieser harte Stil war notwendig und ihr zur zweiten Haut geworden, aber im Grunde war das nicht sie, nur eine notwendige Fassade, um einer Arbeit nachgehen zu können, die ihr immer sinnloser erschien. Was gingen sie diese Wodkakisten an? Wem tat das schon weh außer dem staatlichen Alkoholmonopol?

Heikko hätte zwei Flaschen an einen Nachbarn verkauft, drei an einen anderen. Alle hätten sich ein bisschen gefreut, der Junge hätte seine Geige bekommen. Friede, Freude, Eierkuchen, wenn es diese Hexe vom Zoll nicht gegeben hätte. Vielleicht sollte sie ihren Job an den Nagel hängen und nur noch als Beraterin arbeiten. Drogen waren etwas anderes. Da hatte sie keine Gewissensbisse.

Sie sah vor sich, wie Heikko nach Hause kam. Seine Frau. Der Junge, der traurig in sein Zimmer ging, die Tür schloss und weiter auf seiner Viertelgeige übte, die für seine großen Finger mittlerweile viel zu klein war.

Ach Quatsch, dachte sie. *Er hat bestimmt gelogen.*

Aber das hatte er nicht, und sie wusste es. Deshalb hatte sie ihn so glimpflich davonkommen lassen. Die Zollhexe.

*

18. September

Vore kam gestern Abend. Als die Hunde anschlugen, war mir klar, dass er es sein musste. Er hat das Gartenhaus vorerst für eine Woche gemietet. Roland war nicht begeistert und meinte, ich würde das Risiko tragen. Er klingt wie das Schusseltier. Fehlt nur noch die Knopfsammlung.

Die Nachbarn sind mit einem Mädchen nach Hause gekommen. Habe es mir noch nicht angesehen, muss ich aber wohl noch tun.

Mein Leben gefällt mir nicht. Dieser verdammte Heikko, er hat es mir vor Augen geführt. Es gefällt mir nicht, Leute auffliegen zu lassen. Es mag Menschen geben, denen so etwas Spaß macht. Die anderen auf der Arbeit scheinen jedenfalls keine Probleme damit zu haben. Vielleicht, weil es für sie immer noch eine Herausforderung ist.

Roland hat den ganzen Abend geschmollt. Am seltsamsten an ihm finde ich, dass er kein Alkoholiker ist. Das würde eigentlich gut zu ihm passen. Aber er hat ja das Fernsehen. Habe Vore gefragt, ob ich ihm den kleinen Fernseher bringen soll. Er meinte, dass er von Fernsehapparaten Kopfschmerzen bekomme. Noch ein Posten auf der Liste über Ähnlichkeiten. Wir haben uns ein bisschen über Heilpflanzen unterhalten.

Ich habe keine Elektroallergie, will keine Elektroallergie bekommen.

Aber wenn ich wählen dürfte, würde ich mich während der warmen Monate überhaupt nicht im Haus aufhalten. Die Haut juckt. Gibt es Elektroallergie eigentlich als Krankheit? Alle, die daran leiden, scheinen einen an der Waffel zu haben.

Habe am Abend einen Spaziergang gemacht. Alle sagen, es gäbe dieses Jahr keine Pilze, aber ich finde natürlich trotzdem welche. Wie immer. Aber sie wachsen weit verstreut.

21. September

Starker Wind, die Fernsehantenne lärmt. Roland hat zwei Welpen verkauft, will sich eine Satellitenschüssel kaufen. Gut. Dann hat er zu tun, und mir bleibt das Antennengeräusch erspart.

Habe einen Bodybuilder mit achthundert Blistern M. erwischt. Er wurde aggressiv, hat den Tisch im kleinen Zimmer zu Kleinholz zerlegt. Wir mussten ihn einsperren, bis die Polizei kam. Hat das Fenster zum Parkplatz eingeschlagen, glücklicherweise aber nicht versucht zu springen.

Der Herbst verändert den Wald. Die Nadelbäume übernehmen die Macht. Genau. Das trifft es. Im Sommer ist der Wald ein Jahrmarkt. Fröhliche Farben und Erlenzimbeln. Jedermann herzlich willkommen. So ist es immer noch, mehr Farben als je zuvor. Aber alles zieht zu den Farben der Nadelbäume. In zwei Monaten bestimmen sie, weil nur sie noch atmen.

Habe mir den Familienzuwachs der Nachbarn angesehen. Die anderen Kinder spielten Videospiele. Habe mir das kleine Menschenwesen angesehen, das in seiner Decke lag, und mich gefragt, wie lange es wohl dauern wird, bis es auch vor dem Fernseher sitzt. Die Nachbarn fröhlich und schläfrig. Das ganze Haus riecht nach Muttermilch und statischer Elektrizität. Ich ertrage es nicht.

Da kommt mir ein Gedanke: Hat Vore vielleicht Hormone genommen? Wie soll er sonst so sein können, wie er ist? Vielleicht habe ich das gespürt. Ich habe ja auch kein Problem damit, jemanden zu entdecken, der unter Drogen steht.

Er ist fast nie zu Hause. Er ist entweder mit dem Auto unterwegs oder macht Spaziergänge. Was treibt dieser Mensch eigentlich? Habe mich kein einziges Mal richtig mit ihm unterhalten.

Der Sturm wird stärker. Das Antennengeräusch ist grauenhaft. Es klingt, als würde das ganze Haus klagen.

22. September

Habe nachmittags das Gartenhaus durchsucht.

Oh doch, es gab einen Grund. Heute Morgen, als ich auf dem Weg zur Arbeit war, kam es mir vor, als hätte ich dort ein Kind schreien gehört. Oder weniger schreien als vielmehr wimmern. Es kann natürlich auch etwas anderes gewesen sein (mittlerweile glaube ich, dass es etwas anderes war oder dass es von den Nachbarn kam), aber ...

Als ich nach Hause kam, war sein Auto fort. Da habe ich es getan.

Natürlich gab es dort kein Kind. Es war alles sauber und ordentlich. Das Bett gemacht, alles an Ort und Stelle. Jede Menge Krimis und *Die Brüder Karamasow*, auch als Taschenbuch. Auf dem Schreibtisch das Fernglas, die Kamera und ein Notizbuch.

Ja. Ich habe darin gelesen. Und bin nicht schlau daraus geworden.

(Hatte ich geglaubt, es stünde etwas über mich darin? Ja, das hatte ich. Ich gebe es zu.)

Aber es war kein Tagebuch. Nur Ziffern und Abkürzungen. Eine fürchterliche Handschrift. Die Ziffern könnten Uhrzeiten sein. Die Abkürzungen alles Mögliche. Insekten, vielleicht. Zu welcher Uhrzeit sie gesichtet worden sind. Macht man das so?

Der Blechkasten war an die Steckdose angeschlossen. Ich habe gelauscht und gehört, dass es darin surrte. Habe mich nicht getraut, den Deckel zu öffnen. Habe befürchtet, dass eine Menge Insekten herauskommen könnten.

Jetzt werde ich sagen, was ich glaube: Meinem Leben fehlt es an Spannung. Ich denke mir Dinge aus. Greife mir irgendwen heraus und versuche das Leben dieser Person mit Hilfe von Anhaltspunkten zusammenzupuzzeln. Es wird automatisch zu einem Mysterium. Warum ist er dorthin gegangen? Warum hat er das getan? Was hat er damit gemeint?

Nur in alten Krimis versammelt man alle im Salon und verkündet eine Erklärung. In der Wirklichkeit gibt es keine Erklärung. Und wenn es eine gibt, ist sie so banal, dass ich es auch nicht weiß.

Nachdem ich mit dem Herumschnüffeln fertig war, blieb ich noch längere Zeit im Gartenhaus. Warum? Weil es dort so gut roch. Falls jemand irgendwann einmal dieses Tagebuch lesen sollte, werde ich auf der Stelle Seppuku begehen. Ich legte mich ins Bett. Die ganze Zeit lauschte ich mit einer Heidenangst auf das Geräusch seines Wagens, der Haustür des großen Hauses. Das Laken duftete ... ich weiß nicht. Aber ich wollte dort bleiben. In diesem Duft liegen.

Ich lag nur ein paar Minuten in dem Bett und habe es dann wieder gemacht.

Am Nachmittag hat Roland die Satellitenschüssel montiert.

Den Abend hat er dann mit dem vergeblichen Versuch verbracht, ein Bild zu bekommen. Wir haben Scrabble gespielt. Ich habe gewonnen.

24. September

Ich hasse meine Arbeit, und ich hasse mich selbst.

Weiß nicht, was heute in mich gefahren ist. Aus purer Bosheit habe ich angefangen, jeden herauszuziehen, der etwas dabeihatte. Eine Flasche Whisky zu viel, ein paar Stangen Marlboro. Den ganzen Tag schlugen mir unterdrückte Wut, säuerliche Worte entgegen. Ein weinendes kleines Mütterlein mit einem Koffer voller Cognac.

Als ich nach Hause kam, bin ich viele Stunden durch den Wald gelaufen. Grauer Himmel, kalt. Bin im T-Shirt gegangen, ohne dass es mir gelungen wäre zu frieren. Bin einem Elch begegnet. Einem von der ruhigen Sorte. Blieb stehen und ließ sich streicheln. Habe geweint, mein Gesicht gegen ihn gepresst. Ich habe ihm zu erklären versucht, dass Elchjagd ist, dass er sich vor den Kahlschlägen hüten soll. Ich glaube nicht, dass er mich verstanden hat.

Herbstdepression nennt man das wohl. Als wäre es ganz natürlich, wenn man das Leben beschissen findet. Ich will hier nicht sein, nicht tun, was ich tue.

Elisabeth ist am Abend mit der Kleinen vorbeigekommen. Hat in einem fort erzählt. Bin noch deprimierter geworden, habe aber versucht, mir nichts anmerken zu lassen. »Melancholisch« heißt es in den Mumin-Büchern immer. Nie deprimiert. Wenn ich nur stattdessen melancholisch sein und eine Trauer empfinden könnte, die sich irgendwie genießen ließe.

Ich habe auch Elisabeth gehasst. Das Baby schläft jetzt nachts so gut. Es wacht nur zweimal auf, um gestillt zu werden, blabla.

Ihre Wangen sind rot, ihre Augen glänzen. Eine Kugel in die Stirn. Ich bin ein schlechter Mensch.

Vore kam vorbei, um mir mitzuteilen, dass er noch eine Woche bleibt. Gut. Das ist sicher gut. Er wollte Fotos von dem Baby machen und bekam die Erlaubnis dazu. Elisabeth streckte sich. Was haben die Menschen nur?

Roland hat die Satellitenschüssel in Gang bekommen und sich in der Glotze irgendeinen Film angesehen. Als Elisabeth gegangen war, habe ich mich eine Weile mit Vore unterhalten. Ich werde nicht schlau aus ihm. Aber ich hasse ihn nicht. Nein. Jetzt horche ich in mich hinein. Mit ihm halte ich es tatsächlich aus. Jetzt denke ich an ihn. Das ist gut. Meine Laune bessert sich. Na also.

Er ist durch ganz Schweden gereist, hat an allen möglichen Orten kürzere Zeit gewohnt. Verreist manchmal nach Russland. Geschäfte. Aber vor allem geht er spazieren, sammelt Insekten und schaut sich um. Das ist gut. So will ich auch leben. Nicht schnüffeln, nicht reden müssen, mich nur … umschauen. Wie der Schnupferich.

Jetzt werde ich schlafen. Vielleicht geht es mir morgen besser.

25. September

Samstag. Ich habe frei.

Ich bin mir so gut wie sicher. Er hat ein Kind im Gartenhaus. Oder ein Tier, das wie ein Kind klingt.

Als er ging, bin ich das Risiko eingegangen und habe das Häuschen noch einmal durchsucht, obwohl das Auto vor der Tür stand. Wie ich macht er lange Spaziergänge.

Nichts.

Aber diesmal habe ich es getan. Ich habe den Deckel des

Blechkastens geöffnet. Ich weiß nicht, was ich erwartet hatte, aber es waren tatsächlich Insekten. Vielleicht auch Fliegen, ich weiß es nicht. Massenhaft Larven, hunderte, eventuell auch tausende. Und ein paar kleine, geschlüpfte, die auf den weißen Larvenhügeln herumkrabbelten. Ich hätte mich vielleicht ekeln sollen, aber das habe ich nicht. Ich fand es irgendwie schön.

Als ich das Gartenhaus verlassen habe, bin ich ganz aufgekratzt gewesen. Ich verstehe mich selbst nicht mehr.

27. September

Bin gestern im Wald Vore begegnet. Ich glaube, er weiß, dass ich im Gartenhaus gewesen bin. Er schließt seit Neuestem ab. (Als ob ich keinen Zweitschlüssel hätte, haha.) Aber das soll wohl ein Zeichen sein. Habe mich in Grund und Boden geschämt, als ich gesehen habe, dass er rausgegangen ist und die Tür hinter sich abgeschlossen hat. Dann bin ich ihm gefolgt.

In meinem Kopf gehen seltsame Dinge vor. Wenn Roland etwas sagt, höre ich kaum noch hin. Nicht, dass er mir etwas Wichtiges zu sagen hätte, aber wir leben immerhin zusammen. Ich glaube, er will am Wochenende zu irgendeiner Hundeschau, ich weiß es nicht.

Jetzt probiere ich aus, es zu schreiben. Ich bin in Vore verliebt. Ich liebe Vore. (Jetzt habe ich es auch noch halblaut gesagt.) Nein. Das ist nicht wahr. Merke es, wenn ich es schreibe, es sage. Das ist es nicht. Es ist etwas anderes. Etwas … Besseres?

Ich verstehe das nicht. Mir ist deshalb ein bisschen schlecht.

Wir sind uns unterhalb der Tanzfelsen begegnet. Nun ja. Ich bin ihm wie gesagt gefolgt, und er stand da und … hat gewartet?

Wir haben uns über den Wald unterhalten. Wie der Herbst alles verändert. Er meinte, dass er sich in Häusern im Grunde nicht wohlfühle (!!!).

Ich habe ihm erzählt, dass es mir genauso geht. Und dann ... habe ich ihm die Tanzfelsen gezeigt. Er hat etwas Seltsames gesagt. Als ich sagte, ich würde sie die Tanzfelsen nennen, weil es aussehe, als würden dort Elfen tanzen, meinte er: »Das haben sie in früheren Zeiten auch getan.«

Und er sagte das ganz ernst. Ohne jede Andeutung eines Scherzes. (Und im Grunde glaube ich das ja auch. Wie auch immer das möglich ist. Elfen?)

Ich habe ihm von dem Baum, von dem Blitz erzählt.

Und ich habe gelacht, ja, ich konnte einfach nicht anders, denn es ist doch zu komisch, wie alles, alles ... ich musste einfach lachen, als er erzählte, dass ihn *auch* der Blitz getroffen hat! Sein Bart verdeckt die Verletzungen. Ich durfte fühlen. Die Haut war unter dem Bart auf einer Seite wulstig.

Wir standen da und sahen uns an, bis ich erneut lachen musste. Was sollte ich auch sonst tun? Wie viele Menschen sind schon einmal von einem Blitz getroffen worden? Einer von zehntausend. Wenn überhaupt. Danach gab es nichts mehr zu sagen.

Es widerstrebt mir, dies zu schreiben, es ist nicht mein Stil (ich bin ein rationaler Mensch, auf der Arbeit trage ich eine Uniform), aber gibt es wirklich so etwas wie Zwillingsseelen? Wenn es sie gäbe, würde das manches erklären.

Dann taucht eine natürliche Frage auf: Empfindet er das Gleiche? Ich glaube schon. Um es in Kindersprache auszudrücken: Er hat angefangen. Als er mich im Sommer auf die Wange küsste. Er wusste es damals schon.

Oder?

Ja, ja. Ich brauche ihn nur zu fragen, nicht wahr? Ja, klar.

Nur fragen. Lieber sterbe ich. Nein, das tue ich nicht. Aber es ist schwierig. Wenn er antwortet ... ich weiß nicht. Wenn er die falsche Antwort gibt. Dann geht etwas kaputt.

Habe heute auf der Arbeit niemanden herausgewunken. Robert hat einen auf Grund seiner Routine entdeckt. Fünf Flaschen Wodka zu viel. Wusste ich natürlich. Robert hat mich komisch angesehen.

Ich habe keine Lust mehr. Ich will nicht mehr. Ich will nur ... was will ich?

29. September

Er fährt übermorgen.

Wir sind uns gestern im Wald begegnet, haben Unmengen von Pilzen gesammelt. Er hat (selbstverständlich) den gleichen Pilzradar wie ich. Ich habe ihn nach seiner Kindheit gefragt. Er sagte, er sei zu Adoptiveltern gekommen. Es war ihm anzumerken, dass er nicht weiter darüber sprechen wollte, also ließ ich das Thema fallen.

Habe gestern den ganzen Abend Pilze blanchiert. Roland ist misstrauisch. Soll er ruhig sein. Morgen fährt er zu einem Hundewochenende in Göteborg und tut das seine. Bekommt das seine.

Vore wird wegfahren. Ich werde ihm nie mehr begegnen.

Folglich lässt sich mein Verhalten entschuldigen.

Als ich heute nach Hause kam, war sein Auto fort. Ich nahm den Schlüssel und ging ins Gartenhaus. Ich habe mich gefühlt wie ein Dieb. Ich blieb lange im Bett liegen. Genoss es und hatte gleichzeitig Angst. Panik. Fühle, noch während ich dies schreibe, dass ich sterben will.

Ich werde mir nicht das Leben nehmen, natürlich nicht. Aber ich will sterben. So ist es. Als ich in seinem Bett lag und wusste, dass es das letzte Mal sein würde ... (Oh ja, ich habe es mehrmals getan.)

Ich will bloß ausgelöscht werden, verschwinden.

Aber das geht bestimmt wieder vorbei. (Es wird niemals vorbeigehen.)

Hilf mir! Was soll ich tun?

Als ich gehen wollte, sah ich etwas Merkwürdiges. Im Spülbecken standen ein Teller und ein Teelöffel. Seltsam, nicht? Nein, aber das auf dem Teller schon. Anfangs dachte ich, es wären irgendwelche Süßigkeiten. Als ich genauer hinsah, erkannte ich, dass es Larven waren. Zerquetschte Larven.

Ja. Ich habe sie probiert. Sie schmeckten ziemlich gut. Ein bisschen wie Schnecken, aber körniger.

Ab und zu habe ich das Gefühl, außerhalb meines Körpers zu leben. Der Körper tut Dinge, und ich stehe neben mir und denke: »Aber was tust du denn da? Legst du dich ins Bett, isst du Larven, was tust du?«

Was tue ich? Was soll ich tun?

Ich glaube, ich werde krank. Er soll wegfahren. Ich bin nicht verliebt, aber ich ... muss in seiner Nähe sein. Vielleicht liebe ich ihn. Sie. Ja, so ist es vielleicht.

Ich liebe.

Ja.

Ich gehe kaputt.

*

Am Donnerstagnachmittag packte Roland Kleider, Hundefutter und Tara ins Auto. Es war bloß ein leichter Fall von Krätze, und er ergriff die Chance, zu der Hundeschau zu fahren, obwohl er es eigentlich hätte lassen sollen. Wer Krätze in die Hundeställe brachte, lief fast Gefahr, zum Abschuss freigegeben zu werden.

Tina stand am Schlafzimmerfenster und sah ihn davonfahren. Sie war nicht zur Arbeit gegangen, weil sie sich nicht gut fühlte. Etwas mit dem Magen, der Brust, dem Herzen. Zum ersten Mal in ihrer gesamten beruflichen Laufbahn war sie krank. Als sie auf der Arbeit anrief und erklärte, dass sie nicht kommen würde, wurde sie gefragt, ob sie die Krankenkasse angerufen habe. Sie wusste nicht, was man tun musste, und ließ es bleiben.

Als der Volvo den Hang hinab verschwunden war, ging sie hinaus, setzte sich auf die Veranda und las eine Weile in *Komet im Mumintal.* Es war ein ungewöhnlich warmer Herbsttag, und es lag das gleiche Gefühl in der Luft wie in ihrem Buch. Eine feuchte, aufgeladene Wärme, als hielte alles den Atem an und wartete auf eine Veränderung.

Von dem Druck, der in der Luft lag, bekam sie Kopfschmerzen, und es fiel ihr schwer, sich zu konzentrieren. Sie ging ins Haus, stand eine Weile am Küchenfenster und schaute zum Gartenhaus hinüber.

Was tut er dort?

Wie immer, wenn Roland wegfuhr, hatte sie für eine kleine private Feier eingekauft. Die Schnecken lagen im Kühlschrank auf Eis. Diesmal hatte sie mehr gekauft als sonst, aber ihn noch nicht zu fragen gewagt. Sie hatte Angst. Es hatte sich alles so gefügt, dass dieser Abend entscheidend sein konnte. Roland war fort, Vore würde am nächsten Tag fahren.

Und was soll entschieden werden?

Wäre sie im Vollbesitz ihrer geistigen Kräfte gewesen, wäre sie hier nicht auf und ab gegangen und hätte sich vor der Frage gedrückt, ob Vore zu ihrem Fest kommen wollte. Sie hätte die Polizei gerufen. Denn sie war der festen Überzeugung, dass er ein Kind bei sich hatte. Sie hatte schärfere Ohren als die meisten, und sie hatte es gehört.

Eigentlich sollte sie Rang bei der Polizei von Norrtälje anrufen und ihm sagen, wie die Dinge lagen. Sie würden sofort kommen. Die Polizisten kannten sie.

Niemand kennt mich.

Vor langer Zeit hatte sie mal einen Artikel darüber gelesen, dass Menschen ihren Partner nach dem Geruch auswählen. Jedenfalls Frauen, oder wie auch immer es war. Fünf Frauen hatten an fünf T-Shirts riechen müssen, die fünf verschiedene Männer getragen hatten. Oder waren es mehr Frauen gewesen? Das Ganze war ihr finster pervers erschienen: diese Kombination aus Laboratmosphäre und verschwitzter Unterwäsche.

Sie hatte mit dem Ergebnis sympathisiert und gleichzeitig verächtlich darüber geschnaubt. Als ob man eine Wahl hätte.

Für Roland hatte sie sich *trotz* seines Geruchs entschieden. Nicht, dass er wirklich schlecht riechen würde. Aber er roch verkehrt. Verkehrt für sie. Er war nicht der Einzige, der auf ihre Kontaktanzeige geantwortet hatte, aber der Einzige, der nach ihrer ersten Verabredung Interesse gezeigt hatte. Da hattest du deine Wahlfreiheit.

Aber Vore. Sein Geruch, sein Duft war, als käme man nach Hause. Anders ließ es sich nicht beschreiben. Sich in sein Bettzeug zu legen war wie früher, wenn man sich in Mamas und Papas Bett kuschelte. Tinas Eltern hatten getrennte Betten gehabt, und es war nicht dieser Duft, um den es hier ging, sondern ein anderer, der geborgener und heimischer war als irgendetwas, das auf einer realen Erinnerung basierte.

Also rief sie nicht die Polizei.

Unterstützt von schwarzen Wolken, die von Osten heranrollten, senkte sich die Dämmerung schnell herab. Die Luft lag schwül und drückend über ihrem Kopf. Einzelne Regentropfen irrten das Küchenfenster herab, und im Gartenhaus ging das Licht an. Die Unruhe war eine funkensprühende Wunderkerze in ihrem Körper.

Es wird ein Gewitter geben.

Sie ging durchs Haus und zog alle Stecker heraus, am Fernseher, am Telefon. Schaltete die Hauptsicherung aus. Sie würde es nicht schaffen, ihn zu fragen, wagte es nicht, ihn einzuladen. Wusste nicht, wozu dies führen könnte. Doch sie wünschte sich, dass er von alleine käme.

Sie trank ein Glas Weißwein, trank noch eins. Die Unruhe zerrte an ihr. Sie wäre gerne in den Wald gegangen, traute sich aber nicht. Das Gewitter konnte jeden Moment anfangen. Sie spürte es und hatte das Gefühl, eingesperrt in einer Burg zu hocken und auf eine unbesiegbare Armee zu warten, die sich unabwendbar näherte. Floh man, wurde man getötet, blieb man, wurde man getötet.

Sie setzte sich auf den Küchenfußboden und presste ihre Stirn auf die Knie. Stand abrupt auf, holte sich ein weiteres Glas Wein und setzte sich erneut auf den Fußboden. Ihre Hand zitterte, als sie das Glas zum Mund führte und den Inhalt hinunterkippte. Ein paar Minuten später fühlte sie sich etwas besser.

Dann kam das Gewitter. Es begann ganz in der Nähe: Sie zählte einundzwanzig, zweiundzwanzig, dreiundzwan... zwischen Blitz und Donner. Regen lief die Fensterscheiben herab, trommelte auf die Fensterbleche. Sie biss die Zähne zusammen, zog die Arme über den Kopf und starrte zu Boden, um das Blitzlicht wahrnehmen zu können.

Der nächste Blitz war näher. Sie kam nur noch bis zweiundzwanzig. Sobald sie die Kiefer nicht mehr aufeinanderpresste, begannen ihre Zähne zu klappern. Der Donner rollte vom Meer heran, war ein gigantisches, erbostes Gespenst, das näher kam, sie vernichten, mit seinem weißen Licht hinwegfegen wollte.

Als es das nächste Mal krachte, wusste sie nicht, ob der Boden oder sie selbst bebte. Das Gewitter war ganz nah. Bald war es genau über ihr.

Mit einem Satz war sie auf den Beinen. Ohne Mantel oder Schuhe anzuziehen, lief sie aus dem Haus. Der Regen klebte ihre Bluse an den Rücken, und Wasser spritzte um ihre nackten Füße, als sie über den Rasen zur Auffahrt sprintete.

Vores Auto war ein verwaschener weißer Fleck hinter den Regenschleiern, und sie lief darauf zu, als wäre der Erdboden wie in ihren schlimmsten Befürchtungen elektrisch aufgeladen.

Sie öffnete die Beifahrertür, warf sich in den Wagen und zog die Tür hinter sich zu. Der Regen hämmerte auf das Blech, die Landschaft flammte im Phosphorlicht auf, und die Bäume wurden in den Himmel genietet. Der Knall kam nur eine Sekunde später; zwei Kaffeetassen in der Ablage unter dem Handschuhfach klapperten gegeneinander.

Hinter dem Mietwagenduft aus Sitzreinigung nahm sie seinen Duft wahr. Ihr Herz beruhigte sich ein wenig, das schlimmste Zittern legte sich. Es war eine Linderung, mit der sie nicht gerechnet hatte. Sie hatte nur die Gummiisolierung zum Erdboden gesucht, aber hier war sein Geruch und beruhigte sie mehr als technische Erklärungen. Sie atmete tief durch und schreckte auf, als auf der Fahrerseite die Tür aufging und Vore sich in den Wagen schob.

Seine Augen waren weit aufgerissen. Er hatte genauso viel Angst wie sie. Mit etwas Mühe zwängte er sich auf den Fahrersitz und knallte die Tür zu. Das Auto war wie ein vier Nummern zu kleiner Anzug für ihn. Obwohl sein Sitz so weit zurückgeschoben war, wie es ging, rieben sich seine Knie am Lenkrad.

Sie begriff, wie es aussehen musste, wenn er fuhr, und musste lachen.

Er drehte sich zu ihr um und lächelte blass. »Gewitter«, sagte er. »Sehr komisch.«

»Nein, ich meine nur ...« Sie zeigte auf seinen Kopf, der fast bis an die Decke reichte. »Bräuchtest du nicht ein etwas größeres Auto?«

Er antwortete, aber sie verstand seine Worte nicht. Es donnerte so laut, dass davon alles übertönt wurde. Ihre Hände schlossen sich krampfhaft zu Fäusten, und sie spürte, dass ihr Tränen in die Augen schossen. Vore packte das Lenkrad, hielt sich daran fest und stierte auf den Weg hinaus.

Ohne zu denken, tat sie es einfach. Sie schmiegte sich an ihn. Die Handbremse presste sich in ihre Hüfte, als sie ihren Kopf an seine Brust lehnte und den Duft seines Hemds einsog. Seine Hand legte sich auf ihre Wange, auf ihr Ohr. Sie schloss die Augen.

Um sie herum raste das Gewitter weiter, aber nach einer Weile hörte sie, dass sich auch seine Herzschläge beruhigten. Er drückte sie fester an sich. Sie trösteten sich gegenseitig und wurden dabei immer ruhiger. Als das Gewitter langsam abzog, hatten sie kaum noch Angst.

Sie saßen wie normale Menschen jeder auf seinem Sitz und wussten nicht, wo sie anfangen sollten. Das Gewitter war jetzt fern, eine murmelnde Erinnerung an das, was sie erlebt hatten. Schließlich sagte Vore: »Roland.«

Tina zog eine Grimasse. »Ja?«

»Er betrügt dich.«

»Stimmt«, erwiderte Tina. »Woher weißt du das?«

»Der Geruch.«

Natürlich. Warum hatte sie gefragt? Sie nickte und schaute durch die Windschutzscheibe hinaus. Da es nicht mehr blitzte, war es draußen stockfinster. Die Innenraumbeleuchtung ließ einzelne tanzende Regentropfen auf der Motorhaube auftauchen und sonst nichts. Vore öffnete seine Tür.

»Komm«, sagte er.

Tina griff nach seiner Hand, und sie gingen gemeinsam zum Gartenhaus. Als sie hineinkamen, setzten sie sich beide aufs Bett. Sie machten kein Licht, und alles, was es gab, waren Geräusche, Düfte. Tina hatte einen Kloß im Hals. Sie tastete in der Dunkelheit, fand seine Wange und strich über den rauen Bart.

»Du«, sagte sie. »Ich will. Aber ich kann nicht.«

»Doch, du kannst.«

Seine Antwort war so ohne jeden Zweifel, dass er mit seinen Worten einen Stein überzeugt hätte. Trotzdem schüttelte sie den Kopf. »Das ist es nicht. Aber es tut zu weh. Ich kann nicht.«

»Du hast es noch nie getan.«

»Doch.«

Er nahm ihr Gesicht in seine Hände.

»Nein«, sagte er. »Nicht auf deine Art.«

»Wie meinst du das?«

Er strich über ihre Brust, und ein Strom von Ameisen durchkrabbelte sie, sammelte sich im Unterleib, wuchs.

»Vertrau mir«, sagte er.

Er zog sie aus. Das Gefühl in ihrem Unterleib war etwas, das sie noch nie erlebt hatte, als wäre dort ein bisher ungenutzter Körperteil gewachsen. Als er sich Hemd und Unterhemd auszog und sie das Gesicht auf seine nackte Brust presste, begann es dort unten zu pochen und zu pulsieren.

Ihre Augen waren in der Dunkelheit weit geöffnet. Es kam ihr vor, als würde etwas von innen nach außen gestülpt, in ihrem Unterleib entfaltet. Als er sich für einen Moment von ihr zurückzog, um seine Hose auszuziehen, tastete sie mit den Händen über ihr Geschlecht. Sie stöhnte auf.

Eine harte, aufwärtsgerichtete Erektion stach aus dem heraus, was sie für ihre Scheide gehalten hatte. Sie tastete ihre Wurzel ab und fand keine Öffnung. Das Gefühl war exakt das gewesen, was es beschrieb: Sie war umgestülpt worden.

Vores Hand berührte ihre. »Verstehst du jetzt?«

Sie schüttelte den Kopf. Das Bett knarrte, als Vore sich hineinlegte. »Komm«, sagte er.

Sie legte sich auf ihn. Er führte sie, und sie drang in ihn ein. Das Bett knackte bedrohlich, als sie sich zurückzog, von Neuem eindrang. Sie fuhr mit den Händen über seine Brust. Der Genuss, den der neue Körperteil ihr schenkte, war beängstigend. Wie Phantomschmerzen, nur umgekehrt. Sie genoss an einer Stelle, die es nicht gab.

Nach einer Weile hörte sie auf, sich zu ängstigen. Zu denken. Sie fiel auf ihn und stieß in seine feuchte, weiche Dunkelheit hinein. Vore stöhnte, packte ihren Hintern, streichelte mit der Hand über die Narbe, das tote Gewebe. Sie waren nicht länger Mann oder Frau, nur zwei Körper, die einander in der Finsternis fanden. Sich trennten, vereinten und auf den Wellen des anderen rollten, bis das weiße Licht sie durchspülte und ihr Unterleib sich verkrampfte und zusammenzog, und sie schrie, als die glühenden Ameisen aus ihr heraus und in ihn hineingeschleudert wurden.

Er zündete ein paar Kerzen an. Tina blieb auf dem Bett liegen und tastete mit den Fingern ihr Geschlecht ab, während es erschlaffte und sich nach innen kehrte. Als Vore ihre Brüste streichelte, zögerte es einen Moment, verschwand dann jedoch völlig in ihrem Inneren.

Sie betrachtete seinen Rücken. Die große runde Narbe in seinem Kreuz war im Kerzenlicht dunkelrot. Sie berührte sie mit dem Mittelfinger.

»Ich hatte keine Ahnung«, sagte sie.

»Ja«, meinte er. »Das ist ziemlich deutlich geworden.«

»Warum hast du nichts gesagt?«

»Weil ...«, seine Hand glitt bedächtig über ihren Körper, »... weil ich nicht wusste, ob du es wissen willst. Du hast dich doch in deinem Leben eingerichtet. Dich an die Welt der Menschen angepasst. Es gibt vieles, was du nicht weißt. Wovon du vielleicht gar nichts wissen willst. Wenn du leben willst, wie du es bisher getan hast.«

»Ich will nicht leben wie bisher.«

»Nein.«

Sie dachte, dass er weitersprechen, ihr etwas erzählen würde. Stattdessen seufzte er schwer und kauerte sich in eine unbequeme Stellung, um seinen Kopf auf ihren Bauch zu betten. Nach einer Weile begann er zu zittern, und sie glaubte, dass er fror. Sie lehnte sich vor, um die Decke über ihn zu ziehen, sah dann jedoch, dass er weinte. Sie strich ihm übers Haar. »Was ist?«

»Tina.« Es war das erste Mal, dass er ihren Namen aussprach. »Es gibt nicht mehr viele von uns. Es ist besser für dich, das hier ... das hier zu vergessen. Nicht danach zu handeln.«

Sie streichelte weiter seine Haare, blickte zur Decke. Die Fenster im Gartenhaus waren undicht, die Kerzenflammen schlugen, flackerten im Luftzug und setzten die Schatten an der Decke in Bewegung. Überall Leben.

»Du hast hier ein Kind gehabt.« Sein Körper erstarrte auf ihr. »Stimmt's?«

»Ja.«

»Was war das für ein Kind? Wo ist es jetzt?«

Er hob den Kopf, glitt neben dem Bett zu Boden, kniete dort und sah ihr forschend in die Augen.

Wenn sie jetzt einfach ging. Ins Haus ging, heiß duschte und jede Menge Wein trank, bis sie einschlief. Morgen würde er abreisen. Roland zurückkommen. Am Montag würde sie zur Arbeit gehen. Sie konnte weiter in dieser –

Lüge

– Geborgenheit leben, die ihr Dasein bis zu diesem Tag gewesen war.

Vore stand auf und öffnete den Kleiderschrank. Nahm den Stapel Handtücher heraus, der vorne auf dem oberen Regalbrett lag. Streckte den Arm hinein und zog eine Pappkiste in der Größe zweier Schuhkartons heraus. Tina deckte sich zu. Vores Kopf reichte fast bis zur Decke, er türmte sich über ihr auf und hielt ihr den Karton hin. Sie schloss die Augen.

»Ist es ... tot?«, fragte sie.

»Nein. Und es ist kein Kind.«

Als er sich setzte, spürte sie das Bett unter seinem Gewicht nachgeben. Sie hörte ihn den Deckel abnehmen. Ein schwaches Wimmern. Sie öffnete die Augen.

Auf einem Lager aus Frotteehandtüchern lag in dem Karton ein wenige Wochen alter Säugling. Die dünne Brust hob sich, und Vore strich mit dem Zeigefinger über den Scheitel des Kinds. Tina beugte sich vor.

»Es ist ja doch ein Kind«, sagte sie. Es war ein Mädchen. Seine Augen waren geschlossen, und die Finger bewegten sich langsam, als träumte es. Im Mundwinkel saß ein kleiner Tropfen eingetrockneter Milch.

»Nein«, widersprach er. »Das ist ein Hiisit. Er ist nicht befruchtet.«

»Aber das ist doch ein Kind. Ich sehe doch, dass es ein Kind ist.«

»Ich habe es geboren«, erwiderte Vore. »Also sollte ich es wohl auch wissen, nicht wahr? Es ist ein Hiisit. Es hat keine … Seele. Keine Gedanken. Es ist wie ein Ei. Ein unbefruchtetes Ei. Allerdings lässt es sich zu allem Möglichen formen. Schau …«

Er stupste ein Lid des Kindes an, und seine Augen öffneten sich. Tina stöhnte auf. Die Augen waren vollkommen weiß.

»Es ist blind«, erläuterte Vore. »Taub. Kann nichts lernen. Nur atmen, schreien, essen.« Er kratzte das Weiße aus dem Mundwinkel des Kindes. Als wollte er bekräftigen, was er gerade gesagt hatte, fügte er hinzu: »Ein Hiisit. So werden sie genannt.«

»Brauchst du dafür die … Fliegenlarven? Als Nahrung?«

»Ja.« Er verrieb zwischen seinen Fingern, was er aus dem Mundwinkel des Kindes entfernt hatte. »Ich dachte, du hättest ihn gesehen. Als du hier warst.«

Tina schüttelte den Kopf. In ihrem Magen regte sich leichte Übelkeit, kroch höher, zur Kehle hinauf. Sie riss ihren Blick von den milchweißen Augen und fragte: »Was meinst du mit … formen?«

Vore drückte mit dem Finger auf die Stelle, an der eigentlich das rechte Schlüsselbein des Kindes sitzen sollte, aber der Finger sank einfach ein und hinterließ eine Grube. Das Kind reagierte nicht. »Es ist wie Lehm.«

Tina starrte das Loch an, das sich nicht wieder ausbeulte, das Schattenversteck in der Brust des Kindes, und wollte nicht mehr. Sie schob sich aus dem Bett, ließ Vore mit dem Karton auf dem Schoß zurück. Er machte keine Anstalten, sie aufzuhalten. Sie sammelte ihre Kleider auf, die auf dem Fußboden verstreut lagen, und nahm sie als Bündel in die Arme.

»Was … wozu hast du ihn?«

Vore sah sie an. Wo sie wenige Minuten zuvor Wärme, Liebe

gesehen hatte, gab es jetzt nur die Einsamkeit eines Waldsees im Herzen des Waldes, zu dem niemand jemals geht. Mit dünner Stimme sagte er: »Weißt du das nicht?«

Sie schüttelte den Kopf, trat zur Tür und öffnete sie. Vore blieb auf dem Bett sitzen. Sie ging auf die Eingangstreppe hinaus, und der Wind duschte Nieselregen auf ihren nackten Körper. Die Kerzenflammen im Gartenhaus flackerten heftig, wischten Muster auf den großen Mann auf dem Bett mit dem kleinen Karton auf seinem Schoß.

Ich habe es geboren ...

Die weißen Augen, die sich öffneten, der Finger, der in die Brust gedrückt wurde.

Sie schlug die Tür zu und lief zum Haus. Als sie hineinkam, schloss sie die Haustür ab. Sie ließ die Kleider auf den Fußboden im Flur fallen und ging geradewegs in die Küche, wo sie den restlichen Wein direkt aus der Flasche trank. Anschließend öffnete sie eine neue Flasche, ging ins Schlafzimmer, schaltete eine CD mit Chopins Klaviersonaten an, drehte laut und legte sich ins Bett.

Sie wollte es nicht wissen. Sie wollte nichts wissen. Als sie die Flasche halb leer getrunken hatte, tastete sie ihr Geschlecht ab. Es gab dort eine klebrige Flüssigkeit, und sie führte die Finger zur Nase. Es roch nach Keimen und Salzwasser. Sie liebkoste sich selbst. Es passierte nichts. Sie trank mehr.

Als die Flasche leer war und das Muster der Vorhänge anfing, sich zu bewegen, vor ihren Augen zu kriechen, klopfte es an die Tür.

»Geh weg«, flüsterte sie. »Geh weg ...«

Sie torkelte zur Stereoanlage und drehte den Ton so laut, dass das Klavier in den Wänden schepperte. Vielleicht klopfte es noch öfter, vielleicht nicht. Sie kehrte ins Bett zurück und zog sich die Decke über den Kopf.

Ich will nicht. Will nicht will nicht …

Die Bilder in ihrem Kopf wurden verworren. Große Hände, die nach ihr griffen. Ein Wald mit riesigen Stämmen, der im Schatten verschwand, und dann alles weiß, weiß. Weiße Hände, weiße Kleider, weiße Wände. Hände, die griffen, sie hochhoben. Sie schlitterte auf einer abschüssigen Rutschbahn in die Dunkelheit und schlief ein.

Sie schlug die Augen auf und wusste nichts. Graues Licht fiel ins Zimmer, und ihr Mund war verklebt. Sie hatte bohrende Kopfschmerzen, und ihr Unterleib brannte, weil sie dringend auf Toilette musste. Sie rappelte sich auf und ging zur Toilette.

Als sie sich setzte und den Urin fließen ließ, erinnerte sie sich. Sie blickte auf ihr Geschlecht hinab, wo der Urin in einem spitzen Strahl aus ihr herausrann, und versuchte sich vorzustellen, wie es in ihrem Inneren aussah. Es ging nicht. Eine Tafel aus den Biologiestunden in der Schule blitzte auf.

Das kommt nicht hin. Ich bin eine Missgeburt.

Sie lehnte sich gegen das Waschbecken, drehte den Wasserhahn auf, zog sich in halb stehende Position und trank. Die Schärfe des Wassers war wirklich. Sie hielt sich daran und trank, bis ihr Magen kalt war. Als sie sich aufrichtete und in die Küche ging, nahm das Wasser die gleiche Temperatur an wie ihr Körper. Die Konturen verwischten von Neuem. Sie setzte sich auf einen Küchenstuhl und dachte: *Da ist die Kaffeemaschine, da ist der Zeitungskorb, da ist die Uhr. Auf ihr ist es Viertel nach elf. Da ist eine Schachtel Streichhölzer. All das gibt es. Mich gibt es auch.*

Sie holte zwei Kopfschmerztabletten aus dem Medizinschrank und schluckte sie mit einem weiteren Schluck Wasser aus einem Glas, das in ihrer Hand rund und hart war.

Viertel nach elf!

Für einen kurzen Moment geriet sie in Panik und dachte, dass sie zu spät zur Arbeit kam. Dann fiel ihr ein, dass sie sich krankgemeldet hatte. Sie kehrte zum Schlafzimmer zurück und sah aus dem Fenster. Das weiße Auto war fort. Sie legte sich aufs Bett, lag da und starrte eine Stunde an die Decke.

Sie glaubte alles zu verstehen. Aber sie musste es genau wissen.

Um Viertel nach eins stand sie an der Haltestelle und wartete auf den Bus nach Norrtälje.

Ihr Vater war nicht auf seinem Zimmer. Sie fragte eine Pflegerin und erfuhr von ihr, dass er im Aufenthaltsraum war. Der Blick der Pflegerin flackerte zu ihren Füßen, als wollte sie kontrollieren, dass sie keinen Schmutz hereingetragen hatte. Sie sah wahrscheinlich grauenvoll aus.

Er war allein in dem Raum, saß zum Fenster gewandt in seinem Rollstuhl. Anfangs dachte sie, er schliefe, aber als sie um ihn herumging, sah sie, dass seine Augen offen waren und zu den verstreut stehenden Kiefern vor dem Fenster blickten. Hastig ordnete er seine Gesichtszüge zu einem Lächeln.

»Hallo, Liebes. Unerwarteter Besuch. Schon wieder.«

»Hallo, Papa.«

Sie zog einen Stuhl neben ihn und setzte sich.

»Wie geht es dir?«, fragte er.

»Nicht so gut.«

»Ja. Das sehe ich.«

Sie schwiegen eine Weile und sahen sich in die Augen. Die Augen ihres Vaters hatten die Transparenz des Alters bekommen. Klarheit und Klugheit waren zwar noch da, aber gleichsam verdünnt wie blaue Wasserfarbe. Tinas Mutter hatte braune Augen gehabt, deshalb hatte sie nie darüber nachgedacht. Jetzt tat sie es.

»Papa«, sagte sie. »Wo komme ich her?«

Die Augen ihres Vaters wanderten zu den Kiefern. Kurz darauf sagte er, ohne sie anzusehen: »Ich nehme an, dass es keinen Sinn hat …« Er runzelte die Stirn. »Wie hast du es erfahren?«

»Spielt das eine Rolle?«

Wieder die Kiefern. Obwohl er in einem Pflegeheim lebte, obwohl er an den Rollstuhl gefesselt war und seine früher so geschickten Hände keine Fliege mehr verscheuchen konnten, war es Tina gelungen, die Augen davor zu verschließen, wie alt er geworden war. Jetzt sah sie es. Oder das Alter holte ihn in diesem Moment ein.

»Ich habe dich immer geliebt«, sagte er, »als wärst du meine eigene Tochter. Du *bist* meine Tochter. Ich hoffe, das verstehst du.«

Der Kloß in ihrem Bauch wuchs. Es war das gleiche Gefühl wie in dem Moment, als Vore ihr den Karton hinhielt. Der Augenblick, bevor der Deckel geöffnet wurde. Wenn man noch weglaufen, die Augen verschließen und so tun kann, als gäbe es da gar nichts zu sehen. Sie hatte geglaubt, ihren Vater bedrängen zu müssen, war nicht darauf vorbereitet gewesen, dass sie so schnell zu diesem Punkt vorstoßen würden. Aber vielleicht war er seit dem Tag vorbereitet gewesen, an dem sie ihn nach ihrer Narbe gefragt hatte. Vielleicht war er es seit vielen Jahren gewesen. Vielleicht sogar seit sie … sie in seine Obhut gekommen war.

Er sagte: »Ich sehe schon, du hast keinen Saft mitgebracht.«

»Nein. Habe ich vergessen.«

»Du kommst mich doch auch … in Zukunft besuchen?«

Sie legte die Hand auf seinen Arm, dann auf seine Wange und ließ sie dort einige Sekunden liegen. »Papa. *Ich* bin es, die hier Angst haben muss. Jetzt sag.«

Er lehnte die Wange fast unmerklich gegen ihre Hand. Dann richtete er den Kopf auf und sagte:

»Deine Mutter und ich konnten keine Kinder bekommen. Wir haben es viele Jahre versucht, aber es hat nie geklappt. Ich weiß nicht, wie viel du darüber nachgedacht hast ... wir waren immerhin zehn, fünfzehn Jahre älter als die Eltern deiner Klassenkameraden. Wir bemühten uns, ein Kind zu adoptieren. Das war drei Jahre bevor ... bevor sie dich fanden.«

»Wie meinst du das, fanden?«

»Nun ja, du warst ... damals zwei. Als sie dieses Paar im Wald fanden. Nur fünf Kilometer von dem Haus entfernt, in dem wir wohnten. In dem du heute wohnst. In den Kronwäldern. Man wusste auch vorher, dass sie dort lebten, aber erst, als sich herausstellte, dass sie ein Kind hatten, wurden ... Maßnahmen ergriffen.«

Er schloss den Mund und öffnete ihn wieder mit einem klebrigen Geräusch.

»Gibst du mir bitte etwas Wasser?«

Tina stand auf, ging zum Wasserhahn, füllte etwas Wasser in eine Spitztüte –

die Kronwälder

– kehrte zurück und reichte sie ihrem Vater. Sie sah ihn an, während er trank, den faltigen Hals, der in kleinen, winzig kleinen Schlucken trank. Er war mittlerweile hager, war jedoch auch in seinen besten Jahren genau wie ihre Mutter eher zart gebaut gewesen. Sie hatte Fotos von ihren Großeltern gesehen ...

Sie zuckte zusammen. Ein bisschen Wasser wurde auf das Kinn ihres Vaters verschüttet, tropfte auf seine Brust herab.

Alles verschwindet, dachte sie. Ihre Großeltern mütterlicherseits und väterlicherseits. Der Familienhof. Fotoalben mit Schwarzweißaufnahmen, das Haus, das ihr Urgroßvater gebaut hatte, die ganze Linie in die Vergangenheit wurde ausradiert. Sie gehörte nicht dazu. Große, drahtige Menschen auf Feldern, neben Häusern, badend. Eine ungewöhnliche Bauernfamilie. Der sie natürlich nicht angehörte.

»Maßnahmen ...«, hörte sie sich sagen.

»Ja«, sagte ihr Vater. »Ich weiß nicht, wie viel du darüber hören möchtest, aber so viel kann ich immerhin sagen, dass es um eine unvorstellbare ... Verwahrlosung ging. Du bist nackt herumgekrabbelt, obwohl schon Oktober war, und sie hatten kein richtiges Essen für dich. Keine Elektrizität, kein Wasser, du konntest nicht sprechen. Kein Wort. Sie wohnten nicht einmal in einem Haus, sondern in einer Art Verschlag. Nur ein paar Wände. Feuer machten sie direkt auf der Erde. Also wurde ... für dich gesorgt. Und so bist du dann schließlich zu uns gekommen.«

Ihr traten Tränen in die Augen. Sie strich sie fort, hielt die Hand vor den Mund und schaute aus dem Fenster.

»Mein Liebling«, sagte ihr Vater tonlos. »Ich kann die Hand nicht ausstrecken und dich berühren. Wie ich es jetzt eigentlich tun sollte.«

Tina rührte sich nicht.

»Und meine Eltern? Was ist mit denen passiert?«

»Ich weiß es nicht.«

Sie fing seinen Blick ein. Zwang ihn. Er seufzte schwer und sagte: »Sie sind in einer Nervenheilanstalt gelandet. Gestorben. Beide. Ziemlich schnell.«

»Sie wurden getötet.«

Ihr Vater zuckte angesichts der Härte in ihrer Stimme zusammen. Sein Gesicht alterte erneut um ein paar Jahre.

»Ja«, sagte er. »So kann man es vielleicht sehen. Habe ich später überlegt.« Seine Augen suchten flehend ihre. »Wir haben getan, was wir für das Beste hielten. Es war nicht unsere Entscheidung, dass sich um dich gekümmert werden sollte. Wir haben dich nur angenommen ... als unser Kind. Als es schon passiert war.«

Tina nickte und stand auf.

»Ich verstehe«, sagte sie.

»Tust du das?«

»Nein. Aber das werde ich vielleicht.« Sie schaute zu ihm im Rollstuhl hinab. »Und wie hieß ich?«, fragte sie. »Hatten sie einen Namen für mich?«

Die Stimme ihres Vaters war so schwach, dass sie meinte, ihn »Eva« sagen zu hören. Sie beugte sich zu seinem Mund hinab. »Was hast du gesagt?«

»Reva. Sie haben dich Reva genannt. Ich weiß nicht, ob das ein Name war oder ... nur etwas, das sie so sagten.«

»Reva.«

»Ja.«

Reva. Vore.

Auf dem Heimweg von Norrtälje suchte ihr Blick die Flächen links und rechts der Straße ab. Spähte hinter die Wildzäune, in die Wälder hinein. Die Kronwälder. Die nichtssagenden Fichtenmassen hatten eine tiefere Bedeutung bekommen. Sie hatte immer schon das Gefühl gehabt, zum Wald zu gehören. Jetzt wusste sie, dass es so war.

Reva.

Hatten sie eingesperrt in weiße Zimmer ihren Namen geschrien?

Sie sah Gummizellen vor sich, schwere Eisentüren mit Gucklöchern. Sah vor sich, wie sich ihre Mutter und ihr Vater gegen die Wände warfen und schreiend darum flehten, freigelassen zu werden, in den Wald zurückkehren, ihr Kind zurückbekommen zu dürfen. Aber sie waren nur von steifen, zugeknöpften Institutionsgesichtern umgeben. Keine Spur von Grün, von Vegetation.

Nackt, obwohl schon Oktober war. Kein richtiges Essen.

Sie hatte nie viel gegessen, und die Mahlzeiten, die in Kantinen und Cafeterien serviert wurden, schmeckten ihr nicht. Ihr schmeckten Schnecken, Sushi. Roher Fisch. Sie fror so gut wie nie, ganz gleich, wie kalt es war.

Sie hatten schon gewusst, wie sie ihr Kind behandeln mussten. Aber in den frühen Sechzigerjahren, der Blütezeit des starken Wohlfahrtsstaats – lächelnde Mütter mit geblümten Schürzen und das Wirtschaftswunder und Millionenprogramme für den sozialen Wohnungsbau. Feuer direkt auf dem Erdboden und kein Essen im Vorratsschrank, wenn es überhaupt so etwas wie einen Vorratsschrank gegeben hatte. Das durfte nicht sein.

Tina hatte gehört, dass man bis weit in die Siebzigerjahre hinein Menschen zwangssterilisiert hatte. War das auch das Schicksal ihrer Eltern gewesen?

Sie weinte, bis sie nichts mehr sah.

Nervenheilanstalt.

Sie wurde das Bild von den weißen Würfeln nicht mehr los. Ihre Mutter und ihr Vater, eingesperrt in einen von ihnen, schrien sich die Seele aus dem Leib, bis sie an einem gebrochenen Herzen starben. Sie versuchte das, was geschehen war, als Glück zu sehen. Sonst wäre sie vor Verwahrlosung gestorben. Aber hatte sie nicht mindestens einen Winter überlebt? Den heikelsten Winter, den Säuglingswinter. Ihre Eltern hatten dafür gesorgt, dass sie ihn überlebte.

Sie sah die Fichtenmassen am Straßenrand, und ihr bloßer Anblick tröstete sie. Aber es war ein Wildzaun im Weg, und sie hatte jetzt nicht vor, dort hinüberzuklettern.

Wildzaun.

Haltet den Wald fern. Züchtigt ihn. Schließt ihn ein.

Vore. Wie viel wusste er über all das? Hatte er immer gewusst, was er war, oder hatte es auch in seinem Leben einen solchen Moment gegeben, in dem alles auf ihn einstürzte und er sein ganzes Dasein neu interpretieren musste?

Sie rieb sich mit harten Händen die Tränen aus den Augen.

Das Gartenhaus war leer. Die Möbel standen natürlich noch an ihrem Platz, aber sein Koffer, der Larvenbrutapparat, der Fotoapparat, das Fernglas und die Bücher waren fort. Sie hob die Handtücher vom obersten Regalbrett im Kleiderschrank. Auch der Karton war fort.

Er hatte sie ohne ein Abschiedswort verlassen.

Nein. Auf dem Schreibtisch lag noch das Notizbuch. Sie nahm es in die Hand, um zu schauen, ob ein Zettel darunterlag. Als sie keinen fand, blätterte sie darin. Es klappte in der Mitte auf, wo ein dünner Stapel Fotografien lag. Sie betrachtete das oberste Bild. Es war ein Foto von seinem ... Hiisit.

Sie ging das Buch Seite für Seite durch, um zu sehen, ob er etwas hineingeschrieben hatte, das für sie bestimmt war. Nichts. Nur diese Uhrzeiten und unleserlichen Aufzeichnungen. Sie setzte sich an den Schreibtisch und versuchte sie zu dechiffrieren. Das Gekritzel war schlimmer als auf einem Arztrezept und sah aus, als hätte jemand nur so getan, als könnte er schreiben.

Nach einer Weile gelang es ihr, eine Reihe von Konsonanten zu identifizieren, und mit ihrer Hilfe die übrigen zu erraten. Sie benötigte fast zwei Stunden, bis sie ein einigermaßen lesbares Alphabet hatte und die Buchstaben zu längeren Worten zusammensetzen konnte:

0730 Mann weg
0812 Fenster auf
0922 Post
1003 Abwasch. Schläft?
1028 draußen. Harkt Laub
1107 wacht auf?

Sie blätterte weiter, zu anderen Tagen, und sah, dass sich das Schema wiederholte. Sie schloss das Notizbuch, rieb sich die Augen und blickte zum Fenster hinaus. Was sie dort sah, ließ ihr Herz flimmern.

Nein ...

Sie griff nach dem Stapel Fotografien, betrachtete sie nacheinander. Anfangs war sie überzeugt, dass es sein Hiisit war, aber auf späteren Fotografien hielten ihn die Hände einer Frau. Und auf dem letzten Bild des Stapels war die Frau mit auf dem Bild.

Elisabeth.

Sie stand in Tinas Küche und hielt ihr Kind mit einem strahlenden, leicht bemühten Lächeln. Das Kind war identisch mit jenem, das auf Frotteehandtüchern in dem Karton gelegen hatte. Mit dem Kind, das kein Kind war. Das ein *Hiisit* war, der –

formbar

– der sich zu einem Abbild von praktisch allem gestalten ließ. Solange man sich an etwas halten konnte, an eine Vorlage. Zum Beispiel Fotos.

Tina schaute erneut aus dem Fenster und betrachtete das Haus der Nachbarn. Das Gartenhaus war der perfekte Aussichtspunkt, wenn man es ausspionieren wollte. Wenn man ein Fernglas hatte, sich Notizen über die Bewegungen der Nachbarn machte ...

Wozu hast du ihn?

Weißt du das nicht?

Doch. Jetzt wusste sie es.

Plötzlich warf sie den Kopf in den Nacken und lachte. Es war ein dreckiges, grässliches Lachen, das der gleichen Urquelle entsprang wie Wut, wie Tränen. Sie lachte, sie schrie. Es war doch alles so selbstverständlich, so einfach. Nur weil es direkt vor ihrer eigenen Nase gelegen hatte, war sie unfähig gewesen, es zu sehen.

Sie schlug sich mit der flachen Hand an den Kopf.

»Idiot!«, schrie sie. »Idiot! Es weiß doch jeder, was wir treiben!« Sie lachte wieder keuchend. »Wir tauschen die Kinder aus! Wir nehmen ihnen ihre Kinder und legen unsere eigenen an ihre Stelle!«

Sie wollte nicht, aber sie musste einfach.

Auf dem Grundstück der Nachbarn stand ein fremdes Auto. Ein dunkelblauer Volvo 740 mit der unheilverkündenden Autorität eines Streifen- oder Leichenwagens.

Sie klopfte an die Haustür. Als niemand kam, öffnete sie die Tür einen Spaltbreit und rief »Hallo?« in den Flur hinein. Elisabeth tauchte im Türrahmen zum Wohnzimmer auf. Sie sah selbst aus wie ein Hiisit: Ihr Gesicht war grau und leer, der Körper gleichsam willenlos, schwer.

»Was ist passiert?«, fragte Tina.

Elisabeth machte eine vage Kopfbewegung ins Zimmer hinein und verschwand aus dem Türrahmen. Tina trat ein und zog ihre Schuhe aus. Sie ging auf sensiblen Füßen über den Flickenteppich. Sie war eine lebende Lüge, sie war eine der Letzten ihrer Art, sie war eine Verräterin. All das war sie innerhalb weniger Stunden geworden. Göran saß auf der Couch und unterhielt sich im Flüsterton mit einem Mann, der wahrscheinlich Arzt war. Elisabeth saß in einem Sessel und blickte ins Leere. Neben ihr stand das Gitterbettchen. Ihre Hand schloss sich lose um einen der Gitterstäbe. Tina trat ans Bett.

Das Kind lag nackt, ohne Decke oder Windel. Vermutlich hatte der Arzt es gerade untersucht. Jetzt, in der natürlichen Umgebung eines Kindes, sah Tina wie … nicht-lebendig das Kind war. Er. Der Hiisit. Seine Haut war wächsern, sah weder weich noch warm aus, ihr fehlte das strömende Blut eines Kindes. Das Gesicht war regungslos, verschlossen, nur die Lippen bewegten sich ein wenig. Die Lider waren glücklicherweise geschlossen. Sie fragte sich, ob Elisabeth die weißen Augen gesehen hatte. Wahrscheinlich schon.

»Ich …«, sagte Elisabeth mit toter Stimme. »Ich bin nur kurz oben an den Briefkästen die Post holen gegangen. Als ich wieder nach Hause kam …«

Sie machte eine kraftlose Bewegung in Richtung des Kindes. Tina trat auf die andere Seite des Gitterbetts und ging in die Hocke. Das Kind lag auf der Seite. Obwohl das Licht im Zimmer gedämpft war, als handelte es sich um eine Totenwache, sah sie deutlich den kleinen Fortsatz, der in seinem Kreuz wuchs. Den Schwanz.

Vore hatte nichts darüber gesagt, aber Tina hatte ein Gefühl, das durch den bemüht neutralen Gesichtsausdruck des Arztes bekräftigt wurde: Ein Hiisit lebte nicht lange. Nicht lange genug, um gezwungen zu werden, in der Welt der Menschen aufzuwachsen.

Jener Menschen, die nicht an Trolle glaubten. Und wenn sie einmal welche fanden, sperrten sie die fremden Wesen in Nervenheilanstalten, amputierten ihre Schwänze, sterilisierten sie, zwangen sie, die Sprache der Menschen zu lernen, und versuchten zu vergessen, dass sie überhaupt existierten.

Bis wir kommen und ihre Kinder holen.

Sie sagte ein paar mitfühlende Worte, die in ihrem Mund wie rostiges Metall knirschten, verließ das Nachbarhaus und ließ gleichzeitig etwas hinter sich zurück. Sie ging ins Gartenhaus, legte sich ins Bett und ließ die Stunden verstreichen. Sie konnte dort liegen, so lange sie wollte. Es würde niemand kommen. Nie mehr.

*

Als Roland am Sonntagabend heimkehrte, sagte sie ihm, sie habe genug. Er müsse seine Hundezucht woanders weiterführen. Sie schloss sich in ihr Zimmer ein und ließ ihm durch die Tür nur wortkarge Mitteilungen zukommen. Es dauerte ein paar Tage, bis er begriff, dass sie es ernst meinte. Weitere Tage, bis er seine Sachen und dazu noch ein paar von ihr gepackt hatte.

Als sie nach seiner Abfahrt das Haus untersuchte, ging sie auch ihre Schmuckschatulle durch, ohne sich wirklich vorstellen zu können, dass er so niederträchtig sein konnte. In dem Punkt hatte sie sich jedoch geirrt. Zwei Diamantringe und eine schwere Goldkette waren verschwunden. Er ging wohl davon aus, dass sie sich nicht zu einer Anzeige aufraffen können würde, und hatte Recht. Es war ihr egal.

Ein Punkt, in dem die Märchen irren, dachte sie. Er hätte von ihr aus die ganze Schatulle mitnehmen können. Dieser Troll sammelte keine Schätze.

Den November verbrachte sie damit, den Wald zu durchforsten. Sie hatte sich für unbestimmte Zeit krankgemeldet, und da sie kein Krankengeld bezog, benötigte sie auch keine ärztliche Krankschreibung.

Nie wieder Ärzte, nie wieder Krankenhäuser.

Kein Wunder, dass sie Angst bekam, dass sie in Panik geriet. Man hatte sie schlagartig aus ihrer gewohnten Umgebung gerissen, dieser Welt aus Düften, Gerüchen, Licht, die ihrem zweijährigen Gehirn vertraut gewesen war. Man hatte sie in ein Krankenhaus verfrachtet, sie operiert, in einer Sprache zu ihr gesprochen, die sie nicht verstand, und versucht, sie in den menschlichen Maßstab zu pressen, sie zu einer von ihnen zu formen.

Sie machen uns zu ihren Abbildern. Wir machen uns Abbilder von ihnen.

Wenige Tage vor dem ersten Schnee fand sie, wonach sie suchte.

Sie war weit von ihrem Hof entfernt, und wenn sie ein Mensch gewesen wäre, hätte sie wahrscheinlich geglaubt, sie hätte sich verlaufen. Stundenlang war sie kreuz und quer herumgelaufen, ohne sich um Wegmarkierungen zu scheren, hatte sich ausschließlich auf ihren inneren Kompass verlassen.

Es gab nichts zu sehen, jedenfalls anfangs nicht. Ein dichter, nichtssagender Teil des Waldes mit moosbewachsenen Steinen und kerzengeraden Fichtenstämmen, die nur in den Wipfeln Nadeln hatten. Kaum Unterholz, da das Licht nicht bis zum Erdboden vordrang. Einzelne Bäume, die eher das Alter als der Wind niedergestreckt hatte und die von ihresgleichen aufgefangen worden waren, um in deren Armen zu vermodern. Das Erdreich war von einer lückenlosen Schicht Nadeln bedeckt. Hier war schon sehr lange niemand mehr gegangen.

Es war nichts, was sie sah, sondern etwas, das sie fühlte.

Auf einer kleinen Lichtung spürte sie auf einmal, wie die Bäume in die Höhe schossen, wie alles um sie herum *größer* wurde, um dann, gleichzeitig, einzuschrumpfen und kleiner zu werden. Sie drehte sich um sich selbst. Einmal. Zweimal. Die Stämme flimmerten vor ihr. Sie schloss die Augen.

Dort, dachte sie und streckte zeigend den Arm aus. *Dort ist ein Ameisenhaufen.*

Sie öffnete die Augen und ging in die Richtung, in die ihr Arm gezeigt hatte. Dreißig Meter entfernt lag wie erwartet ein derart riesiger Ameisenhaufen, dass sie ihn von fern für eine Erhebung gehalten hatte. Sie lachte auf.

Es war der größte Ameisenhaufen, den sie jemals gesehen hatte. Er reichte ihr bis zum Kopf. Wie er das auch tun sollte. Sie wurde von einem an Schwindel erinnernden Gefühl übermannt und musste sich auf einen Baum stützen. Alles um sie herum war völlig unverändert, aber kleiner als in ihrer Erinnerung. Nur der Ameisenhaufen war mit ihr um die Wette gewachsen und verschob die gesamte Perspektive.

Hierher bin ich gekrabbelt, dachte sie. Sie schnalzte mit den Lippen und konnte den bitteren Biss der Ameisenkiefer auf der Zunge spüren, ehe die Tiere von ihren Zähnen zermalmt wurden und ein säuerlicher Geschmack ihre Mundhöhle füllte.

Das Haus war nur ein Viereck aus Stämmen, die mit Moos überwachsen waren. Als sie in den Nadeln ringsum grub, fand sie einige halb verrottete, grobe Bretter. Sie stellte sich mitten in das Viereck hinein. Fiel auf die Knie. Legte sich auf den Bauch.

Das wechselnde Licht zwischen den Bäumen. Die Anzahl der Stämme und wie sie standen. Sie schirmte mit gewölbten Händen die Sicht zu beiden Seiten ab. Ja. Sie schaute zur Tür hinaus.

»Reva!«

Die Stimme füllte ihre Welt, die Stimme war Arme, die sich um sie schlossen, und nach Erde und Moos duftende Finger. Die Stimme war komm zu mir, war weich im Mund und warme Milch.

Sie hat mich immer noch gestillt.

Was hatten sie ihr stattdessen im Krankenhaus gegeben? Was hatten sie getan, um menschliche Nahrung in ihren Mund zu zwingen?

Reva, Reva, sisimi …

Sie senkte den Kopf zu den Nadeln, presste ihre Stirn auf die Erde und rieb vor und zurück, bis es brannte.

»Mommi … Mommi …«

Tagelang ging sie zu der Lichtung, die einmal ihr Zuhause gewesen war. Eines Tages nahm sie einen Schlafsack mit, stellte jedoch fest, dass sie ihn überhaupt nicht brauchte. Als sie am Morgen mit dem Kopf auf einem Haufen Moos erwachte, war sie von einer dünnen Schneeschicht bedeckt.

Sie stellte Nachforschungen an. Drei Wochen voller Telefonate und Papiere, die hin und her geschickt wurden, dauerte es, bis sie herausgefunden hatte, wo ihre Eltern begraben lagen.

Ihre Gräber auf dem Friedhof von Norrtälje glichen keinen anderen. Es war das erste Mal, dass sie ein Grab ohne *Namen* sah. Nur zwei Holzkreuze und die Worte »Ruhe in Frieden«. Wie ein Gedenkstein auf einem anonymen Massengrab, einer prähistorischen Fundstelle.

Sie entleerte zwei Plastiktüten mit Erde aus ihrem Zuhause auf den Gräbern, legte auf jedes einen Fichtenzweig.

Wie hätten sie begraben werden *sollen?* Sie wusste es nicht. Sie wusste nichts über ihr Volk. Wenn sie den Sagen und ihrem eigenen Gefühl Glauben schenken sollte, war das Kreuz verkehrt. Doch das war auch schon alles, was sie wusste. Sie konnte nichts tun.

Vom Friedhof ging sie zum Supermarkt und kaufte eine Flasche Bio-Erdbeersaft. Anschließend ging sie ins Altersheim. Sie und ihr Vater tranken in den Stunden, die sie zusammensaßen und sich unterhielten, fast die ganze Flasche. Sie versprach ihm, eine neue mitzubringen, wenn sie ihn das nächste Mal besuchen würde. Bald.

Der Januar kam und ging mit viel Schnee und einer ölig glänzenden Wasserfläche, die nie zu Eis gefror. Sie spazierte in den Wald, spürte Tiere auf und trat einen Weg zu ihrem Baum aus. Dort saß sie und versuchte zu verstehen, was sie tun sollte. Auf ihren Wangen froren Tränen. Sie war eine Kriegsbeute im eigenen Land, eine unangenehme Erinnerung.

Mitte Februar kam der Brief. Abgestempelt in Sankt Petersburg, die Handschrift auf dem Umschlag die eines Kindes. Große, windschiefe Buchstaben, doch schon nach wenigen Sätzen war die Hand, die den Stift gehalten hatte, mehr und mehr in ihre natürliche Schrift verfallen, und gegen Ende war das Schreiben für jemanden, der nicht Bescheid wusste, wahrscheinlich nicht zu entziffern.

Tina

Ich habe an die Tür geklopft. Du hast nicht aufgemacht. Ist es so weitergegangen?

Es ist mein Beruf gewesen, Kinder zu verkaufen. Wäre ich ein Mensch gewesen, ich wäre schlecht gewesen. Ich weiß nicht, wie du über mich urteilst. Aber das Gesetz würde mir lebenslänglich geben. Ich habe inzwischen damit aufgehört.

Ich trage unser Kind in mir. Ein Hiisit ist ein unbefruchtetes Ei. Das Kind ein befruchtetes. Wenn alles gut geht, wird es zu einem Wesen wie du und ich aufwachsen. Ich möchte es so auf die Welt bringen und aufwachsen lassen, wie es

seine Bestimmung ist. Vielleicht in den Wäldern im Norden.
Ich möchte, dass du dann bei mir bist.
Ich komme am 20. Februar nach Kapellskär.
Vore

*

Am 16. Februar ging sie wieder zur Arbeit und wurde mit einer Torte empfangen, die sie mit nach Hause nahm und im Kühlschrank verderben ließ. Zu viel Sahne. Nie zuvor waren ihre Kollegen freundlicher zu ihr gewesen, und sie hatte sich ihnen niemals ferner gefühlt. Ihre Instinkte waren aufs Äußerste geschärft, und jeder falsche Tonfall stach ihr ins Ohr.

Am 20. Februar zog sie jeden einzelnen Kleinschmuggler heraus, der mit der Vormittagsfähre kam, und wurde mit vielen wütenden Gesichtern und gemurmelten Flüchen belohnt. Sie genoss es in gewisser Weise.

Ich gehöre nicht hierher.

Er kam mit der Nachmittagsfähre.

Schon als er am Ausgang auftauchte, wusste sie, dass er etwas zu verbergen hatte, aber diesmal wusste sie, was es war.

Ein Kind. Ihr Kind.

Sie hob die Klappe in der Theke an und ging ihm entgegen.

Dorf auf der Anhöhe

... Und jetzt rennt man hier zwischen den Häusern herum und spürt einfach, dass ... nein. Nein, nein, nein. Man sollte nicht hier sein. Man ist hier fehl am Platz, verstehst du?

So finster die Nacht

Als der Fehler Joel Andersson zum ersten Mal auffiel, empfand er bloß ein Unbehagen, für das er keinen Grund angeben konnte. Er hatte die Hände in die Hosentaschen geschoben und blickte zu dem Gebäude hinauf, das seit dreiundzwanzig Jahren und vier Monaten sein Zuhause war. Es war Viertel nach sechs, und die Sonne stand so tief, dass das gesamte Hochhaus, abgesehen von den Wohnungen in der obersten Etage, im Schatten lag. Während er hinsah, rutschte der Schatten weiter hoch und schnupperte am Blech zu seinem Küchenfenster.

Von plötzlicher Sehnsucht gepackt, die Sonne noch zu sehen, ehe sie verschwand, joggte Joel durch den Hauseingang und stellte fest, dass ihn der Aufzug im Erdgeschoss erwartete. Als er ihn betreten und auf die Acht gedrückt hatte, merkte er, dass sein Nacken nach dem langen Hochstarren ganz steif war. Er rieb sich den Hals, und unter seinen Fingerspitzen knirschten die Bänder, während sich der in die Jahre gekommene Aufzug aufwärtsbewegte.

Er wusste nicht, was es war. Lange hatte er draußen gestanden, das massive, mit Fensterscheiben gepunktete Rechteck des Hochhauses betrachtet und sich dabei gefühlt, als wäre er seekrank: ein Sog im Magen, als würde er jeden Moment das Gleichgewicht verlieren.

»Midlife-Crisis«, murmelte er vor sich hin und schloss seine Wohnungstür auf – eine von vier im obersten Stockwerk. Er schenkte Post und Reklame keine Beachtung, ging schnurstracks zum Küchenfenster und wurde mit dem Anblick einer hellroten Sonne belohnt, die Schweden zum Abschied noch einmal zuwinkte, ehe sie auf ihrer Welttournee via Hässelby-Bahnhof über den Atlantik zog.

Die Sonne sank, angenagt von Kiefern, und die Übelkeit kehrte zurück. Eine U-Bahn von der Größe eines Spielzeugzugs glitt in die Station Blackeberg, und Joel versuchte, sich auf sie zu konzentrieren, die geraden, sicheren Gleise zu sehen, den Fahrplan, der eingehalten wurde, und alles war, wo es sein sollte, aber das Unbehagen wurde so stark, dass er vom Fenster weggehen und sich auf einen Küchenstuhl setzen musste.

Was ist los? Was stimmt hier nicht?

Er neigte nicht zu Höhenangst, natürlich nicht, denn dann hätte er gar nicht so hoch wohnen können. Er hatte Momente voller Schwindelgefühle erlebt, als er dreiundzwanzig Jahre zuvor eingezogen war, doch für die war etwas anderes verantwortlich gewesen: Lisbeth hatte nach zweijähriger Ehe die Scheidung gewollt, sie und die Zwillinge waren in der Wohnung in Vällingby geblieben, und Joel hatte die erstbeste Wohnung in ihrer Nähe genommen. Seine Wahl war auf Blackeberg gefallen. Wenn er zu jener Zeit an seinem Küchenfester stand und ihm schwindlig wurde, war es die unmittelbare Nähe zum Selbstmord gewesen, die ihm ein flaues Gefühl beschert hatte. Das Fenster zu öffnen und einen Satz zu machen. Als schliefe man mit einer Rasierklinge unter dem Kopfkissen, nur noch einfacher.

Er gewöhnte sich an seine Rolle als Wochenendvater, schwor jedoch hoch und heilig, nie wieder den Hafen der Ehe anzusteuern, ein Schwur, dem er problemlos treu geblieben war, da er sich nie mehr verliebt hatte.

Anita?

Ja, ja. Das war etwas anderes. *Sie waren Bekannte.*

Das Unbehagen wälzte sich in seinem Magen. Er versuchte

es abzuschütteln, indem er ins Wohnzimmer ging und das Boot betrachtete.

Das Modell eines dreimastigen Schoners nahm ungefähr ein Viertel der Bodenfläche ein, aber da es mitten im Zimmer stand, schien es sogar noch mehr Platz zu beanspruchen. Egal, wohin man in seiner Wohnung wollte, man musste einen Bogen darum machen.

Joel strich über die wundersam glatten Planken und empfand die gewohnte Ehrfurcht vor dem Leben, vor der Zeit. Der Magen kehrte an seinen angestammten Platz zurück, und er atmete tief und erleichtert durch. Er hatte Jahre gebraucht, um zu erkennen, dass diese Ehrfurcht wahrscheinlich der Grund dafür gewesen war, mit dem Modellbau zu beginnen. Er hatte zu keinem Zeitpunkt Trauer empfunden. Andere, die sein Modell gesehen hatten, taten dies. Zunächst Verblüffung und Ehrfurcht. Und danach Trauer. Oder vielleicht doch eher Neid, was wusste man schon?

Er kannte die exakte Zahl der Streichhölzer. Siebenundachtzigtausendachthundertdreiundsechzig. Seinen Berechnungen zufolge waren noch ungefähr dreiundzwanzigtausend erforderlich, um das Schiff fertigzustellen. Zu Anfang hatte er fünfzig Stück in einer Schicht geschafft. Mittlerweile arbeitete er langsamer, seltener. Er fürchtete sich davor, fertig zu werden, denn was sollte er tun, wenn die Arbeit beendet war? Es zu Wasser lassen?

Der Gedanke war ebenso lächerlich wie naheliegend. Die Spanten und Planken waren mit Mikrometerpräzision ausgeführt. Hier wurde nicht nur der Kopf der Streichhölzer abgerissen und dann geleimt. Nein, jedes einzelne Streichholz war mit einer elektrischen Minibandsäge zur perfekten Passform zugesägt, danach mit wasserbeständigem Uhu Plus verleimt worden. Der Rumpf war absolut dicht und würde schwimmen können.

Das eigentliche Hindernis für eine Jungfernfahrt bestand vielmehr darin, dass das Schiff zu breit war, um durch die Tür zu kommen. Es war eine bewusste Entscheidung gewesen; er hatte diesen Maßstab gewählt, um das Gefühl auszuschalten, das Schiff hätte in die Wohnung *gebracht* werden können. Man sollte sehen und spüren, dass es an Ort und Stelle gebaut worden war.

Das Balkonfenster wäre allerdings eine Möglichkeit.

Sicher. Wenn es so weit war, würde man einen Kranwagen bestellen müssen. Die Feuerwehr vielleicht. »Hallo, ich habe hier ein Schiff, das ins Wasser muss! Kommt schnell, verdammt!«

Also: keine Jungfernfahrt.

Das zweite Hindernis war die Tatsache, dass er von Booten nicht das Geringste verstand. Wenn er den Schoner zu Wasser ließ, würde er keine Ahnung haben, wie die Segel stehen mussten, damit das Schiff bis ans Ende der Welt segelte. Er hatte sich in die Konstruktionsdetails für dieses spezielle Modell vertieft, oh ja, aber vom Segeln verstand er nichts.

Wirklich beeindruckt waren neue Besucher – die Frau, die den Stromzähler ablas, der Mann, der in der Küche neue Schranktüren einbaute –, sobald sich die erste Verblüffung über den Umfang des Modells gelegt hatte, von der *Präzision.* Es gab keinen falschen Winkel, kein disharmonisches Verhältnis zwischen zwei Details. Die Ehre gebührte bis zu einem gewissen Grad den Konstrukteuren des Originals, die das Praktische mit dem Schönen verbunden hatten, aber der Besucher sah nur Joels Arbeit.

Möglicherweise war es Einbildung, aber er hatte bei der Stromzählerfrau ein gewisses Interesse für ihn als Menschen erahnen können. Es musste ja nicht *so ein* Interesse sein, aber die Tatsache, dass er der Erbauer des Schiffs war, verlieh Joel einen Anstrich von Würde, Innerlichkeit und ... tja, Beständigkeit. Er hatte seine Zeit sinnvoll genutzt. Er hatte seine Stunden und Jahre zu einer Schöpfung zusammengefügt, die mehr, die etwas Größeres war als er selbst. Als er auf den Balkon hinaustrat, kehrte das flaue Gefühl zurück. Er versuchte es als Hunger abzutun, was ihm so gut gelang, dass er tatsächlich Hunger bekam. Zum Kochen konnte er sich nicht aufraffen, weshalb er erneut seine Jacke anzog und den Aufzug nach unten nahm, um zum Einkaufszentrum zu gehen und sich dort eine Pizza zu holen. Im Erdgeschoss klingelte er bei Anita, um zu hören, ob sie mitkommen wollte.

Auf der Tür stand »Andersson«. Sie machte nicht auf. Sie hatten darüber gewitzelt, dass sie im Falle einer Heirat keine neuen Namensschilder bräuchten. Sie wohnten exakt so weit voneinander entfernt, wie es im selben Haus möglich war. Anita in der untersten Etage rechts, Joel in der obersten Etage links, und Scherz beiseite, sie waren glücklich und zufrieden damit, dass es so war.

Joel ging hinaus und kam an der Schwimmhalle vorbei, deren Fenster nach den schrecklichen Ereignissen vor zwanzig Jahren immer noch mit schwarzen Holzplatten verrammelt waren. Zwei Kinder waren von einem Irren, der sich für einen Vampir hielt, getötet und ein drittes gekidnappt worden. Weder der Täter noch das gekidnappte Kind waren jemals wieder aufgetaucht.

Als er unter der Eiche hindurchging, die eine Art Pforte zum Parkplatz bildete, plumpste etwas auf seinen Schädel, und er blickte auf. Zwei kichernde Kinder saßen in den Ästen. Er erkannte ihre Gesichter, sie wohnten in seinem Haus.

»Entschuldigung, Onkel. War keine Absicht.«

Joel überlegte, ein paar Eicheln zu sammeln und zum Spaß zurückzuwerfen, kam aber über den Gedanken nicht hinaus.

Stattdessen sagte er: »Und ob das Absicht war, aber ich verzeihe euch trotzdem.«

Der Witz, wenn es denn einer war, erschloss sich den Kindern nicht. Sie sahen sich an und kicherten erneut, allerdings eher, weil er seltsame Dinge sagte, und nicht, weil sie komisch waren.

Er ging weiter. Noch eine Eichel kam von oben angesaust, verfehlte jedoch ihr Ziel und holperte vor seinen Füßen davon. Ein Gedanke in der Art von *Die Jugend von heute. Kein Respekt* nahm Gestalt an, und er verdrängte ihn, ehe er zu einer Gedankenkette werden konnte. So denken griesgrämige Greise. Er wollte kein griesgrämiger Greis sein. Seine Verbitterung über das Leben hatte ihre Blütezeit in all ihrer Pracht gehabt, als er zwischen achtundzwanzig und zweiunddreißig Jahre alt gewesen war. Seither waren auch die Blumen der Verbitterung verwelkt. Er war weder fröhlich noch traurig, enttäuscht oder zufrieden. Er fügte Streichholz an Streichholz und lebte weiter.

In der Pizzeria aß er eine Marinara und trank ein Bier. Das Unbehagen war schlagartig von ihm abgefallen, sobald er das Hochhaus verlassen hatte, und von der üblichen Ruhe ersetzt worden. An einem der anderen Tische saßen ein paar Stammgäste und füllten Trabwettscheine aus. Er kannte ihre Namen, sie kannten ihn. Das war alles.

Es war kurz nach sieben. Er überlegte, Lasse anzurufen und ihn zu fragen, ob er Lust hatte, ins Kino zu gehen, aber als er das Kinoprogramm in einer liegen gebliebenen Zeitung studierte, hatte er bereits alle Filme gesehen, die ihn interessierten. Außerdem hatte Lasse gesagt, dass er im Moment fast jeden Abend Überstunden machen musste. Irgendein Neubau im Hammarbyhafen, mit dem sie in Verzug waren.

Im Fernsehen lief auch nichts Besonderes. Dann geh doch allein ins Kino. Nee. Er kippte den letzten Schluck Bier herunter und rülpste leise. Er hatte überhaupt keine Lust gehabt, ins Kino zu gehen, als er die Eisenwarenhandlung abschloss. Im Grunde ging es nur darum, dass er nicht zu dem Haus zurückkehren wollte. Zu dem Fehler. Er schloss die Augen und versuchte ihn zu sehen. Kam einfach nicht darauf.

»Joel!«

Er öffnete die Augen. Berra, einer der Stammkunden, hatte sich auf seinem Stuhl zu ihm umgedreht und sah ihn an.

»Träumst du?«

»Nein, es ist nur ...«, Joel breitete die Hände in einer Geste aus, die alles Mögliche bedeuten konnte.

»Sag eine Zahl.«

»Äh ... siebenundzwanzig.«

Berra schüttelte den Kopf. »So viele Pferde laufen da doch nicht mit. Wir können uns nicht einigen, also musst du entscheiden.«

»Was sind denn die Alternativen?«

»Scheißegal. Sag einfach eine Zahl.«

»Na dann: fünf.«

Berra blickte auf die Zettel hinab, die er in der Hand hielt, und hob die Augenbrauen.

»*Fünf?*«

»Ja?«

Die anderen am Tisch johlten. Berra kratzte sich am Kopf und sah aus, als hätte jemand soeben unwiderlegbare Beweise dafür vorgelegt, dass zwei und zwei fünf ergaben. Er sah Joel skeptisch an.

»Na, weißt du, das ist doch Black Riddle. Klar ... hohe Quoten, könnte man sagen.« Berra kniff die Lippen zusammen, traf seine Entscheidung, drehte sich wieder zu den anderen um und sagte: »Das nehmen wir jetzt.«

Die anderen protestierten, aber Berra blieb standhaft, und

da sie sich ohnehin nicht einigen konnten und alles gelaufen war, blieb es bei Black Riddle. Joel hörte etwas wie »Dreihundert Mäuse für nichts und wieder nichts« und »Wir müssen uns absichern«. Er legte das Besteck ordentlich auf seinen Teller, stand auf und hielt Berra einen Hunderter hin.

»Kann man mitmachen?«

Berra sah den Hunderter, dann Joel, dann die anderen an. Joel faltete den Geldschein zwischen den Fingern, damit er nicht so bedrohlich wirkte. »Wenn ich euch schon das System versaue, kann ich doch auch mitmachen und bezahlen.«

»Nein«, erwiderte Berra, und die anderen schüttelten zustimmend den Kopf. »Das war doch nur Spaß. Wenn du mitmachen willst, ist das schon okay, aber du sollst nicht das Gefühl haben, dass ...«

Joel hielt den Geldschein näher, und Berra nahm ihn und sagte: »Aber dann sichern wir uns mit noch zwei ab, denn, weißt du ... Black Riddle ...«

»Nein«, erwiderte Joel. »Ich mache nur mit, wenn ihr ihn nicht absichert.«

Berra sah die anderen an, die mit den Schultern zuckten. Es war kein Unterschied; wenn das frische Kapital nicht aufgetaucht wäre, hätten sie den Tipp ohnehin nicht absichern können. Berra wedelte mit dem Hunderter über den Tippreihen.

»Und auf was sollen wir den setzen?«

»Da kennt ihr euch besser aus als ich.«

Berra nickte, und es entbrannte eine neue Diskussion. Als Joel sich die Jacke angezogen hatte, zeigte Berra auf die Tippreihe und fragte: »Willst du keine Kopie?«

»Nein. Sag mir Bescheid, wenn was dabei herauskommt.«

»Die Gefahr ist nicht besonders groß bei Black Riddle, aber ... sicher.«

Joel ging nach Hause. Schon auf dem Hang, der vom Einkaufszentrum herabführte, kehrte das Unbehagen schleichend zurück. Er legte die Hand aufs Herz. Schlug es nicht schneller als sonst?

Angst.

Tatsächlich, es war eine Form von Angst. So hatte er sich schon ewig nicht mehr gefühlt. In einer Artikelreihe seiner Tageszeitung war es im Sommer um panische Angst gegangen. Am häufigsten trat sie bei jungen Menschen auf, konnte einen Menschen jedoch zu jedem Zeitpunkt im Leben ereilen. Die Angst an sich war nicht gefährlich, aber die Vorahnung von ihr löste Angst aus, und die wiederum löste …

Eine Rose ist eine Rose ist eine Rose …

Die Hochhäuser setzten sich als dunklere Silhouetten vom grauen Himmel ab. Von Joels Position aus betrachtet lagen die Häuser fast genau auf einer Linie. Er blieb stehen und schaute. Legte den Kopf schief, kniff die Augen zusammen.

Was zum Teufel …

Die Kanten der Hochhäuser lagen nebeneinander, zwei Striche von der Erde in den Himmel. Joel blinzelte fest und sah noch einmal hin. Nein. Das war keine optische Täuschung: Die Linien waren nicht parallel. Sie waren nicht parallel, weil das nächstgelegene Haus, sein Haus … sich neigte. Nur ein oder zwei Grad, aber doch genug, damit die beiden Randlinien nicht zwei nebeneinanderstehende I waren, sondern ein sehr langgestrecktes, auf dem Kopf stehendes V bildeten.

Er wich ein paar Schritte zurück, trat ein paar Schritte vor und zur Seite, aber ganz gleich, von wo aus er auch hinschaute, das Phänomen blieb. Das Haus neigte sich nach Osten. Als er an seinem Küchenfenster stand und den Sonnenuntergang betrachtete, hatte er auf einer abschüssigen Fläche gestanden, die nach hinten kippte.

Menschen auf dem Heimweg von der U-Bahn warfen ihm

Blicke zu, während er sich nicht von der Stelle rührte und zu seinem Haus hinaufstarrte. Auch sie schauten, um zu sehen, was er sah, schienen jedoch nichts Seltsames bemerken zu können. Nichts *bewegte* sich, Gott bewahre. Das Haus stürzte nicht ein. Schließlich konnte er sich nicht mehr beherrschen und hielt einen jungen Mann auf.

»Entschuldigung?«

Der Mann zog seine Ohrhörer heraus.

»Was ist?«

»Ja, Entschuldigung, aber ... könnten Sie sich bitte mal die Hochhäuser da ansehen und mir sagen, ob Ihnen etwas Seltsames auffällt?«

Der Mann tat ohne Umschweife, worum Joel ihn gebeten hatte. Er sah ein paar Sekunden hin und schüttelte anschließend den Kopf. »Nee. Was sollte das denn sein?«

»Es ist schief. Das Haus, das uns am nächsten steht, ist schief.«

Der Mann sah von Neuem hin, diesmal jedoch etwas länger. Die Musik wisperte aus den Hörern um seinen Hals.

»Stimmt«, sagte er. »Es ist schief. Ein bisschen.« Joel sah ihn aufmunternd an, und der Mann spitzte die Lippen und wiederholte: »Es ist schief.« Er wollte seine Hörer schon wieder einsetzen, hielt dann jedoch inne und meinte: »Das ist vielleicht ganz normal.« Die Ohren wurden verstöpselt, und er ging weiter.

Joel blieb stehen. Waren Hochhäuser schief? Er konnte sich nicht erinnern, jemals von einem Hochhaus gehört zu haben, das von alleine umgekippt war. Jedenfalls nicht in Schweden. Aber sein Unbehagen hatte sich erst heute eingestellt. Es musste letzte Nacht passiert sein, während des Sturms.

Gegen zehn hatte er Anita angerufen, weil er es nicht mehr ertrug, wie das Haus *wankte*, wenn der Wind kräftig genug war. Dann konnte er nicht schlafen. Also hatte er Anita angerufen, und als er sich meldete, hatte sie sofort gefragt: »Ist es der Wind?«

»Ja. Kann ich runterkommen?«

Das ging in Ordnung. Daraufhin hatte er den Abend und die Nacht in ihrer Wohnung verbracht. Erst hatte sie ihn beim Scrabble fertiggemacht, und anschließend hatten sie sich routiniert, ohne Leidenschaft und ohne Sehnsucht geliebt. Es war gut, so wie es war. Keiner von ihnen wollte mehr, keiner wollte darauf verzichten. Sie hatten nicht vor, ein gemeinsames Leben zu führen. Wenn es zwischen ihnen zu Meinungsverschiedenheiten kam, gingen sie sich ein paar Tage aus dem Weg und ließen den Ärger verrauchen. Danach trafen sie sich wieder.

Sie hatten sich am Morgen mit einem trockenen Küsschen, einer Hand auf der Wange getrennt, und Joel war einigermaßen glücklich zur Eisenwarenhandlung hinaufgegangen. Das war der Zustand, den er anstrebte: einigermaßen glücklich zu sein. Großes Glück konnte sich in sein Gegenteil verkehren, und Mutlosigkeit war schwer zu überwinden. Passabel glücklich konnte man dagegen immer sein, wenn man es ruhig angehen ließ.

Im Treppenhaus blieb Joel stehen und sah sich die Tafel mit den Namen der Mieter an. Spalte für Spalte voller Namen, mit denen er kein Gesicht verband. Ganz oben in der linken Spalte: Andersson. Ganz unten in der rechten Spalte: Andersson. Zwischen diesen bekannten Eckpfeilern ein Dorf auf der Anhöhe. Plastikbuchstaben, die nur zu leicht ausgetauscht und zu neuen Namen ohne Gesichter zusammengesetzt werden konnten.

Er klingelte nicht bei Anita, da bei ihr kein Licht brannte, und nahm stattdessen gleich den Aufzug zu seiner Wohnung. Seit er etwas Konkretes gefunden hatte, woran er sein Unbehagen festmachen konnte, war es schon nicht mehr so stark. Sein Haus war bloß auf dem besten Weg einzustürzen. Vermutlich normal.

Aber der Gedanke wollte ihn nicht loslassen. Als er in seine Wohnung gekommen war, holte er aus der untersten Küchenschublade die Wasserwaage und legte sie auf den Fußboden. Um gut sehen zu können, legte er sich neben ihr auf den Bauch und studierte die kleine Luftblase. Denkbar, dass es sie einen Millimeter in Richtung Fenster zog. Er wechselte die Position und legte sich parallel zur Wasserwaage, sodass seine Füße zum Küchenfenster zeigten.

Doch. Er spürte es. Möglicherweise war er überempfindlich, aber der Kopf lag tatsächlich niedriger als die Füße. Mit einer Zange zerbrach er ein Kugellager, das zwischen dem üblichen Gerümpel in der Schublade lag und kippte die Kugeln auf den Fußboden. Sie rollten nicht.

Wenn man einmal angefangen hatte, war es schwer, wieder aufzuhören. Er dachte einen Moment nach, dann fiel ihm ein, wie man es machte. Er suchte eine Rolle Zwirn heraus, band eine schwere Mutter an ihr Ende, öffnete das Küchenfenster und fierte die Mutter ab, bis sie den Erdboden erreichte, worauf er das andere Ende an einen Besenstiel band, diesen mit einem Stuhl fixierte und so abmaß, dass er exakt dreißig Zentimeter aus dem Fenster ragte. Anschließend wickelte er den Draht mehrmals um den Stiel, sodass er frei über dem Erdboden hing. Ein Lot.

Mit dem Zollstock in der Hand nahm er erneut den Aufzug nach unten. Auf dem Hof begegnete er den Kindern, die vorhin im Baum gesessen hatten. Sie standen da und schauten zu seinem Küchenfenster hinauf. Sie trugen die gleichen schwarzen Jacken und waren wahrscheinlich Geschwister. Der Ältere zeigte zum Fenster hinauf und fragte:

»Was machst du?«

»Ich messe«, erklärte Joel und klappte den Zollstock auf.

»Dürfen wir mitmachen?«

»Na, dann kommt.«

Der Jüngere streckte die Hand nach dem Zollstock aus. »Darf ich gucken?«

»Nein«, antwortete Joel und ging zu der Mutter, die sachte in dem entlaubten Rosenstrauch baumelte. Mit Kindern und Zollstöcken hatte er schlechte Erfahrungen gemacht. Fünf Sekunden, und die Zollstöcke waren zerbrochen.

Eigentlich hätte er ihn gar nicht gebraucht. Als er die Mutter zum Stillstand gebracht hatte, sah man mit bloßem Auge, dass sie weniger als zehn Zentimeter von der Hauswand entfernt war. Er maß der Ordnung halber nach. Acht Zentimeter. Also ein Unterschied von zweiundzwanzig Zentimetern zwischen dem Erdboden und seiner Wohnung.

Wie hoch ist das Haus? Dreißig Meter? Zweiundzwanzig durch dreitausend macht ...

Nee. Wie machte man das? Joel drehte sich zu dem älteren Jungen um. Er machte einen aufgeweckten Eindruck.

»Wie berechnet man Gradzahlen?«, fragte er.

Der Junge zuckte mit den Schultern. »Mit dem Thermometer, denke ich.«

»Nicht solche Gradzahlen.«

»Welche denn sonst?«

Der kleinere Junge, der vielleicht neun war, zeigte auf die Mutter. »Darf ich die haben?«

Joel versuchte den Knoten zu lösen. Als ihm das nicht gelang, nahm er seinen Wohnungsschlüssel zu Hilfe, um den Faden abzureißen, und gab die Mutter dem Jungen. »Wirf die bloß keinem an den Kopf.«

Gemeinsam schauten sie das Haus hinauf. Joel war kurz davor, von der Neigung zu erzählen, wollte den Kindern aber keine Angst einjagen. Der Jüngere zeigte halb die Fassade hoch, auf ein paar Fenster unterhalb von Joels.

»Da wohnen wir«, sagte er. »Wir haben eine Ratte in der Küche.«

»Ach Quatsch«, meinte der Ältere.

»Haben wir wohl! Papa hat mir die Rattenfalle gezeigt, damit ich nicht reintrete.« Der Junge maß zwanzig Zentimeter zwischen den Händen ab. »So groß ist sie.«

»Die Falle«, sagte Joel.

»Ja«, erwiderte der Kleine, und der größere Junge lachte. Der Kleine ahnte, dass man einen Scherz auf seine Kosten gemacht hatte, und schaute wütend von Joel zu seinem Bruder.

»Papa hat gesagt, dass sie sich Sachen aus dem Badezimmer geschnappt hat!«

»Soso«, sagte der Bruder. »Und warum hat er dann die Falle nicht da aufgestellt?«

»Damit wir nicht in sie reintreten natürlich!«

Als wollte er die Gefahr des Hineintretens verdeutlichen, stampfte der Jüngere auf und ging zu den Sandkästen. Der Ältere warf Joel einen Blick zu und hob die Augenbrauen: *Sie wissen ja, kleine Brüder,* und folgte ihm.

Joel ging ins Treppenhaus und klingelte bei Anita. Da sie nicht öffnete, nahm er den Aufzug nach oben. Als er die Wohnung betrat, spürte er die Neigung sofort.

Merkt kein anderer was davon?

Er überlegte, ob er zu Lundberg auf der anderen Seite gehen sollte – immerhin grüßten sie sich –, wusste aber nicht recht, wie er sein Anliegen formulieren sollte. Wahrscheinlich würde Lundberg genauso reagieren wie der Mann mit den Ohrhörern. »Aha? Na und?«

Er setzte sich ins Wohnzimmer und holte seine Bauwerkzeuge heraus. Statt jeweils ein Streichholz anzuleimen, arbeitete er wie ein Konstrukteur größerer Schiffe: Erst fabrizierte er aus dreihundertzwanzig Streichhölzern eine Planke, hämmerte sie anschließend mit flachköpfigen Nägeln fest und verstärkte das Ganze mit Leim. Eine der letzten Decksplanken war mittlerweile halb fertig. Weil er nicht das Herz hatte, die Rumpfkonstruktion, die ihn so viel Mühe und Zeit gekostet hatte, ganz dem Auge des Betrachters zu entziehen, plante er, einen Teil des Decks unvollendet zu lassen, damit man durch das Loch das ausgeklügelte Spantenskelett bewundern konnte. Vielleicht sollte man dort ein Lämpchen anbringen.

Er hatte etwa eine halbe Stunde gearbeitet und acht Streichhölzer hinzugefügt, als er zu dem Schiff aufblickte und erneut seekrank wurde. Das Schiff neigte sich.

Das bilde ich mir nur ein. Wenn es so ist, neige ich mich auch. Das kann ich nicht sehen.

Das Unbehagen reichte jedenfalls aus, um seine Konzentration auf die Arbeit zunichtezumachen. Er drehte eine Runde um das Schiff, hatte dabei das Gefühl, sich auf einem schwankenden Schiffsdeck zu bewegen, und musste sich wieder auf die Couch setzen. Er griff nach dem Telefon und rief Lasse an, der beim fünften Klingelton abhob.

»Ja?« Er klang genervt.

»Hi. Joel.«

»Ja, hallo. Du, ich liege gerade in der Badewanne. Bin eben erst nach Hause gekommen. Du kannst mir glauben, da unten fehlt nur noch die Peitsche. Gibt's was Besonderes?«

»Nee, ich hab mich nur gefragt, wie man Gradzahlen berechnet.«

»Gradzahlen?«

»Ja, Neigung und so bei Häusern.«

»Hast du in den Stunden gefehlt, oder was?«

»Da hab ich wahrscheinlich zur Strafe in der Ecke stehen müssen.«

Lasse lachte. »Ich rufe in einer Viertelstunde an, okay? Willst du was bauen, oder geht es um das Schiff?«

»Nein, es ist ... ruf mich an.«

Joel legte auf, saß eine Weile auf der Couch und wippte vor und zurück, um das flaue Gefühl abzumildern. Dann ging er in die Küche und musterte die Wasserwaage, die noch auf dem Fußboden lag. Er legte sich auf den Bauch, presste das Ohr auf den Boden und betrachtete die Blase. Hatte sie sich ein winziges Stück bewegt? Er musste eine Markierung anzeichnen und am nächsten Tag erneut nachsehen.

Er wollte aufstehen, um sich einen Stift zu holen, als er ein Geräusch vernahm. Es kam von unten. Um besser hören zu können, hielt er sich das andere Ohr, das nicht auf dem Fußboden lag, mit dem Zeigefinger zu und schloss die Augen.

Ratten.

Das konnte natürlich der Nachbar von unten sein, der irgendetwas machte, aber die Bemerkung des Jungen über Rattenfallen beschwor augenblicklich das Bild einer Ratte herauf, die sich unter dem Fußboden bewegte. Eine langsame, gleitende Bewegung. Joel setzte sich auf und starrte auf das Linoleum. Er hatte keine Angst vor Ratten, aber es war ihm unbegreiflich, wie sie in ein Hochhaus gelangt waren, noch dazu in die oberste Etage.

Er klopfte auf den Fußboden. Er reagierte stumm, massiv unter seinem Knöchel. Beton. Ratten lebten eigentlich eher in Holzhäusern, in den Zwischenräumen zwischen den Wänden, wo sie sich häuslich einrichten und tun konnten, was Ratten eben so taten außer kacken und fressen und kacken. Unvorstellbar, dass sich eine Ratte durch den Beton gefressen haben sollte. Es musste Abflussrohre und Belüftungsschächte geben, in denen sie sich bewegte.

Joel schaute sich in der Küche um. Es gab eine simple

Zusammenfassung für die Phänomene, die er im Laufe des Abends beobachtet hatte:

Dieses Haus geht zum Teufel.

Er sah eine Armee von Ratten vor sich, die sich durch den Beton nagte, das Haus durchlöcherte wie eine Rolle Toilettenpapier und es mürbe machte, sodass es sich neigte. Al-Qaida-Ratten, die langfristige Pläne verfolgten. Er prustete, als er Ratten mit Turbanen und Bärten vor sich sah, die Protzbauten der westlichen Welt infiltrierten.

Das Telefon klingelte. Lasse hatte sein Bad beendet.

»Also gut«, sagte er. »Wie war das noch gleich? Neigung hast du gesagt.«

Joel erzählte von seinem Unbehagen am Nachmittag, dass die Neigung für das bloße Auge erkennbar gewesen war, von den Messungen, die er durchgeführt hatte. Lasse ließ sich die Zahlen geben, und man hörte ein leises Klackern, als er sie in einen Taschenrechner eingab.

»Okay«, sagte Lasse. »Wenn es stimmt, was du da sagst, hast du eine Abweichung von ungefähr einem Grad.«

»Was bedeutet?«

»Das weißt du doch. Dass sich das Haus um ungefähr zwanzig Zentimeter neigt.«

»Wie schlimm ist das?«

»Was heißt schlimm. *Gut* ist es natürlich nicht, beim besten Willen nicht, aber es wird heute Abend auch nicht einstürzen, könnte man sagen. Das Haus ist aus den Sechzigern, was? Ein Teil des Millionenbauprogramms, nicht wahr?«

»Glaub schon.«

»Mhm. Wir haben einigen Ärger mit diesen Häusern gehabt. Merkwürdig ist, dass du sagst, es ist irgendwie über Nacht passiert. Bist du dir sicher?«

»Ziemlich.«

»Es müsste Risse in der Fassade geben. Beton verbiegt sich nicht so leicht. Wenn sich was verbiegt, sind es die Träger. Aber dann reißt der Beton. Du, ich komme morgen Abend mal vorbei und schau mir die Sache an, bringe ein paar Dinge mit. Vielleicht kann ich uns auch einen Film ausleihen. Hast du schon den neuen Coen-Film gesehen, wie hieß er noch gleich?«

»Nein. Aber der ist bestimmt gut.«

»Okay, wenn Gott und der Polier es wollen, bin ich so gegen sieben bei dir.«

Sie verabschiedeten sich und legten auf. Joel fielen die Ratten ein, und er hob den Hörer wieder ab und begann Lasses Nummer zu wählen, hielt dann jedoch inne. Das hatte bis morgen Zeit. Sie waren zwar eng befreundet, aber Joel wollte trotzdem nicht ständig wie ein hysterisches Weib am Telefon hängen: »Lasse, das Haus ist schief! Lasse, da ist eine Ratte in der Küche! Lasse, Hilfe!« Es handelte sich ja offenbar um kein dringliches Problem.

Er stand von der Couch auf und ging einmal um das Modell herum.

Wenigstens hatte das Schiff keine Schlagseite mehr, und Lasses Worte hatten Joel beruhigt. Jetzt standen ein paar Gläser Wein und ein bisschen Fernsehen auf dem Programm, und dann war es Zeit, ins Bett zu gehen. Er ging ins Badezimmer und schöpfte einige Deziliter Wein aus der Plastiktonne in eine Karaffe. Gelegentlich machte er sich die Mühe, den Wein in Flaschen abzufüllen, aber er hatte festgestellt, dass er in der Tonne fast genauso gut reifte, und man sparte sich eine Menge Arbeit mit dem Leergut.

Die Tonne war halbvoll. Wenn sie leer war, würde er neuen ansetzen und sich in der Zwischenzeit an Wein aus Tetrapak-Kartons halten. Für zwei Tonnen hatte er im Badezimmer keinen Platz. Möglicherweise konnte man ihn als Alkoholiker bezeichnen, denn er trank jeden Abend drei Gläser, jedoch selten mehr. Alki light.

Irgendwas muss man sich ja gönnen.

Als er den Toilettendeckel hob, um zu pinkeln, sah er, dass das Wasser in der Toilette sehr niedrig stand, viel niedriger als sonst. Er hätte der Sache kaum Beachtung geschenkt, wenn es nicht zu den anderen Dingen gepasst hätte. Mit diesem Haus stimmte etwas nicht. Jedenfalls pinkelte er, und die Spülung funktionierte völlig normal. Wenn es schlimmer wurde, würde er wohl mal beim Vermieter anrufen müssen.

Der Abend verging wie üblich. Er sah sich eine Podiumsdiskussion über die mögliche Einführung des Euros in Schweden an, bei der jede Seite eine Katastrophe prophezeite, wenn sie nicht ihren Willen bekam. Um Viertel vor zehn rief er Anita an, aber sie ging nicht an den Apparat. Vielleicht hatte sie einen Abendkurs belegt. Er überlegte, ob er seinen Zweitschlüssel benutzen und in ihrer Wohnung schlafen sollte, ließ es aber. Das war auf Dauer keine Lösung.

Im Bett wälzte er sich lange hin und her. Er hatte das Gefühl, das Scharren und Krabbeln der Ratten in den Rohren zu hören. Vielleicht war es aber auch das Haus, das knackte, während es sich weiter zur Erde neigte.

Als er am nächsten Morgen aufwachte, ging er als Erstes in die Küche und sah nach der Wasserwaage. Leider hatte er vergessen, eine Markierung zu machen, aber er war sich trotzdem ziemlich sicher, dass sich die Luftblase weiter auf das Fenster zubewegt hatte. Das flaue Gefühl im Magen sagte ihm dasselbe: Die Neigung hatte sich verschlimmert. Er bekam nichts herunter, bevor er zur Arbeit ging.

Als er zu der Stelle kam, an der er mit dem Ohrhörermann

gesprochen hatte, drehte er sich um und studierte die Häuser. Anfangs dachte er, es hätte sich nichts verändert: Die Spitze des Hauses schnitt das benachbarte Haus an der gleichen Stelle. Aber stimmte das auch?

Moment mal ...

Die Neigung war nicht größer geworden; sie hatte sich *verändert*. Die Ränder des Hauses bildeten kein auf dem Kopf stehendes V mehr, sondern eher ein langgezogenes D oder einen Bogen, bei dem sein Haus den Bogen und das andere Haus die Sehne bildete. Der oberste Teil war in seine Ausgangsposition zurückgeschoben worden, während sich die Mitte nunmehr nach Westen ausbeulte. Würde man jetzt ein Lot benutzen, würde man nichts merken.

Im Hinblick auf das Gleichgewicht war das sicher besser, aber ... ein Haus aus Stahl und Beton, das sich benahm, als wäre es aus Gummi, hatte trotzdem etwas zutiefst Beunruhigendes. Vor allem, wenn man darin wohnte.

Er nahm die U-Bahn nach Vällingby, und tagsüber gelang es ihm, seine Sorgen zu verdrängen. Immerhin hatte Lasse ihm erklärt, dass es mit Häusern wie seinem oft Probleme gab, vielleicht waren Fluktuationen in der Neigung etwas ganz Alltägliches.

Erst als ein Kunde hereinkam, um Armierungseisen für den Bau eines Werkzeugschuppens an seinem Sommerhäuschen zu kaufen, drängten sich ihm die Gedanken von Neuem auf.

»Hält das auch wirklich?«, fragte er.

»Das sollte es wohl«, antwortete Joel.

Der Kunde warf schnell eine Skizze auf ein Blatt Papier und zeigte Joel, was er sich vorgestellt hatte.

»Verstehen Sie, was ich meine? Hier gieße ich, und dann liegt das ganze Gewicht direkt von oben auf den Eisen.«

Joel zögerte eine Sekunde und schlug dann sicherheitshalber im Produktkatalog nach. Während er mit dem Finger über die Ziffern fuhr, mit denen die Festigkeit für die verschiedenen Dimensionen angegeben waren, dachte er: *Das hätte ich gestern noch nicht gemacht. Gestern hätte ich ihm garantiert, dass es hält.*

Er zeigte dem Kunden die Zahlen.

»Es soll eine Belastung von drei Tonnen aushalten. Wenn Sie vorhaben, in dem Schuppen einen Panzer abzustellen, gibt es vielleicht Probleme, aber …«

Der Kunde lachte und schüttelte den Kopf.

»Nein, da steht nur der Rasenmäher und so.«

»Dann hält es, kein Problem.«

Als der Kunde mit seinen Eisen gegangen war, blieb Joel an der Ladentheke stehen und betrachtete die Spalten mit ihren Respekt einflößenden Zahlen. Die dicksten Armiereisen, die sie verkauften, hielten dem Druck von sieben Tonnen stand. Sie hatten den Durchmesser eines Besenstiels.

Was wiegt ein Hochhaus?

Er war ein paarmal auf Lasses Baustellen gewesen. Sicher, es war faszinierend, dass die von Weitem so zerbrechlich wirkenden Stahlgerüste ganze Betonwände und das Leben hunderter Menschen tragen würden, aber dort wurden Stahlträger, die man mit Mühe und Not umarmen konnte, in einem selbsttragenden Dreieckssystem verlegt.

Lasse hatte auf den Kran gezeigt, der genauso hoch war wie das Haus, das sie gerade bauten, und gesagt: »Häuser sind gar nichts. *Da* hast du das eigentliche Wunderding. Nur Streben, als wäre er aus deinen Streichhölzern gebaut, nicht wahr? Wäre der Kran aus Rechtecken gebaut, würde er nicht mal einen Elefanten anheben können. Er würde sofort einknicken. Aber Dreiecke … eins presst sich auf das andere, das ganze Gewicht geht in die Erde. Unglaublich. Kein Wunder, dass Pythagoras religiös war.«

Joel schlug den Katalog zu und dachte an das World Trade Center. Die Häuser waren von der Kollision mit den Flugzeugen nicht eingestürzt, ja nicht einmal eingedellt worden. Erst das Feuer hatte ihren Untergang besiegelt. Es lieferte die Kraft, die nötig war, um ein Hochhaus zu knicken.

Um drei machte Joel Feierabend und nahm die U-Bahn nach Hause. Weil er nur ungern zu seiner Wohnung gehen wollte, nahm er stattdessen die Treppe zum Einkaufszentrum hinauf, um zur Pizzeria zu gehen, ein paar Bier zu trinken und Zeitung zu lesen. Er war kaum zur Tür hereingekommen, als Berra auch schon von seinem Platz hochschoss und die Hand zum Gruß ausstreckte. Joel gab ihm die Hand und schüttelte fragend den Kopf.

»Gratuliere«, sagte Berra. »Du bist dreitausend Mäuse reicher. Dreitausendzweihunderteinundsechzig, um genau zu sein.«

»Es war ein Treffer?«

»Allerdings. Sechs richtig, dreizehntausendundvierundvierzig Kronen. Komm, setz dich.«

Joel setzte sich an den Tisch der Stammgäste und bestellte ein Bier. Die Männer hatten ausnahmslos leicht glasige Augen, sie hatten schon vor Stunden angefangen zu feiern. Der Gewinncoupon lag auf einem Ehrenplatz in der Mitte des Tischs. Joel bekam sein Bier, trank einen Schluck und betrachtete den Coupon, auf dem manche Zahlen umkringelt waren.

»War es ... Black Riddle?«, fragte er.

»Nee, nee«, erwiderte Berra. »Der Gaul ist nach zweihundert Metern durchgegangen und disqualifiziert worden. Hätten wir auf Morgans Klepper gesetzt, könnten wir uns jetzt vierhundertzwanzigtausend teilen.«

Joel sah Morgan an, der das Gesicht zu einer Grimasse verzog, den letzten Schluck aus seinem Bierglas trank und aufstand. Obwohl er schon Anfang sechzig war, trug er eine Jeansjacke über einem Hawaiihemd. Die schütteren Haare waren, vermutlich mit Pomade, nach hinten gekämmt. Er griff nach einem abgewetzten Cowboyhut, der auf dem Stuhl gehangen hatte, und presste ihn sich auf den Kopf.

»Also nein«, meinte er. »Ich packe das einfach nicht. Es fällt mir echt schwer, drei Riesen zu feiern, wenn man fast hundert hätte gewinnen können.«

»Jetzt komm schon«, sagte Berra.

»Hab's versucht, hab's versucht«, erwiderte Morgan und zeigte auf die leeren Biergläser. »Sorry, aber wahre Freude will sich bei mir einfach nicht einstellen. Bis dann.«

Er ging hinaus und entfernte sich, die Hände tief in den Taschen vergraben, Richtung Einkaufszentrum.

»Ja, ja«, sagte Berra als eine Art Erklärung. »Morgan hat es auch nicht immer leicht gehabt. Prost, Joel.«

Joel blieb eine Stunde sitzen und quatschte mit Berra und Östen, die beide im Gegensatz zu Morgan der Meinung waren, dass Joel ihnen Glück gebracht hatte. Über ein Jahr hatten sie nichts mehr gewonnen, und dann kam er herein und schwuppdiwupp – der größte Gewinn, seit sie eine Tippgemeinschaft bildeten. Er durfte von nun an gerne mitmachen, solange er ihnen das eigentliche Tippen überließ.

»Black Riddle, weißt du«, meinte Berra. »Dessen nächste Station heißt Hamburgerfabrik.«

Joel fand, dass ihm eigentlich nichts von dem Gewinn zustand, ihm reichte es schon, wenn er seinen Hunderter zurückbekam, aber davon wollten die anderen nichts wissen. Sie hatten das Geld schon geholt, und Berra zählte Joels Anteil bis zur letzten Krone auf den Tisch.

Sie trennten sich unter leicht angeheiterten Freundschaftsbekundungen. Die Biere, die in seinem Bauch schwappten, das einlullende Gefühl von Gemeinschaft und Freude, von dem er noch erfüllt war, verdarben Joel die Lust, sich mit dem Fehler zu befassen, und er blickte nicht einmal auf, als er den Hang hinabging. Jedenfalls stand das Haus noch.

Er klingelte bei Anita, und als sie nicht aufmachte, öffnete er den Briefschlitz und schaute hinein. Post und Reklame lagen hinter der Tür auf dem Fußboden. Er zog ihren Schlüssel heraus und blieb eine Weile unschlüssig stehen. Anita arbeitete halbtags als Putzfrau im Krankenhaus und ... Ein Abendkurs? Was sollte das denn für ein verdammter Kurs sein? Neue Putzmittel?

Trotzdem steckte er den Schlüssel in die Tasche zurück. Er sollte ihn eigentlich nur für den Fall aufbewahren, dass sie sich einmal aussperrte. Sie hatte ihm nicht erlaubt, in ihrer Wohnung ein und aus zu gehen, wie es ihm gefiel. Er stand reglos vor ihrer Tür und lauschte.

Vielleicht war es Einbildung, aber es kam ihm vor, als würde das Haus ... vibrieren. Sein Herz begann schneller zu schlagen, und er wollte sich instinktiv durch die Tür ins Freie werfen, bevor das Haus über ihm einstürzte. Der Augenblick ging vorüber. Das Haus stand noch. Er ging zur Tafel mit den Namen der Mieter.

Er hätte in der Pizzeria etwas essen und nicht nur Bier trinken sollen. Als er die weißen Plastikbuchstaben musterte, die eine Verkörperung des Hauses in Miniaturform bildeten, hatte er den Eindruck, dass auch sie sich neigten, wanden. Sanchez krümmte sich zu Lundin herab und suchte Kontakt. Er legte die Hand auf die Betonwand. Es bewegte sich nichts. Trotzdem war es, als kletterte ein schleichendes Grauen seinen Rücken hinauf. Er drehte sich blitzschnell um. Er hatte das Gefühl, beobachtet zu werden. Dass jemand *hier* war.

Aber das Treppenhaus war leer. Er blickte erneut auf die Namenstafel und wurde von schmerzlicher Sehnsucht übermannt. Er hätte sich gewünscht, mit diesen Menschen sprechen zu können, die nur Namen, Mitbewohner in seinem Dorf auf der Anhöhe waren. Wenn sie mehr gewesen wären, hätten sie ihre Wahrnehmungen miteinander vergleichen, sie besprechen, den Dorfrat einberufen können.

Stattdessen nahm er – ganz allein – den Aufzug zu seiner Wohnung hinauf. Als er die oberste Etage erreichte, trotzte er dennoch dem Tabu, Kontakt aufzunehmen, und klingelte bei Lundberg gegenüber. Er öffnete jedoch nicht. Er spürte die Neigung schon auf dem Treppenabsatz.

Warum sagt keiner was? Warum tut keiner was?

Aus dem gleichen Grund, aus dem er selbst nichts tat oder sagte. Man wollte nicht schwierig oder hypernervös wirken. Er schloss seine Tür auf und traf eine Entscheidung: Wenn Lasse sagte, das Verhalten des Hauses sprenge den Rahmen des Normalen, würde er gleich morgen die Wohnungsbaugesellschaft anrufen. Dann konnten sie sagen, was sie wollten.

Ganz gegen seine Gewohnheit schöpfte er als Erstes ein paar Gläser Wein. Es war kein Wasser in der Toilette. Erst als er abzog, lief Wasser hinein, das dann jedoch nicht abfloss. Er musste Lasses Urteil nicht mehr abwarten: Hier lag ein Fehler vor, der behoben werden musste.

Ihm wurde in der Telefonwarteschleife der Wohnungsbaugesellschaft die Wartenummer zwölf zugeteilt. Als zehn Minuten verstrichen waren und er Nummer elf war, legte er auf. Im ganzen Haus saßen in diesem Moment bestimmt Leute an ihren Telefonen und bildeten die Warteschleife. Der Fehler würde behoben werden.

Das Gefühl, beobachtet zu werden, wollte ihn einfach nicht loslassen. Erst als er den Wein getrunken hatte, beruhigte er sich allmählich. Er legte sich auf die Couch und spürte die Bewegungen des Hauses, die es unter Umständen nur in seinem Gehirn gab.

Um Viertel nach sieben klingelte es an der Tür, und Lasse stand mit einem Video in der Hand davor.

»Hi«, sagte er und schreckte auf, als er Joel sah. »Wie geht es dir?«

»Geht so«, antwortete Joel und strich sich übers Gesicht. »Hast du ein paar ... Dinge mitgebracht?«

»Klar. Hab sie unten gelassen. Ich sehe schon, was du meinst.«

»Dass es sich neigt?«

»Ja. Also, du musst dir keine Sorgen machen. Aber es ist schon recht ordentlich. Sollen wir uns die Sache sofort ansehen?«

Sie nahmen den Aufzug nach unten, und Joel hatte das Gefühl, sich durch einen abschüssigen Schacht zu bewegen. Lasse nahm fast keinen Platz weg. Er war kein grobschlächtiger Bauarbeiter mit behaarten Unterarmen, sondern der kleine, drahtige Typ. Er meinte: »Wie gesagt. Das ist nichts Ungewöhnliches, aber wenn ich mich recht erinnere, hast du gesagt, es würde sich nach Osten neigen. Ich fand eigentlich eher, dass es ... na ja, ausbeult.«

»Gestern war es schief.«

Lasse sah ihn an und grinste. »Morgen hat es sich dann vielleicht gedreht, was?«

Joel lächelte nicht. »Gestern hat es sich geneigt. Und heute hat es sich gebogen.«

»Ja, ja«, sagte Lasse mit einem Ton, der andeutete, dass Joels Urteilsvermögen vielleicht nicht das beste war.

Sie gingen auf den Hof hinaus, und Lasse montierte ein

Messgerät auf einem Stativ und kalibrierte es, indem er an kleinen Reglern drehte.

»Mittlerweile haben wir digitale Dinger, aber ich bevorzuge das hier.« Er tätschelte das Messgerät und schaute durch das Okular. Joel blickte unablässig zur Hochhausfassade hinauf. Erleuchtete und dunkle Fenster. Sie wollten ihm etwas sagen, aber er wusste nicht was. Bei Anita brannte noch immer kein Licht.

Lasse schnaufte und drehte an den Reglern. Er trat einen Schritt vom Messgerät zurück, stellte sich neben Joel und sah ihn an.

»Tja, mein Lieber«, sagte er. »Nicht übel. Oder besser gesagt, wirklich übel. Wie ein Bogen. Ganz unglaublich. Jetzt sag ich es noch mal. Das Haus wird nicht einstürzen, bis dahin ist es noch ein weiter Weg, aber du wirst dich wohl darauf einstellen müssen, dass in Kürze ein Umzug ansteht. Hier muss etwas unternommen werden, wahrscheinlich werden sie den ganzen Scheiß abreißen. So etwas habe ich noch nie gesehen.«

Erleuchtete und dunkle Fenster. Was ist es?

Joel schüttelte diese Gedanken ab und fragte: »Wie kann das passieren?«

Lasse kratzte sich am Kopf.

»Ehrlich gesagt, ich weiß es nicht. Es kommt einem vor, als würde etwas ... von unten an dem Haus ziehen. Aber dieses Drehmoment, diese Kraft ... nee, ich weiß es nicht. Vielleicht haben sie irgendwo in der Mitte gepfuscht.«

»Gestern hat es sich geneigt.«

»Tja, dann weiß ich auch nicht. Dann hat die Kraft ihre Richtung geändert, weißt du. Gestern war sie auf der linken Seite, heute ist sie auf der rechten. Aber der Druck ... nein. Wenn wir uns ein unsichtbares Raumschiff vorstellen, genauso groß wie das Haus, das auf dem Dach liegt und seine Position verändert, ja dann. Apropos Raumschiff, den Film hatten sie nicht. Ich hab stattdessen *Armageddon* mitgebracht, war das okay?«

»Ja, ja.«

»Sollen wir wieder reingehen?«

»Geh schon mal vor. Ich komme gleich.«

Lasse klappte sein Stativ zusammen und nahm es mit ins Haus. Joel blieb stehen, schaute zu den Fenstern hinauf und kniff die Augen zusammen, als versuchte er eine verschmierte Inschrift zu entziffern. Plötzlich sah er es. Als hätte man zwei Bilder aufeinandergelegt, die sich daraufhin als deckungsgleich erwiesen, so sah er es:

Das Muster aus erleuchteten und dunklen Fenstern war dasselbe wie am Abend zuvor.

Musste das unbedingt eine Bedeutung haben? Menschen haben doch ihre täglichen Routinen. Sein eigenes Fenster war gestern um diese Zeit genauso erleuchtet gewesen wie heute. Außerdem gab es eine Abweichung: Im Badezimmer des Nachbarn unter ihm brannte Licht. Das war gestern nicht der Fall gewesen.

Ihn überkam große Furcht. Mit schnellen Schritten ging er ins Haus, schloss ohne zu zögern Anitas Tür auf und machte die Lampe im Flur an. Hinter der Tür lag ein Haufen Reklameblätter und Rechnungen. Er verzog das Gesicht zu einer Grimasse, als er den monatlichen Überweisungsvordruck der Wohnungsbaugesellschaft sah.

Sie sollten kein Geld fordern. Sie sollten bezahlen.

Er legte die Post auf die Hutablage, blieb einen Moment unschlüssig stehen und wartete auf etwas, ohne zu wissen, was es war. Doch, er wartete auf Trisse, Anitas Katze. Dass sie kam und um seine Beine strich, wie sie es sonst immer tat. Er blickte in den Katzenkorb, der im Flur stand und in dem Trisse immer döste. Er war leer.

»Hallo? Anita?«

Eine leere Wohnung ist an sich nicht unheimlich. Aber nach jemandem zu rufen, von dem man weiß, dass er eigentlich da sein müsste, ist unheimlich. Denn dann liegt dieser Mensch irgendwo tot herum, und man weiß nicht wo. So ist das. Joel ballte die Hände zu Fäusten und stählte sich. Anitas Mäntel und Schuhe waren im Flur. Ihr Schlüsselbund hing am Haken hinter der Tür. Sie war hier.

Anita, Anita ...

Es brannte unter den Augenlidern, und sein Herz verkrampfte sich. Er wollte nicht, dass Anita tot war. Nein, wenn er es recht bedachte, würde er wohl lieber selber tot sein. Er schlug die Hände vor den Mund und starrte den Katzenkorb an. Tränen trübten seinen Blick. Er hatte nicht begriffen, dass sie so wichtig war. Jetzt begriff er es. Wenn er wählen dürfte, wäre er lieber selber tot. So wichtig war sie.

Aber Trisse war nicht da. Wenn Anita irgendwo tot herumläge, müsste es auch eine ausgehungerte Trisse geben, die angelaufen kam. Es war bloß zwei Tage her, dass er hier gewesen war, die Katze konnte in der kurzen Zeit nicht verhungert sein.

Aber der Mantel, die Schuhe, die Schlüssel ...

Zögernd machte er einen Schritt in die Wohnung hinein. Um das Grauen zu bezähmen, das von seinem Körper Besitz ergreifen wollte, begann er murmelnd zu singen:

»Maybe I didn't treat you quite as good as I should ...«

Das Wohnzimmer. Er machte Licht. Auf dem Couchtisch lag ein Stapel Illustrierte, die Anita von einer Freundin im Krankenhaus bekam, weil sie die Kreuzworträtsel lösen wollte. Ein Magazin lag aufgeschlagen neben einem halbvollen Aschenbecher. Es war dasselbe Kreuzworträtsel wie vor zwei Tagen, als er bei ihr gewesen war. Sie hatte ihn gefragt: »Bootsbefestigung, sechs Buchstaben, fängt mit P an und endet auf R«, und er hatte »Poller« geantwortet. Seit er das Rätsel das letzte Mal gesehen hatte, waren keine neuen Worte hinzugekommen.

»Maybe I didn't love you quite as often as I could ...«

Seine Beine wollten nicht gehen. Er zwang sie in die Küche und war jederzeit bereit, die Augen zu schließen, falls es schrecklich werden würde. Das schmutzige Geschirr stand wie zuletzt im Spülbecken. Es war etwas dazugekommen. Eine halbvolle Kaffeetasse auf dem Küchentisch. Die Kaffeemaschine war noch an. Die Kanne knisterte, als er sie anhob und die heiße verbrannte Kruste auf ihrem Boden betrachtete.

»Little things I should have said and done ...«

Er wusste, was sie allmorgendlich machte. Nach dem Aufstehen setzte sie als Erstes Kaffee auf. Dann las sie die Zeitung, bis der Kaffee fertig war. Die Zeitung lag aufgeschlagen auf dem Tisch. Wenn sie die ersten Schlucke getrunken und ihre Morgenzigarette geraucht hatte, musste sie pinkeln und ging auf Toilette.

»I never took the time ...«

Ihm wurde ganz übel, als er die Küche verließ und auf die Toilette zuging. Seine Stimme wurde lauter.

»You were always on my mind ...«

Was immer hier geschehen war, es war an dem Morgen passiert, nachdem er sie gegen halb acht verlassen hatte und bevor sie gegen neun zur Arbeit musste. Die Toilettentür war zu, aber nicht abgeschlossen. Das Herz schlug ihm bis zum Hals, und er hatte das Gefühl, jeden Moment in Ohnmacht zu fallen, als er die Hand auf die Türklinke legte und aus vollem Hals sang:

»YOU WERE ALWAYS ON MY MIND ...«

Er riss die Tür auf. Das Badezimmer war leer. In dem Licht, das aus dem Wohnzimmer hereinfiel, sah er, dass auf dem Fußboden etwas schimmerte. Der Druck in seinem Kopf wurde gedämpft, er fing wieder an zu atmen und sang leise:

»Tell me, tell me that your sweet love hasn't died ...«

Er schaltete die Badezimmerlampe an. Da alle Lampen ausgeschaltet waren, musste es am Morgen passiert sein. Morgens reichte das Tageslicht in der Wohnung aus. Er ging zu dem, was auf dem Fußboden lag, und hob es auf. Anitas Brille. Ohne ihre Lesebrille verließ sie niemals das Haus. Wenn Anita sie nicht benutzte, schob sie sich die Brille in die Stirn und hakte sie in den Haaren fest. Er ließ den Blick durchs Badezimmer schweifen.

»Give me one more chance to ...«

Seine Kiefer erstarrten, verkrampften sich. Der Toilettendeckel stand hochgeklappt. An der gesamten Innenseite der Schüssel liefen ringsum rote Striemen, als hätte jemand Blut gepinkelt. Im Abfluss war ein dunkelroter Matsch, der sich sachte hob und senkte, hob und senkte. Wie Atemzüge. Steigend und sinkend, steigend und sinkend.

Er zog sich rückwärts aus dem Badezimmer zurück, hielt Anitas Brille dabei immer noch fest in seiner Hand. Als er ins Wohnzimmer kam, brach sie in der Mitte durch. Er hob die Hand, betrachtete die beiden Monokel und warf sie von sich.

Aufsteigendes Rot.

Das Bild eines Thermometers blitzte auf. Die Quecksilbersäule, die sachte hochstieg. Er dachte nicht mehr. Es gab etwas, das er kontrollieren musste, es gab einen Verdacht, den er bestätigt haben wollte. Mit tauben Gliedern gelangte er ins Treppenhaus und stieg wie auf Stelzen in die erste Etage hinauf. Öffnete einen Briefeinwurf und schaute hindurch. Post und Reklame.

Er ging ins nächste Stockwerk hinauf. Post und Reklame. In der dritten und vierten Etage war es das Gleiche. Es war niemand zu Hause. Seit dem gestrigen Morgen war keiner zu Hause gewesen. Es gab keine Menschen im Haus.

Aber die Kinder, die Kinder …

In der fünften Etage sah die Post anders aus. Die gleichen Werbewurfsendungen lagen zuoberst, aber nicht auf denen von vorgestern. Gestern hatten sie die Post noch aufgehoben. Heute jedoch nicht mehr.

Es … steigt.

Immer noch betäubt stieg er weiter wie auf Stelzen oder an Fäden hängend, rein mechanisch, die Treppen hinauf. Er musste Gewissheit haben. Erst im siebten Stock, der Etage unter seiner eigenen, hatte jemand die Post aufgehoben. Er klingelte. Es öffnete niemand.

Joel stand mit hängenden Armen im Hausflur, der Puls pochte in seinen Schläfen, und das Grauen übermannte ihn, nahm ihn in den Würgegriff. Jetzt begriff er, warum er sich im Treppenhaus beobachtet gefühlt hatte. Er wurde nicht beobachtet, er war *eingeschlossen* in etwas … Lebendiges. Etwas, das aufstieg.

Lasse!

Seine Beine zuckten wie von einem elektrischen Schlag, und er lief die Treppe zu seiner Wohnung hinauf. Die Treppe war schief, und er lief durch einen Korridor aus Tunnelblick, einen Spuktunnel. Sie mussten hier weg, und zwar sofort. Als er sich in die Wohnung warf, sah er etwas, was er auf gar keinen Fall sehen wollte.

Lasse stand bei offener Badezimmertür vor der Toilettenschüssel und schloss gerade seinen Hosenschlitz.

»Joel, was zum Teufel …«

»Geh da weg!«, schrie Joel. »Komm aus dem Badezimmer!«

Lasse grinste und betätigte die Spülung. Es klickte hohl aus dem leeren Wasserbehälter, und Lasse sagte: »Sieht aus, als hättest du Probleme mit …«

Weiter kam er nicht. Eine schwarze Schlange schoss aus der

Toilette und schlang sich um seine Beine. Lasse schrie auf und fuchtelte mit den Armen. Joel bekam seine Hand zu fassen, aber die Kraft, die an Lasse zog, war so riesig, dass es war, als versuchte man einen rasenden Zug mit den Fingerspitzen zu stoppen. Er hatte die Hand seines Freundes eben erst gepackt, als sie ihm auch schon wieder entrissen und Lasse wie eine Stoffpuppe schräg nach hinten geworfen wurde.

Man hörte ein kaltes Krachen, als Kniescheiben am Beckenrand gebrochen wurden, und im nächsten Moment steckte Lasse mit beiden Beinen in der Toilette. Er hatte die Augen aufgerissen, sein Mund gähnte in einem lautlosen Schrei. Seine Hand bekam die Weintonne zu fassen, aber eine halbe Sekunde später war der ganze Unterkörper in der Toilette, und die Tonne kippte um. Ihr Inhalt ergoss sich über den Fußboden, während Lasses Körper durch das unmöglich kleine Loch gezogen wurde.

Vom Druck und vom Schmerz quollen ihm die Augen aus dem Kopf. Sie sahen in Joels, ohne ihn zu sehen. Als die Hüften zersplittert wurden, erlosch etwas in den Pupillen, und Lasse nahm nicht mehr wahr, was mit ihm geschah.

Das Ganze ging so schnell, dass der Brustkorb mit einem Geräusch wie von fallenden Bäumen, brechenden Zweigen kollabierte, noch ehe der Wein aus der Tonne gelaufen war, und Lasses Kopf verschwand außer Sichtweite unter dem Toilettenrand.

Ohne zu wissen, was er tat –

muss gucken

– ging Joel bis zur Türschwelle, gegen die im gleichen Moment der Wein schlug. Er sah, wie Lasses Kopf zu dem Loch herabgezogen wurde, ohne hindurchzupassen. Die Ohren wurden gegen die Wangen geklappt, und die Gesichtshaut lief so dunkelrot an, dass sie fast schwarz war.

Der Wein schlug über die Türschwelle und nässte Joels Schuhe, als im gleichen Moment Lasses Kopf vom Körper gerissen wurde und in einer Rückstoßwelle aus rotem Matsch im Toilettenbecken zehn Zentimeter hochtrieb. Die Haare waren noch unangetastet. Die mit Haargel geformte Abendfrisur schaukelte für einen Moment in Lasses Eingeweiden auf und ab, ehe die Balance verloren ging und der Kopf mit einem Klatschen zu seinem Schwerpunkt, der Schädeldecke, kippte und der abgerissene Hals sich in all dem Rot nicht erkennen ließ.

Der Tentakel kehrte zurück, schlang sich halb um den Kopf und zerquetschte ihn. Als diese Aufgabe erledigt war, stieg er erneut aus der Toilette hoch. Hätte es eine Nase gegeben, etwas, das in dem Schwarzen, Glänzenden als Riechorgan erkennbar gewesen wäre, hätte man sehen können, dass sie schnupperte.

Joel rannte zur Wohnungstür, aber die Schlange war in einer Sekunde aus dem Badezimmer und schnitt ihm den Weg ab. Er lief ins Wohnzimmer, auf den Balkon und knallte die Tür hinter sich zu.

Das war keine Schlange.

Durch das Balkonfenster konnte er sehen, dass dieses Schwarze, das sich nun peilend, witternd in den Raum bewegte, kein Ende hatte. Er wich zum Geländer zurück.

Es kann ja wohl nicht sehen?

Der Tentakel drang weiter ins Zimmer ein, schlängelte sich über den Boden. Das Ende richtete sich auf, schlang sich rasch um sein Schiff wie auf einem alten Horrorbild vom Meer, Segler, die von Riesentintenfischen attackiert wurden. Der Tentakel drückte zu, und das Schiff wurde in der Mitte durchgebrochen. Joel zog sich auf das Geländer hinauf, saß auf der Metallstange und wartete. Sein Schiff lag im Wohnzimmer in Trümmern. Anita. Lasse. Das Wesen suchte in Schwüngen das Zimmer ab, wischte die Lampe, den Fernseher herunter.

Tintenfisch.

Keine Schlange. Dieses schwarze Kabel aus nichts als Muskeln, das sein Wohnzimmer durchsuchte, war nur ein Ausläufer von etwas Größerem. Etwas viel Größerem. Etwas so Großem, dass es ein Hochhaus wie einen Espenschößling verbiegen konnte.

Nein. Denk an …

Das Balkonfenster wurde zersplittert, und Joel ließ sich rücklings fallen. Noch während er am siebten, am sechsten Stock vorbeifiel, setzte er seinen Gedankengang fort.

Denk an das Drehmoment.

Sein Körper wirbelte in der Luft herum, sodass er mit dem Gesicht nach unten zu einem schwarzen Punkt in der Tiefe fiel.

Das Drehmoment. Du kannst mit deinem Arm keinen Bogen spannen, wenn dein Arm nicht am Körper festsitzt. Dieses Wesen konnte das Hochhaus nicht krümmen, ohne dass das Glied in seinem Wohnzimmer nur ein kleiner Ausläufer von etwas war.

Von etwas viel Größerem.

Der schwarze Punkt wuchs schnell, und er fiel direkt auf ihn zu. Während einer Sekunde registrierte er noch, was es war. Ein Gullydeckel. In einem aufblitzenden Röntgenbild sah er die Kanalisation, die Reservoirs, die sich unter der ganzen Stadt erstreckten. Der Umfang des Körpers, der einen Teil von sich in jener stürmischen Nacht, als man es nicht hören konnte, in das Hochhaus eindringen ließ.

Und wenn man etwas hören konnte? Wenn alle es gehört hätten?

Es liegt ein Dorf auf der Anhöhe. Über so etwas reden wir hier nicht.

Äquinoktium

Niemand war schuld. Ein Stein bringt einen Erdrutsch ins Rollen, eine Schneeflocke löst eine Lawine aus. Niemand ist schuld. Etwas wird in Bewegung gesetzt und muss diese Bewegung zu Ende bringen. Das ist alles.

Ich bin einverstanden mit meiner Strafe.

Vor fast zwei Jahren, im Herbst 2004, rief Maud Pettersson an und fragte mich, ob ich nach ihrem Haus sehen könne, während sie und ihr Mann auf den Kanarischen Inseln Urlaub machten. Die Blumen gießen, die Katze füttern. Ich war ein wenig überrascht, da wir uns nicht sonderlich nahestanden, sah jedoch keinen Grund, Nein zu sagen. Ihr Haus liegt nur dreihundert Meter von unserem eigenen entfernt, genau auf der Grenze zur Ferienhaussiedlung. Playa de Nåten, wie wir sagen.

Es spielte sicher eine Rolle, dass Emil zwei Monate vorher in die Vorschule und Johanna ins dritte Schuljahr gekommen war. Lasse arbeitete weiter in der Strafvollzugsanstalt von Norrtälje, und das Haus war tagsüber leer. Meine Arbeit war meistens in zwei, drei Stunden erledigt. Ich erstelle Kreuzworträtsel für Illustrierte. *Hemmets Journal, Allers* und *Kamratposten.*

Der Job ist viel schneller erledigt, seit Göran, einer von Lasses Freunden, ein Programm geschrieben hat, mit dem ich das Ganze am Computer machen kann. Wenn ich mir wirklich Mühe geben würde, könnte ich sicher etwas im Stile der Sonntagskreuzworträtsel in den großen Tageszeitungen hinbekommen. Aber das würde mehr Zeit in Anspruch nehmen, und die

Illustrierten fordern und wünschen so etwas nicht. Ich bekomme zwölfhundert für ein Kreuzworträtsel, für dessen Konstruktion ich ungefähr fünf Stunden benötige. Ich arbeite drei Stunden am Tag und verdiene nicht viel weniger als Lasse, der sieben Stunden arbeitet.

Kein schlechtes Leben. Im Gegenteil. Ehrlich gesagt, fast perfekt. Gegen zwölf bin ich mit meiner Arbeit fertig. Zufrieden, wenn es mir gelungen ist, alles mit Worten zu konstruieren, die im »Wörterbuch der Schwedischen Akademie« stehen, weniger zufrieden, wenn ich gezwungenermaßen zu »Björn Larsson« greifen musste, um ein BL einfügen zu können. Meine Auftraggeber scheint das nicht zu interessieren, ich bekomme nur selten eine Rückmeldung.

Von zwölf bis halb vier, wenn Johanna und Emil aus dem Hort kommen, gehört der Tag also mir. In der Regel beginne ich mit einem Gebet. Das ist ganz unterschiedlich; manchmal bete ich täglich, manchmal kann eine ganze Woche ohne Gebet vergehen. Dann bekomme ich ein schlechtes Gewissen.

Ich bete mit einem Kissen unter den Knien auf dem Küchenfußboden. Ich bitte Gott um das Übliche: die Fähigkeit, Liebe zu empfinden. Oder ist das vielleicht nicht das Übliche? Heute weiß ich, dass mit mir etwas nicht stimmt. Vielleicht stimmte ja auch mit meinen Gebeten etwas nicht.

Nun gut. Mauds Haus.

Sie und ihr Mann fuhren am Vormittag auf die Kanaren, und am Nachmittag ging ich hinüber, um die Katze zu füttern.

Der Schlüssel lag an der verabredeten Stelle. Es gab eine Katzenluke, und die Katze war nicht zu Hause und das Futter nicht angerührt worden. Ich füllte den Napf mit frischem Wasser. Als ich mich nach dem Absetzen des Napfs aufrichtete, wurde mir schwindlig, und ich musste mich auf einen Küchenstuhl setzen.

Ich blieb eine Weile sitzen und betrachtete ihre Küche. Dann stand ich auf.

In der obersten Küchenschublade gab es nichts Besonderes. Besteck. Auch die übrigen enthielten diverse Küchenutensilien. Außer der untersten. Dort lagen einige Stapel Papier aus einem Material, das fast Pappmaschee glich, nur dass es glänzend und steif war. Ich hielt einen der Bögen gegen das Licht und sah ein Spinnwebmuster aus Fasern.

Ich konnte mir beim besten Willen nicht vorstellen, was das war oder wozu es benutzt wurde. Vielleicht hätte ich nicht reagiert, wenn es nur ein Bogen gewesen wäre – etwas für eine besondere Art von Keksen –, aber es waren Stapel. Bestimmt hundert solcher Bögen aus diesem mir unbekannten Material.

Als ich dort neben der Schublade hockte, knarrte es, und ich bekam einen kleinen Schock, der im Steißbein begann. Aber es war nur die Katze. Sie kam durch ihre Luke herein und sah mich an. Wahrscheinlich fragte sie sich, wer ich war und was ich da tat. Es war albern, aber ich wurde rot.

Ich verließ die Küche und untersuchte die Waschküche. Dort gab es acht Unterhosen der Marke Bestpoint, wie man sie im Kaufhaus bekommt. Keine anderen Marken. Lasse besitzt zahlreiche unterschiedliche Fabrikate, aber dieser Mann hatte offenbar seine Marke gefunden und hielt sich an sie. Ich erinnere mich nicht mehr an seinen Namen. Ich will Guran sagen, aber so kann er ja wohl nicht heißen, oder?

An den anderen Tagen der Woche untersuchte ich jeden einzelnen Winkel des Hauses. Ich ging ihre bezahlten Rechnungen durch und fand eine große Menge von Überweisungen an Royal Court. Im Laufe der Jahre insgesamt mehrere tausend Kronen. Ich habe versucht, im Internet ein Unternehmen dieses Namens zu finden, aber nur Links zu den Königshäusern verschiedener Länder entdeckt.

Unter den Kabeln hinter dem Fernseher fand ich einen Goldring. Ich konnte ihn natürlich schlecht auf den Tisch legen, sodass ich ihn unter den Teppich schob, wo sie größere Chancen haben würden, ihn wiederzufinden. Sie dürften sich trotzdem gewundert haben. Eine dieser Geschichten, die man seinen Freunden erzählt: »Stellt euch vor ... der Ring war vier Jahre verschwunden, und dann, eines Tages, als ich die Teppiche ausklopfen wollte ...«

Sie hatten eine beeindruckende Sammlung von Rasierapparaten im Badezimmerschrank. Fünf verschiedene, wenn ich mich recht erinnere.

Genug davon. Ich denke, ihr versteht. Ich schnüffelte herum. Während ich es tat, empfand ich es als äußerst befriedigend. Als ich nach Hause kam, fühlte ich mich nicht mehr ganz so gut. Ich schwor mir, es nicht noch einmal zu tun. Am ersten Tag schwor ich auch Gott, es nie wieder zu tun. Dann tat ich es doch und schwor nichts mehr. In jener Woche hörte ich auch auf zu beten.

Das mag sich anhören, als wäre das Herumschnüffeln etwas, was ich schon immer getan habe, und in gewisser Weise trifft das zu. Ich nutze jede Gelegenheit, die Briefe und Tagebücher von Leuten zu lesen, wenn sie es nicht merken, und schaue mir an, was sie in ihren Badezimmerschränken haben.

Das ist schlecht. Ich weiß, dass es schlecht ist. Man enttäuscht ausgesprochenes oder unausgesprochenes Vertrauen. Man übertritt eine Grenze. Ich weiß. Ich verfluche mich selbst dafür, dass ich es tue. Ich habe Gott um Hilfe gebeten, aber er hilft mir nicht. Vielleicht bin ich im Grunde gar nicht an den Geheimnissen der Menschen interessiert. Vielleicht geht es mir um die Grenzüberschreitung an sich. Das ist wahrscheinlich noch schlechter.

Nach dieser Woche dauerte es zwei Monate, bis an dieser

Front wieder etwas geschah. Johanna wurde in der Schule von ein paar älteren Mädchen gemobbt, und ich betete zu Gott, es möge aufhören. Es hörte auf.

Vielleicht hätte ich schon früher mit – wie soll ich es nennen? – Phase zwei begonnen, wenn Lasse nicht zwei Monate in der Nachtschicht gearbeitet hätte. So aber war er tagsüber zu Hause und konnte mich im Auge behalten.

Nur im Lichte dessen, was später passierte, sind Formulierungen wie »im Auge behalten« angemessen. Uns ging es doch wirklich gut, meinem Lasse und mir. Man kann sich keinen besseren Mann wünschen. Er ist einfühlsam, amüsant und sehr darauf bedacht, dass wir die Hausarbeit unter uns aufteilen. Letztlich übernehme ich wohl doch etwas mehr als er, da ich mehr Zeit habe. Aber im Prinzip. Attraktiv ist er nicht, wahrhaftig nicht. Gleiches gilt jedoch auch für mich, habe ich erfahren müssen.

Ich hätte während dieser Monate mit Lasse glücklich sein können. Einige Male liebten wir uns mitten am Tag. Ich schloss die Augen. Er hat einen Bierbauch, und sein Körper ist sehr behaart, vor allem um den Nabel. Ich schloss die Augen und dachte an die Ferienhaussiedlung. Dutzende von Lebensläufen, die es zu entdecken galt. Zu Fuß erreichbar.

Es lässt sich schwer beschreiben, was ich während dieser Woche in Mauds Haus empfand, wenn ich Schränke öffnete und Schubladen aufzog. Während es geschah, schenkte es mir inneren Frieden, eventuell jenen Frieden, der mit der Wahrnehmung absoluter Macht einhergeht. Natürlich schätzte ich es, meiner Fantasie freien Lauf zu lassen (Royal Court, was ist das? Dieses Wachspapier, wozu wird es benutzt?), aber ich mag nicht heucheln. Ich glaube, es geht um Macht.

Das Problem bei den Sommerhäusern war, dass ich keinen Schlüssel hatte. Als ich das erste Mal mit zitternden Knien zur

Siedlung hinunterging, hatte ich keine klare Vorstellung davon, wie ich vorgehen sollte. Vielleicht hätte es an dem Punkt geendet, wenn ich den Schlüssel zum ersten Ferienhaus, das ich besuchte, nicht praktisch sofort gefunden hätte. Er lag in der Dachrinne.

Erst fünf Häuser weiter fand ich erneut einen Schlüssel. In die vier dazwischenliegenden brach ich ein. Wenn es nicht mit einem Draht im Schloss klappt, kann man meistens von außen einen Fensterhaken öffnen.

Die Sommerhäuser waren weniger ergiebig als Mauds Haus. Wenn ich keine Fotografien auftrieb, wusste ich nicht, wie die Menschen aussahen, und hatte keine Gesichter, die sich mit den Dingen, die ich fand, in Verbindung bringen ließen. Außerdem hinterlässt man in einem Sommerhaus nicht so viele Spuren. Es wird jedes Jahr gründlich geputzt, und viele persönliche Dinge werden entfernt.

Aber wenn man diese spezielle Begabung hat, braucht man nicht viel, um sich etwas zusammenzureimen. Ich finde ein hässliches Souvenir aus Korsika, eine Bibel mit Unterstreichungen und eine Regenjacke der Autobahnmeisterei. Schon habe ich ein klares Bild vor Augen.

Es passierte im Januar, nach den Weihnachtsferien. Ich war zu der Zeit in etwa fünfundzwanzig Häusern gewesen. Wenn mich jemand erwischt hätte, hätte ich gesagt, dass die Besitzer mich angerufen und gebeten hätten, das Wasser abzudrehen, damit es nicht in den Leitungen gefror. Hätten mich die Besitzer erwischt, wäre es problematischer geworden. Doch das kam niemals vor.

Weihnachten machte keinen großen Spaß. Ich war mittlerweile süchtig nach meinen Hausfriedensbrüchen, und die

Weihnachtsferien der Kinder hinderten mich an meinen Ausflügen. Oh, es war in jeder Hinsicht ein schönes Weihnachtsfest, aber ich war ein wenig abwesend. Lasse fragte mich eines Tages: »Veronica, woran denkst du?«

»Nichts Besonderes.«

»Es ist, als wärst du gar nicht hier.«

Ich weiß nicht. Vielleicht hatte mich das Studieren der vielen fremden Gegenstände meinem eigenen Leben entfremdet. Ich betrachtete meine Sachen, meine Lieben, ein bisschen auf die gleiche Art: ein Puzzle, das es zu lösen galt, eine Wirklichkeit, die man zusammensetzen musste. Ich überlegte, zu welcher Analyse ich anhand der Gegenstände kommen würde, die wir hinterließen.

Ich war erleichtert, als der Alltag wieder einkehrte. Am ersten Tag, den ich allein im Haus war, vernachlässigte ich meine Arbeit, um mich sofort auf den Weg machen zu können. Ich wählte ein Haus, das allem Anschein nach über Weihnachten bewohnt gewesen war, da man dort Schnee geschaufelt hatte. Die geräumten Gehwege waren jedoch von einer dünnen Schneeschicht bedeckt, folglich waren die Leute nach Hause gefahren.

Es war eines der komfortableren Häuser in der Siedlung. Die Besitzer hatten das alte Haus abreißen lassen und erst kürzlich ein neues gebaut. Panoramafenster zum Garten und eine ziemlich leicht aufzubrechende Terrassentür. Ich bewegte mich rasch durchs Wohnzimmer, weil man mich durch die großen Fenster von der Straße aus sehen konnte. Im Vorbeigehen stellte ich nur fest, dass alles in dem Haus teuer aussah. Eine riesige Couch, ein Couchtisch mit dekorativ platzierten Einrichtungsillustrierten.

Ich ging in die Küche. Klinker, vermutlich mit Fußbodenheizung. Eine Kücheninsel. Ein Flaschenregal mit allen denkbaren Sorten Likör, Cognac, Whisky und so weiter. Ich setzte mich auf einen Küchenstuhl, genehmigte mir einen kleinen Whisky, spülte das Glas, trocknete es ab und stellte es wieder zurück.

Das Haus war ein Rätsel. Alles in ihm sah aus, als käme es direkt aus einer Reportage in *Schöner Wohnen.* Wahrscheinlich hatten sie einen Innenarchitekten beauftragt, und es gab *nichts,* was persönlich war. Die Küchenwerkzeuge aus Stahl hingen an Haken über dem Umluftherd mit Cerankochfeld, und jeder einzelne Gegenstand befand sich an der richtigen Stelle. Sogar der Salzstreuer aus schwarzem Stein, der umgekippt war, sah aus, als wollte er damit eine bestimmte Wirkung erzielen.

Ich war ganz aufgekratzt, als ich dort am Küchentisch saß. Hier galt es endlich einmal, eine harte Nuss zu knacken. Das Leben dieser Menschen unterschied sich so markant von meinem eigenen, dass gründliche Nachforschungen erforderlich sein würden, um mir ein Bild zu machen.

Ich beschloss, mit dem Schlafzimmer zu beginnen. Der Nachttisch ist entlarvend. Dort findet man die letzten Dinge, die ein Mensch vor dem Schlafen ablegt, und die ersten Dinge, die er nach dem Aufwachen benötigt. Zusammen mit dem Badezimmerschrank ist er die Nummer eins.

Die Schlafzimmertür war allerdings abgeschlossen.

In all den Häusern, die ich durchsucht hatte, stieß ich zum ersten Mal im *Hausinneren* auf eine verschlossene Tür. Es war der erste Anhaltspunkt: Wenn sie wegfuhren, schlossen sie ihre Schlafzimmertür ab. Aber warum?

Natürlich war ich jetzt noch weitaus mehr darauf erpicht, mir Zugang zu dem Zimmer zu verschaffen. Meine Hände waren mittlerweile einigermaßen durchgefroren. Im Haus war es kälter als draußen, mein Atem dampfte. Ich fummelte mit meinen provisorischen Dietrichen herum, aber es wollte mir absurderweise nicht gelingen, das Schloss zu öffnen. Es hätte ein Kinderspiel sein müssen. Eine Zimmertür!

Nun. Die Lösung war einfach. Wie in vielen Häusern waren auch hier alle Türen gleichzeitig eingesetzt worden, sodass ich einen Schlüssel in der Küchentür fand, der auch auf die Schlafzimmertür passte. Ich schloss auf.

Ich sah nur die Konturen eines Doppelbetts und eine zusammengeknüllte Decke. Das Rollo war heruntergezogen, und der Raum lag im Dunkeln. Ich ging das Risiko ein, die Deckenlampe anzumachen.

Was dort im Bett lag, war keine Decke. Es war ein Mann.

Ich schreckte zurück und wäre beinahe über die Türschwelle gestolpert, griff nach dem Türpfosten und fing mich auf. Mir war sofort klar, dass der Mann tot war. Sein Körper war leichenblass, nackt, lag vollkommen still. Zwischen den Beinen hing schlaff sein Penis, und aus seiner Brust stach ein roter Fleck hervor.

Mein erster Impuls war wegzulaufen. Dennoch rührte ich mich nicht von der Stelle. Ich bin trotz allem eine recht besonnene Person. Ich erkannte, dass ich nicht die Polizei rufen konnte. Jedenfalls nicht, solange ich nicht eine Telefonzelle gefunden hatte, von der aus ich anonym anrufen konnte. Die nächste Telefonzelle war in Norrtälje.

Ich näherte mich vorsichtig dem Bett. Blieb stehen. Ich war dabei, Spuren zu zerstören, die ansonsten die Spurensicherung finden können würde. Und ich selbst? Waren meine Fingerabdrücke beispielsweise auf dem Glas, das ich benutzt hatte, oder auf der Türklinke?

Seltsam, wie der Tod die Sichtweise verändert. Der Körper im Bett war wertlos, definierte aber dennoch den Raum um sich herum, das ganze Haus. Es war ein Haus, das den Tod enthielt. Ich schlich mich näher heran, achtete auf eine mögliche

Bewegung. Doch der Mann rührte sich nicht. Seine Augen waren geschlossen, die Lider bläulich. Ein Arm hing über die Bettkante, der andere lag neben ihm.

Ich streckte den Zeigefinger aus und tippte seinen dicken Zeh an. Er federte kaum. Der Körper wirkte tiefgefroren. In seiner Brust, direkt über dem Herzen, steckte der Griff eines Klappmessers. Auf dem Griff stand Äquinoktium. Das bedeutet Tagundnachtgleiche, der Zeitpunkt im Jahr, an dem Tag und Nacht gleich lang sind. Ich mag das Wort, habe es aber nie in einem Kreuzworträtsel verwendet. Zu schwierig.

Ich stand still, die Arme an den Körper angelegt, wie in Habachtstellung vor dem Toten, und versuchte herauszubekommen, was hier nicht stimmte. Denn hier stimmte etwas nicht, irgendetwas war falsch. Das rote weiche Rechteck, das aus seiner Brust herausstach, war in gewisser Weise schön. Ein anatomischer Pfeil, der auf das Herz, ins Herz zeigte. Es war eine schöne Leiche. Kein Blut.

Ja, genau. Das war es. Das Klappmesser war direkt ins Herz gestochen worden, und trotzdem war kein Blut über die Brust gelaufen. Ich untersuchte das Bettlaken neben der Brust. Als wäre dies alles ein Märchen, gab es dort *einen* Blutstropfen, einen einzigen. Es war unbegreiflich, was sich hier abgespielt haben könnte. Jemand musste ihn sauber gewischt haben, nachdem ... nachdem es passiert war.

Der Mann war in meinem Alter. Um die fünfunddreißig. Er sah aus wie einer dieser gutaussehenden Burschen auf dem Gymnasium, die gleichsam in einer anderen Welt lebten. Wenn man zufällig einmal mit ihnen tanzte, ging ihr Blick stets in eine andere Richtung.

Die Haare waren ganz samtig, wie frisch gewaschen.

Ich wusste nicht, wie lange er schon tot war, aber die Kälte hatte seinen Körper konserviert. Ich musste an Schneewittchen denken. Das Messer war der rote Apfel. Fehlte nur noch der gläserne Sarg. Ich lachte auf. Dann war ich in meinem dunkelgrauen Anorak wohl der Prinz.

Ich zog meine Handschuhe an und öffnete die Schublade des Nachttischs. Sie war leer. Ich öffnete den Kleiderschrank. Bis auf ein paar Decken leer.

Wo sind seine Kleider?

Der Wecker neben dem Bett war um zwanzig nach elf stehen geblieben. Ich zog einen Stuhl ans Bett, setzte mich und ließ den Blick über seinen Körper schweifen.

Ich muss an dieser Stelle ein Wort ein weiteres Mal verwenden. Er war fast perfekt. Muskulös, aber nicht übertrieben muskelbepackt. Physis in H_2O, fünfzehn Buchstaben: Schwimmerkörper. Die Kieferlinie stach hervor und warf im Licht der Deckenlampe einen Kohlestrich auf seinen Hals. Seine Lippen hätten mich glauben lassen können, dass er lebte. Bleich und blutarm, natürlich, aber nicht eingesunken, sondern füllig, gespitzt, als erwartete er den Kuss des Lebens. Eine hohe und glatte Stirn, die Haare blond, halblang, zurückgekämmt. Er war sehr schön.

Der Gesamteindruck wurde allein durch die Haare auf seiner Brust gestört. Blonde, fast weiße Haare in Wirbeln bis zum Unterleib hinunter. Nicht zu viele, aber genug, um störend zu wirken. Und dann der Penis. Der Gedanke war neu, immerhin hatte ich nie zuvor einen Toten gesehen, aber gab es etwas Pathetischeres als den Penis eines toten Mannes? So vollkommen, so unbarmherzig ... überflüssig.

Ich nahm eine der Decken aus dem Kleiderschrank und verhüllte seinen Unterkörper. Eigentlich hätte ich wohl auch sein Gesicht zudecken sollen, das war eine Frage des Respekts.

Aber ich empfand keinen Respekt. Nein. Als sich der erste Schock gelegt hatte, war ich nur ... aufgekratzt.

»Hallo, du«, sagte ich.

Er antwortete nicht. Ich hätte zu gerne erfahren, wie er hieß, damit ich ihn mit seinem Namen ansprechen konnte. Ich beschloss, ihn bis auf weiteres Du zu nennen. Ich hatte nicht die geringste Angst. Vielleicht lag es am fehlenden Blut, am unversehrten Zustand seines Körpers, der das Ganze unwirklich machte.

Ich blieb eine Weile bei ihm sitzen. Als ich ging, nachdem ich mich vergewissert hatte, dass keine Leute auf der Straße waren, entriegelte ich das Schloss der Terrassentür.

Bei den Briefkästen zählte ich zwischen den Häusern, die mir bekannt waren, hin und her und kam zu dem Schluss, dass der Briefkasten des Mannes die Nummer 354 trug. Es stand ein Name darauf: Svensson. Ich fand es so komisch, dass der Mann Svensson hieß, dass ich lachen musste. Ich hatte mir etwas in der Art von, tja, ich weiß auch nicht, Delafour oder Sander vorgestellt, was auch immer, aber bestimmt nicht Svensson.

Es war natürlich nicht gesagt, dass der Mann im Bett mit dem Besitzer des Hauses identisch war. Ich hatte ihn noch nie gesehen. Auf dem Heimweg ließ ich mir den Namen auf der Zunge zergehen: »Svensson ... Svensson.«

Tja. Eigentlich war er gar nicht so schlecht. Wie Nilsson oder Larsson. Jedermann.

Ich erinnere mich noch gut an diese Tage, die ersten Tage. Sie waren wunderbar. Herrliche Vorfreude floss wie Honig durch meinen Körper. Lasse bemerkte meine Veränderung, er meinte, ich würde förmlich strahlen. Oder ein Schatten habe sich zurückgezogen, egal. Ich spielte mit den Kindern, ich kochte gut. Abends, auf der Fernsehcouch, schmiegte ich mich in Lasses Arme. Ich mochte ihn, weil er so simpel und unvollkommen, so schmutzig wie ich war. Ein anderer Mensch.

Und ich sehnte mich. Jede Sekunde.

Zwei Dinge fürchtete ich: Erstens, dass die Menschen, denen das Haus gehörte, zurückkommen, und zweitens, dass Tauwetter einsetzen, es wärmer werden könnte.

Ich überlegte mir jedoch Folgendes: Entweder ist der Mann in dem Bett der Besitzer des Hauses, oder der Besitzer hat etwas mit dem Tod des Mannes zu tun. Keine der Alternativen wird dazu führen, dass der Mann fortgeschafft wird. Ich weiß, die Argumentation war nicht hieb- und stichfest, aber der Gedanke beruhigte mich.

Im Hinblick auf meine zweite Befürchtung konnte ich unbesorgt sein. Der Wetterbericht sagte weiterhin Temperaturen unter dem Gefrierpunkt voraus.

Also schmiegte ich mich in Lasses Arme und lächelte den Meteorologen an, der auf seine Minuszeichen und Schneeschauer zeigte. Alles war, wie es sein sollte.

Sobald die Kinder zur Schule und Lasse zur Arbeit gefahren waren, begab ich mich zu dem Haus. Ich zog mehrere dünne Wollpullover übereinander an, um das Stillsitzen ohne Frieren zu überstehen.

Was ich tat, wenn ich schließlich dort war?

Nun ja, das ist schwer zu beschreiben. Man könnte es eine Beichte nennen. Ich erzählte dir alles, und du hörtest zu. Ich sah dich an, während ich erzählte. Du warst solch ein schöner Anblick. Wie eine griechische Statue. Ich streichelte dich.

Nein. Nicht auf *die* Art. Das wäre ja sinnlos gewesen, und vielleicht war genau das der Punkt. Ich konnte dich streicheln, ohne dass es *darum* ging. Ich konnte dich streicheln, weil du so schön warst wie eine Statue. Ich sagte dir, wie schön du in meinen Augen warst, und du gehörtest mir, mir ganz allein.

Ist das krank?

Nun, das ist es wohl. Während ich es tat, wusste ich, dass ich etwas Hässliches und Schlechtes machte. Aber ich diskutierte mit mir selbst: Welches Verbrechen begehe ich? Am ehesten könnte man wohl von Leichenschändung sprechen. Doch wie kann man das eine Schändung nennen: mit jemandem zu sprechen, jemanden zu streicheln und der betreffenden Person zu erzählen, wie schön sie ist? Wenn das eine Schändung ist, was ist dann Liebe?

Ehe sich alles veränderte, tat ich im Grunde nur eine Sache, die man als Grenzüberschreitung bezeichnen könnte. Am dritten Tag nahm ich Lasses Rasierzeug mit und rasierte deine Brust- und Schamhaare ab. Diese Haare störten mich so. Ich sage Grenzüberschreitung, weil dies etwas war, wozu du wohl kaum bereit gewesen wärst, wenn du die Wahl gehabt hättest.

Aber du warst kein Mensch. Du warst ein totes Ding, ich hatte dich gefunden, und du warst ohne diese Haare viel schöner. Ganz glatt. Nicht mehr fast perfekt, sondern perfekt.

Das Messer?

Man sollte ja meinen, der rote Griff, der aus deiner Brust herausragte und die Hautfläche durchbrach, würde das Bild stören. Ich sah es umgekehrt. Äquinoktium. Es funktionierte wie ein Schönheitsfleck, sechs Buchstaben: Mouche. Es bildete den Fixpunkt, eine Stelle, auf der mein Blick verweilen konnte, ehe er sich all deiner Schönheit widmete.

Und, um bei der Wahrheit zu bleiben: Ich hatte Angst, es herauszuziehen. Man hat nicht umsonst Märchen gelesen. Das Schwert, das aus dem Körper des toten Königs gezogen wurde. Er versteinert, zerfällt zu Staub und ist fort. Also machte ich aus der Notwendigkeit eine Tugend, nannte es Mouche und ließ es stecken.

Deine Augen waren geschlossen, und du musstest dir alles anhören. Denn ich erzählte dir von Gefühlen, die mir selbst nicht bewusst gewesen waren, bis ich dich traf, dich fand. Mein konstantes Gefühl von Unwirklichkeit, die Membran zwischen mir und der Welt. Dass ich Emil und Johanna manchmal plötzlich als Puppen wahrnahm, die mir nicht gehörten. Dass ich im Bett Lasse mit einem Röntgenblick sah und erkannte, dass er aus Hackfleisch bestand, das man in eine Tüte Haut gesteckt hatte. Hundert Kilo Hackfleisch. Worauf ich die Augen schließen musste.

Du lagst nackt vor mir. Du warst schön, und du hörtest zu.

Hätte es doch so weitergehen dürfen.

Am sechsten Tag, einem Montag, ging es los.

Aus Rücksicht auf meine Familie hatte ich dich übers Wochenende allein lassen müssen. Ich weiß nicht mehr, wie ich dieses Wochenende verbracht habe. Ich glaube, unter anderem habe ich eine große Menge Vanilleschnecken gebacken. Emil und ich sahen uns die hundertste Wiederholung von *Wir Kinder von Bullerbü* an. Man muss sich stählen.

Am Montagmorgen, als alle gegangen waren, konnte ich mich kaum bremsen. Nur um mich zu trainieren, mich zu disziplinieren, hackte ich ein paar Arm voll Holz und füllte den Holzkasten, ehe ich mich auf den Weg machte. Ich eilte im Laufschritt zu deinem Haus und schaute mich kaum um. Das Herz schlug schnell, ich glaube, ich wurde rot.

Ich hatte wie immer Angst, dass sich während meiner Abwesenheit etwas verändert haben könnte. Aber der Schnee, der am Wochenende gefallen war, lag unberührt in der Auffahrt, und auf der Eingangstreppe waren keine Spuren zu erkennen. Ich betrat das Haus.

Als ich in dein Zimmer kam, blieb ich minutenlang regungslos im Türrahmen stehen. Du lagst da, die Decke war bis zum Messer hochgezogen. Die Konturen deines Körpers zeichneten sich unter dem Wollstoff deutlich ab.

Eine neue Art von Schönheit, allerdings nicht von meiner Hand. Ich war mir hundertprozentig sicher: Ich hatte dich nackt verlassen. Wenn ich dich zugedeckt hatte, dann nur den Unterkörper. Nie den ganzen Körper. Doch nun lag die Decke so drapiert, dass sie den Körper und die halbe Brust bedeckte.

Ich stand still und lauschte. Im Schnee waren keine Spuren gewesen, also musste es außer mir noch jemanden im Haus geben. Jemanden, der die ganze Zeit da gewesen war.

Es lässt sich nicht leugnen: Ich hatte Angst. Ich fürchtete und schämte mich. Jemand war im Haus, jemand, der von meinem Kommen und Gehen gewusst, vielleicht sogar meinen Bekenntnissen gelauscht hatte. Jemand wusste mehr über mich, als es einem Lebenden erlaubt sein sollte.

Ich nahm ein Tranchiermesser von der Magnetleiste in der Küche und verbrachte eine Stunde damit, das ganze Haus zu durchsuchen: öffnete alle Schränke, Kleiderschränke und Schubladen, die eigentlich zu klein waren, um jemanden zu verbergen. Ich fand nichts, und der Eindruck, der sich mir am ersten Tag aufgedrängt hatte, verstärkte sich: Abgesehen von dem umgekippten Salzstreuer gab es nichts, was darauf hindeutete, dass dieses Haus jemals bewohnt worden war.

Ich kehrte zu dir zurück und setzte mich neben dich.

»Wie bist du zu der Decke gekommen?«

Es war die erste Frage, die ich dir stellte. Meine Monologe hatten nie die Form von Fragen angenommen, ich war nicht daran interessiert gewesen, mich Spekulationen über dein Leben unter den Lebenden hinzugeben. Du warst einfach da.

Bei meiner Suche war mir in den Wollpullovern warm geworden, und ich schwitzte. Es war, als hätte man mir ein Kühlmittel, zehn Buchstaben: Trockeneis, in die Muskeln gespritzt, als du deine veilchenblauen Lippen öffnetest und zwei Worte sagtest:

»Ich fror.«

Deine Stimme war schwach, hohl, als käme sie aus weiter Ferne. Mein Körper wurde eiskalt, ich fror auf dem Stuhl fest. Deine Lippen schlossen sich wieder. Du hattest sie nicht mehr als unbedingt nötig geöffnet, um die Worte herauszulassen. Es dauerte lange, bis meine Stimmbänder so weit aufgetaut waren, dass ich sagen konnte:

»Du kannst nicht frieren. Du bist tot.«

Sah ich den Anflug eines Zuckens in deinem Mundwinkel? Die Andeutung eines Lächelns? Deine Lippen öffneten sich aufs Neue, diesmal etwas mehr. Du sagtest: »Du bist auch tot. Du hast Pullover.«

»Ich bin nicht tot.«

»Du lebst nicht.«

Erst in diesem Moment überlegte ich, wie seltsam es war, dass du von meinen Pullovern wusstest. Dann aber glitt mein Blick zu deinen Augen. Sie standen offen. Nur einen Spaltbreit, ein etwas dickerer Schatten unter dem Lid. Wie bei jemandem, der genießt oder gerade einschläft. Oder eben erst aufgewacht ist. Ich konnte deine Augen nicht sehen.

Der Mensch besitzt die eigentümliche Fähigkeit, sich auf neue Situationen einstellen zu können. Du sprachst zu mir. Ich hatte mir nicht vorgestellt, dass du zu mir sprechen können würdest. Als du es nun trotzdem tatest, akzeptierte ich es. Was blieb mir übrig? *Wer A sagt, muss auch B sagen*, pflegte meine

Mutter immer zu sagen. Ich hasste die Redensart. Wenn ich sie als Erwachsene meinen Kindern gegenüber aussprach, packte mich stets die Lust, meinen eigenen Mund blutig zu schlagen. Aber es ist so.

Ich glaube, dass du mich unter diesen fast geschlossenen Lidern ansahst. Ich fragte: »Möchtest du noch eine Decke?«

»Ja.«

Ich holte die zweite Decke aus dem Schrank und legte sie über dich. Als ich das getan hatte, verschränkte ich die Arme vor der Brust und erklärte:

»Ich habe nicht die Absicht, für dich die Krankenschwester zu spielen.«

Dein Kopf wackelte sachte hin und her, und du sagtest: »Ich brauche nichts.« Deine Stimme war sehr schwach. Ich musste meine Ohren spitzen, um die Worte zu hören. Deine Art zu sagen, dass du nichts bräuchtest, war ein bisschen naseweis, elf Buchstaben: impertinent. Eine Art Selbstzufriedenheit. Ich betrachtete dich. Unter den Decken sahst du eher aus wie ein gewöhnlicher Kranker.

Ich nahm dir die Decken weg.

»Dann brauchst du die ja auch nicht.«

Ich faltete die Decken sorgsam zusammen und legte sie in den Schrank zurück. Du protestiertest nicht. Als ich mich dir erneut zuwandte, war alles, wie es sein sollte. Dein nackter rasierter Körper lag ausgestreckt im Bett, so wie ich ihn haben wollte. Möglicherweise als Entschuldigung wiederholte ich es:

»Du kannst nicht frieren. Du bist tot.«

»Ich verstehe.«

»Was verstehst du?«

»Nichts.«

»Jetzt sag schon. Es interessiert mich, was man versteht, wenn man tot ist.«

Du gabst mir keine Antwort. Ich tippte ganz leicht deine Schulter an.

»Jetzt sag schon.«

Keine Antwort. Deine Lider waren erneut geschlossen. Ich saß noch eine Weile bei dir. Du warst so ein schöner Anblick. Weitere Bekenntnisse kamen nicht mehr in Frage. Als ich aufstand, um zu gehen, sagtest du etwas, das ich nicht verstand, sodass ich mich bückte und mein Ohr an deinen Mund legte.

»Was hast du gesagt?«

Deine Lippen öffneten sich. Ich roch einen schwachen Duft von etwas, das an gefrorene Beeren erinnerte. Du sagtest: »Ich will nicht, dass du noch einmal herkommst.«

Ich richtete mich auf.

»Tut mir leid«, erklärte ich. »Aber das entscheidest nicht du.«

Dein Gesicht war so starr, das sich keine Reaktion ablesen ließ. Ich wartete einige Sekunden auf einen sinnlosen Protest. Als er ausblieb, verließ ich das Haus für diesen Tag.

Von nun an sparte ich all meine Reaktionen und Grübeleien angesichts der Tatsache aus, dass ein toter Mann zu mir sprach. Selbstverständlich ging mir das Problem immer und immer wieder durch den Kopf. Dass du eigentlich nicht tot warst (natürlich warst du tot. Du hattest mindestens sechs Tage in einem Raum gelegen, in dem die Temperatur unter dem Gefrierpunkt lag), dass ich verrückt war (ich war nicht verrückt, nichts in meinem Verhalten deutete darauf hin), dass ich mir das alles nur einbildete und so weiter und so weiter.

Aber es war eben eine Tatsache. Ab jetzt gehen wir davon aus.

Als ich trotz der Stunde, die ich der Hausdurchsuchung gewidmet hatte, früher als sonst heimkehrte, war ich enttäuscht. Traurig. Trotz meiner knallharten Haltung hatten deine letzten Worte mich verletzt. Ich weinte ein wenig. Anschließend versuchte ich mich an einem Kreuzworträtsel. Ich musste einen Abgabetermin einhalten. Es kam nichts dabei heraus, sodass ich *Allers* ein altes Rätsel aus *Hemmets Journal* schickte und umgekehrt. Das für *Kamratposten* hatte noch etwas Zeit.

Mir war bewusst, dass dies keine gute Idee war. Die Rätsel waren erst vier Jahre alt. Die Redaktion würde sicher nichts bemerken, aber ich wäre jede Wette eingegangen, dass sich irgendeine alte Tante in Småland oder sonst wo beschweren würde. Ich habe gehört, dass Menschen mit einem fotografischen Gedächtnis gerne Kreuzworträtsel lösen.

Während der Stunde, die ich am Computer saß und neue Wortkombinationen und witzige Nebenbedeutungen heraufzubeschwören versuchte, sah ich nur deinen Körper. Deinen Körper, dein perfektes Gesicht. Du gehörtest mir nicht mehr. Du warst mir genommen worden.

Mit welchem Recht?

Ja, meine Enttäuschung verwandelte sich langsam, aber sicher in Wut. Weil ich für dich nicht gut genug war. Weil du lieber tot und allein in diesem kahlen Zimmer lagst, als mich an deiner Seite zu wissen. Meine Geheimnisse und Gedanken über das Leben waren nicht gut genug für dich, *Svensson.*

Ich muss gestehen, dass ich meinen Zorn an der Familie ausließ. Keine Wutanfälle oder dergleichen, aber ich ließ sie eine schwelende Unzufriedenheit, Gereiztheit spüren. Bis zu einem gewissen Grad ließ sich mein Verhalten dadurch entschuldigen, dass ich meine Tage hatte. Zumindest glaubte Lasse, darin den Grund erkannt zu haben.

Eins stand für mich fest: Ich würde nie, niemals einem anderen von dir erzählen. Du mochtest dich von mir distanziert haben, aber du bliebst mein Geheimnis, ganz allein meins.

Am nächsten Morgen schminkte ich mich. Oh, ich werde rot, wenn ich davon erzähle, aber ich will nichts unter den Teppich kehren. Ich schminkte mich, machte mich schön. Das größte Problem an meinem Gesicht ist, dass es so platt ist. Die Nase ist klein, zeigt leicht nach unten, die Lippen sind schmal. Die Gewölbebögen um die Augen sind seicht. Den Augen fehlt fast völlig die elliptische Form, was in Kombination mit den flachen Augenhöhlen dazu führt, dass meine Augen ohne Tiefe und zu allem Überfluss wässrig blau sind.

Doch der Wert eines sachgerecht aufgetragenen Make-ups lässt sich kaum überschätzen. Ich betonte die Wangenknochen mit Rouge, vertiefte die Augen mit Lidschatten und Kajal, machte die Lippen mit Lippenliner und Lippenstift fülliger. Grundierungscreme verdeckte die Hautflecken auf der Stirn. Ich will nicht behaupten, dass ich auf diesem Gebiet eine Meisterin bin, aber was ich kann, das kann ich gut.

Wollte ich mich an einer objektiven Beurteilung versuchen, würde ich schätzen, dass ich durchs Schminken ungefähr doppelt so hübsch oder halb so hässlich wurde, wie ich vorher war.

Ich brach auf.

Auf halbem Weg zu deinem Haus holte ich den Schminkspiegel heraus, warf einen letzten prüfenden Blick hinein und zog den Lippenstift nach. Was beabsichtigte ich? Ich weiß es nicht. Nicht genau. Wenn ich sage, dass es ein Versuch war, *das Dasein sakral zu gestalten*, klingt das bestimmt wie eine Beschönigung, elf Buchstaben: Euphemismus, aber ich glaube, es kommt der Wahrheit am nächsten. Wie eine weiße Bluse in der Kirche, ein gewaschener Hals.

Als ich ins Haus kam, fiel mir als Erstes auf, dass die Schlafzimmertür offen stand. Ich hatte die Tür zugezogen, als ich ging, aber nicht abgeschlossen. Als ich ins Schlafzimmer schaute, lagst du unter beiden Decken auf dem Bett. Ich drehte eine Runde durchs Haus und konnte nicht erkennen, dass du etwas getan hattest.

Doch, Moment. Natürlich.

Der Salzstreuer stand aufrecht.

Ich musste lachen, als ich daran dachte, dass die Toten aus ihren Gräbern auferstanden, um sich für erlittenes Unrecht zu rächen, um etwas in Ordnung zu bringen, das bei ihrem Tod im Argen lag. Hier hatte ich deinen Beweggrund, das, was du wieder hinbiegen musstest: einen Salzstreuer. Ich dachte zum ersten Mal, dass du womöglich die Leiche eines wahrhaft jämmerlichen Mannes warst.

Deine Augen waren wie früher geschlossen. Ich setzte mich auf die Bettkante.

»Du läufst also herum«, sagte ich.

Nach einer Minute ohne Antwort stand ich auf und zog dir die Decken weg. Du machtest eine Armbewegung, als wolltest du mich daran hindern, aber sie war schwach und langsam. Ich knüllte die Decken zusammen und warf sie in den Kleiderschrank.

Dann öffnetest du die Augen. Ein bisschen weiter als am Vortag. Hinter deinen Lidern sah ich etwas, das wie ein Stück einer an Land gespülten Qualle aussah. Getrockneter Schleim.

»Du bist geschminkt«, sagtest du.

»Ja«, erwiderte ich. »Ich bin geschminkt.«

»Warum?«

»Weil ich Lust dazu hatte, darum.«

Ein Zucken in deinem Mundwinkel. Mir gefiel dieses Zucken nicht, es veränderte dein Gesicht.

»Darf man erfahren, was daran so lustig ist«, sagte ich.

»Mist ist Mist, und Pfriem ist Pfriem, auch in goldenen Dosen.«

Ich wartete. Der lange Satz hatte dich offensichtlich Kraft gekostet, denn es dauerte eine ganze Weile, bis du abschließend bemerktest:

»Du siehst aus wie eine Ostblockhure.«

»Was weißt du schon über Huren?«

»Ich weiß viel über Huren.«

Nennt mich prüde, nennt mich verklemmt, oder findet ein anderes der vorhandenen Synonyme, aber ich mag es nicht, wenn Leute so reden. Ich mochte es wirklich nicht, dass du so redetest. Jämmerlich durftest du von mir aus sein, aber so etwas ging einfach nicht.

Ich holte meine Schminkutensilien heraus, und während ich deine Lippen schminkte, sagte ich:

»*Wenn* auch. Es heißt ›wenn auch in goldenen Dosen‹. Du machst den Rhythmus kaputt, wenn du nur *auch* sagst. Hörst du das nicht? Ich hasse es, wenn Leute falsch aus Gedichten zitieren.«

Du hattest die Augen wieder geschlossen, und auf deine schwach bläulich schimmernden Lider legte ich eine dicke Schicht hellblauen Lidschatten. Als ich mit dem Kajalstift über die Ränder fuhr, spürte ich, dass die Augen darunter tatsächlich eingetrocknet und hart waren.

»Gustaf Fröding dreht sich im Grab herum. Das missfällt mir so, verstehst du? Dichtung ist harte Arbeit. Ein Dichter müht sich tagelang, ja wochenlang, um das richtige Wort zu finden. Ihn falsch zu zitieren heißt, diese Arbeit völlig zu missachten. Es ist dem Autor gegenüber respektlos. Es ist der Sprache gegenüber respektlos. Dir fehlt es an Respekt. Das ist dein Problem.«

Abschließend trug ich übertrieben viel orange getöntes Rouge auf seinen Wangen auf. Ja, das gesamte Make-up war deutlich übertrieben. Es ähnelte am ehesten einer Clownsmaske. Ich trat einen Schritt zurück, verschränkte die Arme vor der Brust und betrachtete mein Werk. Du sahst wirklich lustig aus. Wie Kerl im Kleid, elf Buchstaben: Transvestit, allerdings ohne Kleid. Ich lachte.

»Dir fehlt es an Respekt«, sagte ich. »Ich will es eigentlich gar nicht wissen, aber ich bin überzeugt, dass dein Tod auf die eine oder andere Art damit zusammenhängt.«

Du antwortetest mir nicht. Lagst bloß da wie eine missglückte Schaufensterpuppe.

»Denk daran«, sagte ich und machte auf dem Absatz kehrt.

Als ich nach Hause kam, holte ich die größte Saftkaraffe heraus, die wir hatten, und stellte mich mitten in die Küche. Ich knallte die Karaffe mit voller Wucht auf den Fußboden. Anschließend war ich den restlichen Nachmittag damit beschäftigt, die Küche von Glassplittern zu befreien. Winzige Teilchen waren an den unwahrscheinlichsten Stellen gelandet, in der Obstschale, hinter dem Heizkörper, in der kleinen Lücke zwischen Ofentür und Herd. Ich musste die Augen zu Schlitzen verengen und den Kopf immer wieder anders anwinkeln, um sie im kalten Sonnenlicht als Reflexe zu entdecken. Ich spürte sie allesamt auf und entfernte sie. Ich weinte nicht, hatte nicht einmal einen Kloß im Hals.

Anschließend bereitete ich für meine Familie eine richtige Festmahlzeit zu. Coq au Vin, allerdings mit einem Huhn. Hähnchen lassen sich nicht auftreiben. Wir verbrachten einen netten Abend zusammen.

Einen sehr netten sogar.

Ich schlief schlecht in jener Nacht. Unser Schlafzimmer liegt in der oberen Etage, und wenn der Wind in die Dachziegel fährt und sie gegeneinanderschlägt, laufen Vibrationen durch den ganzen Bettrahmen. Es klang, als versuchte jemand einzudringen. Ich saß oben im Sessel, hatte die kleine Leselampe eingeschaltet und versuchte mich auf eine Biographie Frida Kahlos zu konzentrieren. Erst gegen drei Uhr morgens legte sich der Wind, und ich fand ein paar Stunden Schlaf.

Als ich aufstand, waren Lasse und die Kinder bereits ausgeflogen. Ich saß mit meinem Kaffee in der Küche und empfand große, schmerzliche Sehnsucht. Lasse hatte einen Zettel geschrieben, wie er es manchmal machte, wenn wir uns am Morgen nicht sahen. »Bis heute Nachmittag. Ich denke an dich. Küsschen, L.« Ich drehte den Zettel zwischen den Fingern. Ich sah seine Finger die Buchstaben mühsam mit der dicken Spitze des Holzbleistifts aneinanderfügen. Er ist Legastheniker. Ist das nicht komisch? Verheiratet mit mir, als Legastheniker. Meine Kreuzworträtsel könnte er niemals lösen.

Aber der Zettel war fehlerfrei.

Ich ging in Emils Zimmer. Tino-Tatz-Comics lagen auf dem Fußboden verstreut, Zeichnungen von Dinosauriern auf dem Schreibtisch, und dieser Duft nach kleinem Kind, der immer noch seinen Körper umgab, hing in seinem Bettzeug, in der Luft.

Johannas Zimmer: Bilder des Popstars Darin aus der *Frida* ausgeschnitten und an die Wand gepinnt. *Käfer fliegen in der Dämmerung* ordentlich auf dem Nachttisch platziert, ein Lesezeichen mit Herzen lugte irgendwo aus der Mitte des Buchs heraus.

Ich setzte mich aufs Bett.

Zwei Tage zuvor hatte Emil beim Abendessen von einem großen Projekt erzählt, an dem sie in der Schule arbeiten würden. Ich erinnerte mich nicht mehr, worum es dabei ging. Ich hatte nicht zugehört.

Ich hätte mir gewünscht, sie wären in diesem Moment bei mir gewesen. Alle. Dass sie mir etwas erzählten, mich festhielten, mich schüttelten. Dass ich ihnen in die Augen schauen und sie wiedererkennen konnte und dass sie wussten, ich war ihre Mutter und Ehefrau.

Ich zog mich an und ging zum Meer.

Der nächtliche Wind hatte das Packeis in der Bucht zu gezackten Hügeln mit unregelmäßigen Mustern zusammengeweht. Das Zubringerboot von Domarö war auf dem Weg zum Schiffsanleger und passierte einen Schwarm Reiherenten, die am Rande der Eisfläche paddelten. Der mittlerweile relativ schwache Wind war dennoch so kalt, dass es in Nase und Wangen zwickte. Vielleicht würde das Meer dieses Jahr zufrieren. Vielleicht würden wir Tourenschlittschuhe kaufen und bis hinter Domarö und Gåvasten hinauslaufen können. Auf einer entlegenen Insel ein Lagerfeuer machen und Würstchen grillen können, weit weg von allem und allen anderen.

Ich ging zu deinem Haus hinauf. Es musste das letzte Mal sein. Ich wollte dir im Grunde nur sagen, dass du ein boshafter Mensch warst, der weder Fürsorglichkeit noch Aufmerksamkeit verdiente. Anschließend würde ich dich im Frühjahr verwesen lassen.

Ich hatte eine Vorahnung. Sie erwies sich als richtig.

Schon von der Straße aus sah ich, dass auf der Auffahrt zu deinem Haus Fußspuren waren. Ich ging weiter. Am Haaransatz brach mir der Schweiß aus, es juckte unter der Wollmütze.

Habe ich was im Haus gelassen? Das Schminkzeug …

Doch das Schminkzeug konnte man unmöglich mit mir in Verbindung bringen. Sie würden merken, dass jemand im

Haus gewesen war, aber konnten sie herausfinden, dass ich es gewesen war? Hatte mich jemand gesehen?

Nein. Ich glaubte nicht.

Ich setzte meinen Weg um die Straßenbiegung fort, damit ich die Rückseite des Hauses einsehen konnte. Die Spuren führten zur Terrassentür. Erst jetzt wurde mir bewusst, wie seltsam es war, dass es keine Reifenspuren gab. Wenn sie gekommen waren, um dich zu holen, mussten sie doch ein Fahrzeug benutzt haben.

Außerdem war es eine stürmische Nacht gewesen. Trotzdem waren die Spuren deutlich. Sie mussten folglich irgendwann zwischen drei Uhr morgens und jetzt entstanden sein. Es war kurz nach zehn.

Ich machte kehrt und ging zurück, dabei stets nach einer Bewegung im Haus Ausschau haltend. Aber es rührte sich nichts. Als ich zu den Spuren gelangte, wurde ich langsamer. Und blieb stehen.

Es waren Spuren von nackten Füßen. Die Fußsohlen zeichneten sich in der zehn Zentimeter dicken Schneeschicht deutlich ab. Es waren deine Spuren. Ich ging ein paar Schritte die Auffahrt hinauf und folgte ihnen mit den Augen. Sie führten in beide Richtungen, aber die Spuren, die zur Straße führten, waren sehr undeutlich. Du warst draußen gewesen und dann wieder nach Hause gegangen.

Lange starrte ich die Spuren an, und mein Blick flog die Straße hinauf, bis mir ein Gedanke kam. Ich lief zu meinem Haus zurück. Unserem Haus. Meinem und Lasses Haus. Meinem und Lasses und Emils und Johannas Haus. Meinem und meiner Familie Haus.

Auf halbem Weg den frei geschaufelten Weg zur Haustür hinauf fingen sie an. Sie liefen an der Fassade entlang. Ich ging in die Hocke. Die Spuren waren entstanden, als du *fortgingst,* die Fersen zeigten zum Haus. Aber neben ihnen gab es eine ganze Reihe leichter Vertiefungen im Schnee. Die Spuren, die auf dem Hinweg entstanden und zugeweht worden waren. Ich folgte ihnen, zertrat sie und löschte sie mit meinen Stiefeln aus. Unterhalb meines Schlafzimmerfensters hörten die Spuren auf und endeten in zwei parallelen Fußabdrücken, die deutlicher waren als die anderen. Hier hattest du gestanden. Lange. Hattest im nächtlichen Wind unter meinem Fenster gestanden, während ich im Sessel saß und nicht schlafen konnte.

Es hätte romantisch sein können.

Ich holte einen Besen und kehrte überall. Um die beiden letzten Abdrücke vollständig zu entfernen, dort, wo du gestanden hattest, musste ich regelrecht kratzen und stochern.

»Woher hast du gewusst, wo ich wohne?«

Nur wenige Dinge sind so unangenehm, wie erst zu schwitzen und dann in der Kälte zu stehen, während der Schweiß auf der Haut trocknet und die Kleider noch feucht sind. Der Atem drang in dichten Wolken aus meinem Mund, war mit Feuchtigkeit gesättigt.

Du lagst wie üblich im Bett. Das Make-up in deinem Gesicht war verschmiert und die Decke fleckig, wo du dich mit ihr abgerieben hattest. Ich riss dir die Decke vom Leib.

»Antworte mir!«

Ich fand dich nicht mehr schön. Du warst nur noch eine große Masse gefrorenes Fleisch, das dalag und ein Bett beschwerte. Die lächerliche Wurst zwischen deinen Beinen, dein verschmiertes Gesicht. Und dieses Messer in deiner Brust. Ich riss es heraus und warf es an die Wand. Du verzogst keine Miene. Eine bräunliche Blase hob sich aus der Wunde und stoppte. Deine Lippen öffneten sich, und du flüstertest: »Du bist tot.«

Mein Bauch zog sich in einem Krampf zusammen, und ich spürte Menstruationsblut als Ersatz für das Blut austreten, das du nicht blutetest. Ich sah rot und schrie:

»Ich bin nicht tot, du bist tot, du ekelhaftes Dreckschwein, und du kannst hier herumliegen und verrotten, so viel du willst, du interessierst mich nicht mehr, was sagst du jetzt?«

Mein Gesicht war rot angelaufen, und ich hörte deine Antwort nicht. Ich lehnte mich näher heran. Jedes Wort, das du sagtest, jeder Atemhauch trug diesen Gestank von Marmelade heran, die zu lange in der Tiefkühltruhe gelegen hatte. »Alles, was du mir erzählt hast. Deutet darauf hin. Dass du nicht. Lebst.«

Ich begriff zunächst nicht, was passierte. Es war, als hätte sich das Licht verändert, als würde sich das Zimmer langsam neigen und mein Körper in eine Position gedreht werden, in der er nicht sein wollte. Ein großes Gewicht fiel furch den Raum. Es brannte in meinen Augen, und mir liefen die Tränen herab.

»Das mag sein. Aber ich ... ich ...«

Ich verlor die Beherrschung. Eine Tränengeschwulst platzte in meinem Hals, und obwohl ich es nicht wollte, obwohl ich mich nicht so erniedrigen wollte, wurde meine Wut zu Schluchzern, und meine Stimme zitterte wie im Gebet, als ich sagte:

»Ich werde mich bessern. Jetzt werde ich mich bessern. Lass mich in Frieden. Lass mich in Frieden. Komm nicht zu mir. Lass mich in Ruhe.«

Die Wut verrauchte. Es war still im Zimmer. Nur das Geräusch meiner Schluchzer, das warme Kitzeln des rinnenden Bluts auf der Innenseite des Oberschenkels. Du öffnetest deine Augen, weiter, als du es je zuvor getan hattest, und sahst mich an. Zwei Kleckse aus grauem Schleim. Du lächeltest. Diesmal lächeltest du wirklich. Du sagtest:

»Tut mir leid. Aber das entscheidest nicht du.«

Ich weiß nicht, wie ich nach Hause kam, die Sachen im Werkzeugschuppen fand und wieder zurückkam. Die Bilder fließen ineinander. Plötzlich stand ich wieder in deinem Schlafzimmer. Doch diesmal hatte ich Hammer, Nägel und Krampen dabei. Ich zwang deine Hand zum Rand des Bettrahmens herab. Zwei Nägel schlug ich durch die Hand, anschließend eine Krampe um jeden Finger. Die Spitzen schälten die Haut ab, aber der Bogen presste sich um das Skelett. Die Hand saß fest. Du würdest nirgendwohin gehen können.

All das ist logisch. Eine vernünftige Vorgehensweise. Ich hatte dich festgenagelt, damit du meine Familie, meine Kinder nicht bedrohen konntest. Ich tat, was getan werden musste.

Aber als ich dann keuchend vor dir stand und dich betrachtete, lächeltest du wieder dieses Lächeln, das Lächeln, mit dem du mir deine Überlegenheit zeigtest, weil du meine zartesten Geheimnisse kanntest, während ich nicht einmal deinen Namen wusste. Dieses Lächeln, das besagte, ich war nichts wert, eine kleine, graue, platte Frau, die an deiner Seite flüsterte und dich anbetete.

Ich knöpfte die Hose auf und holte meine durchgeblutete Binde heraus. Ich malte dich rot an. Brust, Arme, Beine. Am Ende versuchte ich dir die Binde in den Mund zu stopfen, aber er war zu fest geschlossen. Ich legte sie dir stattdessen über die Augen.

Dann ging ich.

Ich duschte lange und heiß, kroch anschließend unter die Decke und vergrub mich in einem Kokon aus Wärme und Dunkelheit. Ich schloss die Augen und versuchte den Körper in dem Glauben zu wiegen, dass nichts von all dem wirklich passierte.

Ich sagte, ich sei krank, ich hätte Fieber. Möglicherweise hatte ich sogar Fieber. Der Schweiß in Verbindung mit der Kälte. Ich fühlte mich elend, Schüttelfrost strömte unter der Haut, und mein Körper fühlte sich so krank, krank, krank, wie es kein Fieberthermometer jemals messen könnte.

Sie kamen mit Essen zu mir herauf. Spaghetti mit Hackfleischsauce. Lasse setzte sich auf meine Bettkante und wollte wissen, was ich den ganzen Tag gemacht hatte. Emil kam herauf und erzählte wieder von diesem Projekt. Es ging um einen Bauernhof. Sie bauten einen Bauernhof aus Karton und bastelten Tiere aus Lehm. In der nächsten Woche würden sie einen Bauern besuchen. Das klang toll. Ich wollte einfach nur heulen. Ich beherrschte mich.

Als ich wieder allein war, ließ ich mich auf den Fußboden hinabrutschen. Ich legte mich ausgestreckt auf die Dielen, hob die Haare an, entblößte den Hals.

Ergreif mich. Erstich mich.

Kein Griff. Kein Stich. Ich wollte, dass es geschah. Kein Gebet war so tiefsinnig oder wortgewaltig, dass es meinen Bedürfnissen entsprochen hätte. Ich konnte nur eins sagen: *Strafe mich. Oder vergib mir.*

Vielleicht würde Gott mich zu einem späteren Zeitpunkt bestrafen. Vielleicht würde er Emil ertrinken lassen. Von jetzt an war alles Schreckliche, das meiner Familie widerfuhr, meine Schuld. Es war ein schrecklicher Gedanke. Die Alternative lautete, dass er mir verzieh. Ja. Das war möglich. Aber ich glaubte es nicht. Wenn das Bild, das man von Gott hat, eine Projektion des Menschen ist, der man selbst ist, dann gibt es keine Vergebung. Nicht für mich. Niemals. Alles bleibt.

Es wurde Abend und Nacht. Als Lasse sich zu mir legte, wollte er wissen, was mit mir los war, wie es mir eigentlich ging. Ich sagte ihm, ich sei traurig. Ich wollte ihm alles erzählen, sagte aber nur, ich sei traurig, drehte mich so, dass ich ihm den Rücken zukehrte, und bat ihn, mich in die Arme zu nehmen. Er umarmte mich, und das war schön, reichte aber nicht. Er hätte zehnmal größer sein müssen. Hundert Mal größer. Ich hatte das Bedürfnis, in seinem Handteller zu liegen.

Ja, es wurde Nacht, und die Minuten. Sie waren lang. Lasses Atemzüge schnorchelten warm in meinem Nacken. Die Minuten schleppten sich wie Spinnenbeine durch eine Siruplache. Ich löste mich aus Lasses Umarmung und stand auf. Stand lange regungslos im Zimmer und lauschte dem Wind in den Dachziegeln. Bumm. Bumm. Bumm-bumm.

Ich stehe hier. Die ganze Nacht. Als Buße.

Es war der erste Gedanke am ganzen Tag, der mich … nun ja, nicht froh. Aber doch zufrieden stimmte. Es war ein guter Gedanke. Mitten im Zimmer die ganze Nacht still zu stehen. Abzuwarten, ob ich das durchhielt. Vielleicht fiel das Auge Gottes dann auf mich.

Ich hatte ungefähr eine halbe Stunde so gestanden, als der Wunsch zu tun, was ich *nicht* tun sollte, immer drängender wurde: zum Fenster zu gehen, das Rollo ein wenig anzuheben und nachzusehen, ob du draußen standest. Ich kniff mich ins Ohrläppchen. Ganz fest. Lasse drehte sich im Bett um. Ich war erleichtert. Wenn er jetzt unvermittelt die Augen aufschlug, konnte er mich nicht sehen.

Zehn Minuten verstrichen. Mir taten die Knie weh. Der dringende Wunsch regte sich erneut. Ich starrte das Rollo an, versuchte hindurchzuschauen. Kniff mich noch einmal ins Ohrläppchen, diesmal jedoch fester, sodass ich fast gewimmert hätte.

Bumm. Bumm-bumm.

Harte Schläge. Ich dachte: Wenn die Haustür geöffnet wird, höre ich es nicht.

Ich machte mich so schnurgerade und starr wie ein Brett. Nagelte mich auf dem Fußboden fest. Abends schloss ich sonst immer die Haustür ab. Hatte Lasse das heute Abend übernommen? Er hatte mal gesagt, wenn er die Haustür abschließe, habe er das Gefühl, auf der Arbeit zu sein, im Gefängnis. In seiner Freizeit wolle er Vertrauen haben.

Ich hatte ein flaues Gefühl in der Magengrube. Die Qualen der Nacht würden noch etwas schlimmer werden, wenn ich hier stand und nicht Bescheid wusste.

Wer ins Haus hineinkommen will, kommt sowieso hinein, hatte Lasse damals erklärt.

Ich kniff mich erneut ins Ohrläppchen. Es half nicht. Ich musste die Tür kontrollieren. Auf Füßen, die vom Stillstehen kribbelten, schlich ich mich aus dem Schlafzimmer, öffnete vorsichtig die Tür und spähte die Treppe hinab.

Die Luft. Was ist mit ... der Luft ...

Die Luft vor dem Schlafzimmer war frisch und kalt. Die Haustür war nicht nur nicht abgeschlossen, sie stand offen, und die Winde der Nacht wehten durch den Flur. Das Herz machte einen Satz in meiner Brust, und als ich die oberste Treppenstufe erreichte, hörte ich Emil schreien.

Nicht schreien. Brüllen. Nichts ist schlimmer auf Erden, als ein Kind so brüllen zu hören, aus der Tiefe seines Körpers, vor Entsetzen, vor Schmerz, und dass es das eigene Kind ist, das so brüllt. Es gibt nichts. Nichts Schlimmeres.

Ich fiel fast die Treppe herunter, als ich mich nach vorn warf, und mein Körper war eine offene Wunde und Emils Brüllen ein glühender Speer, der in die Wunde gestoßen wurde. Ich erreichte den Treppenabsatz und sah dich aus Emils Zimmer kommen.

Du warst nackt. Dein Körper war mit meinem Blut beschmiert, und du hieltst das Klappmesser in der Hand. Die

Klinge war ausgeklappt. Deine Hand hob sich zu meinem Gesicht, und Emil brüllte weiter, und irgendwo ganz hinten in meinem Bewusstsein flüsterte eine Stimme –

Er schreit. Er lebt.

– und die Hand, die sich meinem Gesicht entgegenstreckte, war keine Hand, sondern nur ein Fetzen aus Hautstücken, Skelettteilen, die übrig geblieben waren, als du dich von den Nägeln und Krampen losgerissen hattest. Du gabst mir eine Ohrfeige. Mein Kopf wurde zur Seite geworfen, und ich fiel hin.

Als du zur Haustür hinausgingst, krabbelte ich zu Emils Zimmer. Ich wollte mich übergeben. Ich wollte es nicht sehen. Ich sah Emils Fußsohlen auf die Matratze trommeln, als spränge er in einem rasenden Tempo aufwärts, zur Decke. Ich rappelte mich auf.

Emils Körper lag ausgestreckt im Bett, er trug nur eine Unterhose. Das Oberbett war zur Seite geworfen worden. Sein kleiner Körper zitterte und wurde von den Stößen der Beine geschüttelt, die rannten, rannten. Sein Mund stand weit offen, war ein gähnendes Loch, aus dem sein Brüllen drang.

Die Wunde saß direkt über dem Herzen. Ich fiel auf ihn, schloss ihn in meine Arme, und sein Schrei betäubte meine Ohren.

»Stirb nicht, stirb nicht ...«

Die Vernunft, die kalte, klare Vernunft irgendwo jenseits des Grauens flüsterte:

Stopp die Blutung. Hilf ihm.

Ich gehorchte. Mit zitternden Händen schaltete ich die Nachttischlampe an, musterte die Wunde und bereitete mich innerlich darauf vor, Stücke vom Bettbezug, von mir selbst abzureißen.

Es war nur ein Kratzer. Ein Zeichen. Emil schrie weiter.

Endlich hörte ich Lasses Schritte auf der Treppe. Drei lange Sätze, harte Schläge, dann kam er ins Zimmer gerannt.

»Was ist los? Was ist passiert?«

Was ich sagte, konnte ihm unmöglich vernünftig vorkommen, konnte ihm nicht als richtige Reaktion auf das Bild erscheinen, das sich ihm bot. Ich strich mit der Hand über die Wunde, hatte ein wenig Blut an den Fingern und flüsterte:

»Es ist nur ein Kratzer ... nur ein kleiner Kratzer ...«

Es dauerte ein paar Minuten, bis Lasse begriffen hatte, was passiert war. Ein Mann war in unser Haus eingedrungen und hatte seinen Sohn verletzt und zu Tode erschreckt. Lasse ging hinaus, um den Mann zu suchen. Bestimmt einer aus der Anstalt.

Ich saß bei Emil. Auch Johanna kam herein. Gemeinsam saßen wir bei Emil. In seinen Augen loderte das Grauen, er konnte nicht sprechen. Ich dachte: *Danke, Herr. Dass du ihn am Leben gelassen hast.*

Lasse kehrte nach einer Viertelstunde zurück. Er hatte den Mann nicht gefunden, deshalb würde er jetzt die Polizei rufen. Emil schrie nicht mehr, schluchzte nur noch. Ich bat Johanna, bei ihm sitzen zu bleiben, stand auf und ging hinaus. Lasse telefonierte.

Ich holte die Axt aus dem Holzschuppen.

Es wusste natürlich niemand, dass du längst tot warst. Es war anhand der Überreste nicht einmal möglich, dich zu identifizieren. Aber es gab andere mildernde Umstände. Mehrere.

Ich bin einverstanden mit meiner Strafe.

Sieht man nicht! Gibt es nicht!

Frank Johansson wartet auf das Bild, das sein Leben verändern wird.

Er sitzt sechs Meter über dem Erdboden in einer Ulme. Den Ast, auf dem er sitzt, hat er mit zwei Schichten Schaumgummi umwickelt, um sich keine Schürfwunden zu holen. Seit er zwei Tage zuvor mit der Überwachung begonnen hat, sind fünfzehn Liter Wasser durch seine Kehle geflossen. Er hat furchtbare Rückenschmerzen.

Es ist Sommer. Fetter schwedischer Sommer. Die Sonne brennt durchs Laub, und der Schweiß läuft. Kein kühlendes Lüftchen außer dem Flügelschlag des Schicksals. Es ist seine letzte Chance. Entweder das Foto oder der Abgrund. Der Gerichtsvollzieher, mindestens.

Eine Million.

Das Bild wird ihm ungefähr eine Million einbringen. Er hat gerechnet, er hat sich schlau gemacht. Allein *The Sun* ist bereit, fünfzigtausend Pfund für die Rechte auf den Tisch zu blättern. Später werden dann kleinere Beträge von anderen hinzukommen.

Eine Million Kronen löst all seine Probleme.

1/250-Sekunde ist alles, was er braucht. Die Blende öffnet sich, der Film wird mit dem *Bild* belichtet, sie schließt sich wieder, bewahrt die Aufnahme im Dunkel des Kameragehäuses, und Frank ist ein reicher Mann.

Seine Handflächen sind verschwitzt, er wischt sie sich an den Hosenbeinen trocken, packt die Kamera mit beiden Händen, richtet das Objektiv auf den Pool und sieht, was er seit zwei Tagen gesehen hat:

Eine blaue Wasserfläche. Zwei hölzerne Liegestühle unter einem großen weißen Sonnenschirm. Zwischen den Stühlen ein Tisch. Auf dem Tisch ein Buch. Mit dem Dreihundertmillimeterobjektiv kann er so nahe heranzoomen, dass er den Titel des Buchs lesen kann: *Lord of the Flies.*

Das Wasser ist spiegelglatt, nichts rührt sich.

Es sind schon Leute wegen weniger verrückt geworden.

Frank zoomt zurück, sodass die Wasserfläche den Bildsucher ausfüllt. Eine Wolke zieht am Himmel vorüber und lässt das Wasser in einem tieferen Blauton flirren. Sein Kopf kocht. In dieses Wasser gleiten zu können, sich von ihm umschließen und abkühlen zu lassen.

Er nimmt einen Schluck sonnenwarmes Wasser aus seiner Flasche.

Eine Million.

Jemand ist hier gewesen. Jemand hat auf dem Liegestuhl gesessen, *Herr der Fliegen* gelesen und das Buch weggelegt. Amanda. Es muss Amanda gewesen sein. Roberto – kann der überhaupt lesen?

Sie müssen nur herauskommen – Frank folgt ihrem Weg mit dem Finger –, zum Rand des Pools gehen und ... sich küssen. Ein Kuss, ein simpler kleiner Kuss und klick: Frank ist gerettet.

Aber sie kommen nicht, sie wollen Frank nicht retten, und er hasst sie. Wenn ihm der Schweiß brennend in die Augen läuft, der Rücken ein schmerzender Kristall ist und die Langeweile an seiner Seele nagt, hält er sich damit auf Trab, zu träumen und zu hassen.

Würdest du nicht?

Jemand kann dich mit einem Kuss erlösen, weigert sich aber,

ihn einem anderen zu geben. Vielleicht war das ja alles, was Judas haben wollte: ein Kuss. Als er ihn nicht bekam, gab er seinen eigenen. Dreißig Silberlinge, was wollte er damit? Er hatte Jesus den Kuss gegeben. Danach ging er fort und erhängte sich.

Frank starrt einen dicken Ast schräg über seinem Kopf an. Er stellt sich ein Seil vor, und er spürt seinen eigenen Fall, hört das Geräusch, wenn das Genick bricht – *zack* wird die Verbindung zwischen Körper und Seele gekappt, und man ist frei wie ein kleiner blauer Vogel in einer niemals enden wollenden Nacht.

Blau, tiefblau liegt die Fläche des Pools zu seinen Füßen, und seine Gedanken verirren sich. Minuten vergehen, Stunden. Eine Mücke landet auf seinem Unterarm, und er beobachtet interessiert, wie sie sein Blut saugt. Paparazzi. Den Namen soll sich angeblich Fellini ausgedacht haben, um damit an eine irritierende Mücke zu erinnern. Paparazzi, Paparazzi.

Als die Mücke ihren Rüssel herauszieht und sich pappsatt zum Abflug bereit macht, erschlägt Frank sie. Sie hinterlässt einen schmierigen Flecken auf seiner Haut; er hebt den Arm zu den Augen, studiert die Überreste der Mücke. Schwarze Spinnwebbeine ausgebreitet in rotem Blut, als wäre es ein kalligraphisches Zeichen.

Die Sonne schleppt sich über den Himmel, verschiebt die Reflexe im Pool und blendet ihn. Er hält sich eine Hand vor die Augen und rutscht zehn Zentimeter. Es knackt. Ein Vorschlaghammer trifft sein Kreuz, und ein Schmerzpuls schießt vom Steißbein hoch und explodiert im Kopf. Er schreit auf, fällt beinahe kopfüber hinunter, bekommt jedoch den Ast über sich zu fassen.

Die Kamera rutscht ihm vom Schoß, und mit einem Ruck zerreißt der alte Halsriemen. Durch eine gelbe Haut hindurch sieht Frank die Kamera in Zeitlupe zum Erdboden segeln, hört das spröde Knirschen, als das Objektiv zersplittert. Er kneift die Augen zu und umarmt den Ast. Ihm kommen die Tränen, sie zwingen sich zwischen seinen zugepressten Lidern hinaus.

Nein, nein, nein, nein, nein … das ist ungerecht …

Er krümmt sich zusammen und weint. Tränen folgen dem Weg der Kamera durch die Luft und landen im trockenen Gras. Er ist am Tiefpunkt angelangt. Er schraubt diese Tatsache Drehung für Drehung durch sich hindurch und weint weiter. Am Ende wird es zu einer Art Genuss. Er schlägt die Augen auf und sieht durch seine Tränen den Pool, ein wogendes Rechteck.

Sonnenreflexe lösen sich von der Wasseroberfläche und werden zu Sternen, die auf ihn zuschweben. Er wedelt matt mit der Hand, um sie fernzuhalten, aber sie dringen in seinen Kopf ein wie glühende Nadeln.

»Auuuuuuuu …«

Er schlägt sich mit der flachen Hand gegen den Kopf, aber die Nadeln sind in ihm und schießen umher, als suchten sie etwas. Sie punktieren sein Gehirn, ritzen und schneiden, und er hat das Gefühl, sich übergeben zu müssen. Er wird bei lebendigem Leibe seziert.

*

Die Sonnenreflexe ruhen auf der Wasseroberfläche. Der Rücken rumort. Behutsam, Ast für Ast, steigt er vom Baum und hockt sich neben die Kamera wie ein kleiner Junge, der um sein totes Haustier trauert.

Du hast dein letztes Bild geschossen, alter Freund.

Fünfzehn gemeinsame Jahre. Er trägt das Objektiv zum Haus, deponiert es in seiner Tasche und holt das Sigma-Objektiv heraus. Bei Weitem nicht das Gleiche.

Das Kameragehäuse scheint nichts abbekommen zu haben, sodass er das Sigma aufschraubt und den Halsriemen seiner Ersatzkamera einhakt. Anschließend füllt er seine Wasserflasche und isst ein paar Bissen kalte Pizza. Die Kiefer arbeiten mechanisch, auf und ab. Sein Kopf ist leer. Er sieht sich in dem exklusiv eingerichteten Raum um, und sein Blick fällt auf das Gemälde von Bruno Liljefors, das über dem offenen Kamin hängt. Ein Meer.

Ich habe gedacht, der malt nur Füchse.

Frank lässt sich rücklings auf die Couch fallen, schließt die Augen und schläft ein.

Er ist in Tiefseedunkelheit und sinkt. In weiter Ferne wird ein Lichtpunkt entzündet. Er schwimmt auf ihn zu. Wenn er zu diesem Punkt vordringt, wird alles gut werden. Wenn er nicht hingelangt, wird er weiter sinken. Er schwimmt. Seine Schwimmzüge sind langsam, träge, als wäre das Wasser Sirup.

Der Punkt wird nicht größer.

Trotzdem erreicht er ihn. Der Lichtfleck wabert vor seinen Augen. Er streckt die Hand aus, um ihn zu berühren.

Dann sieht er den Schlund, der sich hinter dem Licht öffnet. Es ist einer dieser Fische. Von denen hat er schon einmal gelesen. Sie liegen auf dem Meeresgrund, wohin sich die Sonne niemals verliert. Sie locken kleinere Fische mit einer Laterne an. Wenn die Fische dann kommen …

Eine Tür schlägt zu, und Frank ist hellwach. Marcus steht vor ihm und grinst.

»Hi, Frankie Boy. Wie läuft's im Gebüsch?«

»Es läuft …«, Frank blinzelt zweimal, befreit sich aus der Dunkelheit, »… nicht gut.«

»Was ist denn los?«

»Sie kommen nicht.«

Marcus reißt die Augen auf und setzt eine Miene übertriebenen Erstaunens auf. Seine Augen sind rot unterlaufen, er scheint irgendetwas genommen zu haben. Vielleicht sind die großen Gesten das Einzige, wozu er noch fähig ist. Er plumpst in einen Sessel und zeigt auf die übrig gebliebenen Pizzastücke. »Darf ich ...«

»Bitte.«

Frank steht auf und sammelt seine Sachen ein. Als er die Tür erreicht hat, räuspert sich Marcus.

»Du, Frankie Boy, es ist nämlich so, dass ein paar Komplikationen aufgetaucht sind.« Frank wartet, dreht sich nicht um. »Und dass ... der sozusagen rein monetäre Teil dieses Mietvertrags, den wir haben, mir nicht wirklich befriedigend erscheint.«

»Des Mietvertrags.«

»Ja. Die Ulme. Die Miete für diese Scheißulme.«

Jetzt dreht Frank sich um, sieht Marcus an, der in seinem Sessel sitzt und Pizzafett von seinen Fingern leckt. Er trägt eine hochgeschlagene Leinenhose, Loafers und ein weißes Hemd, das über der Hose hängt. Ein Kind reicher Leute. Die Eltern im Urlaub. Das Taschengeld wird knapp.

»Du hast zehntausend bekommen.«

»Tja«, sagt Marcus. »Das habe ich. Und die sind jetzt weg. Und deshalb ... also, ich glaube, dass wir den Vertrag lösen müssen. Will sagen, wenn sich das nicht irgendwie anders regeln lässt.«

Wenn man sich den Zeh stößt und einen Moment wartet und weiß, jetzt ... jetzt gleich kommt der Schmerz, so wartet Frank darauf, dass in ihm Wut aufwallt. Aber sie bleibt aus.

Ruhig fragt er: »Wie viel?«

»Weiß nicht. Fünf?«

»Und wenn ich mich weigere? Wenn ich da sitze, ohne ... die Miete zu zahlen?«

Marcus spielt den Geschockten.

»Aber das wäre doch Hausfriedensbruch! Dann müsste ich die Polizei rufen!«

Frank nickt und sagt: »Morgen.«

Er hat gegen Marcus keine Trümpfe in der Hand. Seinem Vater würde es vermutlich nicht gefallen, dass sein Sohn den Baum an einen Skandalfotografen vermietet hat, aber es lässt sich nichts beweisen.

»Morgen, fine by me«, sagt Marcus und steht aus dem Sessel auf. »Ich hau mich in die Falle. Viel Glück.«

Das Licht ist perfekt, als Frank zu seinem Baum zurückkehrt. Nachmittagssonne und weiche Schatten. Kein Wölkchen am Himmel. Wie ein Koalabär kriecht er den Stamm hinauf, krabbelt auf seinen Ast hinaus und macht sich bereit, wieder ein paar Stunden auf dem Eukalyptusblatt der Zeit herumzukauen.

Der Pool schimmert und lockt. Die Luft ist schmeichelnd lau, und die Liegestühle und der Sonnenschirm erzeugen eine Atmosphäre, die nach den handelnden Personen nicht schreit, sondern sie herbeiflüstert.

Kommt ... nun kommt doch ...

Frank macht es sich auf seinem Ast bequem und trinkt Wasser, solange es noch kalt ist. Als Amanda aus dem Haus tritt, bekommt er es in den falschen Hals und presst seine Armbeuge gegen den Mund, um keine Laute von sich zu geben, Laute, die bis unten zu hören sein könnten.

Er hustet in die Armbeuge, und seine Augen tränen, während er Amanda langsam am Rand des Pools entlangschreiten sieht. Sie trägt einen roten Bikini mit gelben Punkten. Frank hat so einen Bikini schon einmal gesehen, kann sich aber nicht mehr erinnern wo. Keuchend hebt er das Fernglas und studiert sie.

Dieselben ausgeklügelten, anmutigen Bewegungen wie damals, als sie den Oscar für die beste weibliche Nebenrolle bekam. Aus irgendeinem Grund denkt Frank, dass sie unglücklich ist. Gefangen in einer Rolle, aus der sie sich nicht befreien kann.

Das Kratzen in der Kehle klingt passenderweise ab, bis Roberto ins Freie tritt. Er geht zu Amanda, streichelt ihre langen Haare. Frank hebt die Kamera, stellt scharf, drückt den Auslöser und fängt Robertos Hand genau in dem Moment ein, als sie Amandas Wange streift.

Das reicht vielleicht schon.

Es hat bisher keinen Bildbeweis für diese Romanze gegeben. Jetzt gibt es ihn. Eine Hand auf einer Wange. Aber die Hand bewegt sich weiter zur Taille hinab und verharrt dort. Frank knipst, hält den Atem an.

Komm schon, komm schon ...

Und ... oh ja. Roberto führt sein Gesicht näher an die Frau heran, und all die Stunden, die Frank damit verbracht hat, ihn zu hassen – diesen hausgemachten Latin Lover aus Sundbyberg mit seinen Hits und seinem Englisch und dem gewollt spanischen Akzent –, sind vergessen.

Braver Junge.

Ihre Lippen begegnen sich, die Blende fliegt auf und schließt sich, aber Frank lässt den Finger auf dem Auslöser liegen und schießt Bilder in schneller Folge, bis der Film voll ist. Frank zittert vor Ungeduld, während der Motor den Film in seine Hülle zurückspult, und schwört, sich als Nächstes eine Digitalkamera zu kaufen. Dann reißt er den belichteten Film heraus und holt rasch einen neuen hervor. Seine Finger sind verschwitzt, aber er schafft es, ihn einzulegen, und die beiden küssen sich immer noch; Robertos Hände fahren über Amandas Körper, und in

Franks Brust brodelt es vor Glück, während er Fotos schießt, Fotos schießt. Er senkt die Kamera einige Sekunden und reibt sich die Augen.

Das Paar am Pool wird zu zwei kleinen Puppen, die eine Pantomime aufführen. Frank kichert. Sie bewegen sich so steif, so roboterhaft, dass Amanda niemals einen Oscar bekommen hätte, wenn sie diese Liebesszene im Film gespielt hätte.

Frank schaut wieder durch den Bildsucher. Die Gesichter des Paars sind seltsam ausdruckslos, als spielten sie eine Szene, ohne zu wissen, wie sie sich verhalten sollten. Und für wen spielen sie?

Für mich.

Frank knipst und knipst, und was er nicht zu hoffen gewagt hätte, passiert. Roberto streichelt Amanda den Bikini vom Leib und wirft ihn in den Pool. Gelbe Punkte auf rotem Grund. Ein paar Sekunden später versinkt er.

Amanda stützt sich auf den Tisch, und Roberto dringt von hinten in sie ein. Der Winkel ist perfekt, das Licht auch. Abgesehen von allem anderen, werden diese Aufnahmen so gut sein, dass man sie nicht für Paparazzibilder halten wird. Er wird mehr als eine Million für sie verlangen können.

Eine Million, das war der Betrag für einen Kuss. Aber das hier ...

Als Frank die Filme ausgehen, hat das Paar zweimal die Stellung gewechselt. Er auf einem Liegestuhl mit ihr auf sich. Die Missionarsstellung auf den Kacheln. Frank senkt die Kamera. Ein Tropfen Schweiß läuft vom Bildsucher in seine feuchte Handfläche. Plötzlich bekommt er eine Heidenangst, er könnte die Filme, die Kamera verlieren. Was auch immer. Dass irgendetwas schiefgehen könnte.

Gelbe Punkte auf rotem Grund ...

Ein sinnloser Gedanke in der momentanen Situation, aber

wo hat er dieses Muster schon einmal gesehen? Er erinnert sich nicht mehr.

Seine Hände sind nassgeschwitzt, sein Schädel ist ein Ballon, nachdem er gefühlte mehrere Minuten die Luft angehalten hat. Ihm wird schwarz vor Augen. Mit langsamen kontrollierten Bewegungen klettert er vom Baum. Die Liebenden sind verschwunden, ins Haus zurückgekehrt. Unter dem Baum liegen die vier leeren Plastikdosen, die er beim Einlegen neuer Filme von sich geworfen hat. Er lässt sie liegen.

Jetzt hat er es nicht mehr nötig, auf Marcus Rücksicht zu nehmen. Nun braucht er auf niemanden mehr Rücksicht zu nehmen.

Die Kameratasche liegt auf dem Beifahrersitz. Ab und zu schielt er zu ihr hinüber, um sich zu vergewissern, dass sie noch da ist. So langsam und vorsichtig ist er seit Jahren nicht mehr gefahren. Um sein Leben war er noch nie sonderlich besorgt, aber das, was sich in der Tasche befindet …

Er streichelt sie, liebkost sie.

Er wird seine Wohnung nicht nur abbezahlen können; er wird den Kredit auf einen Schlag zurückzahlen können. Mit dem Lenkrad als Trommel singt er:

»Willst du meine Küsse nicht, bekommst du auch kein Geld …«

Er ist glücklich.

Als er die Tür zu seiner Wohnung öffnet, steigt ihm der Geruch alter Fixierlösung in die Nase. Die tiefstehende Sonne wirft ihre Strahlen aufs Küchenfenster, lässt Flecken deutlich hervortreten und fordert Staubkörner zum Tanz auf.

Er holt die Filme aus der Kameratasche, reiht sie auf dem Küchentisch auf, nimmt eine Schmerztablette für den Rücken, setzt sich und betrachtet die fünf kleinen Blechdosen.

Jetzt gilt es vorsichtig und sorgfältig zu sein. Er wagt es nicht, diese Filme zum Entwickeln wegzugeben. Was ist, wenn etwas schiefgeht? Zumindest die Negative gedenkt er selbst zu entwickeln.

Nach einer Viertelstunde Tagträumerei, während die Schmerztablette langsam wirkt und der Rücken angenehm taub wird, schreitet er zur Tat. Zuerst wird geputzt: Er spült die Plastikwannen für die einzelnen Bäder aus, wäscht die Negativspulen und die Entwicklungstrommel. Er wischt den Küchentisch und den Vergrößerer ab.

Die fünf Filme stehen vor ihm und warten.

Er lässt sich viel Zeit. Als er mit dem Saubermachen fertig ist, duscht er und zieht saubere Sachen an. Gewisse Anlässe verlangen danach.

Als er in die Küche zurückkehrt, ist die Sonne hinter den Baumwipfeln jenseits der großen freien Grasfläche untergegangen, und der Himmel ist rot. Die Filmdosen werfen ein Gitter aus schwachen Schatten auf die Tischplatte.

Gelbe Punkte auf rotem Grund . . .

Er schließt die Augen, versucht sich zu erinnern. Das Muster flimmert auf der Innenseite seiner Lider. Bikini. Pool.

Ah.

Das Schwimmbad von Bällsta. Er war vierzehn. Sie fünfzehn. Sagte sie jedenfalls. Das erste Mädchen, das eine Art erotisches Interesse für ihn gezeigt hatte. Ma . . . ria?

Ja, Maria. Sie hatten sich hinter den Umkleidekabinen geküsst und gefummelt. Das war alles. Sie hatte einen roten Bikini mit gelben Punkten getragen.

Das war es. Warum war ihm das so bedeutsam erschienen?

Maria. Frank verzieht den Mund. Der Ständer in seiner Badehose, er war nach Hause gegangen und hatte bis zur Erschöpfung onaniert. Ihr Bild peitschte ihm durch den Kopf. Oh ja. Jetzt erinnert er sich. Einen Sommer lang hatten all seine Gedanken ihr gegolten.

Er schließt die Türen zur Küche, zieht den Verdunkelungsvorhang herab. Ein Streifen Licht findet den Weg durch den Türspalt, und er verschließt ihn mit Klebeband. Es darf nichts schiefgehen. Er schraubt die Kühlschranklampe für den Fall heraus, dass er aus Versehen die Tür anstößt. Man kann nicht vorsichtig genug sein.

Der Raum ist stockfinster. Er tastet sich zum Küchentisch vor.

Mit einem Bieröffner bricht er die erste der Filmrollen auf, spult den Film auf eine Einsatzspule, danach den nächsten, und den nächsten. Als die Filme in der Entwicklungstrommel sind, schaltet er die Lampe an und misst mit millimetergenauer Präzision den Entwickler ab.

Er wendet die Trommel exakt einmal jede halbe Minute. Er gibt sich alle Mühe, sich zu beherrschen, sorgfältig zu bleiben. Etwas in ihm will Tempo machen, alles möglichst schnell fertig haben.

Als die Stoppuhr piepst, werden die Filme abgespült. Jetzt sind sie Negative, das ist unwiderruflich. Er beißt sich auf die Fingernägel. Wenn er nun doch einen Fehler gemacht hat, ohne sich dessen bewusst zu sein. Zum Beispiel die falsche Flüssigkeit benutzt hat. Wenn die Negative nun leer sind, sobald sie aus der Trommel genommen werden.

Mit zitternden Händen schaltet er das Leuchtpult an und entrollt die erste Negativrolle.

Der Film ist nicht leer.

Er zeigt den Pool, die Liegestühle, den Tisch, das Haus.

Und sonst nichts.

Er zieht den ganzen Film aus der Spule, betrachtet jedes einzelne Bild, und jedes dieser Bilder zeigt dasselbe: Die Wasserfläche des Pools, auf dem Negativ gelb, schwarze Sonnenstühle und ein graues Haus. Keine Menschen.

Frank lässt sich schwer auf einen Küchenstuhl fallen und spürt kaum den Schmerzpuls, der vom Rücken ausstrahlt. Es ist nur etwas, das in weiter Ferne passiert.

Wie zum Teufel …

Er zieht die anderen Filme aus dem Spülbad und rollt sie auf dem Leuchtpult aus, ohne sie vorher zu trocknen.

Auf jedem einzelnen Bild ist es das Gleiche. Dasselbe Motiv in verschiedenen Graden der Vergrößerung. Auf einem Film kann er den Gang des Geschehens rekonstruieren, weiß noch, wann er näher gezoomt hat oder weiter weg gegangen ist.

Da lag Roberto in dem Stuhl. Bei dem Bild bin ich näher herangegangen, als sie ihn bestieg.

Aber Roberto ist nicht in dem Stuhl. Und es gibt auch keine Amanda, die ihn reitet. Da ist nur ein Liegestuhl und ein Tisch mit einem Buch.

Frank hat einhundertachtzig Fotos von einer Veranda mit Pool im Nobelvorort Djursholm. Sonst nichts.

Er hängt die Negative zum Trocknen auf und bleibt mit kraftlosen, hängenden Armen stehen. Ist er etwa verrückt geworden, hat er sich das alles nur eingebildet? Nein. Er hat gesehen, was er gesehen hat. Irgendwie ist die Kamera getäuscht worden.

Damit finde ich mich nicht ab.

Als die Negative trocken sind, hat er alles aufgebaut, um Abzüge zu machen, und entwickelt zwanzig Fotos, vier von jedem Film, auf 10x15-Papier.

Als die Bilder im Entwicklungsbad auftauchen, zeigen sie immer noch dasselbe wie die Negative, aber er weigert sich, dies zu akzeptieren.

Es muss etwas zu sehen sein.

Er hat nicht halluziniert. Roberto und Amanda sind da gewesen, klar und deutlich, ganz gleich, ob er nun durch den Bildsucher geschaut oder mit bloßem Auge hingesehen hat. Welches Trugbild verträgt solche Veränderungen im Grad der Vergrößerung, kann so lange weitergehen und so detailliert sein?

Aufmerksam studiert er die Bilder. Nichts. In seiner Erregung hat er bei den Belichtungszeiten geschlampt: Alle Blautöne sind ein paar Nuancen zu hell geraten. Der Himmel ist fast weiß. Die Wasseroberfläche des Pools …

Was haben wir denn da …

Sein Blick flackert von Bild zu Bild. Er holt eine Lupe und untersucht die Aufnahmen eingehender. Er hat gehofft, dass er irgendeine … Spur von Roberto und der Frau finden würde. Die findet er nicht. Aber es gibt einen Unterschied zwischen den Bildern. Sorgsam studiert er sie nacheinander mit der Lupe.

Es mag an seiner Schlamperei beim Entwickeln liegen, aber auf mehreren Bildern gibt es einen leichten Schatten im Pool. Der Schatten hat seine Aufmerksamkeit erregt, weil er sich bewegt. Seine Form verändert. Auf manchen Bildern ist er kaum größer als ein Fußball, auf anderen nimmt er einen Großteil des Pools ein.

Wolkenschatten …

Sicher. Wenn es Wolken gegeben hätte.

Um halb elf sitzt Frank wieder im Auto. Der Auspuff hat ein Loch, und der Motor röhrt dumpf, während er nach Djursholm hinausfährt. Ein paar Stunden zuvor, als er in die andere Richtung gefahren ist, hat er darüber nachgedacht, welches neue Auto er sich kaufen wird, sobald er die Bilder verkauft hat.

Es ist fast schon wieder komisch.

Es gibt keine Bilder, keine Millionen. Er kann das inzwischen akzeptieren. Aus irgendeinem völlig unverständlichen Grund ist das Motiv nicht auf den Film gebannt worden. Grausam, aber wahr. Okay. Nicht akzeptieren kann er hingegen, dass es dieses Motiv niemals *gegeben* haben soll. Kurzum, dass er ein Fall für die Klapsmühle ist.

Und es gibt etwas, womit sich beweisen lässt, dass er nicht verrückt ist. Gelbe Punkte auf rotem Grund: der Bikini, der in den Pool geworfen wurde. Liegt er noch auf dem Grund, hat er gesehen, was er gesehen hat. Liegt er dort nicht ... könnten sie ihn natürlich auch herausgeholt haben.

Oder so.

Er macht am 7-Eleven auf dem Sveavägen Halt, kauft sich einen Schokoriegel und die Abendzeitungen, schiebt sich den Riegel auf dem Weg aus der Stadt in den Mund.

Die Villen der Multimillionäre glitzern wie Hochzeitstorten im Sommerabend, und ein schwacher Duft von Grillfeuern schwebt zum offenen Autofenster herein, als er vor dem Haus hält, in dessen Garten er während der letzten Tage gesessen hat. Die Tore sind geschlossen, und der Basslauf irgendeines Discohits rollt in den Garten. Durch das Panoramafenster sieht Frank Körper, die sich bewegen. Marcus feiert eine Fete.

Er bleibt unschlüssig sitzen. Die Fete kann noch ewig weitergehen, soll er ihr Ende abwarten? Oder sofort reingehen? Er hat keine fünftausend, die er Marcus geben könnte, und die ganzen Freunde hinter ihm, die unter Strom stehen und johlen, wenn er in den Baum hinaufklettert …

Nein.

Er greift nach der Zeitung *Aftonbladet*, blättert zerstreut darin und erstarrt. Auf den Klatschseiten gibt es ein Bild von Roberto und Amanda. Sie stehen an einem Ort nebeneinander, der ein Flughafen sein muss. Ihre Gesichter werden von einem Herz umrahmt.

»ROMANTISCHE TAGE IN MEXIKO«

Frank liest die Bildunterschrift. Darin heißt es, das Bild sei am Vortag auf dem Flughafen von Cancún aufgenommen worden.

Das Paar habe seine Beziehung lange geheim gehalten … eine Woche Entspannung an einem geheimen Ort in Mexiko … kommende Filmprojekte … die neue CD … haben Schweden vorgestern verlassen …

Frank blickt von der Zeitung auf, starrt auf die Tore zu dem Haus mit dem Pool. »Das ist doch alles Lüge«, murmelt er, ohne zu wissen, was er damit genau meint.

Falsch. Da ist noch mehr, was … falsch ist.

Er betrachtet das Bild in der Zeitung. Jetzt sieht er es. Amanda hat kurze Haare. Sie hat sich die Haare schneiden lassen, seit er sie das letzte Mal bei der Oscarverleihung im Fernsehen gesehen hat. Aber die Haare der Amanda, die er wenige Stunden zuvor am Pool gesehen hat, sind lang gewesen.

Er bleibt im Auto sitzen und versucht zu verstehen: Amandas lange Haare. Die steifen, unnatürlichen Bewegungen des Paars.

Dass die beiden sich nicht auf einen Film bannen ließen, müsste ihm eigentlich am wichtigsten sein. Trotzdem sieht er es anders. Wirklich entscheidend ist der rote Bikini mit den gelben Punkten.

Er schließt die Augen und versucht sich das Bild ins Gedächtnis zu rufen. Amandas runde Hüftlinie, Robertos Hand, die über die breite Borte aus elastischem Stoff streicht. Die großen gelben Punkte. Dann Maria; die verschwitzten Minuten hinter dem weißen Holzbau, an dem jeder Astansatz aus den Brettern gedrückt worden war, um zu einem Guckloch zu werden.

Es ist ... der Gleiche.

Ja. Das Aussehen von Badeanzügen hat sich in den dreißig Jahren, die vergangen sind, seit er und Maria hinter den Umkleidekabinen gefummelt haben, verändert, aber Amandas Bikini ist nicht nur gleich gemustert, sondern *haargenau gleich* gewesen.

Und jetzt liegt er auf dem Grund des Pools.

Die Lichter im Haus sind aus, nur die Scheinwerfer über dem Pool brennen noch. Frank schaut sich um und prüft das Tor. Es ist nicht abgeschlossen. Er schiebt sich hindurch, steigt vier steinerne Treppenstufen hinauf und steht am Rand des Pools.

Es duftet frisch nach Chlor. Das künstliche Licht über den Kacheln und das stille Wasser tauchen alles in eine traumgleiche Atmosphäre. Blaue Kacheln färben das Wasser, färben seine Haut blau. Im Grunde müsste er nervös sein – Einbruch ist nicht sein Ding, sein Platz ist kurz vor der Grundstücksgrenze –, aber er ist eigentümlich ruhig. Als stünde er unmittelbar vor einer Offenbarung.

Er geht zum Beckenrand und blickt ins Wasser hinab.

Der Bikini liegt auf dem Grund und weht träge wie eine Wasserpflanze in der Strömung des zirkulierenden Wassers. In dem blauen Licht sind seine gelben Punkte grün. Frank reibt sich die zugekniffenen Augen.

Wer waren die zwei, die hier waren?

Noch während seine Handwurzeln die Lider massieren, kehrt das Gefühl zurück, das er am Tag hatte. Etwas wird in seinen Kopf gestochen. Dünne Nadeln pressen sich durch die Haut, den Schädel, dringen tiefer ein und schießen suchend umher. Er will die Augen zur Abwehr des Schmerzes zupressen, schlägt sie stattdessen jedoch auf.

Als sich seine Augen öffnen, verschwindet in der gleichen Sekunde der Druck aus seinem Schädel, aber er sieht es noch. Eine Reihe von Fäden, dünn wie Spinnweben, schwebt zwischen seinem Kopf und der Wasserfläche. Er erhascht im letzten Moment einen Blick auf sie, ehe sie sich auflösen oder unsichtbar werden.

Er blinzelt und tastet mit der Hand vor sich, aber die Fäden sind fort und die Wasseroberfläche … ist von Geldscheinen übersät. Er fällt auf die Knie. Große Mengen von Tausendern liegen wie ein Deckel auf dem ganzen Pool. Er krabbelt zum Rand.

Die Tausender sind wirklich. So wirklich wie das Bild, das er erwartet hat, wie der Bikini, nach dem er gesucht hat. Frank stützt die Arme auf die Knie und lacht. Jetzt begreift er.

Es kommt alles aus meinem Gehirn.

Er lacht, schüttelt den Kopf und schluchzt auf. Denn gleichzeitig ist es traurig. Was er sich von allem in der Welt am meisten wünscht, soll also das sein. Papierschnipsel.

Vielleicht weiß er nur zu gut, was er tut, vielleicht auch nicht. Er streckt die Hand zum Wasser hinab, um einen Geldschein herauszufischen. Als seine Finger die Wasseroberfläche berühren, verschwinden gleichzeitig die Geldscheine. Etwas saugt sich an seiner Hand fest, weshalb er sie reflexartig zurückzuziehen versucht, aber es geht nicht. Die Hand, der Arm, werden langsam ins Wasser gezogen, und Frank folgt ihnen. Als sein Gesicht noch zehn Zentimeter von der Oberfläche entfernt ist, erblickt er flüchtig, was da zieht.

Es ist eines dieser Wesen, die in der Tiefe leben, und vor seinem Mund hängt etwas Edelsteingleiches und schimmert in allen erdenklichen Farben.

Endlich gewinnt der Überlebenswille die Oberhand. Frank schreit auf, stemmt sich mit seinem freien Arm dagegen und versucht sich aus dem Wasser zu ziehen. Das Wesen leistet zähen Widerstand, aber Frank kämpft um sein Leben und ist stärker. Zentimeter für Zentimeter gewinnt er seinen Arm zurück. Das Wesen ist verschwunden, ist wieder eins mit dem Wasser geworden. Nur der Edelstein, der Regenbogenpunkt ist sichtbar. Er pulsiert.

»Frank?«

Sie klammert sich an seinen Arm. Maria. Sie trägt ihren gepunkteten Bikini. Er hatte ganz vergessen, dass sie so hübsch war. Wie konnte sie sich nur jemals für ihn interessieren?

»Frank, komm ...«

Frank entspannt sich und öffnet den Mund, um zu sagen, dass es sie nicht gibt. Dass sie nur einer in einer langen Reihe von Träumen ist, die nicht in Erfüllung gegangen sind. Noch ehe er es aussprechen kann, reißt sie an ihm, sodass er das Gleichgewicht verliert und ins warme Wasser fällt.

Das Wesen nimmt seine wahre Gestalt wieder an und verschluckt ihn.

*

Als der Poolpfleger am Morgen zur allwöchentlichen Reinigung des Beckens eintrifft, entdeckt er etwas auf dem Grund und fischt es mit seinem Kescher heraus.

Ein Handy.

Er schüttelt das Wasser heraus und versucht es einzuschalten. Es funktioniert nicht. Er wirft es in den Müllbeutel und begutachtet das Wasser im Pool. Es ist wirklich dreckig. Voller Fäden und Fasern, verfärbt. Er zieht ein paar Runden mit dem Kescher und holt kleine Stoffstücke und … Nägel heraus.

Was zum Teufel haben die hier getrieben?

Das Wasser sieht immer noch grauenvoll aus. Er beschließt, es komplett auszutauschen, und öffnet das Abflussventil. Das Wasser im Becken läuft langsam ab. Eine halbe Stunde später ist es geleert.

Das Wasser strömt weiter zur Kläranlage. Nachdem es eine Reihe von Filtern und Reinigungsprozessen durchlaufen hat, fließt es über dicke Rohrleitungen wieder ins Meer. Dort verteilt und vermischt es sich mit dem größeren Wasser und bleibt doch das Gleiche.

Die Vertretung

Als Matte mich anrief, war es das erste Lebenszeichen von ihm seit zweiundzwanzig Jahren. Es ist seltsam, den Hörer in die Hand zu nehmen und am anderen Ende der Leitung meldet sich ein Mensch, der für einen ... na ja, nicht gerade gestorben war, aber weg vom Fenster. Ein Mensch, mit dem man im Leben nie wieder in Berührung kommen wird. Weg vom Fenster.

»Hallo. Hier ist Mats. Mats Hellberg.«

»Matte?«

»Ja, wie geht es dir?«

»Gut. Gut. Wie geht es dir?«

Eine Pause von drei Sekunden, während der denkbare Szenarien durch meinen Kopf flimmerten. Ich wusste, dass in jenem Herbst 1982 etwas schiefgelaufen war und Matte nicht mehr in unsere Klasse zurückkehren konnte. Das war mein letzter Stand. Etwas war schiefgelaufen, und wahrscheinlich lief es immer noch schief. Die Pause war mir unangenehm.

»Es gibt da etwas, das ich dir erzählen muss. Können wir uns treffen?«

»Ich weiß nicht ...«

»Bitte. Es ist wichtig. Ich weiß nicht, wen ich sonst anrufen soll.«

»Worum geht's denn?«

Erneute Pause. Ich sah auf die Uhr. *Six feet under* würde in zwei Minuten beginnen, die letzte Folge der Staffel, und ich wollte keine Sekunde verpassen.

»Hast du dich nie gefragt, was passiert ist?«

»Womit?«

»Mit mir.«

»Schon, aber ...«

»Es ist nicht, wie du denkst. Du würdest nie drauf kommen, was es wirklich war. Können wir uns treffen?«

Im Herbst 82 war in unserer Klasse viel darüber spekuliert worden, was eigentlich passiert war. Matte hatte jemanden umgebracht. Matte war durchgedreht und in die Klapsmühle gesteckt worden. Nach den Weihnachtsferien war er dann praktisch vergessen. Das Leben ging weiter. Ich dachte bestimmt noch ab und zu an ihn, weil ich ihm am nächsten gestanden hatte, wenn man einem Typen wie Matte überhaupt nahestehen konnte. Aber auch ich vergaß ihn. Wie man das eben so tut, redete ich mir ein.

Trotzdem hatte ich Gewissensbisse. Nicht wegen etwas, das ich getan oder unterlassen hatte, als wir dreizehn waren, sondern weil ich seither nicht mehr an ihn gedacht hatte. Also sagte ich: »Ja, okay. Wann, wo?«

»Kannst du morgen herkommen? Zu mir nach Hause?«

»Wo wohnst du denn?«

Er gab mir die Adresse einer Wohnung in Råcksta. Ich dachte mir gleich, dass es eine Bleibe war, die ihm das Krankenhaus besorgt hatte, und sollte Recht behalten.

Es war genau zwanzig nach neun, und ich würde nur den Vorspann verpassen. Aber ehe ich auflegen konnte, fragte Matte: »Du. Hast du noch das Klassenfoto?«

»Welches?«

»Von damals. Aus der Sechsten.«

»Keine Ahnung. Kann sein.«

»Kannst du versuchen, es zu finden, und dann mitbringen? Es ist wichtig.«

»Ja. Okay.«

Wir sagten Tschüss und legten auf.

David und Claire rauchten Hasch, Nate sollte operiert werden, und ich konnte nicht aufhören, an das Klassenfoto zu denken. Erstens: Wo war es, und hatte ich es überhaupt noch? Zweitens: Was war an ihm so besonders?

Sobald die Folge vorbei war, ging ich in den Keller und wühlte mich durch das Archiv meines Lebens: drei Bananenkisten mit Fotos, Briefen, Zeitungen, Kassetten und allem, was man so sammelt, wenn man der Typ dafür ist. Und das bin ich.

Ich blieb eine Weile an einem Konzertprogramm von Depeche Modes Tournee zum Album *Black Celebration* hängen. Seite für Seite voller sinnloser Ikonen, die ich in meine Schulbücher abgezeichnet hatte. Das Bild von Martin Gore, meinem Idol. Hätte ich damals doch nur lockige Haare gehabt. Aber das war 1985-86 gewesen. Ich grub mich tiefer in die Vergangenheit hinein.

Ich blieb eine gute Stunde dort unten. Ich fand, wonach ich suchte, und nahm das Foto mit in die Wohnung, wo ich mich an den Küchentisch setzte und es studierte.

An dem Bild war nichts Auffälliges. Besonders lange musterte ich Mats. Er trug sein Iron-Maiden-Shirt und hatte längere Haare als irgendwer sonst in der Klasse, inklusive der Mädchen. Ein Nietenarmband umschloss sein Handgelenk. Wenn man es nicht besser wusste, hätte man gedacht, dass dieser Junge der härteste Bursche in der Klasse war.

Was einerseits stimmte. Andererseits aber auch überhaupt nicht.

Er war insofern ein harter Bursche, dass er nicht zu besiegen war. Ihn machte so schnell keiner fertig. Nicht, weil er sich gut prügeln konnte, er war dünn und schlaksig wie ein Zehnjähriger, aber ihn umgab diese Aura: dass er nicht zögern würde, einem die Augen auszukratzen, wenn man sich mit ihm anlegte.

Er hatte nichts zu verlieren.

Als das Bild entstand, waren zwei Jahre vergangen, seit seine Mutter und sein älterer Bruder bei einem Autounfall ums Leben gekommen waren. Mats hatte daraufhin so oft gefehlt, dass er ein Jahr wiederholen musste. So war er in unsere Klasse gekommen. Sein Stil, die Kleider, die er trug, das alles gehörte eigentlich seinem Bruder Conny. Mats' Vater hatte Connys Zimmer nicht leer geräumt, sich nicht dazu überwinden können, und Matte nahm sich, was er wollte.

Sein Vater ging nach dem Unfall vor die Hunde. Ich war nur selten bei Mats zu Hause, aber in meiner Erinnerung ist sein Vater nur etwas, das in einem Sessel saß. Einem grauen Sessel. Einmal fragte ich Matte:

»Du, was macht dein Vater eigentlich?«

»Nichts. Er macht nichts. Er ist einfach zu Hause.«

Ich hakte nicht nach. Aber im Großen und Ganzen ist sein Vater mir als ein Gespenst mit körperlicher Gestalt im Gedächtnis geblieben. Ein Gewicht und sonst nichts. Sie müssen irgendwie über die Runden gekommen sein, aber ich stellte keine weiteren Fragen. Wenn man zwölf ist, interessiert man sich für so etwas nicht.

Ich betrachtete das Klassenfoto. Alle standen dicht gedrängt nebeneinander auf der Rasenfläche neben dem Fahnenmast. Ich wusste von keinem, was später aus ihm oder ihr geworden war. Ich erinnerte mich an jeden Namen. Außer an den der Lehrerin. Sie war eine Vertretung, die uns nur zwei Wochen unterrichtet hatte, und stand eine Armlänge neben der Klasse. Vermutlich wollte sie nicht so tun, als gehörte sie dazu.

Die ganzen Namen. Sinnlos eingebrannt im Hinterkopf, um niemals vergessen zu werden. Als wohnten wir noch immer in

Dörfern, wo die Namen der Kinder, mit denen man in die Schule ging, zu den Namen der Menschen wurden, mit denen man arbeitete und jagte, die man heiratete. So lief das heutzutage nicht mehr. Heute gab es nur noch die Namen.

Ulrika Berggren, Andreas Milton, Tomas Karlsson. Anita Köhli.

Weggezogen, in alle Winde verweht, vergessen. Nur die Namen waren geblieben. Mehr gibt es dazu nicht zu sagen. So ist das nun einmal in unserer Zeit: Alles muss fort, um Platz für immer Neues zu schaffen.

Ach ja, das ist der Bodensatz in alten Kartons: Melancholie, ein unbestimmter Verlust. Man wühlt herum, und sie wird an die Oberfläche geschwemmt.

Der folgende Tag war ein Freitag. Wir hatten verabredet, dass ich um sechs zu Matte kommen sollte, und ich hatte nicht die Absicht, lange zu bleiben. Laban würde am Samstagmorgen um neun zu mir kommen. Laban ist mein zehnjähriger Sohn. Er verbringt jedes zweite Wochenende bei mir.

Das war einer der Gründe dafür, dass ich nicht so begeistert von der Idee gewesen war, Matte am Freitag zu treffen. Freitag versuche ich immer gut gelaunt zu bleiben, mich nicht runterziehen zu lassen. Kein Alkohol, keine düsteren Gedanken. Am Samstagmorgen will ich in Topform sein, so gut, wie ein Wochenendvater eben sein kann. Ich fand, dass ich das ziemlich gut hinbekam. Aber ich ahnte, wie gesagt, dass es bei Matte eine Schwere gab, in die man sich verstricken konnte, und das wollte ich nicht. Ich hatte genug mit mir selbst zu tun.

Jedenfalls nahm ich die U-Bahn nach Råcksta und irrte eine Weile zwischen den Hochhäusern umher, ehe ich die richtige Hausnummer fand. Schon bald begann das Gewicht an meinen Füßen zu ziehen. Kleinere Ansammlungen von Hochhäusern haben etwas Deprimierendes. Eine riesige Betonlandschaft wie Rissne ist eine Sache: Dieser Wahnsinn hat etwas Grandioses, es ist eine eigene Welt. Aber so ein Häuflein von Hochhäusern wie hier in Råcksta … nein, das ist einfach nur hässlich.

Es gab zwei Hellbergs auf der Namenstafel im Hauseingang, aber ich nahm an, dass Matte der Hellberg war, dessen Name mit den neueren Buchstaben angebracht worden war. Sie schienen nagelneu zu sein. Er konnte dort noch nicht lange wohnen.

Mein Verdacht bestätigte sich, als ich mit dem Aufzug in die fünfte Etage kam. Es gab keine Buchstaben auf dem Briefeinwurf, nur einen handgeschriebenen Zettel. Zwei Zettel, um genau zu sein. Auf dem zweiten stand »Keine Reklame«. Ich klingelte, und die Tür wurde augenblicklich geöffnet, als hätte er dahintergestanden und gewartet.

Ich hatte mir vorgestellt, dass er seinem Vater ähneln und bis tief in seine Augen hinein Staub liegen würde. Aber Matte hatte den umgekehrten Weg in seinen Verfall – wenn es denn ein Verfall war – eingeschlagen. Er sah sandgestrahlt, hochdruckgereinigt aus.

Er war einige Zentimeter gewachsen, seit wir in die sechste Klasse gingen, aber immer noch klein. Und schmal, sehr schmal. Die Augen saßen tief, die Wangenknochen sprangen einem ins Auge, und er hatte keine Haare auf dem Kopf. Diese Beschreibung taugt nicht, um zu vermitteln, dass er auf eine verlebte Art ehrlich gesagt ziemlich gut aussah. Wenn ich Michael Stipe sage, der Sänger von R.E.M., trifft es die Sache vielleicht besser. Aber macht die Augen kleiner und das Kinn runder.

An seinem Oberkörper hing ein blütenweißes Hemd. Ich sage *hing*, weil es wirklich so aussah. Das Hemd und die schwarze

Jeans schienen angeheftet wie bei einer Anziehpuppe. Es roch ziemlich stark nach Waschmittel.

»Hallo.«

»Hallo.«

Er streckte die Hand aus, und ich ergriff sie. Er hatte einen festen, trockenen Händedruck.

»Komm rein.«

Seine Wohnung sah aus wie seine Kleider. Es gab Möbel und Lampen und alles was man benötigte, aber das Ganze war nicht eingewohnt, wenn ihr versteht, was ich meine. Ich habe eine Zeit lang im Stockholmer Vorort Kista gewohnt und wurde einmal von einer bosnischen Flüchtlingsfamilie in meinem Treppenaufgang eingeladen. Man hatte den Leuten eine provisorische Wohnung zugeteilt, und dieses Provisorische war ein bisschen deprimierend. Die Möbel waren Geschenke, Fundstücke oder billig gekauft. Hingestellt. Sauber und hübsch anzusehen, aber ohne Leben. Nur ein Ort zum Warten. Für Mattes Wohnung galt das Gleiche.

»Möchtest du einen Tee?«

»Tee klingt nicht verkehrt.«

»Welche Sorte?«

»Tja, ich weiß nicht. Einfach einen normalen Tee.«

»Ist das Earl Grey?«

»Ich trinke nicht so oft Tee, also ...«

»Hibiskus? Wäre das in Ordnung?«

»Bestimmt.«

Matte verschwand in der Küche, einem winzigen Raum, in dem alles glänzte. Ich schaute mich im Wohnzimmer um und wurde das Gefühl nicht los, dass – wie soll ich es ausdrücken? – dass Matte mich gar nicht zu sich nach Hause eingeladen, sondern diese Wohnung nur für diese Gelegenheit hergerichtet hatte.

Es gab keine Fotos an den Wänden, nur Bilder von Indianern und Wölfen im Sonnenuntergang und so. Das Angebot im Bücherregal sah aus, als wäre es dem Regal eines Trödelladens entnommen. *Die Familie Moschkat* von Singer, *Fuge* von Erich Müller ... die Art Bücher, die immer herumstehen. Dinge im Hintergrund eines Einrichtungsvorschlags von Ikea. Die Titel waren nicht alphabetisch geordnet, und mein Eindruck verstärkte sich noch, als ich unten im Regal ein weiteres Exemplar von *Die Familie Moschkat* fand.

Als Matte mit einer Kanne und Tassen auf einem Tablett hereinkam, konnte ich es mir einfach nicht verkneifen, ihn darauf anzusprechen.

»Hast du die Bücher gelesen?«

Matte stellte das Tablett auf den Couchtisch und sah das Bücherregal an, als hätte er gerade erst entdeckt, dass es dort stand.

»Nein. Aber ich habe mir überlegt, dass ich sie lesen sollte. Mit der Zeit.«

Der Tee sah seltsam aus, war hellrot. Außerdem roch er merkwürdig. Und schmeckte komisch. Gleichzeitig bitter und blumig. Matte sah mich an, als ich die Tasse zum Mund führte, und ich dachte: *Er vergiftet mich.*

»Hast du Zucker? Er ist ein bisschen bitter.«

»Zucker, nein. Tut mir leid. Zucker habe ich keinen.«

Ich stellte den Giftbecher ab und lehnte mich im Sessel zurück. Matte hatte etwas an sich, das einen nicht einlud, Konversation zu machen, also sagte ich:

»Was wolltest du mir erzählen?«

»Hast du das Foto gefunden?«

Ich holte das Bild aus der Manteltasche im Flur und legte es auf den Couchtisch. Matte beugte sich darüber und nickte. Anschließend blieb er regungslos sitzen und starrte die Aufnahme eine Weile an. Ich setzte mich wieder in den Sessel. Als ich fand, dass es lange genug still gewesen war, sagte ich: »Wie man damals aussah, was?«

»Mhm.« Matte zeigte auf die Lehrerin. »Erinnerst du dich noch an sie?«

»Nein, nicht direkt. Sie war eine Vertretung.«

»Ja, eine Vertretung.«

Matte stand auf und ging zu einer Hi-Fi-Kommode, in der so ein Turm aus Plastik, Reglern und Dioden stand, wie ihn in den Achtzigern jeder besaß. Heute kann man die Dinger für einen Appel und ein Ei auf dem Trödelmarkt kaufen. Keine CDs. Aus einer Schublade holte er eine Lupe und setzte sich wieder. Er hielt die Lupe über das Bild und brummte.

Zwei Gedanken:

Erstens: Er hatte tatsächlich etwas in den Schubladen, sie waren also nicht nur Kulissen.

Zweitens: Irgendetwas lag bei ihm auch heute noch ziemlich im Argen.

Ich nippte an meinem Tee, der eigentlich gar nicht so übel schmeckte, wenn man die erste Verwunderung überwunden hatte. Matte legte die Lupe fort.

»Okay. Bei dem, was ich dir erzählen will, geht es um sie.« Matte zeigte auf die Vertretungslehrerin. »Weißt du noch, wie sie hieß?«

»Nein. Ich erinnere mich nur ... sie hat uns Musik vorgespielt, nicht?«

Matte lachte plötzlich auf. Es war ein kurzes freudloses Lachen. Mir kam der Gedanke, dass Mattes langsame Bewegungen, seine Unsicherheit im Umgang mit Menschen und seine leise, fast flüsternde Stimme daher rührten, dass er eingewiesen oder interniert gewesen war oder wie man das nannte. Dass er ziemlich lange eingesperrt gewesen war.

»Sie hieß Vera, und sie hat uns *The Wall* vorgespielt. Du weißt schon, *The Wall.* Pink Floyd.«

»Stimmt. Jetzt, wo du es sagst. *The Wall.* Das kommt hin.«

Matte sah mir in die Augen.

»Du erinnerst dich? Du sagst das nicht nur, weil ich es sage?«

»Nein, ich erinnere mich. Ich fand es ein bisschen seltsam, dass eine Lehrerin einem *We don't need no education* vorspielt und so. Und was war jetzt mit ihr?«

»Erinnerst du dich an sie?«

Ich zog das Foto zu mir heran und starrte die Frau auf dem Bild an. Ihr Gesicht war nicht größer als der Nagel eines kleinen Fingers, und ich machte eine Bewegung, um mir die Lupe zu nehmen, aber Matte hielt mich zurück.

»Nein. Warte damit. Bis ich erzählt habe.«

Ich begriff nicht, fügte mich jedoch seinem Wunsch. Ich blinzelte das Bild an. Die Frau, Vera, hatte ein rundes Gesicht. Es hätte ein süßes Puppengesicht sein können, wenn nicht alles in ihm zu klein gewesen wäre. Schmale Lippen, kleine Augen und eine schmale gerade Nase. Als wäre alles in ihrem Gesicht ein kritisches Stück in die Mitte verschoben worden, sodass sie aussah wie ein geschickt bemalter Ballon. Die dunkelbraunen Haare saßen auf ihrem Kopf wie ein Helm. Ja. Ein deutscher Helm aus dem Zweiten Weltkrieg, ihre Haarspitzen bogen sich sogar ein klein wenig nach außen, um dem Vergleich zu entsprechen.

In meinem Gedächtnis erwachte das Bild zum Leben, und ich erinnerte mich an ein Unbehagen. Diese Frau, die zu uns gekommen war, als unsere reguläre Lehrerin ein Kind bekommen sollte, war von einem Gefühl des Unbehagens umweht gewesen.

»Erinnerst du dich?«

»Ja. Ich erinnere mich. Ich weiß noch, dass sie irgendwie ein bisschen gruselig war.«

Matte nickte.

»Stimmt, obwohl ich es damals nicht so empfand. Du weißt vielleicht noch, dass es mir zu der Zeit nicht besonders gut ging. Na ja, mein Vater ist übrigens tot. Hat sich umgebracht. Ein halbes Jahr, nachdem ich … verschwunden war.«

»Tut mir leid, das zu hören.«

»Das ist lange her. Es war … verständlich, dass er es getan hat. Das Auto, ein Staubsaugerschlauch. Im Grunde ist das damals gar nicht an mich herangekommen. Es gehörte einfach dazu. Alles würde verschwinden.

Na jedenfalls. Diese Vertretungslehrerin. Vera. Als sie kam, war das für mich nichts Besonderes. Ich saß ja meistens ganz hinten und kaute auf diesen Refreshers herum, diesen zähen Dingern mit Pulver drin. Aber dann hat sie diese Sache gemacht, wenn du dich erinnerst. Schon am zweiten Tag hatte sie einen Gettoblaster dabei und meinte, sie wolle uns etwas vorspielen.«

»The Wall«.

»Genau. *The Wall.* Teil zwei. Und weißt du … als sie das Ding anstellte … schon als die ersten Saiten, die Gitarrensaiten, diese dünnen Gitarrensaiten, als sie so dünn wie in einem großen Raum hallten … weißt du noch das Lied? *Hey You*? Diese Saiten am Anfang. Schon da gab es da etwas, was mich traf. Da war was in dem Ton. Und als er dann anfing zu singen …«

Matte sah mich an, räusperte sich und sang:

»Hey you, out there in the cold, getting lonely, getting old, can you feel me?«

Jetzt erinnerte ich mich wieder an das Lied. Matte sang es außerdem besser als im Original, und ich bekam eine Gänsehaut: *Ich muss mir die Platte besorgen.* Matte fuhr fort:

»Es war irgendwie perfekt. Liebe aufs erste Hören. Iron Maiden und dieser ganze Mist, das war doch alles nur ... das ist eine andere Geschichte, aber es war doch nichts, was mir gefiel. Aber das. Das traf mich. Der Text, sicher, aber ich glaube, es war vor allem die Stimmung. Wie es klang. Das war *ich*, wenn du verstehst, was ich meine. Das war der Ton meines Lebens.«

»The soundtrack of our lives.«

»Hä?«

»Nichts. Erzähl weiter.«

»Und es war, als würde sie es für mich spielen. Vielleicht tat sie das auch, was weiß ich. Jedenfalls war ich total fertig. Und als dann das Nächste kam, *Is there anybody out there*? da war es einfach ... es war perfekt.«

Matte lehnte sich in seinem Sessel zurück und schloss die Augen. Ich begriff nicht, worauf das Ganze hinauslaufen sollte, aber es war in Ordnung, ihm zuzuhören. Dinge, die ich für verschwunden gehalten hatte, zuckten und erwachten zum Leben. Ich sah, wie das Licht von den Fenstern auf Ulrikas Haare fiel, wenn sie vor mir saß. Eine Haarspange in Form eines ... Marienkäfers. Ja. Eines Marienkäfers. Der Geruch von parfümierten Radiergummis. Matte öffnete die Augen.

»Ich wollte mir die Platte ausleihen. Aber ich traute mich nicht, sie zu fragen. Es war, als ... heute denke ich, dass ich mich nicht so bloßstellen wollte. Um etwas bitten. Das tat ich nicht gern.«

»Stimmt. Du warst ziemlich ... verschlossen.«

Matte ignorierte meinen Kommentar.

»Aber am nächsten Tag passierte etwas, das es mir ermöglichte, sie zu fragen.« Matte machte eine Geste in Richtung des Fotos. »Erinnerst du dich noch, dass ihr ein Finger fehlte?«

Dümmlich sah ich auf dem Bild nach, um seine Behauptung zu überprüfen, aber Vera hatte die Hände auf dem Rücken.

Außerdem erinnerte ich mich natürlich. An einer Hand fehlte der kleine Finger. Wir hatten darüber gesprochen, aber keiner hatte sie gefragt, was passiert war. Vielleicht war es spannender so.

Ich nickte.

»Okay. Am nächsten Tag hat sie mich an die Tafel geholt. Ich glaube, es ging um ein englisches Wort, das ich buchstabieren sollte. Ich war ziemlich gut in Englisch, und vielleicht wollte sie mich motivieren, oder ...« Matte schüttelte den Kopf. »Nein, man kann nicht in diesen Kategorien denken. Nicht bei ihr. Aber damals habe ich das gedacht.

Wie auch immer. Als ich zur Tafel kam und sie mir das Kreidestück gab, fiel es mir herunter, und wir bückten uns gleichzeitig, um es aufzuheben. Und als ich sah, dass sie sich auch nach unten bewegte, schaute ich hoch. Und dabei habe ich gesehen ... ihre Haare lagen doch so eng am Kopf an, aber als sie sich bückte und ich in einem bestimmten Winkel war ... da habe ich gesehen, dass sie an dieser Seite kein Ohr hatte.«

»Kein Ohr.«

»Ja. Wo eigentlich das Ohr hätte sein sollen, war nur Haut. Ich hatte in diesem kurzen Moment nicht die Zeit nachzusehen, ob sie da ein Loch hatte ... ob der Gehörgang da war, aber ich habe jedenfalls deutlich gesehen, dass das Ohr fort war.«

»Das hast du mir nie erzählt.«

»Nein. Ich empfand es als ... es war mein Geheimnis. Na schön, ihres und meins. Als die Schule an dem Tag aus war, ging ich zu ihr und fragte sie, ob ich mir die Kassette ausleihen dürfte. *The Wall.* Durch die Sache mit dem Ohr konnte ich das tun. Ich weiß warum, ich habe oft darüber nachgedacht, habe viel Zeit gehabt, darüber nachzudenken, aber das spielt hier keine Rolle. Außerdem glaube ich, dass du es auch so kapierst.«

»In etwa.«

Matte sah mich an, und in seinen Augen veränderte sich etwas.

»Übrigens, wie geht es dir eigentlich? Wie ist das Leben zu dir gewesen?«

Ich zuckte mit den Schultern und erzählte in geraffter Form. Die Jobs, das Zigeunerleben, die Reisen, die Jahre mit Helena, Laban. Ich fasste das Ganze folgendermaßen zusammen:

»Das Gefühl eines Provisoriums, könnte man vielleicht sagen. Als wollte es niemals richtig anfangen. Oder dass es schon vorbei ist, ohne dass ich es bemerkt hätte. Aber ich lebe weiter, und es gibt immerhin Laban.«

»Und dann?«

»Dann?«

»Wenn Laban erwachsen ist.«

»Tja ... keine Ahnung. Die Videospiele werden immer besser.«

»Das klingt aber nicht so toll.«

»Es ist völlig okay. Vielen Leuten geht es schlechter.«

Matte sah mich so lange an, dass es mir unangenehm wurde und ich mein Gesicht hinter der Teetasse verbarg. Der Tee war inzwischen kalt geworden und schmeckte so besser als vorher.

»Schön«, sagte er schließlich. »Schön in dem Sinne, dass ich glaube ... ich glaube, du kannst es verstehen.«

»Was verstehen?«

»Was ich dir erzählen werde.«

Matte faltete die Hände im Schoß und schaute zu einem Punkt jenseits der Wände oder hinter den Augen. Ich wartete. Auf Matte lastete eine derart große Trauer, dass sie nicht Trauer genannt werden konnte. Es war eher ein Zustand, das Element, in dem er lebte wie der Tiefseefisch in seiner schwarzen Grotte.

»Ich nahm die Kassette mit nach Hause und hörte sie mir immer wieder an. Ich hatte so einen Sitzsack, du weißt schon, so ein Ding voller Plastikkügelchen, und auf dem lag ich Stunde um Stunde und stand nur auf, um umzudrehen. Dieses erste Gefühl kehrte nie wieder zurück, aber stattdessen begann ich, die Musik intensiv zu mögen. Ich verstand die ganze Story. *The Wall* handelt natürlich von der Gesellschaft und was sie mit dem Menschen macht, aber ich sah vor allem, dass es eine Totenmesse über ein Leben war, das schon vorbei war, noch ehe es beginnen durfte.«

»Meine Rede.«

»Ja, auch wenn meine Gedanken damals bestimmt nicht so hochtrabend waren, aber ... Verlust. Es geht um Verlust. Und die Form ist vollkommen im Einklang mit dem Inhalt ... nun gut. Vergiss es. Am nächsten Tag nahm ich die Kassette wieder mit in die Schule und sagte ihr, ich fände sie ... ich weiß nicht mehr, welches Wort ich benutzte, aber ich durfte sie jedenfalls behalten. Wie ich gehofft hatte. Und so verbrachte ich noch einen Abend auf meinem Sitzsack. Mein Vater war damals ja total von der Rolle, ich weiß nicht, ob du dich erinnerst. Wenn ich Hunger hatte, durfte ich mir einfach Geld aus seinem Portemonnaie nehmen und mir was holen gehen.

An jenem Abend nahm ich mir auch noch zwei Deziliter Whisky aus einer Flasche, mischte ihn mit Cola und trank, während ich die Musik hörte. Es war ... ich fand, dass die Musik noch besser wurde. Dann bin ich aufs Klo gegangen und habe gekotzt. Danach habe ich weitergehört.«

»Was für ein Leben. Für einen Dreizehnjährigen.«

»Ja, obwohl, weißt du, während es so war ... ich fühlte mich einfach ... cool. Ich fand, dass ich so vieles kapierte, wovon ihr Minis noch weit entfernt wart. Tragisch, sicher, aber ich war gleichzeitig alt genug, um die Rolle irgendwie vor mir selbst zu spielen, wenn du verstehst. Ich sah mich selbst dort. Und überhaupt, Jugendliche saufen heutzutage doch auch, wenn sie dreizehn sind.«

»Aber nicht allein.«

»Nee, da hast du recht. Aber heute sprechen wir nicht über meine tragische Kindheit. Am nächsten Tag musste ich wieder in die Schule, und mir ging es hundsmiserabel.«

»Matte, entschuldige. Ich muss dich das einfach fragen. Hast du in der Klapse gesessen?«

»In der Klapse, oh ja. Verschiedene Abteilungen. Lange.«

»Aber ich kapier einfach nicht ... entschuldige, wenn ich das sage, aber ... ich hatte ein bisschen damit gerechnet, dass du ... plemplem sein würdest, wie man so sagt. Aber du bist doch eindeutig klarer bei Verstand als ich.«

»Viele in den Kliniken sind bei klarem Verstand. Wenn es um bestimmte Dinge geht. Und völlig neben der Kappe, wenn es um andere geht. Zum Beispiel darum, zu leben. Außerdem nehme ich Medikamente. Ziemlich starke Medikamente.«

»Also das mit dem Ohr ...«

Matte runzelte die Stirn und wirkte ärgerlich.

»Das hat damit nichts zu tun. Das Ohr war weg. Oder ... war nie da gewesen. Ich komme noch darauf zurück. Kann ich weitererzählen?«

»Sicher. Sorry.«

»Okay. In der Englischstunde passierte dann noch einmal dasselbe. Sie holte mich an die Tafel, um mich *conscious* buchstabieren zu lassen, während ihr anderen in euren Büchern gearbeitet habt. Und ich nahm mir die Kreide und wollte schreiben, und daran erinnere ich mich, weil es so ... also ich kannte das Wort *unconscious* und wollte sie fragen, ob es das gleiche Wort war, nur ohne *un*, du verstehst. Und natürlich ist es das, aber ich war an dem Tag so benebelt, und das hat wohl auch dazu geführt, dass ich ... also statt ihr die Frage zu stellen, tippte ich ihren Rücken an. So was machte man ja bei einem Lehrer normalerweise nicht, aber ... ich tippte ihren Rücken an, damit sie sich zu mir umdrehte. Und weißt du, was passierte?«

»Nein.«

»Nichts.«

»Was heißt nichts?«

»Nichts. Ich tippte ihren Rücken an, und sie reagierte nicht. Und daraufhin tippte ich fester. Nichts.«

»Vielleicht wollte sie ...«

»Das habe ich auch gedacht. Dass sie ein Zeichen setzen wollte.«

Matte schielte zu dem Foto.

»Du hast vorhin gesagt, du fandest, sie war ... was hast du gesagt ... ein bisschen gruselig. Weißt du noch, warum du das so empfunden hast?«

»Nein, es war wohl bloß so ein Gefühl.«

»Sie hat uns nie berührt. Niemals. Normalerweise, wenn ein Kind eine Aufgabe bearbeitet, wenn der Lehrer ihm hilft ... es kann eine Hand auf der Schulter sein, ein Streicheln über den Arm oder über die Haare, irgendetwas. Aber sie hatte niemals Körperkontakt mit uns, erinnerst du dich?«

Ich dachte nach. Das stimmte so weit: Ich konnte mich an keine einzige Gelegenheit erinnern, bei der Vera mich berührt hatte, aber als ich mein Gedächtnis durchforstete, konnte ich mich ebenso wenig entsinnen, dass ein anderer Lehrer dies jemals getan hätte. Außer wenn Musiklehrer Sundgren mich am Schlafittchen gepackt hatte, weil ich mit den Saiten im Klavier spielte. Aber das ist ja etwas anderes.

Ich schüttelte den Kopf, aber mein Gesichtsausdruck musste Matte verraten haben, was in meinem Kopf vorging.

»Ich weiß. Man erinnert sich nicht. Aber es ist mir auch deshalb aufgefallen, weil ich mich, als ich mir die Kassette ausleihen durfte, ein bisschen erwachsen geben wollte. Also streckte ich die Hand aus, um einen Diener zu machen und mich irgendwie zu bedanken. Ihr die Hand zu geben. Aber sie nahm meine Hand nicht. Sie machte nur so eine Geste ...«

»Vielleicht weil ihr dieser Finger fehlte.«

»Schon, aber der fehlte an der linken Hand.«

»Woran du dich alles erinnerst.«

»Ich habe in den letzten Jahren nichts anderes getan, als mich an sie zu erinnern. Okay. Als sie beim zweiten Antippen nicht reagierte, machte ich so ...«

Matte führte eine zeigende, zustoßende Bewegung mit dem Finger vor.

»Klopf-klopf-klopf, und weißt du ... ihre Haut. Sie war ganz hart. Gab keinen Deut nach, als ich sie antippte. Hart, aber trotzdem nicht solide. Verstehst du, was ich meine? Man kann es doch fühlen, ob man an eine ... sagen wir an eine Statue oder an eine Sperrholzplatte klopft. Es ist ja nicht ganz leicht zu sagen, worin der Unterschied besteht, aber ich denke, es ist wie eine ... Vibration in dünnerem Material.«

»Und das war also ein ... dünneres Material?«

»Ja.«

»Und was für ein Material?«

»Plastik.«

Matte schnaubte. »War ein Witz. Ich habe keine Ahnung, was für ein verdammtes Material das war. Ich weiß nur, es war hart. Und dünn.«

Es wurde still. Irgendwo unter uns hörte ich die S-Bahn vorbeifahren. Es war dunkel geworden im Zimmer. Nur Mattes weißes Hemd war deutlich zu erkennen. Ich versuchte es vor mir zu sehen: ein Mensch, der aus einem harten und dünnen Material gemacht war. Ich sah Blech.

»Du meinst, sie war eine Art Roboter?«

Matte schüttelte den Kopf, stand auf und ging in die Küche. Als er zurückkehrte, hielt er eine brennende Kerze in einem Ständer und sah aus wie eine Illustration zu einer Spukgeschichte. Er stellte die Kerze auf den Tisch.

»Klassische Paranoia, was? Alle außer mir sind Roboter. Nein, darum geht es hier nicht. Ich kapiere schon, klar, du musst dir deine Bilder machen. Aber streich den Roboter. Können wir das kurz auf sich beruhen lassen? Ich erzähl die Geschichte zu Ende, dann wird es vielleicht deutlicher. Oder auch nicht. Ja?«

»Ja. Okay.«

»Am Ende brachte ich sie jedenfalls dazu, sich umzudrehen. Ich wedelte mit der Hand vor ihren Augen, so, und sie ... sie sah mich merkwürdig an. Ich erledigte das Wort, und das war's. Moment. Da ist noch etwas. Weißt du noch, was sie immer gerufen hat, wenn sie uns in den Unterricht geholt hat? Vom Schulflur aus?«

Ich schüttelte den Kopf.

»Nun komm schon. Es wäre gut, wenn du dich selbst daran erinnern könntest. Sie kam aus dem Klassenzimmer, und wir waren draußen und machten irgendwas, und daraufhin hob sie den Arm, und dann rief sie ... weißt du noch, was sie rief?«

Ich schloss die Augen und versuchte mir das Bild zu vergegenwärtigen. Ja. Da waren wir. Und sie kam heraus. Sie trug eine bunte Bluse mit großen Blättern, und sie hatte ...

Scheiße, wir hatten sie eine Woche und sie ...

Ich schlug die Augen auf.

»Sie hat nie andere Kleider angehabt. Ist mir gerade eingefallen. Sie trug die ganze Woche, die wir sie hatten, dieselben Kleider. Oder nicht?«

Matte lächelte. Oder wie immer man das nennen mochte, was er mit seinem Mund anstellte.

»Es wird ja. Und, erinnerst du dich auch, was sie gerufen hat?«

Ich schloss erneut die Augen. Die großen Blätter ... die Haare wie ein Helm ... sie hob die Hand, sie rief ...

Alle Kinder ... alle Kinder ... kommt rein ...

»Ich weiß es. Alle Kinder! Kommt rein! Willkommen!«

»Ganz genau.«

»Ja. So war das. Und?«

»Dazu komme ich noch. An jenem Tag bin ich ihr nach Schulschluss gefolgt. Habe sie von Weitem beschattet. Sie wohnte in der Nähe der Schule. Oben in den alten Häusern an der Holbergsgatan, hinter dem Stadtzentrum. Weißt du, welche ich meine? Wie auch immer. Ich sah sie in einen Hauseingang gehen, setzte mich auf eine Bank unten an dem Spielplatz und wartete.«

»Worauf hast du gewartet?«

»Tja, das weiß ich auch nicht so genau. Ich hatte wohl nichts Besseres vor. Als ich dort eine Weile gesessen hatte, kam sie auf den Balkon hinaus. Und ich saß doch ... genau zwischen uns stand ein Baum, er war mir näher als ihr. Sodass ich sie sah, sie mich aber nicht. Sie blieb ein paar Minuten auf dem Balkon stehen. Dann ging sie rein, und ich blieb sitzen. Ich weiß nicht, ich stellte mir wahrscheinlich einen Überwachungsauftrag vor. Dass ich, du weißt schon ...«

»Eine Tasse Kaffee und ein Donut.«

»Genau.«

»Warum hast du mit mir nicht darüber geredet?«

Matte hob die Augenbrauen. Aus irgendeinem Grund hatte ich wirklich verletzt geklungen. Ich wedelte meine Worte beiseite und ermahnte ihn, weiterzusprechen. Matte lehnte sich vor.

»Ich habe dich gefragt. Ich habe dich gefragt, ob du mitkommen und die Vertretungslehrerin beschatten willst, weil an ihr etwas komisch ist, aber du hattest Bandytraining oder etwas in der Art.«

»Handball.«

»Handball. Und das war bestimmt auch besser so. Als ich dort eine Viertelstunde gesessen hatte, kam sie wieder heraus und ging fort. Daraufhin bin ich am Fallrohr zu ihrem Balkon hochgeklettert.«

»Das ist nicht dein Ernst.«

»Und ob. Glücklicherweise ... oder wie man es nennen will, hatte sie die Balkontür offen gelassen, sodass ich rein konnte. Und an dieser Stelle muss ich um Erlaubnis bitten, mich wiederholen zu dürfen, denn weißt du, was es in der Wohnung gab?«

»Nein.«

»Nichts.«

»Nichts?«

»Nichts.«

»Was meinst du mit nichts?«

»Nichts. Nicht einen einzigen Gegenstand. Nichts.«

»Was denn, du meinst ... sie hatte doch Möbel und ...«

»Nein. Sie hatte nichts. Die Wohnung war vollkommen leer. Keine Couch, keine Teppiche, keine Tische, kein Telefon, kein Fernseher. Absolut nichts. Wie auf Bildern von Neubauwohnungen. Nichts.«

»Aber ein Bett ...«

»Kein Bett. Leere Wände, leere Fußböden, leer dazwischen. Ich ging ins Schlafzimmer, also in den Raum, der das Schlafzimmer hätte sein sollen, und öffnete die Wandschränke. Leer.«

Es wurde still. Ich versuchte vor mir zu sehen, wie ein

Mensch in einer Wohnung leben konnte, in der es nichts gab. Es ging nicht.

»Aber hör mal, vielleicht hat sie sich die Wohnung auch nur angesehen, um sie zu kaufen oder so.«

»Hätte man sich denken können. Aber damals dachte ich das nicht.«

»Was hast du denn gedacht?«

»Nichts.«

»Das ist jetzt ziemlich viel nichts.«

»Ja. Aber als ich in dem Schlafzimmer stand, hörte ich den Schlüssel in der Wohnungstür, und ... erstarrte. Ich konnte mich nicht von der Stelle rühren, stand einfach da und hörte, wie die Tür erst geöffnet, dann geschlossen wurde. Ich erkannte irgendwie, dass es keine Erklärungen oder Ausflüchte gab, aber ... mein Kopf war vollkommen leer. Also blieb ich stehen. Die Tür zum Wohnzimmer stand offen ...«

Matte hielt inne und schaute sich in seinem eigenen Wohnzimmer um.

»Es ist seltsam, von Wohnzimmer oder Schlafzimmer zu sprechen, wenn es keine Möbel gibt. Ohne Möbel sind es doch nur Räumlichkeiten, nicht wahr? Küche, Badezimmer, sicher, in denen gibt es ja Dinge, die dorthin gehören, aber andere Zimmer werden doch erst durch die Möbel, die man hineinstellt, zu dem, was sie sind.

Wenn ich also sage *die Tür zwischen dem Schlafzimmer und dem Wohnzimmer*, meine ich folglich *die Tür zwischen der kleineren und der größeren Räumlichkeit*. Aber das verstehst du natürlich.«

Wir schwiegen eine Weile, bis ich fragte:

»Was ist dann passiert?«

»Rate.«

»Nichts?«

»Nichts. Sie kam ins Wohnzimmer und hatte diese Bluse mit

den großen Blättern an. Dann stellte sie sich mit dem Rücken zu mir ins Wohnzimmer und … blieb dort stehen. Mitten im Zimmer. Und ich blieb mucksmäuschenstill im Schlafzimmer stehen und betrachtete ihren Rücken. Mir lief der Achselschweiß bis in den Hosenbund. Ich hatte eine Scheißangst. Ich weiß nicht warum, aber in meiner Kehle saß ein Schrei, der unbedingt hinauswollte. Ihr Rücken war so verdammt unheimlich, nein, nicht ihr Rücken. Aber dass sie sich womöglich langsam zu mir umdrehen und mir in die Augen sehen könnte. Du verstehst, es gelang mir nicht, diesen Rücken zu deuten, diese Art, einfach dazustehen, ich konnte ihr Verhalten nur so deuten, dass sie von meiner Anwesenheit wusste und nur … mit mir spielte.

Und dann dieser Schrei … ich war mir sicher, dass er herauskommen würde, wenn sie sich umdrehte, denn als ich dort stand, ich weiß nicht warum, aber ich war mehr und mehr davon überzeugt, dass … also wenn sie sich umdrehte, dass sie kein Gesicht haben würde.

Wir standen da. Das war im Spätsommer, sodass … ich weiß nicht, wie viel Zeit verging, aber draußen wurde es allmählich dunkel. Die Straßenlaternen unten auf dem Hof gingen an, und wir blieben stehen. Ich konnte mich nicht von der Stelle rühren. Jeder Muskel in meinem Körper war vollkommen taub, und je länger ich dort stand, desto sicherer war ich mir, dass ich mich nie mehr von der Stelle rühren können würde, und die Gedanken … die Gedanken … wurden auch immer schwächer. Wenn man sich seine Gedanken als jemanden vorstellt, der im Kopf spricht, dann war es, als würde dieser Sprecher … sinken. Oder verschwinden. In etwas versinken. Erstickt werden.

Und wenn man aufhört zu denken. Dann wird es wirklich gefährlich.«

Mattes Blick war für ein paar Minuten weit weg oder weit innen gewesen. Jetzt holte er ihn zurück und sah mich an.

»Weißt du, was passiert, wenn man aufhört zu denken? Wenn es nichts mehr gibt, was man von außen aufnimmt. Was dann stattdessen kommt?«

Ich dachte zwei Sekunden nach und sagte dann: »Das Leben?«

Matte schlug sich mit solcher Wucht klatschend auf den Oberschenkel, dass ich zusammenzuckte. Er sprang von seinem Sessel auf und umfasste mein Gesicht mit beiden Händen.

»Gut, verdammt! Gut!«

Ich begriff nicht, was so gut war, aber Matte war für einen Moment völlig außer sich. Er schüttelte meinen Kopf vor und zurück und starrte mir in die Augen. Dann schien ihm bewusst zu werden, was er da tat, und er ließ los, trat einen Schritt zurück und strich sich übers Gesicht.

»Entschuldige. Das wollte ich nicht ... ich hab mich nur so ... gefreut. Dass du verstehst.«

»Na ja, ich weiß nicht ...«

»Du siehst nicht dasselbe wie ich, du bist nicht ich, aber allein schon, dass du es sagst, dass es das ist, was du sagst, wenn ich ... das Leben, ja. Wenn es nichts zu sehen gibt, wenn es keine Gedanken gibt, dann kommt stattdessen das Leben. Nackt. Und du weißt ja, als ich dort in dem Zimmer stand ... wie mein Leben zu jener Zeit war. Weißt du, meine Mutter ist mit meinem Bruder in eine Felswand gerast.«

»Aber das war doch ein Unfall, oder?«

»Ich glaube nicht. Ich will hier nicht ins Detail gehen, aber ... ich glaube das nicht. Mitten am Tag, kein Gegenverkehr, einfach geradeaus gegen den Fels ... nein. Ich denke nicht.«

»Scheiße, Matte.«

»Ja. Scheiße, Matte. Obwohl, wenn man jung ist, weißt du ... man will leben. Man beschäftigt sich, man findet Dinge. Wie ich es mit *The Wall* getan habe. Aber als ich dann dort in dem Zimmer stand und eine Ewigkeit lang ihren Rücken angestarrt hatte, da ... da kam es. Wie eine schwarze, verdammte Dunkelheit, die langsam in meinen Körper gekippt wurde. Es begann im Bauch. Die Schwere. Und es wurde immer weiter gekippt, bis auch mein Kopf gefüllt war. Mein Leben ... es gab nicht nur eine Mauer zwischen mir und den Menschen, ich *wohnte* im Inneren dieser schwarzen Mauer, ich kann ... es lässt sich nicht beschreiben. Aber es war schwarz. Vollkommen schwarz. Das war im Grunde der Moment, in dem ich wirklich verrückt geworden bin. Das andere war nur ... eine Konsequenz.«

»Was meinst du mit das andere?«

»Nun, am Ende setzte ich mich schließlich doch in Bewegung. Ein Schritt nach dem anderen. Ich ging zu ihr. Aber sachte. Ich bewegte mich ja im Inneren dieser Mauer, und es ging ... sachte.«

Matte hielt die Hand ins Leere, als bremse er sich selbst, ging anschließend zur Stereoanlage und schaltete sie an. Rote Dioden leuchteten auf.

»Ich habe das vorbereitet, bevor du gekommen bist. Für meinen Vortrag. Weißt du, wie das vierte Stück auf *The Wall*, Teil zwei heißt?«

»Nein.«

»Es heißt *Vera*.«

»Derselbe Name ...«

»Ja. Derselbe Name. Jetzt hör genau hin.«

Matte drückte den Startknopf des Kassettendecks, und ein einsamer Ton drang aus den Lautsprechern. Dann, von fern, eine Stimme wie aus einem Funkgerät ... im Hintergrund wurden ein paar Worte geschrien ... mehr von der Radiostimme ... ein Maschinengewehr oder etwas Ähnliches ... eine Stimme, die etwas rief ... eine Explosion, dann: *»Does anybody here remember Vera Lynn?«*

Matte schaltete ab.

»Hast du es gehört?«

Ich schüttelte den Kopf.

»Was soll ich hören? Hieß sie etwa auch Lynn mit Nachnamen?«

Matte spulte das Band zurück, drehte lauter und schaltete wieder an. Ich lehnte mich zu den Lautsprechern vor und schloss die Augen.

Der Ton ... die Funkgerätstimme ... die Worte, die gerufen wurden und ...

Ich setzte mich kerzengerade auf und sah Matte an. Er schaltete ab.

»Hast du es gehört?«

»Mach noch mal.«

Matte spulte ein paar Sekunden zurück, drückte auf Start.

Die Funkgerätstimme ... die Worte ...

Jetzt hörte ich es klar und deutlich, konnte die einzelnen Worte verstehen. Die Stimme im Hintergrund rief: »Alle Kinder! Kommt rein! Willkommen!«

Matte schaltete ab, drückte auf Eject, nahm die Kassette heraus und zeigte sie mir.

»Das ist die Kassette, die ich von ihr bekommen habe.«

»Aber ... was hat das zu bedeuten?«

Matte setzte sich wieder in den Sessel, legte die Kassette neben der Fotografie auf den Tisch. Er blieb einen Moment sitzen, die Hände auf die Knie gelegt, und sagte nichts. Dann zeigte er auf das Klassenfoto.

»Ich hatte gehofft, dass das Foto bestätigen würde, was ich mir überlegt habe. Und das hat es getan.«

Ich beugte mich über die Fotografie, aber Matte legte seine Hand darauf.

»Warte mal kurz. Eins nach dem anderen. Am Ende erreichte ich sie jedenfalls. Und wie gesagt: Ich hatte keine Gedanken mehr. Also tippte ich ihren Rücken an. Und es war dasselbe wie tagsüber. Keine Reaktion. Aber ich hatte keine Angst mehr, ich war ... nichts. Also ging ich um sie herum und betrachtete ihr Gesicht. Sie hatte ein Gesicht, aber ... wie soll ich es sagen ... sie war nicht in ihm. Sie war nicht da. Es war mittlerweile ziemlich dunkel in dem Zimmer, es gab nur die Laternen im Park, deren Licht durch die Fenster hereinfiel, aber ich blickte auf ihre Augen, und sie waren wie aus Glas. Offen. Aber leer. Und da ... ich weiß nicht, warum ich das tat, aber es geschah wahrscheinlich aus dem gleichen Grund, aus dem sich ein Hund die Eier leckt.«

»Warum tut er es?«

»Weil er es kann. Also ... ich knöpfte ihre Bluse auf, um zu ... um zu sehen, wie sie aussah. Oder um eine Reaktion zu provozieren, ich weiß es auch nicht. Ich war ziemlich durch den Wind.«

Matte zeigte auf einige Punkte auf seiner Brust, seinem Bauch.

»Sie hatte Löcher. Unregelmäßig über den ganzen Körper verteilt. Zwölf Stück, dick und tief wie ... Ich bekam zwei Finger hinein.«

»Matte, großer Gott, das ...«

»Ich weiß. Ich weiß. Denkst du nicht, ich weiß? Aber ich kann es nicht ändern. So ist es gewesen. Ich untersuchte ihren Kopf. An dem gab es auch zwei. Wahrscheinlich gab es noch mehr, aber zu dem Zeitpunkt war ich schon völlig ausgeflippt. Was dann kam ... daran erinnere ich mich nicht.«

Matte hatte bisher keinen Tee getrunken. Jetzt füllte er seine Tasse mit der lauwarmen Flüssigkeit aus der Kanne und leerte sie in einem Zug. Ich sah, dass seine Hand zitterte. Er zeigte auf das Foto.

»Jetzt kannst du gucken. Nimm die Lupe. Schau dir ihre Füße an. Warte.«

Matte stand auf, schaltete die Deckenleuchte an und blieb anschließend mit vor der Brust verschränkten Armen stehen und sah mich auffordernd an. Ich nahm die Lupe und studierte das Foto.

Sie trug die Bluse mit den großen Blättern. Das Auffälligste, was mir von ihr in Erinnerung geblieben war, war zum einen dieses Unbehagen, zum anderen die Tatsache, dass sie niemals die Kleider wechselte. Hinzu kam natürlich die Sache mit der Kassette, aber da war doch …

So etwas kann man sich natürlich machen lassen. Wenn man will. Aber warum sollte man das tun?

Ich betrachtete ihre Füße. Es gab nichts Ungewöhnliches an ihren Füßen. Ganz gewöhnliche Füße in einem Paar weißer Turnschuhe. Mattes Blick brannte mir im Nacken.

Mir war schon klar, dass er auf die eine oder andere Art verrückt war. Er hatte eine fixe Idee, hatte … wie sagte man? Etwas rationalisiert, was er getan hatte, was immer es gewesen sein mochte. Er hatte sich einen Grund für sein Handeln erschaffen.

Ich schüttelte sachte den Kopf.

»Matte, ich …«

»Schau dir das Gras unter ihren Füßen an.«

Ich musterte das Gras unter ihren Füßen. Dann musterte ich das Gras unter Ulrikas, Kenneth', Staffans und meinen eigenen Füßen. Anschließend wanderte mein Blick zu dem Gras unter ihren Füßen zurück.

Es war aufgerichtet.

Das Gras unter unseren Füßen war, wie nicht anders zu erwarten, hinabgepresst, plattgedrückt. Unter ihren stand es hoch. Als hätte sie kein Gewicht.

Etwas Rundes und Klebriges sank durch meine Kehle und landete im Bauch. Dies war mein Foto. Es hatte in meinem Keller gelegen. Es gab nicht die geringste Chance, dass jemand es manipuliert hatte, so wie jemand vielleicht das Band manipuliert haben könnte.

Als hätte er meine Gedanken gelesen, nahm Matte die Kassette in die Hand und schüttelte sie demonstrativ.

»Du könntest sie einem Experten für diese Dinge bringen, und er würde dir erzählen, dass in den letzten zwanzig Jahren kein Mensch etwas mit diesem Band gemacht hat.«

»Aber ... gibt es die Stimme ... ihre Stimme auch im Original?«

Meine eigene Stimme klang seltsam, als spräche ich durch Stoff. Matte schüttelte den Kopf.

»Nein. Das habe ich recherchiert. Die anderen Geräusche sind da, die anderen Stimmen, aber diese Stimme ... im Original ist es eine Männerstimme. Aber das Interessante, das wirklich Interessante ... du hast das mit dem Gras gesehen?«

Ich nickte und flüsterte:

»Was hast du getan?«

Matte tat die Frage mit einer Handbewegung ab.

»Ich komme jetzt zum wirklich Interessanten. Aber weißt du, ich habe da eine Theorie. Wie dir vielleicht schon klar geworden ist, habe ich die letzten zwanzig Jahre an verschiedenen ... Orten verbracht. Um eins mit mir zu werden, oder was man werden soll. Funktionstüchtig. Ich habe beobachtet, wie du dir meine Wohnung angesehen hast, als du gekommen bist, und es stimmt, ich habe keine Ahnung. Ich habe nur … ein Leben zu simulieren versucht.

Aber an diesen Orten, an denen ich mich aufgehalten habe, bin ich ziemlich vielen Leuten begegnet. Und, weißt du was, Vera ist nicht die Einzige. Ich glaube, dass sie auf Grund ihrer extremen … Unvollkommenheit ziemlich ausgefallen war. Aber diese Vertretungen gibt es überall. Menschen, denen etwas fehlt. Oder viel. Und ich weiß nicht einmal, ob es Menschen sind, vielleicht sind sie auch etwas anderes.

Ja, vermutlich sind sie etwas anderes. Sie sind da für jemand anderen, sie dringen durch diesen Spalt ein, und … ich bin mir nicht sicher, aber ich glaube, es werden immer mehr.

Übrigens habe ich mich letzte Woche an die Schule gewandt. Es hat eine Weile gedauert, und sie sind nicht sonderlich froh darüber gewesen, aber sie haben die Listen über alle Leute herausgesucht, die dort gearbeitet haben, seit der Kasten gebaut wurde. Lehrer, Vertretungslehrer, alles. Die Lohnlisten. Und außer einer Rektorin Ende der Fünfzigerjahre hat an dieser Schule niemals eine Vera gearbeitet. Nicht einen Tag.

Wahrscheinlich hatten sie vergessen, eine Vertretung für uns zu besorgen, und durch diesen Spalt ist sie geschlüpft. Das glaube ich jedenfalls.«

Ich griff erneut nach der Lupe und betrachtete das Foto. Kein Zweifel. Jetzt, da ich Bescheid wusste, sah es irrwitzig aus: wie das Gras unter ihr hochstand, wie nur um ihre Füße herum die Schatten anders fielen.

Es war unfassbar. Ich rieb mir mit den Händen fest über das Gesicht, als wollte ich eine klebrige Schale abreiben.

»Wie meinst du das? Was meinst du damit, dass es mehr werden? Warum werden es mehr?«

»Warum leckt sich ein Hund an den Eiern?«

»Weil er es kann.«

»Ja.«

Matte machte eine Geste zum Fenster hin.

»Weil sie es können. Da draußen … Du musst entschuldigen. Ich bin es gewohnt, an die Welt im Allgemeinen als *da draußen* zu denken. Aber da draußen … baut doch alles auf Austauschbarkeit auf, nicht wahr? Personal von Zeitarbeitsfirmen, kurze Beziehungen, Vertretungen, Vertretungen, Vertretungen. Ich moralisiere nicht, es ist einfach eine Tatsache. Jemand verschwindet, stattdessen kommt ein anderer. Ständig. Es entstehen Lücken, Spalten, und dort … dort schlüpfen sie herein. Aber weißt du, was am schlimmsten ist? Am schlimmsten ist, dass sie selbst nichts davon wissen.«

»Wovon wissen?«

»Dass sie Vertretungen sind. Sie denken, sie wären Menschen. Meistens geht es natürlich nicht darum, dass ihnen ein Finger oder Ohr fehlt, sondern um etwas anderes. Um irgendetwas, das fehlt. Um einen Mangel. Weniger deutlich als ein Finger, aber genauso spürbar. Also nehmen wir Medikamente, wir versuchen …«

»Wir?«

»Ja, wir. Wer sagt uns denn, dass du und ich nicht auch Vertretungen sind? Wie viel bleibt von uns übrig? Meine Krankheit, meine so genannte Krankheit …«

Matte seufzte und sank in den Sessel. Er sah so klein aus. Es kam einem vor, als drohte der Sessel ihn zu verschlucken. Wenn er sich fallen ließe, würde sich die schwarze abgewetzte Lederimitation um ihn schließen. Ich empfand das Gleiche und setzte mich auf. Wenn ich sitzen blieb, würde ich verschwinden. Noch ehe ich aufstehen konnte, sagte Matte:

»Bei psychischen Krankheiten geht es nicht darum, die Welt nicht sehen zu können, wie sie ist. Meine Krankheit … die Wurzel zu meiner Krankheit, wogegen ich Medikamente nehme, die Wahrnehmung, die ich unterdrücken muss, besteht darin, dass es schon passiert ist.«

»Dass was passiert ist?«

»Dass die Vertretungen schon alles übernommen haben. Dass es keine Menschen mehr gibt. Wenn man das Dasein so betrachtet, wird es einigermaßen ... sinnlos. Es bleibt nichts übrig.«

Ich stand auf. Ich konnte mir das nicht länger anhören.

»Matte. Ich muss nach Hause. Mein Sohn kommt morgen, und es gibt ... es gibt da noch ein paar Dinge, die ich erledigen muss.«

»Verstehe. Danke, dass du gekommen bist.«

Ich wollte mich umdrehen, in den Flur gehen, meinen Mantel holen und danach zur U-Bahn gehen oder laufen. Aber die Sache war noch nicht vorbei. Meine Füße wollten sich nicht bewegen. Als Matte merkte, dass ich stehen blieb, blickte er zu mir hoch, und sein Gesicht war vollkommen nackt. Er fragte: »Glaubst du mir?«

Mir wollte keine Antwort über die Lippen kommen. Es gab im Grunde nur Ja oder Nein, und keine der Alternativen wollte ausgesprochen werden. Stattdessen tauchte die Frage wieder auf:

»Was hast du getan?«

Matte schüttelte sachte den Kopf, und der Schatten eines Lächelns flog über seinen Mund.

»Das spielt keine Rolle. Ich muss es irgendwie ... kaputtgemacht haben. Vielleicht mit einer Schranktür. Aus der Küche. Ich erinnere mich an diese Kanten an den Handflächen, daran, dass ich eine Schranktür ausgehängt habe. Sie war gelb. Eine gelbe Schranktür, obwohl sie in der Dunkelheit eher ... orange aussah. Daran erinnere ich mich. Danach gibt es nichts mehr. Aber ich muss es ... sie irgendwie zerstört haben. Meine spätere Therapie deutet darauf hin. Und dass sie dort eingezogen ist.«

Matte machte eine Geste zu den Gegenständen auf dem Tisch.

»Wo ist sie eingezogen?«

»In die Musik. Entschuldige. Das habe ich ja gar nicht erwähnt. Diese Kassette ... ich habe sie mir doch mehrmals angehört ... bevor es passiert ist. Und da war ihre Stimme nicht auf dem Band. Erst hinterher, nachdem ich ... es getan hatte, zog sie dort ein. Gelangte ihre Stimme dorthin.«

Matte nahm die Kassette in die Hand, drehte sie zwischen den Fingern und sah sie an, als betrachtete er das einzige Erinnerungsstück an einen geliebten Verwandten.

»Das ist alles, was von ihr geblieben ist.«

Es gab nichts mehr zu sagen. Als ich im Flur stand und meinen Mantel anzog, kam Matte mit der Fotografie in der Hand zu mir.

»Dürfte ich das Bild bitte behalten?«

Ich sah das Foto, sah Matte an. Es war trotz allem das einzige Erinnerungsstück, das ich an jenes Schuljahr hatte, und wie gesagt: Ich bin ein Sammler. Matte sah mich eindringlich an, und ich blickte in zwei tiefe Schächte.

»Bitte?«

Ich nickte. Nicht so sehr, weil ich nett sein wollte, sondern weil ich mittlerweile nur noch wegwollte. Ich nickte und streckte die Hand zum Abschied aus. Matte presste das Foto mit der linken Hand ans Herz und streckte die rechte aus. Wir verabschiedeten uns.

Als ich auf die Straße hinauskam, blieb ich längere Zeit stehen und sah zu Mattes Fenster hinauf. Eine Wohnung unter vierundzwanzig anderen im selben Hochhaus, ein Hochhaus unter anderen. Eine Räumlichkeit, in der provisorisch Gegenstände platziert worden waren. Mir lief ein Schauer den Rücken hinunter, und ich eilte zur Wärme und Bewegung der U-Bahn.

Auf dem Bahnsteig beschien das kalte Licht der Neonröhren einen Mann hier, eine Frau da, einen anderen Mann, der die Hände in die Taschen geschoben hatte. Die Männer standen still, die Frau ging eine kleine Strecke auf und ab, auf und ab. Die U-Bahn kam. Sechs blaue Waggons fuhren am Bahnsteig ein. Hielten.

Die Menschen im Waggon saßen da und starrten ins Leere oder in Zeitungen oder in die Schwärze hinter den Fenstern hinaus. Keiner rührte sich.

Ewig/Liebe

Der Tod ist bloß, durch eine Tür zu treten
und einen Raum aus Licht zu verlassen
in einem Paar Augen.

Mia Ajvide

Anna und Josef liebten sich wirklich. Acht Jahre waren sie bereits zusammen, und alles deutete darauf hin, dass es so weitergehen würde, bis dass der Tod sie schied. Zwang die Arbeit oder anderes sie, sich einen Tag oder länger zu trennen, waren sie beide von dem Gefühl erfüllt, am falschen Ort zu sein. Das Leben wurde dünn, unwirklich.

Sie waren beide in Stockholm aufgewachsen, und bevor sie sich kennenlernten, waren sie ziemlich oft ausgegangen, hatten in Bars herumgehangen und viele kurze Beziehungen gehabt. Als sie sich zwei Jahre liebten, gingen sie ihre Telefonbücher durch. Mit der Hälfte der Namen verbanden sie kein Gesicht mehr, neun von zehn Nummern waren überflüssig. Sie übertrugen die wichtigen in ein neues Buch und warfen die alten fort.

Im November des folgenden Jahres erlitt Josefs Vater einen Herzanfall, als er nach der Sauna vom Steg aus ins Meer sprang. Als die Trauer aufgehört hatte zu brennen und zu nagen und sich im Brustkorb zur Ruhe gebettet hatte, war das winterfeste Sommerhaus des Vaters eine Chance. Kein Kredit, keine Miete.

Das meiste, was sie brauchten, fanden sie beim anderen, was wollten sie in Stockholm? Außerdem lag Sågviken nur hundert Kilometer von der Hauptstadt entfernt, wenn einem mal der Sinn nach Großstadt stand.

Mit dem Zehntel übrig gebliebener Namen feierten sie ein Abschiedsfest, sagten *Ihr müsst uns mal besuchen kommen* und *Es ist ja nicht so, als würden wir auf einen anderen Erdteil ziehen,* obwohl sie wussten, dass es so war.

Zwei Jahre später hatte sich alles eingespielt. Josef, der gelernter Erzieher war, hatte eine Stelle in einer Kindertagesstätte in Norrtälje gefunden, und Anna baute die Garage zu einem Atelier aus, in dem sie tagsüber arbeitete. In geraden Kalenderwochen malte sie Schärenmotive auf Treibholz, die sich Sommerurlaubern verkaufen ließen, in ungeraden Wochen malte sie Bilder, die man ihrer Meinung nach niemandem verkaufen konnte.

Abends lasen sie sich gegenseitig vor, tranken Wein. Sahen fern. Oder unterhielten sich. Es kam selten jemand zu Besuch, aber wenn es einmal vorkam, fanden sie es schön, wenn die Besucher kamen, und schön, wenn sie wieder fuhren.

Natürlich gab es auch Streit und düstere Momente. Zum Beispiel, als sie zu einem Familienfest bei Annas Eltern eingeladen waren. Josef fuhr mit der Spinnangel aufs Meer hinaus und kehrte erst eine halbe Stunde nach der vereinbarten Abfahrtszeit zurück. Als er sich ins Auto setzte, stank er nach Hechtgekröse. Fünfzig Kilometer schwiegen sie sich an. Anna trieb den alten Toyota auf der Autobahn demonstrativ auf hundertvierzig Sachen, und es klapperte und dröhnte wie im Inneren eines Trockners. Dann ging ihnen das Benzin aus. Anna hatte vor lauter Ärger vergessen zu tanken.

Sie saßen am Straßenrand, die Arme vor der Brust verschränkt. Keiner wollte anfangen, denn wenn sie erst einmal anfingen, würde es eine langwierige Angelegenheit werden. Annas Familie, Josefs Widerwille. Wie sehr er es verabscheute, sich gezwungen zu fühlen. Wie sehr sie es verabscheute, ihn zu zwingen. Und so weiter. Beide waren unheimlich wütend: schwarze klebrige Wolken in ihren Köpfen.

Beide dachten: »Ich will mich scheiden lassen. So will ich

nicht leben.« Keiner von beiden meinte es so. Alles war zum Kotzen und sehr schwer, aber sie waren, wo sie sein wollten. Sie würden einmal mehr alles durchkauen und sich aussprechen. Es gab keine Alternative dazu.

Sie begannen damit, als sie losgingen, um Benzin zu holen, und machten weiter, als sie das erledigt hatten. Fünfzig Kilometer, hundert Kilometer. Vor den Toren Norrköpings hörte man das erste Lachen. In Linköping kauften sie für Josef eine neue Hose. Sie trafen drei Stunden zu spät zum Fest ein, und alle sagten, dass sie so glücklich miteinander aussahen. Anna erwiderte ernst: »Das liegt daran, dass wir die gleichen Antidepressiva nehmen«, und Josef war der Einzige, der darüber lachte.

Ihre Liebe ist groß und stark, dennoch birgt sie zwei Ängste in sich: das Kind und den Tod.

Manchmal liegen sie im Bett, sehen sich in die Augen und denken: *Mein Glück ist vollkommen. So wie ich es jetzt habe, will ich es immer haben.* Sie sind nicht mehr frisch verliebt, sie wissen, worauf es ankommt. »So will ich es haben«, meint ein strebsames, manchmal langweiliges oder jubilierendes Leben als Ganzes. Und dort liegen sie, vier Augen, peilend ineinander verhakt, und versuchen zu denken: *Dieser Moment ist die Ewigkeit. Jetzt ist für immer.*

Doch der Mensch altert, Dinge verändern sich. Es wird einmal eine Zeit kommen, in der Krankheiten und Gebrechen ihre Körper heimsuchen. Senilität, Schwäche, ausfallende Zähne und eine Rollstuhlrampe neben der Eingangstreppe. Vielleicht wird man dann auf sein glückliches Leben zurückblicken und zufrieden sein.

Aber *das* wollen sie doch nicht! Nein! Was sie *jetzt* haben, soll für immer sein! Es ist pervers, dass die Liebe den gleichen

Bedingungen unterworfen sein soll wie das schwache Fleisch. Dass sie mit ihm verwittern und sterben soll.

Man könnte natürlich an den Himmel glauben. Aber das tut keiner von beiden. Leider.

Und das KIND? Es muss in Großbuchstaben geschrieben werden, da es diese Proportionen angenommen hat. Auf dem Familienfest fragen alle: »Wird es nicht bald Zeit? Ihr habt euch doch schön eingerichtet, und Josef kann doch so gut mit Kindern umgehen, und du, Anna, wirst bestimmt eine ganz wunderbare Mutter sein.«

Alles spricht dafür. Dennoch haben sie Angst.

Die größten Kathedralen stehen in einem labilen Gleichgewicht. Zieh ein paar Steine aus dem Fundament des *Globen* in Stockholm,und er wird davonrollen. Vielleicht. Man weiß nie. Und ist die Grundbedingung aller Liebe nicht gegenseitige Freiheit? Dass man jederzeit gehen *kann*. Keiner von ihnen will gehen, um nichts in der Welt, aber die Möglichkeit soll bestehen. Dass man einander wählt, aber eben nicht aus Zwang und weil man auf Kind und Haus Rücksicht nehmen muss, sondern weil es das ist, was man Tag für Tag will.

Aber ein Kind. Ein Kind ...

Sie können sich nicht entscheiden, also überlassen sie dem Zufall, dem Schicksal die Entscheidung: Ihre einzige Verhütungsmethode besteht darin, sich in Annas sicheren Phasen zu lieben. Sollte es trotzdem passieren, tja, dann ist es eben so. Um die Wahrheit zu sagen, gehen sie auch ein wenig schlampig mit dem Kalender um.

Und dann passiert es.

Annas Regel bleibt aus, Josef kauft auf dem Heimweg von der Arbeit einen Schwangerschaftstest. Anna pinkelt auf das Stäbchen, sie legen es auf den Küchentisch, bleiben drei Minuten stehen, umarmen sich und halten die Augen geschlossen. Die Welt um sie herum steht still und hält den Atem an.

Als sie hinschauen, leuchtet ein blassblauer Strich auf dem Stab: das erste Lebenszeichen des Kindes.

Sie lachen nicht, sie weinen nicht. Der kleine Strich lässt sie schaudern, verstummen. Als schließlich jemand spricht, ist es Anna, die mit gespielt piepsiger Stimme sagt:

»Ich will ein Eis haben!«

Josef lacht. Sie holen ein Einliterpaket aus der Tiefkühltruhe, stellen es neben dem Stäbchen auf den Küchentisch, nehmen zwei Löffel und verspeisen den kompletten Inhalt. Mit kältestarrer Zunge fragt Josef:

»Wie fühlst du dich?«

»Ich fühle mich gut. Und du?«

»Doch. Gut. Das wird unser Leben verändern.«

Sie schleckt Eis von seinen Lippen und dringt tiefer ein. Es wird schon gehen. Sie werden nur auf eine etwas andere Art glücklich sein. Hand in Hand gehen sie zum Bett, obwohl es eine unsichere Phase ist. Das spielt jetzt ja keine Rolle mehr.

Eine Woche verstrich. Zu behaupten, dass sie sich auseinanderlebten, wäre übertrieben, aber jeder von ihnen war in seine eigenen Gedanken versunken. Vielleicht stimmt ja, was Pascal sagt: Der Mensch ist unfähig, im Augenblick zu leben, nur die Vergangenheit und die Zukunft beschäftigen uns.

Die Zukunft hatte ihre Form verändert. Es dauerte eine Weile, sich daran zu gewöhnen. Anna malte Möwen über salzbespritzten Felsen, obwohl es eine ungerade Kalenderwoche war. Es gab viel, worüber sie nachdenken musste, und die Möwen waren reine Routine. Es war Ende September, und der größte Teil ihres Vorrats war auf den Märkten des Sommers weggegangen.

Den Pinsel über einem Wellenkamm erhoben, der mit Zinkweiß zu Brandung getupft werden sollte, hielt sie inne. Der nächste Sommer. Würden sie dann mit … Kinderwagen von Markt zu Markt ziehen? Mit einem Tragetuch? Konnten sie weiter leben wie bisher, wie viel würden sie verändern müssen?

Josef machte früh Feierabend und fuhr von der Bushaltestelle mit dem Fahrrad heim, weil der Wagen in der Reparatur war. Mit dem Vergaser stimmte etwas nicht. Nachdem sie gegessen hatten, fuhr er mit dem Boot und seiner Spinnangel hinaus, um ein paar Herbstbarsche herauszuziehen. Anna stand am Küchenfenster und sah ihn fahren. Eine Sorgenwelle rollte ausgehend von ihrer Gebärmutter durch sie hindurch. Ihn nie wiederzusehen. Tapfer kehrte sie zu ihren Möwen zurück und pinselte zwei Stunden.

Als sie die Garage verließ, hatte der Wind aufgefrischt, und es wurde schnell dunkel. Josef war nicht nach Hause gekommen. Sie ging zum Bootssteg hinunter und spähte auf die schmutziggraue Wasserfläche hinaus. Eine Viertelstunde später war sie steif gefroren.

Sie ging ins Haus, nahm sich eine Tasse Kaffee und setzte sich ans Küchenfenster.

Jetzt komm schon heim, tu so etwas nicht …

Aber er kam nicht. Als es so dunkel war, dass sie den Steg nicht mehr sehen konnte, wählte sie 112 und wurde mit dem Seenotrettungsdienst verbunden. Der Hörer zitterte in ihrer Hand, als sie über ein knisterndes Mobilfunknetz mit einem Mann auf dem Kreuzer am Anleger von Refsnäs sprach.

»Wissen Sie, in welchem Gebiet er sich aufhalten könnte?«

»Ja, in etwa. Es ist bei ... Moment mal ... ich muss nur ...«

Die Namen der Inseln in der Gegend, in der Josef normalerweise angelte, waren verschwunden. Sie stand auf, um die Seekarte zu holen, und ihre Beine gaben nach. Ihr Herz pochte so, dass sie kaum atmen konnte. Auf allen vieren kroch sie zum Bücherregal, griff nach der Seekarte und faltete sie auseinander.

An den Falzen waren Löcher in der Plastikmappe, und unter ihnen war die Karte fleckig oder abgewetzt. Sie versuchte, den Blick zu schärfen, aber die Buchstaben krochen wie Fliegenlarven über das graue Erbrochene der Schären. Irgendwo da draußen war er. Eine leise Stimme rief »Hallo, sind Sie noch da?« aus dem Hörer. Sie schluckte, rieb sich die Augen und nahm den Hörer in die Hand.

»Ich glaube, in östlicher Richtung, nein, nördlich von Gisslingö, da gibt es ein paar kleine Inseln, bei denen er immer ... die Karte ist kaputt ... Josef.«

»Verzeihung?«

»Josef. So heißt er.«

»Okay. Also in der Nähe von Fjärdskäret?«

Sie schaute auf die Karte, um dies zu bestätigen. Ausgerechnet über diesem Gebiet war alles unleserlich geworden. Sie sah ihren Josef dort, in schwarzen Wellen treibend an einem Ort, den es nicht gab, einem Loch in der Welt. Sie brach in Tränen aus. Am anderen Ende der knisternden Telefonleitung hörte sie einen Motor anspringen.

»Machen Sie sich keine Sorgen. Wahrscheinlich hat er nur einen Motorschaden. Wir fahren jetzt raus und sehen nach.«

»Danke. Er ... wird bald Vater.«

Eine Pause. Ein kurzer Seufzer. Dann: »Sobald wir etwas wissen, rufen wir Sie an.«

Sie gab den Männern ihre Nummer und legte auf. In der Stille wuchs dieser Seufzer zu einem Unheil verkündenden, kalten Wind. Sie schlang eine Decke um sich, lehnte die Stirn gegen die Fensterscheibe und starrte in die Dunkelheit hinaus. Sie war allein.

Ein paar Minuten später begannen die Beine, mit ihr zu gehen. Sie versuchte zu spülen, um ihre Gedanken im Zaum zu halten, aber es half nichts. Sie drehte eine Runde nach der anderen durch das Haus, aber kein Ort konnte ihr Ruhe schenken.

Jetzt muss der Seenotrettungsdienst vor Ort sein. Jetzt suchen sie.

Scheinwerfer huschten über die Wasserfläche. Die Beine gingen und gingen. Schließlich begriff sie, was sie wollten: Sie wollten zum Steg gehen, sich an seinem äußersten Ende auf die Grenze zwischen Land und Meer stellen und warten, wie Frauen seit Jahrtausenden auf ihre von der See heimkehrenden Männer warteten. Es war das einzig Richtige. Aber sie lebte im 21. Jahrhundert, und ihr Platz war am Telefon.

Sie würden sich ein Handy anschaffen. Wenn Josef heimkehrte, würden sie sich endlich ein Handy anschaffen, das er mitnehmen konnte, wenn er hinausfuhr. Wer hatte kein Handy haben wollen? Sie. Hätte er jetzt ein Handy dabeigehabt ... das war alles ihre Schuld.

Nach zwei Stunden ohne Nachricht beschlich sie ein finsterer Wahnsinn. Sie fiel in die Decke gehüllt auf dem Küchenfußboden auf die Knie, faltete die Hände, presste sie an die Stirn und murmelte:

»Gütiger Gott, lass ihn zurückkommen. Du bekommst, was du willst. Was immer du willst. Nimm das Haus, all meine Sachen, nimm ... Ja, Gott. Nimm mein Kind. Ich will es nicht haben. Du bekommst es, Hauptsache, du lässt Josef zurückkehren. Hauptsache, ich darf mit Josef zusammenleben. *Nimm es jetzt.*«

Das Telefon klingelte.

Sie schleuderte die Decke von sich, warf sich nach vorn. Ihre Hände waren von der Wärme in der Deckenhütte verschwitzt, und sie bekam im ersten Moment den Hörer nicht zu fassen. Noch ehe er an ihrem Ohr war, hörte sie das Knistern. Ihr Herz weitete sich, füllte den Brustkorb.

»Ja?«

»Hallo. Hier spricht Magnus Jansson vom Seenotrettungsdienst. Wir haben ihn. Er lebt.«

»Ist er …«

»Er ist stark unterkühlt. Wir haben ihn aus dem Wasser gefischt. Wohnten Sie nicht in Sågviken?«

»Ja …«

»Wir sind in zehn Minuten in Refsnäs. Ein Krankenwagen ist unterwegs. Wenn Sie dorthin kommen, können Sie mitfahren.«

»Und wohin?«

»Wir werden ihn sicherheitshalber nach Norrtälje bringen. Machen Sie sich keine Sorgen, er wird schon wieder, aber wie gesagt, er hat ziemlich lange im Wasser gelegen, und deshalb … sicherheitshalber.«

Nachdem sie aufgelegt hatte, lief sie in den Flur und zog sich eine Jacke an. Glücklicherweise hatte Josef am Morgen ihre Fahrradreifen aufgepumpt, und so schoss sie mit sirrendem Dynamo den Kiesweg hinab.

Viele Male hatte sie in der *Norrtelje Tidning* Todesanzeigen gesehen, in denen um Spenden für den Seenotrettungsdienst gebeten wurde, um den Toten zu ehren. Erst jetzt begriff sie. Freude und Erleichterung fanden ein Ventil in einer so grenzenlosen Liebe zum Seenotrettungsdienst, dass sie eine Hymne anstimmen, ein Bild malen, alles Mögliche für den Seenotrettungsdienst tun wollte.

»Seenotrettungsdienst!«, schrie sie. »Ich liebe dich!«

Sie gelangte auf die Landstraße und wurde nach hundert Metern vom Krankenwagen überholt. Sie schaltete in den dritten Gang und stand auf den Pedalen. Auf den Straßenschildern stand 50. Sie hatte das Gefühl, schneller zu fahren.

Auf dem Hang zum Ufer hinab hörte sie auf zu treten. Der Krankenwagen stand mit lautlos blinkendem Blaulicht auf dem Kai, der Kreuzer krängte in den Wellen. Die Maschinerie, die es trotz allem gab, um zwei spröde Herzen zu schützen. Sie bremste neben dem Krankenwagen. Ein Mann in einer orangen Weste kam auf sie zu.

»Hallo ... Anna?«

»Ja, ich bin ...«

»Schon klar. Magnus. Wir hatten ...«

Die Fahrradglocke klingelte, als sie das Rad fallen ließ und Magnus umarmte. Seine Weste klebte an ihrer verschwitzten Wange, und sie flüsterte ein »Danke« in seine Schulter. Er strich ihr über den Rücken und sagte: »Alles wird gut, alles wird gut.«

»Wo ist er?«

»Ja, wir wollten gerade ... kommen Sie.«

Das Deck wankte unter ihren Füßen, als sie hinter Magnus an Bord stieg, der an der Reling entlang zu einer offenen Eisentür ging. Sie schlug den gleichen Weg ein, aber ihr Blickfeld schrumpfte hastig zusammen, und zurück blieb nur ein Guckloch in der Mitte, durch das sie das grau glänzende Deck sah, das ebenfalls zu verschwinden drohte.

Sie blieb stehen und stützte sich auf die Reling, um nicht zu fallen. Schloss die Augen und klammerte sich an die Metallstange. Einen Moment lang hatte sie das Gefühl, sich übergeben zu müssen. Das Boot schlingerte im gleichen Rhythmus wie ihre Eingeweide, die bis in ihren Hals hochgeschaukelt wurden. Aus der Dunkelheit drang Magnus' Stimme zu ihr durch:

»Alles in Ordnung?«

Sie strich sich übers Gesicht und setzte die Bewegung fort, bis sie das Schiff, die Nacht, das Meer und den Tod mit einschloss.

»Entschuldigen Sie, es ist nur alles so ... groß.«

Magnus blickte zur Topplaterne hoch und nickte.

»Wir haben es erst seit zwei Jahren.«

Sie begriff nicht, was er meinte, aber die Welle in ihrem Magen hatte sich beruhigt. Eine Tür stand offen, neben der ein Metallschild mit der Aufschrift »Krankenstube« hing. Sie stieg über die hohe Türschwelle.

Sie erkannte ihn kaum wieder. Der Mann, der in eine dicke Decke gehüllt auf der Pritsche saß, hatte abgesehen von der Stirn, die feuerrot war, feuchte zerzauste Haare und ein bläuliches aufgedunsenes Gesicht. Alle charakteristischen Züge waren zur Mitte hin eingefallen, von der Schwellung nahezu ausgelöscht worden. Aber seine Augen waren noch dieselben, die sie nur vier Stunden zuvor vom Steg aus angesehen hatten.

»Josef!«

Sie flog in seine Arme, und sein Körper war kalt und steif unter der Decke, aber sie würde ihn wärmen. Sein Blick war in die Ferne gerichtet, aber sie würde ihn wieder heimholen. Sie umarmte ihn, rieb seine Haut und flüsterte: »Josef, Josef, tu so etwas nie wieder ...«

Zwei Minuten später räusperte sich Magnus und meinte, es sei vielleicht das Beste, jetzt zu fahren. Gemeinsam halfen sie Josef in den Krankenwagen, der die beiden ins Krankenhaus von Norrtälje brachte. Anna warf Magnus durch die Heckscheibe eine Kusshand zu.

Auf der Fahrt erzählte ihr Josef, was passiert war.

Einige hundert Meter, bevor er zu seiner Angelstelle gekommen war, hatte der Außenbordmotor den Geist aufgegeben.

Das Übliche: Der Benzinschlauch war abgesprungen. Er befestigte ihn von Neuem, pumpte Benzin hoch und riss am Seilzug, um den Motor wieder anzulassen.

Leider hatte er nur vergessen, vorher in den Leerlauf zu schalten. Als die zwanzig Pferdestärken auf Vollgas losbrüllten, machte das Boot einen Satz nach vorn, und Josef wurde über das Heck geworfen.

Das allein wäre vielleicht noch nicht so schlimm gewesen. Er schluckte etwas Wasser und verfluchte seine eigene Dummheit, aber es waren nur hundert Meter bis zum Land, und er trug immerhin eine Schwimmweste. Das Problem war nur: Während er noch Salzwasser hustete und sich die Haare aus den Augen strich, hatte das Boot ohne seinen Steuermann einen engen Kreis beschrieben. Josef erinnerte sich nur noch, dass er sich zu einem näher kommenden Motorengeräusch umgewandt und etwas in der Art von »Werde ich jetzt schon gerettet?« gedacht hatte. Im nächsten Moment war dann alles schwarz geworden.

Als er die Augen aufschlug, war es ringsum dunkel und der Bootsmotor nicht mehr zu hören. Es war Wind aufgekommen. Sein Kopf schmerzte pochend, und er hatte kein Gefühl im Körper und keine Ahnung, wo er sich befand oder wie lange er bewusstlos gewesen war.

So trieb er, bis der Seenotrettungsdienst ihn fand. Sie hatten ihn fast eine Seemeile östlich von der Stelle herausgefischt, an der er ins Wasser gefallen war, er trieb auf die offene Ålandsee hinaus.

Anna versuchte ihm weitere Fragen zu stellen. Was hatte er gedacht, als er im Wasser lag, wie hatte er sich gefühlt? Aber Josefs Blick wich ihrem aus, er strich sich mit den Fingern über die Stirn und sagte, er habe Schmerzen und wolle jetzt nicht darüber sprechen. Später.

Sie mussten darauf warten, dass Blut abgenommen wurde. Josefs Hände und Füße, die zuvor erschreckend weiß gewesen waren, bekamen allmählich Farbe, juckten stattdessen jedoch so furchtbar, dass Josef meinte, es sei besser gewesen, als er sie noch nicht gespürt habe. Anna holte ihm einen Becher Kakao aus einem Automaten, und er leerte ihn schnell und begutachtete anschließend das Muster auf dem Pappbecher und strich mit dem Finger darüber. Nach einer Weile erhellte sich sein Gesicht zu einem Lächeln, und er hielt Anna den Becher hin.

»Schönes Muster, nicht?«

Anna betrachtete die gelben Rauten auf braunem Grund, die am ehesten an eine irre Tapete aus den Siebzigern erinnerten, und zuckte mit den Schultern.

»Nein, nicht besonders.«

Sie blickte von dem Becher zu Josef, sah erneut den Becher, dann wieder Josef an. Sein Gesicht strahlte in stiller Verzückung.

»Du lebst«, sagte sie.

Ohne die Augen von dem Becher abzuwenden, sagte Josef langsam und deutlich: »Anna. Ich weiß, wie man ewig leben kann.«

Sie hörte sehr wohl, was er sagte, musste aber trotzdem fragen:

»Was hast du gesagt?«

Josef begegnete ihrem Blick, löste seine Hände aus der Decke und legte sie auf ihre Wangen. Die Hände waren fieberheiß.

»Ich weiß. Was wir zu tun haben. Um nicht sterben zu müssen. Niemals.«

Sie legte ihre Hände auf seine und flüsterte: »Sprich nicht so laut. Wenn die Ärzte dich hören, werden sie dich umbringen. Die werden dann doch arbeitslos.«

Josef war nicht zu Scherzen aufgelegt. Er zog seine Hände aus ihren. Anna fing sie auf, ehe er sie unter die Decke ziehen konnte, und drückte sie.

»Entschuldige, aber du wirst ja wohl verstehen, dass das ein bisschen seltsam klingt.«

Josef saß für einige Sekunden wie eine Statue. Dann nickte er.

»Natürlich. Aber es ist wahr. Wenn wir wollen, können wir ewig leben.«

Eine Krankenschwester kam zu ihnen und nannte seinen Namen. Mit Annas Hilfe stand Josef auf, und sie gingen gemeinsam ins Behandlungszimmer. Anna sah zu, als sie ihm Blut abnahmen, ihn abhorchten und abtasteten. Die ganze Zeit ruhte stille Freude in seinen Augen.

Später kam ein Arzt, um sich Josefs Blutwerte anzusehen. Ein fast zwei Meter großer Mann mit buschigen schwarzen Augenbrauen, die er besorgt runzelte, als er das Krankenblatt las.

»Sie werden mindestens eine Nacht hierbleiben müssen«, erklärte er und reichte die Papiere an die Krankenschwester zurück. »Damit wir Sie weiter beobachten können.«

Seine tiefe Bassstimme duldete im Grunde keinen Widerspruch, aber Josef wagte es trotzdem, die Notwendigkeit eines Krankenhausaufenthalts in Frage zu stellen. Wenn man vom Juckreiz in Händen und Füßen und leichten Kopfschmerzen absehe, gehe es ihm gut.

Der Arzt blieb an der Tür stehen und sah die Krankenschwester an, als wollte er sich von ihr bestätigen lassen, dass er richtig gehört hatte, trat anschließend in zwei langen Sätzen zu Josef und beugte sich über ihn.

»Als man Sie herausgefischt hat, lag Ihre Körpertemperatur

bei zweiundzwanzig Grad.« Er machte eine Pause, um seinen Worten Nachdruck zu verleihen. Als Josef nicht reagierte, fuhr er fort: »Wissen Sie, was das heißt? Das heißt, dass man tot ist. Mausetot. Eine Nacht im Krankenhaus ist da vielleicht trotz allem nicht zu verachten, wenn man die Alternative bedenkt.«

Anna legte ihre Hände auf Josefs Schultern, als wollte sie ihn beschützen. Die Geste schien den Arzt milder zu stimmen. Er ließ sich von der Krankenschwester nochmals das Krankenblatt geben, schaute hinein und schüttelte den Kopf.

»Sie haben …«, er warf einen kurzen Blick auf Anna und änderte seinen Satz zu: »Sie *beide* haben unglaubliches Glück gehabt.« Er nickte bestätigend zu seinen Worten, ließ sie nachwirken und verabschiedete sich mit den Worten »Bis morgen«, ehe er weitereilte.

Josef wurde in ein Krankenhausbett gelegt, und Anna musste ihn selbst auf die Station rollen. Es waren an dem Abend ungewöhnlich viele Notfallpatienten eingeliefert worden, und es herrschte spürbarer Personalmangel. Anna wurde mitgeteilt, welchen Aufzug sie zu welcher Station nehmen sollte, und daraufhin rollten sie los.

Als sie zu den Aufzügen kamen, glitt ein Türpaar auf.

Aus dem Aufzug kam ein Bett, das von einer groß gewachsenen Frau mit geblümter Bluse und weißen Haaren geschoben wurde. Ihr Alter lag irgendwo zwischen siebzig und neunzig Jahren. Im Bett befand sich ein Mann, oder was von ihm geblieben war. Der Greis lag unter einem blauen Laken zusammengekauert auf der Seite und starrte ins Leere. Sein Körper war von Krankheit aufgezehrt und bettlägerig geworden, geblieben war nichts als ein hautüberzogenes Skelett, dessen Knochen kantige Falten in das Laken warfen.

Die Frau nickte ihnen zu, lächelte und schob das Bett aus dem Aufzug. Ihre Füße steckten in Gummistiefeln, und sie entfernte sich mit sicheren Schritten. Wahrscheinlich waren sie unterwegs zu irgendeiner Untersuchung.

»Anna!«

Die Aufzugtüren schlossen sich bereits wieder. Sie lief hin, hielt die Hand dazwischen, und die Türen glitten erneut auf. Sie schob Josef in den Aufzug und drückte auf die Vier. Während der Fahrt schwiegen sie.

Trotz der vielen Notfälle war viel Platz auf der Station, und Josef bekam ein eigenes Zimmer. Für Anna wurde ein zusätzliches Bett hineingefahren, und man erklärte ihr, dass sie für das Frühstück den Angehörigenpreis bezahlen musste. Als sie allein waren, rückte Anna ihren Stuhl näher an das Bett heran und stützte die Arme auf den Rand.

»Was du da eben gesagt hast«, begann sie. »Was sollte das heißen?«

Josef schwieg einige Sekunden und fragte dann: »Willst du es wissen? Ich möchte, dass du es wissen willst, aber ... willst du es auch?«

»Ja, klar.«

»Es ist ...« Josefs Blick schweifte durchs Zimmer, als wollte er einen Hinweis darauf bekommen, wo er anfangen sollte. »Es ist ziemlich, wie soll ich es sagen, es ist ziemlich ... überwältigend.«

Anna sagte nichts. Josef lehnte sich tiefer ins Bett zurück und schloss die Augen.

»Du hast mich vorhin gefragt, was ich dachte, als ich in der Dunkelheit trieb. Ich glaube, ich habe nicht viel gedacht. Ich war unheimlich ruhig. Merkwürdig. Ich habe mir eine solche

Situation immer als das Grauenvollste vorgestellt, was einem passieren kann. Genügend Zeit zu haben, darüber nachzudenken, dass man sterben wird. Die Panik, die Angst, das alles.

Aber so war es nicht. Natürlich habe ich an dich gedacht. Daran, wie schön wir es hatten. Ich war traurig, weil du traurig sein würdest, wenn ich sterbe. Ja, das hat mir wehgetan. Dass du traurig sein würdest. Das Bild von mir selbst. Dass ich womöglich ... entstellt war. Ich spürte meinen Körper nicht.«

Josef lachte auf.

»Eine Zeit lang dachte ich, nur mein Kopf würde im Wasser treiben. Aber es gelang mir, den Kopf etwas zu senken, und ich hörte, dass die Schwimmweste sich an den Bartstoppeln rieb. Gespürt habe ich es allerdings nicht. Man hörte es irgendwie im Kopf, denn ansonsten hörte ich nichts. Als wäre ich bis in die Ohren hinein erfroren. Die einzige Abwechslung bestand darin, dass von Zeit zu Zeit Wasser in meine Augen schwappte. Wäre das nicht gewesen, hätte ich ebenso gut im Weltraum treiben können.

Aber es quälte mich, dass ich möglicherweise grauenvoll aussah, dass sie mich am Ende finden würden und du mich identifizieren müsstest. Und gleichzeitig hoffte ich, dass man mich finden würde, damit du nicht ...«

Ein Schluchzen schüttelte Anna. Josef legte seine Hand auf ihren Kopf. »Entschuldige. Mir ist klar, wie schlimm ... ich kann mir vorstellen, wie es für mich gewesen wäre, wenn du ...«

Anna schüttelte den Kopf, strich Tränen aus ihren Augen. »Es ist nur ... sprich weiter.«

Josef seufzte.

»Ja, wie gesagt, ansonsten war ich sehr ruhig. Keine Todesangst oder so, nichts in der Art. Und nach einer Weile, als ich an diese Fallen für Insekten dachte, die ich als Kind gebastelt habe. Ein Glas, das man in die Erde eingrub. Wie man die verbessern könnte. Da …«

Josefs Hand griff nach Annas. Sie nahm seine Hand und drückte sie. Die Haut war immer noch trocken und heiß, und die Hand zitterte. Sie schaute zu ihm auf. Seine Augen starrten, weit aufgerissen, die gegenüberliegende Wand an.

»… da kam der Tod.«

Josef kniff die Augen zusammen, öffnete sie wieder. »Es ist wirklich schwer zu erklären. Es kam mir vor, als wäre ich ein Handschuh und als würde der Tod … mich überstreifen. Er drang langsam in mich ein und …«

Josef verstummte und ließ Annas Hand los. Seine Augen blickten weiter abwesend auf die Wand oder durch sie hindurch zum fernen Meer. Anna fragte: »Wurde dir warm dabei?«

Er schüttelte den Kopf.

»Im Gegenteil. Die Kälte des Meers spürte ich ja nicht mehr, aber der Tod kam als eine größere Kälte im Inneren. Ich glaube, dass er unter den Zehennägeln eindrang und sich … aufwärtsbewegte.«

Josef musste husten. Atmete ein, verschluckte sich und hustete schlimmer. Er lehnte sich vor und hustete röchelnd, und Anna strich ihm über den Rücken, aber er wedelte mit der Hand und sagte zwischen zwei Hustenattacken: »… ist nicht schlimm …«

Als sich der Hustenreiz gelegt hatte und Josef wieder mit tränenden Augen zurückgelehnt in den Kissen lag, sagte Anna:

»Das klingt doch gar nicht so merkwürdig. Ich verstehe schon, dass es, wie hast du gesagt, überwältigend gewesen sein muss, aber …«

Er räusperte sich. »Das ist es nicht. Ich bin der festen Überzeugung, dass er nicht aus meinem Körper kam. Als ich gesagt habe, dass ich wie ein Handschuh war, den sich der Tod überstreifte, habe ich das wörtlich gemeint. Verstehst du?«

»Nun ja, so fühlt es sich vielleicht an.«

Josef schüttelte den Kopf.

»Nein, es hat sich nicht ›so angefühlt‹. Es *war* so. Der Tod ist etwas, das von außen kommt. Ein großer Parasit, der in den Körper eindringt, dort eine Weile bleibt und sich nimmt, was er haben will, um den Körper anschließend wieder zu verlassen. Dann ist man tot. So ist das.«

Josef nickte langsam für sich, rieb eine Ecke des Lakens zwischen den Fingern. Plötzlich sagte er, fast trotzig:

»Er ist farblos. Er verändert seine Form. Zumindest, wenn er im Wasser ist. Er kann denken. Er hat eine Sprache. Man kann mit ihm sprechen.«

»Du hast mit ihm gesprochen?«

Josef blickte forschend in Annas Augen. Er schüttelte den Kopf. »Nein. Er hat schon alles gehört. Es gibt nichts zu sagen. Nicht in dieser Situation.« Er lutschte an dem Zipfel des Lakens und fuhr fort: »Wir Menschen sind nur ... Material für sie.«

Vorsichtig fragte Anna: »Was meinst du mit *sie?*«

Josef blickte sie an und sah dann hastig weg, als hätte sie eine ungewöhnlich dumme Frage gestellt, und sagte: »Na ja, sie sind natürlich viele.« Er schnaubte. »Die Erde ist groß.«

Er schien noch etwas sagen zu wollen, hielt jedoch inne und sagte: »Entschuldige. Das ist natürlich schwer zu glauben. Das verstehe ich. Entschuldige.« Er griff erneut nach ihrer Hand und sagte bittend: »Aber weißt du ... es *ist* so. Da bin ich mir vollkommen sicher. Der Tod, Anna, ist ein denkendes Wesen. Es gibt Wege ... mit ihm zu verhandeln.«

Anna nickte und stand von ihrem Stuhl auf. Sie hatte seit einiger Zeit gehört, dass Josefs Zunge klackte, wenn er sprach. »Möchtest du etwas Wasser?«, fragte sie. »Oder ...?«

Josef lächelte.

»Ich fürchte mich nicht davor, dass er aus dem Wasserhahn springen könnte oder so, das ist es nicht. Ja, bitte.«

Anna lachte ein wenig gezwungen, ging zum Waschbecken, füllte einen Pappbecher und gab ihn Josef, der ihn in einem Zug leerte. Seine Bewegungen wirkten auf einmal leichter, sein Blick klarer. Die Freude war wieder da. Anna hätte am liebsten über nette Dinge gesprochen, das Ganze vergessen. Trotzdem sagte sie: »Aber du lebst doch. Du sitzt hier.«

Josef nickte. »Ja. Ich wurde gerettet, bevor er fertig war. Er hat mich verlassen. Als das Schiff am ... als ich das Schiff sah und dachte: ›Ich werde trotz allem weiterleben dürfen‹, zog er sich aus mir zurück. Wie wenn ... wie wenn wir uns geliebt haben und ich ganz langsam aus dir herausgehe, damit es nicht wehtut. So.«

Der Gedanke führte zum nächsten. Er schielte auf Annas Bauch und fragte: »Und wie geht es *dir?*«

Anna strich sich gedankenverloren über den Bauch. Irgendwo tief in ihrem Inneren gab es ein Lebewesen, so klein wie ein Staubkorn, wie eine Zecke.

»Ich weiß nicht. Ich fühle mich ... leer. Leer und froh.«

Sie schliefen nicht viel in dieser Nacht. Die ungewohnte Umgebung und der Juckreiz in Josefs Händen und Füßen hielten sie wach. Sie lagen eng aneinandergeschmiegt in Josefs Bett, erfanden immer abwechselnd eine Geschichte und spielten Zwanzig Fragen. Am Morgen bekam Josef die Erlaubnis, das Krankenhaus zu verlassen.

Anna war von Natur aus keine Zweiflerin. Gabriella, die einzige ihrer Freundinnen von der Kunsthochschule, mit der sie heute noch in Verbindung stand, hatte ihr einmal erzählt, wie sie es empfunden hatte, als sie beinahe vor eine U-Bahn gefallen wäre. Im letzten Moment hatte eine große Hand sie aufgefangen und auf den Bahnsteig zurückgeschoben. Gabriella glaubte, dass es ihr Schutzengel gewesen war. Anna widersprach ihr nicht. Sie persönlich glaubte zwar nicht an Engel und ähnliche Dinge, aber die Möglichkeit ihrer Existenz ließ sich nicht ausschließen.

An Josefs Vision bereitete ihr vor allem die Sache mit der Unsterblichkeit, dem ewigen Leben Sorgen. Das bedeutete ein bisschen mehr, als beispielsweise ein Gespenst gesehen zu haben.

Zu gegebener Zeit würden sie darüber sprechen. Josef hatte etwas erlebt, das sie trennte. Es waren sicher einige Abende mit Gesprächen erforderlich, um sie wieder auf eine Wellenlänge zu bringen. Aber es würde ihnen gelingen. Es musste.

Ein Tag verging. Zwei, drei. Der Leiter der Kindertagesstätte hatte Verständnis dafür, dass Josef ein wenig Zeit brauchte, um sich zu erholen, und forderte ihn auf, sich mindestens eine Woche krankschreiben zu lassen.

Er verbrachte die Tage daheim. Anna bekam keinen richtigen Kontakt zu ihm. Er erledigte kleinere Arbeiten im Garten, fuhr Tang heran, den er unter den Sträuchern und im Gemüsegarten verteilte. Der Seenotrettungsdienst brachte sein Boot zurück, und er versuchte den Motor zu reparieren. Als ihm das nicht gelang, brachte er ihn in die Werkstatt. Er verbrachte viel Zeit auf dem Bootssteg, von wo aus er aufs Meer hinausschaute.

Am vierten Tag kam ein dicker Briefumschlag. Er war mit Kinderzeichnungen aus Josefs Kita gefüllt; »ERHOL DICH« und »HOFFE DU BIST BALD WIEDER GESUND«, mit Spinnenbeindruckbuchstaben der Kinder, die bereits schreiben konnten. Die meisten Zeichnungen zeigten die üblichen roten Holzhäuschen mit Sonne und Bäumen. Auf zweien sah man ein Strichmännchen, das in einem wogenden Meer lag. Die Kinder hatten offensichtlich erfahren, was passiert war.

Anna war gerade dabei, ihnen als Mittagessen ein Omelett zuzubereiten. Plötzlich hörte sie Josef lauthals lachen. Es war das erste richtige Lachen, das sie seit vier Tagen von ihm gehört hatte. Sie schaltete den Herd aus und ging zu ihm. Er lachte immer noch und hielt ihr eine Kinderzeichnung hin.

Das Bild, das eines der etwas älteren Kinder gezeichnet haben musste, stellte einen Menschen dar, der im Wasser trieb. Das Kind hatte Talent, die Gestalt war mehr als bloß ein Strichmännchen, und an den braunen, halblangen Haaren erkannte man, dass es Josef sein sollte.

Die Wasseroberfläche war als blauer gewellter Strich gezeichnet, der die Gestalt etwa in Brusthöhe kreuzte. Am linken Rand bewegte sich ein Schiff ins Bild. Nichts Besonderes. Lustig war das, was unter der Figur war. Ein Hai. Ein riesiger Hai mit einem weit aufgerissenen Schlund, der sich auf die Füße der treibenden Gestalt zubewegte. Aus dem Mund der Gestalt stieg eine Sprechblase mit dem einzigen Wort »ILFEILFE« auf.

Josef bog sich vor Lachen. Anna lächelte und legte ihre Hand in seinen Nacken. Er blickte mit Tränen in den Augen zu ihr auf. Zeigte auf die Zeichnung, sagte »ilfeilfe« und begann erneut zu lachen.

Er wippte vor und zurück, hielt sich den Bauch. Das Lachen ging in ein langgezogenes Wimmern über, wurde zu einem Weinen. Anna fiel neben Josefs Stuhl auf die Knie und umarmte ihn. Nach einer Weile hörte er auf zu schluchzen, zog seine Arme aus ihrem Griff und erwiderte ihre Umarmung. Es wurde still. Anna strich ihm über den Rücken und sagte: »Du lebst. Du lebst. Du bist hier. Bei mir.«

»Es ist zu viel. Ich kann nicht.«

»Josef. Du wärst fast gestorben. Du musst dir ein bisschen Zeit lassen.«

Er schüttelte heftig den Kopf, als wollte er einen schlimmen Gedanken verscheuchen. »Das ist es nicht. Es geht darum, dass ich weiß ... was man tun muss.«

»Was tun?«

»Was man tun muss, um nicht zu sterben. Niemals. Das macht mich wahnsinnig.«

Anna atmete tief durch. Viele Male hatte sie ihn in den letzten Tagen gefragt, wie er sich fühlte, und versucht, ihn dazu zu bewegen, über den Unfall zu sprechen, aber er hatte das Thema vermieden, einsilbig geantwortet oder erklärt, dass er jetzt nicht darüber sprechen wolle.

Nun aber kam es in all seiner Schlichtheit: Josef glaubte nach wie vor, den Schlüssel zu dem Geheimnis gefunden zu haben, nach dem Menschen seit Jahrtausenden gesucht hatten, und Anna wusste, dass dies unmöglich war. Zwischen ihnen stand eine Mauer.

Wusste? Sie wusste nichts.

Mit einer minimalen Anstrengung leerte sie ihr Gehirn von vorgefassten Meinungen und stellte sich darauf ein, ihm zuzuhören, und wenn möglich, ihm zu glauben. Leise sagte sie: »Okay. Erzähl.«

»Du wirst mir nicht glauben.«

»Das werden wir ja sehen. Wenn es so ist, wie du sagst, und ich daran glauben kann, werden wir darüber sprechen müssen, was wir tun sollen. Und zwar gemeinsam.«

Josef schüttelte den Kopf und meinte dann:

»Man kann nicht darüber sprechen. Es gibt nur eins, was ich wissen muss: »Willst du mit mir zusammenleben? In alle Ewigkeit?«

Die Frage wurde in einer Weise gestellt, die keinen Raum für Einwände ließ. Anna schwieg einen Moment und gab dann die einzige Antwort, die sie geben konnte: Sie sagte: »Ja.«

Josef nickte kurz. »Okay.« Sein Blick kehrte zu der Zeichnung zurück. Anna nahm sie ihm weg.

»Josef, ich kann so nicht weitermachen. Du musst mir erzählen, was es ist.«

»Du wirst mir nicht glauben, wenn ich es dir erzähle. Du glaubst es erst, wenn du es gesehen hast.«

»*Was* gesehen?«

Josef streckte seine Hand aus; sie dachte, er würde ihre Wange streicheln und wollte sie wegziehen – sie wollte nicht liebkost werden wie ein Kind, das nichts verstand. Aber seine Hand bewegte sich nach unten, zu der Zeichnung in ihrer Hand, und zeigte auf den Hai. Der Zeigefinger war mitten in seinem Schlund.

»Das.«

❋

Der Herbst neigte sich dem Winter zu.

Die Sommerurlauber kamen nicht mehr zu ihren Ferienhäusern hinaus. Die Stege in der Bucht streckten sich verfroren ins graue Meer, waren ihrer Kleider aus Booten beraubt. Die großen waren ins Winterlager im Hafen von Gräddö gefahren worden, die kleinen lagen kieloben und hilflos wie Käfer auf dem Rücken am Ufer.

Der erste Schnee fiel in einer Nacht Mitte November.

Als Anna einen morgendlichen Spaziergang durch die Ferienhaussiedlung machte, sah sie Tierspuren – Hase, Reh, vielleicht auch Fuchs – die verlassenen Sommergrundstücke kreuzen. Sie lächelte über eine Hasenspur, die im Zickzack auf ein Grundstück führte, auf dem etwas, vermutlich Gartenmöbel, aufgestapelt und mit einer Persenning bedeckt waren. Die Spur führte bis zu diesem künstlichen Hügel, wo sie verschwand. Aber in der dünnen Schneedecke des Hügels gab es Rutschspuren. Als hätte der Hase hinaufzukommen versucht. Oder wäre gerutscht. Nachts, wenn ihn kein Mensch sah.

Anna gefiel der Gedanke, dass die Tiere im Winter dieses Gebiet zurückeroberten, in das der Mensch erst fünfzig Jahre zuvor mit seinen Urlaubsträumen eingedrungen war. Ja, die ganze Ferienhaussiedlung gefiel ihr im Winter besser. Im Sommer herrschte hier ein verzweifelter Entspannungskult: Grills qualmten, Gläser klirrten, Kubbspiele knallten, und Tag für Tag und Abend für Abend hörte man Schreie der Begeisterung oder Ohnmacht.

Im Winter erhielten die Häuser ihre Seelen zurück. Oh, keine besonderen Geisterhausseelen, nur kleine Fertighausseelen, aber trotzdem. Schneebedeckt, auf ihren verlassenen Grundstücken brütend, hatten die Häuser eine Würde, an der es ihnen im Sommer mangelte. Sie schienen denken zu können.

Als Anna heimkam, feuerte sie den Petroleumkamin in der Garage an. Bald würde es zu kalt werden, um dort zu arbeiten, und sie würde ihre Gemälde für ein paar Monate ins Haus verfrachten müssen. Schon jetzt musste sie fingerlose Handschuhe anziehen, damit ihre Hände nicht steif wurden. Sie machte sich einen Kamillentee mit Honig, setzte sich und betrachtete ihr gegenwärtiges Projekt.

Gegenwärtig?

Mehr als drei Jahre arbeitete sie bereits daran; niemand konnte ihr vorwerfen, den Glauben zu verlieren, nur weil es hoffnungslos war.

Hartnäckig war sie. Oder dumm, dachte sie gelegentlich.

Es hatte als Übungsaufgabe begonnen und war zum Einzigen geworden, womit sie sich in ihrer freien Zeit, ihrer möwenlosen Zeit beschäftigte.

»Adjektive« nannte sie die Reihe, die mittlerweile etwa fünfzig Bilder umfasste. Sie begann einfach mit einem Adjektiv; sie hatte unter anderem »Rund«, »Hart«, »Gelb« und »Traurig« gemalt. Die schlichten Wörter, die Grundwörter, die es in der einen oder anderen Form in jeder Sprache gab.

Sie wusste noch, dass sie geglaubt hatte, es würde *einfach* sein; eine kleine Übung in Erwartung von Inspiration. Das war es nicht. Die Mehrzahl der Gemälde, vor allem die aus dem ersten Jahr, sagten ihr nichts mehr. Mit einigen Bildern aus späterer Zeit war sie dagegen wirklich zufrieden, aber das würde sich bestimmt ändern.

Wenn sie verzweifelte, dachte sie oft an Claude Monet, der fünf Jahre lang immer wieder seinen verdammten Seerosenteich gemalt hatte. Es gab da nur einen kleinen Unterschied: Claude Monet war ein großer Künstler. Anna Bergvall hatte gemeinsam mit ein paar Freunden aus der Schule *eine* Ausstellung gehabt, und das einzige Bild, das sie jemandem verkauft hatte, der nicht zu ihrem Bekanntenkreis gehörte, trug den Titel »Offen«.

Die Frau mit den großen Ohrringen und strengen Lippen, die das Gemälde gekauft hatte, erklärte, ihr gefalle die intensive erotische Spannung darin. Anna hatte die beiden Tausender angenommen und ergeben genickt. Als die Frau gegangen war und Anna endlich ihren ersten roten Punkt als Zeichen dafür anbringen konnte, dass dieses Werk verkauft war, hatte sie das Bild aufmerksam gemustert, um herauszufinden, was zum Teufel die Frau gemeint hatte.

In einer blau schillernden Landschaft gab es einen Teich, in dessen Mitte man die Konturen einer Tür sah. Diesig dunstige

Fichten standen ringsum mit ausgebreiteten Ästen Wache. Wo fand diese Frau nur die erotische Spannung?

Als sie Josef davon erzählte und die Frau beschrieb, meinte er, die Sache wundere ihn nicht weiter. Die Frau habe auf der Vernissage versucht, sich an ihn heranzumachen. Höchstwahrscheinlich sah sie in *allem* eine erotische Spannung.

Anna stellte die Teetasse ab und betrachtete das Gemälde, an dem sie momentan arbeitete. Es hieß »Verschwunden« und enthielt viel Weiß. Ausgangspunkt war die Idee, dass der Betrachter den Eindruck gewinnen sollte, es habe etwas in dem Bild *gegeben*, das jedoch nicht mehr da war, etwas, das ...

»Verschwunden war«, murmelte sie vor sich hin. Mit bereits eiskalten Fingern quetschte sie einen Klecks Zinkweiß auf die Palette, seufzte und versuchte zur Tat zu schreiten.

Josef kam später nach Hause als sonst. Oder vielmehr, später als *früher* üblich gewesen war. Inzwischen vergingen jeden zweiten Tag zwei Stunden oder mehr vom Ende seines Arbeitstags bis zu dem Moment, in dem sie das traurige Röhren des Toyotas in der Auffahrt hörte.

Anna stand am Schlafzimmerfenster. Im Licht der Außenbeleuchtung sah sie ihn aussteigen, eine Tüte vom Beifahrersitz nehmen, das Kabel der Motorheizung einstecken und zum Haus gehen. Sie war nervös, ohne einen Grund dafür finden zu können. Als müsste sie ihre Gesichtszüge ordnen, um ihm auf die richtige Art zu begegnen. Obwohl es doch nur Josef war, der Mensch, der ihr am nächsten und liebsten war.

Aber er hatte sich verändert. Er lachte nicht mehr so oft. Häufiger als früher versank er in einem Gedanken. Sie hatte angedeutet, dass er vielleicht Hilfe suchen sollte, um den Unfall zu verarbeiten, aber davon wollte Josef nichts wissen. Damit kam er alleine klar.

Und vielleicht stimmte das ja auch. Anna hoffte es.

Als die Haustür aufging, trat sie in den Flur und gab ihm einen Willkommenskuss. Er erwiderte ihren Kuss und strich ihr über die Wange. »Hallo, wie geht's?«

Anna zuckte mit den Schultern. »Ein bisschen verschüttete Farbe, eine recht gelungene Zimtschneckenbackaktion, ein wenig Warterei. Das war's in etwa. Was hast du gemacht?«

Josef hängte seinen Mantel auf und rüttelte die Tüte, die er in der Hand hielt. »Bücherei.«

Anna nickte. Dort verbrachte er seine Zeit, wenn er nicht heimkam. In der Bücherei. Im Wohnzimmer lagen stapelweise Bücher von Bertrand Russell, Schopenhauer, Nietzsche und Simone Weil. Unter anderem. Josef hatte angefangen, philosophische Bücher zu lesen, oder vielmehr, *sich Bücher über Philosophie auszuleihen.* Er las sie nie. Sie lagen nur herum.

Josef zog zwei Bücher von Wittgenstein aus der Tüte, um sie seiner Sammlung hinzuzufügen. Sie hatten bereits ein paar Mahnungen zu anderen Büchern bekommen, die er nicht gelesen hatte, und die Stapel wuchsen.

Er legte die Hand auf ihren Unterleib. »Wie geht es dem Bauch?«

»Dem geht es gut. Es ist immer noch unwirklich, aber es geht ihm gut.«

»Ich freue mich darauf, wenn es anfängt zu wachsen.«

»Wirklich?«

»Ja, klar.«

Er zog seine Hand fort, und Anna legte stattdessen ihre auf die Stelle.

Es wurde niemals richtig Winter. Die Tage im November waren die kältesten gewesen, und Anna konnte nach Weihnachten und Neujahr weiter in der Garage arbeiten.

Weihnachten verbrachten sie bei Annas Eltern, fuhren aber schon am zweiten Weihnachtstag wieder heim, weil Josef es nicht länger aushielt. Anna hatte nichts dagegen einzuwenden. Die Fürsorglichkeit ihrer Familie angesichts der Schwangerschaft war erstickend gewesen.

Der Schnee, der Anfang Januar fiel, schmolz schon bald wieder, und Josef brauchte das Boot in diesem Jahr nicht aus dem Wasser zu holen, da nicht mit Eis zu rechnen war.

Annas Bauch begann sich zu verändern. Noch war es nicht wirklich der Bauch einer werdenden Mutter, aber er war da, und an einem der ersten Tage des neuen Jahres spürte sie die erste Bewegung. Ein kleiner Fisch, der kurz zappelte.

Josefs Schwermut hatte sich etwas gebessert, und als Anna nicht mehr die Fröhliche spielen musste, rutschte sie selbst in eine Lebenskrise. Vielleicht rückte auch das wachsende Kind die Dinge in ein neues Licht: Was zum Teufel machte sie eigentlich?

An einem Montagmorgen Mitte Januar stand sie vor ihren Bildern und war ernsthaft der Überzeugung, dass man am besten alles verbrennen sollte. Es erst gar nicht mehr zu versuchen. Nicht mehr zu denken. Nur noch Seevögel auf Planken zu malen, sich um ihr Kind zu kümmern und Brot zu backen.

Zwei Stunden lang strich sie durchs Haus und räumte auf. Gegen zwölf fiel ihr die Decke auf den Kopf. In Stockholm war sie ein geselliger Mensch gewesen, hatte eine Menge Freunde und Bekannte gehabt. Jetzt saß sie in einem viel zu kleinen Haus, würde in fünf Monaten ein Kind bekommen und für immer festhängen. *Das ist dein Leben.*

Sie drohte in Panik zu geraten, und als Gegenmittel fiel ihr nur ein Ausflug nach Norrtälje ein. Um unter Menschen zu sein, vielleicht in die Bücherei gehen, dort auf Josef zu warten und zu schauen, ob etwas im Kino lief.

Ja. Das musste genügen.

Sie ging zur Bushaltestelle, stand da, schmollte mit den Händen in den Manteltaschen und dachte, dass sie rauchen sollte. Die Landschaft ringsum lud dazu ein. Diesige Luft, nasse Fichten mit schmutzigen Schneewehen darunter, alles durchschnitten von einer grauen Landstraße mit verblasstem Mittelstreifen. Neben ihr ein Haltestellenschild, von dem der Fahrplan abgerissen worden war. Auf das Blech hatte jemand »DRECKSTOURIS GO HOME« geschrieben. Wie gemacht für eine Kippe. Leider hatte sie das Rauchen vor fünf Jahren aufgegeben, und sich das Laster während der Schwangerschaft wieder anzugewöhnen wäre zwar originell, aber im Grunde total bescheuert gewesen.

Der Bus kam und war erfrischend rot. Sie fühlte sich gleich etwas besser, als sie sich auf einen Fensterplatz setzte und auf weitere nasse Fichten, weiteren schmutzigen Schnee hinaussah. Jetzt war sie wenigstens in Bewegung.

In Norrtälje machte sie einen Schaufensterbummel. Bei H&M nahm sie prüfend einen Strampler mit Sternen und Monden in die Hand, den sie nicht kaufen konnte, da sie knapp bei Kasse waren, ihre Familie ihnen Weihnachten tütenweise Babysachen mitgegeben hatte und man nicht glauben darf, dass alles gut gehen wird, denn dann geht es schief, und außerdem war der Strampler höchstwahrscheinlich von einem asiatischen Kind mit einer Kette um den Fuß genäht worden, und hol's doch alles der Teufel.

Sie ging ins staatliche Alkoholgeschäft auf der anderen Straßenseite, kaufte stattdessen eine kleine Flasche Whisky und packte sie in eine Tüte, die sie in die Manteltasche stopfte.

Ich bin ein schlechter Mensch, dachte sie auf dem Weg zur Bücherei. Sie empfand den Gedanken als Erleichterung.

Es war erst halb vier, Josef war mit Sicherheit noch nicht gekommen. Sie blieb vor der Bücherei stehen und betrachtete ein altes Plakat, das verkündete, an einem Augustwochenende werde man auf einem Feld vor den Toren der Stadt eine der berühmteren Schlachten des amerikanischen Bürgerkriegs nachstellen. Würstchen und Tombola, herzlich willkommen.

Das ist dein Leben –

Dann erblickte sie Josef in dem Café neben der Bücherei. Sie wollte schon die Hand zum Gruß heben, hielt dann jedoch inne. Er hatte sie nicht gesehen, weil er ganz in das Gespräch mit der Person auf der anderen Seite des Tisches vertieft war. Es raschelte, als Anna die Tüte in der Tasche drückte. Die Person war eine Frau: dünn, langhaarig und mit schlanken Händen, die sich sachte bewegten, wenn sie sprach.

Josef blickte auf und sah Anna. Als ihre Blicke sich begegneten, wäre sie am liebsten weggerannt. Er sah *ertappt* aus. Es war also tatsächlich so, wie sie es sich in ihren schlimmsten Momenten vorgestellt hatte.

Die Zukunft zersprang in Stücke.

Die andere Person drehte sich zum Fenster um. Es war keine Frau. Es war ein Mann, der aussah wie sieben harte Jahre und sieben noch härtere. Das Gesicht war so ausgemergelt, dass man sein Alter nicht schätzen konnte. Die Haare, sah sie jetzt, waren ungewaschen und hingen in Strähnen auf geradezu absurd eingefallene Wangen herab. Große glänzende Augen.

Aber Anna hatte *geglaubt,* es wäre eine Frau.

Wir haben uns auseinandergelebt.

Sie ging zu den beiden hinein. Josef nahm sie an der Tür in Empfang und umarmte sie. »Hallo. Was tust du denn hier?«

Anna löste sich als Erste aus der Umarmung. »Ich wollte

bloß ... was bummeln. Ich hab's zu Hause nicht mehr ausgehalten.« Sie nickte zum Tisch hin. »Wer ist das?«

Josef warf einen Blick über die Schulter. »Ach, das ist bloß ein ... Freund.«

Anna brummte kurz, als wäre es das Natürlichste auf der Welt, dass Josef Freunde hatte, von denen sie noch nie gehört hatte. Als hätten sie eine solche Beziehung.

Josef machte keine Anstalten, sie hereinzulassen, weshalb sie sich an ihm vorbeizwängte und mit ausgestreckter Hand zu dem Tisch ging.

»Hallo. Anna. Ich bin Josefs ...«

Der Mann schaute zu ihr auf, und Anna schrak zurück.

Aus der Nähe sah sein Gesicht aus, als wäre es vom Tode gezeichnet. Nur Knochen und bleiche Haut, die schlaff herabhing, da sie nicht an Fleisch haftete. Schmale aufgesprungene Lippen und über ihnen eine Nase, die in dem verschwindenden Gesicht lachhaft groß gewesen wäre, wenn nicht alles so grauenhaft ausgesehen hätte. Die Augen, brennend klar, sahen sie an. Er gab ihr nicht die Hand, sondern sagte nur wispernd: »Sorry. Bin ein bisschen erkältet, ich sollte dir nicht ...«, er nickte zu ihrem Bauch hin. »Mit dem Kind und so.«

Josef trat an den Tisch. Er zwirbelte seine Finger nervös umeinander. Als würde er seiner Frau seinen Chef vorstellen, sagte er: »Ja also, das ist Karl-Axel.«

Der Mann brummte bestätigend und sagte: »Kaxe.«

»Verzeihung?«

»Kaxe. So werde ich genannt. Meistens jedenfalls.«

»Kaxe?«

»Mhm.«

Anna nickte. Kaxe nickte. Josef nickte. Hätte jemand zum Fenster hereingeschaut, hätte er glauben können, dass zwischen ihnen großes Einvernehmen herrschte.

Verlegenes Schweigen. Anna schaute sich um. Drei Männer mit südländischem Äußeren saßen in alte Nachrichten aus ihren Heimatländern vertieft bei den Zeitungsregalen. Sie wusste nicht, was sie sagen sollte, weshalb sie mit einer Geste zur Straße hin fragte: »Wohnst du hier?«

Ohne die leiseste Andeutung eines Lächelns antwortete Kaxe: »Nein, ich komme nur her, um Tee zu trinken.«

Das halt ich nicht aus.

An einem anderen Tag hätte sie möglicherweise die nötige Kraft gehabt, um sich mit der Barriere aus Feindseligkeit auseinanderzusetzen, die sie und Kaxe trennte, aber nicht an diesem Tag. Stattdessen sagte sie deshalb übertrieben aufgeräumt: »Tja, dann werde ich wohl mal ... weiterziehen.« Sie warf Josef einen Blick zu, sagte abschließend: »Viel Spaß«, und machte auf dem Absatz kehrt.

Kaxe hob die Hand.

»Gehe hin in Frieden, Schwester.«

Sie kam auf die Straße hinaus und wusste nicht, wohin sie sich wenden sollte. Im Grunde war doch überhaupt nichts *passiert.* Außer dass alles ... falsch war.

Wie sie es nicht anders erwartet hatte, hastete Josef ihr hinterher.

»Hallo, du ... hallo?«, sagte er.

»Hallo.«

»Magst du nicht, willst du nicht reinkommen?«

»Nein, das wurde mir gerade ein bisschen zu ... schwierig.«

Josef sah zu Boden, saugte die Lippen ein. »Ja also, ich wollte ... ihn mal zu uns einladen?«

»Aha. Tja, dann tu das.«

Ihre Erlaubnis stimmte Josef nicht glücklicher. Er verschränkte die Arme vor der Brust, trat auf der Stelle. Anna wartete. Sie spürte deutlich, dass er kurz davor war, ihr zu erzählen, worum es hier ging, und spürte ebenso deutlich, als der Impuls ihn verließ. Sein Gesicht näherte sich ihrem, und er sagte: »Vertrau mir.«

Anna breitete die Arme aus. »Josef, ich verstehe nicht.«

»Du wirst es noch verstehen. Das verspreche ich dir.«

»Josef, ich finde das nicht gut. Wenn du so redest, wenn wir ... dass wir nicht ...«

Josef kniff die Lippen zusammen.

»Ich weiß, ich weiß, ich weiß. Es ist zu unserem Besten, okay? Das verspreche ich dir. Ich liebe dich. Ich liebe dich.«

Anna wurde von Trauer übermannt. Hier, auf der Treppe zur Bücherei von Norrtälje, ging etwas verloren. Dennoch sagte sie: »Ich liebe dich auch. Was *tust* du?«

Josef war ein wenig erleichtert.

»Bald«, sagte er und lächelte breit. »Es ist wie bei einer Geburtstagsüberraschung.« Er lachte auf. »Wenn es so weit ist, erfährt man alles. Okay?«

Anna nickte, obwohl nichts okay war. Sie ging in die Bücherei und suchte eine Weile lustlos zwischen den CDs. Dann kam Josef, und sie fuhren gemeinsam mit dem Auto nach Hause.

Er fragte, wie sie mit ihrer Arbeit vorangekommen sei, und sie antwortete, überhaupt nicht, es sei alles sinnlos. Er versuchte sie zu trösten und meinte, sie habe doch schon so viele gute Bilder gemalt, es hänge vielleicht mit dem Kind zusammen, es werde bestimmt auch wieder besser laufen. Er tat es mechanisch. In Gedanken war er woanders.

Während sich Anna in der Bücherei aufhielt, war beschlossen worden, dass Kaxe sie am Donnerstag besuchen würde.

Diese Tage, die Tage bis dahin ...

Josef war aufs Neue wie ausgewechselt. Ehe er am Dienstag zur Arbeit fuhr, machte er Frühstück für sie und schrieb einen kleinen Brief: dass er ohne sie verloren war, dass sie sein Ein und Alles war. Als er heimkam, überhäufte er sie mit Zärtlichkeiten, strich ihr bei jeder Gelegenheit über Arm, Rücken, Nacken. Er wollte ihr wieder nahekommen, wollte hereinkommen. Aber er wollte es *jetzt*, er wollte es *schnell*, und so war es, als wollte man eine archäologische Ausgrabung mit einem Bagger durchführen. Dinge zerbrachen.

Die Vormittage verbrachte Anna damit, ihre Bilder anzustarren und sich selbst zu erforschen. Sie ruinierte eine hübsche Treibholzplanke, indem sie auf das Holz eine hässliche Schäreninsel mit weidenden Schafen malte. Aber sie malte die Schafe als Skelette von Schafen, die auf einer Weide grasten, deren Grashalme Finger waren. Die Sonne war ein grinsender Totenschädel.

Als sie einen Schritt zurücktrat und das Ganze betrachtete, war sie zum ersten Mal seit zwei Monaten wieder zufrieden mit etwas, das sie gemacht hatte. Die Kombination aus Touristenkitsch und Gruselromantik hatte etwas. Dass ihr Bild auf die Schnelle entstanden war, machte nichts; die verwaschenen Linien verliehen ihm eine träumerische Qualität.

Den restlichen Tag war sie so gut gelaunt wie lange nicht mehr. Sie räumte im Haus, lauschte in sich hinein. Das Kind war da. Auch wenn es nicht trat oder sich bewegte, spürte sie seine Gegenwart als eine kitzelnde Ahnung, eine andere Person im Raum. Sie waren jetzt zu zweit.

Als Josef heimkam, zeigte sie ihm das Treibholzbild, und er lachte, bis ihm die Tränen kamen. Dann erklärte er, er hätte mit Freude zweitausend dafür gegeben, wenn er ein Unbekannter gewesen wäre. Sie schenkte es ihm. Er meinte, er werde es im Pausenraum der Kita aufhängen, eventuell begleitet von einem kleinen Zettel mit der Aufschrift: »RAUCHEN IST TÖDLICH«.

»Schafe rauchen nicht, Josef.«

»Eigentlich nicht, aber die hier haben geraucht, und jetzt schau dir an, welch ein trauriges Ende sie genommen haben.«

Am Abend erzählte Josef von Kaxe. Er war Philosoph oder studierte zumindest Philosophie. Er hatte sich durch die gesamte Philosophiegeschichte gelesen und war seitdem völlig desillusioniert. Er war der depressivste Mensch, dem Josef jemals begegnet war. Als Beweis für den Gedanken, dass innere Leere Krankheiten ausbrütete, war er zu allem Überfluss an Knochenmarkkrebs erkrankt und hatte höchstens noch ein Jahr zu leben.

Während Josef von Kaxe erzählte, kaute er auf seinen Fingernägeln herum. Anna griff behutsam nach seiner Hand und zog sie von seinem Mund fort.

»Josef, was *ist*?«

»Nichts, ich finde nur ... er kann einem leidtun.«

Anna atmete tief durch. »Die Sache mit ihm ... mit Kaxe. Hat das was mit deinem Unfall zu tun?«

Der Nagel von Josefs kleinem Finger fand erneut den Weg zu seinen Zähnen. Er knabberte einen Moment daran und sagte dann: »Er will sterben.«

Anna wartete auf eine Fortsetzung. Es kam keine. In der Stille hingen die Worte weiter im Raum. *Er will sterben.* Sie öffnete den Mund, um ihn zum Weitersprechen zu ermahnen, aber Josef kam ihr zuvor: »Was hast du für Donnerstag geplant?«

»Für Donnerstag?«

»Ja. Wenn er kommt.«

Der Gedanke war ihr nicht gekommen, dass sie am Donnerstag etwas Besonderes machen sollte. Sie lachte auf.

»Du meinst … was ich für Kleider tragen soll, wenn ich das Essen serviere? Wie findest du eine Netzstrumpfhose?«

Josef zog die Mundwinkel hoch, ließ sie wieder sinken.

»Nein, ich dachte … dass du vielleicht nicht hier sein willst.«

»Du willst mich nicht hier haben?«

Er blieb stumm. Das reichte ihr als Antwort. Sie wurde wütend: auf seine verdammte Heimlichtuerei und Nägelkauerei, darauf, dass er sich nicht im Geringsten dafür zu interessieren schien, wie es ihr eigentlich ging, darauf, dass sie so übertrieben rücksichtsvoll war, nur weil er vor *fast vier Monaten, verdammte Scheiße,* einen Unfall gehabt hatte, und so sagte sie:

»Du, ich hatte ohnehin vor, die Garage abzufackeln, also könnte ich das eigentlich auch am Donnerstag erledigen. Dann sitze ich da draußen und mache es mir ein bisschen am Feuer gemütlich, während ihr … macht, was zum Teufel ihr machen wollt.«

Sie stand von der Couch auf, nahm das oberste Buch vom Stapel auf dem Couchtisch – Leibniz' *Monadologie* – und warf es ihm in den Schoß, als er aufzustehen versuchte.

»Bleib sitzen. Lies verdammt noch mal ein Buch. Ich kann am Donnerstag zu Gabriella fahren. Wann darf ich zurückkommen?«

Josef wirkte gequält. Er faltete die Hände und hielt sie bittend vor sich hoch.

»Anna … bitte. Nicht so. Ich …« Er schloss hastig den Mund. Anschließend beantwortete er ihre letzte Frage, als wäre sie ernst gemeint gewesen.

»Am besten wäre es … wenn du Donnerstagnacht heimkommen könntest.«

»Ich brauche also nicht bei ihr zu übernachten? Vielen Dank.«

Josef seufzte.

»Bitte, Anna, wenn du doch nur …«

»Donnerstagnacht. Okay. Fein. Abgemacht.«

Der Mittwoch verging unter gegenseitigem Schweigen. Anna begann ein neues Bild zu skizzieren, eine kleine Insel mit einem einzigen großen Baum. Von einem Ast des Baums baumelte eine an einem Seil erhängte Frau herab. Aber ihr Körper war so gestaltet, dass die Füße Wurzeln trieben, die zum Erdreich unter dem Baum hinabwuchsen, und ihre Haut allmählich zu Rinde wurde.

Sie übertrug das Motiv nicht auf eine Planke. Sie erkannte, dass es unverkäuflich war, da es nicht den schwarzen Humor der Skelettschafe hatte. Es war die Art von Bild, die Nachbarn dazu brachte, in die andere Richtung zu schauen, wenn man sich am Briefkasten begegnete: *Dabei machte sie immer so einen netten Eindruck.*

Sie rief Gabriella an und durfte natürlich und klasse und supergern, komm morgen Abend vorbei und Küsschen.

Josef kam nach Hause, und sie vermieden es, sich zu streiten, gingen sich aus dem Weg. Er ging zum Steg hinab und arbeitete auf dem Boot. Als sie den Motor anspringen hörte, kam ihr Herz ein wenig aus dem Gleichtakt. Sie lief mit dem Gefühl zum Küchenfenster, *er fährt für immer weg … er verschwindet …*

Aber das Boot lag noch am Steg, und Josef stand darin und gab im Leerlauf Gas. Als er fertig war, zog sie sich schleunigst zurück, damit er nicht merkte, dass sie ihn beobachtet hatte. Sie interessierte sich doch gar nicht für ihn.

Am Abend sahen sie irgendeinen dämlichen Film mit Jim Carrey, in dem er und ein anderer Typ Idioten waren. An zwei, drei Stellen dachte sie: »Hier hätte ich eigentlich lachen können«, tat es aber nicht.

Als der Film vorbei war, gab es nichts hinzuzufügen, also gingen sie ins Bett. Anna spürte Josefs Zorn wie eine elektrische Wolke, die von seiner Seite des Betts ausging, aber das war ihr egal. Sie hatte es versucht. Jetzt reichte es ihr.

Stattdessen lag sie mit den Händen auf dem Bauch wach. Sie spürte schläfrige, tastende Bewegungen von innen und drückte als Antwort leicht mit den Händen.

Sie war fast eingeschlafen, als Josef aufstand und sich in die Küche schlich. Die Lampe ging an, der Kühlschrank wurde geöffnet. Nach einer Weile hörte sie das Knirschen von Knäkkebrot, das gekaut wurde. Sie zog die Beine an, presste die Hände zwischen die Schenkel. Sie war nicht nur wütend. Sie hatte auch Angst.

Sie wollte zu Josef gehen, bei ihm sitzen und bis zum Morgengrauen reden, reden, reden. Aber sie traute sich nicht. Wollte seine Miene nicht sehen, wenn sie im Türrahmen auftauchte, die unter Umständen abweisend, verschlossen sein würde. Sie ertrug den Gedanken nicht, ein weiteres Mal zurückgewiesen zu werden.

Da lag sie lieber hier und umarmte das Einzige, was sie mit Sicherheit hatte. Sie schlief ein, noch ehe Josef zurückgekehrt war.

Als sie am Donnerstagmorgen aufwachte, war er schon gefahren. Er hatte einen frühen Bus genommen, um ihr das Auto zu überlassen. Auf dem Küchentisch lag ein Zettel.

Geliebte.

Es ist zwei Uhr morgens, und ich werde mich gleich wieder hinlegen und versuchen, ein bisschen Schlaf zu finden.

Ich weiß, dass ich mich in letzter Zeit seltsam benommen habe und es schwierig gewesen ist, mit mir zusammen zu sein, aber ab morgen wird alles besser werden. Viel besser. Das verspreche ich.

Kommst du heute Abend so zwischen elf und zwölf? Bitte, tu das. Es ist wichtig.

Und denk dran, dass ich dich liebe. Unablässig und für immer.

Dein
Josef

Später sollte Anna sich wünschen, sie wäre ihrem Instinkt gefolgt und daheimgeblieben. Sie hätte Josefs Kopf packen, ihm mit Scheidung drohen und zwingen sollen, ihr zu erzählen, was er vorhatte. Aber ihr fehlte die Kraft dazu. Sie wollte Gabriella treffen, einem Außenstehenden erzählen, was los war. Sie watete in einem Brei aus Schwangerschaft, Dunkelheit und Schneematsch und brauchte ein wenig Abstand. Deshalb setzte sie sich kurz nach eins mit einem Heer schrillender Alarmglocken im Schädel in den Wagen und überließ Josef seinem Schicksal. Sie landete mitten in einer Karawane von Sattelschleppern aus dem Fährhafen Kapellskär, die sie bis nach Stockholm mitschleifte.

Gabriellas Wohnung war eine Zeitmaschine. Ein Einzimmerapartment mit siebenundzwanzig Quadratmetern im Vorort Midsommarkransen, vollgestopft mit fertigen und halbfertigen Gemälden, Fotografien, Flyern zu Ausstellungen, aus dem Internet ausgedruckten Bildern, Kleidern. Anna ertappte sich bei dem Gedanken *Großer Gott, werd erwachsen.*

Sie waren beide einunddreißig, und Gabriella war noch

immer an dem Punkt, an dem Anna acht Jahre zuvor gewesen war. Eine Wohnung als Untermieterin, keine feste Beziehung, kein Job. Wahrscheinlich las sie die Nemi-Comics.

Bin ich vielleicht nur neidisch?

Gabriella hatte Crêpes gemacht, die sie in der winzigen Küche mit Blick auf einen Parkplatz aßen, während Gabriella von ihrer letzten Bewerbung an der Kunsthochschule, Arbeitsproben, Ärger mit einem Ungarn, den sie auf einer Vernissage kennengelernt hatte, erzählte und erklärte, sie habe angefangen, aus Protest systematisch zu klauen. Anna sang: *Shoplifters of the world*, und Gabriella ergänzte: *unite and take over.* Sie legte das Besteck weg und lehnte das Kinn in die Hände.

»Und wie geht es *euch?*«

Anna zuckte mit den Schultern. »Gut.«

Als Gabriella nichts sagte, fügte sie hinzu: »Ich habe keine große Lust zu arbeiten, aber das kann natürlich mit dem Kind zu tun haben. Erinnerst du dich an die Reihe, die ich angefangen habe ...«

Sie gingen erneut dazu über, sich über Kunst zu unterhalten. Anna hatte keine Lust, von ihrem Leben zu erzählen. Sie wusste, was Gabriella sagen würde. *Du kannst dein Leben doch nicht von seinen Launen abhängig machen. Spreng verdammt noch mal deine Fesseln.* Das war leicht gesagt, wenn man einem Menschen noch nie länger als ein Jahr treu geblieben war. Leicht gesagt in einem Einzimmerapartment in Midsommarkransen, wenn man nicht schwanger war. Leicht gesagt, wenn man nie mit der Ewigkeit im Blick geliebt hatte. Also sprachen sie über Kunst.

Gegen Abend fuhren sie in die Stadt und gingen ins Pelikan, ihre frühere Stammkneipe. Vielleicht war es ein Fehler; da saßen sie nun, die gleichen Menschen am gleichen Ort wie früher. Es wurde so peinlich deutlich, dass sie nicht mehr die gleichen Menschen waren. Anna jedenfalls nicht.

Sie schwelgten in Erinnerungen an ihre Schulzeit, unterhielten sich darüber, was aus alten Freunden geworden war. Als das Gespräch verebbte, begann jede der beiden Frauen ihren Augenflirt: Gabriella mit einem Typen mit Dreadlocks, Anna mit der Uhr über der Theke. Als es halb zehn war, sagte sie: »Entschuldige. Ich muss zu Hause noch was erledigen. Ich muss jetzt los.«

Gabriella leerte ihr drittes Bier. »Schon klar. Kapiere.«

Anna stand mit einer Mischung aus Erleichterung und schlechtem Gewissen auf. Ihr Besuch hatte sich ganz und gar nicht so gestaltet, wie sie es sich vorgestellt hatte: Ihre wahren Probleme hatte sie mit keinem Wort erwähnt. Es war, als hätte sie ihre Freundschaft verraten.

Egal. Hauptsache, sie durfte nach Hause.

Sie küssten und umarmten sich und mussten sich bald wieder treffen, und es war alles Lüge, und als Anna aus dem Lokal eilte, sah sie die Dreadlocks aufstehen, um ihren Platz einzunehmen und Gabriella bessere Gesellschaft zu leisten.

Sie eilte im Laufschritt die fünf Häuserblocks zu ihrem Auto. Sie würde zu früh nach Hause kommen, aber jetzt, da der Knoten geplatzt war, hatte sie eher das Gefühl, dass sie zu spät daheim sein würde, was immer das heißen mochte.

Er will sterben.

Als sie unsanft aus ihrer Parklücke setzte, schrammte sie an der Stoßstange des Wagens vor ihr vorbei und kreuzte anschließend Richtung nördliche Stadtgrenze durch die Straßen. Laufschweiß, Sorgenschweiß lief ihr den Rücken herab.

Josef saß in diesem Moment in ihrem Haus mit einem Mann zusammen, der sterben wollte. Sie ahnte einen möglichen Zusammenhang und hoffte bei Gott, dass sie sich irrte.

Als sie in ihre Auffahrt bog, rauschte ihr der Schädel nach einer Stunde im 140-Kilometer-Dröhnen des Toyotas. Als sie den Motor ausschaltete und ausstieg, wurde es sehr still. Die Außenbeleuchtung hieß sie mit ihrem Licht willkommen, und alles sah aus wie immer. Sie ging zum Haus und dachte, wenn alles in Ordnung war, würde sie … sich irgendwie zurückziehen. Sich vielleicht in die Garage setzen.

Was ist nur aus uns geworden?

Als sie die Eingangstreppe hinaufstieg, war es immer noch still. Kein Reden, kein Lachen. Sie öffnete die Haustür. Im Flur und in der Küche brannte Licht. Auf dem Küchentisch standen eine halbvolle Whiskyflasche und zwei Gläser. Eine Tüte mit Eisstücken in einer kleinen Wasserpfütze.

»Hallo?«

Sie schaute zum Küchenfenster hinaus. Kompakte Dunkelheit.

Sie nahm das Edelstahlmesser von der Magnetleiste über der Spüle, das sie sich im vorigen Winter angeschafft hatten. Es war scharf wie eine Rasierklinge. Es gab keinen Grund dafür, es war einfach nur ein gutes Gefühl, es in der Hand zu halten. In der untersten Küchenschublade fand sie die Taschenlampe. Sie ging wieder hinaus und zum Steg hinab.

Der Lichtkegel der Taschenlampe ließ alles Vertraute fremd und bedrohlich aussehen. Sie leuchtete sich den Weg über die spiegelglatten Felsen, sah schleimige Walrücken, ein Auge, das in einer Spalte geöffnet wurde. Sie trat auf den Steg hinaus, machte auf den nassen Brettern vorsichtige Schritte. Sie leuchtete über den Rand hinweg, und ihre Befürchtung bewahrheitete sich.

Das Boot war fort.

Auf der Förde hörte man keinen Laut. Nur der Leuchtturm auf Fårholmsrevet sandte seine stummen, monotonen Lichtsignale, von denen die Dunkelheit dazwischen noch vertieft wurde.

Sie setzte sich auf den Steg, ließ Feuchtigkeit durch ihre Hose dringen, schaltete die Taschenlampe aus.

Als sie etwa zehn Minuten so gesessen hatte, hörte sie einen Bootsmotor anspringen. Sie konnte nicht abschätzen, wie weit er entfernt war, um die fünfhundert Meter vielleicht. Es klang nach ihrem Motor. Das Geräusch kam näher. Ihr Herz schlug schneller, und sie stand auf und fingerte an der Taschenlampe herum, um sie dann aber doch nicht anzumachen, da sie fürchtete … ihn zu verscheuchen.

Was ist nur aus uns geworden?

Es konnte alles noch … ganz normal sein. Josef war mit Kaxe hinausgefahren, um ihm das Boot zu zeigen. Oder so ähnlich. Sie waren betrunken und bestens gelaunt und wollten nur eine kleine nächtliche Spritztour machen.

Und ich bin Claude Monet.

Zwei Minuten später sah sie als verschwommenen weißen Punkt, der immer größer und deutlicher wurde, das Boot auftauchen. Das näher rückende Motorengeräusch über den dunklen Wassern hatte etwas Unheil verkündendes. Ein Monster näherte sich vom Meer. Trotzdem blieb sie kerzengerade, fast in Habachtstellung, auf dem Steg stehen. Das Messer lag zu ihren Füßen, sie umklammerte stattdessen das beruhigende Gewicht der alten Stabtaschenlampe.

Das Boot kam falsch herein. Es war zu schnell. Der Motor wurde ausgeschaltet, und das Boot knallte mit solchem Schwung gegen den Steg, dass dieser unter ihren Füßen wankte.

»Verdammter Mist …«

Josefs Stimme. Ein Klatschen, als seine Hand den Steg fand. Sie hörte seine keuchenden Atemzüge in der Dunkelheit. Sie trat einen Schritt vor und sagte: »Hallo …«

Josef schrie auf. Ein dumpfes Krachen, als er den Halt am Steg verlor und rücklings ins Boot zurückfiel, worauf er nochmals aufschrie, diesmal jedoch vor Schmerz. Sie schaltete die Lampe an. Josef lag mitten im Boot, sein Kopf lehnte an der Reling. Er sah aus wie ein verschrecktes, von Autoscheinwerfern gelähmtes Tier. Seine Hand schoss instinktiv hoch, um die Augen vor dem Licht zu schützen. Anna schaltete die Lampe wieder aus und sagte:

»Entsch ...«

Noch ehe das Wort aus ihrem Mund drang, hatte ihr Gehirn registriert, was ihre Augen in den lichterfüllten Sekunden gesehen hatten. Neben Josef lag Karl-Axel mit offenem Mund, offenen Augen und einem geradezu ... glückseligen Gesichtsausdruck. Die Augen gebrochen. Tot.

»Scheiße, hast du mich erschreckt.«

Josef richtete sich auf und bekam erneut den Steg zu fassen. Anna schüttelte den Kopf. Das durfte nicht sein. Sie waren Josef und Anna, die so gut zusammenpassten und ein Haus am Meer besaßen und ein Kind erwarteten, und das hier durfte einfach nicht sein.

Josef schob sich auf den Steg und machte das Boot fest. Anna schüttelte weiter den Kopf. Solange sie das tat, war es nicht wirklich. Sie flüsterte: »Was hast du getan ... was hast du getan?«

Er kam zu ihr, packte ihre Schultern und umarmte sie. Sie schob ihn von sich, weil sein Körper ihr beim Kopfschütteln im Weg war.

»Anna, er wollte es selbst. Ich habe ihm nur geholfen.«

»Du hast ... ihn umgebracht.«

»Nein.« Seine Hand drückte ihre Schulter, um seine Aussage zu unterstreichen. »Ich habe Sterbehilfe geleistet. Das ist ein Riesenunterschied. Anna ...«

»Aber … warum? Warum? Du wirst doch … das ist doch …«

Josef nahm ihr Gesicht in seine Hände, zwang ihren Kopf zum Stillhalten. Dann sagte er: »Der Tod ist in ihm. Er ist hier. In diesem Moment.«

»Der Tod …«

»Ja. Er ist in Kaxes Körper. Er kann nicht heraus. Er gehört uns.«

Er drückte sie behutsam hinunter und folgte der Bewegung, bis sie sich auf dem Steg gegenübersaßen.

Feuchter Wind trieb vom Meer heran und schmeichelte eine Haarsträhne in ihr Gesicht. Anna nahm sie und zwirbelte sie um den Zeigefinger – eine Rettungsleine zurück zum Altvertrauten. Sie zog an ihr; Schmerz in der Kopfhaut.

Sie saugte einen tiefen Atemzug salzgesättigter Nachtluft ein, und vielleicht war es ein Effekt des Adrenalins, das in ihr pumpte, vielleicht war es nur eine letzte Barriere gegen den Wahnsinn, jedenfalls breitete sie die Arme aus, als wollte sie die Nacht, das Meer umarmen, und fühlte sich plötzlich unendlich frei.

Was Josef da sagte, war unmöglich, aber allein die Tatsache, dass sie gemeinsam in der kalten Nacht auf dem Bootssteg saßen, nur ein paar Meter von einer Leiche entfernt … das war doch das Ende von allem, war es das nicht? Nichts würde mehr so sein wie früher, nichts so sein, wie sie geglaubt hatte. Dadurch fiel die ganze Verantwortung von ihr ab, und sie war … frei.

Josefs Hand lag auf ihrem Knie.

»Willst du es wissen?«

»Ich will es wissen.«

Ihre Stimme war deutlich und gefasst. Sie existierte nur hier und jetzt.

Josef sagte: »Wir hatten es so verabredet. Er ist hergekommen. Wir haben etwas Whisky getrunken, um zu ... sagen wir, um zu feiern. Dann sind wir zu den Barschgründen hinausgefahren, du weißt schon, südlich von Tjockö. Dort ist das Wasser ja nur drei, vier Meter tief. Ich habe die Ankerleine um ihn gebunden, und dann ist er hineingesprungen. Wir haben gesagt, ja, was haben wir gesagt? Lebe wohl ... wir sehen uns ... danke für die Zeit ... danke für den Whisky.«

Er schnaubte, es war fast ein Lachen.

»Wir waren zu ... Scherzen aufgelegt. Wir hatten sicherlich beide Angst. Jeder auf seine Art. Dann hat er gesagt, ich solle den Anker auswerfen, und ich habe ihn gefragt, ob er sich ganz sicher sei, und er hat gesagt: ›Nein, aber wirf ihn jetzt aus.‹ Also habe ich es getan. Er ist unter der Oberfläche verschwunden, die Leine ist ein paar Meter gelaufen, und dann habe ich dort gesessen, den Leuchtturm beobachtet und jedes Aufblitzen gezählt.«

Er räusperte sich. Als er sich übers Gesicht fuhr, sah Anna die helle Oberseite seiner Hände und hörte das sanfte Rascheln seiner Bartstoppeln an den Handtellern.

»Er war genau unter mir. Hätte ich es gewollt, ich hätte ihn herausziehen können.«

»Aber das wollte er nicht«, meinte Anna. »Oder etwa doch?«

Josefs Stimme war verändert, als er weitersprach: »Nach einer Minute vielleicht doch. Nach acht Leuchtzeichen. Da begann die Leine ... sich abzurollen.«

Lange saßen sie schweigend zusammen. Schließlich sagte Anna: »Er hat versucht hochzukommen.«

»Ja.« Josefs Stimme brach ein wenig, als er hinzufügte: »Aber ich hatte viel Leine. Dreißig Meter. Und trotzdem ... trotzdem hat er es geschafft, sie komplett abzurollen.«

Josef weinte. Anna war unfähig, ihn zu trösten. Sie war innerlich kalt und hart geworden. Das Kind in ihrem Bauch bewegte eine Hand oder einen Fuß, und es kam ihr vor, als geschähe dies einem anderen Menschen.

»Was hast du getan?«

»Nichts. Nichts. Ihn haben die Kräfte verlassen. Nach einer Weile ... hat es aufgehört. Ich habe noch eine Minute gewartet. Dann habe ich ihn rausgezogen.«

Später sollte es Anna schwerfallen zu begreifen, dass sie tat, was sie tat. Noch unverständlicher war jedoch, dass sie sich dabei einigermaßen aufgekratzt fühlte. Als hätten sie ein gruseliges und spannendes Gesellschaftsspiel gespielt. Eine Séance veranstaltet. Es war die einzige Erklärung, die sie finden konnte. Dass dies alles unwirklich war.

Und dass – *Gott, vergib mir* – sie und Josef endlich wieder etwas zusammen machten und Komplizen im Namen der Liebe waren wie früher, als sie sich noch blind verstanden.

Sie trugen Kaxe ins Haus. Seine Kleider waren triefend nass, und Anna lief los und wischte mit dem Spüllappen auf, während Josef ein paar schwarze Plastiksäcke auslegte, um die Leiche darauf zu deponieren.

Erst als sie mit verschränkten Armen nebeneinanderstanden und ihr Werk betrachteten, schlug die Leugnung ihre Klauen in sie.

»Josef. Das geht doch nicht. Wir müssen die Polizei rufen. Oder etwas tun. Etwas, das ...«

Josef schüttelte den Kopf, ging neben dem Leichnam in die Hocke und sagte: »Zeige dich.«

Annas Augen weiteten sich. Er war tatsächlich wahnsinnig geworden. Das Hier-und-Jetzt-Gefühl verflüchtigte sich und wurde vom Ausblick auf eine Reihe künftiger Tage als alleinerziehende Mutter ersetzt, an denen sie ihrem Kind erklärte: »Dein Papa ist an einem Ort, an dem man sich um ihn kümmert«. Josef war voll und ganz auf die Leiche konzentriert. Sie war allein. Eine einsame Komplizin.

Ihr liefen still die Tränen herab, als Josef gegen die Leiche trat und rief: »Ich verscharre dich, kapiert? Du darfst nie zurückkehren, wenn du dich ihr nicht zeigst. Sie soll dabei sein, verstehst du? Ich schwöre es dir. Ich verbrenne dich unten auf den Felsen. Du glaubst mir nicht? Ich lege dich ins Boot, übergieße dich mit Benzin und ...«

Anna stand wie gelähmt daneben und sah zu, als Josef die Leiche mit Flüchen überhäufte und dem drohte, was nicht mehr bedroht werden konnte.

Was ...

Von einer Hand der Leiche begann Flüssigkeit zu fließen.

Ihr Unterkiefer zitterte, als sie neben Josef in die Hocke ging.

Aus den Spalten unter den Fingernägeln rann Flüssigkeit auf den Fußboden. Nein, sie rann nicht. Sie trat aus. Sie verteilte sich nicht auf dem Fußboden, wie Wasser es getan hätte, sondern bildete einen sich windenden Strom, der sich zu den Füßen der Leiche bewegte, sich um sie bog. Eine Schlange aus Wasser von der Dicke eines Unterarms strömte weiter aus den Fingern, während ihr Ende den Weg zur anderen Hand einschlug.

Als sie die Hand erreichte, teilte sie sich in ein Delta aus fünf dünneren Strömen, die sich unter die Fingernägel pressten, während der Fluss an der anderen Hand gleichzeitig aufhörte.

Anna schlug die Hand vor den Mund und wimmerte, während die Wasserschlange kürzer und kürzer wurde, je mehr von ihr erneut im Körper verschwand. Ein paar Tropfen hingen noch glitzernd an den Fingerspitzen, dann waren auch sie verschwunden. Sie war fort.

Sie sah keinen Menschen mehr vor sich. Sie sah ... eine Schale. Einen kalten Bau, in dem der Tod hauste. Wäre der Bauch der Leiche aufgequollen, als der Tod in seinen Bau zurückkroch, das Bild wäre perfekt gewesen.

Als das Telefon klingelte, richtete sie sich auf steifen Beinen auf, ging hin und hob den Hörer ab. Das war doch klar. Jetzt würde es eine Erklärung geben: Eine Macht oder Behörde würde sie über die neue Situation informieren. In unserer Zeit benutzte sie dazu das Telefon.

»Hallo, hier ist Anna.«

Klirren, Stimmen im Hintergrund.

»Hallo, hier ist Gabriella. Ich wollte nur hören, ob du auch gut heimgekommen bist, du warst so ... ist alles in Ordnung?«

Anna blickte auf die Schwärze der Fensterscheibe. Da draußen gab es eine spiegelverkehrte Kopie ihrer selbst und des Zimmers, in dem sie sich aufhielt. Hinter ihr richtete Josef sich auf und ging in die Küche. Die Leiche lag regungslos auf ihren Plastiksäcken, die sich im Fenster als schwarzes Loch spiegelten und die Illusion erzeugten, der Körper würde schweben. Sie streckte die Hand aus und berührte das Glas.

»Hallo, bist du noch dran?«

Anna nickte. Eine Stimme sprach in ihr Ohr. Vor ihr lag eine Schattenwelt. Die Stimme sagte: »Scheiße ... Anna? Bist du da?«

»Ja. Ja, ich bin hier. Hier bin ich.«

»Ist alles in Ordnung, du klingst so ...«

»Es ist alles in Ordnung.«

»Okay. Du, dieser Typ, du weißt schon, der mit den Dreadlocks, er ...«

Anna hörte nicht mehr zu. Gabriellas Stimme leierte in ihrem Ohr, aber sie konnte sich von dem Spiegelbild nicht freimachen. Wenn sie das Fenster öffnete, würde sie in diese Welt steigen können wie Alice im Wunderland. Sie bewegte ihre Hand und winkte. Die andere Anna winkte. Im Hintergrund kehrte Josef ins Zimmer zurück.

Sie wandte sich um. Josefs Hand sah aus, als hielte er etwas in ihr. Sie konnte nicht erkennen, was es war. Mit der anderen Hand gab er ihr zu verstehen, dass sie auflegen sollte.

Gabriella redete immer noch. Anna sagte: »Du, ich habe jetzt gerade keine Zeit. Bis bald«, und legte auf.

»Wer war das?«

»Gabriella.«

»Was wollte sie?«

Anna strich sich mit den Fingern über die Lippen, sagte: »Ich weiß es nicht«, und bewegte anschließend die Finger in Richtung Leiche. »Das ... das ... ist wirklich sehr ... ist wirklich sehr ...«

»Überwältigend?«

»Nein ... das trifft es nicht ...«, ihre Stimme klang fern, als würde sie am Telefon ein Ferngespräch mit sich selbst führen, »... ich wollte eigentlich sagen, ... es ist wirklich sehr ... unheimlich. Es ist sehr unheimlich. Ich finde, das ist sehr unheimlich.«

»Aber du glaubst mir jetzt?«

»Ja. Ja. Aber ich ... aber ich würde mir wünschen, dass wir ... Josef. Da ist ... eine Schlange in ihm. Die in unserem Haus ist. In diesem Moment.«

Josef schüttelte den Kopf.

»Es ist keine Schlange mehr. Sie hat sich im ganzen Körper verteilt. Wie bei mir.«

»Ja. Aber ...« Die Worte wollten ihr nicht mehr gehorchen. Sie setzte sich auf die Couch und vermied es tunlichst, die Leiche anzusehen. »Findest du das nicht ... unheimlich?«

Josef setzte sich neben sie. Jetzt sah sie, dass er eine Nadel in der Hand hielt. Er legte einen Arm um ihre Schulter. Anna hörte das Scharren des Boots am Steg, das Meer, das hinter dem Fenster rauschte. Das Meer. Die Heimat der Schlange. All die Male, die sie in diesem Meer getaucht, in ihm geschwommen war.

Sie lehnte sich gegen Josef und sagte: »Wir waren doch glücklich. Waren wir das etwa nicht?«

Josef nickte: »Doch. Und wir werden wieder glücklich sein. Aber ich hätte unmöglich ... als ich es einmal wusste ... ich ...«

»Nein. Das verstehe ich.« Anna dachte nach. »Das tue ich wirklich. Ja, das tue ich.«

»Wirklich?«

»Ja.«

Plötzlich fiel Josef gegen sie. Er bohrte seinen Kopf zwischen ihre Brüste. Sie strich ihm über die Haare, blickte auf und betrachtete die Leiche, die auf dem Fußboden ihres Wohnzimmers lag. Sie begriff. Hat man einmal überlebt, will man weitermachen. Möglicherweise konnte er nicht anders. Möglicherweise hätte sie das Gleiche getan. Wenn sie Bescheid gewusst hätte.

Josefs Haare waren feucht und klebten an ihren Fingern, als sie mit ihnen seine Haare kämmte. Es war Jahre her, dass die Welt jenseits von ihnen eine Bedeutung hatte. Sie hatten darüber gesprochen.

Wenn ich sterbe, wenn ich verrückt werde, was machst du dann?

Dann sterbe ich auch, dann werde ich auch verrückt.

Das hatten sie gesagt, als meinten sie es wirklich. Also musste nun der Beweis angetreten werden.

Sie hob Josefs Kopf zwischen ihre Hände.

»Was tun wir als Nächstes?«

Josef blinzelte und wischte sich die Tränen aus den Augen. »Ich ... entschuldige, es ist nur so, du weißt, dass ich ...«

»Ich weiß. Was sollen wir jetzt tun?«

Josef richtete sich auf, setzte sich dicht neben ihr auf die Couch. »Frag mich nicht, woher ich das alles weiß, aber ich … weiß es einfach.« Er hielt die Nadel hoch. Wir müssen ihm ein wenig Blut geben. Dann erkennt er uns wieder und weiß, dass er uns nicht anrühren darf. Es ist eine Art … Pakt.«

Sie sprachen weiter und fragten sich, was ewiges Leben eigentlich bedeutete. Ob sie aufhören würden zu altern, ob sie gezwungen sein würden, von Zeit zu Zeit umzuziehen, um keinen Verdacht zu erregen. Sie überlegten, dass ihnen niemand glauben würde, wenn sie davon erzählten.

Letztlich war es ein Wagnis. Am meisten graute ihnen davor, dass sie nicht wussten, in wessen Auftrag das Wesen handelte.

Schließlich sagte Anna: »Wir werden es tun oder lassen müssen.«

Josef nahm ihre Hände. »Willst du?«

»Willst du?«

»Ja.«

»Dann tun wir es.«

Sie standen von der Couch auf und näherten sich dem Leichnam. Vielleicht war es Einbildung, aber Anna meinte, kleine Zuckungen, Tics in seiner Haut zu sehen. Erwartung. Vielleicht brannte das Wesen darauf, freigelassen zu werden und in sein Element zurückkehren zu dürfen.

Sie gingen neben dem Kopf in die Hocke und sahen sich in die Augen. Obwohl sie nun den Punkt erreicht hatten, um den es eigentlich ging, waren Josefs Augen ruhig. Vielleicht weil er die Bürde der Entscheidung nicht mehr allein tragen musste. Anna fühlte sich betäubt, hypnotisiert. Als wäre sie tatsächlich durch das Fenster gestiegen, sodass sie sich nun in der Spiegelwelt befand, in der andere Gesetze herrschten. In der man nur dann das Gesetz brach, wenn man etwas in Frage stellte.

Josef hatte sie vorgewarnt: Das Wesen kontrollierte den Leichnam. Auf der Rückfahrt mit dem Boot hatte es Kaxes Sprechorgane benutzt, um sich verständigen zu können. Es gab folglich keinen Grund, sich zu fürchten, falls er sich bewegen sollte. Anna glaubte nicht, dass sie Angst bekommen würde. Gefühle dieser Art hatte sie weit hinter sich gelassen.

Josef hielt die Nadel hoch. »Du zuerst oder ich?«

Anna musterte den silbernen Strang in Josefs Hand und kicherte. Ein paar Zeilen blitzten in ihrem Kopf auf: *Die Trauung der Fixer: eine geteilte Nadel*, und sie sagte: »Dabei sind wir nicht einmal verheiratet.«

Josef lächelte. »Bald werden wir es sein.«

»Ja. Tu du es.«

Josefs Kiefermuskeln verkrampften sich ein wenig. Dann stach er die Nadel in seinen rechten Zeigefinger. Eine Blutperle drang heraus. Er drückte den Finger, bis die Perle so groß geworden war, dass sie zu platzen drohte. Dann hielt er seinen Finger an den Mund der Leiche.

Anna war doch nicht so jenseits von Gut und Böse, wie sie geglaubt hatte.

Als Josefs Finger die toten Lippen berührten, hob die Leiche den Kopf und umschloss den Finger mit ihrem Mund.

Sie schrie auf. Josef riss seinen Finger weg.

Als eine bläulich verfärbte Zunge aus dem Mund der Leiche drang und das Lebenselixier von den Lippen leckte, regte sich Ekel in ihrem Bauch.

Ich übergebe mich nicht ich übergebe mich nicht ...

Das tat sie auch nicht. Josefs Arm legte sich um ihre Schultern. Er zitterte am ganzen Körper, hüpfte beinahe auf und ab. Seine Stimme war vor Erregung gellend: »Es ist erledigt, es ist getan ...«

Anna schüttelte seinen Arm ab. Auch sie zitterte, ihre Zähne klapperten, und das Zimmer waberte in zähen Kurven, als sie auf die Knie fiel und die Nadel zu finden versuchte.

Will, werde, muss ...

Denn es war mehr geschehen, als das Auge sah. Als das Wesen das Blut von den Lippen leckte, hatte sich im Raum gleichzeitig etwas verändert. Etwas wurde aus seiner Position gerissen, und obwohl Josef neben ihr saß und ihre Sprache benutzte, war sie hier der einzige Mensch. Anders ließ es sich nicht beschreiben. Josef war, wenn auch in Menschengestalt, zu etwas anderem geworden.

Das Gleichgewicht war gestört. Vielleicht spielte es sich nur in ihrem Kopf ab, aber es kam ihr vor, als begehrte das ganze Dasein dagegen auf, dass der Tod getäuscht worden war. Die Ecken des Zimmers krümmten sich zur Decke, der Boden bog sich.

Die Nadel lag neben Josefs Fuß. Während er immer wieder rief: »Es ist passiert, ich spüre es, es ist im ganzen Körper«, versuchte sie nach der Nadel zu greifen. Ihre Finger tasteten über die glatte runde Fläche, und während sie die Fingernägel unter die Nadel schob und es ihr gelang, sie aufzuheben, nahm sie aus den Augenwinkeln gleichzeitig eine Bewegung wahr.

Sie setzte sich mit der Nadel in der Hand auf. Die Leiche hatte ihr den Kopf zugewandt, und blassblaue Augen blickten geradewegs durch sie hindurch, in sie hinein. In ihrem Kopf rauschte es wie von hunderten auffliegenden Seevögeln, und die wahnsinnigen Bewegungen des Zimmers ließen sie fast das Gleichgewicht verlieren. Sie stach sich in den Finger.

Es passierte nichts. Sie betrachtete den Finger, die Nadel. Sie hatte mit der falschen Seite zugestochen. Als sie die Nadel umdrehen wollte, entglitt sie ihren verschwitzten Fingern.

»Du ...«

Ein Hauch von Seegras, von moderndem Tang, als sich der Mund der Leiche öffnete und dieses einzige Wort ausstieß.

Sie wollte nicht mehr.

Fort fort fort ich muss fort

Sie schrie: »Josef! Ich kann nicht, ich will nicht, ich …«

Die Hand der Leiche schoss vor und packte ihr Geschlecht in einem krampfhaften Griff. In Panik versuchte sie sich zurückzuziehen, verlor jedoch das Gleichgewicht und fiel der Länge nach zu Boden.

»Josef, es …«

Mehr brachte sie nicht heraus, denn im gleichen Augenblick spürte sie, wie sich feuchte Eiseskälte über ihren Unterleib und die Oberschenkel ausbreitete und binnen einer Sekunde die Hose durchdrang und nach innen zog.

Josef warf sich nach vorn und zerrte die Hand der Leiche fort, aber es war schon zu spät. Der Tod war in ihr. Annas Gebärmutter wurde zu Eis. Eine Wolke aus lebendiger Kälte nahm ihren Unterleib ein, ihr Bauch schwoll zu doppelter Größe an, und vor Schmerzen und weil sie wusste, was geschah, schrie sie wie am Spieß.

Das Gleichgewicht wurde wiederhergestellt.

»Anna, Anna, Anna …«

Der Flug der Möwen. Durch das Rauschen von Flügeln war seine Stimme das Letzte, was sie hörte, ehe die Flügel sichtbar wurden, näher kamen, ihr Blickfeld ausfüllten und alles zu weißer Finsternis wurde.

Mit zitternden Händen gelang es Josef, ihr die Hose, den Slip auszuziehen, ohne eine Ahnung zu haben, was er tun sollte, nur angetrieben von einem pulsierenden Kommando in seinem Kopf: *Ich muss ihn rausbekommen, ich muss ihn wegbekommen …*

Möglicherweise hätte er in seiner Umnachtung etwas Schreckliches getan, wenn der Tod sie nicht verlassen hätte. Annas Bauch sank in sich zusammen, je mehr von dem, was in ihr war, herausströmte. Eine Kaskade aus rosafarbener Flüssigkeit ergoss sich fächerförmig auf den Fußboden und nässte seine Knie, und im nächsten Moment saß er wie eine Insel in einem rosa Meer, während die Flüssigkeit weiter herausströmte.

Am Ende kam auch der Fötus.

Von der Größe einer Seeschwalbe war er, schon ganz menschlich und über die Nabelschnur mit dem Mutterkuchen verbunden, der ihm folgte, ein dunkelroter Klumpen aus reinem Leben. Aus dem, was Leben gewesen war.

Josef rutschte auf den Knien rückwärts, schlug sich den Rücken am Couchtisch und konnte den Blick nicht davon abwenden, was sein Kind gewesen wäre. Die Fruchtblase war vom Druck gesprengt, es war in Salzwasser ertränkt worden.

Er schrie, bis seine Stimmbänder glühten. Er schrie auch dann noch weiter, als sein Schrei nur noch ein heiseres Bellen war, und als er sah, wie das Blut aus Annas Gebärmutter dunkler wurde, je mehr sich der Tod von ihm trennte. Am Ende gab es nur noch einen Fötus in Blut. Zwei Körper auf dem Fußboden. Und eine Wasserpfütze.

Die Pfütze zog sich zusammen und formte sich zu einem schmalen durchsichtigen Seil.

Josef verstummte, sein Mund stand offen.

Er kann außerhalb des Körpers sein …

Das Seil bewegte sich zur Tür. Er lachte lautlos auf und trat auf das Seil. Es teilte sich, strömte über seinen Fuß, bewegte sich weiter. Er lachte, schluchzte, trat und sprang auf das Seil, aber es entglitt ihm und formte sich neu.

Als es die Tür erreichte, schob es sich durch den Türspalt hinaus.

Er versuchte es zu packen. Es rann ihm aus den Händen. Er öffnete die Tür und lief ihm zum Meer hinterher. Als das vordere Ende des Seils das Wasser erreichte, rutschte er auf den glatten Felsen aus und fiel der Länge nach hin.

Er hörte ein Knirschen in seinem Kopf, als ein paar Zähne ausgeschlagen wurden, und sein Mund füllte sich mit Blut.

Bis zum Morgengrauen blieb er auf den Felsen liegen.

*

Was gibt es noch zu erzählen?

Anna überlebte. Nach ein paar Tagen im Krankenhaus war sie körperlich wiederhergestellt. Es musste nicht einmal eine Ausschabung vorgenommen werden. Der Tod hatte ganze Arbeit geleistet. Sie würde nie mehr Kinder bekommen können.

Der Vorfall stand eine Woche in den Zeitungen, und Josef wurde wegen Totschlags zu vier Jahren Haft verurteilt. Ein Psychiater, der Kontakt zu Kaxe hatte, konnte bestätigen, dass dieser stark selbstmordgefährdet gewesen war und Josefs Version der Ereignisse folglich alles andere als unwahrscheinlich erschien.

Der Tod, der im Meer wohnt, wurde mit keinem Wort erwähnt.

Anna besuchte Josef einige Male im Gefängnis, aber ihre Beziehung war nach allem, was vorgefallen war, nicht mehr zu retten. Sie sagte, er solle sich nicht schuldig fühlen, es sei ihre eigene Entscheidung gewesen, aber das war keine große Hilfe. Josef war für die Welt verloren.

Zwei Jahre später fing Anna wieder an zu malen und griff den Faden auf, der ihre Arbeit in den Tagen vor den fatalen Ereignissen bestimmt hatte, nun allerdings ohne die humoristischen Elemente. Sie hatte Erfolg. Glücklich wurde sie zwar nie mehr, aber sie machte weiter.

Als Josef aus dem Gefängnis kam, kehrte er zu seinem Haus zurück und verbrachte ein paar Monate damit, es zu renovieren.

Im Gefängnis hatte er viel Zeit gehabt, seine Eindrücke von den Stunden in der Nähe des Todes zu ordnen. Obwohl er ewiges Leben angestrebt hatte, war er erleichtert, als er erkannte, dass die Unsterblichkeit, die ihm der Pakt geschenkt hatte, nur für den Tod durch Wasser galt.

Er würde altern wie andere Menschen auch. Er konnte sich das Leben nehmen, wenn er wollte. Aber er würde niemals ertrinken.

Die Jahre vergingen. Josef war nicht in der Lage, wieder arbeiten zu gehen. Im Alter von achtunddreißig Jahren gehörte er zum alten Eisen, hockte in seinem Häuschen, lebte von Sozialhilfe und trank, so viel er konnte.

Die Menschen in seiner Umgebung gingen ihm aus dem Weg. Sie wussten, wer er war und was er getan hatte. Vielleicht wäre ihr Urteil mit den Jahren milder ausgefallen, wenn er nicht auch aufgehört hätte, sich zu waschen, und nicht nur so viel gegessen hätte, wie unbedingt nötig war, um am Leben zu bleiben.

Eines Abends, als er barmherzig betrunken dasaß und zum Leuchtturm hinausstarrte, der seine Lichtbündel aufs Wasser warf, wie er es seit jeher getan hatte, erkannte er mit einem bitteren Lachen, dass er auf dem besten Weg war, wie Kaxe zu werden.

Das Leben verlor immer mehr an Bedeutung. Er konnte nichts mehr genießen. Nicht einmal der Schnaps half noch. In der Wüste wuchs die Bedeutung der einzigen Oase, die er besaß, des Grunds dafür, dass sich die Dinge so entwickelt hatten, des einzigen Geschenks, das er bekommen hatte. Nicht ertrinken zu können.

An einem Oktobertag holte er einen Anker mit Kette aus dem Bootsschuppen, lud ihn ins Boot und brach auf. Er fuhr zu der Stelle hinaus, an der er Kaxe versenkt hatte. Dort schlang er die Kette mit einem abschließbaren Splint fest um seine Taille, sodass er sie wieder öffnen konnte, sobald er sich vergewissert hatte.

Als er sich mit dem Anker ins Wasser warf, empfand er eine Art Freude.

Das Wasser war kalt. Rasch sank er drei Meter unter die Oberfläche und stoppte. Schwebte. Seine Ohren schienen zu platzen, und er glich den Druck aus, indem er die Nase zuklemmte und gegen geschlossene Lippen ausatmete. Über sich sah er die Silhouette seines Boots vor dem Hintergrund des Himmels. Er überlegte, dass es dumm von ihm gewesen war, sich nicht auch an das Boot zu binden. Es würde abtreiben.

Er schwebte in der Tiefe. Nach einer guten Minute konnte er die Luft nicht mehr anhalten. Er öffnete den Mund und atmete ein.

Komme, was kommen mag.

Wasser strömte in seine Lungen und kühlte ihn binnen weniger Sekunden vollständig aus. Ein Augenblick der Panik, einer Panik, die sich stets ans Leben klammerte. Aber es passierte nichts. Er atmete nicht mehr, war aber weiterhin bei Bewusstsein.

Lange schwebte er so, sah das Boot aus seinem Blickfeld treiben und den Himmel dunkler werden. Er hatte kein Gefühl mehr, nirgendwo, war nichts als ein schwebendes Bewusstsein, eine denkende Qualle.

Die ganze Tragweite dieser Tatsache wurde ihm erst klar, als er genug hatte und sich trotz allem nach seinem Haus sehnte, nach ein paar gemächlichen Saftgläsern Schnaps, die sachte den Körper auftauen würden. Nach seinem Fernsehapparat.

Er hatte kein Gefühl mehr. Er konnte sich nicht bewegen.

Also konnte er auch den Splint nicht öffnen.

Nach einigen Nachtstunden, in denen die Sterne schaukelnd durch die bloß drei Meter entfernte Wasseroberfläche über ihm schienen, gab sein Verstand auf. Sanft sprühender Wahnsinn ergriff Besitz von ihm.

Aber er lebte. Und würde leben.

Für immer.

Dich zu Musik umarmen zu dürfen

Ich möchte, dass du eines verstehst. Hörst du mir zu? Ja. Ich möchte, dass du verstehst ... es ist mir wichtig, dass du verstehst ... ich tue das nicht, weil ich es genieße. Kannst du das verstehen? Ich werde es nicht genießen. Es wird mir genauso wehtun wie dir.

Du lachst. Ja, ja.

Aber verstehst du ... es geht gerade darum, dass es mir auch wehtut. Darum geht es. Kannst du das verstehen?

Du kennst dich mit diesen Dingen natürlich längst nicht so gut aus wie ich. Aber wenn du dich auskennen würdest. Wenn du ein ganzes Leben mit dem Versuch verbracht hättest. Diese Fragen ... zu klären. Dann glaube ich ...

[---]

Mit dem Geld ist alles glattgegangen?

Schön.

Es ist für mich ja nicht ganz leicht gewesen ... die Sache zu inszenieren, wie du vielleicht verstehst. Weder du noch die anderen, die in zehn Minuten kommen. Ihr alle gehört ja eher nicht zu ... zu meinem Bekanntenkreis, könnte man sagen. Der übrigens tot ist.

Mein Bekanntenkreis. Ist tot. Nicht weiter verwunderlich. Das ist der Lauf der Zeit. Von denen, die mit mir das Seminar besucht haben, lebt außer mir nur noch einer.

Ja, ja, das Seminar. Dort wird man ausgebildet. Man nennt es so. Das Priesterseminar.

Ich will nicht, dass du noch mehr trinkst.

Schön.

[---]

Ich weiß noch, als ich ... ja, schon als ich ... dreizehn, vierzehn war. Fing ich an, über diese Dinge nachzudenken.

Wie es wirklich war.

Das eigentliche Erlebnis. Es ist ja wesentlich wichtiger, als man gemeinhin zugeben mag. Jedenfalls hier in Schweden.

Bitte?

Ja, sie bekommen die Hälfte von dem, was du bekommst. Ihre Aufgabe ist ja auch einigermaßen ... unangenehm.

Eins frage ich mich.

Findest du eine Form von ... wie soll ich mich ausdrücken ... moralischer Befriedigung bei der Sache?

Nein. So meine ich das nicht.

Ich meine ...

Wenn man ein Kind ist. Und man spielt, man wäre jemand anderes. Dass man ... sagen wir Robin Hood ist. Und während man dann diese Person ist, kann man ...

Nein. Das ist ja was anderes.

Hast du dich das nie gefragt?

Nein. Das tun wohl die wenigsten. Selbst in meinem Beruf.

Du musst verstehen, das hier ist etwas, womit ich mich mein ganzes Leben beschäftigt habe. Auf ... möglicherweise ungesunde Art und Weise. Aber das lässt sich nicht ändern. Man ist, wie man ist.

Manche treibt es in die Tiefen der Meere. Andere auf die Gipfel der Berge. Andere studieren die Sterne. Ihr Leben lang. Um zu verstehen. Was auch immer.

Ich für meinen Teil ...

Als ich elf war, sah ich, wie ein Mann von einer Sense aufgespießt wurde. Sie drang am Bauch ein und trat am Rücken wieder aus.

Man sollte meinen, das müsste ... reichen.

Aber er war sofort tot.

Bitte?

Nein, es war niemand, den ich kannte.

[---]

Hast du eine ... Liebste?

Und warum nicht?

Nein, das liegt sicher an diesen ... wie sagt man ... Pickeln. Jedenfalls finde ich, dass du ansonsten ein nettes Gesicht hast.

Nein, trink nicht noch mehr.

[---]

Dieses Projekt ...

Ja. Jetzt ist es sieben. Jetzt werden sie jeden Moment da sein.

Dieses Projekt hat mir seit Längerem vorgeschwebt.

Tatsächlich würde ich mir wünschen, ich hätte es schon vor langer Zeit in die Tat umgesetzt.

So wie die Dinge nun liegen ...

Tja, jetzt ist es ja eher ein letzter Wunsch.

Nichts, woraus ich ... Nutzen ziehen können werde.

Und so soll es in gewisser Weise wohl auch sein.

[---]

Das sind Dachnägel. Normalerweise benutzt man sie für Dachplatten.

Nägel mit solchen Köpfen, wie sie hier erforderlich sind ... kann man leider nicht kaufen. Nicht mehr.

Ah ja. Es hat geklingelt. Wurde aber auch Zeit.

Kannst du bitte aufmachen, ich schaffe es nicht aufzustehen.

Ich denke, es wird das Beste sein, wenn ihr euch nicht ... namentlich vorstellt.

Majken

A heartless hand on my shoulder,
A push, and it's over.

The Smiths – Shoplifters of the world unite

Die Freundschaft zwischen Majken und mir begann mit einem Telefonat.

Ich hatte mich schon seit Längerem darüber geärgert, dass die Supermarktkette Konsum, die von sich behauptet, unglaublich umweltfreundlich zu sein, ihre Steckrüben in Plastik einschweißt. Ich kann verstehen, wenn sie das mit Paprikaschoten oder spanischem Blumenkohl machen. Aber Plastikfolie um ganze, schwedische Kohlrüben zu wickeln und sich anschließend »Öko-Konsum« zu nennen, ist inakzeptabel. Offen gesagt, es ist Heuchelei.

Ich bin kein Experte für den Umgang mit Gemüse, aber so viel weiß ich immerhin: Wenn man sie richtig lagert, sind Kohlrüben genauso haltbar wie Kartoffeln. Und kein Mensch käme auf die Idee, Kartoffeln in Plastik einzuschweißen. Also habe ich mich jedes Mal, wenn ich mit einer Kohlrübe nach Hause kam und einen dünnen Plastikfilm abschälen musste, bevor ich sie verwenden konnte, geärgert.

Die Rohstoffreserven unserer Erde, fossile Brennstoffe, Öl, Plastik. Sie wissen schon, was ich meine. Ich selbst habe immer eine oder zwei Stofftaschen dabei, wenn ich einkaufen gehe. Ein belangloses Detail, könnte man meinen. Aber aus vielen kleinen Tropfen wird ein steter Strom, und aus ein paar Tonnen Plastikfolie wird am Ende ein Berg. Ein Berg aus Plastik. Was macht man damit? Also habe ich angerufen.

Ihre Meinung interessiert uns steht auf den blauweißen Kartons. Konsum Kundentelefon und eine Telefonnummer.

»Majken«, meldete sich eine Stimme am anderen Ende der Leitung.

Ich erläuterte mein Anliegen und hatte kaum mehr als lauwarme Zustimmung erwartet sowie die Versicherung, wir arbeiten weiter daran, unsere Filialen umweltfreundlicher zu gestalten und vielen Dank für Ihren Anruf, Ihre Meinung ist uns wichtig. Etwas in der Art. Ich kannte das schon.

Aber Majken war nicht nur meiner Meinung. Sie goss noch Öl ins Feuer. Ob ich eigentlich wüsste, dass Konsum mehr Geld dafür ausgab, seine Umweltrichtlinien zu vermarkten, als sie in die Tat umzusetzen? Ob ich wüsste, dass ein großer Teil der Waren, die das Etikett »ökologisch« trugen, von Tagelöhnern unter Arbeitsbedingungen angebaut wurden, die man in Schweden nie und nimmer akzeptieren würde?

Doch, etwas in der Art hatte ich wohl schon mal gelesen, aber nun, da die Information sozusagen von einem Insider stammte, bekam sie eine völlig andere Glaubwürdigkeit.

Wir sprachen darüber, wohin das viele Geld floss. Wohin die Gewinne eigentlich gingen. Ich erzählte ihr, dass ich schon immer versucht habe, möglichst beim Konsum einzukaufen, weil ich an die Idee der Konsumgenossenschaften glaube, auch wenn sie in den letzten Jahren verwässert worden sei.

Majken lachte. »Verwässert? Das kann man wohl laut sagen, meine Liebe. Gehäutet, ausgehöhlt und auf den Müllhaufen geworfen, könnte man auch sagen. Wissen Sie eigentlich, wie viel die Chefs von Konsum verdienen?«

Das wusste ich nicht. Sie erzählte es mir.

Im Verlauf unseres Gesprächs bekam ich ein seltsames flaues Gefühl in der Magengrube. Majken war der letzte Mensch, von dem man erwarten konnte, so zu reden. Immerhin vertrat sie das Unternehmen nach außen, war sein Gesicht, oder zumindest seine Stimme, und sollte doch eigentlich eher jeden Fleck auf der reinen Weste parfümieren und übertünchen, statt ihn noch hervorzuheben. Ich fragte sie, warum sie so kritisch eingestellt war.

»Was soll ich denn sonst sein?«, erwiderte sie. »Ich weiß, wie es aussieht, und ich kann hier ja schlecht herumsitzen und Sie anlügen.«

Ich hatte erwartet, dass unser Gespräch kurz sein würde. Höchstens zwei Minuten. Aber ich glaube, wir unterhielten uns über eine halbe Stunde. Es ergab sich, dass wir zum Du übergingen und ich ihr einiges über mein Leben und meine Arbeit erzählte. Zwanzig Jahre als Putzfrau und fünf Jahre als Pflegerin von Börje, meinem Mann.

»Wie viel verdienst du damit?«, erkundigte sich Majken.

»Zehn sieben.«

»Netto?«

»Nein. Brutto.«

Ein langer Seufzer.

»Könnt ihr davon leben?«

»Na ja«, sagte ich. »Es gibt ja ... die Kohlrüben. Wie gesagt. In manchen Monaten ist es happig. Hätten wir nicht Börjes Invalidenrente, wüsste ich auch nicht mehr weiter.«

Es wurde für einen Moment still.

»Warum klaust du nicht?«

Das Gefühl in der Magengrube, das während der langen Zeit, die wir über anderes gesprochen hatten, verschwunden gewesen war, kehrte zurück. Trotzdem antwortete ich, ganz leise: »Das tue ich.«

Jetzt lachte Majken von Neuem, und auf meine Lippen legte sich ein vermutlich dämliches Lächeln. Es war ein anerkennendes Lachen.

»Schön zu hören«, sagte sie. »Klauen ist die einzige angemessene Antwort.«

»Hm«, sagte ich. »Auf welche Frage?«

Ihr Lachen gefiel mir sehr. Es kam so leicht und perlend. Sie hatte die Stimme eines alten Menschen, falls Frauen in meinem Alter alt sind, aber ihr Lachen war etwas ganz anderes, es kam aus einer anderen Quelle. Das innere Bild, das ich mir von ihr gemacht hatte, verjüngte sich. Ich sah große blaue Augen, Sonnenglitzern.

»Auf die Frage, die uns jedes einzelne Geschäft, die uns unsere ganze Konsumgesellschaft stellt«, sagte sie. *»Hast du das verdient?«*

»Ach so«, meinte ich. »Die.«

»Entschuldige bitte«, sagte Majken. »Bin ich jetzt etwas konfus, oder weiß ich noch gar nicht, wie du heißt?«

»Konfus kommst du mir eigentlich nicht vor. Ich heiße Dolly.«

»Oh. Nach Dolly Parton?«

Jetzt war ich an der Reihe zu lachen. »So jung bin ich nicht mehr«, erklärte ich. »Auf meinem Taufschein steht Dolores.«

»Schmerzen.«

»Ja.«

Erst jetzt, als sich das Gespräch dem Ende zuneigte, begriff ich, wie sehr ich mir wünschte, es ginge weiter. Dass sie mich fragen würde, wie ich zu meinem Namen gekommen sei oder irgendetwas anderes. Gleichzeitig erklärte mir die Stimme der Vernunft, dass ich mit dem Kundentelefon der Supermarktkette Konsum verbunden war und nicht mit einer alten Freundin, auch wenn ich es so empfand. Es hingen mit Sicherheit jede Menge Gespräche in der Warteschleife.

Redet sie mit jedem so?, fragte ich mich, sagte aber nur: »Dann bedanke ich mich für das Gespräch. Es war sehr nett.«

»Das war es«, erwiderte Majken.

Es blieb sekundenlang still. Ich studierte das Muster des

Flickenteppichs im Flur, ließ den Blick zur Wohnungstür schweifen, die vom häufigen Anecken mit Börjes Rollstuhl ganz zerkratzt war. Anschließend setzte ich in Gedanken den Weg in die Stille des Treppenhauses fort. Diese allgegenwärtige Stille, die erneut einkehren würde, sobald ich auflegte.

Majken sagte: »Wir können ja vielleicht noch einmal telefonieren.«

»Ja!«, sagte ich. Das kam eventuell ein bisschen übereifrig, aber mein Gott, wir waren zwei ältere Frauen und keine schüchternen Teenager mehr. Die Integrität mag mit den Jahren wachsen, oberflächliches Prestigedenken kann einem dagegen gestohlen bleiben. Ich war sehr einsam, und Majken war ein bisschen Lebensluft. Warum sollte ich das leugnen?

»Dann rufe ich dich in ein paar Tagen an, wenn es dir recht ist«, sagte Majken.

»Ja. Meine Telefonnummer ...«

»Die habe ich auf meinem Display.«

»Ach so. Ja, natürlich.«

An die neuesten technischen Errungenschaften auf dem Gebiet der Telekommunikation habe ich mich immer noch nicht gewöhnt. So fällt es mir schwer, auf Anrufbeantworter zu sprechen.

Ich bekam darüber hinaus ihre Privatnummer, deren Vorwahl 070 war. Mittlerweile weiß ich, dass so Handynummern anfangen. Majken war offensichtlich fortschrittlicher als ich. Nach ein paar Abschiedsfloskeln legten wir auf.

Die Stille war nicht so betäubend, wie ich befürchtet hatte; es war, als hörte ich ein kleines Lied in meinem Kopf. Welches? Tja, vielleicht einen dieser Svante-Thuresson-Schlager aus den Sechzigern. Die Bilder in Pastellfarben malen und einem das

Gefühl vermitteln, dass die Welt eben erst erschaffen worden ist.

Verstehen Sie, was ich meine?

Vor ein paar Monaten gab es hier in Blackeberg in der Bücherei eine Fotoausstellung. Es ging um die ersten zehn Jahre des Vororts, also um die Jahre 1954 bis 1964. Eine ganze Reihe von Aufnahmen waren Schwarzweißbilder, aber zu den Farbfotografien hatte man gleichsam *Du bist ein Frühlingswind im April* als Hintergrundmusik im Ohr.

Die durchdacht platzierten Geschäfte, die U-Bahn-Station. Einzelne Menschen auf dem Marktplatz: Frauen in unifarbenen Mänteln, Männer mit Hut. Eine mit Frische vermischte Leere, als hätten die Menschen eben erst entdeckt, dass dieser Ort existierte, als versuchten sie sich zurechtzufinden. Bis zu einem gewissen Grad war es ja auch so.

Ich erinnere mich noch an diese Zeit. Wir kamen nach Blackeberg, noch ehe alles fertiggestellt war. Unser Mietshaus in der Björnsonsgatan war einzugsbereit, aber die Straße weiter hinauf arbeiteten noch die Bagger. Es war eine gute Zeit. Viele Kinder. Erwartungen lagen in der Luft: Jetzt würde man leben!

Lena war damals sechs, und Tomas wurde ein halbes Jahr nach unserem Umzug nach Blackeberg geboren. Auf dem Hof fanden sie jede Menge Spielkameraden, und direkt hinter dem Haus lag der Wald. Es hätte eine gute Kindheit sein müssen.

Vielleicht ist es kein Zufall, dass die Fotoausstellung ausgerechnet diese Jahre schilderte. Die paradiesischen, auf die man zurückblicken kann, um anschließend darüber nachzudenken, was schiefgegangen ist. Eins weiß ich jedenfalls: Nach dieser Phase begann meine eigene Lebensgeschichte sich in eine andere Richtung zu entwickeln, als ich mir erhofft hatte.

Apropos Svante Thuresson.

Ich legte den Zettel mit Majkens Telefonnummer in die Schublade unter dem Telefon und ging zu Börje. Er saß wie üblich auf der Couch und stierte die Wand an. Ich hatte ihm erst vor einer Stunde zur Toilette geholfen, und er hatte am Morgen gut gefrühstückt, sodass es im Moment nichts gab, was ich für ihn tun konnte.

Mich mit ihm unterhalten, sagen Sie jetzt vielleicht. Ihm ein bisschen Gesellschaft leisten.

Tja, drei Jahre ist es her, dass er aufgehört hat zu sprechen. Ich weiß nicht, ob er versteht, was ich sage, er gibt es nicht zu erkennen. Er bewegt sich nur, wenn er absolut muss, und dann auch nur mit Mühe. Sie können sich vielleicht denken, dass wir kein besonders geselliges Leben führten.

Im Grunde hat er schon vor dreißig Jahren dichtgemacht, nachdem Lena gestorben war. Aber auf der mechanischen Ebene funktionierte er weiter. Ging zu seiner Arbeit als Fahrkartenkontrolleur, begleitete mich ins Kino, traf sich mit Freunden. Aber der Funke, die Seele, oder wie man es nennen mag, war erloschen. Wir wurden immer seltener zu anderen eingeladen, er verlor das Interesse am Kino. Am Ende war die Halbtagsstelle als Fahrkartenkontrolleur sein einziger Kontakt zur Außenwelt.

In dieser Phase begann ich zu putzen. Wir brauchten das Geld. Tomas war achtzehn und kam alleine zurecht – nach Lena hatte Börje auch das Interesse an seinem Sohn verloren. Seit Tomas fünfzehn war, hatte er im Prinzip ohne Vater auskommen müssen.

Ich kann ruhig sagen, wie es ist: Als Börje vor fünf Jahren langsam, aber sicher in dieser endgültigen Katatonie zu versinken begann, gab es für mich die Alternative, ihn entweder in einem Heim unterzubringen oder meine Arbeit aufzugeben, um ihn zu pflegen. Ich war sehr nahe daran, mich für die erste Möglichkeit zu entscheiden. Das mag herzlos klingen, aber ich hatte genug. Ja, man könnte es sogar so ausdrücken: Hätte Börje sich nicht so vollständig in sein Schneckenhaus zurückgezogen, hätte ich mich vermutlich lieber scheiden lassen.

Keine Ahnung. Vielleicht spürte er das, vielleicht trug es zu seinem Entschluss bei, sich von der Welt abzuschotten. Denn ich glaube, dass es ein Entschluss war. Ich glaube bis heute, dass er sprechen könnte, wenn er nur *wollte.* Aber offen gesagt ziehe ich dieses Pflegepaket, das auf der Couch sitzt, dem Schatten eines Menschen vor, der sich früher eigenständig durch die Zimmer bewegte.

Also blieb ich. Besser gesagt, *ich behielt ihn.*

Rede ich zu viel?

Ja, Sie müssen entschuldigen, aber ich denke, das alles ist notwendig, wenn Sie verstehen wollen. Und das hoffe ich. Zu Ihrem eigenen Besten.

Was ich damit meine?

Das werden Sie schon noch sehen.

Jener Nachmittag ging weiter wie viele andere zuvor. Als es dämmerte, machte ich einen Abstecher zur Abfallstation, um nachzusehen, ob jemand etwas Nahrhaftes weggeworfen hatte.

Ha, ha, nein, so weit ist es nun doch noch nicht gekommen. Mit »nahrhaft« meine ich etwas, für das ich Verwendung haben könnte. Kein *Essen.* Eher einen Brotkorb oder einen Teppich oder einen besseren Staubsauger als unseren.

Es ist unglaublich, was die Leute alles wegwerfen. Sachen, die praktisch neu sind. Wirklich unglaublich ist jedoch nicht so sehr, dass sie ein einwandfrei funktionierendes Rührgerät wegschmeißen, sondern die Tatsache, dass diese Menschen ein neues gekauft haben, obwohl sie das alte noch besaßen. Was weiß ich; vielleicht haben sie auch urplötzlich beschlossen, das Rührgerät fortzuwerfen, ohne ein neues zu kaufen. Obwohl ich mir das eigentlich nicht vorstellen kann.

An jenem Nachmittag fand ich nur fünf nagelneue Frischhaltedosen aus Plastik. Die nahm ich mit nach Hause.

Am Abend schauten wir wie immer die Nachrichten. Ich bin kein großer Freund des Fernsehens, aber es ist der Moment am Tag, den Börje und ich nebeneinandersitzend gemeinsam verbringen. Sonst geht das ja nicht. Man kann ja nicht einfach nur dasitzen und ins Leere starren.

Als die Nachrichten vorbei waren, ging ich ins Bett und las *Der Idiot*. Mit diesem Buch wird man niemals fertig. Börje blieb sitzen und sah sich eine Comedyserie an. Er kommt allein zurecht, kann auf Toilette gehen und so. Nur wenn wir aus dem Haus wollen, muss ich den Rollstuhl holen, aber jetzt im Winter, wenn es glatt ist, kommt das nur selten vor.

Gegen zehn ging ich zu ihm und sah nach ihm. Er wirkte müde, und ich fragte ihn, ob er ins Bett gehen wolle. Manchmal bekomme ich als Antwort ein fast unmerkliches Kopfnicken.

Ich versuchte ihn mit ins Bett zu nehmen, aber er wehrte sich, was manchmal vorkommt. Dann beziehe ich die Couch für ihn. Man könnte durchaus sagen, dass dies die einzige Willensäußerung ist, die er überhaupt zeigt: sich zu weigern. Er weigert sich zu essen, auf die Toilette zu gehen, ins Bett zu kommen. Also respektiere ich das.

Außerdem lief ein Film im Fernsehen, in dem Soldaten herumliefen und sich gegenseitig beschossen. So etwas gefällt ihm, hat ihm immer gefallen. Der letzte Film, den wir zusammen im Kino sahen, hieß *Platoon.* Ich fand ihn fürchterlich. Obwohl er ja in dem Ruf steht, gut zu sein.

Mehr muss ich darüber vielleicht gar nicht erzählen. Ich kümmere mich um meinen Mann, das ist alles. Ein Tag nach dem anderen geht ins Land. Wir sitzen in unseren Gräbern und nicken uns zu.

Wenn er sterben würde, wüsste ich nicht, wie es weitergehen soll. Das Absurde ist ja, dass ich von ihm abhängig bin. Der Lohn, den ich dafür bekomme, ihn zu pflegen, hält uns zusammen mit seiner mageren Invalidenrente über Wasser.

Ich bin siebenundsechzig Jahre alt und kann folglich keine andere Arbeit mehr bekommen. Meine Rente wird ... tja, werde ich überhaupt noch eine bekommen, wenn sie lang genug am Kapitalmarkt spekuliert haben? Vielleicht werde ich ja stattdessen zahlungspflichtig, was meinen Sie?

Da hocken wir also. Jeder auf seine Art vom anderen abhängig. Ab und zu ruft Tomas an, aber er hat genug mit sich selbst zu tun. Ich will ihn nicht belasten. Genug davon.

Am Vormittag des nächsten Tags fuhr ich in die Stadt. Man könnte vielleicht sagen, dass der Weg, der mich hierhergeführt hat, an jenem Vormittag in der Käseabteilung des Kaufhaus Åhléns begann.

Ich klaue seit Jahren. Bin zweimal erwischt worden. Beim zweiten Mal wurde ich zu Tagessätzen verurteilt. Fünfzehnhundert Kronen. Das hätte mich möglicherweise abschrecken sollen, tat es aber nicht.

Man soll heutzutage ja wirtschaftlich denken, und so betrachtet sind Ladendiebstähle ausgesprochen rational. Ich habe bedeutend größere Werte gestohlen, als ich an Strafe zahlen musste. Zehnmal so viel vielleicht. Die meisten Menschen schrecken davor zurück, diese Gleichung aufzustellen, weil sie Angst haben, erwischt zu werden. Wegen der Scham.

Doch, doch, auch ich habe mich geschämt. Aber in manchen Phasen musste ich einfach stehlen. Für die Grundbedürfnisse reicht das Geld zwar, aber dann rauche ich ja auch noch und ... tja, ich könnte natürlich aufhören, Bücher zu kaufen. Aber das will ich nicht. Also gehe ich das Risiko ein, auch wenn es mich manchmal traurig gemacht hat, ein Dieb zu sein.

Als ich an jenem Tag jedoch die verschiedenen Edelschimmelkäse und den Parmesan für zwanzig Kronen pro hundert Gramm musterte, kam mir in den Sinn, was Majken gesagt hatte: »Hast du das verdient?«

Habe ich das hier verdient?

So formuliert war die Antwort nicht weiter schwer:

Ja.

Mir fiel ein Stein vom Herzen. Ich erinnerte mich an eine Reportage über das Kochnationalteam, die ich im Fernsehen gesehen hatte. Ein Bankett, jede Menge Prominente, die Gerichte mit unglaublichen Namen aßen. Der König war anwesend.

Der König. Womit hat der *verdient* (das ist das zentrale Wort), herumzureisen und Tag für Tag an den verschiedensten Orten Luxusmenüs zu verspeisen? Womit hat sich der oder jener *verdient*, einfach den Mund aufzureißen, und schon fliegen Lammfrikadellen mit petersilieduftenden Kartoffelkroketten hinein?

Haben diese Leute sich die Schultern damit verschlissen, Wassereimer zu schleppen, sich die Haut ihrer Hände mit Putzmitteln ruiniert oder mit einem lebendigen Toten in einem

Grab gesessen und der Gesellschaft dadurch horrende Summen erspart?

Hast du das hier verdient?

Ich steckte mir einen dänischen Blauschimmelkäse in die eine Manteltasche, zweihundert Gramm Parmesan in die andere. Anschließend ging ich in die Damenbekleidungsabteilung hinauf und ließ drei teure Strumpfhosen in meine Handtasche fallen. Zum ersten Mal war ich kein bisschen besorgt. Ich schaute mich um, und mein Blick fiel auf ein wunderbares Nachthemd aus Seide. Ich warf einen Blick auf das Preisschild. Neunhundert.

Hast du?

Ja. Das habe ich. Und mehr als das. Aber an dem Nachthemd heftete ein Magnetclip. Es sollte eigentlich nicht weiter schwer sein, ihn loszuwerden, aber leider weiß ich nicht, wie man es macht. Also ließ ich es hängen und ging stattdessen in die Bücherabteilung hinunter.

An dieser Stelle muss ich etwas betonen. Unabhängig davon, was ich verdient oder nicht verdient habe, würde ich nie, nie, nie etwas in einer kleinen Buchhandlung stehlen oder – Gott behüte – in einer Bücherei.

Die Grenze für strenger zu ahndende Diebstähle liegt, wie Sie wissen, bei eintausend Kronen. Mit den Strumpfhosen im Wert von hundertfünfzig Kronen das Stück und den Käsestücken, die zusammen knapp hundert wert waren, blieben mir also noch vierhundert Kronen bis zu dieser Grenze. Angesichts der neuen gesenkten Mehrwertsteuer auf Bücher reichten die für die letzten beiden Romane von Kerstin Ekman, die ich schon seit Langem lesen wollte, aber in der Bücherei waren sie immer ausgeliehen. Sie fanden ebenfalls Platz in meiner Tasche. Meine Tasche ist ziemlich groß.

Sie wundern sich, dass ich nicht schon öfter aufgeflogen bin?

Ich glaube, es hat mit einer bestimmten Haltung zu tun. Mit Routine. Manchmal bin ich einfach mit den Sachen in den Händen aus dem Kaufhaus gelatscht. Man darf nicht zögern. Mit nichts andeuten, dass man gegen das Gesetz verstößt. Manchmal sehe ich andere Ladendiebe, die sich genauso gut ein Schild um den Hals hängen könnten. Flackernde Blicke, unsichere Bewegungen.

Einmal bin ich sogar zu einem Jungen gegangen, der gerade einen Schokoriegel einstecken wollte. Ich ging an ihm vorbei und sagte leise: »Tu es nicht. Ein Kaufhausdetektiv beobachtet dich.«

In den meisten Kaufhäusern kenne ich das Sicherheitspersonal in Zivil nämlich. Auch diese Leute könnten sich ebenso gut ein Schild um den Hals hängen. Der Junge ließ die Süßigkeit liegen und machte sich aus dem Staub. Ich hätte dem Kaufhausdetektiv zu gerne eine lange Nase gezogen, aber man sollte nicht unnötig Aufsehen erregen. Nach meinem Besuch bei Åhléns ging ich in die Stadtbücherei. Meine Schultern und mein Rücken mögen verschlissen sein, aber meinen Beinen fehlt nichts. Manchmal steige ich schon am Ängbyplan aus und gehe die zwei Stationen bis Blackeberg.

Stimmt, das gibt mir unter anderem die Möglichkeit, die Heimkehr ins Grab hinauszuzögern, aber ich glaube an Bewegung. Solange man die Beine strecken und gehen kann, ist es noch nicht ganz aus mit einem. Nicht ganz.

Käme ein Engel zu mir und fragte mich: Würdest du jetzt, in diesem Moment schmerzfrei sterben wollen?, würde ich Ja antworten, aber mit dem praktischen Handwerk des Selbstmords bin ich nicht einmal ansatzweise in Berührung gekommen. Schlaftabletten in Kombination mit einer Plastiktüte über dem Kopf sollen angeblich die effektivste Methode sein, aber … nein.

Ist die Stadtbücherei nicht ein wirklich schönes Gebäude? Schon das Erlebnis dieser Unmengen von Büchern in einem *Kreis*. Als nähmen sie niemals ein Ende. In den Achtzigern habe ich dort einmal ein halbes Jahr geputzt. Leider nur zur Aushilfe, ich wäre gerne länger geblieben. Nachts, wenn man durch die stillen Lesesäle ging und sich wie ein ... Wächter fühlte. Wie jemand aus einer Geschichte von Borges. Kennen Sie Borges? Nicht? Pech für Sie. Als meine Zeit dort ablief, versuchte ich ihnen zu erklären, dass ich den Ort liebte, dass sie niemals eine Putzfrau finden würden, die mit ihrer Arbeit so zufrieden war wie ich. Könnten Sie sich bei mir melden, wenn die Stelle frei wurde?

Sie haben niemals von sich hören lassen. Mittlerweile haben sie eine Firma beauftragt.

Genug davon.

Ich lieh zwei Bücher von Joyce Carol Oates aus. Sie ist eine dieser Autorinnen, von denen man immer gehört hat und die man schon lange lesen wollte, woraus dann aber doch nie etwas geworden ist. Vermutlich würde auch diesmal nichts daraus werden, dachte ich mit den Büchern von Kerstin Ekman in der Tasche.

Ach richtig. Dort passierte etwas.

Als ich zur Ausleihe kam, stand da bereits eine Frau. Wie man das so macht, sah ich mir an, welche Bücher sie sich ausleihen wollte. Ich weiß es noch ganz genau. *Menschen, die uns nicht lieben, sind dabei, unser Land zu verändern* von Maria-Pia Boëthius. Geir Kjetsaas Biographie über Dostojewskij. Thomas Tidholms *Ausgewählte Gedichte.* Und das wirklich entscheidende: *Schwerkraft und Gnade* von Simone Weil.

Abgesehen von *Schwerkraft und Gnade* sind das wohl nicht ganz die Bücher, die ich auf eine einsame Insel mitnehmen würde, aber fast.

Ich schielte zu der Frau hinüber. Sie war um die dreißig, hatte ein unscheinbares Äußeres. Sie trug einen dieser hochgeschlossenen Pullover, die man aus Plastikflusen macht, wie heißen die noch. Struppige Haare. Nicht die geringste Ähnlichkeit mit mir, als ich in ihrem Alter war; dennoch lieh sie sich sozusagen *meine* Bücher aus.

Als ich auf die Straße hinauskam, folgte ich ihr. Sie ging in den McDonald' unterhalb der Bücherei, stand dort einen Moment und studierte die Speisekarte über der Verkaufstheke und ging wieder hinaus. Sie schlenderte langsam und schaute sich um, als würde sie nach etwas suchen. Ich hielt mich zehn Schritte hinter ihr.

Ich weiß nicht. Es war, als wartete ich darauf, dass sie ... etwas verlieren würde. Einen Handschuh vielleicht. Ich hätte ihn aufgehoben und ihr gegeben, und wir hätten uns unterhalten. Nein. So war es nicht. Ich wollte ihr bloß folgen und sehen, was sie so machte. Wie sie es machte.

Als wir zur U-Bahn-Haltestelle Rådmansgatan kamen, blieb sie stehen und betrachtete die Anzeigentafel. Ein lustiges Detail an ihr war, dass sie die Tüte aus der Bibliothek so hielt, im Arm. Das habe ich noch nie getan. Sie musterte die Anzeigentafel. Ich betrachtete die Frau. Eine Art – wie soll ich es nennen? – Trost überkam mich. Mir wurde warm ums Herz. Als sie sich plötzlich von der Tafel abwandte und den Sveavägen hinunterging, blieb ich stehen. Fühlte die Wärme. Dann ging ich in die U-Bahn hinunter und fuhr nach Hause.

Ich hörte das Telefon schon im Treppenhaus. Ich beeilte mich aufzuschließen, um rechtzeitig abzuheben. Es klingelt ja nicht so oft, also muss man jede Chance nutzen, ha ha.

Es war Majken.

Ich nahm an, dass man es meiner Art zu sprechen anhörte, denn ihre erste Frage lautete: »Bist du unterwegs gewesen?«

Nun, das war ich ja wirklich. Ich weiß nicht warum, aber ich berichtete praktisch sofort von meinem Angriff auf Åhléns. Majken lachte herzlich, als ich die gesenkte Mehrwertsteuer auf Bücher erwähnte, die es mir ermöglicht hatte, beide Bücher zu klauen.

»So habe ich das noch nie gesehen«, meinte sie.

Wir unterhielten uns ein bisschen über Kerstin Ekman. Majkens Lieblingsbuch von ihr war seltsamerweise *Zum Leben erweckt*. Ich persönlich finde den Roman zu zerfahren, etwas unzusammenhängend, während Majken fand, Ekmans beste Personenporträts seien in diesem Buch zu finden. Außerdem behauptete sie, das Buch bekomme einen ganz anderen Schwung, wenn man Eyvind Johnsons Krilon-Romane gelesen habe, auf die sich Ekmans Roman beziehe. Ich musste daraufhin zugeben, dass ich kein Wort von ihnen gelesen hatte.

»Du«, sagte ich. »Was du gestern gesagt hast: ›Habe ich das verdient?‹ Daran musste ich heute denken.«

»Ah ja? War es dadurch anders als sonst?«

»Es war ganz anders. Es lässt sich nicht leugnen, ich habe mich immer ein bisschen schmutzig gefühlt, wenn ich Sachen gemaust habe, aber heute …«

»Gemaust!«

»Ja, gemaust.«

»Ist das nicht etwas, was Katzen machen? Mausen?«

»Na gut, dann geklaut«, erwiderte ich ein wenig verletzt. »Du weißt schon, was ich meine.«

»Sicher. Wir könnten uns vielleicht auf ›abholen‹ einigen.«

»Abholen? Ich bin heute bei Åhléns gewesen und habe … Sachen *abgeholt*?«

»Ja.«

Ich ließ das Wort durch meinen Kopf rollen und streichelte es. Abholen.

Majken sprach weiter: »Das ist es doch, was wir tun. Wir holen Sachen ab, die eigentlich uns gehören.«

»Dann ... holst du auch Sachen ab?«

Majken lachte auf. »Ja, Dolly«, sagte sie. »Ja, das tue ich.«

Ich begriff nicht, was daran so komisch sein sollte, war aber erleichtert, dass wir im selben Boot saßen.

»Was holst du denn für Sachen ab?«, fragte ich.

»Oh, alles Mögliche. Klamotten. Jede Menge Klamotten.«

»Aber wie? An denen sind doch Warensicherungen befestigt.«

»Es gibt da gewisse Methoden.«

Ich erzählte ihr von dem Nachthemd, das ich bei Åhléns gesehen hatte. Majken sagte, sie glaube zu wissen, welches ich meinte, es sei schön, allerdings nicht ganz ihr Stil.

»Was denn für Methoden?«, fragte ich.

Ich glaubte nicht, dass sie antworten würde, sie tat irgendwie so geheimnisvoll, aber sie begann aufzuzählen:

»Werkzeuge, mit denen sich der Clip entfernen lässt, Ablenkungsmanöver. Zum Beispiel, indem man den Alarm in Gang setzt, ehe man rausgeht ...«

»Sag mal«, unterbrach ich sie. »Du klingst ja wie eine Expertin auf diesem Gebiet. Was macht eine Frau wie du am Kundentelefon von Konsum?«

Erneutes Lachen. Es gefiel mir, wenn sie lachte.

»Dolly«, fragte sie, »würdest du mir bitte einen Gefallen tun?«

»Was immer du willst«, antwortete ich.

Ich weiß nicht, wie ich es beschreiben soll. Relativ schnell hatte sich zwischen uns ein verspielter Flirt entwickelt. Als versuchten wir, uns gegenseitig zu beeindrucken und den anderen für sich einzunehmen. Obwohl sie ein bisschen mysteriös war, oder vielleicht gerade deshalb, empfand ich eine starke und zwanglose Nähe zu ihr. Vielleicht war ich nur ausgehungert, was weiß ich.

»Es ist nichts Besonderes. Du sollst nur eine Tüte abholen.«

»Ich kann eine Tüte abholen«, erwiderte ich. »Ich muss nur wissen, wo sie ist und wohin ich sie bringen soll.«

Ich lauschte aufmerksam ihren Anweisungen und notierte sie auf einem Zettel. Die Tüte würde in der rechten Armani-Kabine in der Damenabteilung des Kaufhauses NK stehen. Sie sollte am nächsten Tag um Punkt vierzehn Uhr abgeholt werden. Vor dem Kaufhaus sollte ich sie dann einer Frau mit einem hellblauen Halstuch übergeben.

»Bist du die Frau mit dem Halstuch?«, fragte ich Majken.

»Nein, ein anderes Mitglied.«

»Mitglied?«

»Ja. Dazu kommen wir noch.«

Es gelang mir nicht, ihr in dem Punkt mehr zu entlocken. Als wir »Wiederhören« gesagt und aufgelegt hatten, las ich, was ich auf dem kleinen Zettel notiert hatte:

NK. Armani. Rechte Kabine. 14.00. Blaues Halstuch.

Es war wie in einem Roman von Graham Greene. Vor allem das Detail mit dem blauen Halstuch empfand ich als klassisch. Vielleicht war das Absicht. Ich muss gestehen, dass ich damals glaubte, Majken wäre ein bisschen verrückt. Natürlich würde es weder eine Tüte noch eine Frau mit einem blauen Halstuch geben.

Aber mir gefiel das Spiel. Tatsächlich begann ich in jenem Moment, ein eigenes Szenario zu skizzieren. Ich stellte mir vor, dass ich am nächsten Tag Majken mitteilen würde, der Auftrag sei erledigt, um ihr anschließend selbst einen zu erteilen. Ein Mann auf einer Bank im Park Humlegården. Sie würde ihm einen Milchkarton übergeben, den ich im Lesesaal der Königlichen Bibliothek deponiert hatte.

Oder so ähnlich. Ich erinnere mich nicht mehr genau.

Ich schaute nach Börje. Er saß wie üblich auf der Couch. Ich fasste unter ihn, um mich zu vergewissern, dass er nicht in die Hose gemacht hatte. Das hatte er nicht. Also war er allein bis zur Toilette gekommen. Ich kochte uns eine Gemüsesuppe und verbrachte eine halbe Stunde damit, ihn zu füttern. Obwohl er den ganzen Tag kaum etwas gegessen hatte, ging es nur stockend voran. Ich glaube, er ist mitten in der letzten Phase seines Siechtums. Ich weiß nicht, was ich machen soll.

Vielleicht sollte ich ihn trotz allem einweisen lassen. Wenn es so weitergeht, wird man ihn an den Tropf hängen müssen, um ihn zu ernähren. Aber wenn ich ihn gehen lasse, wird mit seiner Rente das Pflegeheim bezahlt, und ich verliere mein Gehalt.

Das klingt drastisch und grausam, aber was sollen Menschen in meiner Situation denn tun?

Natürlich werde ich dafür sorgen, dass er die bestmögliche Hilfe bekommt, falls es wirklich notwendig werden sollte, aber bis dahin … habe ich vor, ihn zu behalten. Außerdem ist er trotz allem eine Art Gesellschaft. Der Blick eines anderen Menschen, auch wenn er leer ist.

Er trägt immerhin mein Leben in sich, wenn Sie verstehen, was ich meine. Er ist mein einziger Zeuge. Verschwindet er, gibt es nur noch mich und alte Fotoalben, die bezeugen können, dass ich überhaupt existiert habe.

Und Tomas natürlich. Aber er ruft so selten an.

Es war dieser Dokumentarfilm, der Börje endgültig fertiggemacht hat. *Sie nennen uns Mods.* Lena taucht darin auf, verstehen Sie. Es ist nur eine kurze Szene, Kenta und Stoffe unterhalten sich mit ein paar Kumpels auf dem Platz im Zentrum von Vällingby. Unter anderem mit Lena.

Nur zwei Wochen, nachdem das gedreht wurde, starb sie.

Eine Überdosis. Börje hatte nie wirklich verstanden, was sie da trieb. Wenn sie nach Hause kam und schlafen wollte und völlig fertig aussah, wenn sie sich Geld lieh. Er weigerte sich bis zuletzt zu glauben, dass es wirklich so schlimm um sie stand.

Als sie ein halbes Jahr tot war, kam der Film heraus, und Börje hörte, dass sie darin auftauchte. Ich wollte ihn nicht sehen, was vielleicht dumm von mir war, aber Börje ging ins Kino und sah ihn sich an.

In dem Film wurde ihm die Welt vor Augen geführt, in der sie gelebt hatte. Das hat ihn sehr hart getroffen. Er kam heim, schüttelte nur den Kopf und sagte: »Mein kleines Mädchen, mein kleines Mädchen ...« Es tat ihm so weh. Ich war vielleicht nicht verständnisvoll genug, aber ich war zu der Zeit vollauf damit beschäftigt zu verhindern, dass mit Tomas dasselbe passierte. Er war dabei, den gleichen Weg einzuschlagen, und Börje weigerte sich noch mehr als bei Lena, dies wahrzunehmen. Er wollte es einfach nicht sehen.

Also ... es gibt Dinge, die man vielleicht lieber anders gemacht hätte. Aber Tomas bekam die Kurve. Er ist heute Tierarzt. In Södertälje.

Genug davon.

Am nächsten Tag stand ich um zehn vor zwei vor NK.

Dort hatte ich noch nie etwas geklaut oder abgeholt. Warum nicht? Tja, es liegt bestimmt nicht daran, dass NK es weniger verdient hätte, bestohlen zu werden.

Nein, es ist nur so ein Gefühl. Bei NK werde ich immer unsicher. Ich habe das Gefühl, dass ich dort nicht hingehöre und man mir das auch ansieht. Das *kann* damit zusammenhängen, dass dieses Kaufhaus besser bewacht wird. Aber wahrscheinlich ist es eher eine Frage der gesellschaftlichen Klasse, wenn Sie verstehen, was ich meine. Bei NK riecht es anders als bei Åhléns. Vielleicht liegt es an der Abwesenheit von Schweiß.

Ich erinnere mich an eine Anzeige von NK im Weihnachtsgeschäft vor ein paar Jahren. »Die Weihnachtsgeschenke des Jahres.« Eins davon war eine Entenpresse für zwölftausend. Ich glaube nicht, dass sie draußen in Blackeberg in vielen Paketen gelegen hat. Wissen Sie, was eine Entenpresse ist? Nicht. Das habe ich mir fast gedacht. Aber die Leute, die bei NK einkaufen, wissen es.

Punkt zwei war ich oben in der Damenabteilung und sah die Boutique, an der auf einem Rundbogen über dem Eingang »Armani Collezioni« stand. Ich ging daran vorbei, nicht hinein. Der Laden sah gelinde gesagt exklusiv aus. Eher wie ein Tempel als ein Geschäft, wie ein heiliger, dem Stil geweihter Raum. Die Alarmanlage diskret in schwarze Holzblöcke verpackt. Zwei Verkäuferinnen, die ihre Hände auf dem Rücken verschränkt hatten und so elegant wie teilnahmslos aussahen. Keine Kunden.

Ich drehte eine Runde an den anderen Geschäften vorbei, während mir am Haaransatz der Schweiß ausbrach. Nie zuvor hatte ich mich schlechter gekleidet, suspekter gefühlt. Ich hatte in Armani Collezioni nichts zu suchen und fühlte mich schuldig, obwohl ich nichts verbrochen hatte, obwohl das Ganze nur ein Spiel war.

Ich wartete vor der Gant-Filiale. Als eine der Armani-Verkäuferinnen die Boutique verließ und zwei Minuten später eine Kundin hineinging, nutzte ich die Gelegenheit. Ohne nach links oder rechts zu sehen, ging ich schnurstracks in das Heiligtum hinein und zur rechten Umkleidekabine.

Gleich ist es vorbei, dachte ich, während ich die Tür öffnete, die so hoch war, dass sie fast bis zur Decke reichte. Als ich die spartanisch eingerichtete Kabine betrat, keuchte ich auf. Auf dem Fußboden stand eine Tüte. Eine Plastiktüte von Konsum.

Das veränderte natürlich einiges, wie Sie verstehen werden. Kein Tetrapakkarton in der Königlichen Bibliothek; das hier war blutiger Ernst. Wie damals, als Olof Palme erschossen wurde. Man glaubte es erst nicht, es klang zu unwahrscheinlich. Dann ging man zum Sveavägen, sah die ganzen Blumen und Kerzen und warf einen flüchtigen Blick auf das Blut. Da verstand man. Was heißt verstand. Man *akzeptierte* es. Unabhängig davon, was passiert und was nicht passiert war, musste man sich danach richten. Genau wie damals, als Lena ...

Nun gut.

Ich konnte es mir natürlich nicht verkneifen, einen Blick in die Tüte zu werfen. Ein Haufen Kleider lag säuberlich zusammengefaltet und gestapelt darin. Ich presste meine Hand darauf, tastete und fand keine einzige Warensicherung. Ich brauchte die Tüte also nur noch zu nehmen und hinauszugehen.

Mein Rücken war verschwitzt. Ich atmete zweimal tief durch, nahm die Tüte in die Hand und verließ die Kabine. Ich hatte mir die Preisschilder nicht angesehen, war mir aber auch so ganz sicher, dass der Inhalt der Tüte die Grenze zu schwererem Diebstahl bei Weitem überstieg. Das hatte meine Hand beim Abtasten an der Qualität gespürt. Den Blick starr auf die Rolltreppen gerichtet, passierte ich die Magnetsperren. Es wurde kein Alarm ausgelöst, niemand stoppte mich. Ich fuhr ins Erdgeschoss.

Trotz etwas Schweiß und Unschlüssigkeit glaubte ich, meine Sache ganz gut gemacht zu haben. Wie gesagt, Routine. Wenn man einmal angefangen hat, muss man Zögern und Angst ausschalten. Und außerdem:

Habe ich das hier verdient?

Ja. Ja. Obwohl sich die Frage anders stellte:

Haben wir das hier verdient?

Wer »wir« waren, wusste ich damals noch nicht. Majken

hatte nur etwas von »einem anderen Mitglied« gesagt. Ich hatte bereits angefangen, mir eine vage Vorstellung davon zu machen, worum es bei dem Ganzen ging.

Ich irrte mich, aber dazu kommen wir noch.

Als ich aus dem Kaufhaus kam, blieb ich zum ersten Mal stehen, gab vor, nach etwas auf der Straße Ausschau zu halten, und schielte gleichzeitig zum Eingang hinüber, um zu sehen, ob mir jemand folgte. Das hätte ich normalerweise nicht getan, da ich ohnehin keine Chance habe zu entkommen, wenn mich ein junger, gesunder Mensch schnappen will. Aber meine Rolle hatte sich inzwischen verändert: Auf eine Weise, die ich nicht durchschaute, war ich zu einem Glied in einer Kette geworden.

Niemand folgte mir, und der Schweiß auf meinem Rücken kühlte sich ab, während ich zum Treffpunkt an der Ecke Regeringsgatan und Hamngatan ging.

Als ich das Halstuch erblickte, musste ich lachen. Es war so blau, dass es der Frau nicht einmal stand. Sie trug es zu allem Überfluss zu einem braunen Mantel, muss ich allerdings hinzufügen. Brr. Ich weiß nicht; vielleicht hatte ich eine Form von ... Stil erwartet. Ich habe eine romantische Ader. Sonst würde ich sicher nicht hier sitzen.

Die Frau war in meinem Alter. Graue Haare, eine leichte Dauerwelle und eine etwas zu große Brille, an der ein Bügel mit Tesa geflickt war. Der Mantel, den sie trug, sah teuer aus, viel zu teuer. Sie verstehen schon. Eine Supermarktkassiererin, die im Lotto gewonnen hatte.

Als ich näher kam, fand ich, dass sie langweilig aussah. Käsig. Wie ich selbst vermutlich. Aber unmittelbar bevor ich ihr die Tüte übergab, begegneten sich unsere Blicke, und mein Eindruck von ihr veränderte sich.

Ihre Augen waren blau. Wahrscheinlich wurde ihre Farbe

von dem Halstuch noch betont, für einen kurzen Moment war es jedenfalls, als blickte man in eine Schweißflamme. Gut, wir wollen nicht übertreiben, aber es gab ein *Licht* in ihnen, das sich durch die äußeren Umstände nicht erklären ließ. Es kam von innen und war so stark, dass ich zusammenschreckte und mit halb erhobener Tüte zögerte.

Sie nickte kurz, nahm die Tüte, überreichte mir ein Paket und ging.

Eigentlich hatte ich mir vage überlegt, *wenn* sich herausstellen sollte, dass alles so war, wie Majken gesagt hatte, würde ich der Frau folgen, aber ich konnte mich nicht dazu durchringen. Ich blieb einfach stehen wie ein Idiot, hielt das in Geschenkpapier eingeschlagene Paket in der Hand und starrte ihr hinterher.

Eine Minute später legte ich das Paket in meine Tasche und ging zur U-Bahn hinunter.

Ich konnte mich nicht beherrschen. Da in der Nähe des Behindertenplatzes, auf den ich mich setzte, außer mir niemand war, wagte ich es, das Paket bereits in der U-Bahn zu öffnen. Weshalb sollte ich mir eigentlich Sorgen machen? Ich weiß nicht, es kam mir vor, als wäre ich in etwas hineingezogen worden, das Wachsamkeit, Geheimhaltung erforderte.

Die Augen der Frau schwebten noch immer vor mir wie eine Lampe, einige Sekunden, nachdem man das Licht gelöscht hat. Warum hatte ich sie nicht angesprochen? Es wäre mir schlichtweg nicht angemessen erschienen. Und diese Augen hätten mich betäubt.

Das Paket enthielt das Nachthemd, das ich am Vortag bei Åhléns gesehen hatte, und einen Zettel.

»Ich hoffe, es ist die richtige Größe. Wir telefonieren. M.«

Ich schaute mich um und faltete das Nachthemd auseinander. Es war wunderbar. Schwarz, mit kleinen, ganz kleinen roten Rosen, nicht zu dicht und nicht zu spärlich verteilt. Dünne Seide. Und in der richtigen Größe.

Ich faltete es wieder zusammen, legte das Geschenkpapier darum und steckte es in die Tasche zurück. Die U-Bahn kam gerade am Thorildsplan aus der Dunkelheit heraus. Das Hochhaus der Tageszeitung *Dagens Nyheter* glitzerte im Sonnenlicht. Auf dem Bahnsteig stand eine Frau, die mich anlächelte.

Ich hatte beinahe erwartet, dass wie am Vortag das Telefon klingeln würde, noch ehe ich zur Tür hereingekommen war. Das war jedoch nicht der Fall. Aber ich war nur kurz auf der Toilette gewesen, hatte mir die Hände gewaschen und nach Börje gesehen, als es auch schon zum ersten Mal klingelte.

Ich ging in den Flur, streckte die Hand nach dem Hörer aus und hielt inne. Es klingelte zwei, drei, vier Mal. Als das fünfte Klingeln verhallt war, griff ich nach dem Hörer, ließ ihn jedoch wieder los, ohne abzuheben. Es klingelte weiter. Sechs, sieben, acht Mal. Es wurde immer unmöglicher, den Hörer abzuheben. Ich ging in die Küche, stellte mich ans Fenster und sah hinaus. Unten an der Abfallstation spielten ein paar Kinder. Eins von ihnen war auf das Dach geklettert. Das Telefon klingelte weiter.

Ich zählte die Klingelzeichen nicht mehr. Vermutlich döste ich irgendwie ein. Als ich wieder zu mir kam, spielten an der Abfallstation keine Kinder mehr, aber das Telefon klingelte immer noch. Ich mag mich irren, aber möglicherweise war auch der Himmel dunkler geworden.

Börje saß regungslos im Zwielicht des Wohnzimmers und verzog keine Miene; als wäre konstantes Telefonklingeln schon seit Langem ein Teil seines Alltags. Ich weiß nicht warum, aber plötzlich spürte ich einen Stich im Magen und begann zu weinen. Da war etwas mit dem Geräusch dieses einsamen Klingelns, das zwischen den Wänden widerhallte: wie ein Ertrinkender, ein Sterbender, der schreit und schreit, aber es ist niemand da, der ihm antwortet.

Ich presste die Hände an den Kopf, starrte auf das Telefon und versuchte es zum Aufhören zu bewegen. Ich war das Telefon. Ich rief. Es war so furchtbar traurig, dass ich es nicht ertrug. Mir liefen die Tränen in den Mund und schmeckten salzig. Plötzlich schoss mir ein glasklarer Gedanke durch den Kopf.

So ist es doch gar nicht. Es ist umgekehrt. Ein anderer ruft, und ich antworte nicht!

Ich wischte mir die Tränen aus den Augen und hob ab.

»Ja, hier spricht Dolly.« Am anderen Ende blieb es still. »Hallo? Majken?«

Es meldete sich niemand. Aber die Leitung war nicht tot, ich hörte, dass der Hörer am anderen Ende nicht auf der Gabel lag, und es sich vermutlich um eine Telefonzelle handelte, da man Verkehrslärm hörte.

»Majken?«, fragte ich, diesmal etwas lauter.

Nichts. Ich presste den Hörer ans Ohr und – lachen Sie jetzt nicht – versuchte anhand der Geräusche zu erraten, wo die Telefonzelle stand. Autos, Schritte. Ein Bus oder Lastwagen fuhr vorbei. Jemand rief etwas. Es klang wie »Roooger!« Vor meinem inneren Auge tauchte eine Straße auf, aber welche Straße? Ich hatte keine Ahnung. Ich wollte gerade auflegen, als es krachte und eine Männerstimme in mein Ohr sprach.

»Hallo?«, sagte sie. »Ist da jemand?«

Ich knallte den Hörer auf den Apparat, und mir wurde schwarz vor Augen. Für einen Moment glaubte ich, bewusstlos zu werden. Das Herz schwoll an und presste Blut in meinen Kopf.

Ich rege mich wegen nichts auf, versuchte ich zu denken. *Ich bilde mir Dinge ein.*

Trotzdem hatte ich Angst. Vor was? Ich weiß es nicht. Das Gefühl, in etwas verwickelt gewesen zu sein, das ich nicht … ich weiß nicht. Jedenfalls ging ich zu Börje hinein, setzte mich neben ihn und nahm seine Hand in meine.

»Börje«, sagte ich. »Hilf mir.«

Er half mir nicht. Das ist der Fluch des Starken: Wenn er eines Tages fällt, wundern sich alle so, dass sie überhaupt nicht auf die Idee kommen, die Arme auszustrecken, um ihn aufzufangen. Ich spreche jetzt nicht nur über diese Situation, über Börje. Er ist ja … unfähig. Ist im Grunde schon immer unfähig gewesen.

Und ich bin hart gewesen. Ja, das bin ich gewesen.

Als Lena starb … ich habe vorhin gesagt, dass ich nicht verständnisvoll genug gewesen bin.

Sehen Sie, was für ein Gedächtnis. Im Grunde brauchen Sie das alles gar nicht aufzunehmen, ich kann es wiederholen, Wort für Wort, ha ha.

Verständnisvoll? Nein, ich war hart. Er suchte meine Nähe, wollte gemeinsam mit mir trauern. Aber das konnte ich nicht. Ich konnte nicht so trauern wie er. Wahrscheinlich habe ich ihn viele Male zurückgewiesen. Manchmal rein körperlich.

Vielleicht kann ich nicht trauern. Vielleicht bin ich unfähig, schreckliche Dinge zu akzeptieren. Ja, unfähig. Da haben wir es wieder. Aber ich muss zu meiner Verteidigung sagen, dass ich mich damals um Tomas kümmern musste. Hätte ich mich eingeigelt, wie Börje dies tat, weiß ich nicht, wie das alles noch hätte gehen sollen.

Jedenfalls war es nicht weiter überraschend, dass Börje mir nicht zu Hilfe eilte, als ich mich schwach fühlte. Und so saß ich in der Abenddämmerung einfach nur neben ihm. Ein kleiner Trost war das immerhin.

Als das Telefon von Neuem klingelte, stand ich ruhig auf, ging in den Flur und meldete mich. Es war Majken.

»Hast du vorhin angerufen?«, fragte ich. »Vor einer halben Stunde?«

»Ja.«

»Wo warst du? Ich bin drangegangen, aber es hat sich niemand gemeldet.«

»Ja«, sagte Majken. »Ich musste gehen. Du hast deine Sache heute gut gemacht.«

»Danke. Das war auch nicht sonderlich schwer. Danke für das Geschenk.«

»Bitte. Passt es?«

»Ich habe es noch nicht anprobiert. Aber es ist meine Größe, also passt es bestimmt.«

»Schön.«

Es wurde für ein paar Sekunden still.

»Majken«, sagte ich. »Du wirst verstehen, dass ich einige Fragen habe.«

»Sicher«, erwiderte sie. »Natürlich. Ich möchte dich nur noch um einen weiteren Gefallen bitten, danach können wir reden. Dann erzähle ich dir alles.«

Ich werde Sie nicht unnötig langweilen, indem ich hier von meinen Zweifeln berichte, bis ich mich am Ende dann doch auf die Sache einließ. Mein Auftrag war identisch mit dem vorhergegangenen, nur dass die Tüte am nächsten Tag um halb zwölf abgeholt werden sollte.

Falsch, es gab noch zwei andere Punkte. Erstens sah ich mir diesmal eingehend an, was sich in der Tüte befand, bevor ich sie mitnahm. Meine Ahnung hatte mich nicht getrogen. Es gab in der Tüte kein Kleidungsstück, das ein Preisschild von weniger als dreitausend hatte. Insgesamt lag der Wert des Ganzen bei ungefähr fünfunddreißigtausend Kronen.

Ich dachte noch, dass man anscheinend vor allem Kleider ausgesucht hatte, die klein und dünn und möglichst teuer waren. Es sollte sich zeigen, dass ich in dem Punkt Recht hatte.

Der zweite Unterschied bestand darin, dass ich die Tüte diesmal einer anderen Frau übergab. Der gleiche Typ von Frau, wenn Sie verstehen, was ich meine, aber diese hatte braune Augen. Außerdem war das Licht zwar da, aber nicht ganz so strahlend. Vielleicht verstärkte das blaue Halstuch ihre Augenfarbe nicht auf die gleiche Art.

Ich hatte beschlossen, nichts zu sagen, nichts zu fragen, und hielt mich daran. Ich fuhr nach Hause und wartete auf Majkens Anruf.

Es gibt da etwas, was mir Kummer bereitet. Wenn ich hier noch lange sitzen muss, was ist dann mit Börje?

Könnten Sie bitte jemanden anrufen, der zu ihm geht und nach ihm sieht? Sie brauchen bloß die Zentrale für häusliche Pflege am Brommaplan anzurufen, die schicken dann jemanden vorbei.

Einen Schlüssel, ja. Ich werde Ihnen ...

Nein, der ist ja da unten. In meiner Handtasche, die Sie an sich genommen haben, als ich ... könnten Sie ...? Wie gut. Es sind nur drei Schlüssel am Bund. Haustür, Sicherheitsschloss und Abfallstation. Der zur Haust...

Ja, das schaffen Sie schon. Entschuldigung. Ich habe andere Leute immer gerne bemuttert.

Oje. Wie soll das nur alles weitergehen?

Könnte ich bitte ein Glas Wasser haben.

Wo war ich?

Stimmt, Majken. Kurz nachdem ich heimgekommen war, rief sie an. Mir kam der Gedanke, dass bei ihrem ersten Anruf, wenn Sie sich erinnern – dass das Telefon unter Umständen schon lange geklingelt hatte, bevor ich nach Hause kam und es hörte. Ich habe einmal von einem Prominenten gelesen, ich weiß nicht mehr, wie er hieß. Jedenfalls war es so ein richtiger Superprominenter, kein Schwede.

Und dieser ... Mann, ich glaube, es war ein Mann, stand im Telefonbuch. Deshalb riefen dauernd Leute an. Sodass er den Klingelton abgestellt hatte. Aber sobald er Lust hatte, mit jemandem zu reden, wenn er sich allein fühlte oder so, hob er einfach den Hörer ab. Es war immer jemand in der Leitung.

Ja, entschuldigen Sie. Das gehört jetzt nicht hierher. Haben Sie wegen Börje angerufen? Ja, sehr schön. Danke.

Ich hatte auch diesmal ein Geschenk bekommen, das habe ich vergessen zu erwähnen. Eine teure Flasche Cognac. Majken und ich hatten am Vortag darüber gewitzelt: dass ich gerne Cognac trank, es aber praktisch unmöglich war, im staatlichen Alkoholgeschäft zu klauen. Nun, jetzt hatte ich Cognac. Ich sagte Majken sofort, dass ich jetzt aber erfahren wollte, worum es bei dem Ganzen ging.

»Hat dir der Cognac geschmeckt?«, fragte sie.

»Das wird er bestimmt noch«, antwortete ich. »Aber jetzt musst du es mir erzählen.«

Majken holte tief Luft und fragte: »Dolly, findest du, dass dich das Leben gerecht behandelt hat?«

»Das kommt darauf an, was man mit gerecht meint.«

»Keine Haarspaltereien, bitte. Das Leben, die Gesellschaft, die Menschen, es ist vollkommen egal, wie du es nennen willst. Hat es oder haben sie dir gegeben, was du verdienst? Hast du dein Leben so gestalten dürfen, wie du es dir gewünscht hast, oder hast du die ganze Zeit unter dem Zwang gelebt, der letztlich darauf hinausläuft, Geld für *andere* zu verdienen?«

Wenn ich ehrlich bin, wurde dies in einem Ton vorgetragen, der für meinen Geschmack zu stark nach etwas Einstudiertem klang. Das Ganze roch ein wenig nach Rhetorik, wenn Sie verstehen, was ich meine. Das hatte ich nicht erwartet.

»Majken«, sagte ich. »Ich bin kein Idiot. Du musst mit mir nicht reden wie ein Erweckungsprediger.«

Ich hatte erwartet, dass sie beleidigt sein würde. Stattdessen brach sie in schallendes Gelächter aus. Sie lachte so laut, dass ich den Hörer vom Ohr weghalten musste.

»Entschuldige«, sagte sie, als sie sich beruhigt hatte.

»Schon gut.«

»Wir haben uns gelegentlich zum Spaß die Klaugewerkschaft genannt. Vielleicht sollten wir uns stattdessen in Mopskirche umtaufen.« Ich sagte nichts, sodass sie weitersprach: »Darum geht es jedenfalls. Wir helfen uns gegenseitig, Sachen abzuholen. Manchmal arbeiten wir zu zweit oder dritt, manchmal zu mehreren.«

Ich wartete darauf, dass sie weitersprechen würde. Als sie stumm blieb, fragte ich: »Warum?«

»Warum? Nun, weil es wesentlich effektiver ist, wenn man als Gruppe zusammenarbeitet. Ablenkungsmanöver, alles, was ich bereits erwähnt habe. Es gibt keinen so genannten Verbrecher, der so schutzlos dasteht wie der Ladendieb. Allein, unbewaffnet, arbeitet er bei Tageslicht und umgeben von anderen Menschen. Und wenn man uns erwischt, gib es niemanden, der uns unterstützt. Das haben wir geändert. Einer für alle, alle für einen.

»So habe ich das nicht gemeint«, erwiderte ich. »Ich habe mich gefragt, warum ihr das überhaupt macht?«

»Aber Dolly, liegt das nicht auf der Hand?«

»Tut es das?«

»Hm. Ich dachte, du hättest gerade gesagt, dass du kein Idiot bist. Schau dich doch einmal um. Ich werde nicht predigen, aber glaubst du etwa, jemand liebt uns? Alle Mitglieder sind Frauen zwischen ... dreiundsechzig ist Eva jetzt, glaube ich, und vierundachtzig. Ragna, die musst du kennenlernen, sie ist... eigen. Du hast das ganze Spektrum: geschiedene Frauen, Frührentnerinnen, Arbeitsunfähige, Medikamentenabhängige, normale Rentnerinnen und so weiter und so weiter. Ja, ich denke, das ist unser gemeinsamer Nenner: Keiner liebt uns. Wir haben diese Gesellschaft aufgebaut, und jetzt sind wir verbraucht und damit wertlos. Wir könnten uns natürlich im Rentnerverband engagieren, aber das würde nicht zu unserem Ziel passen.«

»Welches Ziel?«

»Ich habe geahnt, dass du diese Frage stellen würdest. Rache, nicht mehr und nicht weniger. Rache. Du sollst dich ein bisschen besser fühlen, indem du denen schadest, die dir wehgetan haben. So einfach ist das.«

»Und die Kaufhäuser haben uns wehgetan?«

»Unter anderem. Sie sind für unsere Zwecke gut geeignet. Es funktioniert. Hast du das nicht selbst gespürt?«

Doch, das hatte ich natürlich. Abgesehen von der reinen Befriedigung, mit etwas aus dem Kaufhaus zu marschieren, das man umsonst bekommen hatte, der Erleichterung, es geschafft zu haben, gab es auch diese bittersüße Befriedigung, dem Riesen einen Teil seines Schatzes abgeluchst zu haben. Sich gegen ihn erhoben und gesiegt zu haben.

»Aber was ist mit den ganzen Sachen?«, fragte ich. »Was macht ihr mit ihnen? Ich habe heute einen Blick in die Tüte geworfen, und das waren richtig wertvolle Kleider. Was geschieht mit ihnen?«

»Einen Teil verkaufen wir. Um die laufenden Kosten zu decken. Das meiste verbrennen wir.«

»Du machst Witze.«

»Nein. Begreifst du denn nicht? Das ist doch der entscheidende Punkt bei der ganzen Sache. Eines unserer Mitglieder, sie heißt Eva-Britt, besitzt in der Nähe von Sigtuna ein Häuschen. Dort treffen wir uns einmal im Monat und verbrennen fast alles, was wir abgeholt haben. Das ist unsere kleine Feier, unser ... Gottesdienst. Ist etwas Besonderes dabei, das man behalten will, kann man das tun, aber im Großen und Ganzen geht das ganze Zeug in Flammen auf.«

Wenn ich mich recht erinnere, schwieg ich an dieser Stelle einen Moment. Auch Majken sagte nichts mehr. Als ich mich etwas erholt hatte, fragte ich:

»Aber ist das nicht eine riesige Verschwendung?«

»Großer Gott, Dolly ...«

»So meine ich das nicht. Ich meine: Könnte man die Sachen nicht ebenso gut verkaufen und das Geld an ... ach, du weißt schon, an UNICEF oder so spenden? An der Wirkung gegen die Kaufhäuser würde sich dadurch doch trotzdem nichts ändern.«

»Wir haben das diskutiert. Aber denk nach.«

Ich versuchte es, kam aber nicht weit, was ich ihr auch sagte.

»Nun«, sagte Majken. »Wenn wir das täten, würden wir anfangen, anders zu denken. Soso, wir haben hunderttausend. Vielleicht sollten wir sie in irgendeinem Fonds anlegen, damit sich das Geld noch ein bisschen vermehrt, ehe wir es verschenken. Wer kümmert sich um den Fonds? Wer wird Schatzmeisterin? Wer wird Vorsitzende? Einer von uns bekommt eine Stromrechnung über zehntausend, könnten wir die nicht ... und könnten wir nicht das ... verstehst du? Aus dem Ganzen wird Geld. Es wird wie alles andere.«

»Aber es wäre richtiger.«

»Schon möglich. Aber hier geht es nicht darum, richtig zu handeln oder gut zu sein. Es geht nur um Rache, sonst nichts. Oder doch, es geht auch um etwas Spaß. Es soll nicht schön sein. Und außerdem ...«

»Ja?«

»Dann könnten wir kein Lagerfeuer machen.«

Wir diskutierten noch eine Weile hin und her. Schließlich gab ich den Versuch auf, Majken von ihrem Standpunkt abzubringen. Ich verstand schon, was sie meinte, auch wenn es mir immer noch ein bisschen ... verschwenderisch vorkam.

»Du wirst deine Meinung ändern«, meinte sie, »wenn du einmal dabei gewesen bist und gesehen hast, wie es brennt.«

»Ja«, entgegnete ich. »Mag sein.«

»Zurück an die Arbeit. Möchtest du morgen bei einer größeren Sache mitmachen? Dann sehen wir uns auch mal.«

»Was heißt das, eine größere Sache?«

»Es sind mehr Leute dabei, und es müssen verschiedene Rollen gespielt werden. Ragna wird da sein, tja ...« Majken lachte auf. »Sie ist der Star, könnte man sagen. Willst du mitmachen?«

»Was soll ich denn tun?«

Sie erzählte es mir.

Ein weiteres Mal sah ich mich gezwungen, zu Stift und Papier zu greifen, doch diesmal gab es entschieden mehr zu notieren: Zeiten, Orte, Bewegungen. Als Majken den ganzen Plan mit mir durchgegangen war, blieb mir keine andere Wahl, als ihr Angebot anzunehmen. Ich musste einfach dabei sein, um zu sehen, ob es klappen würde.

Wir sagten: »Bis morgen«, und legten auf.

Ich saß längere Zeit da, betrachtete den Zettel, schüttelte den Kopf und lachte in mich hinein.

Was für Ideen.

Dann putzte ich. Erstens, weil ich nicht still sitzen konnte, und zweitens, weil es nötig war. Wenn mein Bericht über diese Tage ein bisschen konfus klingt, liegt es daran, dass es tatsächlich so konfus war. Es mag alles klar und eindeutig erscheinen, solange ich von Majken erzähle, aber dazwischen ist alles irgendwie ... lückenhaft.

So hatte ich Essen herumstehen lassen, und die Wohnung roch ehrlich gesagt schlecht. Der häusliche Pflegedienst sollte am nächsten Tag kommen und durfte die Dinge nicht in diesem Zustand sehen. Man will doch keinen Vormund vor die Nase gesetzt bekommen, haha.

Also putzte ich den ganzen Nachmittag und Abend. Wischte in allen Ecken, unter Bänken. Reinigte den Ofen und polierte den Spiegel, bis es ihn nicht mehr gab, bis er nur noch eine Öffnung war. Börje lag auf der Couch und sah mir bei der Arbeit zu. Der Fernseher war ausnahmsweise nicht an. Das war eine Art ... Ansporn, ich weiß nicht. Ein Fünkchen Kontakt. Ich war bis zum späten Abend beschäftigt.

Aus heutiger Perspektive verstehe ich natürlich, warum ich so geputzt habe. Es war mein Umzugsputz, obwohl ich das damals noch nicht wusste. Mein Entschluss am folgenden Tag kam völlig unerwartet, trotzdem hatte ich ihn anscheinend unterbewusst vorbereitet. Indem ich putzte. Man will doch alles sauber zurücklassen.

Ich weiß nicht. Auch hier ist Zeit verschwunden. Es ist durchaus möglich, dass ich die ganze Nacht putzte. Ich sehe mich Küchenschubladen herausziehen, leeren, auswischen. Nach einer Flaschenbürste greifen und damit hinter die Heizkörper gehen. Ja. Ich muss lange beschäftigt gewesen sein. Vielleicht machte ich in dieser Nacht kein Auge zu. Wenn ich es recht bedenke, war es draußen schon hell, als ich die letzten Handgriffe tat und das Telefon mit Ajax abwischte.

Ich machte Börje ein paar belegte Brote und stellte sie ihm zusammen mit einem Glas Milch auf den Couchtisch. Anschließend blieb ich ziemlich lange bei ihm sitzen. Wenn ich ihm hätte sagen können: »Börje, ich gehe fort«, wäre es ein Unterschied gewesen? Hätte er etwas gesagt, zum Beispiel: »Dolly, du sollst wissen, dass ich dich immer ...«?

Ich glaube nicht.

Außerdem wusste ich zu diesem Zeitpunkt ja auch nicht, dass ich fortgehen würde. Ich wusste nur, dass ich in die Stadt fahren und bei einer »größeren Sache« mitmachen wollte und in meiner Abwesenheit der häusliche Pflegedienst kommen würde, um mich für ein paar Stunden zu entlasten.

Aber ich saß einfach nur neben ihm. Betrachtete den Punkt in der Wand, den er ebenfalls anstarrte. Vielleicht sagte ich etwas, vielleicht sagte ich »entschuldige«, vielleicht ...

Genug davon.

Ich nahm nur den Zettel mit den Instruktionen und meine Handtasche mit. Meine geliebte Handtasche. Weil die U-Bahn so oft Verspätung hatte, war ich zeitig unterwegs und bereits eine halbe Stunde, bevor es losgehen sollte, vor Ort. Bevor ich es in Gang setzen würde.

Der Umschlag befand sich an der Stelle, die Majken mir genannt hatte, er klebte unter einem Papierkorb im U-Bahn-Aufgang. Er enthielt nur zwei Warensicherungen und einen Zettel: »Viel Glück! M.«

Plötzlich wurde ich nervös. Ich begriff nicht, warum Majken den wichtigsten Teil des Plans mir übertragen hatte. Gut, diese Ragna hatte natürlich mehr zu tun, aber wenn ich meine Rolle schlecht spielte, bestand die Gefahr, dass alles in die Hose ging.

Möglicherweise war es ein weiterer Test. Oder ... ich lachte in mich hinein. Vielleicht war es auch Fürsorglichkeit. Immerhin war ich die Einzige, die etwas tun würde, womit man sich nicht strafbar machte.

Ich betrachtete die Menschen, die auf der Straße vorübergingen. Viele Menschen. Meine Nervosität legte sich ein wenig. Ich überlegte, dass all diese Menschen, all diese Fremden auch in geheime Zusammenhänge verwickelt waren, von denen ich nichts wusste. Sie alle hatten in Unternehmen, Vereinen, Beziehungen und Freundschaften ihre Rollen zu spielen. Sie alle standen irgendwann mit schwitzigen Händen vor einer verschlossenen oder einer offenen Tür und wussten nicht, wie sie anfangen sollten.

Ich war nicht allein. Und im Gegensatz zu den meisten anderen konnte ich mich an ein Drehbuch halten.

Bevor ich die Wohnung verließ, hatte ich meine Uhr, Majkens Anweisungen folgend, mit der telefonischen Zeitansage abgestimmt. Neunzehn Minuten nach elf ging ich auf den Haupteingang von NK zu. Ich schlängelte mich zwischen Menschen hindurch, die in der Mittagspause unterwegs waren, und erreichte den Eingang um Punkt zwanzig nach. Ohne zu zögern, ging ich an den Magnetsperren vorbei hinein.

Ausgelöst von den Warensicherungen in meiner Tasche schlug der Alarm an. Ich blieb einen Moment stehen, damit das Sicherheitspersonal auf mich aufmerksam wurde. Als einer von ihnen zu mir kam und »Entschuldigung« sagte, drehte ich mich zu ihm um.

»Warum schlägt das Ding Alarm?«, fragte ich.

»Nun ja«, sagte er, »Sie haben da anscheinend etwas, das ...«

»Etwas derart Idiotisches habe ich ja nun wirklich noch nie

gehört«, unterbrach ich ihn und entfernte mich, weiter ins Kaufhaus hineingehend, von ihm. »Ich bin doch eben erst hereingekommen.«

Der Wachmann folgte mir. Das Alarmsignal schrillte weiter. Als ich ihn etwa zwanzig Meter ins Kaufhaus gelockt hatte, kam die Frau, die Ragna sein musste, auf mich zu. Ich stieß mit ihr zusammen, und sie fiel langsam und perfekt inszeniert und griff sich dabei an die Brust.

Ich ging weiter ins Kaufhaus hinein, der Wachmann folgte mir. Ragna schrie auf und lag wie tot. Der zweite Wachmann verließ seinen Posten, um ihr zu helfen. Die Blicke aller Verkäuferinnen waren auf Ragna gerichtet. Der Alarm schrillte weiter.

Was daraufhin am Ausgang passierte, konnte ich natürlich nicht sehen. Niemand sah es, da Ragna alle Aufmerksamkeit auf sich zog. Aber ich weiß, dass in diesem Augenblick vier Frauen mit großen Tüten und Kartons das Gebäude verließen. Was sie in den Händen trugen, hätte den Alarm ausgelöst, wenn er nicht schon gelärmt hätte, denn in dem allgemeinen Durcheinander war keiner auf die Idee gekommen, ihn abzustellen.

An den Rolltreppen blieb ich stehen, damit der Wachmann mich einholte. Ich breitete die Arme aus und schob anschließend die Hände in die Taschen, wo ich, überaus erstaunt, die Warensicherung fand, die ich ihm hinhielt.

»Was ist denn das für ein dummer Scherz?«, fragte ich.

Am Ausgang wurde der Alarm abgeschaltet. Der Wachmann nahm den Plastikclip und drehte und wendete ihn, als hätte er so etwas noch nie gesehen.

»Warum haben Sie dieses Ding dabei?«

»Tja, das wüsste ich auch gern«, erwiderte ich. »Jemand muss es mir in die Tasche gesteckt haben. Was ist das hier eigentlich für ein Laden?«

Der Wächter blieb mit dem Magnetclip in der Hand stehen und schien zu überlegen, wie er die Situation beurteilen sollte.

Der zweite Wachmann und drei Verkäuferinnen scharten sich um Ragna, die auf der Seite lag und in meine Richtung schaute. Unsere Blicke begegneten sich kurz, und sie stand mit Hilfe von zwei Verkäuferinnen auf. Ich wartete einige Sekunden am Ausgang, bis die dritte Verkäuferin Ragna ihre große Tüte gegeben hatte. Dann ging ich hinaus. Erneut schrillte der Alarm.

Ragna winkte ihren Helfern zum Abschied noch einmal zu und trug ihre Tüte durch die lärmenden Magnetsperren. Mein Wachmann eilte auf mich zu, die erste Warensicherung hielt er noch immer in der Hand. Ich ging ins Kaufhaus zurück, stellte meine Tasche ab und breitete die Arme aus, als wollte ich sagen: »Bitte schön, führen Sie eine Leibesvisitation durch!«

Der Alarm wurde abgestellt und der zweite Clip in meiner anderen Tasche gefunden, woraufhin zwischen den beiden Wachmännern eine kurze Konferenz im Flüsterton abgehalten wurde. Ich wartete mit gereizter Miene. Der Schweiß lief mir in Strömen den Rücken hinunter. Die Konferenz wurde beendet, ohne dass es den beiden gelungen wäre, sich auf eine Form von Anklage zu einigen. Mein Wachmann schüttelte den Kopf und sagte: »Sie können jetzt gehen.«

Ich war versucht, mein Glück herauszufordern und zu sagen, dass ich mich über ihn beschweren würde und so weiter, entschied mich jedoch dagegen. Mein Wachmann wirkte auch so schon misstrauisch genug. Also ging ich. Diesmal blieben die Sperren stumm. Mir fiel ein, dass ich vermutlich etwas hätte mitgehen lassen können. Hätten sie mich wirklich gestoppt, wenn der Alarm angesprungen wäre? Vielleicht, vielleicht auch nicht.

Ich hätte es zu gerne ausprobiert.

Von NK ging ich gemächlich zu unserem Treffpunkt in der Biblioteksgatan. Die gut überspielte Angst im Kaufhaus ebbte allmählich ab und wich der üblichen Erleichterung, die diesmal jedoch größer ausfiel als sonst. Es kam mir vor, als wäre mein ganzer Brustkorb mit Helium gefüllt und meine Hände so leicht wie Vögel. Ich lachte, applaudierte mir selbst. Ich hatte meine Rolle perfekt gespielt. Majken würde zufrieden mit mir sein.

Von fern sah das Ganze ziemlich lustig aus: Fünf ältere Frauen, die um einen silberfarbenen VW-Käfer mit offener Motorhaube standen. Wie Männer manchmal herumstehen und über Vergaser und Zündkontakte diskutieren. Fehlte nur noch, dass eine von ihnen gegen die Reifen trat.

Als ich näher kam, sah ich, dass der Motor mit NK-Tüten ersetzt worden war. Daraufhin erinnerte ich mich, dass der Motor bei Käfern hinten sitzt, während der Kofferraum vorn ist. Ich erkannte Ragna und die erste Frau wieder, der ich eine Tüte übergeben und von der ich im Gegenzug ein Nachthemd erhalten hatte.

Da waren sie also. Die Klaugewerkschaft, die Mopskirche. Um einen silbernen, mit Diebesgut gefüllten Käfer versammelt. Eine Frau, die ich noch nie gesehen hatte, drehte sich zu mir um. Mir war sofort klar, dass dies Majken sein musste.

Wie soll ich sie beschreiben?

Sagen wir mal so: Es gibt zwei Arten zu altern. Beim einen wirkt sich das Alter als Entstellung eines Fünfundzwanzig- oder Dreißigjährigen aus. Das Gesicht wird aufgedunsen, runzelig oder schlaff. Man sieht ein solches Gesicht und kann sich mit etwas Mühe vorstellen, wie der Mensch einmal ausgesehen haben muss, aber inzwischen ist er eine verdorbene Frucht.

Die andere Art besteht darin, dass der Mensch in jeder Lebensphase aussieht, als wäre er dafür vorgesehen gewesen, genau dieses Alter und dieses Aussehen zu haben. Es gibt Falten und graue Haare, aber es ist, *wie es sein soll.* Wenn Sie verstehen, was ich meine.

Wie Sie vielleicht schon geahnt haben, gehörte Majken zur letzteren Kategorie. Sie war sicher keine Schönheit im klassischen Sinn. Ihre Haare waren schwarz, von weißen Strähnen durchzogen und nach hinten gekämmt. Das Gesicht war viereckig, die Wangenknochen stachen ähnlich deutlich hervor wie bei einem Inuit. Also einem Eskimo. Ich weiß nicht; ich dachte, dass sie wie jemand aussah, der sein Leben lang auf einer kleinen Insel gelebt hatte. Obwohl das natürlich nicht der Fall war.

Sie war groß, die größte unter den anderen Frauen, genauso groß wie ich. Sie hatte nichts Liebreizendes an sich. Als sie mich erblickte, verzogen sich ihre schmalen Lippen zu einem Lächeln, und sie kam mir entgegen.

»Dolores! Herzlich willkommen in unserer Bande!«

Wir umarmten uns kurz, und ich spürte, dass ihre Glieder ohne altweiberhafte Kränklichkeit waren. Ihre Augen waren dunkelbraun, fast schwarz, und die Nase groß und gebogen wie ein Schnabel. Ah, jetzt weiß ich. Entschuldigen Sie bitte, aber ich habe dieses Bild zu finden versucht, und jetzt habe ich es vor mir gesehen.

Sie sah aus, wie man sich die Frauen in griechischen Tragödien vorstellt: Antigone, Medea, Sie wissen, was ich meine? Nicht. So war es jedenfalls. Sie stellte mich den anderen vor. Ich brauche mir keine Namen auszudenken.

Ja, was glauben Sie denn?

Natürlich heißt Ragna nicht Ragna, wofür halten Sie mich? Dachten Sie, ich würde Ihnen eine Namensliste geben?

Majken hieß Majken, aber das wissen Sie mittlerweile sicher. Es spielt keine Rolle mehr. Sie ruht bei ihren Müttern, um die Griechen zu travestieren. Travestieren. Großer Gott, was lernen Sie eigentlich auf der Polizeihochschule, ha ha. Etwas variieren.

Ich habe nur die neunjährige Volksschule besucht. Ich wünschte, ich hätte eine Hochschule besuchen können, aber ...

Genug davon.

Wir verließen die anderen und fuhren aus der Stadt hinaus. Ich fragte nicht, wohin wir unterwegs waren. Majken war von einer eigentümlichen Selbstverständlichkeit umweht: Sie lag in ihren Bewegungen, in der Abwesenheit suchender Blicke. Ich lehnte mich in meinem Sitz zurück und ließ mich fahren.

Ich habe vorhin gesagt, dass ich stark bin und immer stark gewesen bin. Sie verstehen vielleicht, was es für eine Erleichterung sein kann, das Ruder einem anderen zu überlassen. Denn auch das erfordert Stärke. Die Stärke zu wissen, dass man bremsen, stoppen wird, wenn es erforderlich ist. Dann kann man bis an seine Grenzen gehen. Man kann natürlich auch ganz schwach sein und sich willenlos hingeben, aber das ist etwas anderes.

Oh, das ist doch alles nur leeres Geschwätz. Mein Leben ist nun wirklich nicht so verlaufen, dass ich etwas davon verstehe, was es heißt, an seine Grenzen zu gehen. Vom Überleben verstehe ich dagegen das eine oder andere. Davon, was es heißt, die Zähne zusammenzubeißen und weiterzumachen.

Jedenfalls genoss ich es in vollen Zügen, als ich in Majkens Auto saß, genoss es, dass ein anderer mich irgendwohin fuhr und sich dabei etwas gedacht hatte. Die Heizung funktionierte nicht, weshalb es mir um die Beine herum ein wenig kalt wurde. Als ich dies merkte, fragte Majken im gleichen Moment:

»Hast du kalte Beine? Auf dem Rücksitz liegt eine Decke.«

»Fahren wir noch weit?«

»Geht so.«

»Dann komme ich auch so zurecht.«

Wir fuhren nach Norden, durch Randbezirke, in denen ich noch nie gewesen war. Ich kam mir vor wie auf einem Ausflug. Es war kurz nach zwölf an einem strahlend schönen Wintertag. Seen und Buchten waren zugefroren, an Mündungen schwammen vereinzelt Schwäne und warteten auf den Sommer. Zum ersten Mal seit vielen Jahren hatte ich das Gefühl, unterwegs zu sein.

Wir bogen in eine Einfahrt und fuhren einen steilen Hang zu einer Müllsammelstelle hinauf. Als Majken das Auto neben dem Container für Elektronikschrott geparkt hatte, stiegen wir aus und holten die Tüten heraus. Es zeigte sich, dass sie jede Menge kleiner Kartons enthielten. Ich weiß nicht, wie das alles heißt, aber es waren lauter Abkürzungen. Was eine CD ist, weiß ich, aber es gab auch noch andere.

Ja, stimmt genau. Auf einigen stand Mp3. Und DVB. Oder vielleicht auch DVD.

Bitte?

Nein, das hat keinen Sinn. Die Sachen sind nicht mehr da. Oder möglicherweise doch, aber Majken hatte zwei Hämmer dabei. Für jeden von uns einen.

Nein, jetzt wird mir allmählich ein bisschen schwindlig. Ich glaube, ich muss eine kleine Pause machen, wenn es geht. Jetzt müssen Sie mal was erzählen.

Verzeihung?

Was sagen Sie denn da, natürlich ist er zu Hause. Börje hat die Wohnung seit acht Jahren nicht mehr verlassen.

Haben Sie auch wirklich in der ganzen Wohnung nachgesehen?

Ja, dann weiß ich es auch nicht.

Wollen Sie mich etwa auf den Arm nehmen? Börje kann doch nicht einfach verschwunden sein, er ...

Nein, aber, hören Sie. Wo haben wir nur unsere Gedanken? Der häusliche Pflegedienst. Ich bin doch seit zwei Tagen nicht mehr zu Hause gewesen. Die haben ihn bestimmt mitgenommen.

Der Pflegedienst hat ihn mitgenommen, ha ha.

Wo war ich?

Ach ja, wir holten diese ganzen schwarzen, glänzenden Dinger aus ihren Kartons und legten sie hinten rein. Besser gesagt vorne. Dann sortierten wir die Verpackungen vor dem Wegwerfen. Plastik zu Plastik und Pappe zu Pappe. Sauber und ordentlich. Majken bestand darauf, es so zu machen.

Ich bin vorher noch nie auf so einer Müllsammelstelle gewesen und fand es faszinierend. Ich hatte ja nur unsere Abfallstation zum Vergleich, und diese Sammelstelle war die Abfallstation mal hundert. Ganze Sofas und Kücheneinrichtungen lagen in den Containern. An einem gesonderten Platz standen hunderte von Kühlschränken aufeinandergestapelt, es fehlte nur noch ein Eisbär auf der Spitze. Fernseher, Elektroherde und Sessel, die besser in Schuss waren als die Sachen bei mir zu Hause.

Um diese Uhrzeit, mitten am Tag, war dort kaum jemand unterwegs. Ein Mann mittleren Alters entlud einen Karren voller Möbel. Er tat es gleichsam mechanisch, sein Blick war leer. Vielleicht war ein Elternteil gestorben, was weiß ich.

Nun gut, am Ende kamen wir jedenfalls zum Vergnügen. Wir nahmen einige der schwarzen Apparate in die Arme und trugen sie zu den Containern. Majken hielt einen kleinen Apparat hoch, er war nicht größer als eine Streichholzschachtel für lange Kaminstreichhölzer.

»Das Ding hier«, meinte sie, »ist ungefähr fünftausend Kronen wert.«

»Soso«, sagte ich.

Mir kam das seltsam vor, immerhin habe ich gesehen, dass große neue Fernseher für zweitausend verkauft werden. Aber es war wahrscheinlich eine Art Computer, und ich habe begriffen, dass die Dinge dann anders aussehen.

Sie hielt den Apparat in ihrer Hand und schlug, nicht sonderlich fest, mit dem Hammer darauf. Er zersplitterte.

»Und jetzt«, erklärte sie, »ist das Ding keinen Pfifferling mehr wert.«

Sie warf den Apparat in den Container. Ich hielt ihr das größte Gerät hin, das ich aus dem Auto mitgenommen hatte, und fragte: »Was ist das?«

Majken musterte es und drückte auf einen Knopf. Es passierte nichts. Sie drückte auf einen anderen Knopf, und ein kleiner Bildschirm wurde aufgeklappt.

»Aha«, sagte sie. »Das ist ein tragbarer Fernseher. Teure Marke.«

»Wie viel?«, fragte ich.

Majken zuckte mit den Schultern und sagte: »Zwölf-, dreizehntausend. Vielleicht auch fünfzehn. Ich glaube, die Leute kaufen die Dinger, damit die Kinder auf dem Rücksitz beschäftigt sind.«

»Fünfzehntausend?«

»Ja.« Majken fand einen anderen Knopf und drückte ihn. Eine kleine Platte glitt seitlich aus dem Apparat. »Hier kann man eine Scheibe mit einem Film einlegen. Doch, fünfzehn bestimmt. Vielleicht sogar zwanzig.«

Ich drehte den Apparat. Zwanzigtausend. Wäre ich aus irgendeinem Grund fest entschlossen gewesen, mir einen solchen Apparat anzuschaffen, hätte ich mindestens zwei Jahre knausern und sparen müssen, vermutlich sogar noch länger. Dazu wäre es niemals gekommen. Es war, als hielte man eine Scherbe aus einer anderen Welt in den Händen.

»Majken«, sagte ich, »ich kann das nicht, das ist zu ... ich bin dazu erzogen worden ...«

Ich hielt Majken das Gerät hin. Sie nahm es nicht an, sagte nichts. Ich betrachtete erneut den Apparat. Er war viereckig, mit abgerundeten Ecken, und mattschwarz.

Wozu bin ich erzogen worden?, dachte ich.

Respekt vor Geld und dem Wert des Geldes zu haben. Wenn ein Laken fadenscheinig geworden war, bewahrte meine Mutter es auf, um Flickenteppiche daraus zu machen. Wenn ein Flickenteppich verschlissen war, hob sie ihn auf, um im Winter die Kartoffelkiste damit abzudecken und die Kartoffeln vor Frost zu schützen.

Heute bekommt man ein Laken für dreißig Kronen, einen Flickenteppich für einen Hunderter. Die Maschine in meiner Hand war zwanzigtausend wert, sie war ... Macht. Ja. Ich musterte die eingearbeiteten Knöpfe, das elegante Design, und dachte an das Rathaus, in das man mich nach meiner zweiten Festnahme vorgeladen hatte. Die gleiche glänzende Undurchdringlichkeit, die gleiche Schwere. Eine andere Welt, die Welt der Macht.

Ich schlug mit dem Hammer auf die ausgefahrene Platte. Sie wurde abgebrochen und fiel mir klappernd vor die Füße. Ein angsterfülltes Kribbeln durchfuhr mich. Ich versetzte dem Bildschirm einen Schlag, und er zersplitterte. Winzig kleine Glasscherben wurden über das Metall verteilt. Ich holte kräftiger aus und schlug mit dem Hammer mitten in das Gerät, sodass einige Knöpfe kaputtgingen, ehe er mir aus der Hand flog und zu Boden fiel. Ich trat zweimal auf das Ding, es knirschte unter meinem Fuß.

Ehe ich mich versah, war ich mit dem Hammer auf alles losgegangen, was ich getragen hatte. Es bereitete mir ein besonderes Vergnügen ... ich weiß nicht, wie ich es erklären soll ... Sie kennen doch diesen *Geruch*, der von Dingen ausgeht, die neu sind, nicht wahr? Dass ich es damit zu tun hatte. Dass ich ihn kaputtschlug.

Majken sorgte mit den Sachen, die sie getragen hatte, für Nachschub, und als ich fertig war, lag überall um mich herum Metallschrott. Ich richtete mich auf; es kam mir vor, als wäre eine rote Haut vor meinen Augen. Majken betrachtete den Schrott, nickte und sagte: »Ungefähr hundertfünfzigtausend. Sollen wir mehr holen?«

Ich nickte. Wir machten noch zwei Durchgänge. Bei den restlichen Sachen arbeiteten wir zusammen. Peng, peng. Majken schätzte den Gesamtwert der Geräte auf ungefähr eine halbe Million. Ich musste lachen. Wir schaufelten die Scherben und Metallstücke in den Container. Dort standen zwei Fernsehapparate herum. Ich musste mich beherrschen, um mich nicht auch auf sie zu stürzen. Ich hätte noch viel länger weitermachen können. Eine Million, zwei, fünf.

Ich drehte den Hammer in der Hand. »Wenn wir alle zusammen einfach in die Elektronikabteilung marschieren würden, wenn man einfach ...« Ich schlug Luftlöcher mit dem Hammer. »Was meinst du, wie viel würde man schaffen, ehe sie einen stoppen?«

»Mehr«, sagte Majken. »Aber dann müsste man dafür bezahlen. Das haben wir leider nicht im Budget.«

»Aber wenn man kein Geld hat?«, sagte ich. »Dann müssen sie das Zeug am Ende doch bezahlen.«

»Nein«, erwiderte Majken. »Gegen so was sind die versichert.«

»Aber das ist ja sogar noch besser. Dann sind es die Versicherungen, diese verdammten Versicherungen, die ...«

Majken sah mich traurig an. Ich verstummte, dachte nach. Im Grunde wusste ich, wie die Dinge lagen. Die Kosten der Ladendiebstähle holen die Kaufhäuser über Preiserhöhungen wieder herein. Bei den Versicherungen war es dasselbe. Machten sie nicht genug Gewinn, erhöhten sie die Versicherungsprämien. Letzten Endes musste immer Otto Normalverbraucher die Zeche zahlen.

Ich senkte die Arme. Der Hammer baumelte schlaff in meiner Hand. Ich betrachtete den Schrott, den wir gerade in den Container geworfen hatten.

»Warum tun wir das?«, fragte ich.

Majken legte ihre Hand auf meinen Arm.

»Weil es Spaß macht«, erwiderte sie. »Das ist alles. Komm jetzt.«

Wir gingen zum Auto, verließen die Müllsammelstelle und fuhren eine Weile schweigend weiter. Meine Beine waren kalt, mein ganzer Körper war mittlerweile kalt, und ich nahm mir die Decke von der Rückbank, deckte mich mit ihr zu und schloss die Augen. Das sanfte blecherne Klappern des Wagens war einschläfernd, und ich musste ein wenig eingenickt sein, denn als ich die Augen aufschlug, waren wir wieder in der Stadt.

»Soll ich dich heimfahren?«, fragte Majken.

Ich sah ihr Profil, das sich im Gegenlicht scharf abzeichnete. Einzelne Haare glühten gelborange. Sie spürte sicher, dass ich sie ansah, und als sie lächelte, tauchte in ihrer Wange ein Lachgrübchen auf.

»Nein«, sagte ich. »Lieber nicht.«

Sie nickte und fuhr Richtung Djurgården. Ich lehnte mich gegen die Scheibe und sah die exklusiven Geschäfte am Strandvägen Revue passieren. Hoffnungslos. Hoffnungslos. Mir kam ein Gedanke, und ich fragte:

»Sag mal. Warum waren die anderen nicht mit? Auf der Müllkippe, meine ich.«

Wir krochen über die Brücke nach Djurgården, und Majken wandte sich mir für einen kurzen Moment zu, ehe sie sich wieder auf die Straße konzentrierte.

»Das war nur für dich«, sagte sie.

Ich kann nicht behaupten, dass ich aus Majken jemals schlau geworden bin.

Das ist schade; ich hätte sie gerne besser kennengelernt. Aber vielleicht war es nicht unsere Bestimmung, uns wirklich nahezukommen.

Ich begreife nur nicht, warum ich überlebt habe.

Wie viele sind noch gestorben, wissen Sie das?

Ja, ja. Später, später.

Immer später.

Sie müssen entschuldigen, diese Tage sind für mich etwas konfus. Ich bin nicht senil oder dement oder so, aber sobald ich an diese zwei Tage mit Majken zu denken versuche ... löst sich alles irgendwie auf. Deutlich im Gedächtnis geblieben ist mir in erster Linie das Gespräch, das wir draußen auf Djurgården führten.

Wir saßen in dem Café am Kanal, wissen Sie, welches ich meine, war es nicht früher ein Bootshaus? Wir tranken Kakao mit Sahne. Eigentlich waren wir beide Kaffeetrinker, aber Kakao mit Sahne erschien uns angemessen nach unserer Expedition nach ... Malsta, so hieß es. Die Müllsammelstelle Malsta. Vielleicht, weil das Ganze etwas von einem Spiel hatte.

»Bist du glücklich?«, fragte Majken, als ich die Löffel Schlagsahne von meinem Kakao gehoben hatte.

»Meinst du in diesem Moment? Oder im Allgemeinen?«

»Im Allgemeinen.«

»Nein. Ganz und gar nicht. Im Gegenteil. Und du?«

Sie schüttelte den Kopf. »Es ist zu viel verschwunden«, erklärte sie. »Dinge, von denen man dachte, sie würden geschehen, und aus denen dann doch nichts wurde.«

»Ja.«

Wir tranken schweigend. Es waren ziemlich viele Menschen in dem Café, Mittagessenszeit, aber wir hatten uns in eine Ecke gesetzt, in die sich niemand wagte. Ein großer roter Bus fuhr auf der Straße vorbei. Für eine Sekunde sah ich mich unter seinen Rädern liegen und platzte heraus: »Willst du sterben?«

Majken sah mich mit einem eigentümlichen Gesichtsausdruck an. Sie hatte ein wenig Sahne auf der Oberlippe.

»Wie ich höre, bist du genauso direkt wie ich.« Sie nickte. »Ja. Ja, das will ich. Aber ich habe gehört, dass es nicht reicht, es nur zu wollen.«

»Nein«, sagte ich. »Eine Plastiktüte und Schlaftabletten sollen angeblich die beste Methode sein.«

»Ja, wenn man Rücksicht nehmen will. Falls man das will.«

»Wie meinst du das?«

Majken wischte sich mit einer Serviette über den Mund und biss von ihrem Teilchen ab. Ich sah aus dem Fenster. Es hat mir noch nie sonderlich viel Spaß gemacht, anderen Menschen beim Kauen zuzuschauen.

»Nun«, sagte sie, »diese Methode wendet man doch eigentlich nur an, um diejenigen zu schonen, die einen finden. Man sieht nicht so furchtbar aus wie bei den klassischen Selbstmordarten. Habe ich jedenfalls gehört.«

»Die klassischen Selbstmordarten«, sagte ich. »Wie sie die Griechen benutzten.«

Sie lachte auf.

»Stimmt. Der Tod des Sokrates. Was sie in Holland machen, ist doch auch nichts anderes.«

Wir sprachen über Sterbehilfe und waren beide dafür. Majken sah auf die Uhr. »Musst du nicht nach Hause? Zu deinem Mann?«

Ich schüttelte den Kopf. »Damit ist jetzt Schluss.«

Als ich es gesagt hatte, erkannte ich, dass es tatsächlich stimmte. Ich hatte es satt. Wir tranken unseren Kakao, aßen unsere Teilchen und beobachteten einen einsamen Schwan, der vor dem Fenster mitten auf der Fahrbahn spazierte. Nie zuvor hatte ich einen Schwan so etwas machen sehen. Ich deutete es als ein Zeichen, ohne zu wissen, wofür es stand.

Als wir aus dem Café kamen, leuchtete alles funkelnd weiß. Auf dem Djurgårdskanal liefen zwei Schlittschuhläufer vorbei. Die Menschen, die an der Haltestelle auf den Bus warteten, sahen anonym aus, wie Namen in einem Telefonbuch.

»Im Grunde«, sagte ich und nahm die Welt ringsherum in mich auf, »im Grunde sind wir vollkommen frei.«

»Wenn wir keine Rücksicht nehmen«, sagte Majken.

»Warum sollten wir das tun? Wer hat denn jemals Rücksicht auf uns genommen?«

Majken zuckte mit den Schultern. »Nicht viele.«

Wir standen da, die Hände in den Manteltaschen, und schauten uns um, als stünden wir an einem Scheideweg und hätten die Wahl zwischen rechts und links. Ich zog meine Hände heraus, und Majken folgte meinem Beispiel. Wir reichten uns die Hände. Ich kann nicht mit Bestimmtheit sagen, wer zuerst nach denen des anderen griff. Für eine Sekunde übermannte mich das schwindelerregende Gefühl, in einen Spiegel zu schauen. Ich verwechselte mein eigenes Gesicht mit Majkens.

»Sollen wir nicht einfach tun, was wir wollen?«, fragte ich. »Und keine Rücksicht mehr nehmen?«

Majken drückte meine Hände.

»Ja«, sagte sie. »Das tun wir.«

Hand in Hand gingen wir an der Bushaltestelle vorbei zum Auto. Die Menschen waren Schaufensterpuppen in Kleidern.

Wie gesagt, den Rest habe ich nur vage in Erinnerung.

Aber jetzt will ich *Sie* einmal etwas fragen.

Erinnern Sie sich an die Entenpresse, das Weihnachtsgeschenk des Jahres für zwölftausend? Sie haben vorhin gesagt, Sie wüssten nicht, was das ist. Trotzdem ist es Ihr Beruf, die Menschen zu schützen und zu behüten, die Entenpressen kaufen oder beispielsweise *so* kleine Parfümflakons für zweitausend.

Wie können Sie das nur tun? Was?

Das ist doch keine Antwort. Sie *helfen* niemandem außer Leuten, von denen Sie verachtet werden, so wie Sie mich verachten. Es ist nicht weiter verwunderlich, dass man am Ende wütend wird.

Wie lautet eigentlich die Anklage?

Anstiftung zur Brandstiftung?

Das ist ziemlich ... milde, muss ich sagen. Wie viele Menschen sind denn da drinnen gestorben?

Jetzt lügen Sie. Jetzt lügen Sie. Um mir eine Freude zu machen. Aber ich freue mich nicht. Es spielt keine Rolle.

Es war irgendwo im Hammarbyhafen, es war derselbe Mann, der Majken auch immer Sachen abkaufte, falls dies nötig war. Sie sprach mit ihm, und er kam mit einer Kiste heraus, die ungefähr so groß war.

Ich glaube, das war am nächsten Tag. Am Tag nach ... wie hieß diese Müllsammelstelle jetzt wieder? Malsta, stimmt. Es war am Tag nach Malsta, glaube ich. Also gestern.

Ich übernachtete bei Majken. Eine Wohnung mit vielen Blumen. Wir unterhielten uns den ganzen Abend, die ganze Nacht. Ich glaube, wir zogen eine Art Bilanz. Für und Wider.

Ich glaube, das Band ist zu Ende. Wollen Sie es nicht wechseln oder umdrehen oder was Sie damit machen?

Dann eben nicht. Ich habe gedacht, das hier würde Sie am meisten interessieren. Wo wir uns den Sprengstoff besorgt haben, wer ihn uns verkauft hat, warum wir es getan haben. *Warum* sollte allerdings hoffentlich jedem klar geworden sein, nach allem, was ich erzählt habe. An den Rest erinnere ich mich nicht. Es war im Hammarbyhafen.

Aber warum lebe ich?

Ich habe mit eigenen Augen gesehen, dass alles um mich herum brannte. Das ganze Kaufhaus NK. Was ist mit dem Kaufhaus passiert? Es muss doch zumindest geschlossen sein?

Aha. Habe ich es mir doch gedacht. Wie lange wird es geschlossen bleiben?

Nicht länger? Ich habe doch geglaubt, dass ... dass alles einstürzen würde. Es war Plastiksprengstoff. Ein großer weißer Klumpen. Als wollte man ein Weißbrot backen.

Man kann Menschen nicht unsichtbar machen. Am Ende

fordern sie, sichtbar werden zu dürfen, und dann knallt es, verstehen Sie?

Aha.

Aber wollen Sie mich denn nicht ... einlochen?

Tja, wo sollte ich sonst hingehen? Majken gibt es nicht mehr und ... haben Sie den Schlüssel zurückgegeben, liegt er wieder in meiner Tasche? Ja, ja. Dann werde ich wohl mal nach Hause gehen. Ja. Sofort.

Ich dachte, ich würde lebenslänglich bekommen, und dann lassen Sie mich einfach laufen. Wie ist das möglich? Nun ja. Ich werde nach Hause gehen.

Dann kommt bestimmt der Pflegedienst und bringt Börje zurück, ha ha. »Danke fürs Ausleihen«, werden sie sagen.

Ja, ja. Auf Wiedersehen.

*

Die Frau, die soeben vernommen worden war, wurde von einem der neuen Vollzugsbeamten aus dem Raum geleitet; Lennart konnte sich seinen Namen nicht merken. Irgendetwas Arabisches. Mattias saß auf der anderen Seite des Schreibtisches und schaute ihn fragend an.

Lennart riss das oberste Blatt aus seinem Notizblock – auf dem unter anderem die Worte KF Kundentelefon, Majken, silberfarbener VW-Käfer und Malsta standen – und warf es in den Papierkorb.

»Warum hast du sie gehen lassen?«, fragte Mattias. »Anstiftung zur Brandstiftung, normalerweise würden wir ...«

»Normalerweise. Was willst du tun? Sie in Untersuchungshaft nehmen?« Lennart seufzte, holte das Band aus dem Tonbandgerät und legte es zu den anderen. »Wenn sie zu Hause ist, übernimmt das Sozialamt.«

»Aber Anstiftung zur Brandstiftung.« Mattias schüttelte den Kopf. »Nein, das kapier ich nicht.«

Lennart sortierte seine Sachen auf dem Schreibtisch. Bei der langen Vernehmung waren sie in Unordnung geraten, weil er die Angewohnheit hatte, mit Stiften, Büroklammern, Zetteln und ähnlichen Dingen zu spielen, während der Verdächtige redete. Vor allem, wenn es wie an diesem Tag beinahe ein Monolog war.

Er betrachtete den jungen Mann, der ihm gegenübersaß. Mattias würde mit der Zeit sicher ein guter Polizist werden. Oder ein Paragraphenreiter der übelsten Sorte, das ließ sich noch nicht abschätzen. Es gab zweifellos eine Tendenz zu Letzterem.

Während Lennart draußen war und telefonierte, hatte Mattias die weitere Vernehmung übernommen. Wenn man sich das Band anhörte, würde man wahrscheinlich merken, wie die Geschichte der Verdächtigen daraufhin in Bruchstücke zerfallen war, den Zusammenhang verloren hatte. Mattias stellte die Dinge immer sofort in Frage. Lennarts Methode bestand dagegen darin, zunächst ein möglichst großes Grundmaterial zu bekommen, *bevor* er anfing, die Brüche darin zu suchen. In diesem Fall war das jedoch nicht nötig.

»Hör zu«, sagte Lennart. »Wir sind uns einig, dass sie nicht versucht hat, NK in die Luft zu jagen, stimmt's?«

Mattias nickte verdrossen.

»Sie hat eine Flasche Brennspiritus auf einen Teppich geschüttet und ihn angezündet. Okay, Rauchschwaden und so weiter. Aber sie verlieren wahrscheinlich zehn Mal so viel Geld dadurch, dass sie das Kaufhaus schließen mussten, wie durch den tatsächlich entstandenen Sachschaden. Außer ihr selbst hat kein Mensch auch nur eine Schramme abbekommen. Und bei ihr gibt es kein Geld zu holen. Sie *wird* angeklagt werden. Aber ich sehe keinen Grund, sie in Untersuchungshaft zu nehmen.«

»Und was ist mit dieser Majken?«, wollte Mattias wissen. »Warum haben wir nicht herauszufinden versucht, wo sie ist, wie sie ...«

Lennart hob die Hand.

»Ich habe den Kundendienst von Konsum angerufen. Dort arbeiten nur zwei Personen. Keine von beiden heißt Majken. Es sind beides Männer. Von einer Majken hatten sie noch nie gehört.«

Mattias schnaubte. »Das ist ja wohl nicht so wichtig. Den Punkt könnte sie genauso gut erfunden haben. Um Majken zu schützen.«

»Ja«, erwiderte Lennart. »Schon möglich. Aber das glaube ich nicht. Ich habe nämlich auch den Pflegedienst angerufen.«

»Und?«

»Die Sache ist die, dass einige Details ihrer Geschichte zwar stimmen, aber ...«

Lennart seufzte und lehnte sich zurück. »Sie hat so was gesagt wie, sie könne keine Trauer an sich heranlassen, nicht akzeptieren, erinnerst du dich?«

»Nein.«

»Nun, sie hat gesagt ...« Lennart sah in das verschlossene Gesicht des jüngeren Mannes und verwarf die Worte, die ihm auf der Zunge gelegen hatten. Es war sinnlos. Mattias würde einen Kurs in Einfühlungsvermögen oder etwas Ähnliches besuchen müssen. Plötzlich meinte er jedoch einen anderen Zug in Mattias' Gesicht auszumachen. Ein Gefühl von ... Überlegenheit, eine Art *Ja, ja, du und deine Ideen, aber du bist trotzdem süß.* Lennart wurde wütend, beugte sich über den Schreibtisch und sagte:

»Hör zu. Es geht hier um einen Punkt bei Vernehmungen, den du mit der Zeit hoffentlich begreifen wirst. *Vielleicht.* Ein Mensch hat ein Verbrechen begangen, behauptet aber, unschuldig zu sein. Okay. Die betreffende Person wird also kein Geständnis ablegen. Was sie dagegen unbewusst enthüllen kann, ist ein *Zug in ihrem Charakter,* der theoretisch dazu führen könnte, dass dieses Verbrechen begangen wurde. Wir erzwingen das nicht. Manchmal kommt es von selbst, in einem Nebensatz, in einer Geschichte über etwas anderes. Ist die betreffende Person raffiniert, kommt es überhaupt nicht. Aber die meisten Menschen sind nicht so raffiniert. Und da haben wir dann den winzigen Faden, an dem wir ziehen, bis das ganze Knäuel vor uns liegt. Kapiert?«

Mattias zuckte mit den Schultern.

»Wie dem auch sei«, fuhr Lennart fort. »Der Pflegedienst hat bestätigt, dass sie vor zwei Tagen zu einem Hausbesuch da waren und sie zu diesem Zeitpunkt nicht daheim war. Börje, ihr Mann, war dagegen zu Hause, und er war tot.«

Mattias, der nach Lennarts Lektion die Arme vor der Brust verschränkt hatte und schmollte, erwachte zu neuem Leben. »Tot?« Er schaute zu der Tür, durch die Dolly verschwunden war, und streckte die Arme aus, als hätte er nach ihr greifen wollen. »Aber dann hat sie doch ... das ist doch, wie heißt das, Verwahrlosung ...«

Lennart schüttelte den Kopf.

»Er ist vor drei oder vier Tagen eines natürlichen Todes gestorben.«

Jetzt hatte es Mattias die Sprache verschlagen. Sein Mund stand offen und schien etwas sagen zu wollen, aber er schloss ihn wieder.

»Tja«, meinte Lennart. »Alles, was sie da erzählt hat, wie sie sich um ihn gekümmert und bei ihm gesessen hat. Er war die ganze Zeit tot.«

Als Mattias dem nichts hinzuzufügen hatte, fuhr Lennart fort: »Wenn ich eine Vermutung wagen dürfte, würde ich schätzen, dass ... dass sie unmittelbar nach dem Tod ihres Mannes Majken angerufen hat. Wer Majken ist? Irgendwer, vielleicht auch niemand. Vielleicht hat sie überhaupt nicht angerufen, vielleicht hat sie die Zeitansage angerufen. Ginge es um einen schwerwiegenderen Fall, würden wir ihre Anrufe in der entsprechenden Zeit überprüfen, aber ich vermute, dass sie nur den Hörer abhob und redete.«

»Du meinst«, sagte Mattias, »dass sie sich das Ganze nur ausgedacht hat?«

»Nicht alles. Sie ist bei uns wegen Ladendiebstahl registriert. Das hat sie getan. Geklaut und ihren Mann gepflegt. Als er starb, machte sie die Klauerei wichtiger. Gestaltete eine ganze Welt aus ihr. Holzhammerpsychologie, mag sein, aber du würdest staunen, wie oft die Dinge so einfach sind.«

»Aber ...«, setzte Mattias an, »was passiert jetzt mit ihr?«

»Es wäre mir lieber gewesen, sie hätten sie sofort abgeholt, aber sie hatten nicht genug Leute. Sie fahren später zu ihr nach Hause. Sie kann ja da nicht alleine in der Wohnung hocken.«

»Großer Gott«, sagte Mattias. »Was für ein Chaos.«

»Ja.« Lennart löschte die Lampe über dem Schreibtisch und sammelte seine Sachen ein. Er sehnte sich heim zu seiner Frau. Er hatte das Gefühl, dass er ihre bloße Existenz an diesem Abend mehr denn je zu schätzen wissen würde.

»Ich kann natürlich auch falschliegen«, sagte er, ehe er Mattias seinen Gedanken überließ. »Ganz falsch.«

*

Als ich auf die Straße hinauskam, dämmerte es bereits. Ich wusste nicht, dass ich so lange mit den beiden Polizisten zusammengesessen hatte. Meine Hände brannten noch immer von dem Brennspiritus, der für einen kurzen Moment auf ihnen gelodert hatte, ehe ich ihn löschen konnte. Ich nahm ein bisschen Schnee aus einer Wehe und bedeckte sie damit.

Ich hatte ihnen alles gesagt, was ich sagen wollte. Jetzt wussten sie, worum es ging.

Sanfter Schneefall durchlöcherte die Hitze in meinem Gesicht. Ich fand es schön, mir ein bisschen die Beine vertreten zu können, nachdem ich so lange still gesessen hatte. Auf der Straße kämpfte sich vor mir eine Frau um die siebzig mit einer Einkaufstasche voran. Sie ging gebückt, eingeschüchtert, als schleppte sie alle Enttäuschungen ihres Lebens in dieser Tasche mit sich herum.

Ich wischte den Schnee von meinen Händen, vergrub sie in den Manteltaschen und setzte meinen Weg mit großen Schritten fort.

*

Nachdem Lennart gegangen war, blieb Mattias noch längere Zeit im Vernehmungszimmer sitzen und dachte nach. Die Geschichte der Frau hatte ihn wahrlich nicht überzeugt. Sie war falsch, ja. Das wussten sie. Aber Mattias wurde das nagende Gefühl nicht los, dass es nicht daran lag, dass die Frau geistig verwirrt war, sondern dass sie ... nun ja, log.

Log.

Er spulte das Band eine Weile vor und zurück, hörte sich gewisse Partien an und wurde in seiner Überzeugung bestärkt. Wenn sie zum Beispiel den Schein erwecken wollte, dass ihr Mann noch lebte, als er längst tot war, hätte es völlig ausgereicht zu sagen, dass sie gesehen hatte, wie er aufstand und zur Toilette ging.

Aber das sagte sie nicht. Sie sagte, dass sie mit ihm zusammensaß, ihm die Couch bezog, und er die Wand anstarrte. Natürlich. Sie log nicht, sie ... ließ nur das Selbstverständliche aus. Die beste Art zu lügen besteht darin, zu sagen, wie es ist, hier und da jedoch ein Detail zu verändern.

Er rief die Telefongesellschaft an und bat sie, Dollys Telefonnummer herauszusuchen und ihm zu sagen, welche Gespräche von diesem Anschluss aus geführt worden waren. Es dauerte nicht lange. An dem Tag, für den er sich interessierte, vor sechs Tagen, war nur eine Nummer gewählt worden. Sie lautete 020-83 33 33.

Die Unruhe in seinem Bauch legte sich etwas. Das war genau die Art Nummern, die man wählte, wenn man nur willkürlich auf die Tasten drückte. Trotzdem erkundigte er sich, ob die Nummer einem Teilnehmer gehöre, und wenn ja, welchem.

Es dauerte nur drei Sekunden, bis die Frau am anderen Ende antwortete: »Es ist die Nummer des Kundentelefons der Supermarktkette Ica.«

Ein Rauschen wie von einem großen Flügel schlug an seinem Kopf vorbei.

Kleine Details ...

Seine Stimme brach, als er darum bat, verbunden zu werden, und als sich am anderen Ende eine Frau mit »Ica Kundentelefon« meldete, fragte er wie aus der Pistole geschossen:

»Entschuldigen Sie bitte, aber ich hätte gerne Majken gesprochen.«

»Tut mir leid«, antwortete die Frau. »Sie ist in den letzten Tagen nicht hier gewesen. Kann ich Ihnen vielleicht weiterhelfen?«

»Nein danke, ich ... melde mich wieder.«

Er legte auf und blickte auf die Schreibtischplatte hinab. Es war fast eine Stunde her, dass sie die Frau laufen gelassen hatten. Die beste Art zu lügen besteht darin, kleine Details zu verändern. Oder haargenau zu sagen, wie es ist, *aber in der falschen Reihenfolge.*

Als die Bürotür hastig aufgerissen wurde, wusste er bereits, was passiert war.

*

Der Käfer stand falsch geparkt vor einer Einfahrt, aber Majken saß am Steuer. Ich klopfte den Schnee vom Mantel und stieg ein.

»Wie ist es gelaufen?«, fragte Majken.

»Gut«, antwortete ich. »Sie haben geschlossen, es sind keine Menschen mehr dort.«

»Und sie wissen warum?«

»Ja. Wenn sie es denn begreifen. Ich habe ihnen alles erzählt.«

»Bravo«, sagte Majken, legte den ersten Gang ein und parkte aus.

Langsam fuhren wir die Hamngatan hinab. Ich hatte alle Zeit der Welt, mein Leben Revue passieren zu lassen. Es durchzugehen. Was gab es da schon durchzugehen? So viel Leere, zu Sekunden komprimierte Jahre und immer gleiche Abläufe, die sich unendlich wiederholten. Ich war fertig damit.

Majken setzte zum Kungsträdgården zurück und hielt an. Der Eingangsbereich von NK leuchtete orangegelb vor uns. Ich sah keine Menschen. Wenn ich heute früh nicht schon einmal da gewesen wäre, würde es jetzt von Menschen nur so wimmeln.

Wir standen quer auf der Straße. Ein Bus bremste und hupte wütend.

»Noch ein paar letzte Worte?«, fragte Majken.

»Nein«, sagte ich. »Welche sollten das sein?«

Sie gab vorsichtig Gas, rollte auf den Eingang zu und nahm Kurs auf die Doppeltür in der Mitte. Als sie sicher war, sie zu treffen, gab sie Vollgas. Die Türen bogen sich einen Moment, ehe sie nachgaben und zersplittert wurden.

Wir standen in einem Auto sitzend im Eingangsbereich. Es war ein seltsames Gefühl.

Majken nahm den Auslöser in die Hand, zögerte und gab ihn mir. Ich saß mit dem kleinen Metallklumpen in der Hand neben ihr und betrachtete den blauen Knopf. Wenn Jahre zu einem Augenblick werden können, gibt es umgekehrt auch Augenblicke, die zu Jahren werden können.

Irgendwo in weiter Ferne schrie jemand. Ich drückte auf den Knopf.

Wieder einmal hatte ich vergessen, dass der Kofferraum beim Käfer vorne ist. Also staunte ich für den Bruchteil einer Sekunde darüber, dass der alles auslöschende Stoß *von vorne* kam. Die Windschutzscheibe wurde zu einem weißen Schirm gesprengt, der sich auf meine Augen legte und alles verschwinden ließ. Wir sind nicht unsichtbar.

Genug davon.

Pappwände

Als ich neun war, brachte mein Vater im Sommer auf der Ladefläche seines Kleinlasters einen Karton mit. Einen großen Karton. Den größten, den ich jemals gesehen hatte. Zwei mal zwei mal zwei Meter. Mein Vater erklärte, man könne achttausend Milchkartons darin stapeln. Was sich in dem Karton befunden hatte, weiß ich nicht. Damals arbeitete mein Vater im Sägewerk, also war es vermutlich Baumaterial. Vielleicht Holzwolle. Ich dachte damals nicht darüber nach. Es war einfach nur ein wunderbarer Karton, und er war für mich.

Sobald mein Vater ihn von der Ladefläche geworfen hatte, schleifte ich den Karton auf den Rasen und ging hinein. Der Karton roch gut, wie nagelneue Spielsachen am Geburtstag. Die Doppeltür zum Garten stand offen, rahmte ihn ein und verstärkte das Tageslicht. Die üblichen Sträucher und Bäume wurden neu und fremd, als hätte ich einen Film gesehen.

Ich setzte mich auf den Boden und sah meinen Vater auf dem Weg zur Haustür ins Bild kommen. Er blieb stehen, wandte sich mir zu und winkte. Ich winkte auch, obwohl es mir falsch erschien. Im Film winkt man niemandem zu. Aber ich freute mich eben über den Karton.

Mein Vater ging ins Haus, und ich schloss die Türen, so gut es ging. Aber was immer ich auch anstellte, stets blieb ein zentimeterbreiter Spalt, den ich nicht loswurde und durch den ein Streifen Sonnenlicht auf den Boden fiel. Man bekam ihn nicht völlig dunkel, sodass ich stattdessen die Augen schloss und lauschte.

Durch die dünnen Wände hörte ich singende Vögel, das Meer, das über den Ufersaum leckte, leise Stimmen, Bootsmotoren. Es kam mir vor, als wäre das alles weit weg, außerhalb meiner Reichweite gebracht worden. Ich hörte jeden einzelnen Laut, aber das Ganze, die Welt, war fort und konnte mich nicht mehr erreichen.

Ich legte mich hin und tat so, als wäre ich in einer anderen Zeit. Der Sonnenstreifen lag wie ein dünner Gürtel auf meiner Hüfte. Ringsum lagen Burgen, Turnierbahnen. Die Stimmen, die ich hörte, gehörten streitenden Rittern. Kurz darauf wurden Schwerter gezogen. Wenn ich die Türen öffnete, würde mein Pferd davorstehen und mich erwarten. Durch die Decke hindurch sah ich Pterodaktylen am Himmel vorüberziehen. Sie umkreisten meinen Karton, konnten aber nicht hinein. Vielleicht sahen sie ihn nicht einmal, vielleicht war ich unsichtbar.

Es klopfte an der Tür, und ich schlug die Augen auf. Der Sonnenstreifen lag auf meinen Oberschenkeln.

»Ist jemand zu Hause?«, hörte ich die Stimme meines Vaters.

»Ja.«

»Im großen Haus wird jetzt das Abendessen serviert.«

Ich ging auf die Knie und krabbelte aus dem Karton. Die Nachmittagssonne blendete mich. Das schwache elektrische Surren des Sommers holte mich in die Welt zurück. Der Geruch von Sägespänen in Vaters Arbeitshose. Im Inneren des Kartons gab es keine Gerüche.

»Wie geht's?«, fragte er.

»Gut«, sagte ich.

Er strich mit der Hand über den Karton.

»Das Ding passt nirgendwo hinein«, meinte er. »Wenn es regnet ...« Er zuckte mit den Schultern. »Du darfst ihn behalten, solange es geht. Oder sollen wir ihn mit einer Plane abdecken, was meinst du?«

»Ich weiß nicht.«

Mein Vater nickte. »Wir werden uns wohl den Wetterbericht anhören müssen.« Er blickte in den Himmel. »Ich denke, es wird noch eine ganze Weile nicht regnen. Schlecht für die Kartoffeln.«

»Gut für den Karton«, erwiderte ich.

»Stimmt.«

Gemeinsam gingen wir ins Haus.

Als mein Vater am nächsten Tag zur Arbeit gefahren war, ging ich zu dem Karton hinaus. Der Tau war noch nicht verdunstet, und die Pappoberfläche war feucht und gewellt. So, wie er dort im Garten stand, sah der Karton seltsam aus, wie ein Ding, das ein Raumschiff verloren hatte. Alles um ihn herum war verändert.

Im Gartenschuppen stand ein alter Kinderwagen, den mein Vater aufbewahrt hatte, um die Räder abnehmen zu können, falls ich eine Seifenkiste bauen wollte. Es war schwer, den Karton hinaufzubugsieren, und noch schwerer, ihn daran zu hindern, wieder herunterzufallen. Nach mehreren fehlgeschlagenen Versuchen, bei denen der Karton schon nach zwei Metern wieder herunterfiel, kam mir die Idee, ein paar Steine hineinzulegen.

Ich musste den Wagen hinter mir herziehen, um nach vorn freie Sicht zu haben. Mehrere Male fiel der Karton herunter. Ich benötigte eine gute Stunde, um ihn die dreihundert Meter zum Sjöängsstigen zu schaffen, und von da an wurde es noch schwieriger. Der Weg war schmal, und die Bäume standen links und rechts so dicht am Wegrand, dass Äste über die Seite des

Kartons schabten und ihn ständig herunterzuwerfen drohten.

Erwachsene kamen mir auf dem Weg entgegen und scherzten. »Hallo, John, ziehst du von zu Hause aus?« Jemand bot mir seine Hilfe an, aber ich lehnte ab. Ich wollte nicht, dass sie Bescheid wussten. Das letzte Stück in den Wald hinein ließ ich den Kinderwagen zurück, kippte die Steine aus und zog den Karton hinter mir her. Das ging leichter. Den Kinderwagen hatte ich nur genommen, um meiner Arbeit eine Art Legitimität zu verleihen. Ein Kind, das einen riesigen Karton auf der Erde hinter sich herschleift, das sah nicht gut aus. Das war mir bewusst.

Im Wald gab es niemanden, der mich aufhalten konnte. Ich hielt einen Zipfel der Öffnung fest, und der Karton glitt geschmeidig über Gras und Moos. Sobald der geringste Widerstand auftauchte, machte ich Halt und kontrollierte. Bog einen Zweig zur Seite oder justierte den Karton seitlich, damit er um einen Stein herumkam. Als ich die richtige Stelle erreichte, war der Karton immer noch vollkommen unbeschädigt.

Mein altes Hüttchen, aus Stöcken und Fichtenzweigen gebaut, war vermodert. Die Nadeln, die noch an den Zweigen hingen, waren grau, und das Ganze sah aus wie ein Haufen Reisig. Ich brauchte eine Weile, um ihn wegzuräumen und im Wald zu verteilen. Anschließend stellte ich den Karton an seinen Platz.

Ich trat ein paar Schritte zurück. Es war fantastisch.

Der Karton erschuf eine Welt in der Welt. Seine hellbraune geometrische Form im Chaos des Waldes war mein Werk. Meine Schöpfung, meine Ordnung. Der Karton hatte mich zum Besitzer dieses Ortes gemacht. Hier hatte ich mein Haus. Die Türen standen offen; ich musste nur noch eintreten.

Ich lief mit dem Kinderwagen nach Hause, mixte mir eine Flasche Saft, holte aus der Küche ein paar Kekse und eine Rolle Klebeband und lief zurück. Anschließend verbrachte ich den Nachmittag in meinem Karton und seiner näheren Umgebung. Mit dem Klebeband konnte ich den Deckel so schließen, dass kein Tageslicht mehr hereindrang.

»Was ist mit dem Karton passiert?«

»Ich habe ihn woanders hingebracht. Papa?«

»Mm?«

»Darf ich heute Nacht da schlafen?«

»In dem ... Karton?«

»Ja.«

Mein Vater pellte eine Kartoffel und legte sie auf meinen Teller. Ich konnte das zwar auch selbst, aber dann dauerte es fünf Mal so lang. Er sah aus dem Fenster. Der Himmel war hellblau, und das Wasser der Förde kräuselte sich kaum.

»Ja, kannst du«, sagte er. »Aber dann möchte ich schon wissen, wo du bist. Wie hast du dieses Riesending eigentlich transportiert?«

»Mit dem Kinderwagen. Er steht bei Sjöängen, im Wald.«

»Nach Bogefors hinauf?«

»Ja.«

»Aha, dann weiß ich Bescheid.« Er sah mich an. Einen Moment lang fand ich, dass er traurig aussah. Dann verschwand das. Er lächelte. »Vorher müssen wir deinen Schlafsack aber noch ein bisschen auslüften.«

Der Schlafsack, der lange weggepackt gelegen hatte, wurde zum Lüften auf die Wäscheleine gehängt. Mein Vater wechselte die Batterien in der großen Taschenlampe aus, und ich machte mir ein paar Butterbrote, bereitete eine größere Flasche Saft vor und packte alles mit ein paar Tim-und-Struppi-Alben und einem Kissen in den Rucksack.

Mein Vater saß in der Abendsonne auf der Eingangstreppe und las eine alte Illustrierte. Ich blieb mit meinem Gepäck vor ihm stehen, um ihm alles zu zeigen. *Hier siehst du mich. Fertig verpackt.* Er blinzelte mich an, nickte.

»Aha. Jetzt geht es also los.«

»Ja«, sagte ich. »Jetzt geht es los.«

Mehr gab es im Grunde nicht zu sagen. Wir umarmten uns immer, wenn ich zu ihm hinauskam oder wenn ich wieder wegfuhr. Dies war keine solche Gelegenheit, sodass ich mich wunderte, als er von seinem Stuhl aufstand und mich umarmte.

»Pass auf dich auf«, sagte er.

»Ja, klar«, erwiderte ich. »Morgen früh komme ich wieder.«

»Sicher. Ich weiß.«

Ich machte mich auf den Weg, und er setzte sich erneut in den Gartenstuhl. Hinter mir ertönte das Knarren der Federn. Ich drehte mich ein letztes Mal um und winkte. Er winkte auch. Die Lesebrille, die auf seiner Nase heruntergerutscht war, wurde von der Sonne in Brand gesetzt, und die Schatten machten die Eingangstreppe weich und warm. So wird er mir für immer in Erinnerung bleiben.

Die tiefstehende Sonne reichte nicht bis zu dem Karton hinab, die Lichtung lag im Schatten. Ich rollte den Schlafsack aus, legte das Kissen hin und deponierte meinen Proviant in der Ecke. Anschließend lag ich lange im Schlafsack und las abwechselnd *Tim und Struppi* und blickte in den Wald hinein, wo die Dämmerung die Stämme dunkel färbte. Ich spielte keine Fantasiespiele; ich fand es gut, so wie es war.

Als das Licht so schwach geworden war, dass man nicht mehr lesen konnte, schloss ich die Türen. Ich machte ein paar Luftlöcher, klebte zu und schaltete die Taschenlampe an.

Der große Unterschied dazu, in einem Zelt zu liegen, bestand darin, dass sich nichts bewegte. Keine schlagende Zeltplane, kein Erahnen von Schatten im Freien. Kein Kontakt zum Erdboden. Nur die glatten Wände, alle gleich. Ich hätte überall sein können.

Ich las *Tim und Struppi*, bis mir die Augen zufielen, schaltete die Lampe aus und kauerte mich im Schlafsack zusammen. Es herrschte völlige Dunkelheit. Ich öffnete und schloss die Augen, stellte keinen Unterschied fest.

Vielleicht schlief ich, vielleicht auch nicht. Wenn ich schlief, erwachte ich von einem Geräusch. Etwas bewegte sich über trockene Zweige, durch Gras. Es kam näher. Ich tastete mit dem Finger nach meinen Augen, um zu überprüfen, dass sie offen waren. Ja. Es brannte, als mein Fingernagel den Augapfel berührte. Ich streckte mich nach der Taschenlampe und fand sie, schaltete sie jedoch nicht ein.

Ich hielt den Atem an. Das da draußen blieb stehen, setzte sich wieder in Bewegung, näherte sich dem Karton. Jetzt konnte ich seine Atemzüge hören: Sie gingen langsam und tief, ich sah ein großes Tier vor mir. Vor Sauerstoffmangel wurde mir schwindlig, und ich ließ sachte die Luft aus der Lunge entweichen, saugte neue ein und biss mich in die Fingerknöchel. Es war weder ein Pferd noch eine Kuh. Aber etwas in dieser Größe. Bedeutend größer als ein Mensch. Das hörte man an den Schritten. Doch das, was sich auf meinen Schlafplatz zubewegte, ging auf *zwei Beinen.* Ich kann nicht erklären, woher ich das so genau wusste, aber es hatte mit den Intervallen zwischen den Schritten zu tun, damit, wie die Füße ins trockene Gras, die trockenen Blätter gesetzt wurden.

Vergeblich starrte ich auf die Pappwand in der Richtung, aus der sich das Wesen näherte. Nichts als Dunkelheit. Ich kniff die Augen zusammen, und es breiteten sich rote Sterne aus. Das Wesen befand sich nun direkt vor dem Karton, auf der anderen Seite der Wand. Mein Herz schlug rasend schnell, und ich wollte mich gegen die zugeklebte Wand werfen und rennen, rennen.

Die Atemzüge waren so deutlich zu hören, dass ich die Wärme des Atems auf meinem Gesicht zu spüren meinte. Was da atmete, befand sich kaum mehr als einen halben Meter von mir entfernt. Ich streckte, langsam, ganz langsam die Hand dorthin aus, bis meine Finger die Pappwand erreichten. Ich ließ sie dort liegen und wartete.

Ich stellte mir einen Schlag, einen plötzlichen Ruck vor, dass die dünne Wand aufgerissen und ich von Angesicht zu Angesicht mit dem Wesen auf zwei Beinen sitzen würde, das kein Mensch war. Aber es passierte nichts. Alles war still. Ich ließ erneut die Luft fahren, sog neue ein.

Dann passierte es. Anfangs spürte ich es als schwache Vibration in den Fingerspitzen, dann hörte ich das schlurfende Geräusch. Was auf der anderen Seite war, strich mit seiner Hand über die Wand. Sachte, streichelnd. Ich spürte den Druck seiner Hand, und die Wand gab minimal nach, wenn sie direkt unter meinen Fingern vorüberstrich. Sie verharrte an der Stelle, einen Moment, und wurde weggenommen.

Ich blieb mit den Fingern auf der Wand sitzen und lauschte. Schritte verschwanden durchs Gras. Die Muskeln in meinen Beinen schmerzten vom krampfhaften Stillsitzen, aber ich blieb sitzen, bis sich die Schritte nicht mehr vom Rauschen in den Baumwipfeln unterscheiden ließen. Dann ließ ich die Wand los und kauerte mich auf dem Boden zusammen.

Es hatte mich verlassen.

DIE ENTSORGUNG

Yes sir, ich kann Boogie
Ja, ich weiß, wie man das macht.
Ich bin boogie, boogie-woogie
Heute Nacht.

M. A. Numminen – Yes Sir, ich kann Boogie

Aus der Illustrierten *Vi*, August 2006

Interessierten Lesern, die sich über das Phänomen der zum Leben erwachten Toten informieren möchten, stehen eine ganze Reihe von Büchern zur Verfügung.

Die umfassendste Dokumentation der Ereignisse findet man in Sten Hammers kürzlich erschienenem *Tot oder lebendig?* Neben einer Minute für Minute fortschreitenden, detaillierten Darstellung der Ereignisse enthalten die achthundert Seiten Interviews mit einer Reihe von Schlüsselpersonen.

Eine kritischere Haltung prägt das Buch *Der Zaun* des ETC-Journalisten Dag Eliasson. Hier steht vor allem das Vorgehen der Behörden vor und nach der Räumung Hedens am 17. August 2002 im Mittelpunkt des Interesses. Das Interview mit Sozialminister Lars Härstedt, der nach dem Zwischenfall zurücktrat, ist besonders aufschlussreich. Ein Großteil der vorhandenen Forschungsergebnisse ist in schwerverständlichen Fachaufsätzen zugänglich, eine eher populärwissenschaftlich gehaltene Zusammenstellung findet man dagegen in *Aufruhr der Enzyme* der Wissenschaftsjournalistin Karin Johannesson. Übersichtlich werden die verschiedenen Schulen der so genannten ATPX-Forschung vorgestellt, wobei das X für die Mutation des Koenzyms ATP steht, die noch nicht näher erforscht worden ist und für das Phänomen verantwortlich gemacht wird.

Ein regelrechter Thriller ist Jovan Sisleks *In der Vorstandsetage des Todes,* das den Aufstieg und Niedergang des Pharmaunternehmens Lifeguard schildert. Der Skandal um den viel beachteten »Todesimpfstoff«, der sich als Bluff erwiesen hat, ist ja höchst aktuell, da im Stockholmer Amtsgericht in Kürze der Prozess beginnen wird. Spannende Lektüre.

Über die derzeitigen Aktivitäten in Heden ist äußerst wenig geschrieben worden. Der Journalist eines Boulevardblatts verglich Heden kürzlich mit Nordkorea. Es dringt so gut wie nichts heraus. Eine Hand voll Augenzeugenberichte sind in dem leider politisch tendenziösen, im Timbro Verlag erschienenen Buch *Sklaven bis in den Tod hinein* gesammelt worden.

Nicht unerwähnt bleiben soll zudem, dass P. O. Enqvists Theaterstück *Die Maßnahme* inzwischen in der Reihe Gegenwartsdramatik des Königlich Dramatischen Theaters erschienen ist. Das Stück, das in der Spielstätte Elverket zu einem Dauerbrenner avancierte, basiert auf einer großen Zahl von Interviews mit Angehörigen von Wiederlebenden und ist sehr ergreifend.

Dies ist nur ein Bruchteil all dessen, was geschrieben wurde. In englischer Sprache gibt es weitere zwanzig Bücher, die hier jedoch bewusst nicht aufgegriffen wurden.

*

Kalle Liljewall war *Humper* und das schwarze Schaf der Familie. Väterlicherseits war im Großen und Ganzen jeder Mitglied im Zentralverband der Akademiker. Außer Kalle, der Kisten für die Tanzcombo Tropicos schleppte und weder Mitglied eines Verbands noch einer Gewerkschaft war.

In den Augen seines Vaters machte Kalle fast alles falsch: Die Funkband, in der er Schlagzeug spielte, war nicht erfolgreich genug, seine Wohnung lag im schäbigen Stockholmer Vorort

Rinkeby, seine Arbeit hatte eine Berufsbezeichnung, die man im Wörterbuch der Schwedischen Sprache vergeblich suchte.

»Humper?«, hatte sein Vater gefragt und das Weinglas abgestellt. »Und was genau macht so ein ... Humper?«

»Fährt Sachen. Trägt.«

Der Blick seines Vaters suchte Kalles zwanzig Jahre ältere Schwester Rebecka, um von ihr eine Deutungshilfe zu erhalten. Rebecka legte den Zeigefinger auf die Lippen, dachte einen Moment nach und fragte dann: »Ist es das Gleiche wie ein Roadie?«

»Nee. Ein Roadie ist irgendwie ... na ja, ich mache auch ein paar Roadiesachen. Stecke Kabel ein und so, aber vor allem fahre ich den Krempel. Und trag ihn rein.«

»Ein Roadie macht also eine etwas qualifiziertere Arbeit als ein Humper?«

»Ja, das könnte man sagen.«

Rebecka nickte. Damit hatte sie die Begrifflichkeiten geklärt. Kalle machte den miesesten Job in der Unterhaltungsbranche, und damit hatte es sich. Sein Vater schüttelte den Kopf und seufzte.

Kalle war nicht verletzt. Jede andere Reaktion wäre eine Überraschung gewesen. Im Grunde hatte er von seiner neuen Arbeit nur erzählt, um zu provozieren. Und natürlich wegen der Befriedigung, seinen Vater das Wort »Humper« aussprechen zu hören.

Er war eine Art Asphaltblume, das Produkt einer kurzen Ehe seines Vaters mit einer seiner Studentinnen. Kalle hatte bei seiner Mutter Monica gelebt, bis er dreizehn war und seine Mutter Selbstmord beging, indem sie sich auf die U-Bahn-Gleise stellte und wartete. Widerwillig hatte sein Vater das Sorgerecht für ihn übernommen.

In seiner Kindheit war Kalle seiner Halbschwester Rebecka nur wenige Male begegnet. Unmittelbar nachdem Kalle zu seinem Vater nach Danderyd gezogen war, hatte Rebecka an der Stockholmer Universität zum Doktor der Philosophie promoviert. Mit Unterstützung ihres Vaters wurde sie später die jüngste Professorin in diesem Fach, die es in Schweden jemals gegeben hatte, und bekam einen Lehrstuhl an der Universität in Lund. Im Zusammenhang mit dem Erwachen der Toten wurde sie als Befürworterin eines strikt utilitaristischen Standpunkts in dieser Frage berühmt, oder vielmehr berüchtigt. Ihr Vater applaudierte uneingeschränkt. Berüchtigt zu sein war oftmals ein Zeichen von Stringenz.

Aber Kalle ... Kalle war etwas anderes.

Als Asphaltblume bezeichnet man ein Kind, dem es gelingt, trotz ungünstigster Voraussetzungen zu einem ganzen Menschen heranzuwachsen. Hier muss man allerdings ein wenig differenzieren. Kalle wurde eine Asphaltblume, obwohl er hartnäckig dazu gedrängt wurde, eine Spalierpflanze zu werden – ein Gewächs, das unter sorgfältiger Zucht und Pflege immer weiter nach oben strebte.

Die Voraussetzungen in Kalles neuem Zuhause konnte man eigentlich als ideal betrachten. Aber nicht für Kalle. Er war aus der Art geschlagen. Man brauchte nur einen Blick auf das Familienfoto anlässlich der Promotion seiner Schwester zu werfen, um das zu verstehen.

Dort steht sein Vater, schlank, groß und kantig in einem perfekt geschnittenen Frack. Neben ihm Rebecka in einem schlichten, aber eleganten, himmelblauen Kleid, das die Linie zwischen ihren Schultern und Kieferknochen betont, die Linie, die ein männlicher Doktorand halb scherzhaft zu einer logarithmischen Kurve verwandelte, deren Ziel es sei, die Gleichung für wahre Schönheit zu gewinnen.

Einen halben Schritt daneben steht Kalle. Seine Arme hängen herab. Er schaut in die Kamera, als wäre er gerade bei etwas Unanständigem ertappt worden. Er ist vierzehn Jahre alt, einen Meter dreiundsechzig groß und wiegt siebzig Kilo. Er trägt den Frack wie eine Gefängniszelle, in die er mit Hilfe von Elektrostößen gehetzt worden ist. Obwohl er sich am Morgen rasiert hat, wird sein Gesicht von Bartstoppeln überschattet. Er hat dichte rote Haare.

Ein Wechselbalg. Etwas anderes ist undenkbar. Eine Verwechslung in der Entbindungsstation. Aber es wurde ein DNA-Test gemacht. Kalle ist der leibliche Sohn von Professor emeritus Sture Liljewall. Manchmal geht die Genetik eben zum Teufel, da lässt sich nichts machen.

Zehn Jahre waren vergangen, seit dieses Foto geknipst wurde, und Kalle war inzwischen zweiundzwanzig Zentimeter größer und dreißig Kilo schwerer. Er trug seine roten Haare in Dreadlocks, die meistens im Nacken zusammengebunden waren. Er hatte einen Vollbart, den er mit einer Schere trimmte, sodass er ungefähr fünf Zentimeter lang blieb. Kurzum, er war ein ziemlicher Hüne.

Kalle litt unter einem großen Schmerz, der eine Handbreit unter seinem rechten Schlüsselbein eingekapselt saß. Nein, dort war keine Geschwulst, das hatte er kontrolliert, aber genau an dieser Stelle tat es weh, wenn ihn das Leben übermannte. Ein schwarzes Herz, das Ohnmacht in seinen Körper pumpte. Dann hämmerte er auf seine Trommeln, bis der Schweiß lief, was meistens funktionierte. Manchmal musste er viel Bier trinken.

Der Sinn des Lebens bestand darin zu leben. Das hatte Kalle zwei Jahre zuvor herausgefunden. Das war nicht selbstverständlich, für Kalle jedenfalls nicht, aber gerade deshalb hatte er es so definiert: Ich will leben. Mehr musste nicht gesagt werden.

Kalle hatte gut ein Jahr als Humper für die Tropicos gearbeitet, als sein Vater ihn anrief und ihm einen Job anbot. So drückte er sich allerdings nicht aus. Er drückte es eher als »die Möglichkeit eines zusätzlichen Einkommens« aus. Es gebe da ein paar Dinge, die transportiert werden mussten. Technische Geräte.

»Habt ihr für so etwas keine Leute?«, fragte Kalle.

»Willst du die Arbeit oder nicht?«

»Ich frag ja nur.«

»Das kannst du dir sparen. Wir benötigen einen Fahrer. Dreihundert Kronen in der Stunde plus Aufwandsentschädigung. Bar auf die Hand.«

»Hoppla. Du bezahlst schwarz?«

»Wie gesagt.«

»Ja, ja. Sicher. Okay.«

Kalle wurden eine Zeit und ein Ort genannt, an dem er sich einfinden sollte, und anschließend beendeten sie das Gespräch ohne weitere Gefühlsbekundungen. Kalle war nicht besonders scharf darauf, für seinen Vater zu arbeiten, aber das Geld entschied die Sache. Er bekam einen kleinen Monatslohn dafür, sich für den Fall bereitzuhalten, dass die Tropicos ihn brauchten, und wurde darüber hinaus für jede einzelne Fahrt bezahlt. In den letzten Monaten war das jedoch nur zweimal in der Woche gewesen. Es war fünf Jahre her, dass die Tropicos ihren letzten Hit hatten, und sie spulten ihr Programm ab, aber neue Engagements waren Mangelware.

Kalle kam über die Runden, mehr aber auch nicht. Während er darauf wartete, dass Funkface den Durchbruch schaffen würde – woran Kalle ehrlich gesagt nicht glaubte –, waren ein paar Tausender außer der Reihe nicht verkehrt.

Also lieh er sich den kleinen Bus, der nur dazu da war, Ausrüstung zu fahren (das hätte ein Bild abgegeben, mit dem großen Bus zu kommen, auf dessen Seite mit Airbrush der Bandname mit Palme und Sonnenuntergang geschrieben stand), und fand sich um neun Uhr abends an der Warenannahme des Karolinska Instituts ein.

Auf der Laderampe standen sieben matt glänzende Metallkisten. Im Gegensatz zu den verbeulten PA-Kisten der Tropicos schienen diese niemals benutzt worden zu sein. Nicht ein Kratzer. Ungefähr ein Kubikmeter pro Stück.

Kalle schaltete den Motor ab und stieg aus. Eine Tür ging auf, und ein Mann mit kleinen Händen und kleiner Brille kam heraus. Er nickte Kalle zu und zeigte auf die Kisten, worauf er die Arme vor der Brust verschränkte. Kalle schätzte, dass er den Mann ungefähr vier Meter weit werfen könnte. Lust genug hatte er dazu. Stattdessen packte er jedoch an und trug die Kisten in den Wagen. Einige waren leicht, zwei wogen etwa achtzig Kilo. Alles in ihnen war so gut verpackt, dass man nicht das leiseste Klappern hörte, als er sie abstellte.

Als die Kisten eingeladen waren, stellte sich Kalle mit ebenfalls verschränkten Armen neben den Wagen. Der Mann sprang von der Laderampe, ging zum Transporter und setzte sich wortlos auf den Beifahrersitz. Kalle blieb ein paar Sekunden stehen – *zwei Meter hoch in die Luft und dann mit dem Schädel in den Asphalt* –, schob sich ins Auto und ließ den Motor an.

»Wohin?«

»Heden.«

»Wo die Toten sind?«

»Ja.«

»Geht es auf das eigentliche ...«

»Ja.«

Kalle legte den ersten Gang ein und fuhr mit einem unnötigen Ruck an. Der Mann schnallte sich an. Zwei Minuten später waren sie auf der E4, und der Mann sagte keinen Ton. Kalle legte eine CD ein, und *Monkey Woman* mit der King Kong Crew schoss in die Fahrerkabine. Als der Mann immer noch nichts sagte, drehte Kalle noch etwas lauter und funkte sie weiter auf der E4, wechselte auf die E18 und bog schließlich auf die Schotterpiste über das Järvafeld ein.

Als sie sich den Toren des eingezäunten Geländes näherten, berührte der Mann Kalles Arm und zeigte zunächst auf die CD und danach mit dem Finger *tock, tock* auf den Fußboden. Kalle tat, als würde er nicht verstehen, schaute stattdessen auf den Boden, als suchte er dort nach etwas, und schüttelte den Kopf.

»Leiser machen«, sagte der Mann.

Kalle ging vom Gas. Ein Wachposten kam aus einem kleinen Verschlag neben den Toren.

»Bitte?«

»Leiser machen!«, sagte der Mann etwas lauter und wirkte gereizt. Kalle stellte leiser. Er hatte eine Reaktion bekommen. Immerhin etwas. Der Mann öffnete die Autotür, stieg aus und ging zu dem Wachposten. Er zog ein Papier aus der Jackentasche und zeigte es vor. Der Wachposten sah sich das Papier, das Auto und Kalle an. Er schien nicht wirklich einverstanden zu sein. Er machte eine Geste und kehrte zu seinem Wachhäuschen zurück. Der Mann blieb stehen.

Kalle schaute auf das Gelände hinter den Toren.

So sieht es hier also aus.

Fast jeder Schwede hatte schon einmal von Heden gehört, aber seit den Ereignissen im August 2002 wusste man nur wenig darüber, was dort vorging. Die lebenden Toten oder

Wiederlebenden, wie sie offiziell genannt wurden, waren damals ausgebrochen und hatten etwa hundert Menschen getötet, ehe sie durch eine nicht verfassungsgemäße Zusammenarbeit von Polizei und Armee eingefangen und nach Heden zurückgebracht worden waren. Seither war das Gelände für die Öffentlichkeit geschlossen.

Offiziell hieß es, man würde rehabilitierende Maßnahmen durchführen, die Wiederlebenden therapieren, aber zum einen wurden keine Journalisten zugelassen, und zum anderen hatte das Interesse der Öffentlichkeit nachgelassen, seit sich die Lage stabilisiert hatte. Man überließ Heden seinem Schicksal, und solange die Toten nicht herauskamen, scherte sich kaum jemand darum, was dort geschah. Die protestierenden Angehörigen hatten in den meisten Fällen aufgegeben.

Kalle gefiel die Sache nicht. Hätte er gewusst, dass die Fahrt nach Heden gehen würde, hätte er eventuell einen Rückzieher gemacht. Da er nur wenige Kilometer von dem Areal entfernt wohnte, hatte er einmal einen Spaziergang unternommen, um sich den Zaun anzuschauen, der das halbfertige Wohnviertel umschloss; damit hatte sich sein Interesse erschöpft. Aber jetzt, da er schon einmal hier war, packte ihn trotz allem die Neugier. Das Herz schlug schneller in seiner Brust.

Wie sieht es da aus?

Seltsamerweise schien auch sein Begleiter nervös zu sein. Händeringend trippelte er auf der Stelle. Mittlerweile hatte es begonnen zu nieseln, und im Scheinwerferlicht sah der Mann wie ein einsamer Gefangener auf einem öden Feld aus.

Kalle drückte auf die Hupe, und der Mann zuckte zusammen. Kein Zweifel, er war nervös. Kalle grinste, als der Mann mit einer Hand winkte, um ihn zur Ruhe zu bringen. Der kleine Wicht konnte einem fast ein wenig leidtun.

Der Wachposten trat aus dem Wachhäuschen und gab die

Papiere zurück. Offenbar war alles in Ordnung. Dennoch entnahm Kalle der Körperhaltung des Wachpostens, dass ihm die Sache nicht gefiel. Am liebsten hätte er sie wieder weggeschickt. Stattdessen kehrte er in seinen Verschlag zurück, und als der Mann wieder in den Wagen einstieg, schwangen beide Torflügel lautlos auf.

Kalle fuhr hinein.

»Welche Richtung?«

Der Mann zeigte. »Da vorne nach rechts.«

Es gab keine einzige Straßenlaterne, und das Licht der Autoscheinwerfer strich über kahle Betonwände, wurde in leblosen Fensterscheiben reflektiert. Das Ganze sah passenderweise wie eine Geisterstadt aus, und Kalles Fuß war darauf vorbereitet, auf die Bremse zu treten, denn er erwartete jeden Moment, einen Zombie vor den Wagen torkeln zu sehen. Er fühlte sich nicht richtig wohl, es war ihm, als surrte es in seinem Kopf wie von einem Stimmengewirr in einem fernen Zimmer.

Zwei Kurven später gelangten sie auf einen hell erleuchteten Innenhof. An einer Reihe von Punkten entlang der Fassade saßen Scheinwerfer, die ausnahmslos auf die Mitte des Hofs gerichtet waren, wo ein großes Gebäude stand, das sich von den Häusern ringsum unterschied. Es hatte eine gewisse Ähnlichkeit mit einem stark überdimensionierten Sommerhäuschen. Vielleicht war es früher einmal als Waschküche und Versammlungsraum vorgesehen gewesen. In Kalles Gegend gab es ein ähnliches Gebäude, in dem der Kurdische Verein seine Feste feierte. Hier herrschte allerdings keine Partystimmung: Eine Reihe von Wachposten stand um das Haus verteilt, die Fenster waren mit Luken und Gittern verriegelt. Es glich einem Gefängnis.

»Hier?«

»Nein. Weiterfahren.«

Die Wachposten am Eingang sahen sie ausdruckslos an, als sie vorbeifuhren. In Kalles Kopf tauchten blitzartig Bilder auf, die nicht ihm gehörten: zwei Kinder, die auf einem Bett hüpften, ein riesiger Baum, der ins Meer stürzte.

Davon hatte er gehört: die Fähigkeit, Gedanken zu lesen, die sich in der Nähe der Wiederlebenden einstellte. Er erkannte, dass in dem Haus viele von ihnen versammelt sein mussten. Er wandte sich dem Mann an seiner Seite zu, empfing aber nur mathematische Zahlenreihen.

Er schirmt sich ab. Das tut er mit Absicht.

Der Mann wandte sich ihm zu, und zum ersten Mal tauchte der Anflug eines Lächelns auf seinen Lippen auf.

»Ja«, sagte er. »Natürlich.«

Selbst als er das sagte, ratterten die Zahlenreihen weiter. Kalle blinzelte und versuchte sich auf die Straße zu konzentrieren. Das war nicht ganz leicht, weil man sich fühlte, als führe man durch einen Sturm aus wirbelnden Fichtennadeln, aber das Phänomen ebbte ab, je weiter sie sich von dem Versammlungsraum entfernten.

Sie überquerten den Hof, schlängelten sich durch weitere Passagen und erreichten einen weiteren, diesmal unbeleuchteten Hof, als der Mann neben ihm plötzlich »Stopp, hier« sagte.

Kalle schaute sich um. Der Hof unterschied sich von den anderen, durch die sie gefahren waren, nur dadurch, dass in zwei Kellerfenstern Licht brannte. Das Gedankenfeld war mittlerweile nur noch ein fernes Rauschen.

Der Mann stieg aus, ging zur Kellertür und klopfte an. Die Tür wurde geöffnet, und der Mann huschte hinein. Kalle lehnte sich aufs Lenkrad und horchte in sich hinein. Irgendetwas war hier faul, so viel stand fest. Nicht ganz faul, da sie durch die Tore gekommen waren, aber halb faul.

Papa ...

In welcher Weise war Sture Liljewall an dieser Geschichte beteiligt?

Leben und Werk seines Vaters waren für Kalle immer ein Mysterium gewesen. In gewisser Weise war es ganz einfach: Er begriff nicht, warum man so etwas wie Professoren für Philosophie überhaupt benötigte. Leute, die denken. Sicher, sicher, das ist schon in Ordnung, aber als Beruf? Sein Vater trat niemals in der Öffentlichkeit auf, und Kalle verstand nicht, was er den ganzen Tag machte. Im Gegensatz zu seiner Schwester. Sie schrieb gelegentlich Zeitungskommentare, Artikel, die Kalle zwar nicht gefielen, aber die er immerhin verstand.

Man hämmert auf Trommeln, man putzt Büros, man schreibt dämliche Artikel. Okay. Aber sein Vater ...

Dann war da noch etwas anderes, das Kalle nicht richtig greifen konnte. Er mochte seinen Vater nicht. Sture war steif, kalt, analytisch. Das war eine Sache. Aber darüber hinaus ... darüber hinaus stimmte mit ihm etwas nicht. Kalle war nicht analytisch veranlagt, er hatte es nie zu definieren versucht, aber das Gefühl war da. Ein kleiner Wahnsinn.

Eine Trivial-Pursuit-Frage, an deren Antwort Kalle sich aus irgendeinem Grund erinnerte:

Was fand man beim Tod des schwedischen Dichters Geijer unter seinem Bett?

Antwort: ein Paar nagelneue, unbenutzte Schlittschuhe.

Genau so ein Gefühl, nur schlimmer. Dass da etwas unter dem Bett ist, was sich nicht erklären lässt. Etwas im Schrank, etwas im hintersten Winkel des Gehirns. Etwas, das nicht stimmte.

Als die Tür zum Keller geöffnet wurde, stieg Kalle aus dem Wagen. Jetzt hatte er in sich hineingehorcht und fand das Ganze überhaupt nicht mehr seltsam. Dieses Gelände, diese

Dunkelheit hingen mit seinem Vater zusammen, und das Wort, nach dem wir in diesem Zusammenhang suchen, ist *beklemmend.*

Der Mann, der aus dem Keller kam, war anders als Kalles Begleiter. Er trug Jeans und Hemd und streckte Kalle sogar die Hand zum Gruß entgegen.

»Hallo. Sie sind Stures Sohn?«

»Ja.«

Sie gaben sich die Hand. Kalle drückte etwas fester zu, und der Mann erwiderte den Druck. Anschließend luden sie gemeinsam die Kisten ab.

Der Keller war bedeutend größer, als man von außen gedacht hätte. Die Wände waren kreideweiß, und es roch nach frischer Farbe. An der einen Längswand gab es zwei Metalltüren mit runden Fenstern, die ebenfalls nagelneu zu sein schienen. Der Raum wurde von zwei Baulampen auf dem Fußboden erhellt. Nachdem sie die Kisten hineingetragen hatten, schaute Kalle sich um.

»Was macht ihr hier?«

»Nichts. Noch nicht.«

»Und dann?«

Der Mann sah Kalle zwei Sekunden lang an. Dann sagte er:

»Ich will nicht unhöflich erscheinen, aber Sie wissen nichts hierüber, okay? Wenn jemand Sie fragen sollte, sind Sie niemals hier gewesen.«

»So eine Sache ist das also?«

»Mhm.«

Kalle schaute sich noch einmal um. Angesichts dieser neuen Information veränderte sich der Charakter der Räumlichkeit. Er lächelte, als er vor seinem inneren Auge Q aus den James-Bond-Filmen hier herumlaufen und Dinge testen sah.

»Soll ich ... etwas unterschreiben oder so?«

Der Mann legte den Kopf schief.

»Möchten Sie das?«

»Nee, ist schon okay so.«

»Schön. Dann belassen wir es dabei.«

Der Mann streckte die Hand aus, um sich zu verabschieden. Kalle drückte sie, sah dem Mann diesmal jedoch in die Augen. Er kannte diesen Blick.

Ich sitze am Computer. Ich drehe mich um. Da steht Papa. Er sieht mich an.

Dieser Blick. Forschend. Abschätzend. Aber hier gab es noch etwas anderes, etwas, das zu diesem Ort gehörte: Wie ein Finger, der sich über weiche Haut bewegte und einen Weg in seinen Kopf suchte.

Kalle drückte die Hand des Mannes noch etwas fester, ein Knorpelstück änderte seine Lage, und der Finger in seinem Kopf zuckte vor Schmerz zusammen.

»Tschüss«, sagte Kalle und kehrte zum Auto zurück.

Er machte einen Umweg über den Rand des Geländes, um nicht wieder an der Sammelstelle vorbeifahren zu müssen. Der Wachposten am Zaun warf einen Blick auf den Wagen und öffnete die Tore.

Wie zum Teufel werden die da drinnen nicht verrückt?

Als Kalle sich ungefähr hundert Meter von den Toren entfernt hatte, hielt er an und ließ den Wagen im Leerlauf tuckern, während er sich auf seinem Sitz zurücklehnte und durchatmete. Die ganze Expedition hatte knapp zwei Stunden gedauert, und er war völlig fertig.

Sechshundert. Ist es das wert?

Er schloss die Augen und genoss die Stille in seinem Kopf. Zwei Minuten später hatte er sich beruhigt. Als er die Kupplung treten wollte, um den ersten Gang einzulegen und davonzufahren, klopfte es an die Beifahrertür. Er ging von der Kupplung, streckte sich über den Beifahrersitz und öffnete.

Draußen stand eine junge Frau, die ungefähr zwei, drei Jahre jünger sein mochte als er selbst. Durch den Regen lagen ihre halblangen Haare dicht an den Kopf geschmiegt.

»Hallo. Kann ich ein Stück mitfahren?«

»Wohin willst du denn?«

»Rissne.«

»Steig ein.«

Die Frau setzte sich ins Auto und zog die Tür hinter sich zu. Kalle schielte zu ihr hinüber. Als das Licht beim Einsteigen kurz angegangen war, hatte er gesehen, dass sie rote Haare hatte.

Kalle legte den Gang ein. »Ist das deine richtige Haarfarbe?«

»Ja«, antwortete sie. »Der Einprozentverein.«

»Mehr sind wir nicht?«

»Nein. Die Chance, dass wir uns begegnen, steht somit ... eins zu zehntausend.«

»Ist das so?«

»Keine Ahnung.«

Während sie über das Feld hoppelten und anschließend auf die E18 fuhren, dachten sie schweigend darüber nach. Kalle fand es schade, dass sie nicht nach ... zum Beispiel nach Bagarmossen wollte. Er hätte sie gerne gefahren.

»Wohnst du in Rissne?«

»Mhm. Du kannst mich an der Einfahrt rauslassen.«

»Nicht nötig, ich wohne in Rinkeby. Ich hab nichts ... ich kann dich nach Hause fahren.«

»Okay. Valkyriavägen 13.«

Kalle nickte. Rissnes monolithische Mietskasernen wurden in der Windschutzscheibe größer. Kalle kannte den Valkyriavägen, weil Totto, der bei Funkface Bass spielte, im benachbarten Odalvägen wohnte. Bei eins zu wie viel tausend waren sie jetzt?

Als sie nach Rissne abbogen, fragte die Frau, den Blick weiterhin auf die Windschutzscheibe gerichtet: »Was hast du da draußen gemacht?«

Kalle dachte an den Mann in Jeans und Hemd. *Sie sind nie hier gewesen.* Aber es ließ sich nun einmal nicht leugnen. Kalle zuckte mit den Schultern.

»Hab ein paar Sachen gefahren. Und du?«

»Was denn für Sachen?«

Kalle seufzte und warf ihr einen Blick zu.

»Darüber darf ich eigentlich nicht sprechen.«

»Und für wen?«

»Nee, hör mal, im Ernst. Was hast du denn da gemacht?«

Es wurde einige Sekunden still, während Kalle in den Valkyriavägen bog. Nummer dreizehn lag ganz hinten.

Schließlich sagte sie: »Ich hab zu spüren versucht, was da vorgeht.«

»Auf dem Gelände?«

»Ja.«

Kalle hielt vor ihrer Tür und schaltete den Motor aus. Der Regen klatschte auf das Blechdach. Er mochte zwar groß sein, aber wenn es um solche Dinge ging, war er unglaublich klein, sodass eine kleine Blume der Erleichterung in seiner Brust aufging, als die Frau fragte: »Hast du eine Telefonnummer?«

»Ja. Und du?«

Sie hatten beide eine und tauschten sie aus. Als sie die Tür öffnete und das Licht im Wagen anging, nutzte Kalle die Gelegenheit, einen Blick auf sie zu werfen. Sie hatte die gleiche runde Gesichtsform wie Kalle, jedoch mit markanten Knochen unter der Haut. Und natürlich Sommersprossen. Sie war schlank und wog bestimmt kaum die Hälfte von dem, was Kalle auf die Waage brachte.

»Du?«, sagte Kalle, als sie die Tür schließen wollte. »Wie heißt du?«

»Flora. Wir telefonieren.«

Die Tür wurde zugeknallt, und Kalle verfolgte ihren Weg zum Hauseingang. Sie machte lange entschlossene Schritte.

Wie sagt man? Wie füreinander geschaffen.

Eins zu einer Million. Der Typ von Geschichten, die einen aufrecht halten, an die man sich erinnert. Man wird ein Paar und kann sich nicht trennen, weil man dem unglaublichen Zufall treu bleiben muss, der dafür gesorgt hat, dass man sich überhaupt begegnet ist.

Eins zu einer Million.

Kalle summte vor sich hin, als er den Wagen wendete, anschließend Richtung Rinkeby fuhr und fand, dass sechshundert Mäuse ein richtig guter Lohn waren. Diese Fahrt hätte er mit Freuden umsonst übernommen.

Am nächsten Tag hatte er eine Fahrt mit den Tropicos. In Norrtälje sollte ein Einkaufszentrum eröffnet werden. Zoltan der Zauberer. Fame. Ballons für die Kinder und die Tropicos für die etwas älteren Semester. Sie würden nur den Zwanzigminutenset spielen, will sagen die vier Hits und ein Stück von ihrer letzten Platte, die vor zwei Jahren erschienen war. Die Tropicos waren zwar nicht so heiß, wie der Name andeutete, konnten aber immer noch fünfzig auf Rechnung verlangen, weil sie … zuverlässig waren.

Außerdem hatte Roland, der Sänger, immer noch ein wenig Starglanz auf seinen wattierten Schultern. Er tauchte gelegentlich in Quizsendungen im Fernsehen auf, und seine Scheidung vor gut einem Jahr war einen Monat lang durch die Klatschblätter gegangen. Auf diesem Niveau bewegte sich die Sache.

Verstärker und sonstige Ausrüstung waren vor Ort, sodass Kalle nur die Instrumente sowie jene Bandmitglieder fahren musste, die nicht mit dem eigenen Auto anreisten. So war es mittlerweile meistens, der große Bus musste nur ein oder zwei Mal im Monat für eine längere Fahrt aus einer Garage in Haninge geholt werden. Sie überlegten, ihn zu verkaufen.

Im kleinen Bus befanden sich folglich die Instrumente und Gesangsmikrofone sowie Roland und Uffe, der Bassist. Uffe saß wie üblich auf der Rückbank, saugte an seinem Kautabak und blätterte in Sportbeilagen, während Roland vorne bei Kalle saß.

Sie Freunde zu nennen wäre zu viel gesagt, aber Roland und Kalle hatten eine Gesprächsebene gefunden, auf der sie sich verstanden. Einen Monat zuvor war Funkface auf Mosebacke als Vorgruppe für King Kong Crew aufgetreten, und Kalle hatte deshalb an jenem Abend die Fahrt mit den Tropicos nicht übernehmen können, sodass sie einen anderen Fahrer angeheuert hatten. Hinterher hatte Roland gesagt, er habe die ganze Zeit das Gefühl gehabt, es fehle etwas, ohne Kalle mache es nur halb so viel Spaß.

Sie verstanden sich, ohne dem anderen deshalb gleich ihr Herz auszuschütten. Kalle wusste beispielsweise herzlich wenig über die Gründe für Rolands Scheidung nach zwanzig Jahren Ehe.

Roland zeigte auf das Handy, das Kalle ausnahmsweise aufs Armaturenbrett gelegt hatte.

»Erwartest du einen Anruf?«

»Ja, oder ... nein. Vielleicht.«

»Also eine Frau?«

Kalle überholte einen langsamen Toyota und stellte fest, dass sich das Vorurteil mal wieder bestätigte: ein alter Knacker mit Schirmmütze.

»Nein, ich weiß nicht.«

»Du weißt nicht, ob es eine Frau ist?«

Kalle grinste und sagte nichts. Nach einem Moment der Stille fragte Roland: »Ist es heikel?«

»Ja. Das ist es wohl.«

»Vielleicht was Ernstes?«

»Mhm.«

»Okay.«

Sie unterhielten sich stattdessen über Essen, wofür sie sich beide interessierten. Roland sprach über die Vorzüge von Limonade beim Kochen, vor allem Orangenlimonade, die unheimlich gut zu Koriander passte, aber Kalle war nicht richtig bei der Sache. Es stimmte, er wartete auf diesen Anruf. Eigentlich hatte sie ja zuerst nach seiner Nummer gefragt. Hieß das womöglich, dass er als Erster anrufen konnte?

Wie so oft bekam er es nicht zu fassen. Da war etwas mit dieser Flora. Schon als sie in den Wagen gestiegen war, hatte er gespürt: *Die mag ich.*

Das musste noch nichts heißen; Kalle mochte viele Menschen (ausgenommen hochnäsige Akademiker), aber sie hatte trotzdem etwas Besonderes an sich gehabt, das man nicht oft fand. Eine Ernsthaftigkeit vielleicht. Eine Schwere. Etwas, das auf den Ruf der dunklen Materie in Kalles eigener Brust antwortete.

Der Auftritt war wie immer. Freundliche Töne, freundliches Publikum, Applaus, der zwischen den Geschäften schnell verhallte und erstarb. Ein paar Betrunkene tanzten. Ein Kind weinte, weil das Ballonkaninchen, das es von Zoltan dem Zauberer bekommen hatte, platzte. Einpacken und nach Hause fahren. Nicht schlecht. Nicht traurig. Ein Job.

Auf dem Heimweg klingelte das Handy. Kalles Herz machte einen Satz in der Brust, und Roland musste lachen, weil Kalle so übereifrig war, dass er das Telefon fallen ließ. Als er es aufhob, sah er auf dem Display, dass es sein Vater war. Er seufzte und meldete sich.

»Ja, hier ist Kalle.«

»Ich bin's, Papa.«

(Kalle konnte nicht fassen, dass sein Vater an dieser seltsamen Phrase festhielt, die stets mit einem bedauernden Tonfall ausgesprochen wurde.)

»Ja?«

»Deine Dienste werden heute Abend benötigt. Ein paar Sachen, die auf dem Gelände transportiert werden sollen.«

»Nein, ich weiß nicht ...«

»Was weißt du nicht?«

»Ob ich das noch einmal tun will. Ich fand es so ... unangenehm.«

Am anderen Ende der Leitung wurde es still. Kalle sah vor sich, wie sein Vater seine Enttäuschung wiederkäute. Dann kam es:

»Und wenn wir doppelt so viel sagen? Sechshundert. In der Stunde.«

»Das ist wirklich ... sehr gut bezahlt.«

»Ja.«

»Was muss ich tun?«

Kalle sollte um sieben Uhr vor dem großen Versammlungsraum auf dem Gelände vorfahren. Es reichte, wenn er sich am Tor auswies, dann würde man ihn hineinlassen.

»... und Karl, man würde es zu schätzen wissen, wenn du diesmal einen etwas freundlicheren Ton anschlagen könntest.«

»Mhm. Eine Frage nur: Hängst du da drin?«

Eine kurze Pause. Dann antwortete sein Vater:

»Ich denke, dir ist klargemacht worden, welche Bedingungen für diese Arbeit gelten. Nicht wahr?«

Sie beendeten das Gespräch. Kalle wandte sich an Roland. »Kann ich mir heute Abend noch einmal den Truck leihen? Nach Heden?«

»Ja, klar. Was fährst du denn?«

»Nur ein paar Sachen.«

In seiner Wohnung strich Kalle wie die Katze um den heißen Brei, und der Brei war das Telefon. Von Zeit zu Zeit nahm er es in die Hand, hielt es auf seinen Runden fest. Es war so klein, so lächerlich klein in seiner großen Hand. Seine Finger brauchten einfach nur die Tasten in der richtigen Reihenfolge zu drücken, und es wäre getan.

Was hieß hier einfach. Er hatte sich von einem Sonderangebot verlocken lassen und ein Telefon mit derart kleinen Tasten gekauft, dass er den kleinen Finger nehmen musste, um zu wählen, und sich trotzdem oft verwählte. Eine SMS zu verschicken kam überhaupt nicht in Frage.

Er begann zu wählen. Kam auf die falsche Taste. Löschte. Legte das Telefon wieder weg.

Warum bin ich so nervös?

Wahrscheinlich aus dem gleichen Grund, aus dem er mit Roland nicht über Flora sprechen wollte. Die Sache war ernst.

Kalle schloss die Augen und drückte das Handy ans Herz.

Jetzt ruf an. Brummbär. Komm schon.

Kalle war mit Emilie zusammengekommen, als er fünfzehn war. Ihr Haus und ihre Familie waren seine Zuflucht vor Sture und der Stille in der teuren Villa gewesen, und später eine Freistatt, die relative Ordnung versprach, als er umherzog und bei verschiedenen Freunden übernachtete.

Erst als er mit einundzwanzig die Wohnung in Rinkeby mietete, erkannte er, dass es bei seiner Beziehung zu Emilie für ihn vor allem darum gegangen war. Eine Zuflucht. Eine Freistatt. Und jetzt hatte er seine eigene. Sie wiederum war auf die Technische Hochschule gegangen und Kalles Mangel an Ehrgeiz leid gewesen. Sie trennten sich als Freunde, wie man so sagt, obwohl sie sich als Freunde nichts zu sagen hatten, und folglich auch keine Freunde waren. Aber trotzdem. Keine bitteren Worte.

Danach hatte Kalle ein paar kurze Beziehungen gehabt, aber gegen Mitternacht, wenn er vor dem Fernseher hockte und Jay Leno oder *Sex and the City* glotzte, wusste er, wie die Dinge lagen: Er hatte niemals geliebt. Deshalb versetzte ihn die bloße Vorahnung schon in Panik.

Er kochte Nudeln, bereitete eine einfache Tomatensauce mit frischem Basilikum zu und aß sie, während er eine Folge *Beverly Hills* schaute. Anschließend probierte er mit dem Portastudio herum, bis es Zeit wurde zu fahren. Funkface war dabei, ein Demo zusammenzustellen, und einigen Stücken hätte ein etwas poppigerer Beat gutgetan. Er fand keinen.

Der Wachposten am Tor studierte minutiös seinen Ausweis, als wollte er so seiner Missbilligung von Kalles Anwesenheit Ausdruck verleihen, und ließ ihn anschließend durch. Es gab noch einen letzten Rest Tageslicht am Himmel, sodass die Gebäude nicht ganz so unheimlich aussahen wie am Vorabend. Stattdessen war es, als hinge eine große Trauer in den Wänden. Etwas, zu dem es nie gekommen war oder für das es seit Langem zu spät war.

Es war nicht einfach, den Weg zu finden. Die Schilder mit den widersprüchlichen Hausnummern verstärkten sein Gefühl, dass er sich an einem Ort befand, der nur Beiwerk war, in einem Labyrinth, das auf ein leeres Zentrum ausgerichtet war. In einigen Fenstern meinte Kalle flüchtig ein Gesicht auftauchen zu sehen.

Er gab den Versuch auf, sich an den Weg zu erinnern, und orientierte sich stattdessen nach der Stärke des Bewusstseinsrauschens. Kalt oder heiß. Schließlich bog er in den richtigen Hof ein, und ohne zu begreifen, wieso es so war, wusste er, dass einer der Wachposten derselbe war wie am Vortag. Der mit dem Baum, der ins Wasser fiel. Im Moment dachte der Mann an Wolken, die ihre Form veränderten.

Kalle hielt an und stieg aus. Die Wachposten, die zu ihm traten, trugen Maschinenpistolen modernerer Bauart, als er selbst während seines Wehrdienstes benutzt hatte. Sie kontrollierten seinen Ausweis, musterten aufmerksam sein Gesicht und durchforsteten sein Gehirn.

Der Wachposten mit den Wolken (er dachte beim Sprechen immer noch an Wolken, und Kalle begriff nicht, wie er das schaffte) zeigte auf die Türen und sagte: »Du sammelst das Zeug im Eingangsbereich ein und packst es in den Wagen. Das ist alles. Okay?«

Kalle nickte, und sie ließen ihn vorbei.

Die Sachen, die er transportieren sollte, standen in einem kleinen Eingangsflur, von dem eine Doppeltür tiefer in das Gebäude hineinführte. Es handelte sich um zwei Krankenhausbetten aus Metallrohren, ein paar Infusionsständer und eine Reihe von Kartons, deren Deckel nicht versiegelt waren. Kalle hob einen von ihnen kurz an. Er enthielt eine große Zahl von Einliterbeuteln mit durchsichtiger Flüssigkeit. Kalle las auf den Etiketten Glukose 10 % sowie Natriumchlorid 3 %. Wenn er es recht verstand, Zucker und Salz. Er begann zu schleppen.

Als er außer den Infusionsständern alles hinausgetragen hatte und ein letztes Mal zurückkam, um auch sie zu holen, blieb er einen Moment stehen, um zu verschnaufen. Er hatte inzwischen gelernt, die fremden Gedanken zu kontrollieren, die ständig eindrangen. Er trommelte. Sobald eine andere Stimme, eine andere Bildergalerie die Oberhand zu gewinnen drohte, legte er einen Beat darüber und trommelte sie kurz und klein, bis sie verstummte.

Die Doppeltüren zum nächsten Raum standen einen Spaltbreit offen. Er ging hin.

Hier gewesen zu sein und nicht –

Er legte einen Beat über seinen Gedanken. Einen sanft saugenden Bossarhythmus, den er steigerte und lauter spielte, bis er seinen Kopf vollständig ausfüllte. Nun hörte man seine Gedanken hoffentlich nicht mehr. Er vergrößerte den Türspalt und schaute hinein.

Der Raum sah aus wie ein gigantisches Klassenzimmer. Eine große Zahl langer Pulte stand in regelmäßigen Abständen verteilt, und an jedem Pult saß eine Reihe von Menschen und hantierte mit Metallgegenständen. Neben jedem stand ein Infusionsständer, von dem aus zwei Schläuche in den Arm des Menschen führten.

Menschen? Das sind doch Tote –

Rasch versuchte Kalle den Bossarhythmus erneut zu platzieren, aber der Eindruck, mit dem er sich soeben konfrontiert gesehen hatte, war einfach zu überwältigend und drängte an die Oberfläche. An diesen Tischen saßen tote Menschen. Leere Augen oder gar keine Augen, eingefallenes, vertrocknetes Fleisch, schmale Finger, die sich über die Metallgegenstände bewegten. Kalle konnte nicht erkennen, was sie taten, hatte jedoch keine Zeit mehr, weiter darüber nachzudenken, da hinter ihm die Tür geöffnet wurde und der Wachposten hereinkam. Kalle wich von der Doppeltür zurück, und der Wachposten packte ihn an der Schulter.

»Konntest es nicht sein lassen, was?«

Kalle sagte nichts. Der Wachposten schnaubte und machte eine Geste in Richtung Infusionsständer.

»Sieh jetzt zu, dass die wegkommen.«

Während der Blick des Wächters auf seinem Rücken brannte und die Wolken des Mannes in seinem Kopf herumschwebten, sammelte Kalle die Ständer ein. Ihm war schlecht, und es wollte ihm einfach nicht gelingen, einen Rhythmus zu konstruieren, der dies verbarg. Als er die letzten Teile im Wagen verstaut hatte und zur Fahrerkabine ging, trat der Wachposten zu ihm.

»Du. Das ist nicht weiter schlimm. Aber jetzt hängst du in der Sache mit drin. Mit allem, was das bedeutet. Verstanden?«

Kalle nickte und begriff nichts. Er wollte einfach nur fort. Als der Wachposten seinen Blick von ihm nahm, stieg er in den Wagen und fuhr so schnell davon, wie er sich traute. Irgendwie gelang es ihm, den Kellerraum zu finden und die Sachen auszuladen. Mit einem Kloß aus Übelkeit oder Tränen im Hals fuhr er von dem Gelände und hielt auf dem Brachland an der Stelle, an der er Flora begegnet war.

Seine Gedanken gehörten zwar wieder ihm, aber er wollte sie nicht haben. Nie zuvor hatte er einen toten Menschen gesehen. Nun hatte er hunderte gesehen. Vielleicht wäre es nicht weiter schlimm gewesen, wenn da nicht diese kompakte Trauer und Ohnmacht gewesen wären, die wortlos, bildlos von den toten Körpern ausgegangen waren.

Das ist die Hölle.

Kalle schaltete den Motor aus und legte sich quer auf die

Sitzbank. Er versuchte dagegen anzukämpfen, aber die Finsternis wurde in seinen Körper gepumpt, wurde zu einer Lähmung, die in den Händen begann und sich nach innen ausbreitete, bis er sich nicht mehr rühren konnte. Alles war Finsternis, und sein Körper war ein Teil von ihr.

Die Erinnerungen holten ihn wieder ein. Der Mann, der zu seiner Schule gekommen war und Kalle gebeten hatte, ihn zum Büro des Schulleiters zu begleiten, in dem der Rektor und die Schulpsychologin saßen. Die Psychologin hatte Kalle gebeten, sich auf den Stuhl neben ihr zu setzen. Anschließend hatte sie seine Hand genommen, und Kalle hatte gewusst, dass er nicht hören wollte, was sie ihm zu sagen hatte.

Ein Unfall. Deine Mutter hatte einen Unfall. In der U-Bahn.

Erst ein Jahr später erfuhr er von Sture, was wirklich passiert war. Dass sie sich auf die Gleise gestellt, gewartet und in die großen, immer näher kommenden Augen gestarrt hatte. Kalle konnte es sich nur zu gut vorstellen. Der Körper, der einige Meter zurückgeschleudert wurde, um dann unter den Zug zu geraten. Seine Mutter. Matsch. Sie musste zu Matsch geworden sein.

Kalle zwang Gefühl in seine Finger, ballte die Fäuste und schlug sich fest auf die Brust. Er hämmerte auf das schwarze Herz, sodass der Schmerz die Lähmung durchbrach. Er setzte sich auf, schlug sich auf Oberschenkel, Brust, Kopf, trommelte Schmerz in seinen Körper. Er war in Bewegung, er hatte Schmerzen, er hatte einen Körper. Er lebte, und er trommelte weiter.

Das Telefon klingelte. Seine Hände hielten mitten in der Bewegung inne, und er starrte das Telefon an. Er hörte das Geräusch, begriff jedoch nicht, was es bedeutete, seine Gedanken waren nicht bei ihm. Es klingelte erneut.

Telefon. Geh ran.

Er nahm den Hörer in seine wunde Hand und schaffte es, die richtige Taste zu drücken.

»Ja?«

»Hallo. Hier spricht Flora. Erinnerst du dich an mich?«

Kalle blinzelte und schaute durch die Windschutzscheibe. In weiter Ferne glühten entflammte Hochhausfenster, der Lichtschein der Stadt am Himmel. Er öffnete den Mund, um etwas zu sagen, wusste aber nicht was.

»Hallo? Bist du noch da?«

»Ja. Hallo. Entschuldige. Ich war ... hallo.«

Eine Pause von einigen Sekunden. Dann fragte Flora:

»Bist du traurig?«

Kalle schnappte nach Luft, atmete dann wieder aus.

»Ja. Obwohl es jetzt schon wieder ... besser ist.«

»Möchtest du herkommen?«

»Zu ... dir?«

»Ja.«

Wenn eine Bombe auf das eigene Haus fiel, sodass es einstürzte. Wenn zwei Minuten später eine neue Bombe kam, die das Haus wieder aufbaute. Dann blieb man schon einen Moment stehen, um über die Unfassbarkeit des Daseins nachzusinnen. Kalle tastete suchend. Er fühlte sich wie ein Idiot, hörte frühere Antworten, die abgespult wurden, blieb aber machtlos. Die Worte kamen nicht zu ihm.

»Wenn du willst«, sagte Flora. »Wenn du Zeit hast.«

»Du, ich bin völlig ...«, sagte Kalle. »Ich lasse jetzt den Motor an und bin in fünf Minuten bei dir. Okay?«

»Okay. Schön.«

Kalle legte das Handy weg. Er hatte gesagt, dass er den Motor anlassen würde. Er ließ den Motor an. Er rollte über das Brachland. Er war so viel Auto gefahren, dass dies automatisch ging. Er hielt Kurs auf die fernen Lichter.

Als er vor Floras Hauseingang parkte, war er wieder halbwegs in seinem Körper angekommen. Er stieg aus, schloss den Wagen ab, blieb einen Moment stehen und ließ die Fassaden, die vielen Fenster ringsum auf sich wirken.

So viele Menschen …

Dass es unter all diesen Menschen jemanden gab, dessen Weg sich mit dem eigenen kreuzte, und man wusste, dass … *Dort. Das Fenster. Hinter diesem Fenster und nur dahinter.*

Kalle fuhr sich mit den Händen übers Gesicht und schüttelte den Kopf.

Beruhige dich. Das geht alles nur in deinem Kopf vor. Du hast eine Frau kennengelernt, die in Ordnung zu sein scheint. Okay. Jetzt wirst du sie besuchen, ein bisschen quatschen. Immer mit der Ruhe.

Aber es ließ sich nicht ändern; die wüsten Stimmungsumschwünge der letzten halben Stunde wirkten wie eine realitätssteigernde Droge. Er fand alles so schön, die Lampen in den Fenstern, all die Menschen mit ihren Lebensläufen und ihren Herzen, die sich mit Kleinigkeiten beschäftigten, brachten ihn fast zum Heulen.

Er ging ins Haus und erkannte, dass er nicht wusste, in welcher Etage sie wohnte und wie sie mit Nachnamen hieß. Er zog das Portemonnaie heraus, um auf den Zettel zu schauen und sie anzurufen, als im Erdgeschoss eine Tür aufging und Flora herausschaute.

»Hallo.«

Kalle wedelte mit dem Portemonnaie. »Ja also, ich hab nicht gewusst, wo du wohnst, ich wollte …«

»Ich wohne hier.«

»Ja. Genau.«

Flora ging in die Wohnung, und Kalle folgte ihr. Alles geschah gleichsam fünf Sekunden in der Zukunft, und er kam nicht richtig mit. Er trat ein, zog seine Schuhe aus und sagte:

»Du musst entschuldigen, aber ich war eben völlig weggetreten. Ich habe den ganzen Tag auf deinen Anruf gewartet, und dann rufst du an, und ich bin total … ich werde mich zusammenreißen.«

Flora ging um ihn herum und schloss die Tür.

»Was ist passiert?«

»Ach nichts, es ist nur dieser Ort. Er macht mich ganz krank.«

Flora nickte und ging vor ihm in die Wohnung. Sie war spärlich möbliert, Dinge gab es darin nur, um eine Funktion zu erfüllen, nicht weil man sich für dieses bestimmte Möbelstück entschieden und genau überlegt hatte, dass es dort stehen sollte.

In der Küche gab es einen Tisch mit zwei Stühlen von einer Sorte, zwei von einer anderen. Ein Flickenteppich auf dem Fußboden und ein Weihnachtsstern im Fenster, obwohl September war. Kalle setzte sich auf einen der Stühle und zeigte auf den Stern.

»Bist du jetzt zu spät oder zu früh?«

Flora lachte, und Kalle hatte das Gefühl, dass dies seine erste vernünftige Bemerkung war, seit sie ihn angerufen hatte.

»Ich wollte nur eine Lampe haben, und er … war da. Wir haben nicht so viel Geld.«

»Wir?«

»Eine Freundin und ich teilen uns die Miete. Willst du was trinken?«

»Was hast du denn da?«

»Bier. Tee.« Flora betrachtete ihn, wie er da am Tisch saß und wahrscheinlich aussah wie etwas, womit die Katze eine Weile gespielt hatte, um es anschließend seinem Schicksal zu überlassen. »Bier vielleicht?«

Kalle machte eine Geste zum Fenster hin.

»Ich bin mit dem Auto.«

»Du kannst ja nach Hause gehen. Oder hierbleiben.«

Kalle fand nicht mehr, dass die Dinge fünf Sekunden in der Zukunft passierten. Es waren eher zwei Stunden. Er blickte auf den Tisch hinunter und strich darüber, als wollte er das Material prüfen.

»Ein Bier wäre jetzt nicht verkehrt.«

Flora holte zwei Flaschen Tuborg aus dem Kühlschrank und setzte sich ihm gegenüber. Schweigend tranken sie einen Schluck. Kalle nickte anerkennend zu der Flasche hin, schaute sich um und fragte:

»Wohnst du schon lange hier?«

»Nein. Du, eins muss ich dir sofort sagen. Es ist nicht ganz leicht, es in Worte zu fassen, aber ...«

Flora kniff die Lippen zusammen und dachte nach. Kalle beugte sich ein wenig über den Tisch und rechnete mit dem Schlimmsten. Sie hatte einen Freund, sie wollte, dass er für sie Drogen verkaufte oder was man sich sonst noch alles ausdenken konnte. Flora strich über den Tisch und sagte:

»Es ist nämlich so, dass ... du brauchst dir keine Gedanken darüber zu machen, was du sagst. Welchen Eindruck du machst. Ich weiß nämlich ... dass du gut bist.«

»Wie kannst du das denn wissen?«

Flora lächelte, sah ihn eine Sekunde scheu an und fuhr dann fort:

»Auf eine sehr grundsätzliche Art. Ich weiß, dass du und ich zusammenpassen. Und dass ich mit dir zusammen sein will.«

Kalle saß da und bekam den Mund nicht mehr zu. Dann nahm er ein paar große Schlucke aus der Bierflasche, setzte sie ab und sagte: »Hui.«

Flora nickte.

»Ich weiß, das klingt ... aber ich musste es dir sagen. Ich habe eine Art ... Gabe. Menschen zu lesen. Nicht die übliche, sondern ... ich weiß zum Beispiel eine Menge Dinge über dich. Und es wäre falsch von mir, dir das nicht zu erzählen.«

Kalle hörte ihre letzten Worte kaum noch, er verdaute immer noch, dass er gut war und sie mit ihm zusammen sein wollte. Das war schließlich das Entscheidende. Er nickte sachte und sagte: »Ja ...«

Flora runzelte die Stirn. »Du findest das nicht merkwürdig?«

»Doch. Oder, ich weiß nicht recht. Was hast du gesagt?«

»Dass ich Dinge über dich weiß.«

»Was denn zum Beispiel?«

Flora sah ihm in die Augen, und Kalle richtete sich auf dem Stuhl auf und strich zwei Locken zurück, die ihm ins Gesicht gefallen waren. Er konnte nicht erkennen, welche Farbe ihre Augen hatten, sie changierten zwischen grün und braun wie der Wald im Frühherbst.

»Jemand in deiner Nähe ist gestorben«, sagte Flora. »Jemand, der sehr wichtig für dich war. Du bist schon lange mit niemandem mehr zusammen gewesen. Du spielst Schlagzeug. Du hast kein Zuhause.«

»Ich habe eine Wohnung ...«

»Schon. Aber du hast nichts, was dein Zuhause ist. Keinen Ort, an den du zurückkehren kannst. Es ist fort. Deine Mutter starb, als du ... ungefähr zwölf warst. Ja, so ist es. Du kochst gern, und ...« Flora schielte zu Kalles leerer Bierflasche hinüber und stand auf, »... du trinkst gern Bier.«

Flora holte ihm ein neues Bier aus dem Kühlschrank. Kalle lehnte seine Stirn in die Hand, als wollte er ertasten, ob dort etwas zu sehen war.

»Woher weißt du das alles?«

Flora setzte sich wieder.

»Das sind die konkreten Dinge, die ich sehen kann. Sie sind eigentlich nicht so wichtig. Aber ich weiß, wer du bist, wenn du verstehst, was ich meine. Auf eine Art, die viel schwieriger zu beschreiben ist.«

»Und was du weißt ... gefällt dir?«

»Ja. Sehr.«

Kalle lehnte sich zurück. Das war ziemlich viel auf einmal an diesem Abend. Müsste es ihm nicht irgendwie ... unangenehm sein, dass sie in ihn hineinsehen konnte, so unangenehm, wie es ihm in Heden gewesen war? Sicher. Aber andererseits war es doch gleichzeitig das, wovon man immer träumte: dass ein anderer Mensch einen sah, zu hundert Prozent verstand, wer man war ... und einen trotzdem gernhatte.

»Das da ...«, setzte Kalle an. »Deine Gabe. Hat das was mit Heden zu tun? Du warst ja dort.«

Flora seufzte.

»Ja. Und nein. Ich ... habe viel mit Heden zu tun. Aber das ist eine Konsequenz dieser Gabe. Nicht umgekehrt.«

»Du hattest sie schon vorher?«

»Ja.«

Kalle fand das zu schwierig. Warum war es schwierig? Er überlegte. Weil es umgekehrt war. Normalerweise fing doch alles mit Details an. Was der andere Mensch machte, wo er wohnte, welche Platten er gern hörte. Langsam, aber sicher, drang man tiefer ein und fand die anderen Dinge heraus, kam zu einer tieferen Wahrnehmung dessen, wer dieser Mensch eigentlich war. Außerdem wusste Kalle nichts Entsprechendes über Flora. Alles, was er sagen oder fragen konnte, musste zwangsläufig Unwesentliches bleiben, Schaum auf der Oberfläche. Er seufzte und kratzte sich mit den Fingernägeln am Kopf.

»Ich weiß«, meinte Flora. »Es ist dumm von mir, dir davon zu erzählen. Aber ich muss. Sonst wäre es, als würde ich ...«

»Spannen?«

»Ja. Aber ich will auch all das andere wissen. Wenn du erzählen willst. Wenn du willst ...«

»Nein«, erwiderte Kalle.

Floras Augen schlossen sich wie angesichts eines plötzlichen, aber zu erwartenden Schmerzes. Sie nickte. »Ich verstehe.«

»Nein«, fuhr Kalle fort. »Ich will, dass *du* jetzt mal erzählst. Was mich angeht, scheinen wir uns ein paar Wochen gespart zu haben, sodass wir nun ... alle Zeit der Welt für dich haben.«

Flora lachte auf. Sie zündete Kerzen an und schaltete die Lampe aus. Kalle holte mehr Bier. Flora erzählte von ihrer Kindheit im Stadtteil Södermalm, ihren Eltern, die beide Juristen waren. Von ihrer Großmutter Elvy, mit der sie sich oft traf. Von ihrem Großvater Tore, der einer der Toten war, die man in Heden eingesperrt hatte. Dass sie und ihre Freundin Maja, die Politik studierte, diese Wohnung gefunden hatten und vor einem halben Jahr eingezogen waren.

Floras momentaner Job bestand darin, an vier Tagen in der Woche um fünf Uhr morgens aufzustehen und zu einem Kellerraum auf Kungsholmen zu fahren, wo sie belegte Brote machte, die in Plastik eingeschlagen und in Kiosken verkauft wurden. Die übrige Zeit spielte sie Nintendo, ging auf Konzerte und las ziemlich viel Lyrik.

Es war nach zwölf, und ihnen war das Bier ausgegangen; mittlerweile teilten sie sich eine Weinflasche aus Majas Vorrat. Sie waren beide ein wenig betrunken, und Kalle saß da und sah Flora an, die mitten in einem Monolog über Nintendo war.

»... denn das Fantastische ist doch, im Pilzreich gibt es keine Feinde. Okay, Mario verdrischt Bowser zum tausendsten Mal, aber zack ist er wieder da und fährt Gokart oder spielt Golf. Alle sind Freunde. Und in Mario Sunshine gibt es was Komisches. Jemand, der sich als Bowsers Sohn herausstellt, kidnappt Peach, und auf einmal kommt eine lange ... also er erzählt, dass Peach in Wahrheit *seine Mutter* ist. Mario ist total überrascht. Und Peach auch. Sie kapiert überhaupt nichts mehr.« Flora lachte. »Also müssen Peach und Bowser eine sexuelle Beziehung gehabt haben, *ohne dass Peach etwas davon wusste!* So verdammt bescheuert ist Peach! Dann stellt sich natürlich heraus ...«

»Du?«, unterbrach Kalle sie.

Flora zwinkerte und sah auf. »Ja?«

»Und das mit Heden? Wie kommt das ins Bild?«

Flora grimassierte.

»Nein. Nicht jetzt. Ich bin ein bisschen angesäuselt, und ich ... dann verschwindet diese Witterung, die ich habe. Und das ist verdammt schön. Jetzt sitze ich hier einfach mit einem netten Typen und bin total ... froh. Ich will nicht ...«

»Okay. Schon gut.«

»Horrorspiele packe ich einfach nicht mehr. Früher ... aber jetzt gibt es nur noch süße Figuren, die immer Freunde sind. Prost.«

»Prost. Wo ist eigentlich deine ... Maja?«

Flora trank den letzten Schluck aus ihrem Weinglas. »Ach, ich habe sie gebeten, sich heute Abend fernzuhalten.«

»Aha.«

Es wurde für einige Sekunden still. Dann stand Kalle auf. Flora stand ebenfalls auf. Sie trafen sich mitten in der Küche. Kalle beugte sich hinab, Flora streckte sich hinauf. Sie kosteten einander still. Kalle nahm Floras Kopf in seine Hände und fragte:

»Was willst du?«

Ein Lächeln flog über Floras Lippen.

»Ich will ... Peach und Bowser spielen.«

Sie lachten. Sie hatten beide ein wenig Angst. Wie das so ist. Sie machten trotzdem weiter, wie man das macht, wenn es sein muss. Kalles Hemd landete auf der Spüle. Floras Shirt auf dem Herd. Etwas landete im Flur und etwas im Wohnzimmer. Sie verstreuten ihre Schale und konzentrierten ihre Körper.

Es war Viertel nach zehn am nächsten Morgen, als Kalle von einem Klopfen an die Schlafzimmertür geweckt wurde. Er schaute sich um und wusste, wo er war, wer er war und wie die Dinge lagen. Er wusste zudem, dass von ihm nichts verlangt wurde. Er entspannte sich und ließ sich wieder in die Kissen sinken. Flora setzte sich auf, lächelte ihn kurz an und rief: »Komm rein.«

Die Frau, die den Raum betrat, war Flora nicht unähnlich, nur dass ihre Haare schwarz waren und alles an ihr größer ausfiel. Sie schien in etwa die gleiche Körpergröße und das gleiche Gewicht wie Kalle zu haben, und ihre Züge waren wie kleine Nichtigkeiten in einem breiten Gesicht, das von lockigen toupierten Haaren umrahmt wurde. Kalle begriff, dass er Maja vor sich hatte, und mochte sie auf Anhieb.

Majas Blick schweifte über ihn hinweg, ohne zu verweilen. Sie trat ans Fußende des Betts und sagte mit ernster Stimme zu Flora:

»Du, ich glaube, wir müssen die Polizei rufen.«

Flora wirkte nicht sonderlich besorgt. Sie rieb sich die Augen und fragte: »Und warum?«

Maja machte eine Geste zur restlichen Wohnung hin.

»Dieser Irre ist heute Nacht hier gewesen und hat jede Menge Kleider auf dem Fußboden verstreut. Was geht nur im Kopf eines solchen Menschen vor?«

Kalle schielte zu Flora hinüber. Dann wandte er sich Maja zu und fragte: »Kommt er oft vorbei?«

Maja schüttelte den Kopf. »Nee. Es ist das erste Mal. Aber ich finde, wir sollten der Sache frühzeitig einen Riegel vorschieben.«

»Maja«, sagte Flora. »Das ist Kalle. Kalle, das ist Maja.«

Sie gaben sich die Hand, und Maja begutachtete Kalle einige Sekunden. Dann nickte sie, als habe er die Prüfung bestanden. Sie deutete auf ihre Jackentasche, aus der eine Zeitung lugte. »Habt ihr die Zeitung gelesen, oder seid ihr beschäftigt gewesen?«

»Maja ...«, sagte Flora.

»Schon gut. Ich mache Frühstück.«

Sie wandte sich um, verließ das Zimmer und schloss die Tür hinter sich. Kalle und Flora lagen still und schauten zur Tür, als erwarteten sie, dass Maja jeden Moment hereinstürmen und Zapfenstreich blasen würde. Als das nicht geschah, legte Flora die Hand auf Kalles Brust, streichelte ihn sachte und meinte: »Maja ist ... sie bildet sich ein, dass sie ... sich um mich kümmern muss.«

»Ist das nötig?«

»Sie findet das.«

»Und was findest du?«

Zu Kalles Überraschung schien die Antwort nicht auf der Hand zu liegen. Floras Augen kehrten sich nach innen, als sie einige Sekunden über seine Frage nachdachte. Ihre Hand hielt inne. Dann sagte sie:

»Ich kann verstehen, dass sie so denkt.«

Ehe Kalle weitere Fragen stellen konnte, stand Flora auf und sagte: »Komm. Frühstück.«

Kalle zeigte mit der Hand auf seinen nackten Körper. »Ich habe damit keine Probleme, aber ich weiß nicht recht, was Maja …«

Flora ging hinaus und sammelte ihre Kleider ein. Sie zogen sich an. Als sie fertig waren, legte Kalle die Hand auf Floras Schulter und drehte sie zu sich um.

»Du«, sagte er. »Ich finde dich fantastisch.«

Flora schaute zu ihm auf, und in seiner Brust wuchs etwas, ein Sack, der mit leichten, schönen Dingen gefüllt wurde. Ihr Blick war nackt, und er wusste mit der Deutlichkeit einer Offenbarung: *Ich werde ihr niemals, niemals wehtun.*

Auf dem Tisch standen Brot, Käse, Butter und Milch. Maja hatte die aufgeschlagene Zeitung vor sich. Als sie hereinkamen, begann sie laut vorzulesen:

»Die Wiederlebenden warten weiterhin darauf, dass wir ihr Rätsel lösen. Da die chemischen und biologischen Analysen auch nach drei Jahren noch zu keinem Ergebnis geführt haben, müssen wir uns fragen, ob es nicht an der Zeit ist, den nächsten Schritt zu machen.

Eine gründliche pathologische Untersuchung würde das zentrale Problem der minimalen Lebensbedingungen lösen können. Auf zellulärer Ebene ist festgestellt worden, dass mutiertes ATP in den Mitochondrien erzeugt wird, woraufhin …«

Maja machte eine kreiselnde Handbewegung, um anzuzeigen, dass es im gleichen Stil weiterging.

»Vesikulartransport, der wiederum korrespondiert mit … bla bla … die internationale Forschungsgemeinschaft reagiert verständnislos auf die schwedische Unfähigkeit, dass – das hören wir nicht zum ersten Mal – tausende von Schweden, die Jahr für Jahr vollkommen unnötig sterben … verzweifelte Angehörige … Aber hier!«

Maja zeigte auf eine Stelle gegen Ende des Artikels und fuhr fort:

»Ein Gesetzentwurf, der die Grundlagenforschung an lebenden Spezimen ermöglichen sollte, ist an den Vermittlungsausschuss verwiesen worden. Der Gesetzgeber hat sich jedoch in eine Sackgasse manövriert. Damit man diese Form der Forschung erlaubt, fordert man Ergebnisse. Ergebnisse, die man jedoch nur dann erhalten wird, wenn man besagte Forschung zulässt.

Die einzige Möglichkeit ist eine zeitlich befristete Genehmigung. Anschließend können die Ergebnisse die Grundlage zur Formulierung eines Gesetzentwurfs bilden. Wir dürfen uns diese Chance nicht noch einmal entgleiten lassen.«

Kalle und Flora setzten sich auf die andere Seite des Küchentischs, und Flora steckte zwei Brotscheiben in den Toaster.

»Nie im Leben«, meinte Flora. »Eine zeitlich befristete Genehmigung? So weit kommt es noch.« Sie zeigte auf die Zeitung. »Hat sie das geschrieben?«

Maja nickte.

»Wer ist sie?«, erkundigte sich Kalle.

Floras Lippen wurden zusammengepresst. »Rebecka Liljewall. Sie ist Professorin für ...«

»Ich weiß. Sie ist meine Schwester.«

Flora reagierte ungefähr so, als hätte Kalle ihr soeben erzählt, dass man sich unsichtbar machen konnte, indem man Rotz aß. Sie starrte ihn mit einer Mischung aus Misstrauen und Abscheu an. Schließlich brachte sie heraus:

»Sture Liljewall ... ist dein Vater?«

»Ja.«

Es wurde mucksmäuschenstill am Tisch. Wenige Sekunden später hüpften die Brotscheiben im Toaster hoch und brachen die Stille. Maja nahm sie heraus, warf sie Kalle und Flora zu und erklärte fröhlich:

»Na, dann habt ich euch ja *viel* zu erzählen!«

Flora zog die Zeitung zu sich heran, hielt sie vor ihm hoch und fragte: »Hast du hiermit was zu tun?«

»Ich weiß es nicht.«

»Du *weißt* es nicht?«

»Nein. Ich habe ein paar Sachen gefahren.«

»Was denn für Sachen?«

Kalle seufzte. Es hatte das Gefühl, seiner Familie niemals entkommen zu können, ganz gleich, was er auch tat. Er kratzte ein paar schwarze Krümel von seiner Brotscheibe und sagte: »Ich darf nicht darüber sprechen.«

Floras Blick empfand er wie körperliche Hitze auf seiner Wange. Dann stand sie auf, sagte »Scheiße!«, ging in ihr Zimmer und knallte die Tür zu. Kalle betrachtete die Brotscheibe, die er jetzt nicht mehr essen wollte, und hörte Majas Stimme:

»Flora hat dir nichts erzählt, was?«

»Nein.«

»Man könnte vielleicht sagen, dass sie die Sache mit Heden sehr beschäftigt. Und bei dir scheint es genauso zu sein. Im feindlichen Lager.«

»Ich bin überhaupt nicht damit beschäftigt. Ich habe nur ein paar Sachen gefahren, und dabei ging es mir gar nicht gut.«

»Aber das sind doch deine Schwester und dein Vater.«

»Ja. Aber sie könnten genauso gut Jim Knopf und Lukas, der Lokomotivführer sein. Ich habe nicht das Geringste mit ihnen zu tun.«

Kalle betrachtete das Foto seiner Schwester neben dem Artikel und hasste die scharfen Gesichtszüge, die nach seinem

Leben stachen. Plötzlich sagte Maja: »Vergiss diese Geheimnistuerei. Du schützt nur etwas, das sehr schlecht ist.«

Kalle nickte, stand auf und ging zu Floras Zimmer. Hinter sich hörte er Maja glucksen. Er drehte sich um.

»Worüber lachst du?«

»Schon gut, es ist nur ... ihr seid wie Romeo und Julia. Und ich bin die Amme.«

Es erforderte einige Zeit, Flora davon zu überzeugen, dass er nur sehr begrenzt beteiligt war. Ihre Aggressivität verletzte ihn, vor allem, weil er sich für etwas rechtfertigen sollte, was sein Vater und seine Schwester trieben und von dem er nicht die geringste Vorstellung hatte. Am Ende küsste sie ihn dann doch auf Stirn, Wangen, Mund und sagte:

»Entschuldige. Ich werde nur so ... das ist wirklich wichtig für mich. Es ist fast ... das Einzige, was mir wichtig ist.«

Kalle wartete darauf, dass eine kleine Korrektur folgen würde, eine Bestätigung dafür, dass auch er wichtig war oder es zumindest werden konnte. Aber es kam keine. Er musste sich an dieses *fast* klammern und hoffen, dass dort Platz für ihn war.

Als sie in die Küche zurückkehrten, saß Maja noch da und las den Artikel. Sie blickte zu ihnen auf, peilte die Lage und fragte: »Friede?«

Beide nickten.

»Schön. Ich denke über diese ›grundlegende pathologische Untersuchung‹ nach. Was könnten sie damit meinen?«

Flora und Maja sahen Kalle an. Er zuckte mit den Schultern.

»Keine Ahnung.«

*

Lab 4.11
Resectio intestinalis partialis, pulmones, linalis et renes. Nil reactio. Functio cerebri immatatus.

Lab 4.12
Collum femoris extirpatio cum extremitas inferiora. Epicondylus humeri extirpatio cum extremitas superiora. Nil reactio. Functio cerebri immatatus.

Lab 5.2
Exeres midulla oblongata (thoracalis). Paraplegia superior.

*

Aus der Kulturzeitschrift *Ordfront magasin*, April 2004

… unter den verborgenen Machthabern nimmt die so genannte Vereinigung eine Sonderstellung ein. Es handelt sich um eine lose verbundene Interessenorganisation mit Einfluss auf Parlament und Regierung.

Ursprünglich nannte sich die Vereinigung Benthams Freunde. Gegründet wurde sie 1908 als Diskussionsforum zu den Ideen Jeremy Benthams. Bentham wird als Vater des Utilitarismus betrachtet, und Peter Singer dürfte sein wohl bekanntester Nachfolger sein.

Benthams Freunde pflegten in der Folge enge Kontakte zum Rassenbiologischen Institut der Universität Uppsala. Nach Kriegsende löste sich die Gruppe auf dem Papier auf. Heute hat sie keinen Namen, kein Vereinslokal und keine bekannte Mitgliederliste. Aber übt weiterhin Einfluss aus.

Man hat den Utilitarismus als den Versuch bezeichnet, aus

der praktischen Vernunft eine Religion zu machen. Indem man eher die tatsächlichen Folgen einer Entscheidung als ihre ethische oder moralische Dimension berücksichtigt, kann die Gesellschaft zu Beschlüssen kommen, die, so die These, auf Dauer klüger sind.

Vielen erscheint der Utilitarismus in erster Linie als eine Art Kontrollinstanz. Ideen und Überzeugungen können im Lichte dieser unsentimentalen Logik auf ihren Nutzen überprüft werden. Nur wenige sind ernsthaft der Meinung, dass der Utilitarismus eine gesellschaftstragende Ideologie bilden kann, da seine Umsetzung allzu oft dem allgemeinen moralischen Empfinden widersprechen würde.

Zu diesen wenigen gehört allerdings die Vereinigung.

[---]

*

Die Liebe. Wie sie einen verändert.

Kalles Leben hatte eine Richtung bekommen. Wenn er eine Fahrt mit den Tropicos übernahm, geschah es, um anschließend zu Flora fahren zu können. Entwickelte er einen neuen Beat für Funkface, konnte er ihn Flora vorspielen. Als er einen alten Becher Sahne in der hintersten Ecke des Kühlschranks fand, sah er, dass das Mindesthaltbarkeitsdatum vor jenem Tag lag, an dem er Flora kennengelernt hatte. Also musste er weggeworfen werden.

Große und kleine Dinge. Er überlegte, dass dies vielleicht das Wesen der Liebe war: Alles wird mit einem anderen Menschen in Verbindung gebracht. Allein zu sein heißt, ein sehendes Augenpaar und hörende Ohren zu sein, zu registrieren. Ein Messgerät. Nichts. Zu lieben heißt, in Beziehung zu stehen und zu wissen: *Es gibt einen anderen.* Das Leben weitet sich und bekommt so etwas wie einen Sinn. So dachte er.

Als sie eine Woche zusammen waren, begleitete er Flora zu ihrer Großmutter Elvy in Täby Kyrkby. Flora hatte ihm erzählt, dass ihre Großmutter die gleiche Gabe hatte wie sie selbst, und zu Kalles Erleichterung schien Elvy dasselbe zu sehen wie Flora. Er bestand die Prüfung.

Als sie in Elvys Küche saßen und Kaffee tranken, kam das Thema erneut zur Sprache. Elvy wollte wissen, welcher Arbeit Kalle nachging, und er erzählte von den Tropicos, worauf Flora sich einmischte und von den Fahrten nach Heden erzählte. Elvy verstummte und sah Kalle in die Augen.

»Du *arbeitest* dort?«

Kalle seufzte. Jetzt ging das wieder los. »Ich habe nur ein paar Sachen gefahren.«

»Was denn für Sachen?«

Kalle hatte eingesehen, dass die Geheimniskrämerei niemandem nutzte. »Krankenhauszeug. Sie haben dort eine Art ... Lazarett aufgebaut.«

Elvy sah Flora scharf an, die daraufhin den Kopf schüttelte. »Ich weiß es auch nicht. Irgendetwas geht da vor. Etwas ... Schreckliches. Aber ich weiß nicht, was es ist.«

Das war Kalle neu. »Woher willst du das wissen?«

»Ich bin da gewesen. Draußen. Ich habe es gespürt.«

»Du gehst da immer noch hin?«

Flora sah ihn verständnislos an. »Ja. Warum sollte ich das nicht tun?«

Darauf wusste Kalle keine Antwort. Ohne wirklich darüber nachzudenken, hatte er sich vorgestellt, er hätte Flora an jenem Abend, an dem er sie mitgenommen hatte, vor der Einsamkeit und ihrer Besessenheit sozusagen gerettet. Sie hatte kaum einmal über Heden gesprochen, seit sie sich kennengelernt hatten, nun aber musste er erkennen, dass sie eventuell aus Rücksicht auf ihn geschwiegen hatte. Er wurde aus seinen Gedanken gerissen, als Elvy ihre Hand auf seinen Arm legte.

»Wie sieht es auf dem Gelände aus?«, fragte sie.

»Nun ja, es ist ... leer. Verlassen.«

»Ich meine die Bewachung. Wie abgeriegelt ist es?«

»Es gibt überall Wachposten. Mit Maschinenpistolen und allem.«

Elvy nickte und dachte einen Augenblick nach. Dann sah sie ihn ernst an. »Wenn du dir Zugang zu dem Gelände verschaffen wolltest. Wie würdest du es anstellen?«

Kalle lächelte. »Tja, ich würde wohl mit dem Wagen hineinfahren.«

»Kannst du mich hineinbringen?«

Kalle lachte auf und sah Flora an. Zu seinem Erstaunen lächelte sie nicht, sondern sah ihn nur an und ermahnte ihn, die Frage zu beantworten. Kalle zwirbelte eine Locke um den Zeigefinger und bekam ein flaues Gefühl im Magen.

»Ja ... aber warum?«

»Hat Flora dir nichts erzählt?«

»Doch. Ein bisschen.«

Flora sah auf den Tisch hinab und sagte leise: »Eigentlich möchte ich ihn nicht in die Sache hineinziehen.«

Elvy verschränkte die Arme vor der Brust und musterte sie eindringlich mit der Strenge eines Vernehmungsbeamten. Dann sagte sie: »Ich muss dir sagen, ich finde, dass du ein wenig umdenken musst. Es könnte unsere einzige Chance sein.«

Flora nickte. »Ich weiß.«

Kalle sah von einer zur anderen. »Entschuldigt bitte, aber diese Chance, von der ihr sprecht ... meint ihr damit mich?«

Ihr Schweigen war Antwort genug.

Es wurde ein Nachmittag voller Erklärungen. Als Kalle und Flora am Abend in seine Wohnung kamen, schwirrte ihm der Kopf. Sie spielten ein paar Runden Mario Kart, um nicht reden, nicht denken zu müssen. Kalle hatte sich einen Gamecube gekauft, um alleine üben zu können, war aber trotzdem völlig chancenlos gegen Flora. Er mochte zwar einzelne Läufe gewinnen, aber nie ein ganzes Turnier.

Als das Telefon klingelte, war Kalle auf der Rainbow Road gerade zum dritten Mal in den Abgrund gefahren. Kalle drückte auf Pause und warf einen Blick auf das Display. Es war sein Vater. Er sah Flora an, holte tief Luft und meldete sich.

Dinge mussten gefahren werden. Diesmal *vom* Gelände. Um zehn Uhr abends. Während er sprach, ruhten Floras Augen auf ihm, und das Unbehagen drehte sich in seinem Bauch einmal um sich selbst. Als er aufgelegt hatte, starrte er kurz auf den Fernsehbildschirm, wo sein Auto, eingefroren in der Luft, gerade wieder auf die Fahrbahn gesenkt wurde. Er wandte sich Flora zu und wog jedes Wort ab:

»Du. Ich muss dich was fragen. Bist du mit mir zusammen, weil ich ... eine Chance bin?«

»Glaubst du das?«

»Ich weiß nicht, was ich glauben soll.«

Flora legte den Controller weg und schüttelte den Kopf.

»Nein. Aber du bist eine Chance. Auch. Und ich muss ... sie leider nutzen.«

Endlich hatte Kalle die Möglichkeit, die Frage zu stellen, die ihm seit dem Gespräch mit Elvy am Nachmittag durch den Kopf gegangen war. Er fragte: »Warum?«

Flora schwieg so lange, dass er glaubte, sie wollte ihm nicht antworten, aber am Ende sagte sie:

»Weil es sonst keiner tun wird. Niemand sonst kann es tun. Mir ist da eine verdammte Verantwortung aufgebürdet worden, die ich eigentlich überhaupt nicht haben will. Aber ich kann mich nicht einfach drücken. Das wäre ... schlecht von mir.« Sie schaute zu Kalle auf. »Um mit der Terminologie deiner Schwester zu sprechen, ich würde zum Unglück auf der Welt beitragen, wenn ich nichts tue.«

Kalle nickte und gab sich damit zufrieden. Er ließ das Auto auf die Fahrbahn hinab. Flora war im Ziel, noch ehe er die letzte Runde begonnen hatte.

Um halb neun parkten sie den Wagen außer Sichtweite von Heden und gingen die letzten hundert Meter auf der dem Eingang entgegengesetzten Seite bis zur Umzäunung. Dort setzten sie sich, um zu üben. Kalle würde niemals damit durchkommen, Flora in seinem Wagen zu verstecken, wenn er nicht in der Lage war, seine Gedanken zu maskieren. Das Feld war außerhalb der Umzäunung nicht so stark wie auf dem eigentlichen Gelände, aber andererseits war Floras Fähigkeit, seine Gedanken zu lesen, ungleich stärker als die der Wachposten.

Sie saßen sich im Schneidersitz gegenüber. Kalle breitete die Hände aus.

»Wie stellen wir es an?«

»Denk nicht an einen Eisbären«, sagte Flora.

»Einen Eisbären?«

»Ja. Denk nicht an ihn.«

Kalle mühte sich, um nicht an den Eisbären zu denken. Als Erstes dachte er an eine Tafel. Ein Stück Kreide tauchte auf und begann die Konturen eines Eisbären zu zeichnen. Er radierte die Tafel aus und dachte an einen Strand mit Palmen wie auf dem Bus der Tropicos, ein unmöglicher Ort für einen Eisbären. Eine Wolke tauchte am tropischen Himmel auf und formte sich zu einem Eisbären. Kalle schüttelte den Kopf und fragte Flora: »Machst du das?«

»Ich mache nichts.«

»Hat es was damit zu tun, dass wir hier sind?«

»Nein, es ist einfach so. Sag jemandem, er soll nicht an etwas denken. Es geht nicht. Erst wenn man den Eisbären vergisst, verschwindet er.«

»Hast du gesehen, was ich gedacht habe?«

»Ja. Kreide. Wolken.«

»Okay. Darf ich es noch mal probieren?«

»Mhm. Denk nicht an eine Giraffe.«

Kalle dachte an eine Giraffe auf einer Savanne. Sie rupfte Blätter von einem hohen Baum. Flora lachte auf.

»Das ist jetzt aber ...«

Kalle hielt eine Hand hoch. »Warte.«

Er begann, auf dem Bild zu trommeln. Legte, passenderweise, einen afrikanischen Rhythmus über die Giraffe. Die Beine der Giraffe bewegten sich, als tanzte sie zur Musik. Daraufhin zog Kalle Holzstöcke heraus, die den Rhythmus schlugen, und hämmerte mit ihnen auf das Bild ein, bis es in Stücke geschlagen wurde und sich zu einer bunten Ansammlung von Farben ohne Zusammenhang auflöste. Flora starrte ihn an, suchte nach der Giraffe. Aber es gab nichts als den Rhythmus.

Flora nickte und meinte: »Sag was.«

»Was denn?«

»Erzähl was. Nicht über die Giraffe.«

Kalle suchte unter, hinter dem Rhythmus nach Worten und Zusammenhängen, aber Floras Erwähnung des Worts ließen die Flecken der Giraffe in Orange und Schwarz Gestalt annehmen. Er ahnte die Konturen des Körpers, trommelte lauter und sagte gleichzeitig:

»Ich habe ein Mädchen namens Flora kennengelernt. Sie hat etwas seltsame Interessen. In diesem Moment sitze ich an einem Zaun und mache eine Art Workout für das Gehirn. Ich sage das Wort Giraffe, ohne an eine Giraffe zu denken, und ich mag es sehr, wie ihr Gesicht in diesem Augenblick aussieht, während sie die Giraffe zu finden versucht, die nirgendwo ist.«

Es stimmte. Obwohl er das Wort aussprach, drang das Bild oder Konzept Giraffe niemals bis in sein Gehirn vor. Kalle beendete den Kraftakt und lächelte.

»Okay?«

Flora nickte und machte eine wippende Handbewegung: *Geht so.*

»Was denn? Da war keine Giraffe.«

»Nein«, erwiderte Flora. »Aber du redest nicht. Du singst.«

»Ich singe?«

»Mhm. Es klingt gut, aber die Wachen finden es vielleicht ein bisschen seltsam, wenn du für sie rappst.«

Sie übten weiter. Eine halbe Stunde später hatte Kalle gelernt, das Sprechen vom Rhythmus in seinem Gehirn abzukoppeln, und Flora konnte keine Spur mehr von dem entdecken, woran er nicht denken durfte. Sie gingen zum Auto zurück. Es war Viertel vor zehn.

»Okay«, sagte Kalle. »Wie ist der Plan?«

»Kein Plan.«

»Aus Sicherheitsgründen oder weil ...?«

»Weil es keinen gibt. Ich gehe nach hinten.«

Sie küssten sich, und Flora kletterte über die Sitze in den Laderaum, wo sie eine Plane fand, unter der sie sich verkroch.

»Weißt du eigentlich«, meinte Kalle und ließ den Wagen an, »dass du jetzt unter dem Bühnenhintergrund der Tropicos liegst?«

»Ich fühle mich geehrt«, hörte man Floras Stimme durch den Stoff.

Kalle fuhr zu den Toren hinauf. Glücklicherweise war es derselbe Wachposten wie beim letzten Mal. Er warf durchs offene Fenster nur einen kurzen Blick auf Kalles Ausweis und ließ ihn passieren. Kalle fiel es diesmal deutlich schwerer, sich zu orientieren, weil er keine anderen Bewusstseinsströme durch seinen Trommelteppich einsickern lassen konnte. So langsam kannte er den Weg jedoch, und zwei Minuten später hielt er vor dem Kellerraum.

Sechs Metallkisten von der Art, die er vorher bereits gesehen hatte, standen im Freien. Er ging um den Wagen herum und öffnete die Hecktüren. Flora schaute unter der Plane hervor, und er sah sie, dachte aber nicht an sie.

Als er anklopfte, machte ihm niemand auf. Er schaute sich um und öffnete die Tür. Der Raum hatte sich verändert. Zwei Neonröhrenarmaturen hingen an Ketten von der Decke herab und beleuchteten die Krankenhauspritschen, die Kalle beim letzten Mal geholt hatte. Der Zementfußboden unter den Pritschen war verfärbt.

Etwas ... Ekel ... das ist ... Schmerz

Nicht die Worte, aber die Wahrnehmungen durchdrangen den Rhythmus, der sich aufzulösen, unregelmäßig zu werden begann und

klebrig

es klang, als stünden die Trommeln in Lehm, Morast, es klatschte bei den Schlägen, und in seinem Kopf ertönten Schreie. Schweißperlen bildeten sich an Kalles Haaransatz, als er darum kämpfte, die Schreie in den Rhythmus einzufügen, sie

Flora

Er drehte sich um. Flora verließ soeben das Auto. Er winkte, um sie zurückzuhalten. Sie blieb vor dem Wagen stehen, und als im selben Moment eine der Türen in der Wand geöffnet wurde, wandte Kalle sich wieder dem Raum zu.

Der Mann, den er zuvor in einem karierten Hemd gesehen hatte, trug nun einen weißen Kittel. Er zuckte zusammen, als er Kalle erblickte, und sah ihm eine Sekunde zu lange in die Augen, ehe sich auf den Lippen des Manns ein kleines Lächeln zeigte.

»Hallo.«

Kalle dachte noch *Flo*..., bevor ein statisches Rauschen seinen ganzen Kopf ausfüllte und alle Gedanken auslöschte. Der Mann musste es ebenfalls gehört haben, denn er griff sich an die Schläfe und blickte sich suchend um. Auf einer Ebene, die nicht gedanklich war, ahnte Kalle, was das war, und sagte durch das Rauschen hindurch möglichst ruhig:

»Ich nehme dann die Kisten mit. Zum Karolinska, was?«

Der Mann nickte geistesabwesend, und Kalle ließ ihn so stehen, ging rückwärts zur Tür hinaus und schloss sie hinter sich. Flora stand nicht mehr vor dem Wagen.

Die Kisten waren schwer. Jede von ihnen wog um die achtzig Kilo, und es gab einen Unterschied zu den Kisten, die er bisher getragen hatte: Diese hier waren nicht nur verschlossen, sondern verschweißt. Abgesehen von den Griffen an den Seiten gab es weder einen Spalt noch eine vorstehende Fläche.

Kalle lud sie so schnell er konnte in den Wagen und war dankbar für den zusätzlichen Schutz, den sie Flora boten. Sobald er die Tür geschlossen hatte, war das Rauschen abgeklungen, und er trommelte beim Tragen. Als er die letzte Kiste holen ging, wurde die Tür geöffnet, und der Mann trat ins Freie. Er hatte seinen weißen Kittel abgelegt und trug ein Hemd, das in anderen Farben kariert war als das letzte. Der

Mann betrachtete den Wagen. Kalle ignorierte ihn, als er die letzte Kiste einlud.

Er schloss die Türen, und der Mann fragte: »Schwer?«

»Ja«, antwortete Kalle und wischte sich den Schweiß aus der Stirn.

Der Mann nickte. »Sorry. Ich war ein bisschen beschäftigt.«

»Ist schon okay.«

Der Mann sah weiter den Wagen an, und Kalle musste sich bis zum Äußersten anstrengen, um keine verdächtigen Gedanken vordringen zu lassen. Wenn es denn half. Der Mann hob die Hand und zeigte auf das Auto.

»Das da«, sagte er, »ist ein Toyota, nicht?«

»Ja.«

»Gute Autos. Verdammt gute Autos.«

Der Mann sah Kalle in die Augen, und Kalle spürte dieses Tasten, wusste nun jedoch, dass er es fernhalten konnte. Der Mann zuckte mit den Schultern, sagte: »Bis bald«, und ging wieder hinein.

Kalle war unter seinem T-Shirt in Schweiß gebadet, als er den Wagen anließ. Er fuhr vorsichtig durch das Gelände, die Tore und zu dem Punkt hinaus, an dem er Flora begegnet war. Dort schaltete er den Motor ab, ließ das Lenkrad los und schrie.

Floras Arme schmiegten sich über seine Brust.

»Was ist?«, fragte sie.

»Ich werde verrückt. Es macht mich total verrückt, dort zu sein.«

»Das hast du ganz toll gemacht.«

Kalle atmete zweimal tief durch. Dann fragte er:

»Dieses Rauschen. Das warst du, was?«

»Ja.«

»Hab ich mir gedacht.«

Es wurde still im Wagen. Kalles Kopf war ausgelaugt wie nach einem Zahnarztbesuch. Die Anstrengung, sich geistesabwesend zu geben, hatte ihn die letzten Energien gekostet. Er drehte sich um und betrachtete die Kisten.

»Was meinst du, was könnte da drin sein?«

»Keine Ahnung.«

»Du spürst nichts.«

»Nein.«

Kalle streckte sich nach hinten und strich mit der Hand über eine der Kisten. Die Fuge zwischen dem Deckel und der eigentlichen Kiste war uneben, wulstig von geschmolzenem Metall. Er schüttelte den Kopf und sah Flora an. Sie war weit weg, ihre Augen waren woanders.

»Wie geht es dir?«

»Da drinnen ...«, setzte Flora an. »Es war furchtbar da drinnen. Es hat wehgetan. Viel stärker als draußen. Dieser Ort, an dem wir waren. Von dort kommt der Schmerz.«

»Ja.«

»War es beim letzten Mal auch so?«

»Nein. Das war jetzt neu.«

Sie blieben eine Weile wortlos sitzen. Die Kisten hinter seinem Rücken empfand Kalle als einen Ballast, eine Bedrohung. Er wandte sich um und klopfte auf die nächststehende. Das Material blieb unter seinen Knöcheln stumm, dickes Metall. Keine Andeutung davon, was sich darin befinden mochte. Auf der Uhr an seinem Handgelenk war es kurz vor elf.

»Du«, sagte er zu Flora. »Ich glaube, wir müssen fahren. Die werden sonst noch misstrauisch.«

Zwanzig Minuten später waren sie am Lieferanteneingang des Karolinska Instituts. Als Kalle die Tür öffnete, um auszusteigen, legte Flora eine Hand auf seinen Arm und sagte: »Nicht klingeln. Nur ausladen. Und eine behalten wir.«

»Wie meinst du das, behalten?«

»Du lieferst nur fünf ab. Dann nehmen wir eine mit. Soll ich dir helfen?«

Kalle schüttelte den Kopf. »Nein, es ist bestimmt besser, wenn ... was meinst du, was zum Teufel werden sie sagen?«

»Du könntest doch eine vergessen haben.«

»Ja, klar, *hey Baberiba.* Das glauben sie mir bestimmt.«

»Hast du einen besseren Vorschlag?«

Kalle hatte mehrere bessere Vorschläge auf Lager, allerdings keinen, bei dem sie erfahren würden, was sich in den Kisten befand, also sagte er »Nein« und stieg aus. Er bewegte die Kisten so leise und vorsichtig, wie er nur konnte. Glücklicherweise kam diesmal niemand heraus, um ihn zu kontrollieren.

Glück. Klar. Riesenschwein. Ein Sechser im Lotto. Verdammt, worauf habe ich mich da nur eingelassen?

Als er die letzte Kiste abgestellt hatte, klingelte das Telefon. Er zuckte zusammen und lief zum Auto, damit der Rufton keine Aufmerksamkeit erregte. Er schloss die Tür hinter sich und blickte auf das Display. Dort stand »ROLAND«.

Roland? Was will Roland denn jetzt?

Gestresst wie er war, machte er sich keine Gedanken über die Konsequenzen, sondern meldete sich, während er das Auto anließ, und quetschte das Telefon ungeschickt zwischen Schulter und Ohr ein.

»Ja, hier ist Kalle.«

»Kalle«, sagte Roland. »Mein lieber Kalle. Der Sohn, den ich niemals hatte.«

Finger zwängten sich unter seine Wange. Flora nahm das Telefon und hielt es ihm ans Ohr, damit er die Hände frei hatte, um den Wagen zu manövrieren. Kalle dankte ihr mit einem Kopfnicken und verließ die Ladezone. Roland war offensichtlich betrunken, und wenn er betrunken war, wurde er stets charmant und sentimental.

»Hallo, Roland«, sagte Kalle.

»Kalle, mein Freund. Sitzt du im Auto?«

»Ja, ich ... ja.«

»Das ist wunderbar. Fantastisch.«

»Übertreib nicht.«

Kalle fuhr auf die E4 und fragte sich, worauf dieses Gespräch hinauslaufen würde. Roland fuhr fort:

»Es ist nämlich so, dass ich mich in eine knifflige Situation gebracht habe. Eine delikate Situation, wie man in früheren Zeiten gesagt hätte. Jemand muss mich abholen.«

»Roland, das ist gerade ein bisschen ... schwierig.«

»Wohl wahr. Ich habe eine Dame nach Hause begleitet, und ohne hier näher auf die Details eingehen zu wollen, stehe ich jetzt ohne Geld da, ohne ... alles in irgendeinem *beschissenen* Vorort von Södertälje.«

»Dein Handy hast du jedenfalls noch.«

»Ja. Das habe ich dabei. Und jetzt rufe ich dich an und bitte dich ... *bitte* dich, Kalle, mich holen zu kommen.«

Kalle schloss ganz fest die Augen und öffnete sie wieder. Er konnte es Roland nicht abschlagen. Immerhin fuhr er seinen Wagen.

»Na gut. Okay. Wo bist du?«

»Wenn ich das nur wüsste.«

»Jetzt komm schon, Roland.«

»Ich habe gesehen, dass auf einem Schild Saltskog stand. Saltskog. Da bin ich. Also brauchst du nur ... wenn du einen einsamen Mann siehst, der durch Saltskog irrt, bin ich das. Du verstehst, Kalle ...«

»Ich komme. Bis gleich.«

Kalle gab Flora gestikulierend zu verstehen, dass sie das Gespräch beenden sollte. Er hatte mehrfach erlebt, was passierte, wenn Roland betrunken war. Er würde ihm auf dem Weg nach Södertälje mühelos ein Ohr abquatschen, wenn er ihn nicht zum Schweigen brachte.

Flora unterbrach die Leitung und legte das Handy aufs Armaturenbrett. Kalle seufzte.

»Ging nicht anders.«

»Okay.«

Kalle wedelte in Richtung Laderaum und Kiste.

»Was machen wir mit der da?«

Flora zuckte mit den Schultern. »Wir haben eine Kiste im Auto. Das ist alles.«

»Und später?«

»Keine Ahnung.«

Kalle biss die Zähne zusammen und konzentrierte sich auf die Straße. Er hatte seinen Job aufs Spiel gesetzt und höchstwahrscheinlich gegen das Gesetz verstoßen, was ihm ziemliche Scherereien einbringen würde, und warum?

Keine Ahnung.

Eine ganze Weile fuhren sie schweigend weiter. Als sie sich Södertälje näherten, sagte Flora: »Ich weiß genauso wenig wie du. Ich versuche nur, das Richtige zu tun.«

»Ja. Ich weiß. Ich finde nur, es ist ein komisches Gefühl, dass wir hier irgendwie mit einem Transporter durch die Gegend fahren … nun ja, was sollen wir tun? Seelen retten? Das ist schon einigermaßen merkwürdig.«

Flora legte das Kinn in die Hände und blickte durch die Windschutzscheibe hinaus. »Das hat Jesus zuerst bestimmt auch gedacht.«

Kalle grinste und sah sie an. Dann prusteten sie los.

Roland saß an der Einfahrt nach Saltskog unter einer Straßenlaterne und sah hundeelend aus. Das Handy lag neben ihm, und seine Hände ruhten schlaff auf dem Asphalt. Er hatte keine Jacke an, und als Kalle aus dem Auto stieg, sah er, dass seine Füße ohne Strümpfe in den Schuhen steckten.

Kalle ging zu ihm und streckte die Hand aus, um ihm auf die Beine zu helfen. Roland schaute zu ihm auf, ohne seine Hilfe anzunehmen. Er machte eine lahme Geste zum Telefon an seiner Seite.

»Ich habe meine Frau angerufen.«

Kalle nahm das Handy und legte es in Rolands Tasche, schob anschließend seine Hände in Rolands Achselhöhlen und richtete ihn auf. Rolands Gesicht war dicht vor Kalles, und er sprach im Tonfall eines Menschen, der eine große Wahrheit verkündete:

»Halt dich an das, was du hast. Fang nicht an herumzueiern. Halt es fest. Hier draußen gibt es ... nichts.«

Roland seufzte schwer und sah zu Boden.

»Sie hat gesagt, dass sie mich immer geliebt hat. Bis zu dem Tag, an dem ich ihr erzählt habe, dass ich eine andere getroffen habe. Da ist alles zusammengebrochen. Die Brücken sind eingestürzt. Alles. Es führt kein Weg mehr zurück. Und ich habe gedacht ... habe gedacht, dass ich Spaß haben würde. Hatte ich aber nicht. Ich habe ...« Roland ließ die Hand über die dunklen Einfamilienhäuser, den Asphalt, das schmutzige Licht schweifen, »... das hier.«

Kalle bugsierte ihn zum Wagen. »Komm jetzt.«

Roland schüttelte ihn ab. »Ich kann alleine gehen. Ich bin nicht mehr betrunken. Ich bin nur so abgrundtief, so beschissen unglücklich. In diesen verdammten Einkaufszentren zu spielen. Bräunungscreme. Sich mit Bräunungscreme einzuschmieren. Sich die Zähne bleichen zu lassen. Oh, verdammt.

Es ist aus. Was zum Teufel habe ich nur aus meinem Leben gemacht?«

Als Roland den Wagen erreichte und die Tür aufzog, erblickte er Flora. Er hielt inne, richtete sich auf. Drei Sekunden benötigte er, um zu seinem charmanten Ich zurückzufinden, dann war es zu hundert Prozent da. Er lächelte.

»... und du bist bestimmt ...?«

»Flora.«

»Ah, die mysteriöse Frau. Ist für einen wie mich Platz neben einer wie dir?«

Flora rückte näher zum Fahrersitz, um Roland an der Tür Platz zu machen. Er schwang sich ohne Anzeichen von Rausch oder Depression hinauf. Kalle suchte den Erdboden ab, wo Roland gesessen hatte, um nachzusehen, ob er etwas vergessen hatte. Zum Beispiel Strümpfe. Als er nichts fand, stieg er ein, ließ den Wagen an und sagte zu Roland: »Ich fahr dich nach Hause, okay?«

Roland breitete die Arme aus.

»Fahr mich irgendwohin. Es ist mir egal, es ist mir egal.«

Als sie einige Minuten gefahren waren, sagte Flora unvermittelt: »*Für immer du* finde ich wirklich toll.«

Roland hob dramatisch die Augenbrauen und sah sie an.

»Du musst meine Vorurteile entschuldigen, aber ich hätte nicht gedacht, dass du zu unserer Zielgruppe gehörst.«

»Ich hab's ein paarmal im Radio gehört. Normalerweise kann ich die Art von Musik nicht ausstehen, aber ... das Stück ist gut.«

Roland nickte. »Danke. Und ihr ... ihr fahrt ein bisschen in der Gegend herum?«

»Ja«, antwortete Kalle und guckte starr nach vorn. Roland schaute sich im Auto um und entdeckte, was sich im Laderaum befand.

»Was ist das für eine Kiste?«

Kalle verfluchte sich, weil er so dumm gewesen war, sie nicht abzudecken. Flora antwortete für ihn: »Das wissen wir nicht so genau.« Roland sah sie beide an und schien darauf zu warten, dass einer von ihnen weitersprechen würde. Als beide stumm blieben, betrachtete er erneut die Kiste und sagte: »Wenn ich es nicht besser wüsste, würde ich sagen, es ist eine Bombe. So wie ihr ausseht.«

Kalle rieb sich die Schläfe, blieb jedoch stumm. Ihm fiel einfach keine Lüge ein, die es vollkommen normal erscheinen lassen würde, dass sie eine hermetisch verschlossene Kiste im Laderaum transportierten. Roland schien etwas einzufallen. »Ist die von Heden?«

Kalle warf Flora einen kurzen Blick zu. Sie zuckte fast unmerklich mit den Schultern. Kalle nickte hastig.

»Und ihr solltet sie eigentlich nicht haben?«

Kalle sagte: »Wir haben sie vergessen«, und hörte, dass es genauso dämlich klang, wie er bereits geahnt hatte.

»Was ist denn drin?«

Kalle legte etwas mehr Kraft in seine Stimme, sagte: »Wissen wir nicht«, und hoffte, dass Roland das Thema fallen lassen würde. Das tat er, und auf der restlichen Strecke nach Åkersberga unterhielten sie sich die meiste Zeit über Musik. Kalle erfuhr, dass Flora bis vor drei Jahren ein leidenschaftlicher Fan von Marilyn Manson gewesen war. Dann hatte sie sich über seine Coverversionen und sexistischen Videos zu Tode geärgert. Als ihre Eltern an ihrem Haus auf dem Land CDs in die Obstbäume hängen wollten, um den Rehen Angst einzujagen, hatten sie ihre Manson-Platten bekommen. Die Rehe hatten sich nicht gefürchtet. Roland meinte, es hätte vielleicht besser funktioniert, wenn sie die CDs gespielt hätten, statt sie aufzuhängen.

Um halb zwei standen sie vor Rolands Haus in Solberga. Kalle schaltete den Motor aus, aber Roland blieb auf seinem Platz sitzen und kaute auf seinen Lippen herum. Dann sagte er:

»Ich habe einen Schweißbrenner in der Garage. Falls euch das interessiert.«

Kalle sah Flora an. Sie machte eine schwache wackelnde Bewegung mit dem Kopf, die fast alles bedeuten konnte. Allerdings nicht Nein. Die Handflächen nach außen gewandt, hielt Roland die Hände vor sich hoch. »Ich sage nichts. Und ich gebe mich mit einer *klitzekleinen* Erklärung zufrieden.«

Zehn Minuten später hatte Roland seinen Jaguar herausgefahren, »Die Midlife-Crisis«, wie er ihn nannte, und Maske und Brenner herausgesucht. Sie hatten sich um die Kiste versammelt, die mitten in Rolands Garage stand. Roland zeigte mit dem Mundstück auf die Kiste und fragte:

»Könnte da was Explosives drin sein?«

»Wir haben keine Ahnung«, erwiderte Kalle. »Aber ich glaube es eher nicht.«

»Es ist vielleicht besser, wenn ihr rausgeht.«

»Und was ist mit dir?«

»Ich ...« Roland verzog das Gesicht zu einer Grimasse, um auszudrücken, wie egal ihm sein Leben mittlerweile war. »Jedenfalls wird es eine gute Schlagzeile.« Er griff nach einem Zünder und hielt ihn vor die Mündung, drehte an einem Regler. Es passierte nichts.

»Wie macht man so ein Ding an?«

Jetzt erst sah Kalle, dass die gesamte Ausrüstung nagelneu und unbenutzt war. Die Schutzmaske hatte nicht einen Kratzer. Roland lächelte entschuldigend.

»War ein Sonderangebot im Baumarkt. Ich dachte, es könnte vielleicht nicht schaden, so ein Ding im Haus zu haben.«

Flora ging zum Gastank und schraubte an einem Ventil. Eine Messnadel hüpfte, und man hörte ein sprühendes, zischendes Geräusch. Roland nickte und hielt den Zünder vor das Mundstück. Ein Funke wurde geschlagen, und das Zischen wurde scharf und bedrohlich, als Roland so lange justierte, bis er eine blaue Flamme bekam. Kalle musste lauter sprechen, um sich verständlich zu machen.

»Roland, bist du wirklich sicher, dass ...«

»Hundertpro. Better burn out than fade away. Raus mit euch, Kinder.«

Roland hob die Schutzmaske vors Gesicht und näherte sich der Kiste. Kalle und Flora verzogen sich rückwärts durch die normale Tür neben dem Garagentor und schlossen sie hinter sich. Flora zog Kalle zum Haus. Aus der Garage hörte man ein Brutzeln, und durch den Spalt unter dem Garagentor sah Kalle flimmerndes blaues Licht.

Flora setzte sich auf die unterste Treppenstufe, und Kalle ließ sich neben sie fallen. Er schüttelte langsam den Kopf. »Was zum Teufel tun wir hier nur?«

»Er wollte es«, sagte Flora.

»Sicher, aber ...«

»Er wollte es. Jetzt geht es ihm gut. Es macht ihm ... Spaß.«

»Glaubst du wirklich?«

»Ich weiß es.«

Als fünf Minuten vergangen waren, ohne dass die Garage in die Luft geflogen war, gingen sie wieder hinein. Angesichts der Funken, die von der Kiste aufstoben, mussten sie blinzeln. Roland stand zusammengekauert und hielt krampfhaft das Mundstück fest. Zwei Seiten waren bereits aufgeschnitten, und Roland hatte sich soeben der dritten zugewandt. Die Garage roch trocken, elektrisch, und war mehrere Grad wärmer als vorher.

Roland richtete sich auf, klappte die Schutzmaske hoch und atmete durch. Er sah sie und wischte sich den Schweiß ab, der über sein Gesicht lief.

Flora hat Recht, dachte Kalle. Roland schien sich zu freuen wie ein Kind.

»Hallo«, sagte er. »Das ist ein ganz schön heißer Job.«

Sie traten näher an die Kiste heran. Rolands Schnittlinie folgte in Wellen und Zacken dem oberen Rand der Kiste. Ein zentimeterbreiter Spalt war geöffnet. Man konnte noch nicht sehen, was sich dahinter befand, aber es war ganz offensichtlich nicht entflammbar. Stattdessen stank es. Als der Schweißbrenner eine Weile ausgestellt war, nahmen sie alle den Gestank wahr, der von der Kiste ausging. Roland lehnte sich zu dem Spalt vor, bis die Schutzmaske gegen den Rand schlug, zog den Kopf schnell wieder zurück und hielt sich den Mund zu.

»Scheiße«, sagte er zwischen den Fingern hindurch. »Das stinkt wie die Pest. Was mag das bloß sein? Ist das ... kann es das sein?« Roland starrte auf die Kiste und leckte sich die Lippen. »Wenn ja, sollte das nämlich die Polizei übernehmen.«

»Schaffst du es, sie zu öffnen?«, erkundigte sich Flora.

»Ja, klar, aber ...« Roland rümpfte die Nase und hielt sich den Mund fester zu. »Scheiße, ist das ein Gestank.«

»Ich glaube nicht, dass die Polizei eingreifen wird«, erklärte Flora. »Ich glaube, das geschieht ... mit einer Genehmigung.« Sie sah Kalle an, um eine Bestätigung zu bekommen. Kalle nickte und ging zu Roland.

»Ich kann das letzte Stück übernehmen.«

Roland zog das Mundstück zu sich heran.

»Nein, nein. Ich meine nur ... das ist ganz schön unheimlich, könnte man sagen.«

Dem hatte niemand etwas hinzuzufügen, sodass Roland tief

durchatmete, die Schutzmaske herunterklappte und weiterarbeitete. Kalle und Flora sahen zu Boden, um nicht geblendet zu werden. Floras Hand schob sich in Kalles, und er nahm sie, drückte sie und versuchte eine Zuversicht auszustrahlen, die er nicht besaß.

Wir öffnen sie, und sie ist voller Leichen, und was tun wir dann?

Und die Antwort, das hartnäckige Leitmotiv dieses Abends, tauchte ein weiteres Mal auf:

Keine Ahnung.

Als Roland eine weitere Seite geöffnet hatte, schaltete er den Schweißbrenner aus und streifte die Schutzmaske ab. Jetzt ließ sich der Deckel aufbiegen. Je mehr der elektrische Geruch verflog, desto aufdringlicher wurde der andere. Der Verwesungs-, der Leichengeruch. Roland hatte offenbar keinen Spaß mehr. Dennoch richtete er sich auf und sagte mit dem Versuch eines Lächelns:

»Und? Stellt sich nur die Frage: Sollen wir jetzt kotzen oder später?«

Die bloße Erwähnung des Wortes »kotzen« ließ ein Gefühl aufkommen, als stocherte von innen ein Finger in Kalles Hals. Floras Lippen waren zusammengepresst. Ihr schien nicht ganz so übel zu sein wie Kalle und Roland, in ihren Augen lag bloß traurige Entschlossenheit. Sie stellte sich neben Roland vor die Kiste und zog an dem Deckel. Roland kam ihr zu Hilfe, und Kalle übernahm die andere Seite. Sie bogen ihn hoch.

Das Metall an Kalles Fingern war zwar warm, aber nicht glühend heiß. Es war nicht so dick, wie er geglaubt hatte. Vermutlich hätte er den Deckel alleine aufbiegen können. Er leistete zähen Widerstand, aber binnen weniger Sekunden war es ihnen gelungen, ihn senkrecht anzuheben. Sie hielten sich ihre T-Shirts und Hemden vor den Mund und blickten hinein.

Schlachtabfälle.

Es lagen keine Leichen in der Kiste, sondern Leichenteile. Zuoberst lag ein weißer Pilz, den Kalle nicht sofort als Hand erkannte, da die Finger abgeschnitten worden waren. Sie befand sich in einem Klumpen, der wahrscheinlich aus Eingeweiden bestand. An den Rändern sah man abgeschnittene Füße, einen Unterarm und weitere Hände, einzelne Finger mit Nägeln, die schwach das Licht der Deckenleuchte reflektierten.

Auf einigen Fingernägeln saßen noch die Reste von Nagellack. Eine Frau hatte sich vor vielen Jahren schön gemacht. Oder man hatte ihr die Nägel lackiert, als man sie in den Sarg legte. Jemand hatte ihre Nägel mit einem Pinsel leuchtend rot lackiert, anschließend ihre Hände auf der Brust gefaltet und Abschied genommen. Jetzt lagen ihre Hände hier, getrennt von allem anderen, in einem Haufen Schlachtreste.

Roland übergab sich als Erster. Er schaffte es gerade noch, den Körper von der Kiste fortzudrehen, bevor der Mageninhalt auch schon herausschoss. Kalle wich noch zwei Schritte zurück. Dann steckte das Geräusch von Rolands Würgen ihn an. Ihm drehte sich der Magen um, und ihm wurde schwarz vor Augen. Er übergab sich, bis nur noch Galle kam, stand anschließend da, stützte die Hände auf die Knie, keuchte und hörte Rolands tiefe Atemzüge als Echo seiner eigenen.

Flora ...

Er blickte von der gelblich braunen Pfütze auf, die sich auf dem Boden gebildet hatte, und sah Flora in einer Ecke der Garage auf der Erde sitzen. Sie hatte sich nicht übergeben. Ihr schien nicht einmal schlecht zu sein. Auf ihrem Gesicht lag jedoch ein Schleier schwarzer Trauer. Kalle hauchte »Flora?«, bekam aber keine Antwort. Er wischte sich den Mund ab und wankte zu ihr.

»Flora, wie geht es dir?«

Flora schaute hoch. Ihre Augen waren feucht, die Lider zuckten.

»Sie ... nehmen sie auseinander. Sie können sie nicht töten, haben sie gesagt ... warum tun sie das?« Ihre Hand zeigte auf die Kiste. »Da sind keine Köpfe.«

Kalle sah zur Kiste und wollte nicht darüber nachdenken, wie Flora das herausgefunden hatte. Er dachte: *Ich kenne sie nicht. Ich weiß nichts von ihr,* sagte aber nur: »Vielleicht in einer anderen Kiste.«

Roland kam zu ihnen. Sein Kopf fuhr mechanisch vor und zurück, und er flüsterte: »Will jemand einen Schnaps?«

Ohne eine Antwort abzuwarten, bewegte er sich zu der Tür, die zum Haus hinaufführte, öffnete sie und verschwand. Kalle half Flora beim Aufstehen, und sie folgten ihm. Kalle warf einen letzten Blick auf die nichtssagende Metallkiste auf dem Fußboden, und etwas, das jemand gesagt hatte, blitzte auf:

»Jetzt hängst du in der Sache mit drin. Mit allem, was das bedeutet.

Er wollte nicht wissen, was es bedeutete. Er wollte Schnaps trinken, bis nichts mehr von Bedeutung war.

Als sie hereinkamen, saß Roland auf seiner weißen Ledercouch und schenkte sich einen Whisky ein. Roland wedelte in Richtung Bar und zu den Sesseln: *Bedient euch und nehmt Platz.* Er kippte das halbe Glas in einem Zug hinunter, ließ sich in die Couch zurückfallen und sagte: »Was für eine verdammte Nacht.«

Kalle ging zur Bar und ließ den Blick über die ordentlich aufgereihten Flaschen schweifen. Sein Blick hielt inne. Er starrte. Er nahm das Bild der Flaschen in sich auf und empfand es als

Linderung. Die Ordnung der Flaschen widerstand dem Chaos in seinem Schädel. Hübsche Farben, sanftes Licht, schöne Etiketten. Er griff wahllos nach einer Flasche mit leuchtend gelbem Inhalt, kannte sich bei Likören nicht aus.

Als er sich umwandte, hatte Flora sich in einen Sessel gesetzt, und Rolands Glas war leer. Er schenkte sich gerade noch einen Whisky ein. Alle Regeln der Höflichkeit vergessend, und ohne Flora zu fragen, ob sie auch etwas wollte, plumpste Kalle in einen Sessel und schraubte den Deckel von der Flasche.

Er wollte sie gerade an den Mund setzen, als Flora sagte: »Kalle?«

Er hielt inne. »Ja?«

»Du ... solltest jetzt vielleicht nichts trinken.«

»Warum nicht?«

»Wir müssen noch Auto fahren.«

Roland räusperte sich. »Ihr könnt bei mir schlafen. Wo immer ihr wollt. Trinkt und seid froh. Jubelt und lächelt.«

Kalle nickte, setzte die Flasche an den Mund, nahm einen Schluck und schloss die Augen. Der Alkohol brannte in seiner von Magensäure gereizten Kehle. Flora nahm ihm die Flasche ab, und er öffnete die Augen.

»Wir müssen hinfahren«, sagte Flora.

»Wohin?«

»Dahin.«

»*Jetzt?*«

»Ja.«

Kalle schüttelte den Kopf und streckte sich nach der Flasche. »No way.«

Roland richtete sich mit etwas Mühe auf der Couch auf. Der heftige Alkoholkonsum war in seinem Kopf explodiert, und er lallte bereits, als er sagte: »Das ist gut. Gut. Lass dich von denen nicht herumkommandieren. Gut gebrüllt.« Er schnippte mit dem Finger gegen die Flasche und mahnte Flora: »Jetzt sei nicht so. Gib dem Jungen seinen Schnaps.«

Flora stand aus dem Sessel auf und hielt die Flasche weiter in der Hand. Roland verfolgte ihre Bewegungen mit offenem Mund und klopfte auf die Couch neben sich.

»Jetzt setz dich. Benimm dich. Mach mal Pause. Das eben war wirklich ... absolut widerlich. Jetzt muss es auch mal gut sein.«

Flora sah Kalle mit einem Gesichtsausdruck an, der ihn seine Hand zurückziehen ließ. Anschließend knallte sie die Flasche vor Kalle auf den Tisch.

»Dann trink eben. Trink, verdammt noch mal. Tröste dich ein bisschen. Trink.«

Kalle sah die Flasche an. Es war ihm nicht mehr so wichtig, etwas zu trinken, aber er hatte nach wie vor beim besten Willen keine Lust, nach Heden zu fahren. Roland beugte sich vor und schob die Flasche näher an Kalle heran.

»Tu, was das Mädel sagt. Das ist ein feiner Tropfen. Den Namen kann ich leider ... im Moment nicht aussprechen. Aus Schottland.«

Flora ignorierte Roland. Sie wandte sich Kalle zu und hielt die Arme halb hoch, als wollte sie auf ihren ungeschützten Körper deuten.

»Was denkst du, wer ich bin? Was? Was denkst du eigentlich, wer ich bin?«

Kalle gab die Antwort, die seinem Empfinden entsprach: »Ich weiß es nicht.«

»Bin ich ... eine Autorität? Bin ich ein verdammter Bulle? Bin ich eine Art Behörde, die sagt, wie alles laufen soll? Bin ich hier irgendwie ... die Machthaberin?«

Kalle kratzte an einem Fleck auf der Armlehne. »Du bist es, die ... antreibt.«

»Ja. Und warum tue ich das? Glaubst du, das bringt mir was, glaubst du, es macht mich ... glücklich? Es geht doch nur darum, dass ich weiß ... ich weiß ... wenn du wüsstest, dass in diesem Moment vielleicht tausend Menschen ermordet werden, und du könntest etwas tun, um es zu verhindern, würdest du das dann nicht tun?«

»Doch, doch. Natürlich. Ist doch klar. Aber das hier ist doch ...«

»Es ist schlimmer. Es geht nicht nur darum, dass die dabei sind, sie zu ermorden. Sie sind schon tot, sie können sie überhaupt nicht ermorden, aber sie sind dabei, ihre Seelen auszulöschen. Ich weiß nicht, wohin man kommt, wenn man stirbt, aber es gibt einen Ort, der möglicherweise der Himmel ist, jedenfalls einen Ort, an den man kommen soll. Was deine ... Verwandten tun, führt dazu, dass diese Menschen ... woanders landen. Im Nichts, in der Leere, an einem Ort, den ... es nicht gibt. In alle Ewigkeit. Kapierst du? In alle Ewigkeit.«

Aus Floras Augen liefen Tränen, aber sie versuchte erst gar nicht, sie wegzuwischen. Sie zeigte zur Garage.

»Ich habe es gesehen. Ich weiß es. Jeder Einzelne von diesen Menschen, von dem, was ein Mensch gewesen ist und jetzt in dieser verdammten Kiste liegt, jeder Einzelne von ihnen ist zu ... zu einer Ewigkeit im Nichts verurteilt worden, zur Hölle, so nahe man einer solchen kommen kann, was weiß ich, und ich begreife nicht, warum das getan wird, warum diese Schweine das tun, aber sie tun es, und ich habe nicht vor, dies zuzulassen, solange ich auch nur die kleinste Chance habe, es aufzuhalten!«

Flora schloss plötzlich den Mund, schluchzte auf und strich sich über die Augen. Sie setzte sich auf die Armlehne ihres Sessels und legte das Gesicht in die Hände. Roland hatte Floras

Monolog mit offenem Mund gelauscht. Jetzt blinzelte er zweimal heftig und sagte: »Das ist ja ein Ding ...«

Kalle legte die Hand auf Floras Knie und fragte: »Aber was kannst du denn dagegen tun?«

Flora atmete schluchzend ein und seufzte. »Sie haben keine Ahnung. Sie haben Angst. Ich kann sie davon überzeugen, dass sie sich ... hingeben müssen.«

»Wem?«

»Dem Tod.«

Es wurde still im Raum. Das Wort Tod hat die Fähigkeit, andere Worte banal erscheinen zu lassen. Es gab nicht viel hinzuzufügen. Roland räusperte sich, um etwas zu sagen, aber Flora kam ihm zuvor. Sie blickte zu Kalle auf, und er sah ein kleines Mädchen.

»Kalle, ich habe mir das nicht ausgesucht. Es ist mir auferlegt worden. Und ich kann mich nicht ...«

Flora suchte nach Worten, und Kalle ergänzte ihren Satz mit dem Wort, das sie schon einmal benutzt hatte:

»Drücken.«

»Genau.«

Roland räusperte sich erneut, und diesmal brachte er es heraus: »Ich wollte nur sagen, dass ... wenn das so ist ... dann muss ich sagen ...« Er richtete sich auf der Couch auf und legte die Hand aufs Herz. »Ich bin dabei. Ich bin auf jeden Fall dabei.«

Flora sah Roland an, der auf der Couch schwankte und sich alle Mühe gab, feierlich auszusehen.

»Danke«, sagte sie. »Aber heute Nacht wohl eher nicht.«

»Dann musst du mir nur Bescheid sagen. Wenn meine Dienste ... wie man so sagt.«

Flora nickte und zog die Mundwinkel nach unten, um nicht lachen zu müssen. Kalle zerzauste seine Locken und kratzte sich mit den Fingerspitzen über die Kopfhaut, als wollte er dunklen Flaum darunter wegradieren. Es half nichts. Das Problem blieb.

»Und wie sollen wir hineinkommen?« Er schnitt Flora das Wort ab, bevor sie ihm antworten konnte. »Sag nichts. Ich weiß es: keine Ahnung.«

Fünf Minuten später saßen sie wieder im Auto. Kalle fühlte sich, als hätte er die ganze Nacht durchgesoffen, zwei Stunden geschlafen und danach einen Berg bestiegen. Die Hand, die sich nach dem Zündschlüssel streckte, der Fuß, der die Kupplung trat, waren Objekte, die er zwar steuern konnte, die aber nicht zu seinem Körper zu gehören schienen. Wenn sie von der Polizei angehalten würden, hätte er nicht einmal mehr die Kraft, ins Röhrchen zu blasen.

Sie hielten an einer rund um die Uhr geöffneten Tankstelle und kauften sich jeder eine Tasse Kaffee und sechs Schokoriegel. Flora schaffte nur zwei, sodass Kalle vier Stück in fünf Minuten verdrückte und mit Kaffee nachspülte. Kurz darauf hatte der Zucker seine Wirkung im Blut entfaltet, und er fühlte sich besser. Seine Hände saßen wieder fest an den Armen, und die Straße sah eher wie die E20 als wie ein Videospiel aus. Er sagte: »Wenn sie das mit der Kiste gemerkt haben, sind wir geliefert. Und das haben sie wahrscheinlich.« Als Flora stumm blieb, ergänzte er: »Dann wandern wir unter Umständen ins Kittchen.«

»Das denke ich eher nicht«, erwiderte Flora. »Ich glaube, sie wollen das außerhalb … des Systems halten. Wenn es geht. Glaube ich.«

»Meinst du wirklich?«

»Ja.«

Kalle schnaubte. »Vielleicht hetzen sie uns ein paar Typen von der Sicherheitspolizei auf den Hals. Oder sonst wen. Den militärischen Untersuchungsdienst, Must, oder den der Landespolizei, wie auch immer der heißen mag.«

»Lust.«

Kalle lachte und schielte zu Flora hinüber. »Ja, klar. Wir werden die Lust am Hals haben.«

Es kam ihm immer noch alles hoffnungslos vor. Aber das war zumindest ein bisschen witzig.

Sie hielten an der Abzweigung zu der Schotterpiste, die über das Brachland führte. Zweihundert Meter weiter sah man die Scheinwerfer an den Toren. Kalle stützte sich auf das Lenkrad und schaute zu Heden hinüber. Er kam sich vor wie in einem Film. Eher in einem Kriegs- als einem Horrorfilm. Er hatte weder für das eine noch das andere Genre etwas übrig. Er liebte Screwballkomödien. Es gab in dieser Geschichte zweifellos Elemente, die ziemlich geschraubt waren. Aber komisch? Nein. Beim besten Willen nicht.

»Kalle«, sagte Flora. »Du musst dich entscheiden.«

»Inwiefern?

»Ob du das willst oder nicht.«

»Ich habe dich hergefahren, oder etwa nicht?«

Flora schüttelte den Kopf.

»Ich meine, ob du es wirklich *willst.* Nicht nur, um nett zu mir zu sein oder deine Pflicht zu tun oder was auch immer. So funktioniert das nicht. Du musst es tun, weil du es tun willst. Nicht, weil ich es dir sage. Denn das werde ich nicht tun.«

Kalle saß da und glotzte zu dem umzäunten Gelände hinüber. Das Ganze kam ihm so unwirklich vor. Er fragte: »Du sagst, sie kommen in die Hölle?«

»Etwas in der Art, ja.«

Kalle versuchte es sich vorzustellen. Er dachte nach. Dann

legte er die Hände aufs Gesicht und ließ sie dort längere Zeit liegen. Er nahm sie fort und schnaubte.

»Was ist?«, fragte Flora.

»Ach nichts, ich habe nur an meine Mutter gedacht. Wenn ich ...« Er verstummte. »Okay. Ja. Okay. Es ist nicht nur deine Verantwortung. Es ist unsere.« Er sah Flora an. »So hast du das doch gemeint, oder?«

»Ja.«

»Okay. Dann bin ich dabei.«

Flora lehnte sich vor und küsste ihn still auf die Wange. »Danke.«

Kalle lächelte schief. »Das kannst du jetzt eigentlich nicht sagen.«

»Ich tue es aber trotzdem.«

Flora verkroch sich im Laderaum, und Kalle ließ den Motor an, begann innerlich zu trommeln und rollte zu den Toren. Der gleiche Wachposten wie beim letzten Mal trat aus dem Häuschen. Er wirkte verschlafen. Kalle kurbelte das Seitenfenster herunter. Der Gang des Wachpostens und sein Gesichtsausdruck ließen Kalle ahnen, dass es sich so verhielt, wie er inständig gehofft hatte: Ihr Diebstahl war nicht entdeckt worden. Noch nicht.

Der Wachposten warf demonstrativ erst einen Blick auf die Uhr, dann auf Kalle. Kalle nickte zu dem Gelände hin.

»Mein Vater hat angerufen. Ich habe was vergessen.«

»Was denn?«

»Eine Kiste.«

Kalle fiel nichts Besseres ein, da er sein Gehirn im Grunde nicht benutzen konnte. Der Wachposten strich sich über das Kinn. »Was machen die da hinten eigentlich?«

»Keine Ahnung. Ich fahre nur Kisten. Große Kisten, kleine Kisten.«

Der Wachposten grinste und kehrte in sein Häuschen zurück. Die Tore wurden geöffnet.

Das Schlimmste am Trommeln, an der Gedankenkontrolle war, seinen Gefühlen nicht freien Lauf lassen zu dürfen. Kalles Erleichterung und Triumph durften nicht an die Oberfläche dringen, und so hämmerte er wie wild auf sein mentales Schlagzeug ein, während er das Gelände durchquerte. In dem Kellerraum brannte immer noch Licht. Er wusste, was er tun würde. Ohne Flora um Rat zu fragen. Es gab nur diese Nacht, und nach ihr …

Keine Ahnung.

Er schaltete den Motor aus. Das Gedankenfeld war so weit von der großen Sammelstelle entfernt schwächer, und er gestattete sich einen etwas langsameren Rhythmus, als er sich zu Flora umdrehte.

»Dann komm.«

»Was sollen wir tun?«

»Mal schauen.«

Sie stiegen aus dem Wagen und gingen zur Tür. Kalle drückte vorsichtig auf die Klinke, und die Tür ging auf. Der Raum hatte sich in den letzten Stunden nicht verändert. Kalle nahm an, dass der Arzt, oder was immer er war, sich hinter einer der Türen an der Längswand aufhielt.

Flora schaute sich um, und ihre Hand schoss zum Kopf. Sie flüsterte: »Das tut *weh.*«

Kalle schloss fest die Augen. »Ja.«

Eine der Türen flog auf, und der Arzt kam heraus. Er hatte einen weißen Kittel an, und seine Augen waren glasig, bedeckt von einer Haut aus Konzentration oder Erregung. Er trug Gummihandschuhe, und die Handschuhe waren verschmiert.

Als sein Blick auf Kalle und Flora fiel, blieb er abrupt stehen.

»Was habt ihr hier zu suchen? Ihr dürft hier nicht sein!«

Der Arzt zog blitzschnell seine Handschuhe aus und warf sie zu Boden. Anschließend schoss seine Hand in die Hosentasche, und er zog ein Handy heraus. Kalle trat zwei Schritte vor und baute sich vor ihm auf. Dann ballte er seine mächtige Faust und hielt sie dem Arzt vors Gesicht.

»Du«, sagte er. »Denk mal nach.«

Der Arzt schaute von seinem Telefon zu Kalles Faust. Er dachte nach. Dann ließ er das Handy sinken. Sein Blick flog von Kalle zu Flora, die soeben die Tür hinter ihnen schloss.

»Was wollt ihr?«

Kalle packte den Arzt an den Schultern. Sie waren wie Äpfel in seinen Händen. Er drückte zu, beugte sich über den Arzt und sagte: »Das hat dich nicht weiter zu interessieren. Wichtig ist nur Folgendes: Ich kann dich niederschlagen, oder ich kann es lassen. Was willst du?«

»Drohst du mir?«

»Das hörst du ja wohl. Welche Alternative wählst du?«

Kalle verstärkte den Druck auf die Schultern, und als etwas knackte, verzog der Arzt das Gesicht vor Schmerz. Er zischte: »Was zum Teufel *wollt* ihr?«

Kalle seufzte, ballte die Faust und holte zum Schlag aus. Die Hände des Arztes schnellten zu seinem Gesicht hoch, und er nickte hastig.

»Ja, ja, ja. Was ... soll ich denn tun?«

Kalle schaute sich um. Sein Blick fiel auf die Pritsche. »Leg dich dahin.«

Als der Arzt sich auf die Pritsche legte, sah Kalle, dass an den Seiten passenderweise Lederriemen hingen. Flora und er fesselten gemeinsam Arme und Beine des Mannes. Der Arzt schüttelte währenddessen unablässig den Kopf, als könnte er nicht fassen, was mit ihm geschah. Er sagte mit höhnischer Stimme:

»Ihr seid so was von erledigt. Ihr wisst doch gar nicht, was ihr da macht.«

Er redete im gleichen Stil weiter, während Kalle in einer Schublade wühlte und einen Haufen verpackter Einmalspritzen fand. Er las das Etikett.

»Pentymal?«, sagte er fragend an den Arzt gewandt. »Was meinst du? Ist das gut, wenn man jemanden dazu bringen will, endlich die Schnauze zu halten?«

Der Arzt schloss den Mund. Kalle fand eine Rolle Mullbinden in den Schubladen. Er riss ein Stück ab und zerknüllte es zu einem Ball, den er in den Mund des Arztes zwang. Anschließend band er eine Schleife um seinen Kopf. Kalle begutachtete sein Werk und sagte: »Sag Bescheid, wenn du keine Luft bekommst. Oder ... denk es.«

Flora stand an den Türen in der Wand. Sie waren von außen mit Riegeln verschlossen, aber der Riegel an der Tür, durch die der Arzt den Vorraum betreten hatte, war zurückgeschoben. Kalle ging zu ihr, legte seine Hand auf ihre Schulter und spürte, dass sie zitterte. In seinem Körper zirkulierte so viel Adrenalin, dass er ganz vergessen hatte, Angst zu haben. Als Floras Zittern in seine Hand aufstieg, wurde er sich wieder bewusst, warum sie an diesem Ort waren. Er leckte sich den Mund und schluckte einen Kloß zähen Speichels hinunter.

Floras Augen waren groß und voller Furcht, als sie die Tür aufzog.

Der Raum war größer, als man von außen erwartet hätte, gut und gerne zwanzig Quadratmeter. Es gab keine Fenster, nur kahle Betonwände, und in ihm brannte das gleiche unbarmherzige Neonlicht wie in dem äußeren Raum und beleuchtete die Quelle des Schreis, der das Bewusstsein der beiden attackierte.

Drei Pritschen standen in einer Reihe. In der Ecke gab es eine Kiste. Neben einer der Pritschen befand sich ein Instrumententisch mit chirurgischen Gerätschaften: Messer, Sequesterzangen, Sägen und Skalpelle, die in dem weißen Licht glänzten. Dort hatte der Arzt bei ihrer Ankunft gestanden.

Auf der ersten Pritsche lagen die sterblichen Überreste einer alten Frau. Lange graue Haare, die früher einmal schön gewesen sein mochten, hingen an den Seiten herunter. Die trüben blauen Augen der Frau starrten sie direkt an. Ihre Arme und Beine waren abgesägt worden, in den Schnittflächen sah man gräuliches totes Fleisch und weiße Knochen. Der Rumpf war mit einem dicken Lederriemen auf der Pritsche festgespannt.

Auf der zweiten lag ein ausgehöhlter Mann. Was einst ein großer runder Körper gewesen sein mochte, war nun zu einer Schale reduziert worden. Der Mann hatte noch seine Arme und Beine, dafür war sein Inneres ausgehöhlt worden. Gummiriemen, an deren Enden Klammern saßen, hielten die Bauchhöhle und den Brustkorb offen, und die Rippen ragten heraus, als wäre er ein im Bau befindliches Boot. Alle inneren Organe waren ausgelöst, herausgehoben und in die Kiste in der Ecke geworfen worden.

Auf der Pritsche, an der zuvor der Arzt gearbeitet hatte, lag ein Frauenkopf, der auf einer Wirbelsäule saß, und sonst nichts. Von dem abgeschnittenen Hals gingen eine Reihe dunkelroter Bänder, vermutlich Gefäße oder Nervenstränge aus, die man in einem Knoten gesammelt hatte. Er hing seitlich herab, sodass sich der Kopf ein wenig neigte. Die Frau war jünger als die anderen, aber es war schwer, ihr Alter zu schätzen, da ihr Gesicht eingefallen und grau war und ihre Augen …

Kalle hatte die Zähne so fest zusammengebissen, dass es in seinem Kopf knirschte. Er konnte seinen Kiefer nicht mehr bewegen, er war wie gelähmt und spürte, ja wusste:

Sie leben.

Er wusste nicht, was bei den Wiederlebenden wahr und falsch war, was sich Leben nennen ließ, aber der Schmerz und die Angst, die diese verstümmelten Körper verströmten, sprachen eine deutliche Sprache: Sie lebten und waren sich bewusst, was mit ihnen geschah.

Der Krampf löste sich. Er hatte seinen Körper wieder unter Kontrolle, und dieser ließ ihn im Stich. Seine Beine gaben nach, und er brach zusammen. Alles wurde schwarz, und die Schwärze war wie Wasser auf einem brennenden Körper. Er nahm sie dankbar an.

Als er die Augen wieder aufschlug, begriff er anfangs nicht, was er sah, warum die Welt so eigentümlich wirkte. Alles hing an der Decke. Er sah Flora neben den Pritschen stehen. Ihre Lippen bewegten sich lautlos. Er öffnete den Mund, um etwas zu sagen, brachte aber keinen Ton heraus. Übelkeit durchrollte ihn in Wellen, kam aber nur als faulige Luft heraus.

Etwas geschieht, etwas ... geschieht ...

Er blinzelte, versuchte zu verstehen. Die Atmosphäre im Raum hatte sich verdichtet. Der klebrige Gestank alten Bluts wurde intensiver, das Licht greller, die Wände schienen näher zu rücken, und er hörte einen Laut. Er begann als ein fernes Wispern, steigerte sich jedoch rasch zu einem heulenden, kreischenden Schrei, der ihn dazu bewegt hätte, die Hände auf die Ohren zu pressen, wenn er es nur gekonnt hätte. So aber lag er nur mit gähnend offenem Mund da und keuchte, während der schneidende Laut zu einem Metallschleifgerät wurde, das die Luft um seinen Kopf zerschnitt.

Er wollte Flora zurufen, sie solle aufpassen, aber der Laut

lähmte ihn, und sein Gesicht wurde wie von einer unsichtbaren Kraft sachte fortgepresst, sodass er Flora aus den Augen verlor. Als Letztes sah er noch, dass plötzlich eine hohe Gestalt neben Flora stand und ihre Arme nach den menschlichen Überresten auf den Pritschen ausstreckte.

Kalle schloss die Augen, schloss sie so fest er nur konnte. Der schneidende Laut schoss durch seinen Kopf und schlug unter der Schädeldecke kreuz und quer. Er wusste nicht mehr, ob er von innen oder von außen kam. Er wusste nichts über Zeit und Raum, konnte weder denken noch das Denken einstellen.

Dann schwächte er sich ab. Schnell, viel schneller, als er gekommen war, verschwand der schreckliche Laut, und es wurde still. Vollkommen still. Kalle schlug die Augen auf. Flora stand allein neben den Pritschen, ihre Arme hingen schlaff herab.

Still.

Es war so ... still. Kalle rappelte sich langsam vom Boden auf und schaute sich um. Er wollte nicht aufstehen, nicht noch einmal betrachten, was auf den Pritschen lag. Er kniete und schaute sich um.

So still.

Dann begriff er. Es lag an den Menschen auf den Pritschen. Ihre Schreie waren verstummt. Sie waren nicht mehr da. Er hustete, kurz und hart, und tat es vor allem, um zu spüren, dass er noch lebte. Flora kam zu ihm. Der Schweiß hatte Strähnen ihres Haars an die Stirn geklebt, und sie wirkte erschöpft, aber ruhig. Sie hatte nichts Schreckliches erlebt, nur etwas sehr Anstrengendes.

Kalle fragte: »Ist es ... geschafft?«, und Flora nickte.

Ohne hinzusehen, machte Kalle eine Geste zu den Pritschen. »War das eben ... der Tod?«

»Ja. Oder besser gesagt … deine Version von ihm. Was hast du gesehen?«

»Ich weiß nicht. Etwas Großes. Schlankes.«

Kalle stand auf. Er vermied es weiter, zur Längswand des Raumes zu schauen. Stattdessen blickte er zu Flora hinab, die durchsichtig, zerbrechlich wirkte, als würde sie kaputtgehen, wenn man sie bloß antippte. Er sah ihr tief in die Augen, um einen Anhaltspunkt zu finden, erblickte jedoch keinen. Und weil er keinen fand, fragte er:

»Wer bist du?«

Floras Mundwinkel zuckten.

»Niemand Besonderes.«

Sie schmiegte sich an ihn, presste ihre Wange an seine Brust. Er legte seine Hand auf ihren Kopf, und sie war eine ganz normale, erschöpfte junge Frau. Er hielt sie in den Armen, konnte aber nicht anders, als sich etwas Fremdes, etwas … Göttliches vorzustellen, das sich in diesem Kopf bewegte, einem ganz gewöhnlichen Kopf, der fast Platz in seiner Hand fand.

Die Verantwortung ist mir auferlegt worden.

Er beugte sich hinab und küsste ihren verschwitzten Haaransatz.

Als sie den Raum verließen, lag der gefesselte Arzt auf seiner Pritsche und starrte sie an. Flora ging zu ihm und nahm ihm den Knebel aus dem Mund. Als hätten die Worte an der Leine gelegen und nur darauf gewartet, sich nach vorn zu werfen, schoss es aus ihm heraus:

»Was habt ihr getan! Was habt ihr getan, ihr verdammten Irren!«

Flora tat daraufhin etwas, womit Kalle niemals gerechnet hätte. Sie gab dem Arzt eine Ohrfeige. Eine feste. Sein Mund klappte klackend zu. Flora schlug ihn noch einmal und führte anschließend ihren Mund an sein Ohr.

»Jetzt hören Sie mir mal gut zu, Doktor Mengele. Wer zum Teufel ist denn hier irre? Kapieren Sie eigentlich, was Sie hier tun?«

Kalle stand daneben und bekam den Mund nicht mehr zu. So hatte er Flora noch nie gesehen und auch nicht geglaubt, dass dies in ihr steckte. Aber sie war wütend, mehr als wütend. Sie war außer sich vor Wut. Der Arzt wandte den Kopf zum inneren Raum, und auch er zitterte vor Wut.

»Ihr habt sie getötet. Ihr habt alles kaputtgemacht, was ich …«

Flora schlug ihm mit der flachen Hand direkt auf den Mund, als wollte sie eine Quelle versiegeln, aus der Ekelerregendes drang. Die Lippe platzte auf, und dem Arzt lief Blut das Kinn herab. Kalle berührte Floras Arm. Sie schüttelte seine Hand ab und beugte sich über den Arzt, in dessen Augen mittlerweile ein Anflug von Angst erkennbar war.

»*Sie* bringen sie um.«

»Sie sind schon …«

Flora hob die Hand, um erneut zuzuschlagen, und der Arzt behielt für sich, was er sagen wollte.

»Ich will wissen …«, setzte Flora an. »Ich will wissen, warum Sie das tun.«

Der Mund des Arztes schwoll langsam an, und als er die Lippen zu einer höhnischen Grimasse hochzuziehen versuchte, ähnelte er einem traurigen Clown.

»Weil ich so schrecklich böse bin. Was glaubst du denn, verdammt? Um meinen Beitrag zur Forschung zu leisten. Um einen Weg zu finden, den Tod zu besiegen. Um der Menschheit zu helfen. Ich kann nicht fassen, dass ihr denkt, ihr wärt hier die Helden, aber …«

Diesmal brauchte Flora nur die Hand zu heben, um ihn verstummen zu lassen.

»Das habe ich alles schon einmal gehört«, erklärte sie. »Ich will wissen, was du ganz praktisch mit deiner Schnippelei erreichen willst.«

»Das habe ich dir doch gerade gesagt. Denk nur mal an all die Menschen, die völlig unnötig vor der Zeit sterben ...«

Flora seufzte. Sie wandte sich an Kalle.

»Du kannst viel härter zuschlagen als ich. Magst du?«

Kalle sah Flora zweifelnd an. Sie zwinkerte ihm zu. Kalle nickte, ging zu der Pritsche, krempelte das Hemd bis zum Oberarm hoch, ballte und öffnete seine Faust einige Male. Der Arzt verfolgte seine Bewegungen mit weit aufgerissenen Augen. Wie Flora gehofft hatte, reichte die bloße Drohung. Der Arzt sagte:

»Ich untersuche minimale Lebensbedingungen.«

»Und was heißt das?«

»Das heißt, dass ... wir auf Zellebene keine Erkenntnisse erzielt haben, weshalb wir untersuchen, wie viel man exakt ... entfernen kann, ohne dass das Leben aufhört. Welche Teile ein Eigenleben haben, auf welche der Körper verzichten kann.«

»Wie viele Leute arbeiten hier normalerweise?«

»Drei.«

»Und die anderen kommen morgen?«

»Ja, aber das hier ist eine verdammte Katastrophe für unsere ...«

»Schön«, schnitt Flora ihm das Wort ab. »Dann können die dich losmachen.«

Sie griff nach Kalles Arm und zog ihn zur Tür. Hinter ihnen protestierte der Arzt. Als sie die Tür schlossen, begann er zu schreien. Durch die dicken Betonwände drang nur wenig ins Freie, und das Gedankenfeld war jetzt, nachdem die Wiederlebenden den Raum verlassen hatten, fast verschwunden. Er würde wahrscheinlich bis zum nächsten Morgen so liegen bleiben.

Sie fuhren vom Gelände. An den Toren erkundigte sich der Wachposten, ob Kalle gefunden habe, wonach er gesucht hatte. Kalle antwortete, er sei fündig geworden, und sie trennten sich, nachdem sie einander eine Gute Nacht gewünscht hatten.

Um halb vier saßen sie in Kalles Küche. Kalle trank drei Bier, Flora eins. Es gab so viele Fragen, dass in seinem Kopf Stummheit, Stillstand herrschte. Nach dem dritten Bier breitete sich endlich eine angenehme Benebelung in seinem Körper aus.

»Das wird Probleme geben«, sagte er.

»Ja«, erwiderte Flora. »Morgen.« Sie warf einen Blick auf Kalles Küchenuhr. »In zwei Stunden muss ich zur Arbeit. Ich glaube, ich mache blau.«

»Brote schmieren?«

»Brote schmieren.«

Kalle entfuhr ein Lachen wie ein müdes Keuchen. »Erst das hier und dann … belegte Brote machen. Es geht auf und ab.«

Flora nickte. »Und das ist nur der Anfang.«

»Was ist nur der Anfang?«

»Was wir heute Abend gemacht haben. Es sind noch hunderte übrig.«

Kalle rieb sich die Augen. »Aber wie sollen wir …« Er breitete die Arme aus, ließ sie fallen. »Morgen.«

»Morgen.«

Sie gingen ins Bett und liebten sich sachte, behutsam wie im Schlaf. Als sie fertig waren und befriedigt zum wahren Schlaf herabsanken, konnte Kalle dann doch nicht über seine Schwelle treten. Flora hatte ihren Kopf auf seine Brust gelegt. Er strich mit dem Finger über ihr Ohr und fragte: »Hast du keine Angst?«

Floras Stimme war schlaftrunken, dumpf. »Vor was?«

»... dem Tod?«

Flora schwieg einige Sekunden. Dann antwortete sie: »Sie ist nicht gefährlich. Sie tut nur ... was sie tun muss.«

»Sie?«

»Ja ...«

Während Kalle darüber nachdachte, wurden Floras Atemzüge tiefer und regelmäßiger. Er wollte sie nicht mit weiteren Fragen wecken, sodass er still lag und in die Dunkelheit blickte, bis seine Augen von alleine zufielen und er einschlief.

Als er davon aufwachte, dass es an der Tür klingelte, hatte er das Gefühl, nur kurz gedöst zu haben. Es war Viertel nach sieben. Er blieb im Bett liegen und starrte verschlafen an die Decke. In der Stille zwischen zwei Klingeltönen hörte er eine Fliege dem Licht hinter dem Fenster entgegenstreben.

Fliege. Licht. Morgen.

Sein Mund schmeckte säuerlich nach abgestandenem Bier, als er die Beine über die Bettkante zog und sich den Bademantel überstreifte. Er ging zur Wohnungstür und öffnete sie ohne einen bewussten Gedanken. Erst als er sah, dass sein Vater davorstand, fielen ihm die Ereignisse der Nacht wieder ein.

Sie blieben eine Weile stehen und sahen sich an. Es wollte Kalle nicht gelingen, aus seinem schlaftrunkenen Kopf passende Worte auszugraben, und dem Gesichtsausdruck seines

Vaters nach zu urteilen, fehlten diesem ebenfalls die Worte. Nachdem sie sich einige Sekunden angestarrt hatten, schreckte Sture auf und zwängte sich an Kalle vorbei in die Wohnung.

Kalle rieb sich übers Gesicht und gähnte. »Und?«

Sein Vater, der inzwischen bis ins Wohnzimmer gekommen war, drehte sich um und sah ihn an, als hätte er nichts Unpassenderes sagen können.

»*Und?* Ist das alles, was du mir zu sagen hast?«

»Neeiin …« Er musste noch einmal gähnen. Er hatte das Gefühl, eine Ewigkeit mit offenem Mund herumstehen und einfach nur gähnen zu können, bis dies vorbei war.

Der Blick seines Vaters fiel auf die offene Schlafzimmertür. Er trat ein, stellte sich ans Fußende des Betts und zeigte auf die noch schlafende Flora.

»Ist sie das? Deine … Partnerin bei dieser Sache?«

Es gefiel Kalle nicht, dass sein Vater überhaupt in Floras Nähe war, erst recht nicht, wenn sie schlief.

»Du«, sagte er. »Wir reden später darüber. Du musst jetzt gehen.«

Sture verschlug es für einen Moment die Sprache. Er konnte nicht fassen, was er seinen Sohn da sagen hörte. Ihm klappte die Kinnlade herunter, und dann erklärte er mit einem Hauch von Furcht in der Stimme:

»Ihr wisst nichts.«

Kalle kratzte sich an der Brust. »Ja. Das habe ich schon mal gehört.«

Plötzlich griff Sture nach dem Bett und rüttelte es außer sich vor Wut. Er schrie Flora an:

»Aufwachen! Sofort aufwachen!«

Kalle packte Stures Schulter und schob ihn vom Bett weg. »Wer glaubst du eigentlich, wer du bist? Was?«

Sture schlug seine Hand fort, und Kalle war widerstrebend

beeindruckt von der Halsstarrigkeit des alten Mannes. Kalle hätte ihn mühelos mit einer Hand hochheben und hinauswerfen können. Zum Beispiel aus dem Fenster.

Flora setzte sich im Bett auf, und Sture bürstete die Schulterpolster seines Jacketts ab, als hätten sie Schmutz abbekommen. Kalle meinte: »Sag mir, was du zu sagen hast, und dann verschwinde.«

Floras Augen waren verquollen. Sie blickte vom einen zum anderen und fragte Kalle: »Dein Vater?«

Sture lehnte sich gegen das Fußende des Betts. Er glotzte Flora an, die sich in die Decke hüllte.

»Ja. Leider. Junge Dame, sind Sie sich eigentlich bewusst, wie viel Sie getan haben, um Ihre Zukunft zu ruinieren? Wie übel das für Sie ausgehen wird?« Weder Kalle noch Flora entgegneten etwas. Sture fuhr fort: »Eindringen in ein Sperrgebiet, Hausfriedensbruch, Körperverletzung, möglicherweise auch Totschlag.«

Flora sah Sture lange an. Dann fragte sie: »Haben Sie die Polizei eingeschaltet?«

»Nein, *noch* nicht.«

»Und wann werden Sie das tun?«

Sture schnaubte, und ihm entfuhr so etwas wie ein Lachen. Er sah erst Flora und anschließend Kalle an. Dann noch einmal Kalle.

»Da bist du ja in feine Gesellschaft geraten.«

»Ja. Hast du uns etwas Wichtiges zu sagen, oder willst du hier nur … weiter rummotzen?«

Sture verstummte. Seine Augen weiteten sich. Erst dachte Kalle, es geschähe aufs Neue aus Verblüffung über die Unfassbarkeit ihres Handelns, dann aber hörte auch er das Geräusch, das Sture vernommen hatte. Es war jemand im Flur und näherte sich dem Schlafzimmer. Sture packte Kalles Arm, als wollte er ihm etwas Wichtiges sagen, aber ehe er dazu kam, hatte der Besucher auch schon das Zimmer betreten.

Auf den ersten Blick hätte Kalle den Neuankömmling nur für einen weiteren Anzugträger gehalten. Der einen Anzug sowie eine ausgesprochen grellbunte Krawatte trug. Aber der Körper passte nicht. Der erste Eindruck war der eines Fettwanstes, da unter dem Hemd ein fülliger Bauch vorstand und die Krawatte des Mannes eher liegen als hängen ließ. Arme und Beine waren hingegen spindeldürr, und das Gesicht war klein und länglich, regelrecht ausgemergelt. Das Opfer einer Hungersnot in einem Anzug.

Auch mit den Augen stimmte etwas nicht. Statt jenes glasigen, weit offenen Blicks, den man bei Hungernden sah, hatte dieser Mann kleine Augen, die so tief lagen, dass sie in seinem Schädel zu verschwinden schienen.

Der Mann faltete die Hände, legte sie auf seinen Bauch und schaute sich um.

»Wie ich sehe, ist die ganze Familie versammelt.«

Die Stimme des Mannes war so hell wie die eines jungen Mädchens. Kalle konnte die Augen nicht von seinem Gesicht abwenden. Von diesem Mann ging ein solcher Sog aus, dass es Kalle Anstrengung kostete, nicht näher zu treten.

Die Augen des Mannes verweilten auf Kalles Vater.

»Wie geht's, Sture? Ich hoffe, gut?«

Es kam selten vor, dass jemand Sture beim Vornamen nannte. Er war Professor Liljewall und Vater und Herr Professor. Kalles Augen rissen sich von dem Mann los und betrachteten seinen Vater. Sture war kleiner geworden und rieb sich in fast schon lachhafter Manier die Hände.

Flora wich ans Kopfende des Betts zurück. Der Mann bemerkte die Bewegung, machte zwei schnelle Schritte und setzte sich neben ihr aufs Bett.

»Und hier liegst du.«

Flora zog die Decke fester um sich, damit es eine Barriere zwischen ihr und dem Körper des Mannes, dem Bauch des Mannes gab. Etwas in Kalles Innerem sagte ihm, dass er eingreifen sollte, aber er konnte sich nicht bewegen. Flora flüsterte:

»Sie können mir nichts tun.«

Der Mann nickte nachdenklich. »Nein. Das ist wahr. Aber die Zahl williger Körper. Die mir zur Verfügung stehen. Würde dich wundern.«

Der Mann stand wieder auf. Seine Bewegungen waren überraschend geschmeidig, als hätte sein Bauch kein Gewicht. Als er sich erneut neben Kalle stellte, war der dunkle Sog deutlich zu spüren. Als stünde man auf einer hohen Klippe und sähe in die Tiefe. Der Sog, den entscheidenden Schritt zu machen.

»Mir ist durchaus bewusst, dass dies schwer zu verstehen sein mag. Aber euer Vorgehen. Bedroht große menschliche Werte. Wir stehen kurz vor einem Durchbruch. Und ich kann euch insofern Recht geben, dass die Konsequenzen kaum abzuschätzen sind. Aber letztlich. Bin ich überzeugt, dass er zu größerem Glück führen wird.« Der Mann wandte sich an Sture. »Ist es nicht so?«

Sture nickte. »Ja. Natürlich.«

Kalle starrte das Gesicht des Mannes an. Sein Mund schien sich ohne jede Mithilfe der Gesichtsmuskeln zu bewegen. Während Kalle hinsah, kam eine Fliege angeflogen und setzte sich auf die Wange des Mannes. Er bemerkte sie nicht und sprach weiter. Sein Mund bewegte sich, und die Fliege krabbelte angezogen von dem Sog, den auch Kalle spürte, in den sprechenden Mund, ohne dass der Mann auch nur für einen Moment seinen Redefluss unterbrochen hätte. Die Fliege tauchte nicht wieder auf, aber der Wortfluss ging weiter:

»Ich sehe darüber hinaus ein. Dass meine direkte Einmischung. Kontraproduktiv erscheinen mag. Und sie euch beide nur in eurer Überzeugung bestärken wird, dass ihr das Richtige tut. Ist es nicht so?«

Flora und Kalle nickten beide fast unmerklich. Den Mann umgab eine Aura der Regungslosigkeit, die sich ausbreitete und ansteckend war. Er fuhr fort:

»Ich habe jedoch die Erfahrung gemacht, dass euer ... sagen wir ideologischer Standpunkt ... vernünftigen Argumenten nicht zugänglich ist. Bleibt als Druckmittel allein die Angst. Der Schrecken siegt fast immer über die Vernunft.«

Der Mann wandte sich an Sture und zeigte mit seiner schmalen Hand auf Kalle. »Sture, du kannst deinen Sohn jetzt bestrafen.«

Sture leckte sich die Lippen. »Ich verstehe nicht ganz ...«

»Er ist ungehorsam gewesen, und du wirst deine väterliche Pflicht erfüllen. Züchtige ihn.« Kalle war weiter unfähig, sich zu bewegen. Der Mann begutachtete ihn, als wollte er seinen wundesten Punkt finden, und zeigte dann: »Brich ihm die Nase.«

Sture schüttelte den Kopf. »Ich kann nicht.«

»Ich verstehe. Mangelnde Übung.« Der Mann ging zum Nachttisch, griff nach einem soliden Glasklotz, in den Kalle Teelichter stellte, und reichte ihn Sture. »Bitte schön.«

Sture wog den Klotz in der Hand und sah Kalle an. Wenn es hier um Angst ging, war Sture am stärksten betroffen. Seine Unterlippe bebte, und er leckte sich manisch die Lippen. Kalle war nicht ruhig, sondern empfand vielmehr eine an Apathie grenzende Teilnahmslosigkeit. Er begriff nicht, dass er noch stand.

Tränen traten in Stures Augen. Er stellte sich vor Kalle und hob den Glasklotz. Der Mann nickte: »Du wirst schon tüchtig zuschlagen müssen.«

»Aufhören«, hörte man Flora vom Bett aus flüstern. Sie stand in die Decke gehüllt auf. »Aufhören.«

Der Mann sah sie an. »Wir sollen verhandeln? Ihr bietet mir an aufzuhören, wenn ich aufhöre?«

Flora schluckte und sagte: »Ja.«

Die Augen des Mannes verharrten starr auf ihr. Er blickte für eine Sekunde in sie hinein und sagte dann: »Du lügst. Leg dich wieder hin.«

Von einem Willen gesteuert, der nicht der ihre war, legte sich Flora erneut aufs Bett. Man hörte ein Trommeln. To-to-tock, to-to-tock. Kalle konnte allein seine Augen bewegen, und sie suchten das Zimmer ab, suchten nach der Quelle des Geräuschs.

Ein Spatz hockte vor dem Fenster und pickte mit dem Schnabel gegen das Glas, als suchte er einen Punkt, an dem das Glas weniger stabil war, und pickte erneut. Der Mann warf einen flüchtigen Blick auf ihn und wandte seine Aufmerksamkeit anschließend wieder Sture zu.

»Jetzt bringen wir diese Sache zu Ende.«

Stures Arm zitterte, als er ihn über den Kopf hob, um zu Kalles Gesicht hinaufzureichen. Der Vogel trommelte einen neuerlichen Wirbel gegen die Scheibe. Sture zog seinen Arm nach hinten und warf ihn dann mit so viel Schwung nach vorn, als wollte er den Klotz so weit werfen, wie er nur konnte. Die stumpfe Oberfläche traf Kalles Nase mit voller Wucht. Man hörte ein gedämpftes Knirschen, glühende Hitze strahlte in einem Spinnennetz über Kalles Gesicht aus, und ihm schoss Blut in den Mund.

Flora schrie auf, der Klotz fiel zu Boden, und Sture schlug die Hände vors Gesicht. Der Mann streckte sich Kalles Gesicht entgegen und inspizierte das Ergebnis. Dann nickte er, sagte »Schön« und wandte sich Sture zu, dessen Körper krampfhaft gekrümmt war. »Eigentlich hättest du auch Maßnahmen gegen das Mädchen ergreifen sollen, aber … du scheinst dich verausgabt zu haben.«

Der Mann ging zum Fenster und sah hinaus. Das Trommeln des Vogels wurde eifriger.

»Ich muss sagen, diese Bebauung gehört zum Geschmacklosesten, was ich jemals gesehen habe.«

Das Blut lief Kalles Hals herab, unter den Bademantel und kroch kitzelnd zu beiden Seiten an seinem Bauch vorbei. Sein Gesicht war ein mit roter Hitze gefüllter Behälter, der pumpte, pumpte. Er wollte den Arm heben, um tastend zu ermitteln, wie schlimm es war, aber es war ihm nicht erlaubt, sich zu bewegen.

Der Mann drehte am Fenstergriff und zog das Fenster auf. Der Spatz machte ein paar schnelle Hüpfer, flog ins Zimmer und umkreiste Kalles Kopf, ehe er zu dem Mann flog. Dieser riss den Mund weit auf, und der Vogel flog schnurstracks hinein und war verschwunden.

Als hätte er bloß einmal tief Luft geholt, atmete der Mann aus und packte Stures Schulter.

»Komm. Ich gehe nicht davon aus, dass du den Wunsch hast, hierzubleiben und dich zu erklären.«

Sture schüttelte seinen gesenkten Kopf, und die beiden gingen zur Tür. Bevor er hinausging, drehte sich der Mann noch einmal zu Kalle und Flora um. Er musterte sie zwei Sekunden und meinte anschließend:

»Ich denke, dem wäre wohl nichts mehr hinzuzufügen.«

Daraufhin ging er, dicht gefolgt von Sture.

Noch lange, nachdem der Mann verschwunden war, herrschte vollkommene Stille im Raum. Durch das offene Fenster zog eine schwache Brise herein, sodass sich der Vorhang bauschte. Flora gelang es als Erster, sich aus dem Netz der Ohnmacht zu befreien, das über ihnen lag. Sie stand auf zittrigen Beinen auf, ging zu Kalle und sagte: »Komm ...«

Kalle ließ sich ins Badezimmer führen, wo Flora sein Gesicht vorsichtig mit Toilettenpapier und lauwarmem Wasser wusch. Auch die Zunge schien in Kalles Mund geschwollen zu sein, und er musste die Worte ganz sachte formen, als er fragte:

»Was. War denn das? Was. War das. Was passiert ist?«

Als hätten seine belegten Worte die Schleusen zur normalen Welt geöffnet, in der Kalle nunmehr mit gebrochener Nase dastand, nachdem er von seinem Vater misshandelt worden war, schluchzte Flora auf und kniff die Lippen zusammen, um nicht in Tränen auszubrechen. Sie schüttelte den Kopf.

»Ich weiß es nicht, Kalle. Ich weiß es nicht.«

Kalle betrachtete sich im Spiegel. Seine Nase war auf mindestens doppelte Größe angeschwollen und lag darüber hinaus an eine Wange gepresst. Wo die Haut aufgesprungen war, lugten Knorpel heraus, und als er durch die Nase zu atmen versuchte, ging dies nicht.

Flora sagte: »Wir müssen ins Krankenhaus. Ich will nur ...«

Sie wusch seine Wangen, seinen Hals und seine Brust mit Papierbäuschen, die sie in die Toilette warf, sobald sie blutdurchtränkt waren. Schließlich zog sie einen langen Streifen ab und faltete ihn wie eine Kompresse.

»Hier. Halt das auf die ...«

Sie zeigte, und Kalle ergänzte: »... ehemalige Nase.«

»Nase« kam als »Dahe« heraus, was Kalle komisch fand. Er musste lachen, was ihm allerdings nur in Form eines stoßweisen Zischens von Luft durch den Mund gelingen wollte. Flora schüttelte den Kopf und umarmte ihn.

»Du hast sie ja nicht mehr alle. Du lachst.«

Obwohl es vermutlich keine Rolle gespielt hätte, hatten sie keine Lust, ins Karolinska Institut zu fahren. Stattdessen machten sie einen Umweg zum Klinikum in Danderyd, wo sie nur eine halbe Stunde warten mussten, bis Kalle an der Reihe war. Die Nase wurde gerichtet und erhielt einen Gipsverband. Der Arzt meinte, Kalle müsse unter Umständen nach einer Woche zu einer weiteren Nasenkorrektur wiederkommen, wenn er nicht dauerhaft wie ein alter Boxer aussehen wolle.

Als sie in den Korridor hinauskamen, musterte sich Kalle in einem Spiegel und fand, dass er aussah wie eine Figur aus einem Zeichentrickfilm. Der viereckige Verband auf der Nase, die langen Dreadlocks, die das Gesicht umrahmten. Der dämliche Kumpel der Hauptfigur in einem Disneyfilm, der immer komische Sachen sagte und nie etwas kapierte.

Als sie in der Cafeteria saßen und Kalle mit Mühe einen Kaffee mit viel Milch trank und dabei mehr Faxen machte, als seine Not erfordert hätte, um sich über seine Situation lustig zu machen, sagte Flora:

»Ich finde dich komisch. Bist du nicht traurig? Immerhin war es dein ... Vater, der dir das angetan hat.«

Kalle schüttelte den Kopf.

»Nein. Ich finde es eher irgendwie ... schön. Jetzt wissen wir, wo wir einander haben. Jetzt brauche ich keine Rücksicht mehr auf ihn zu nehmen. Er fällt weg.«

»Trotzdem.«

»Im Grunde verabscheue ich ihn schon seit vielen Jahren, bin aber nie zu dem Punkt gelangt, es auch zuzugeben. Da ist es jetzt eigentlich besser.«

Es hielten sich kaum Menschen in der Cafeteria auf. Zwei Tische weiter saß eine sehr alte Frau mit einem Rollator neben sich und schlürfte an einer heißen Tasse Tee. Traurige Blicke verloren sich in den pastellfarbenen Wänden. Kalle sah sie an und dachte: *Ich habe auch keine Familie.*

Aber, wie gesagt, es war eine Trauer, die er schon lange in sich trug, nichts Neues, nur eine Tatsache und nagende Leere. Er holte durch den Mund tief Luft, atmete wieder aus und sagte:

»Hast du mal darüber nachgedacht? Über die Sache heute Morgen?«

»Ich wusste nicht, dass es das gibt«, erwiderte Flora. »Ich habe es vorher noch nie gesehen.«

»Was meinst du damit?«

Während sie nach Worten suchte, fegte Flora einige verstreute Zuckerkörner auf dem Tisch zusammen. Als aller Zucker auf einem kleinen Haufen lag, sagte sie:

»Dass es eine ... Verkörperung des anderen gibt. Ein Bild dafür. Ich habe geglaubt, nur der Tod hätte eine. Außerdem haben wir das Gleiche gesehen. Der Tod zeigt sich jedem anders, abhängig davon, welches Bild man von ihm hat. Aber das hier ...«

»Es war wie ein Sog.«

»Ja. Aber es ist nur ein Bild. Damit wir etwas sehen können. Von dieser ... Kraft. Oder diesem Prinzip. Es selbst kann nichts tun.«

»Woher weißt du das?«

Flora zuckte leicht mit den Schultern.

»Ich weiß es einfach.« Sie streckte ihre Hand über den Tisch aus, und Kalle nahm sie. Sie betrachtete seinen viereckigen Verband und schüttelte den Kopf. »Es tut mir leid, dass ich dich da hineingezogen habe.«

»Tut es das?«

»Ja, was dich betrifft. Nicht, was mich betrifft.«

»Dann ist es gut.«

Sie hielten sich an den Händen. Aus den Augenwinkeln nahm Kalle wahr, dass sich die alte Dame mittlerweile nicht mehr für die Wand, sondern für sie interessierte. Sie hatte das Kinn in die Hände gelegt und starrte sie an. Kalle lehnte sich zu Flora vor.

»Hast du Angst?«

»Ja. Und du?«

»Ja.« Er drückte ihre Hand. »Was sollen wir jetzt tun?«

»Ich glaube ...«, erwiderte Flora, »dass wir mit meiner Großmutter sprechen müssen.«

Sie wollten gerade gehen, als sich die alte Dame mit Mühe aufrichtete und mit Hilfe ihres Rollators zu ihnen schlurfte. Als sie bei ihnen war, stand sie einige Sekunden mit offenem, zahnlosem Mund da und blickte vom einen zum anderen. Schließlich sagte sie:

»Ich habe auch Angst.«

Kalle wusste nicht, was er sagen sollte. Aber Flora lehnte ihr Gesicht ganz nah zu dem der Frau vor und sagte:

»Sie brauchen wirklich keine Angst zu haben.«

Die Augen der Frau weiteten sich ein wenig. »Brauche ich nicht?«

»Nein«, antwortete Flora. »Das verspreche ich Ihnen.«

Die alte Frau nickte, kaute einige Male und schleppte sich anschließend zu den Aufzügen.

Elvy hatte Besuch von ihrer Freundin Hagar, und beide entrüsteten sich über das, was mit Kalle geschehen war, auf eine Art und Weise, die ihm nicht unangenehm war. Es war lange her, dass ihn jemand so bemuttert hatte. Er akzeptierte das Angebot, sich auf die Couch zu legen, während Elvy Kaffee und Kekse für ihn holte.

Flora hatte Kalle erläutert, dass Hagar bereits mehr oder weniger in alles eingeweiht war, und erzählte die Geschichte von dem Punkt an, als sie und Kalle zum ersten Mal gemeinsam nach Heden gefahren waren.

Als Flora dazu kam, wie Kalle den Arzt behandelt hatte, was ihm einen bewundernden Blick von Elvy eintrug, klingelte das Telefon. »ROLAND« stand auf dem Display. Kalle entschuldigte sich und ging in die Küche, nachdem er erklärt hatte, Flora könne die Geschichte auch ohne ihn zu Ende erzählen. Er setzte sich auf einen Küchenstuhl und meldete sich:

»Hallo, Roland.«

»Hallo, hallo. Ich wollte nur ... wie ist es gelaufen? Alles?«

Rolands Stimme klang verkatert, und Kalle sah auf die Uhr. Halb elf. Roland war wahrscheinlich gerade erst aufgewacht. Er selbst hatte noch keine Gelegenheit gehabt, seine Müdigkeit an sich heranzulassen.

»Doch, es ist ... es ist ...«

»Bist du erkältet?«

Kalle schnaubte, aber nur ein schwacher Lufthauch drang pfeifend durch das Loch im Verband. Er fasste die Geschichte für Roland in aller Kürze zusammen, verschwieg jedoch das Detail mit den Tieren, die im Mund des Besuchers verschwunden waren. Überhaupt versuchte er die übernatürlichen Dinge zu umschiffen, denn Roland fand das Ganze auch so schon seltsam genug. Er selbst hatte es im Gegensatz zu ihm ja mit eigenen Augen gesehen.

»Okay«, sagte Roland. »Das ist alles wirklich völlig verrückt. Aber jetzt habe ich eine Kiste in meiner Garage. Was soll ich mit ihr machen?«

An dieses Problem hatte Kalle noch keinen Gedanken verschwendet. Nach ihren Erlebnissen in Heden waren ihm alle anderen Sorgen unwichtig erschienen. Für Roland, der eine

Kiste voller Leichenteile bei sich zu Hause hatte, sah die Sache natürlich ganz anders aus.

»Um drei kommt jemand von *Bunte* und … es stinkt hier überall, obwohl die Türen zu sind.«

»*Bunte?*«

»Ja, was tut man nicht alles? Aber du kannst deinen Arsch darauf verwetten, dass … beim letzten Mal haben sie mich gefragt, warum es in meinem Garten eine Schaukel gibt, wo ich doch gar keine Kinder habe, und sie ist natürlich für die Kinder meines Bruders, aber in dem Artikel wurde dann daraus … egal, jedenfalls werden sie Fragen stellen.«

Kalle konnte sich ein Grinsen nicht verkneifen. *Was stinkt in Rolands Garage? Roland sagt soundso, aber der Reporter der* Bunten …

»Ich rufe zurück«, sagte Kalle und unterbrach die Verbindung.

Im Wohnzimmer war die Geschichte zu Ende erzählt worden, und Flora, Elvy und Hagar steckten die Köpfe zusammen und redeten. Als Kalle den Raum betrat, blickte Flora auf.

»Wer war das?«

»Roland. Es geht um diese Kiste. Er … will sie loswerden.«

Hagar, die etwas schwerhörig war, sah Flora fragend an.

»Von wem redet ihr?«

»Von Roland«, antwortete Flora. »Kalles … Chef. Der Sänger der Tropicos.«

»Er hat gerade hier angerufen?«

»Ja, er …«

Hagar klatschte in die Hände.

»Aber das ist ja fantastisch!« Hagar hob einen Zeigefinger, um ihren Worten Nachdruck zu verleihen: »*Er* ist einer der wenigen wirklich stilvollen Männer, die wir in diesem Land noch haben. Was wollte er?«

Elvy hob vielsagend die Augenbrauen, und Kalle ging zu Hagar und sagte etwas lauter:

»Er will diese Kiste loswerden!«

Hagar schaute sich um, als wüsste sie nicht, wo da das Problem lag.

»Na und?«, meinte sie. »Dann fahren wir eben hin und holen sie, nicht wahr?«

Auf dem Weg zu Roland machten sie an einem Baumarkt Halt und kauften zwei Säcke Torf. Hagar nahm an, dass sie eigentlich ungelöschten Kalk brauchten, aber keiner von ihnen wusste, wo man den bekam, oder warum man ihn eigentlich benutzte. Es hatte etwas mit dem Verwesungsprozess zu tun, aber das war hier ja nicht das Problem.

Kalle war nach wie vor der Meinung, dass sie sich an die Polizei wenden sollten, nicht zuletzt, nachdem er die Reaktion seines Vaters gesehen hatte, als die Polizei zur Sprache gebracht wurde, aber Elvy und Flora widersprachen ihm.

»Ich halte jede Wette«, erklärte Elvy, »wenn wir uns an die Staatsmacht wenden, wird die Sache so ausgehen, dass wir als Sündenböcke abgestempelt werden.«

Kalle gähnte ausgiebig. Der Schlafmangel machte sich allmählich bemerkbar. Auch Flora hatte das Gesicht in die Hand gestützt und die Augen halb geschlossen.

»Ich begreife das nicht«, sagte Kalle. »Diese Vereinigung. Was sind das für Leute? Was wollen sie?«

Elvy schnaubte.

»Das werden wir wohl deinen Vater fragen müssen.« Ehe Kalle etwas erwidern konnte, legte sich Elvys Hand auf seine Schulter. »Das war nicht böse gemeint. Die Sünden der Väter et cetera. Ich glaube an so etwas nicht.«

»Das ist gut«, erwiderte Kalle, ohne zu wissen, worauf sie hinauswollte.

Als sie Solberga erreichten, zeigte Hagar auf die Häuser und staunte über die schicken Villen. Elvy, die eine Weile geschwiegen hatte, sagte plötzlich zu Kalle:

»Nutzen. Größtmöglicher Nutzen. Ich glaube, das ist es, wonach sie streben. Als wäre alles eine Maschine, die möglichst gut funktionieren und so viel Nutzen ausspucken soll wie möglich. Ja. Nützlichkeit.«

»Wie die staatlichen Ernährungsrichtlinien«, meinte Kalle und bog in Rolands Auffahrt. Als Belohnung für seine Bemerkung hörte er Elvy zum ersten Mal lachen. Es war ein helles, zwitscherndes Lachen, das etwas von seiner Müdigkeit wegfegte.

Sie stiegen aus dem Wagen, und Roland kam ihnen entgegen. Ganz offensichtlich war er schon dabei, sich auf das Interview vorzubereiten. Seine Haare waren sorgsam geföhnt, und trotz einer harten Nacht sah sein Gesicht frischer und weniger faltig aus als am Vorabend. Als er Elvy und Hagar sah, streckte er sich ein bisschen und breitete die Arme aus.

»Sie müssen Elvy und Hagar sein. Ich habe schon viel von Ihnen gehört.«

Kalle und Flora sahen sich verstohlen an. In ihrem Telefonat vor anderthalb Stunden hatte Kalle Elvy und Hagar zum ersten Mal erwähnt. Flora lud die Torfsäcke ab, während Roland den beiden Damen die Hand gab. Hagar machte einen Knicks und sagte: »Sie sehen in Wirklichkeit sogar noch besser aus!«

Roland verneigte sich leicht. »Das hat mir bestimmt zwanzig Jahre keiner mehr gesagt. Ich danke Ihnen. Der Tag ist gerettet.«

Ehe Hagar ihre Behauptung weiter ausführen konnte, meldete sich Elvy zu Wort: »Diese Kiste.«

Rolands Lächeln ermattete nur leicht, als er eine schwungvolle Geste zur Garage machte und sie aufforderte, ihn zu begleiten. »Es tut mir wirklich leid, euch Mühe zu machen, aber ich sehe einfach keine Möglichkeit, sie hierzubehalten.« Roland schaute sich um. »Kalle, könntest du den Wagen rückwärts vor die Garage setzen?« Die restliche Gruppe bewegte sich zum Garagentor, und Roland zeigte auf Kalles Gesicht. »Das sieht ja grauenhaft aus.«

»Ja«, sagte Kalle. »Du hast nicht zufällig ein bisschen von der Creme dabei, die du benutzt?«

Roland lächelte so, dass die Lachfalten, die seine kosmetischen Maßnahmen überlebt hatten, sichtbar wurden. »Deren Möglichkeiten sind begrenzt«, meinte er und folgte den anderen.

Kalle fuhr den Wagen zum Garagentor und stieg aus. Obwohl die Rückbank aufgeklappt war, würde die Kiste noch Platz finden. Er atmete tief durch, ehe er die Garage betrat.

Elvy und Flora waren dabei, die Torfsäcke in die Kiste zu entleeren, während Hagar und Roland mit Blusen- beziehungsweise Hemdzipfeln vor den Mündern danebenstanden. Der Gestank in der Garage schlug einem entgegen wie eine Wand, und Kalle musste mehrfach schlucken, damit sich ihm nicht der Magen umdrehte.

Er machte Roland und Hagar winkend klar, dass sie ebenso gut hinausgehen konnten, und sie folgten dankbar seiner Aufforderung. Elvy und Flora hatten den Inhalt der Säcke in die Kiste entleert, sodass diese nun bis zum Rand gefüllt war. Kalle fand eine Rolle Klebeband, und gemeinsam schnitten sie Plastiksäcke auf und spannten sie über die Öffnung. Als sie fertig waren, sahen sie sich kurz an und liefen anschließend aus der Garage, um durchzuatmen.

In einiger Entfernung gingen Roland und Hagar durch den

Garten. Sie hatte sich bei ihm untergehakt, und Roland redete und zeigte auf verschiedene Bäume und Sträucher. Kalle schüttelte den Kopf. *Er kann einfach nicht anders.*

Elvy nickte in Richtung Garage. »Was für eine Hölle. Diese Schweine.«

»Glaubt ihr …«, begann Kalle und wusste nicht, wie er weitermachen sollte.

»Was?«, fragte Flora.

Kalle machte eine vage Geste zwischen Flora und Elvy. »Na ja, glaubt ihr, dass euer … dein Großvater, dein … dass er …?«

»Ich weiß es nicht«, erklärte Elvy, und ihre Lippen formten sich zu einem schmalen Strich. »Ich habe nicht nachgesehen.«

Kalle ließ das Thema fallen und öffnete die Hecktüren des Wagens. Mit vereinten Kräften schleppten sie die Kiste zum Transporter und hoben sie hinein. Roland und Hagar kehrten zurück, und Kalle fragte:

»Roland, du hast nicht zufällig irgendeine Form von Mundschutz?«

Mit der Kiste im Laderaum würde es eine Qual werden, in dem Auto zu fahren, und Kalle hätte sich gewünscht, im Baumarkt an das Problem gedacht zu haben. Glücklicherweise schlug sich Roland an die Stirn und sagte: »Natürlich. Ich Idiot.«

Er ging in die Garage und durchwühlte ein Regal voller Kisten, bis er am Ende fand, wonach er suchte. Ein ungeöffnetes Paket mit Mundschutzen. Er reichte es Kalle.

»Ich wollte das Badezimmer renovieren, aber …« Er zuckte mit den Schultern, und Kalle begriff, dass die Renovierung des Badezimmers ein ähnliches Ende genommen hatte wie die Sache mit dem Schweißbrenner. Eine Eingebung, aus der wie so oft bei Roland nichts geworden war.

Roland sah auf die Uhr und klatschte in die Hände.

»Tja, ich weiß nicht, was ich sagen soll.« Er sah Hagar und Elvy an und verneigte sich. »Es hat mich außerordentlich gefreut, Ihre Bekanntschaft zu machen. Wenn ich weiter behilflich sein kann ... stehe ich mit Freuden zur Verfügung.« Roland hatte anscheinend nicht vergessen, was er in der vorherigen Nacht gesagt hatte, und ergänzte mit ernsterer Stimme: »Ich meine es ernst.«

Als sie ins Auto stiegen, war der Gestank nicht so schlimm, wie Kalle befürchtet hatte. Der Torf und die Plastiksäcke halfen. Sie würden nicht einmal einen Mundschutz benötigen, wahrscheinlich reichte es bereits aus, mit heruntergekurbelten Fenstern zu fahren. Roland winkte ihnen zu, als sie davonfuhren, und sie winkten zurück. Kalle erhaschte ein letztes Bild von Roland vor seinem Haus, das Bild, das früher oder später in *Bunte* auftauchen würde.

Als sie auf die Autobahn fuhren, lehnte Elvy sich zu Hagar hinüber, deren Blick sich im Nichts verlor, und fragte: »Hast du ein Autogramm bekommen?«

»Etwas Besseres«, antwortete Hagar und klopfte auf die Tasche ihrer Bluse. »Seine Telefonnummer.«

Flora drehte sich um. »Hagar, jetzt reicht es aber.«

»Und warum?«

Kalle griff nach Floras Hand und drückte sie beruhigend. Es war eine von Rolands Schwächen, Hinz und Kunz seine Telefonnummer zu geben, was zur Folge hatte, dass er etwa alle sechs Monate eine neue Nummer beantragen musste. Es riefen Frauen an, und schlimmstenfalls endete er in Södertälje. Es war eine Mischung aus Egozentrik und Sorglosigkeit. Statt einer Haarsträhne verschenkte er seine Telefonnummer. Der gleiche Grundgedanke, nur mit komplizierteren Konsequenzen.

Eine Viertelstunde später setzte Kalle zum Ziel ihrer Fahrt zurück: Hagars Gartenschuppen. Dort hoben sie die Kiste zwischen die von Spinnweben bedeckten Gartengerätschaften und tarnten sie mit einer alten Persenning aus Segeltuch. Hagars erster Mann hatte den Schuppen gebaut und benutzt, aber seit sie sich vor fünfunddreißig Jahren scheiden ließen, hatte ihn niemand mehr betreten.

Als sie die halb verrottete Tür geschlossen und sich den Staub von den Händen geklopft hatten, blieben sie als lose Gruppe vor dem Schuppen stehen. Kalles Kopf arbeitete nicht, wie er sollte. Plötzlich fühlte er sich erschöpft. Er betrachtete Hagars unansehnliches funktionalistisches Haus, sah Gesichter und Gestalten im abblätternden Putz.

Schließlich war es Hagar, die das Schweigen brach, indem sie in die Hände klatschte und ausrief: »Na schön! Und was jetzt?«

Auf diese Frage wusste keiner eine gute Antwort, sodass sie bei Hagar Tee tranken, Marmorkuchen aßen und sich darüber unterhielten. Irgendetwas würden sie tun, aber keiner von ihnen wusste genau was. Die größte Sorge bereitete Elvy die »Verstärkung des feindlichen Lagers«, wie sie sich ausdrückte: der Mann, der am Morgen zu Kalle gekommen war.

»Solltet ihr nicht sicherheitshalber eine Weile bei mir wohnen?«, schlug sie vor.

Flora bürstete Kuchenkrümel zusammen, warf sie sich in den Mund und sagte: »Bis?«

»Bis wann?«

»Ja, genau. Bis wann?«

»Ach, du meinst ... na ja, ich weiß nicht. Bis ... sich die Lage beruhigt hat.«

»Und wann wird das sein?«

Ehe Elvy darauf antworten konnte, warf Kalle ein: »Ich habe

das Gefühl, dass uns dieses ... Etwas trotzdem finden würde. Ganz gleich, wo wir sind.«

Elvy sah ihn scharf an. »Und worauf stützt sich dieses Gefühl?«

»Darauf, dass ... es sich so anfühlt.«

Elvys Augen wichen nicht von seinen, aber wenige Sekunden später schnaubte sie, nickte und sagte: »Das ist gut.«

Kalle gähnte. Sein Nacken gab allmählich nach, dauernd wollte ihm der Kopf auf die Brust fallen. Er ging zur Spüle, wusch sich die Augen mit kaltem Wasser und versuchte dabei, möglichst den Verband nicht nass zu machen. Das Blut pulsierte darunter und sandte stetig Schmerzimpulse aus, die vor seinen Augen orange aufblinkten. Er wandte sich den anderen zu.

»Wisst ihr was, wir müssen jetzt irgendeine Entscheidung treffen. Ich will nach Hause und schlafen.«

Es wurde nichts entschieden. Kalle und Flora fuhren heim, um zu schlafen. Als sie sich von Hagars Haus entfernten, warf Kalle einen Blick zurück und sagte: »Deine Großmutter ... ist ziemlich tough, was?«

»Ja«, antwortete Flora. »Und sie möchte unheimlich gerne etwas tun. Sie ... hat sich letztes Mal ein bisschen blamiert.«

»Was heißt letztes Mal?«

»Als wir schon einmal die Chance hatten. Bevor sie Heden abgeriegelt haben.«

Als sie eintraten, zog kalte Luft durch die Wohnung, und sie waren sofort auf der Hut. Aber es war nur das Fenster, das der Mann geöffnet hatte. Es stand noch immer einen Spaltbreit offen. Kalle schloss es und ließ sich aufs Bett fallen, ohne die Kleider auszuziehen. Er schloss die Augen und hörte, wie Flora sich neben ihn legte. Danach hörte er nichts mehr.

Als er aufwachte, war es dunkel draußen. Er war allein im

Bett. Aus dem Wohnzimmer drang leise die Musik zum Videospiel Double Dash zu ihm herein. Er blieb eine Weile liegen und betrachtete die Straßenlaterne vor dem Fenster, die wie der kleinste Mond des Universums frei schwebend Kalle Liljewall zu umkreisen schien. Seine Nase war anscheinend verstopft, und er versuchte ebenso vorsichtig wie vergeblich Luft durch sie zu blasen. Er presste etwas fester, und ein dünner Luftstrom drang durch die verschleimten Kanäle und das Loch im Verband.

Vater. Mein eigener, kleiner Vater.

Es traf ihn wie ein Schlag in die Magengrube, und plötzlich tat er sich selbst unermesslich leid. Egal, was er anstellte, es ging immer schief. Egal, wie viel Mühe er sich auch gab, die Sache ging immer in die Hose. Jetzt hatte er endlich jemanden gefunden, den er gernhatte, und wohin hatte ihn das gebracht? Man brauchte die Ereignisse der letzten achtundvierzig Stunden nur zusammenzufassen, um zu sehen, dass sie ihn noch weiter nach unten geführt hatten, als er vorher schon war.

Warum kann es niemals einfach sein?

Seine Kindheit, seine Mutter, seine Jugend, seine ... alles wurde vor seinem inneren Auge abgespult, und er wollte sich einfach unter der Decke zusammenkauern und nie wieder herauskommen. Steck die Nase heraus, und sie wird dir gebrochen. Halt dich raus. Halt dich verdammt noch mal raus, Kumpel.

Ich will allein sein.

Er war fürs Alleinsein geschaffen, war nicht dafür gemacht, mit einem anderen Menschen zusammen zu sein. Er konnte in seiner Wohnung hocken, seine Fernsehserien glotzen, sich selbst verdammt leidtun, aber zumindest eine gewisse Ordnung in seinem Dasein haben. Ja. In einem Sessel zu sitzen, die

Stunden verstreichen zu lassen. Allein zu sein. Das passte zu ihm.

Als Flora eine halbe Stunde später ins Zimmer kam, hatte Kalle diese Gedanken in einer Abwärtsspirale immer weiter durchgekaut, und als sie sich aufs Bett setzte, sagte er: »Flora. Ich kann nicht mehr.«

Sie entgegnete nichts, strich nur seine Haare fort und legte ihre Hand auf seine Stirn. Kalle ließ es geschehen. Er hatte nichts hinzuzufügen. Er hatte sich eingeigelt und wollte nicht herauskommen. Nach längerem Schweigen sagte sie schlicht:

»Jetzt heißt es du und ich gegen den Rest der Welt.«

Ihr Gesicht war vollkommen ernst. Kalle seufzte.

»Ist das nicht ein Schlager?«

»Richtig. Aber es stimmt trotzdem. Magst du was mit mir essen?«

Flora hatte Linsen gekocht, die sie mit Couscous aßen. Auf dem Tisch brannten Kerzen.

Du und ich gegen den Rest der Welt.

Nachdem Kalle zu neuem Leben erwacht war und etwas gegessen hatte, sah er seine Einsamkeitsvisionen als das, was sie waren: Romantik. Ein sentimentales Bild, die Pflege seiner tragischen Verlassenheit. Wenn es so war, konnte man das Bild jedoch ebenso gut gegen ein anderes, genauso melodramatisches eintauschen: *Du und ich gegen den Rest der Welt.*

Die Situation, in die sie verwickelt waren, erschien ihm so extrem, dass du und ich gegen den Rest der Welt nicht einmal völlig aus der Luft gegriffen war. Es war eine korrekte Beschreibung ihrer Lage.

Tja. Dann war es eben so.

Die Ereignisse des Tages hatten beide so erschöpft, dass sie den Abend damit verbrachten, sich einen Haufen ziemlich mieser Fernsehserien anzusehen und über dämliche Reklame und totgestylte Schauspieler zu lachen. Flora erzählte, dass Elvy angerufen hatte, um zu hören, ob mit ihnen alles okay war. Kalle nickte. Ja, es war alles okay. Nicht gut oder verständlich, aber in diesem Moment auf der Couch, mit Flora neben sich und Vampirjägerin Buffy im Fernsehen, die sich ebenfalls in eine merkwürdige Situation verstrickt hatte, war alles okay. Völlig okay.

Ehe sie gegen zwei ins Bett gingen, nahm Kalle zwei Tabletten gegen die Schmerzen in seinem Gesicht. Flora schlief rasch ein, während Kalle wach lag und das Blut in der Nasenwurzel stechen spürte.

Ich bin nicht allein.

Nein, er hatte sich noch nie so als Mitglied einer Gruppe gefühlt wie jetzt. Funkface war etwas anderes. Sie probten, quatschten und waren Freunde. Aber es war im Grunde nichts Ernstes. Das hier war etwas völlig anderes. Er, Flora, Roland, Elvy und nicht zu vergessen Hagar hatten sich für eine Aufgabe zusammengefunden, die viel größer war als sie selbst. Und …

Ich will mitmachen.

Erstaunt stellte er fest, dass sich seine Einstellung um einhundertachtzig Grad gedreht hatte, seit er das letzte Mal im Bett gelegen hatte. Vielleicht passierte erst jetzt, wovon Flora gesprochen hatte. Er wollte mitmachen.

Er wollte seinen Beitrag leisten.

Die Schmerztabletten wirkten, und seine Gedanken verloren sich in der großen Dunkelheit.

Um sechs wachte er schon wieder auf und konnte nicht mehr einschlafen, weshalb er in den Flur ging und die Zeitung holte. Er benötigte zwei Sekunden, um zu verstehen, was er auf der

Titelseite sah, es war ein Anblick, der ihm nur allzu vertraut war: ein Foto der Tore zu Heden. Die Schlagzeile lautete: »Wiederlebende werden isoliert.«

Er schaltete die Kaffeemaschine ein, um den bitteren Kaffee von gestern zu erhitzen, setzte sich an den Küchentisch und las.

Am Vortag waren die Wiederlebenden aus unbekannten Gründen plötzlich äußerst aggressiv geworden. Mehrere Personen waren verletzt worden, und um ihre Bewachung verschärfen zu können, waren alle Wiederlebenden nun in einem Raum zusammengeführt worden. Dem Artikel zur Seite gestellt war eine kurze Aufstellung der Fakten zu den Ereignissen und der Zahl der Todesopfer beim Ausbruch der Wiederlebenden drei Jahre zuvor. Ein Arzt, dessen Name Kalle vage bekannt vorkam, gab eine Stellungnahme ab und erklärte, die Gewaltbereitschaft der Wiederlebenden sei diesmal noch größer gewesen, sodass man nur von Glück sprechen könne, dass kein Mensch getötet worden sei.

Kalle schenkte sich den teerschwarzen Kaffee ein, nahm einen Schluck und grimassierte angesichts des angebrannten Geschmacks.

Was geschieht hier?

Auch der Sozialminister meldete sich zu Wort und erklärte, es würden unterschiedliche Methoden für den Umgang mit dem Problem diskutiert. Die Sicherheit der Bevölkerung habe oberste Priorität.

Als Kalle neuen Kaffee aufgesetzt hatte und er durchgelaufen war, ging er ins Schlafzimmer, weckte Flora und zeigte ihr den Artikel. Flora las ihn und schüttelte den Kopf.

»Das ist gelogen.«

»Du meinst, da ist gar nichts passiert?«

»Genau. Das ist nur ein Täuschungsmanöver. Sie machen irgendwas und versuchen … ich weiß es nicht.«

»Könnte es nicht auch passiert sein?«

»Hätte es dann in der Zeitung gestanden? In den letzten drei Jahren haben sie doch rein gar nichts an die Öffentlichkeit dringen lassen. Warum ausgerechnet jetzt, wenn sie es nicht verbreiten wollen? Sie bereiten irgendetwas vor.«

Floras Handy klingelte.

Auch Elvy hatte den Artikel gelesen und genauso interpretiert wie Flora. Nach dem Telefonat stand Flora auf und sagte: »Wir müssen etwas tun. Und zwar jetzt.«

»Schön. Aber was?«

Flora warf einen Blick auf die Uhr auf dem Nachtisch. »Glaubst du, Roland ist jetzt schon wach?«

»Schwer zu sagen, wieso?«

»Großmutter und ich haben uns gestern unterhalten und ... es gibt da eine Idee. Sie ist möglicherweise nicht besonders gut, vielleicht funktioniert sie auch nicht. Aber wir brauchen Roland.«

Kalle wartete bis acht, dann rief er an. Flora hatte ihm den Plan erklärt, und was sie gesagt hatte, stimmte: Er war möglicherweise nicht gut, aber der einzige, den sie im Augenblick hatten.

Roland war nicht wach. Mit der Journalistin der *Bunten* war es ein bisschen spät geworden, und er brauchte einen Moment Bedenkzeit. Kalle ahnte, dass Roland sich bloß an einen Ort begeben wollte, an dem eine schlafende Boulevardjournalistin nicht zufällig aufwachen und mithören konnte, was er zu sagen hatte.

Volltreffer. Als Roland zehn Minuten später anrief, hörte man an den Hintergrundgeräuschen, dass er im Garten stand.

»Okay«, sagte Roland, nachdem sie eine Weile geredet hatten. »Ich bin dabei.«

»Ehrlich gesagt«, entgegnete Kalle, »begreife ich nicht, wie das funktionieren soll, es würde mich nicht wundern, wenn alles zum Teufel geht.«

»Das tut es sowieso. Jedenfalls für mich.«

Sie verbrachten den Tag mit Vorbereitungen. Kalle hatte das Gefühl, für eine sehr lange Reise zu packen, Abschied zu nehmen. Seine Hände waren leichter als sonst, berührten die Dinge behutsamer. Vielleicht war er überdreht, aber jetzt, da er im Begriff stand, sich schlimmstenfalls von ihm verabschieden zu müssen, empfand er eine Ehrfurcht vor dem Leben wie seit Langem nicht mehr. Flora war in sich gekehrt und konzentriert, sammelte Kraft.

Um vier trennten sie sich: Flora fuhr nach Täby Kyrkby und Kalle nach Haninge, um den kleinen Bus gegen den großen einzutauschen. Er fürchtete sich. Was sie an diesem Abend vorhatten, gehörte nicht zu den Dingen, mit denen sich normale Menschen beschäftigten. Kriminelle Netzwerke taten dies möglicherweise schon eher: Raubüberfälle auf Geldtransporte und dergleichen. Allerdings beruhten deren Pläne in der Regel auf detaillierter Ortskenntnis und perfekt aufeinander abgestimmten Zeiten und Bewegungen.

Kalle wusste nicht einmal, wie es nun, nach allem, was in der Zeitung gestanden hatte, auf dem Gelände von Heden aussah. Außerdem machte es ihm Sorgen, dass er von seinem Vater und von dem Besucher nichts mehr gehört hatte. Kurzum, sie hatten keine Ahnung, was dort vorging, und ihr Plan war im Grunde unsicher, nur ein Versuch. Aber er war alles, was sie hatten, und Kalle fiel kein besserer ein.

Obwohl der Bus seit einem Monat nicht mehr benutzt worden war, sprang er beim ersten Startversuch an. So weit, so gut. Es war zwar kein großer Bus, ungefähr halb so groß wie ein

Nahverkehrsbus, aber Kalle hatte nicht die erforderliche Führerscheinklasse. Bisher hatten die Tropicos immer einen anderen Fahrer engagiert, wenn der große Bus gebraucht wurde, und Kalle war nur als Humper mitgekommen.

Kalle hielt sich konstant zehn Stundenkilometer unter der erlaubten Höchstgeschwindigkeit und wurde auf dem Weg zur E18 und nach Täby laufend überholt. Am schlimmsten waren die Kreisverkehre. Er hatte ständig das Gefühl, dass der Bus einen Meter breiter war, als er es wirklich war, in den Kurven einen eigenen Willen entwickelte und die Kommandos des Lenkrads immer erst dann befolgte, wenn er selbst fand, dass der richtige Zeitpunkt gekommen war.

Als er schließlich vor Elvys Haus hielt und den Motor ausschalten wollte, hatte sich der Griff seiner linken Hand um das Lenkrad so verkrampft, dass er die Finger auseinanderbiegen musste. Er hatte Kopfschmerzen, war ansonsten jedoch ganz zufrieden mit sich. Bis hierher hatte er es geschafft.

Die anderen erwarteten ihn bereits in der Küche. In Majas Augen war das ganze Projekt wahnsinnig, und Flora hatte ein langes Gespräch mit ihr geführt. Am Ende hatte Maja sie gehen lassen, sich jedoch geweigert, selber mitzumachen.

Roland trug einen Helly-Hansen-Pullover und eine Arbeitshose, die reichlich abgetragen aussah. Elvy und Hagar trugen Freizeitkleidung und sahen aus wie zwei ältere Damen, die losziehen wollten, um Pilze zu sammeln. Weder Flora noch Kalle hatten es nötig gefunden, sich anders zu kleiden als sonst.

»Hallo«, sagte Kalle und betrat die Küche. »Gibt es hier Aspirin oder etwas in der Art?«

Elvy zeigte auf einen Küchenschrank. Kalle nahm die Hausapotheke heraus, fand zwei Schmerztabletten und schluckte sie. Als er den Kasten zurückstellen wollte, sah er ein kleines Glas mit Papier darin, ein Stück bräunlich verfärbte Küchenrolle. Er wusste nicht, ob es unhöflich war zu fragen, aber sie waren jetzt immerhin eine Gruppe, oder etwa nicht? Er hielt das Gläschen hoch.

»Was ist denn das?«

Das Papier sah aus wie ein Stück altes Pergament. Als Elvy das Gläschen sah, lächelte sie und streckte sich danach. Kalle reichte es ihr. Elvy betrachtete das Papier und seufzte.

»Nun ja, man könnte vielleicht sagen, es ... es ist der Grund dafür, dass wir hier sitzen. Es kommt hierher.« Elvy zeigte auf die Mitte ihrer Stirn, und Kalle erkannte daraufhin, dass etwas, was er bisher für eine Falte gehalten hatte, in Wahrheit eine Narbe war, ein hellerer Strich, der etwa zwei Zentimeter über die Stirnhaut verlief.

»Elvy hat einen Auftrag bekommen«, erläuterte Hagar. »Aber wir haben ihn ein bisschen falsch verstanden.«

»Wir haben uns wie Idioten benommen«, berichtigte Elvy sie.

»Stimmt«, sagte Hagar. »Das auch.«

»Sie müssen entschuldigen, meine Damen«, warf Roland ein. »Aber das kann ich mir beim besten Willen nicht vorstellen.«

Elvy erzählte die Geschichte in groben Zügen. Wie die Gestalt, die sie heute als Tod kannte, ihr den Auftrag gegeben hatte, die Wiederlebenden zu ihr zu führen, sie aber geglaubt hatte, die normalen, lebenden Menschen sollten auf den rechten Pfad geführt werden, worauf sie einen falschen Weg eingeschlagen und ihre Chance vertan hatte, alles ins rechte Lot zu bringen.

»Wäre ich damals nicht so dumm gewesen ... säßen wir heute nicht hier.«

Sie seufzte schwer und schien plötzlich sehr müde zu sein. Roland legte seine Hand auf ihre.

»Und wir hätten uns niemals kennengelernt.«

Elvy lächelte schief. Sie war nicht im gleichen Maße wie Hagar geneigt, sich von Rolands Charme einlullen zu lassen. Hagar nickte dagegen eifrig, als wäre es zweifellos wert, die Rettung von hunderten Menschen zu vermasseln, wenn man dafür Roland kennenlernen durfte.

»Sollen wir?«, sagte Flora und stand auf.

Roland sah aus dem Fenster. »Ich dachte, wir würden warten, bis es dunkel ist.«

Flora zuckte mit den Schultern. »Ich finde, das ist eigentlich egal. Das Überraschungsmoment ist unsere einzige Trumpfkarte. Je schneller, desto besser.«

»Einen Augenblick noch«, sagte Roland und verschwand im Flur. Er kehrte mit einer Flasche Champagner zurück, die er auf den Tisch stellte. Er zeigte mit großer Geste darauf.

»Das, meine lieben Freunde, ist ein Bollinger, Jahrgang 96. Ich wage nicht zu sagen, wie viel die Flasche wert ist. Ich habe sie aufgehoben und mir gedacht, da ... unsere abendlichen Aktivitäten zur Folge haben könnten, dass ich niemals die Gelegenheit bekomme, sie zu genießen, wie ich es mir einmal vorgestellt hatte, würde ich sie gerne mit euch teilen.«

Elvy besaß keine Sektgläser, sodass gewöhnliche Saftgläser auf den Tisch gestellt wurden. Roland öffnete die Flasche mit einem Knall und traurigem Blick. Er schenkte ein, und sie erhoben ihre Gläser.

»Prost«, sagte Roland. »Auf das Leben und die Liebe.«

Kalle hatte noch nicht oft Champagner getrunken, aber dies war der bisher beste. Er traf das Gaumensegel mit einem Stich, löste sich auf und verdampfte im Mund. Es kam einem vor, als wäre die Zunge halb gelähmt, und der Alkohol stieg einem sofort in den Kopf. Flora schmiegte sich an ihn, und vielleicht machte ihn der Champagner ein bisschen sentimental, denn

Kalle stiegen Tränen in die Augen, und er fand, dass dies der schönste Augenblick in seinem Leben war.

Als sie ihre Gläser geleert hatten, sagte Roland: »Kalle, ich habe da über etwas nachgedacht. Wäre es nicht besser, wenn ich fahre?«

»Warum denn das?«

»Weil ...« Roland sah erst Flora, dann Kalle an. »Wenn man so viel Pathos wagen darf, und das darf man hoffentlich in einem Augenblick wie diesem: Du hast schlicht und ergreifend mehr, wofür es sich zu leben lohnt als ich.«

Kalle suchte und fand Floras Augen. Dann nickte er. »Okay.«

Es dämmerte bereits, als Roland den Wagen am Rand des Järvafelds zum Stehen brachte. Er löste das Mikrofon aus seiner Halterung und sprach über den Buslautsprecher.

»Meine Damen und Herren, wir haben unser endgültiges Reiseziel erreicht. Ich darf Sie nun bitten, Ihre Plätze einzunehmen. Ich möchte bei dieser Gelegenheit nicht versäumen, Sie auf den ausgezeichneten Souvenirladen am Eingang hinzuweisen. Vielen Dank. Sind alle bereit?«

Elvy und Flora nahmen die Plätze ein, die der Tür in der Mitte des Busses am nächsten waren, während Kalle zu Roland ging, der die Hände fest um das Lenkrad geschlossen hatte. Sein Blick war starr auf die Tore in einigen hundert Metern Entfernung gerichtet.

»Roland? Alles okay?«

Roland biss die Zähne zusammen und nickte. Kalle klopfte ihm auf die Schulter. Als er sich umwandte, um zu den anderen zu gehen, wandte Roland sich ihm zu, sah ihn flehend an und sagte:

»Die werden doch wohl nicht schießen?«

Kalle wusste es ebenso wenig wie Roland, gab jedoch die Antwort, die Roland hören wollte. Er sagte »Nein« und setzte sich neben Flora. Elvy und Hagar hielten sich am Geländer vor ihnen fest, und Kalle und Flora folgten ihrem Beispiel. Roland gab zweimal Gas. Dann ließ er die Kupplung kommen.

Je näher sie den Toren kamen, desto schneller fuhr er. Durch die Windschutzscheibe sah Kalle, dass vier Wachen Dienst hatten. Als sich der Bus näherte, standen sie anfangs nur da und starrten ihn an. Der Tourneebus einer Tanzcombo mit Palmen und Sonnenuntergang mit Kurs auf die Tore. Als sie noch etwa zwanzig Meter entfernt waren, begann ein Wachposten zu winken: Stehen bleiben! *Stehen bleiben!* Roland gab Gas und duckte sich.

Die anderen Wachen griffen nach ihren Maschinenpistolen, hatten aber wahrscheinlich keine klaren Anweisungen, und so fiel kein Schuss, bis der Bus die Tore rammte. Man hörte das Krachen gebrochenen Metalls, der Bus wurde geschüttelt, und ein Tor flog aus seiner Verankerung und rutschte einige Meter neben dem Bus her, ehe es sich überschlug und liegen blieb.

Kalle warf einen Blick in den Rückspiegel. Die Wachposten standen wie gelähmt und starrten dem Bus hinterher. Das hatte offensichtlich nicht zu ihrem Katastrophenszenario gehört. Der Bus brummte überanstrengt, und vom Fahrersitz schrie Roland nach hinten:

»Links, was?«

»Ja«, schrie Kalle zurück. »Links und geradeaus.«

Ein Riss verlief von oben nach unten quer über die ganze Windschutzscheibe. Das Tor war der einfache Teil des Plans gewesen. Kalle schrie:

»Die Windschutzscheibe! Sie wird ...«

»Ich weiß, ich weiß!«

Roland saß über das Lenkrad gebeugt, und seine Gedanken

blitzten in Kalles Kopf auf: *Fahr, verdammt noch mal, fahr, fahr... links, fahr.* Rolands Gedanken waren die unbändigsten und kraftvollsten. Kalle hörte auch die der anderen und dahinter ein panisches Gemurmel, das er nicht identifizieren konnte. Aber am besten war Roland zu hören, und trotz der Hysterie nahm Kalle auch eine jubelnde Freude wahr, die Freude eines Menschen, der auf den Abgrund zuläuft und dies aus freiem Willen tut und endlich am Ziel ist.

Nach einer weiteren Kurve sah man durch die gesprungene Windschutzscheibe das große Versammlungsgebäude. Auch hier standen einige Wachposten unter dem Dach vor dem Eingang. Ihre Gedanken schlugen den Fahrgästen des Busses entgegen und erfüllten deren Erwartungen voll und ganz: mit Angst vermischte Ungläubigkeit.

Diesmal tat Roland etwas, was er an den Toren vergessen hatte: Er hupte. Die Hupe des Busses war laut, und angesichts der näher kommenden Gefahr reagierten die Wachen wie jeder andere Mensch auch: Sie liefen davon.

»Haltet euch fest!«, schrie Roland.

Er lenkte nach rechts, sodass der Bus an der Wand der Eingangsseite entlangstrich. Das Dach befand sich ungefähr drei Meter über dem Erdboden und näherte sich der Windschutzscheibe. Es war der Moment, der sie am meisten verunsichert hatte. Unmittelbar bevor das Dach in die Scheibe schlug, bremste Roland abrupt, und der Bus geriet ins Schleudern. Roland wurde über das Lenkrad geworfen, und gleichzeitig zertrümmerte der Stahlbalken des Dachs die Scheibe. Man hörte einen ohrenbetäubenden Knall, und eine Myriade von Scherben prasselte in den Bus. Das Blechdach wurde zusammengefaltet und drang in den Korridor ein. Kalle dachte noch:

Das war keine gute Idee,

als der Bus auch schon gegen den Stützpfeiler auf der anderen Seite des Dachs fuhr und abrupt zum Stehen kam. Kalle wurde nach vorn geworfen und schlug mit der Brust so heftig gegen das Geländer, dass ihm die Luft wegblieb.

Der Bus stand. Der Motor tuckerte im Leerlauf. Ein Blechstück änderte seine Lage, sodass Unmengen von Glasscherben auf den Boden fielen. Vor dem Bus hörte man erregte Stimmen:

»Diese verdammten Irren ... was zum Teufel ...«

Kalle hustete und schaute sich um. Elvy und Hagar waren so klug gewesen, sich wie vor einer bevorstehenden Notlandung zusammenzukauern, und richteten sich nun auf. Flora blutete aus einer aufgesprungenen Lippe, sagte aber: »Das ist nicht weiter schlimm.«

»Roland?«, rief Kalle.

Keine Antwort. Kalle stieg über Blech und Glasscherben und gelangte zum Fahrersitz. Roland lag auf dem Lenkrad, sein ganzer Rücken war von Glassplittern bedeckt.

»Roland?«

Roland zuckte zusammen und hob eine Hand.

»Ich bin okay«, erklärte er und richtete sich auf. Sein Gesicht war von kleinen blutenden Schnittwunden übersät. Er verzog das Gesicht zu einer schmerzverzerrten Grimasse und sank in sich zusammen. »Die Rippen. Ich glaube, ich muss mich ... ein bisschen ausruhen.«

Von draußen drangen die Stimmen der Wachposten zu ihnen herein:

»Schafft den Mist hier weg.«

Wenn man überhaupt von Glück sprechen konnte, dann hatten sie Glück gehabt. Ein großer Teil der Dachbleche hatte sich zwischen dem Lenkrad und dem letzten Stützpfeiler draußen verkeilt und bildete nun einen Wall, der die Wachen daran hinderte, sich dort, wo die Windschutzscheibe gewesen war, sofort Zugang zu verschaffen. Sie würden allerdings nicht lange brauchen, das Hindernis zu beseitigen.

Roland winkte. »Ich komme schon klar. Geht.« Er senkte die Hand und drückte auf einen Knopf. Man hörte ein leises Zischen, woraufhin sich die Mitteltür öffnete. Die Bleche quietschten klagend, als die Wachen daran zogen, und durch einen Spalt sah Kalle ein wütendes Gesicht. Er klopfte Roland auf den Rücken. »Gut gefahren.«

Roland erwiderte: »Es freut mich, dass ich mich nützlich machen konnte …« Kalle kehrte in den hinteren Teil des Busses zurück und folgte den anderen. Mit einer Kombination aus Glück und Geschick hatte der Plan so funktioniert, wie sie es sich erhofft hatten: Der Bus stand so dicht an der Wand, dass er den Eingang zum Gebäude blockierte, und der einzige Weg hinein führte nun über den Bus.

Als Flora die Treppenstufen hinabstieg, fiel ein Eiszapfen in Kalles Bauch. Es gab etwas, das er nicht bedacht hatte: ob die Eingangstür nach innen oder nach außen aufging. Öffnete sie sich nach außen, war es aus, denn dann gab es keinen Platz, um sie aufzuziehen.

Aber das Glück blieb ihnen treu. Die Tür ging nach innen auf, und wenige Sekunden später standen sie alle in der Eingangshalle. Kalle und Flora schlangen die Kette, die sie mitgebracht hatten, mehrmals um die Klinken und verschlossen sie mit einem Vorhängeschloss. Um diese Tür aufzubekommen, würde man längere Zeit benötigen.

»Wie geht es Roland?«, erkundigte sich Hagar.

»Gut«, log Kalle. »Er wollte nur nicht mitkommen.«

Hagar nickte und griff sich an den Kopf.

»Dafür habe ich volles Verständnis. Das ist ja grauenhaft.«

Es gab keine Worte für das Tosen, das ihre Köpfe füllte, seit sie der Quelle so nah waren. Der Augenblick, in dem Schweden bei einem entscheidenden WM-Spiel ein Tor schießt, wenn tausende von Menschen aufspringen und brüllen, aber langgezogen, langgezogen. Und das genaue Gegenteil. Nicht Jubel und Freude, sondern Schmerz und Grauen in massenhafter Form.

Gleichzeitig war dieses Tosen jedoch so überwältigend, dass man fast leichter damit zurechtkam als mit früheren Erlebnissen. Es gab keine Einzelheiten, man musste in ihm verweilen wie in einer qualvollen Krankheit. Ihre Körper zitterten, und ihre Gehirne waren von einem schwarzen schreienden Sumpf erfüllt, aber sie gingen weiter und hielten sich an ihren Plan. Hagar blieb an der Tür zurück, um sie warnen zu können, falls die Blockade zu brechen drohte. Kalle, Flora und Elvy betraten den nächsten Raum, die große Halle.

Die Pulte, mit denen der Raum kürzlich noch möbliert gewesen war, hatte man fortgeschafft. Stattdessen gab es jetzt nur eine freie Bodenfläche, auf der man die Wiederlebenden versammelt hatte. Alle. Es handelte sich um mehrere hundert Menschen oder das, was einmal Menschen gewesen waren. Sie standen dicht gedrängt, an die Wände gepresst.

Graue Haut, skelettartige Arme, ausdruckslose Gesichter und eingefallene Augenhöhlen. Tote Menschen. Die gleiche Membran auf allen Augen, nur Variationen im körperlichen Verfall. Wenn die Haut eingetrocknet oder aufgedunsen war, wenn das Gesicht voller Leichenflecken oder mumifiziert war. Tote Menschen. Leichen, die ruhen, liegen, tot sein dürfen sollten, stattdessen jedoch dicht gedrängt standen, ihre stummen Schreie ausstießen und die Augen auf die freie Fläche in der Mitte des Raums gerichtet hatten.

Soeben war einer der Wiederlebenden dorthin geführt worden. Drei Männer erwarteten ihn. Der Wiederlebende war ein gebeugter alter Mann, dessen Finger sich um etwas krümmten, was nicht da war. Er wurde herangeführt. Graue Haarsträhnen standen von seinem Kopf ab.

Einer der Männer hielt eine Lade an den Hals des Greises. Man hörte ein leises Knistern, und der Greis fiel mit dem Gesicht nach unten der Länge nach zu Boden. Der Mann trat einen Schritt zurück, woraufhin der zweite Mann vortrat. Er hielt einen Bolzenschneider in der Hand.

Neben sich sah Kalle Elvy zwei Schritte auf die Gruppe zumachen.

»Hallo!«, schrie sie. »Hallo, was tun Sie denn da?«

Der Mann mit dem Bolzenschneider hielt inne. Der dritte Mann drehte sich um, und Kalle erkannte ihn. Es war der Besucher, der Mann in Kalles Schlafzimmer. Der gleiche Anzug, die gleiche Krawatte. Nur ein Unterschied: Sein Bauch war inzwischen noch größer. Er lächelte und sagte: »*Das* erklärt den Lärm.« Es wandte sich zur Wand an der Tür um. »Sture. Dein Sohn ist hier. Das ist doch nett, nicht?«

Kalle schaute in diese Richtung. Dort standen in der Tat sein Vater und vier weitere Männer, die nun auf Elvy zugingen. Zwei von ihnen hielten Pistolen in den Händen, die anders aussahen als alles, was Kalle jemals im Film oder in der Wirklichkeit gesehen hatte. Die Waffen sahen aus wie Spielsachen.

Einer der Männer richtete seine Waffe auf Elvy.

»Sofort stehen bleiben. Zurücktreten.«

Elvy blieb stehen, sah den Mann an und fragte: »Was treiben Sie hier?«

Der Mann wedelte mit seiner Waffe und gab Elvy zu verstehen, dass sie sich zurückziehen sollte. Elvy wich zwei Schritte zurück. Kalle begriff nicht, was für eine Waffe das war. War es überhaupt eine Waffe?

Der Besucher nickte dem Mann mit dem Bolzenschneider zu und hob an Kalle, Flora und Elvy gewandt warnend einen Finger: »Keine Dummheiten.«

Die Schenkel des Bolzenschneiders wurden bis zum Anschlag geöffnet, und sein Träger presste die doppelten Messer in den Nacken des regungslosen alten Mannes. Dann drückte er noch etwas fester zu, sodass sie die Haut durchschnitten. Dann presste er die Schenkel zusammen. Man hörte ein feuchtes Knirschen, als die Nackenwirbel durchtrennt wurden, und es floss ein wenig zähes Blut heraus. Der Besucher wies die Männer mit den Pistolen durch eine Geste an, weiter wachsam zu bleiben. Dann schob er seinen Fuß unter den Bauch des Greises und drehte ihn auf den Rücken.

Er starrte auf den Brustkorb des Alten und wartete.

»Die Situation war speziell«, erläuterte er. »Es waren Nachforschungen erforderlich, um die richtige Methode zu finden.« Er blickte einen Moment auf und sagte mit übertrieben hoher Stimme, im Tonfall eines kleinen Kindes: »Nicht einmal ich kannte sie, könnt ihr euch das vorstellen?«

Dann passierte es. Aus der Brust des Greises drang eine weiße Larve. Der Besucher ging in die Hocke und betrachtete lüstern die kleine Larve, die sich nackt und schutzlos wand. Einige Sekunden später änderte sich die Farbe der Larve. Sie wurde rosa und schwoll gleichzeitig an. Sie wurde rot. Sie schwoll weiter an. Dann platzte sie auf. Als die dünne Hülle riss, bückte sich der Mann schnell und öffnete den Mund über der Larve. Sie, ein kleiner Klumpen roten Gewebes, wurde eingesogen und war fort. Der Mann leckte sich die Lippen, stand auf und nickte dem Mann mit der Lade zu. »Der Nächste, bitte.«

An Kalle, Elvy und Flora gewandt, breitete er die Arme aus. »Ja, so machen wir das hier.«

Das nächste Opfer wurde herangeführt. Diesmal war es eine Frau. Sie hatte nur ein Nachthemd an, unter dem man die Haut erahnen konnte, die in Falten und Runzeln herabhing. Auch die Gesichtshaut war schlaff und grau und wurde zur Erde gezogen. In ihren leeren Augen lag eine Trauer, die größer war als die Welt.

Als die Lade zu ihrem Hals gehoben wurde, begriff Kalle gleichzeitig, was sie war: eine Elektroschockpistole. Sie lähmte den Menschen und erleichterte so die Operation. Elvy hatte die Hände zu Fäusten geballt, und Kalle spürte hinter ihrer Stirn tödliche Verachtung Funken sprühen. Flora war nicht mehr da. Kalle schaute sich rasch um.

Flora stand vor der Mauer aus Wiederlebenden und sendete. Kalle spürte es in seinem Kopf, als er seine Aufmerksamkeit dorthin wandte: Sie sendete. Sie versuchte die Wiederlebenden davon zu überzeugen, sich dem Tod hinzugeben, sie sandte das Bild des Todes in ihre Köpfe, und Kalle sah die Schattengestalt, eine vorüberflimmernde Hand mit Häkchen, Schmetterlinge in verschiedenen Farben, Licht.

Doch der schwarze Schatten legte sich über alles, und sie drang nicht durch. Sie hatten zu viel Angst. Sie waren wie eine Viehherde, die nicht floh, sondern brav stehen blieb und darauf wartete, abgeschlachtet zu werden. Flora schlang ihre Arme um den Körper und versuchte die Bilder schöner zu machen, aber das wirkte unecht, und das spürte sie selbst, spürte Kalle, spürten die Wiederlebenden.

Das Knistern ertönte, und Kalle zuckte zusammen. Die Frau war zu Boden gefallen.

Ich kann hier nicht länger bleiben.

Die tosende Angst der Wiederlebenden, das Widerwärtige der ganzen Situation ... er wollte fort von diesem Ort. Er wollte im Erdboden versinken, fliehen, nicht mehr existieren. Seine

Lippen zitterten, und sein Körper fühlte sich an wie eine Windschutzscheibe, die jeden Moment in tausend Stücke zerbersten wird. Wenn nichts geschah, würde er bald kaputtgehen. Neben ihm lief Elvy plötzlich los. Er öffnete den Mund, um etwas zu sagen, aber sie war schon an ihm vorbei, ehe er etwas herausbrachte. Sie lief zu den Wiederlebenden und rief: »Tore!«

Elvy zwängte sich durch die erste Reihe und erreichte einen Mann, der sich in Kalles Augen nicht von den anderen unterschied. Ein großer schwerer Körper, breite Schultern und ein farbloses, ausdrucksloses Gesicht, das Elvy in ihre Hände schloss.

»Tore«, sagte sie. »Tore, du darfst nicht ... du musst ...«

Sie schüttelte seinen Kopf zwischen ihren Händen, bekam aber keine Reaktion. Sie presste ihre Stirn gegen seine, als wollte sie so eine bessere Kontaktfläche erhalten, und Kalle spürte, dass sie das Gleiche sendete wie Flora. Tores Augen stierten ins Leere.

Einer der Männer mit den eigentümlichen Waffen ging auf sie zu. Er hob die Waffe.

»Gehen Sie da sofort weg!«

Er blieb wenige Meter von Elvy entfernt stehen, die ihm keine Beachtung schenkte. Kalle wusste, dass der Mann schießen würde, lief hin, stellte sich vor Elvy und zeigte auf die Pistole.

»Was ist das eigentlich für ein verdammtes Spielz...«

Weiter kam er nicht. Man hörte einen leisen Knall, und es brannte in seinem Oberschenkel. Er sah hin. In seinem Schenkel saß ein Pfeil, von dem ein Metalldraht in die Pistole lief. Er blickte auf, und unmittelbar, bevor der Mann abdrückte, erkannte Kalle, was das war. Er hatte darüber gelesen. Die Polizei in den USA hatte ...

Ein bebender Lavastrom floss binnen einer Hundertstelsekunde in seinen Körper, und seine Arme schossen zur Seite, die Finger wurden gespreizt, und er hatte das Gefühl, jemand würde ihm an den Haaren ziehen, als die Elektrizität ihm die Kontrolle über seine Muskeln entzog. Er wurde zu Boden geworfen und konnte sich nicht mehr rühren, es war, als klebte eine erstarrte Haut aus etwas Heißem und Festem, zum Beispiel Wachs, auf seiner Haut. Er hatte überall Schmerzen und wurde von einer eigentümlichen Ruhe übermannt.

Er lag mit starrenden Augen da, sah den Mann näher treten, den Pfeil aus dem Oberschenkel ziehen und auf einen Knopf drücken, sodass der Draht wieder eingeholt wurde. Der Mann beugte sich über ihn.

»Jetzt bist du ruhig, was?«

Kalle hätte genickt, wenn er gekonnt hätte. Er war vollkommen ruhig. Er wunderte sich nicht einmal, zuckte nicht mal zusammen, als plötzlich etwas Schwarzes in seinem Blickfeld auftauchte und der Kopf des Mannes mit einem Krachen verschwand. Er dachte nur ruhig und vernünftig nach und nahm an, dass er Floras Stiefel gesehen hatte, der den Mann soeben am Kopf getroffen hatte. Er blickte hinab und sah, dass er richtig geraten hatte. Der Mann lag am Boden und hielt sich den Kopf, und Flora hob seine Pistole auf und richtete sie auf ihn. Kalle wollte etwas sagen, sie loben, und seine Zunge bewegte sich tatsächlich im Mund. Er kratzte über den Betonboden. Die Finger bewegten sich. Er zwinkerte. Er konnte zwinkern.

Der Mann war von dem Tritt, den sie ihm verpasst hatte, so benommen, dass Flora es wagte, sich von ihm zu entfernen. Sie ging zu Kalle.

»Wie sieht es aus, wie geht es dir?«

»Ich ... ja ... ja ...«

Flora schob eine Hand unter seine Achselhöhle und half

ihm, sich aufzusetzen. Er hatte das Gefühl, zwanzig Zentimeter außerhalb seines Körpers zu sein und ganz langsam wieder in ihn einzutreten, ihn neu zu entdecken. Er nickte Flora zu und sah direkt hinter ihr eine Bewegung. Er dachte: *Pass auf!* Und Flora hörte ihn. Sie warf sich zur Seite, und der Pfeil strich wenige Zentimeter an ihr vorbei und blieb hinter ihnen im Bein eines Wiederlebenden stecken.

Flora drehte sich zu dem Schützen um und hob die Pistole, als Elvys Stimme ertönte:

»Gib sie mir.«

Flora sah ihre Großmutter an. »Gib sie mir. Sofort.« Flora kam ihrer Bitte nach und schüttelte fragend den Kopf. Der Mann mit der zweiten Pistole war dabei, seinen Draht einzuholen, und Kalle gelang es, genügend Muskelkraft aufzubringen, um seinen Fuß auf den Pfeil zu setzen. Der Mann, der am Boden gelegen hatte, war aufgestanden und wankte. Er blutete stark aus dem Ohr.

Der Besucher hatte das ganze Geschehen mit amüsiertem Interesse verfolgt. Er sagte: »Gebt auf. Das bringt doch nichts. Der, den ihr sucht, wird nicht kommen.«

Der Mann befahl seinen anderen Handlangern mit einer Geste, sich um die störenden Elemente zu kümmern. Drei Männer, darunter Kalles Vater, näherten sich ihnen. Der Pfeil wurde von Kalles Fuß fortgerissen und blitzschnell eingeholt. Plötzlich bekam er Angst. War er nach dem Elektroschock ganz ruhig gewesen, wollte er nun um alles in der Welt nicht noch mal getroffen werden. Langsam zog er sich rückwärtsgehend von dem Mann zurück, der den Pfeil wieder in Position brachte.

Es ist aus. Wir werden auch im ... Bauch ...

Hinter Kalle ertönte ein leiser Knall, und Flora schrie: »Großmutter! Nein!«

Kalle wandte sich um und sah Elvy mit einem fast verblüfften Gesichtsausdruck hinter sich stehen. Sie hielt die Pistole in der Hand, von welcher der Draht direkt in ihre Brust lief. Sie hatte die Waffe aus nächster Nähe auf ihr Herz abgefeuert, und der Pfeil war durch eine Lücke zwischen den Rippen eingedrungen.

»Großmutter, nein, nein! Nein!«

Elvy lächelte schwach, spitzte Flora zugewandt die Lippen, warf ihr eine Kusshand zu und drückte ab. Als wäre sie eine Marionette, deren Spieler auf einmal an allen Fäden gleichzeitig riss, lief ein Beben durch ihren Körper, alle Glieder schossen vom Körper weg, und sie brach zu Tores Füßen zusammen.

Flora war bei ihr, noch bevor ihre Hand den Boden berührte. »Großmutter, Großmutter, du darfst nicht ...«

Aber Elvys Augen waren bereits starr. Durch den elektrischen Schlag war ihr Herz stehen geblieben, und ihr Körper reagierte nicht auf Floras Küsse und Liebkosungen. Kalle spürte eine Hand, die auf seine Schulter gelegt wurde, und blickte auf. Sein Vater stand bei ihm. Sein Gesicht war von widersprüchlichen Gefühlen verzerrt, vor allem jedoch von Scham. Aber er schämte sich nicht für das, was er tat, sondern für das, was sein Sohn tat.

»Komm jetzt, du verdammter Bengel.«

Kalle dachte für einen Moment, sein Hass ließe es in seinem Kopf surren und schwirren, aber dann hätte sich das Geräusch nicht wie jetzt platzieren lassen. Der Ton kam von links, von der Stelle, an der Elvy lag.

Er legte eine Hand auf die seines Vaters, als wäre er ein reuiger Sohn, der gestützt werden musste. Dann packte er den Zeigefinger seines Vaters, zog ihn nach hinten und brach ihn. Stures Schrei wurde von dem schneidenden Laut im Inneren seines Kopfs übertönt. Er kam von links, und er durfte den Kopf nicht dorthin wenden. Trotzdem tat er es. Er war so betäubt von der Angst der Wiederlebenden und dem elektrischen Schlag, dass ihm ein Schmerz mehr auch nichts mehr ausmachte.

Er sah die weiße Larve auf Elvys Brust. Er sah Flora, die zusammengekauert danebenlag und den Kopf schüttelte. Und er sah den Schatten. Eine schlanke, gleichsam langgezogene Gestalt, aus der Dunkelheit gezogen, mit lockigen schwarzen Haaren.

Der Tod ...

Ja, es war der Tod, so wie er ihn sich seit seiner Kindheit vorgestellt hatte, als diese Gestalt abends aus dem Kleiderschrank zu kommen schien, wenn er schlafen wollte, die Gestalt, die aus dem heranbrausenden Zug geschossen war und seine Mutter geholt hatte. Der Tod.

Der Tod streckte seine Hand aus, und an den Fingerspitzen glitzerten Häkchen. Dünne Häkchen, Angelhaken nicht unähnlich, nur länger und ... perfekter. Eines der Häkchen senkte sich zu der Larve auf Elvys Brust hinab, fand Halt und drang in sie ein. Die Larve wand sich wie in Qualen, und Kalle begriff nicht.

Warum ... warum ist das ... besser?

Der Tod hob die Hand, und auch Floras Blick folgte ihr, obwohl ihre Augen voller Tränen waren. Dann passierte etwas. Statt eine andere Farbe zu bekommen, anzuschwellen und aufzuplatzen, begann die Larve sich zu öffnen und war keine Larve mehr, sondern eine Puppe. Zwei dünne Flügel drangen aus der Öffnung, und ein Schmetterling kroch heraus, ein kleiner gesprenkelter Schmetterling in der gleichen Farbe wie die Augen des Menschen, den man liebte, in einer Farbe, für die es keine Worte gab.

Der Schmetterling klappte seine Flügel mehrmals auf und zu, hob ab, flog und setzte sich auf Tores Hand. Tore hob die Hand und betrachtete den Schmetterling aus dem Inneren seiner tiefen Augenhöhlen. Sein Mund hing offen. Dann spürte Kalle etwas in seinem Kopf, etwas, das von Tore ausging, ein Funken in derselben Farbe wie die Flügel des Schmetterlings.

Und Tore ließ los. Kalle konnte nicht beschreiben, wie er dies spürte, aber wie eine Hand, die etwas krampfhaft festhält, das sie eigentlich gar nicht haben will, und nur nicht loslässt, weil es *meins, meins, meins!* ist, ließ Tore los und brach auf dem Fußboden zusammen.

Der Besucher war mittlerweile vorgetreten. Er hatte die Fäuste geballt und starrte auf das, was da geschah. Der Tod bewegte sich wie ein neckischer Rauch wirbelnd um ihn herum, und zum ersten Mal wirkte der Mann unsicher.

Die Larve trat aus Tores Brust. Der Tod fing sie auf, und es geschah dasselbe. Ein weiterer Schmetterling drang heraus und gesellte sich zu dem, der aus Elvys Brust gekommen war, und sie umflatterten einander über den Köpfen der Wiederlebenden. Ein Seufzer der Erleichterung lief durch den Raum, ein kollektives Aufatmen aus der Tiefe hunderter Körper.

Nach und nach brachen die Toten zusammen. Erst einer, zwei, dann jedoch eine Kette, Dominosteine, die umfielen. Die Reihen lichteten sich, es entstanden Lücken, weitere sanken zu Boden, und man hörte es überall plumpsen wie auf einer Apfelwiese in einem Herbststurm. Alle fielen, und Kalle beobachtete den Besucher und genoss seinen Gesichtsausdruck.

Du verlierst.

Mehr als hundert Körper waren inzwischen gefallen, und ebenso viele Larven drangen aus ihnen heraus. Kalle begriff nicht, wie es dem Tod gelingen sollte, sie alle zu holen. Der Besucher schien dasselbe zu denken. Er bewegte sich mit weit aufgesperrtem Mund in die Menge der Körper hinein und wartete auf das, was unweigerlich passieren musste. Einige der Larven würden anschwellen und zerstört werden, ehe der Tod sie an sich nehmen konnte.

Es sind nur Kräfte, die unseren Augen so gezeigt werden, dass wir sie verstehen können.

Der Tod schüttelte den Kopf. Seine Haare flogen in einem weißen Wirbel umher und wurden länger, und die einzelnen Haare fielen auf die Körper herab. Am äußersten Ende jedes einzelnen Haars glitzerte ein Häkchen. Und die Häkchen trafen ihre Ziele, drangen in die Larven ein, fingen sie auf und verweigerten dem Mund des Besuchers jegliche Nahrung. Er ballte die Fäuste und brüllte zur Decke. Seine Beute entkam ihm.

Als bräuchte sein Zorn eine Richtung, wandte er sein Gesicht Sture zu. Der Besucher starrte Sture an, zeigte auf Kalle und schrie:

»Dein Sohn! Dein Sohn und seine Hure!«

Kalle spürte den Energieschub des Hasses, das Kommando, das in Sture hineingeschleudert wurde, worauf dieser sich wieder aufrappelte. Sture griff nach dem Bolzenschneider und lief mit ihm in seinen Händen auf Kalle zu. Kalle versuchte einen klaren Kopf zu bekommen, die Bewegungen zu sehen, war aber immer noch groggy. Sture schwang den Bolzenschneider gegen seinen Kopf, und Kalle duckte sich und spürte, wie der Schneider sich in einer Locke verfing, die von der Wucht des Schlags herausgerissen wurde, sodass Blut über die Kopfhaut lief.

Er sah rot. Als Sture erneut seine Waffe schwang, verfolgte Kalle die Bewegung, packte den Bolzenschneider, als er vorbeisauste, und entriss ihn Stures Händen.

Das Kommando des Besuchers pulsierte immer noch in Stures Bewusstsein, und er stürzte sich mit bloßen Händen auf Kalle, der nicht nachdachte, sondern sich mit dem schützte, was er zur Hand hatte. Er schwang den Bolzenschneider und traf die Schläfe seines Vaters. Sture gab ein ersticktes Wimmern von sich und fiel zu Boden. Kalle ließ den Bolzenschneider fallen.

Die Schmetterlinge hoben ab. Zu hunderten saßen sie an den Haarspitzen des Todes, in allen Farben, die man sich vorstellen konnte, und in Farben, für die es keine Worte gab. Sie strebten zur Decke, zum Himmel und hoben den Tod vom Boden. Die ganze Decke wurde von seinen Haaren und den Flügeln verdeckt – eine riesige erblühende Blume.

Kalle betrachtete seinen Vater. Aus dem Loch in seiner Schläfe schoss das Blut, und Stures Hand zuckte zweimal und erschlaffte dann. Der Tod verharrte wartend, schwebte mitten im Raum.

Als die Larve aus Stures Brust drang, senkte sich der Tod hinab. Die Hand wurde ausgestreckt, die Häkchen kamen näher. Kalle legte seine Hand auf die Larve. Der Tod hielt inne. Er durfte Kalle nicht berühren. Kalle spürte die Larve unter seiner Hand anschwellen. Als sie kurz davor war zu platzen, nahm er sie und warf sie dem Besucher zu. Sein Mund öffnete sich, und die Larve verschwand in seinem Schlund.

Kalle musterte seine leere Handfläche. Es ließ sich nicht mehr ändern. Die Entscheidung war gefallen.

Flora stellte sich neben Kalle, legte ihren Arm um seine Taille und lehnte ihren Kopf gegen ihn. Gemeinsam sahen sie, wie sich die Schmetterlinge von den Häkchen lösten und zur Decke schwebten. Ein letztes Schimmern von Farben, Bruchstücke eines Regenbogens, der das Dach durchdrang und verschwand.

Flora flüsterte erstickt: »Auf Wiedersehen, Großmutter. Das hast du doch noch gut gemacht.«

Es wurde still im Raum. Die Leichen lagen wie ein Teppich aus wertlosem Fleisch auf dem Fußboden verstreut. Das Leben hatte sie verlassen und den Tod mitgenommen.

Übrig waren Flora, Kalle und der Besucher sowie seine fünf Handlanger. Sie maßen einander mit Blicken. Es war nicht weiter schwer, sich auszumalen, was als Nächstes passieren würde. Sie hatten etwas zerstört, das er in jahrelanger Arbeit aufgebaut hatte.

Die Türen zu der Halle wurden aufgeschlagen, und vier Wächter drangen ein. Einer von ihnen hielt Hagar kurz unter dem Ellbogen fest. Als die Wächter sahen, welcher Anblick sich ihnen bot, erstarrten sie, und Hagar nutzte die Gelegenheit, um sich loszureißen. Sie lief zu Elvy. Flora folgte ihr, und die beiden fielen sich in die Arme. Kalle konnte keine Gedanken mehr hören, aber er wusste auch so, was Flora erzählte. Ihre Großmutter hatte ihren Platz unter den größten Helden eingenommen, nur dass kein Lebender jemals etwas davon erfahren würde.

Die Wächter fuchtelten lahm mit ihren Maschinenpistolen, schienen aber nicht zu wissen, wo sie anfangen sollten, wer die Schuldigen waren.

Kalle sah dem Besucher immer noch in die Augen. Er hatte das Gefühl, durch ein Astloch in einem Brett zu gucken. Hinter dem Loch sieht man auf einmal die Wüste oder das Meer das ganze Blickfeld ausfüllen. Die Ewigkeit. Er konnte nicht wegsehen und fragte langsam: »Was. Willst du. Mit uns. Machen?«

Der Besucher schien die Frage zu überdenken. Er wandte sich von Kalle ab, ließ den Blick durch den Raum schweifen und betrachtete die Ruinen seiner großen Idee. Dann zuckte er mit den Schultern.

»Rache«, sagte er, »ist eine menschliche Erfindung. Sie ist sinnlos.«

Anschließend wurde er in sich selbst gesogen und verschwand. Wie etwas, das man aus den Augenwinkeln wahrzunehmen glaubte, das dann aber doch nicht da war, wenn man sich umdrehte, verschwand der Besucher. Kalle stand es wieder frei, seinen Blick auf das zu richten, was er sehen wollte. Er betrachtete Flora.

Sie und Hagar hockten neben Elvys Leiche und wischten sich gegenseitig die Tränen aus dem Gesicht.

Es ist vorbei.

Zwei weitere Wächter gesellten sich zu den anderen. Einer von ihnen hatte Roland dabei, dessen Gesicht schmerzverzerrt war. Durch die zahlreichen Schnittwunden war es immer noch blutüberströmt. Er lebte, aber es würde eine Weile dauern, bis er wieder für die *Bunte* fotografiert werden konnte. Kalle ging zu ihm.

Rolands große blaue Augen sahen ihn aus einer Kruste geronnenen Blutes heraus an. Er fragte: »Hat es geklappt?«

»Ja«, antwortete Kalle und sah für einen Moment das Flimmern des zerfallenden Regenbogens, der aus dem Raum verschwand. »Es hat geklappt.«

Nachwort

Ich kann nicht anders …

Ich weiß nicht, was ihr von solchen Nachworten haltet. Ich liebe sie. Also schreibe ich eins.

Möglicherweise ist das egozentrisch, aber nach mehreren Romanen stelle ich mir vor, dass es einige Leser gibt, die wissen wollen, wie ich denke.

Vierzehn, vielleicht. Ihr vier, die beide Male in die Science-Fiction-Buchhandlung gekommen seid, als ich dort Bücher signiert habe, und zehn andere.

Für euch erzähle ich. Die Übrigen dürfen jetzt schon mal schlafen gehen. Gute Nacht, gute Nacht. Ich danke euch. Schön, dass ihr dabei sein wolltet. Schlaft gut.

Das hätten wir. Jetzt sind wir unter uns.

Haben euch die Geschichten gefallen? Ich hoffe es. Mir selbst gefällt *Grenze* am besten, aber da gehen die Meinungen auseinander. Wenn ich etwas geschrieben habe, gebe ich den Text einer Reihe von Probelesern, die netterweise den entsprechenden Blätterstapel lesen und sich anschließend dazu äußern. Jeder von ihnen hat seine eigene Lieblingsgeschichte. Außer *Dich zu Musik umarmen zu dürfen.* Die Geschichte mag außer mir keiner.

Ist sie vielleicht schwer zu verstehen? Wird sie verständlicher, wenn ich sage, dass sie ursprünglich *Das Kreuz* hieß?

Ein bisschen?

Titel sind ein Kapitel für sich.

Die erste Horrorgeschichte, die ich schrieb, handelte von einem Mann, der auf einer Insel in den Stockholmer Schären im Herbst Schiffbruch erleidet. Er ist auf dem besten Weg zu erfrieren, und alles wird noch schlimmer, als seine tote Freundin an Land getrieben wird. Und noch schlimmer, als sie nicht mehr da liegt, wo er sie zurückgelassen hat …

Ich gab ihr den Titel *Unsere Haut, unser Blut, unsere Knochen,* nach einer Textzeile von Morrissey. (Welcher Song? Weiß das jemand?)

Als ich dann meinen ersten Roman schrieb, der auf Deutsch den Titel *So finster die Nacht* trägt, hieß dieser lange *Der einzige Freund,* ein Titel, den ich nicht sonderlich mochte, aber mir fiel eben kein besserer ein. Bis ich mich an den Titel meiner ersten Erzählung erinnerte. Morrissey. Ich durchforstete mein Gedächtnis und peng, da war er: *Let the right one slip in.*

So ruhet in Frieden hieß wiederum ziemlich lange *Wenn wir Toten erwachen,* bis ich herausfand, dass es ein Stück von Ibsen mit diesem Titel gibt. Nicht gut. Um das Gefühl dieser Seiten am hinteren Ende des Telefonbuchs zu vermitteln, ihr wisst schon: Was zu tun ist, wenn der Krieg ausbricht, taufte ich das Buch daraufhin um in *Instruktionen zum Umgang mit Untoten,* aber das war zu lang und so weiter …

Der einzige Titel, mit dem ich von Anfang an zufrieden gewesen bin, ist *Menschenhafen.*

Interessiert ihr euch für diese Erzählungen? Wie es dazu kam, dass ich sie geschrieben habe?

(Ich schreibe dies wohl wissend, dass man mich mit Stephen King verglichen hat, was durch diese Zeilen nur noch schlimmer werden dürfte. Aber wie sagen Wladimir und Estragon so schön: Das lässt sich nicht ändern.)

Wie viele seid ihr? Sieben?

Okay.

Die Erzählungen sind zwischen Frühjahr 2002 und Herbst 2005 entstanden. Die erste, *Ewig/Liebe,* schrieb ich, kurz nachdem ich *So finster die Nacht* beendet hatte, und die letzte, *Die Entsorgung,* ist in diesem Moment noch nicht ganz fertig. Ich muss noch ein paar Dinge darin ändern.

Ewig/Liebe entstand aus einem Gefühl heraus, das aus irgendeinem Grund akut wurde. Ich musste daran denken, dass wir nicht für immer leben, sosehr wir auch lieben mögen. Nichts Neues, sicher, aber auf einmal sah ich es so deutlich vor mir, und mit Grauen. Wir können unsere Liebe lebendig erhalten, trotzdem müssen wir uns eines Tages trennen. Der erste Satz der Erzählung fiel mir in all seiner Schlichtheit ein, und dann folgten eins nach dem anderen die übrigen Puzzleteile. Mir ist gerade aufgefallen, dass die Geschichte thematisch eine Art Epilog zu *So finster die Nacht* ist.

Majken war etwas Besonderes, weil die Geschichte mit einem Namen anfing. Der Name Majken flog mir zu, und er ging mir nicht mehr aus dem Sinn. Eines Tages kam ich auf dem Weg zum Flughafen Arlanda an einem Grundstück vorbei, auf dem ein silberfarbener VW-Käfer stand, und ich wusste, das war Majkens Auto. Dies verband sich dann mit der Idee von *Shoplifters oft the world unite,* und dann kam es, wie es kommen musste. Ich sollte vielleicht erwähnen, dass ich das Diebstahlsicherungssystem im Kaufhaus NK ein wenig meinen Bedürfnissen angepasst habe.

Die Entsorgung schrieb ich vor allem, um Verwendung für die grandiose Schlussszene zu haben, die mir für *So ruhet in Frieden* vorgeschwebt hatte, dort aber nicht mehr Platz fand. Ich dachte an eine kurze Erzählung von ungefähr dreißig Seiten, die dann jedoch etwas aus dem Ruder lief. Was im Übrigen nur konsequent ist, wenn man bedenkt, dass der Roman *So ruhet in Frieden* ursprünglich auch nur eine Erzählung werden sollte.

Ich habe nicht die Absicht, an dieser Stelle auf jede einzelne Erzählung einzugehen. Das muss jetzt reichen. Mittlerweile hören nur noch fünf zu. Ich weiß nicht recht, was ich tun soll, um euer Interesse wachzuhalten, bis ich allen gedankt habe.

Doch, ich kann euch von der Geschichte erzählen, an der ich am längsten gearbeitet habe. Trotzdem ist sie im Buch nicht enthalten, weil es mir nicht gelungen ist, sie zu vollenden. Könnte das was sein?

Im Grunde glaube ich, dass dies hier das beste Format für die Erzählung ist, weil sie stärker als jede andere auf einer *Idee* basiert, darauf, dass ich eine verdammt gute Idee hatte. Manchmal kann das ein Problem sein. Die Idee ist so gut, dass sie sich nicht gestalten lässt.

Ich hätte Unrat wittern müssen, weil mir die Idee ungefähr anderthalb Jahre im Kopf herumschwirrte, ohne dass sie jemals den Kopf hob und von mir forderte, *geschrieben* zu werden. Schließlich beschloss ich jedenfalls, einen Versuch zu wagen, und nach einem Monat Plackerei mit verschiedenen Varianten, Erzähltechniken, Tempi und Blickwinkeln gab ich auf. Es ging nicht. Was immer ich versuchte, es kam nichts Gescheites dabei heraus.

Und die Idee?

Nun, sie lautete wie folgt:

Eine Reihe von Personen wird hundert Meter unter der Erde in einem Felsschacht eingeschlossen. Zum Beispiel in etwas, das ursprünglich als Endlager für Atommüll vorgesehen war, dann aber seinem Schicksal überlassen wurde. Warum werden sie dort eingeschlossen? Weil es eine Fernsehsendung ist, natürlich. Eine große Zahl von Filmkameras dokumentiert jede kleinste Bewegung. Eine Realityshow, wie es so schön heißt.

Nicht besonders originell? Nein, ein Film mit dem Titel *Unsichtbare Augen* kam ungefähr gleichzeitig in die Kinos.

Aber ich bin noch nicht fertig.

Die Personen in dem Felsschacht sind vollkommen von der Außenwelt abgeschnitten. Was die Kameras aufnehmen, wird auf einer Festplatte gespeichert, die sich ebenfalls im Felsschacht befindet. Während des Monats, den die Personen dort verbringen, haben sie keinerlei Kontakt zur Außenwelt, und keiner kann sie sehen. Außerdem gibt es eine Art eingebautes Belohnungssystem. Wenn sie es schaffen, gewisse Aufgaben zu lösen, bekommen sie Alkohol oder Nahrungsmittel oder Zerstreuung. Ein lebendes Videospiel. Wenn sie wieder an die Erdoberfläche zurückkehren, holt man auch die Festplatte hoch und schneidet aus dem gespeicherten Material eine Sendung zusammen.

Das haut einen immer noch nicht vom Hocker? Nein, ihr habt Recht. Könnte zu einer Satire entarten. Aber jetzt kommt der Knackpunkt:

Kennt ihr Schrödingers Katze?

Kurz zusammengefasst handelt es sich dabei um ein Gedankenmodell zur Beschreibung der Quantenmechanik, das Wellen-Partikel-Dualität genannt wird. Ich werde hier nicht auf die wissenschaftlichen Thesen eingehen, die dahinterstecken, da sich nicht einmal die Forscher selbst völlig im Klaren darüber sind. Aber der Grundgedanke ist, dass ein giftiges Gas in einer Kiste freigesetzt oder auch nicht freigesetzt wird, in der sich eine Katze befindet. Und im Universum der Quantenmechanik ist es nicht nur so, dass man nicht weiß, ob die Katze lebendig oder tot ist, bis man die Kiste öffnet. Es ist sogar so, dass die Katze weder lebendig noch tot *ist*, oder vielmehr beides gleichzeitig, bis man die Kiste öffnet.

Erst unsere Observation führt zu der Wahl, durch die das Schicksal der Katze besiegelt wird. Oder, wie man es auch ausgedrückt hat: »Curiosity killed the cat.«

Zurück zu meiner Geschichte.

Die Personen in dem Felsschacht haben sich in einer Situation befunden, die der Lage der Katze ähnelt. Nun aber beginnt man sich anzusehen, was die Kameras gefilmt haben. Und dadurch verändert sich die Wirklichkeit. Man sieht Dinge auf den Bändern, die mit dem, was die Kandidaten erzählt haben, als sie heraufgekommen sind, nicht übereinstimmen. Als man die Bänder zurückspult, haben sie sich verändert, um mit der neuen Wirklichkeit übereinzustimmen.

Da ich in diesem besonderen Genre schreibe, ist es selbstverständlich ein unheimlicher Verlauf gewesen, der auf die Art nach und nach entwirrt wird. Die Leute, die sich die Bänder anschauen, erkennen, dass sie sich die Bänder ansehen *müssen*, um den Verlauf stoppen zu können, wissen jedoch gleichzeitig, dass ihr Zuschauen die Ereignisse erst eintreten lässt. Die Neugier tötet die Kandidaten.

Gute Idee, was?

Jedenfalls fand ich sie gut. Bis ich den Versuch machte, die Geschichte zu schreiben.

Nun ja. Jetzt habe ich wenigstens *etwas* damit anfangen können. Eine kleine Bonusgeschichte für euch drei, die ihr immer noch bei der Stange geblieben seid.

Das ist alles, was ich euch diesmal erzählen wollte. Es dauert sicher eine Weile, bis wir wieder voneinander hören. Nur noch eins:

Ich hatte mir eigentlich vorgestellt, dass diesem Band mit Erzählungen als Motto ein Zitat vorausgehen sollte, aber jetzt benutze ich es stattdessen als Schlusswort.

Manchmal stellt man mir die Frage, warum ich ausgerechnet Horrorgeschichten schreibe. Ein Journalist hat die Sache einmal so weit getrieben, dass ich es wirklich satthatte.

»Warum schreiben Sie ausgerechnet Horrorromane?«

Ich erzählte es.

»Warum lassen Sie einen Vampir im Stockholmer Vorort Blackeberg auftauchen?«

Ich sagte ihm, wie es war: dass meine Idee ganz einfach gewesen war. Das Grauen kam nach Blackeberg, und ich wollte sehen, was dann passieren würde. Daraufhin fragte er nach:

»Warum soll das Grauen kommen?«

An dem Punkt gab ich auf. Mir fielen einfach keine weiteren Antwortvarianten auf die im Grunde immer gleiche Frage ein.

Am nächsten Tag hörte ich zum ersten Mal Morrisseys *Live at Earls Court.* Und dort, in der Pause zwischen zwei Liedern, platzt er plötzlich und unmotiviert mit etwas heraus, das als Antwort auf die Fragen und als Motto für mein ganzes Werk stehen könnte:

»I really can't help it. It's either this, or prison.«

*

Ich möchte mich bedanken. Ich möchte vielen danken.

Thomas Oredsson und Eva Harms Oredsson haben die Texte gelesen, und Thomas hat eine schöne Rede gehalten.

Evas Lachen schallte an den Sommerabenden über die Landschaft.

Meine Stiefsöhne haben sie gelesen. Sie heißen Nils, Jonatan und Kristoffer Sjögren und sind, jeder auf seine Art, die Besten auf der Welt. Kristoffers Emma heißt Berntson und kann unglaublich lange wandern. Sie hat die Texte auch gelesen.

Aron Haglund ist alles immer wieder durchgegangen, schenkte mir den Glauben an Majken und schickte mir als Gegenleistung tolle Liedtexte.

Jan-Olof Wesström und Bob Hansson haben die Texte nicht gelesen, sind aber so nette Kerle und gute Freunde, dass ich ihnen trotzdem danken möchte.

Darüber hinaus gibt es noch Leute, die mich mit Fakten versorgt haben:

Frank Watson korrigierte einige fotografische Fehler in *Sieht man nicht, gibt es nicht,* obwohl er rein zufällig ein Namensvetter der Hauptperson war.

Martin Skånberg und Maria Halla erzählten mir für *Dorf auf der Anhöhe* ein bisschen über die Tragfähigkeit von Gebäuden.

Kurt Ahrén saß mit mir im Bootshaus zusammen und klärte lateinische Begriffe für *Die Entsorgung.*

Die Beamten des Zolls in Kapellskär erzählten mir für *Grenze* von ihrer Arbeit.

(Sollten sich dennoch Fehler eingeschlichen haben, ist das nicht ihre Schuld, sondern die meiner lebhaften Fantasie.)

Meine Lektorin Elisabeth Watson Straarup möchte ich bei meinem Verlag ebenso wenig missen wie Malin Morell. Ohne sie würde es nicht so viel Spaß machen.

Und natürlich Mia. Alles ist für sie geschrieben worden, um es ihr laut vorzulesen. Das Feuer brennt, flackert und erlischt nie.

Euch allen sage ich vielen Dank.

John Ajvide Lindqvist
Rådmansö, Oktober 2005

P S: Und dir, dem Letzten, der bis zum Schluss durchgehalten hat. Auch dir, vielen Dank.

»Dieser Thriller ist eine Offenbarung der schwedischen Literatur.«

HALLANDSPOSTEN

John Ajvide Lindqvist
SO FINSTER DIE NACHT
Roman
640 Seiten
ISBN 978-3-404-15755-6

In dem Stockholmer Vorort Blackeberg wird die Leiche eines Jungen gefunden. Sein Körper enthält keinen Tropfen Blut mehr. Alles deutet auf einen Ritualmörder hin. Noch ahnt niemand, was tatsächlich geschehen ist. Auch der zwölfjährige Oskar verfolgt fasziniert die Nachrichten. Wer könnte der Mörder sein? Und warum sind in der Nachbarwohnung die Fenster stets verhangen …

Eine fesselnde Geschichte über Liebe, Rache – und das Grauen.

»Ein sehr beeindruckender Roman, der den internationalen Vergleich mit den besten seines Genres nicht scheuen muss.«

DAGENS NYHETER

Bastei Lübbe Taschenbuch